JN201538

イマジュリー

フィリップ・アモン

イマジュリー

――十九世紀における文学とイメージ

中井敦子・福田美雪・野村正人・吉田典子訳

水声社

日本語版への序文

フィリップ・アモン

　私の著書の日本語版が、中井敦子氏、福田美雪氏、野村正人氏、吉田典子氏のご尽力によって世に出たことを、とても嬉しく誇りに思い、四氏と水声社に厚く御礼申し上げます。この翻訳はさぞや多大な労力を要したことでしょう。日本語とフランス語という二つの言語に堪能であるのみならず、十九世紀フランスの文化史、文学理論、イメージの記号論、文学史といった、私の著書の依って立つあらゆる分野に精通していなければならないのですから。

　この日本語版は、何らかの特定の問題について大学で研究している人々の関心に応えるのみではありません。日仏いずれにおいても、十九世紀を専門とする研究者なら誰しも、多様なあり方（素描、絵画、彫刻、といった種別、そして、大衆的、学術的、量産品、手作り、一点もの、複製可能、等々の性格）をするイメージというテーマに無関心ではいられません。これは、いわば、起こるべくして起こっていることなのです。日仏両国間の文化交流は、一八六〇年代に石版画、素描、写真が行き交ったことから始まったのですから。ゴンクール兄弟のような有力な作家たちはこの交流と深く関わり、ロンドンやパリでの初期の万国博覧会は決定的役割を果たし、西欧の芸術の一部は根本から覆りました。ジャンル間の境界線更新（大衆的なものと学術的なもの、芸術的なものと産業的なもの）そして美的価値の境界線更新（オリジナルと複製のあいだでの）がなされ、新たな対象（アルバム、漫画）、新たな読書法（ぱらぱら読み）、新しい文化（イメージと想像力が開く新たな世界性）が誕生したのです。

私は、京都の「漫画ミュージアム」でピエロに出会いました。ピエロは、十九世紀の大衆的イメージ群（このイメージ群については本書で一つの章を割いています）における象徴的人物（ドビュローからヴィレットまで）です。京都で出会ったピエロは、一八八八年横浜で発行されたフランス語の新聞『トバエ』〔誌名は「鳥羽絵」（鳥羽僧正の『鳥獣戯画』から名付けられた江戸時代の諷刺的な浮世絵）に由来する〕第二号の表紙に、フランス人ジョルジュ＝フェルディナン・ビゴーの手で描かれています。この出会いは私に、日仏両国間で当時、イメージについて同じようなことがなされ同じような関心が抱かれていたこと、イメージの役割、以後世界のいたるところに拡散し遍在するようになるあらゆる種類のイメージの役割を証するものでした。イメージの流通は加速し影響力を増し加えて、近代世界の土台となりました。近代とは、いくつもの空想ミュージアムのあつまった世界であり、イメージがあまねく伝播する世界なのです。

目次

日本語版への序文　7

序論　13

第一章　生産されるイメージ——暗室　37

第二章　展示されるイメージ——ミュージアム　61

第三章　イメージの工房——アトリエ　89

第四章　都市の中のイメージ——街路　107

第五章　身体にまつわるイメージ——頭と腹　131

第六章　創作現場におけるイメージ——前‐テクスト　169

第七章　入り口のイメージ——扉絵　181

第八章　テクストの中のイメージ——文彩と脱文彩化　197
第九章　語るイメージ、イメージを生む言葉、語られるイメージ　225
第十章　アルバム、あるいは新しい読書　239
第十一章　線のかたち——汽車　267
第十二章　傘、十九世紀的なアイコン　289
結論　321

訳者あとがき　329

人名注　346（89）
訳注　354（81）
原注　434（1）

凡例

一、本書は、Philippe Hamon, *Imageries—littérature et image au XIXe siècle* (José Corti, Paris, 2007) 改訂増補版の全訳である。

一、«imagerie»という語は、かたちあるものの総体（イメージ群）、心象や文彩・比喩の総体という意味で用いられるが、本書ではそれらの意味が重層的に作用している。そのため、邦訳の題名としては、日本語一語で置き換えることをあえて避けて「イマジュリー」とカタカナにし、読者が読みすすむうちに全体像を把握してくださるようにした。

一、本書の原文に頻出する«image»という語は、各章のタイトルにおいては「イメージ」で統一しているが、意味が多岐にわたるため、文中においては文脈によって様々な語に訳し分けている。他に«texte»や«figure»などについても、無理に一語に統一しようとせず、文脈にふさわしいと判断した訳語をあてている。また、定訳のない語や日本語のみでは意味のつかみにくくなるおそれのある語については、直後に原語を併記している。

一、文献の題名はできるだけ（内容理解に有用と認められる場合）日本語に訳し、すでに邦訳がある場合はその題名を用いた。邦題のすぐあとに出版年と（知名度の低い作品の場合は）原題を併記した。原文には出版年が記されていない場合も、あるほうが原文理解に役立つと判断した場合は補足した。新聞、雑誌などの定期刊行物に関しては、〈 〉で題名を示し、基本的には原題は併記していない。

一、引用されている様々な文学作品の邦訳は、特定の既訳を用いた場合は、各章の訳者が巻末の訳注ないしは本文中の補足でその旨を明記している。ただし、文脈上いくらかの変更を加えている場合がある。複数の既訳を参照しつつも最終的には訳者が翻訳した場合には、既訳に言及していない。

一、原著の（ ）は、ほぼそのまま訳文に使用した。

一、原著においてイタリック体で強調されている語には、基本的には傍点を付した。

一、原著に施された注は、本文中に算用数字を付して示し、巻末に「原注」として掲げた。

一、訳者による注は、本文中に漢数字を付して示し、巻末に「訳注」として掲げた。煩瑣になるのを極力避けるべく、訳注として別に掲げるまでもない訳者による補足は、本文および原注中に〔 〕によって示した。

序論

「そこらじゅう版画だらけだ！　うれしい！　わくわくする！」
――ヴィクトル・ユゴー「フイヤンティーヌにて」(一)『静観詩集』

「我々は皆、石版画の原版みたいなものだ。」
――バルザック『フィルミアニ夫人』

イメージへの欲動そのもの、目に見える形や絵を無尽蔵に蓄えているとみなされる世界へと向かう「眼差しの力」（ジャン・スタロバンスキー）によって、十九世紀の幕が開く。十八世紀末からすでに、メルシエは『タブロー・ド・パリ』（一七八一―一七八八）第一章「パリ概観」で、フィロストラトスのエクフラシス(二)を遥かに想起させる「絵（タブロー）」や「ギャラリー」といった言葉を用いてこのように語っている。

街の四つ角ごとに続々と、心を打ち目に灼きつく絵が現れる！　見る目のある人ならはっとするような、綺羅星の居並ぶギャラリーだ！

数年後、これに呼応するように、シャトーブリアンは『パリからエルサレムへの道』（一八一一）初版の序文で、見えるものをすばやく鉛筆でスケッチする「風景画家」に自分を擬（なぞら）え、オリエントへ赴いたのは「イメージを探し求めて、ただそれだけ」と言い切っている。後に全集（一八二六―一八三一）のために書いた新たな序文でも『パリからエルサレムへの道』に触れて、ここでの描写が、パリで上演しているパノラマ〔観客をとり囲む円筒形の壁面に名勝の風景などを精巧に臨場感をもたせて描いた見せ物」にでてくるオリエント情景の説明になったと誇っている。だから、読まれるイメージは見られるイメージと、書かれたイメージは「印象」[1]によるイメージと、シャトーブリアンはダゲールと、密に協力するのだ。さらに、あらゆる種類の出世主義者はイメージへと向かうのがわかる。バルザック『小役人』のビジウが「諷刺画、本の装飾版画、二十年後には挿絵と呼ばれる著名な書物の図画」に夢中になって、小役人としての人生を一枚の諷刺画で台無しにしてしまうように。メルシエの仕事のいわば後継者であり、メルシエから「タブロー」という語を受け継ぐボードレールによれば、国内であれ（メルシエ）異国であれ（図像を忌避するイスラム圏オリエントにイメージを探し求めにゆく、ロマン主義的でカトリックの図像好きなシャトーブリアン）、世界はもはや巨大な陳列壁そのものだ。「目に見える世界はまるごと、絵と記号の貯蔵庫にほかならない」（「一八五九年のサロン」）。さらにヴィリエ・ド・リラダンによれば、目に見える世界は広告の張り付け台に過ぎない（「天空の広告」）。ピトレスク（一八三五年のアカデミーの辞書によれば「描かれるにふさわしいもの、絵の主題を提供するもの」）の遍在する時代が始まろうとしている。それまでは（肖像画が盗まれたり交換されたりする程度に）かなり控えめで（猥褻な、あるいは不思議譚のジャンルに）制限されていた具象的な絵や物への言及が文章中に溢れる時代が始まるように、また〈マガザン・ピトレスク〉誌（一八三三年創刊）の時代が始まるように。この雑誌の創刊号序文はこう表明する。

> 我々は、関心と眼差しを引きつけうるものなら何でも、版画の形で再現し記事で描写しようと思う。

フランスは、「イメージの貯蔵庫」（ミュージアムや個人コレクション等々）が林立するのみならず、歴史的記念建造物の目録作成局の設立[2]によって国土全体として自らミュージアム化するし、自らが絵となり寓意（「マリアンヌ」）となる。

イメージが種々多様な形態で想像力の産物の中に入り込んでいる例をさっそくひとつ挙げよう。フローベール

『純な心』（一八七七）の数頁にわたって次々と現れる（私が見落としているものもあるだろうが）以下のようなものだ。晴雨計、綴れ織りの羊飼いの娘たち、ヴェスタ寺院の形をした置時計、紙の造花、「旦那さま」の肖像画、ペン画、グアッシュで描いた風景画、オードランの版画、金の十字架、トランプカード、世界各地の風物を描いた版画本、「金羊亭」の看板、ステンドグラス、聖霊飾り、聖母マリア像、聖ミカエルの竜退治場面の木彫群像、投げ倒された偶像、人の形をした蜂蜜入り香料パン、キリスト磔刑図、地図帳、甥の肖像画、黒い十字架、腕の刺青、ロザリオ、メダル、何人もの聖女たち、造花、アルトワ伯の肖像画、剥製の鸚鵡、我らの主イエス・キリストの洗礼を描いたエピナル版画、仮祭壇、中国の山水屏風、金色の日輪。さらにはフェリシテが大切に持っている、子供たちの「聖遺物」ともいうべき思い出の品々[3]、箪笥の上で「赤い染み」を広げる燭台、風景の中に「ジグザグ」をなす木々、誰かの「横顔」、登場人物自身のいろいろの思い出、幻覚、幻視、夢、想像の数々。

こうしたものたちすべてが、『純な心』のいわば想像領域（イマジネール）をなしている。となると、本書が論ずる第一の問題が、ここに提起される。すなわち、何かの似姿であるものが居並ぶ雑多な目録を支える何らかのシステムなり、一貫性なり、理由なりが存在するのか？　それとも、雑多さ自体が、価値（あるいは非−価値）として目録の存在理由になっているのか？

しかし、この簡単な例が示してもいるように、そしてさらに今後も見るように、何かの似姿だからといって必ずしもイメージであるとはかぎらず、イメージは「絵画」とはかぎらない。イメージは様々なのだ。語源を辿れば、（見られる）図像 icône は偶像（彫像）idole ではなく、偶像はイディル idylle（読まれる小さな「絵」）〔一般的には「牧歌」や「田園詩編」と訳されることが多い語だが、本書ではむしろ「小さな絵」という語源的な意味で使われることが多いので、その場合カタカナ表記にした〕ではなく、イディルは想念（心象）idée ではない。もっとも、これらはある種のつながりのもとで互いに類似してはいる。というのは、イメージは、イメージであることを隠せることもあるから。だから、ある計測器（晴雨計）は、アルトワ伯の肖像画や造花や鸚鵡の剥製（このどれもが何かの似姿となっている）と記号論的には同等である。鸚鵡の剥製は、聖遺物でもあり偶像でもあって、かろうじてイメージといえる事物である。他方、歴史的人物を描いた絵（アルトワ伯の肖像画）は、フローベールの書くフィクションとしての絵（「旦那さま」の肖像画）やフローベールとは無関係なフィクション（聖ジョルジュの彫刻）と同一でありつつ異なる。何かと似たイメージとしての事物は、程度の差こそあれ現実との類似によって機能し、それが何であるか同定されねばならず、連続し理由づけがあり同時的な宇宙に属し、記号と文からなる世界（不連続で差異化され継起的で線的で恣意的で、解釈されねばならない世界）と対立する。が、まさに記号と文からなる世界の中に表象されるのだ。すべては架空のイメージだが、同じ架空の中に隣接している。

十九世紀がイメージを発明したわけではない。文学を発明したわけでもないしイメージと文学の関係を発明したのでもないし（「詩ハ絵ノ如クニ」*ut pictura poesis*[三] の伝統や中世の写本装飾、ルネサンス期の装飾図案や紋章を考えれば十分）、文学における具象的なイメージや事物の存在を発明したわけでもない。だが、十九世紀は、イメージと文学の関係を根底から変容させた。新たな事物と新たな実践から成る新たなイメージ群（イマジュリー）を発明し、実用化し、産業化し、流通させ、決定的に新しい規模で流布させることによってである。イマジュリーという言葉は十九世紀に汎用される。シャンフルーリが自分の雑誌（創刊号巻頭には日本の版画が登場する）に『新しいイマジュリー』[4] *L'imagerie nouvelle* というタイトルを付けたほどに。この変容は、十八世紀末の幻燈やパノラマと十九世紀末の映画の間に位置する。この変容は、新しい事物（写真、ドーミエやダンタン弟の諷刺人形、エピナル版画、郵便切手、諷刺画、漫画、色刷り商業広告、挿絵入りの安価な本、日本の版画、絵葉書）、新しい場（毎年のサロン展、万国博覧会、私的な展覧会、ミュージアム、ショーウインドー）、新しい技術（紙にプリントする写真、色刷り石版画、木工木版画、マレーの動体記録写真）、新しい結合（一八八六年〈ジュルナル・イリュストレ〉〔絵入り新聞〕掲載のナダールによるシュヴルイユのインタビューの書き起こしと写真との取り合わせ）の発展と相俟って進む。学校という新しい制度により、幾世代もの人々の頭の中に、とりわけ第三共和制下においては、教科書や教育法の書物に載った教育的な装飾挿画が刻み込まれる。挿絵入りのラヴィス、ブルーノ〔ここではオーギュスティーヌ・フイエ Augustine Fouillée が、ブルーノに敬意を表してペンネームとして用いている〕の『子供二人のフランス巡り』*Tour de la France par deux enfants*、マセの教本等々。こうした新しいものの中には、世紀末の絵葉書が国の紋章（切手）、個人の筆跡（住所と通信文）と挿絵（有名な場所、彫像、絵画といった時代のトポスから特に何かを好んで複製する）を組み合わせるように、図像が組み合わさって小宇宙をなすものもある。メダルや小立像になって多くの家の屋内に飾られたベランジェがそうであるように、作家自身もイメージ群として増殖し、生前からイメージ化され図像にまでなり、十九世紀特有の意味での「イリュストラシオン」[5]になるのだ。写真（カルジャ、ナダール）、諷刺画（バルザック、ユゴー、ゾラは、最も「人気の」作家である）、彫刻（ダンタンから、バルザック像で第三共和制の「彫像マニア」に一役買ったロダンまで）、広告アルバム（世紀末のマリアーニ・ワイン〔パリの薬屋アンジェロ・マリアーニ（一八三八―一九一四）が一八七一年に売り出した薬用酒。マリアーニは、絵画、音楽、文学を活用して多彩な広告を展開した〕の「現代の人々」のアルバム）。政治的であれ、芸術に関わることであれ、何か起こると紙面で取り上げられ、三面記事となり、未曾有の速さで画像化される。一八七一年四月十七日のデムニーへの手紙で、ランボーが以下のように冷笑的に描いているとおりだ。「攻囲〔一八七〇年のパリ攻囲〕関係の写真や挿し絵のうんざりするほど多いことときたら、あなたには想像がつかないでしょう。」瞬く間に画像化されるのは、芸術上の出来事（サロン展はカムの手で諷刺画になって〈サロン・コミック〉誌に載る）、文学上の出来事も然りである（『ノートル＝ダム・ド・パリ』、『海の労働者たち』、『サラムボー』の出版が〈パリ生活〉誌や〈ジュルナル・アミュザン〉〔面白新聞〕であっという間に茶化される）[6]。新しい「イメージ工場」（映画理論家のカニュードの表現・タイトル）、イメージの、ということはつまり想像領域の新しい「制作所」は、賢明にして才能ある新種の起業家（フィリポン、ダゲール、ペルラン、シャルトン、ナダール、カルジャ、グーピル、バーナム、リュミエール）によって運営される。最も重要なことは、持ち運びできる小型写真機が十九世紀の最後の十年間に登場し、誰もが、私的であれ公的であれ自分の生きている世界を画像にできるようになり、それゆえ虚構を作れるようになったこと、あるいは、物書きでもあり写真家でもあったゾラがそうであるように、イメージに二重に関わる生活を作家が送れるようになったということだ。文化の様々な伝達手段や媒体、私的な場、公の場、書店の本、家庭にある肖像写真アルバムが画像に埋め尽くされる。このことは、イメージ群の旗印をなす〈イリュ

ストラシオン〉紙や〈マガザン・ピトレスク〉誌といったタイトルだけでもわかることであり、十九世紀史家が十分に研究してきた周知の事実である。

だが、イメージ史の専門家はこうした現象をともすれば単純化しがちであり、また現象を記号と記号の織りなす（間記号的）つながりの全体から切り離す傾向、他の媒体や伝達手段による諸々の表象システムから切り離す傾向もある。『純な心』を例に今し方、現象の複雑さの全体をとらえたわけだが、ある見方（記号論的な）においては、晴雨計はアルトワ伯の肖像画と同一視できるのだ。実際、イメージは多様であり、システムの中で持ちうるすべての多様性を視野に考察されねばならない。イメージは二次元のこともあれば（絵、地図、写真、ステンドグラス――たとえばフローベールの『聖ジュリアン伝』の由縁であるステンドグラス）三次元のこともあり（彫像――ロンドンでシャトーブリアンが幾度となく魅せられ足を止めるジャック二世の像、メリメの『イールのヴィーナス』[7]（一八三七）*La Vénus d'Ille* あるいはゴーティエが『七宝とカメオ』で描いているヘルマフロディトスの像「コントラルト」）、全身像（全身の肖像画や立像）のこともあれば部分像（顔の肖像、胸像――たとえば『居酒屋』のクーポーとジェルヴェーズの部屋のベランジェの胸像、あるいは『七宝とカメオ』の「手の習作」のように手[8]のこともあり、陽画（色つきの絵、彫刻）であったり、陰画（色つきの絵をもとにしたモノクロ版画、ユゴーのステンシル版画、写真のネガ、物が残した痕跡――『感情教育』で陶器の土に残ったアルヌー夫人の手形[9]）であったりする。他方、この現象を身体／イメージから、そして社会で共有される身体／イメージの様々な美的表出から切り離すことはできない。身ぶりの技（バルザックにおけるビジウがそうだ）であり「活人画」の演出法でもあるパントマイム然り（ドビュローは十九世紀半ばの重要人物の一人）、身体を広告に変える術であるファッション然り、活写法・エクフラシス・読まれるイメージを生み出す文学然りである。要するに、イメージの持つ顕著な傾向の一つは、とりわけ新しい技術のおかげで、増殖できるということのみではなく、同一でいながら他との比率を変えることによって、自分自身を変容させうるということだ。つまり、イメージ――

一般的に言って何かの似姿——は、なるほど、いくつもの指示対象を「縮図として」提示できるし、ボードレールをかくも魅惑した「玩具」についてみられるように、ボードレール自身の言葉（「玩具のモラル」）によれば、「ミニアチュールとなった生」、「人間を模倣する些細なものたち」を作り出せる。このものたちが人間を模倣するのは、世界についてできるだけ大まかなイメージを提示する「一風変わった彫像術」によってであり、玩具たちは「彼らの小さな脳の暗室で縮小された人生の大ドラマの俳優となる」。イメージとはプロテウス〔ギリシア神話の海の神〕的に変幻自在なものであり、極小になりうるし（エレディアの「ポン＝ヴィユーの上」の金銀細工師にとっての「短剣の柄にある巨人の闘い」、ダグロン〔フランスの化学者、写真家、マイクロフィルムの考案者（一八一九—一九〇〇）〕の考案した縮小写真と拡大レンズを仕込んだアクセサリー、小さなサイズゆえに諷刺されることの多かったメッソニエの絵、エンマ・ボヴァリーのウェディングケーキ上のチョコレート製ブランコに乗っている小さなアムール像）、巨大にもなりうるし（ゾラ『ウジェーヌ・ルーゴン閣下』で皇太子の洗礼式で空にはためく巨大な広告「グレーのフロックコート」、『レ・ミゼラブル』でバスティーユ広場にある象の模型）、二次元あるいは三次元で大きさを様々に変える（模型、縮小モデル[10]）ことができる。地図は冒険小説のいたるところに現れ（旅行記中の行程地図や推理小説中の犯罪現場地図も）、ジュール・ヴェルヌの小説や、ゾラをはじめとする何人かの作家の草稿類[11]に、また一八四〇年代の「パノラマ」本にも顕著で（『パリの悪魔』の扉絵にある片眼鏡をかけた悪魔が逍遥する地図[12]**（図版5）**）、現実に迫るためには避けて通れない記号媒体として、ミニチュア化・単純化によって世界を把握するイメージとして、フィクションの中に現れる。十九世紀が生み出し増殖させた具象的でキッチュなオブジェの特徴とは、本来の用途から逸脱した使い方やまがいものの素材といった明らかな特徴に加えて、他との大きさ比率の変化と不条理な記号的繋がり、文学も唖然とするほど奇想天外なイメージの転用である。具象的・図像的なオブジェが文学で言及されるときに、この唖然状態は、突き放した態度での皮肉な批判となってあらわれることがある。以下、その例を三つ挙げる。

世界でいちばん綺麗な贈り物、とフィロメーヌは思った。まずは包装紙だ。浮き出し模様がほどこされ、チュールレースのような細かい透かしが入り、花瓶の絵があって、そこには金の装飾に囲まれて金文字で「思い出」とある。花瓶からリラの花束が伸び、七面ある扇の形に描かれている。扇には小さな丸い銅板の肖像画があり、秣桶の中の小さなイエスさまが子供たちにかしずかれている。フィロメーヌは、美しい絵を抱きしめ、自分の祈禱書にはさんだ。初めのうちは幾度となく、祈禱書を開いては絵に触れ、広げ、図柄を見、丸い肖像画を囲んで書いてある連禱を読み返した。「おお、イエスさま！　聖なる救い主、私の心を捧げます。」[13]

箪笥の上の大理石板にあるのは、糸ガラスの置時計だけだ。これは、農家で父から子へと大切に受け継がれている家宝によくあるような、他愛ない代物だ。この時計は城の形をしていて、窓があって、回廊とバルコニーがついている。窓から中をのぞくと、閨房やサロンがあって、小さな人形が長椅子の上に横になっている。（……）若い女は、身じろぎもせず、たまげて、この時計を観察した。[14]

彼女は（……）宝飾品店のショーウインドーの前をぶらぶらし、いわゆるパリものとされる品々を前にうっとりし、金メッキした青銅の小さな馬車の中に置かれた香水瓶の香り、狩猟像が上に乗っている置時計、どれも一つ十八フランで売っているヴァンドームの塔やオベリスクの縮小模型などについて、つまらぬことをあれこれ考えた。額入りの色つき石版画を見てくっくっと笑い、彼氏のネクタイに自分の好みのピン、エナメル製の犬の頭か郵便切手が金の針についているようなのがあればいいと思った。[15]

二次元か三次元で何か（花瓶、城、ヴァンドームの塔）を「表して」いる多様で「現実味ある」ものたちが、虚構の登場人物たち（フィロメーヌ、マドレーヌ・フェラ、セリーヌ・ヴァタール）のみならず文学それ自体をもとらえて離さないのがわかる。文学は読者に対して、記号的な働きは変わらないまま小型化したもの、同じ形のまま「縮小された世界」を示し、同じものを指す具象的想像力をかきたてると見なされているのだ。こうしたものたちは、繰り返し現れ、意味のないこともあるが、上記で見たように「子供じみた」性格を持つことが多い。この性格は、子供と関わるカテゴリーであり、必ずイメージと結びついて現れる。このイメージというのはボードレール的「玩具」とはかぎらないのだが、世界のミニチュア化はイメージの「小さな」消費者と歩を一にせねばならぬようだ。取るに足らなくても中古でも、こうしたイメージやイメージとしてのオブジェは、それらが登場する文学の虚構の中では、登場人物と運命的な出会いをし、どんなジャンルの文学作品の中にも溢れかえり、文中に描かれた公私の空間をいっぱいにし、（「立派な」）絵画と並んだり皮肉に対照をなしたりする。こういう立派な絵は、屋内を描くに際して昔からあり、文学それ自体と同じように、想像力をかきたてるイメージを前にしては精彩を欠くことがあるのだ。現実であれ虚構であれ、もはや絵画だけが支配するのではない。ラファエロ（バルザック）も、アルバーニ（スタンダール）も、ドラクロワ（ボードレール）も、『純な心』には出てこない。

イメージは可動的になり多様化する。だから文学における十九世紀は、二次元絵画だけが勝ち誇るのではなく、絶えざる戦闘の場、表象システムどうしの闘いの場と見なせる。これらのシステムは、互いに補い合い連動し競い合う（図像の世界と記号の世界、ポジとネガ、指示するもの[16]と象徴するもの、象（かたど）られたものと貼付けられたもの、アナログとデジタル、動機づけられたものと恣意的なもの、工業的なものと手仕事的なもの、大衆と選良、私と公、「基準にあったもの」と「基準外なもの」等々）。ヴィクトル・ユゴーが一八三一年『ノートル＝ダム・ド・パリ』第五書の第二章のタイトルにした有名な言葉――ゾラは一八七三年『パリの胃袋』でこれを取り上げることになる――「これがあれを殺すだろう」は、表象システムの闘いを簡潔に言語化しており、印刷された本（「これ」）を、ゴシックの宗教建築そして石とガラスでできたイメージであるステンドグラスと彫像（「あれ」）に対置している。この論争は、通時的のみならず共時的にも理解されねばならない。『ノートル＝ダム・ド・パリ』冒頭でユゴーは、いきなり、イメージのシステム間の競合、演劇（グランゴワールとその聖史劇）と変顔競べ（割れた薔薇窓で）を対置する。図像 icônes の闘いは想念 idées や偶像 idoles の競合でもあり（この三語の語源は同じであるということを再確認しよう）、イメージの闘いは、記章や壁の落書きの、公の象徴や紋章の政治的闘いでもあることが多く、ナポレオンの鷲は宗教画の小さなイエスではなく、梨でも傘でも黒猫でもないということを忘れないでおこう。[17] そして、新種のイメージの増殖に加えてシステム間の相互干渉と相互媒介の増大は、イメージが工業によってまたたくまに増殖するという現象を伴う。この現象は、新たに（ヴァルター・ベンヤミンがみたように）複製の問題、独創性の問題、芸術作品の唯一性の問題、個人・個性の痕跡、「印章」としての文体の問題、唯一の作品という私有財産の問題、同一の場に増殖し並置されたイメージ間の不調和と調和の問題を提起せずにはおかない。

書物や新聞だけではない。都市の壁、街路、住居の内壁は、具象的な画像とオブジェに覆われる。世間に知れ渡る功績を上げた人々の彫像、宣伝や政治のポスター、男優・女優の写真、大量生産されたキッチュな小物、家族写真、公共施設の壁画などだ。役割は交換され、分散し、イメージの転用が生ずる。広告は公の壁をミュージアムの展示スペースにし、広告を担いだサンドウィッチマンと遊歩する人々を混在させる。新聞の挿絵とミュージアムの傑作が個人の居宅で隣り合う。[18] 家族写真と郵便切手（先ほどユイスマンスについて触れたように）がアクセサリーになり（ジュール・ヴェルヌの『クラウディウス・ボンバルナック』のアメリカ商人が着けている、あのダグロンのアクセサリー）、「活人画」はサロン展とルーヴル宮を私邸の客間に持ち込む。ますます多くのイメージが展示されるにつれて、眼差しの交錯も激しくなる。十九世紀の文学全体において新しく集団的行為者〔登場人物〕となった都市は、政治的・宗教的記号や図像や紋章をかざしつつ列をなして進む数多くの儀礼の場（『純な心』の聖体の祝日の行列のように）や、定期的に開かれるエクスポジション（街中で、ショーウインドーの中で、日ごと季節ごとに変わるファッション、毎年のサロン展、十年ごとの万国博覧会）[19] の場にほかならないように思える。こうした事態にはおそらく危機が伴わずにはいないだろう。身体的・心理的な人間の能力、とりわけ文学に不可欠な能力が、過度の膨張ないしは衰弱によって脅かされることもありうる。まるで――これこそ十九世紀がとらわれていた強迫観念なのだが――イメージの過剰が想像力を殺し想像領域を麻痺させるかのように。

この強迫観念は、想像能力のインフレーションやデフレーションが特徴となっているある種の登場人物群の地位向上に見られる。バルザックの金利生活者、モニエやフローベールのブルジョワ、これらの変種として、この世紀の「視覚的・目を惹く」新種のぶらつく人々、つまり、野次馬、屑屋、パリの悪童、遊歩者、群衆の中の人、[20]ダンディー、観光客、通りすがりの女、等々である。こうした人物はすべて、金銭や社会的地位によってではなく、目という器官の肥大によって、「パリ人の目」（バルザック）[21]、世の中を見る目、世の中が彼らを見る目によって、定義される。イメージを大量に消費するブルジョワに関していえば（「我々は、初心（うぶ）なお人好しとして、良きブルジョワとして、絵（イメージ）を眺めに行こう、そう、他の何よりも絵を」とモーパッサンは一八八六年四月三十日のコラムでこう語り、眼差しの物語を素描する）目はうつろに飛び出て、自分がもともと属していた文化からはずれ、唖然とし、仰天させるのを狙った出し物をまのあたりにして何のことかわからぬことが多い。一種の「システム」が文学において、また様々に異なるジャンルにおいて、これらの視覚装置をまとめあげている。これは二重システムで、北の人間と南の人間、ブルジョワと芸術家を近づけつつ対立させる。ドーデによれば、南の人間は、「まなざし」病[22]に罹っており、ボードレールによれば、フランス人のまがいものでフランス人を「猿真似」するベルギー人は、「大きく見開いた目」が特徴だ。[23]ブルジョワの対極にある芸術家自身も、ゾラの『制作』の主人公、「すべてを見、すべてを描きたい」クロード・ランティエのように、「目の疾患」に侵されており、その従兄で『ボヌール・デ・ダム百貨店』の社長にしてウインドー・ディスプレーの天才オクターヴ・ムーレは、中小ブルジョワの女性顧客たちの目を痛めつけようと夢見る。[24]文学に描かれるブルジョワは、イメージに寄生する職業の人々に取り囲まれていることが多い。写真家、建築家、彫刻家、ディスプレーデザイナー、挫折した芸術家、誇大広告業者、マケール〔通俗劇のならず者、ロベール・マケール〕的金融業者たちで、ブルジョワに様々なタイプのイメージ（自分のイメージあるいは他人のイメージ）を売りつけようとする。コラムニストであるピエール・ヴェロンは、「反射鏡」という名の下にパリ人の一つのタイプを考え出す。これは、「貴顕の士（イリュストラシオン）」つまり当世流行に従った有名人、こうありたいと願う自分のイメージにこだわる寄食者である。[25] フランスの最初の漫画（バンド・デシネ）（クリストフの）の最初の図版が、一八八九年（パリ万博の年）の〈プティ・フランセ・イリュストレ〉〔絵入り小フランス人〕で田舎のブルジョワの一家族、万博見物をするフヌイヤール一家を登場させていることは示唆的だ。この二つの空洞の組み合わせ、つまり、穴だらけの「傑作」（エッフェル塔）あるいは工業的に大量生産されたその模造品やまがい物と、それを前に面食らっているブルジョワは、無数の雑誌、オペレッタ、小説、諷刺画、軽喜劇、戯曲等々で繰り返し取り上げられる。さらに、示唆的なのは、『感情教育』の冒頭でフレデリック・モローが「アルバムを小脇に抱えて」、「絵の主題を考えながら」現れ、「昔ながらのタイプの」楽師に出会い、「ロマンティックな本に描かれた女」に似た女性に出会うことだ。この女は「何か刺繍をし」それから本を読み、シルエットが「青空を背景に浮かび上がる」。付き添っている夫アルヌー氏は「工芸美術」のオーナーで複製画の商売をし（いずれは「ゴシック芸術」という商標で、装飾陶器や宗教的な絵や彫刻を売るつもりである）、その名は「書店の棚」で「厖大な数のチラシ」に載っている。「イディル」idylle（語源的には「小さな絵」）が眼差しの交叉（「彼らの目が合った」）から生まれるこの冒頭は、イコンや紋切り型と分ちがたく多くの点において、十九世紀、とりわけ一八四八年以後の、小説の世界や登場人物の特徴をなす。この時代はもっぱら、あまねく広がったある種の図像世界の中に展開するように思える。心象、読まれるイメージ、見られるイメージ、語られるイメージ（ステレオタイプ、月並み、紋切り型）、模造品（二次元ないしは三次元の）、亜流がひしめく世界においては、登場人物（つまり人間）の心理的、社会的身分そのものが脅かされる。これは、他者に与える社会的イメージにおいては、悪口や中傷によって脅かされる。バルザック（『フィルミアニ夫人』）によれば「我々は皆、石版画の原版のようなもので、中傷によって厖大な数のコピーが刷られる」。登場人物の心理的、社会的身分は、人物が自らの想像力を駆使し想像領域を稼働させることによって脅かされ、イメージとその似姿の世界においては、もはや

「反射鏡」でしかなくなるおそれがある。フレデリック・モローは、（読まれる、見られる）イメージを貯蔵したり、諸々の計画という形でそれらについて幻想を抱いたり、あるいはそれらを複製したりする光学器械にほかならない。この人物が小説内に登場するときは、ほとんどいつも図像ライブラリでのようだ。

書物を読みすすむにつれて頭に浮かんでくるイメージのあれこれが取り憑いて離れず、それらを書いてみたくてたまらなくなるのだった。（……）ものの外観に心惹かれて、彼は描きたくなるのだった。（……）こうした様々なイメージが、彼の人生の彼方にある水平線に、灯台のように閃光を放っていた。[26]

そして、フレデリックが平面のイメージにとらわれていない時には、「くぼんだ」いくらか「ネガ」的なイメージ、痕跡の、「鋳型」のイメージが彼に取り憑いている。これら二つのイメージの在り方は、多くの場合テクスト内でほとんど同時に現れる。フレデリックは、クレイユで、アルヌーの着色絵皿の「ミュージアム」を訪れ、アルヌー夫人の手型を入手する。あるいは、パリを歩きながら、「居並ぶ店のカシミアストール、レース、宝石を連ねた装身具が彼女の身に纏われているのを」思い浮かべ「白鳥の羽根のついた可愛い繻子の室内履きは彼女の足を待っている」と思いながら、彼が出会う女たちは皆、「似ていても、似ても似つかなくても、アルヌー夫人を思い起こさせる」[27]。フレデリックの「想像力」は、イメージ（「類似」）と鋳型（「～のまわりに」、空（から）の室内履き）に支配されている。二次元イメージは類似の世界に属し、空（から）のイメージ、痕跡や鋳型は不在と欠如の世界に属する。これら二つは、大抵は否定的な形で繋がる。「感光した」像の平板な美が文章、文体となる。そして、意味のない平板な現実を真似て、フォトアルバムのように、「刷り物」や「絵」が並置されるように書かれたテクストを奨励する。これは、反‐語りの美学であり、当時の批評が目の敵にすることとなった。[28] 厚みを失って二次元に、欠如と「表層」になった世界そしてテクストの問題は、十九世紀が考察対象となる時に必ず登場するゆえに、倫理的であると同時に美学的な問題なのだ。

十九世紀には、「偶像好き」（一八三五年の〈芸術家〉誌はこの新語を、ヨーロッパのミュージアムの主たる版画コレクションを紹介したデュシェーヌ兄の著書の解説中に記載している）と偶像破壊[29]ないしは「偶像忌避」との対立が見られることになる。後の二者は、工業的に生産される画像が満ち潮のように増大するのに恐れをなす。というのは、もっぱら凡庸化、人間性喪失、「オーラ消滅」、通俗化、芸術全般とりわけ文学の大衆化ばかりを、この増大に見ているからだ。平面的なイメージは平均化への懸念を生む。それは「アメリカ的」で「民主的」だ。[30]「金輪際、私が生きているかぎりは挿絵など入れさせない」とフローベールは、エルネスト・デュプラン宛の一八六二年の書簡で吠えているし、さらに「どれもこれも、挿絵には腹が立つ[31]」と語っている（一八六九年二月十六日の書簡）。ボードレールは、目が「色つきの絵でいっぱい」で、あらゆる種類のイメージ（化粧した女の顔、子供時代の「トランプや版画」、「ブーシェの愁いを帯びたパステル画」――「憂愁」« Spleen »――、ドラクロワの絵、子供の装身具、ギースの水彩画とメリヨンの版画）に魅惑され、写真を嫌い、『悪の華』の口絵の刷りに満足したことがなく、偶像好きであると同時に偶像を忌避しているのが痛々しい。同じような戸惑い、同じような分裂がスタンダールに見られる。自らの想像と世に流布する画像の間の同じような葛藤が『アンリ・ブリュラールの生涯』と『ある旅行者の手記』の語り手に見られるのである。この語り手は、絵画を愛し巨匠の作品の模作と複製を好みつつも（この語り手曰く、人民を教育するためにも文章の中でくだくだしい描写を避けるためにも、模作や複製を増やさねばなるまい）、彼のかけがえのない個人的な思い出が版画にとって代わられるのを惜しむ。住居が狭くなったことを嘆いてもいる。

絵画の時代は過ぎ去った。（……）栄えうるのは、もはや版画だけだ。我々の新しい生活様式は、邸宅を壊し、城を壊し、絵画を愛でることを不可能にする。[32]

アルヌーは、絵や図柄の量産を生業とする人物で、これとほぼ同じことを、『感情教育』中でフレデリックに語る。そして、複製可能なイメージが幅をきかせるのを擁護してもいる。

「今どきみたいな凋落のご時勢にどうしようっていうんだい？　大きな絵はもう流行らない！　だけど、そこらじゅうにアートを置けるんだよ。[33]」

「大絵画」は「イメージ群」に脅かされている。「凋落」décadence という語は当初、この現象に関して使われたようだ。ロシュフォールは、自著『デカダンス期のフランス人』*Les Français de la décadence*（第三シリーズ、『時代の兆候』一八六八）に再録された皮肉なコラムで、こう述べる。

今から二十年経って、「絵画」という語がフランス語からほとんど消えてしまったとき、誰かの前でこの語が発せられたら、その人は興味津々で一体それはどういう意味だと訊くだろう。あれこれたくさんのものを見てきた老人たちは、絵というのは、ふつう、一枚の画面からできていて、その画面の上に小さな刷毛で様々な色を加え、上手さの度合は別として現実生活の場面を書くのだ、と答えるだろう。（……）我々に残っている唯一の絵は活人画である。

さらに予測できることとして、議論は、言語そのものの内部に、文学の領域の内部にまで及ぶ。文学的言語の果たす役割の一つは、これまでずっと、使い古された「読む」イメージを、隠喩と「見せる」イメージによって「リサイクルする」ことであったのだから。だから愚かしさは、ありきたりのイメージ・紋切り型・「月並み」（ボードレールは月並みを一つ創り出そうとしていた）といった怪しげなかたちに言語化されていることが多い。これは、内面化され、脳に無意識に刻印され、大衆に流布し、増幅され、ゆえに（図像を嫌悪する人々から）忌避される工業的に生産された画像の性質をことごとく備え、十九世紀の最大の「問題点」のごときものになりがちだ。同様に、前衛や刷新は、かの「黒猫」のように繰り返し出てくるイメージになることが多い。黒猫のイメージは、まさにエロティックな隠喩そのものであり、シャンフルーリやマネから世紀末のキャバレーやフュミストたち〔当時のブルジョワ的価値観に対抗して様々な異色の発言・行動を行なった〕に至るまで、十九世紀的現代性（モデルニテ）のイメージ、目印、看板、記号、アイコンとなることが多い。水を忌避する猫とブルジョワの雨傘、これらは十九世紀をとおして果てしない闘いを繰り広げる。現代的なロゴスは、このロゴマークを旗印に展開することになる。

もう一つの懸念が生まれる。イメージは、日常的な現実を覆い尽くすまでに遍在するのみではない。十九世紀になって見出されたのは、媒介作用である。記憶の中にあるイメージが現実との接触そのものに力を及ぼすということ、イメージは見る者の眼差しの外に位置する対象であるのみならず、見る主体、見る者の中、一九四八年のエリュアールの詩集のタイトルを借りるなら、「眼差しの内側」にもあるということである。エドモン・ド・ゴンクールは一八九一年八月二十七日、この媒介作用は片眼鏡によって強められ、もはや「巨匠」画家のとは別物だと『日記』に記している（この種の覚え書きは兄弟二人の記述に頻出する）。

> 十二番の鼻眼鏡越しに近眼の私に見える木々は、古今の絵に描かれた木々とは似ても似つかない。そう、私に見える木々は、その葉叢の生い茂りからして、写真の木々、フラゴナールの銅版画の木々のようだ。

ここには五層の媒介がある。（絵画ではないという）否定的な媒介、光学的媒介（片眼鏡、これについては本書第七章で論ずる）、写真による媒介、銅版画による媒介、銅版画はそれ自体もとになった絵画を（ネガ、白黒、反転したかたちで）媒介している。こんな状況でまっさらの（ボードレールにとっては「野蛮な玩具、素朴な玩具」に惹かれる子供の眼差し、ヴェルレーヌにとっては、「落ち着いた自らの目だけで事足りる」記憶喪失のカスパー・ハウザーの眼差し）[34]、媒介なしの直接的な眼差しをいかにして取り戻せようか？　いかにして「頭ではなく目で見る」[35]（クールベ）ことが、いかにして「ただ単に目であること」（フローベール「ナイル川で」）ができようか？

十九世紀をとおして多様な形をとり多様に言い表された問題はこういうことだ。イメージの媒介がもたらすことどもから解き放たれ、あるいはこれらを統御し、馴化し、あるいはまた、これらを相手に策を弄するどんな新しい眼差しを文学において生み出すのか？　イメージが飽和しイメージのインフレーションを避けられぬ世界において、想像的なるもの（イマジネール）（あるいは文学のような想像力の「科学」）の位置、実践、産物はどうなのか？「新しい心理学」、たとえばテーヌが『知性について』（一八七〇）でフローベールを例にいくつかの点を延々と論じていた新しい知性が、まさに（心的）イメージの問題、幻覚の問題を関心の中心に据え、知性を「イメージのポリプ母質」[36]と定義している時代にあって、イメージをどう扱うのか（あるいは、いかにしてイメージを追い払うのか）？「見る」という観念に基づいた共通の語源の示唆するところに従いつづけるには、イディル idylle（小さな文――読まれる小さな「絵」）、図像 icône（二次元の見られるイメージ）、偶像 idoles（三次元のイメージ）そして想念（心象）idées の関係はいかなるものでありうるのか？　答えはもちろん、流派によって、作家によって、ジャンルによって、この世紀をとおして大きく異なる。一八四八年から一八八〇年の間に少なからぬ作家たちが、この世紀へのある種の憎悪を、この世紀に生み出されたイメージを嫌悪することによって静めたとはいえ。しかし、十九世紀文学を（もしかすると）特徴づけるもの、本書がいくつかの例を用いて述べようと努めるものは二つある。一つ目は、はっきりとした地形図の中にイメージを位置づける、イメージの問題に現実的な形を与える傾向だ。刻み込み、作り出し、貯蔵する場所なしに、すなわち図像ライブラリなしに図像はない。イメージは、明確な空間、構築された演出のもとに、個別化され丁寧に配置・構成された具体的な場所に現れる。とはいえ、これらの場所は、どんどん速度を上げて流通するイメージを押しとどめるべく、イメージを罠に搦め捕ったり「位置付け」たりしながらも、ますます「穴だらけ」になるし、これらの場所の中にあるイメージは、これから速度を上げて移動し場所を変え始める。こうした場所は、文学においては、システムをなす、つまり十九世紀の図像圏 *iconotope* とでも呼べるものを形成する論理にしたがって整序される。このシステムは二重に規制されていることが多い。一方では「制作」の規制（イメージ生産の場のことである）、もうひとつは「倉庫」の規制（場所はむしろイメージを貯蔵しておくところと考えられる）である。つまり、文章的な場（「文彩」、読むイメージは、描写を織りなすことが多く、バルザックが『実業家』冒頭で用いている表現によれば、「分析と描写の時代」であるこの世紀の文学は、ややもすれば描写的である）、書物の場（書物の扉絵、草稿段階でのスケッチ）、公の場（ミュージアム、街路）、私的な場（住居、肉体）、半ば公的あるいは半ば私的な場（アトリエ）である。そして、場と増殖がある、ひとつの場へのイメージの集中と並置があるということから、痛切な問題、十九世紀をとおして存在する問題が提起される。つまりイメージの隣接における異質性と無秩序の問題、イメージの雑居性の問題である。

本書が論じたい二つ目のことはこうだ。文学は、模倣（古の人々を真似る）あるいは反発（古の人々とは真逆のことをする）によって「発展」してきたし、模倣も反発も、内部にとどまろうと（十七世紀の古典派作家を真似る）、外部であろうと（シェークスピア、オシアン、ウォルター・スコットを真似る）、いわば純文学の内側にとどまってきた。だが、十九世紀は、この長い伝統と袂を分かつように思われるのだ。これ以降、様々な前衛が、文学の「外に出」て、非‐文学、反‐文学、とりわけ文学的でないイメージの側、大衆的ないしは産業的なイメージのほうにモデルを探しに行き、そのあとでより良く文学に「帰る」ことになる。記号領域を跨いだ「戦術的」交配が同一系統の通常の交配にとって代わる傾向にある。「詩ハ絵ノ如クニ」から逃れ出て、これまではほとんど避けえなかった絵画への準拠、絵画の偉大な伝統への準拠すらしなくなる。偉大な伝統とは、遠近法を用いた、立派な「主題」のある具象画であり、「受難」「歴史」「聖書」「神話」といった特権的なものを描き、三次元の虚構空間で人物を「立体的に表現する」（これはバルザックの『知られざる傑作』の根底にある考え方だ）。これ以降、文学の模範や引き立て役となるのは、「イメージ」であって、「絵画」ではなくなる。この二語は同義語のように見えるが、同義語と見なさぬよう注意が必要なのだ[37]。文学は、色彩やロマン主義的な（読む）イメージが溢れんばかりに乱舞した後、大衆的な単純さ、あるいはそうだと思われたもの、歌曲（ネルヴァル、デュポン、ベランジェ、シャンフルーリ）、イメージに先立つ言語あるいは大衆的（見る）イメージに倣って作られた言語と様式的に等価なものに回帰して、創作しようとする[38]。ヴェルレーヌ美学の中心的な語彙である「無垢」« naïveté » は、価値でもあり反‐価値でもある。これ以降は、イメージにつぐイメージが見られ、時代のずれを承知でいえば「ポップアート文学」とでも呼べるものが現れてくる。

このことは、数々の批評家たちが絵画や文学の様々な前衛に対して投げつける非難の言葉をみればわかる（「平べったい」絵、「エピナル版画」、「彩色挿絵」、「トランプ」、「印刷」、「ダゲレオタイプ[39]」）。あるいは、結局同じことなのだが、十九世紀に居並ぶ多様な「詩的芸術」の、いずれも多少なりとも挑発的な出所やほとんどの手本を読めばわかることだ。諷刺画、民衆版画、彩色皿（シャンフルーリ）、「ジャック・カロ風の一風変わった版画作品」（アロイジウス・ベルトラン）、「七宝とカメオ」（テオフィル・ゴーティエ）、「万華鏡」、「安物の版画」（ヴェルレーヌ）、「アメリカ的比喩[40]」（ジュール・ラフォルグ）、「イリュミナシオン[41]」（ランボー）、ステンドグラス（マラルメ、フローベール、タイヤード）、シェレのポスター（ユイスマンス）、「綱渡り芸のような」パントマイムや「幻燈」（バンヴィル）、日本の版画（ゴンクール）がそうだ。ボードレール、ヴェルレーヌ、フローベール、ランボーは皆、様々に異なった形で新しい眼差し、未開人や野蛮人の眼差し（ランボー）、鱗の落ちた純真で愚かでまっさらな子どもの眼差し、「何もかもを新しく見る」（ボードレール）子どもの眼差しを援用する。

程度の差こそあれ王道から外れてパロディー的な、子どもっぽい、あるいは徹底して幼児的な新しい詩的芸術がここから生まれる。ボードレールが「一八五九年のサロン」中、「風景」を締めくくる文のように。

ジオラマに立ち戻りたい。荒っぽく大仕掛けの魔術が、良き錯覚を起こさせてくれるから。何か舞台装置を眺めたい。そこでは私の最も大切な夢が巧みに表現され悲劇のように濃縮されている。こうしたものたちは、偽物だからこそ、限りなく本物に近いのだ。昨今の風景画家たちの大方は、嘘をつくことを怠ったが故に嘘つきだ。

また、ランボーのエクフラシス詩「皇帝万歳！　の叫びに乗ってゆくザールブルックの輝かしい勝利」（まばゆく彩られたベルギーの版画、シャルルロワで三十五サンチームで売られている——本書第九章参照）あるいは『地獄の季節』中（「錯乱Ⅱ、言葉の錬金術」）ランボーの最も明白な「詩芸術」において最初の一文はイメージを、第二の文は「文学」を、意味深に皮肉に並置して語っている。

私が愛したものは、愚にもつかぬ絵、扉の上部に刻んだ装飾、芝居の書割、縁日に掲げられる垂幕、店の看板、俗っぽい彩色挿絵。あるいはまた、流行遅れの文学、教会のラテン語、綴りもあやふやな艶本、祖母たちが好んだ小説、妖精物語、児童向きの小型本、古めかしいオペラ、ばかばかしい反復句（ルフラン）、素朴なリズムの詩歌などだった。

あるいはまた、やはりランボーの詩だが、一八七一年バンヴィルに宛てた嘲笑的な別の作品もある。

花について詩人が言われること、

ここには、こんな有無を言わせぬ文言がある。

おまえの詩句は宣伝であれ！

そしてこう終わる。

そして神秘にみちた／詩を制作するために／トレギエからパラマリボにいたるまで／
あのフィギエ氏の書物を何冊か買い求めるがいい／――挿絵入り――アシェット書店刊だ(四)！

伝統も規範も図像世界も、別ものになった。絵や芝居のように大がかりな活写法やありありと物語る比喩にとって代わるのは点状のしるし（カルロ・ギンズブルグ(42)）、壮大なエクフラシスや歴史画、聖書・神話画に描かれた気品ある姿形にとって代わるのはどこにでも見あたるような姿形、輪廓線をぼかして明暗をつけた絵にとって代わるのは「はっきりくっきりした」絵だ。遠近法、「ヴォリューム」、三次元を模倣し(43)目の錯覚を起こす「立体」画にとって代わるのは、平面画（「彩色プレート」）だ。フローベールは、一八六九年、『感情教育』が不評だったことについて、書簡中で、作品構成における「遠近法の欠如」のせいだと認め、『聖ジュリアン伝』のために二次元イメージ（ステンドグラス）を模写し始めていると書いている。ダゲールは中に入ってゆけるイメージ（ジオラマ、パノラマ）をやめて写真に転ずる。十九世紀とはイメージのミュージアム間の、空想ミュージアム間の闘いだ。

イメージの読み解き方は独特で、眼差しが平らな表面を素早くジグザグ走行する。だから、線に沿ってまっすぐゆっくり読まれるのが常の文学テクストとは対立する。では、テクスト中でテクストのために、文学中で文学のために、イメージのこの方法、より大胆で予測困難で遊びのある方法、より物語的でない、否‐物語的な方法（イメージは語りの緯糸を立派に備えうるのではあるが）、方向づけが少なく拘束がゆるく迅速な方法、物語への従属が少なく線的に方向付けられることの少ない読みの方法を、いかにして取り込むのか？　この方法をいかにして規範とするのか？　表面と平坦さの美、「主体」に従属せず、モーリス・ドニが一八九〇年に語った有名な言葉、十九世紀全体が徐々に向かっているようにも思える言葉[44]を先取りする美、平面の美あるいは「ネガ」の美と言い換えられそうな美は、テクストの「現実性」あるいは「深さ」という昔ながらの文学の美に逆行して、いかにして練り上げられるのか？　いかにして「平面の中に入る」のか？　いかにして、新しいイメージ、新しい「イメージ群」が生まれる時に、文学の中に新しい読むイメージを、新しい隠喩、新しい直喩を生み出すのか？[45]また、たとえば、文学の中に、イメージの行為項としての一種の中立性、客観性（あるいは不確定性）をいかにして「移し替える」のか？　この中立性ゆえに、イメージは能動と受動のどちらかを選ぶということがなくなっており、殺人を描くイメージ、「Yを殺しているX」は能動と受動のどちらかを選ばねばならないテクストとは異なって、能動の文「XがYを殺す」とか受動の文「YがXに殺される」と必ずしも解釈されるわけではないのか？　焦点を移動させた写真のフレーミング、「切り取られた」被写体を前にして、日本の版画の突飛な視点を前にして、同じように中心軸がずれ分散したテクスト、やはり「切り取られた」もの、「生の断片」を主題とするテクストを夢見ないでいられようか？　イメージの「短縮」や規模の変更といかにして張り合うのか？　イメージ上をジグザグ走行する眼差しに倣って「ジグザグの景色」[46]あるいは「曲がりくねった」「頭も尾もない」「細切れの」（ボードレール、『散文詩』の序文）読みを「夢見」ないでいられようか？　近代生活を操るにいたった速度というものといかにして競うのか？　速度は、今後、イメージの生成（ボードレールにとってのコンスタンタン・ギース、あるいは十九世紀末の写真の瞬間性）という形、イメージの（機械による）複製という形、そうしたイメージの受容（これからは、「急いでいる」読者が読むかわりに「ぱらぱらめくる」）という形をとる。速度と偶然を読書に取り入れるということは、散文作家や詩人がそれぞれのやり方で実現しようと努める夢となる。一方では、写実主義・自然主義の作家たちが筋を「壊し」、徹底して「物語」や「逸話」の価値を低下させ、さらには速さを小説のテーマそのものとして（ゾラの『獣人』）、「場面」「細部」「瞬間性」「小さな絵」[47]の組合わさったテクストを優先する。他方では、ボードレールは『散文詩』序文あるいは「風俗のクロッキー」[48]についての考察で、バンヴィルは『幻燈』の序文で、マラルメは『骰子一擲』で、語りを線状に繋ぐ「糸」を切断し、「絵画」テクスト、あるいは「星座」テクストあるいは「万華鏡」テクスト（ヴェルレーヌ）を夢見、ボードレールの言葉によれば自身が「意識を付与された万華鏡」となる。[49]「短縮」と「固定」、ある種の画像（とりわけ写真）生成方法に関わるこれら二つの術語は、美に関わる方法でありうるし、短く集中し濃縮した形式についてのきわめて革新的な経験を作家に示唆することになろう。短く集中し濃縮した形式とは、散文詩、短編小説、「パリのひととき」« **la minute parisienne** »[50]、フェネオンの三行小説、「写実主義の十行詩」、「タブロー」、新聞のコラム、「場面」並置からなる風俗小説、心理小説における「固定観念」や幻覚のモチーフのことで、十九世紀を通じて試行されることとなる。見られる（平面の）イメージが読まれる（線状の）テクストに挑む戦いとはこのようなものだ。文学とその歴史的、「現実」的文脈との関連付けは、技術的、記号論的ないくつもの手続きを比較することによってしかなされ得ない。

本書は、こうした関連、変異、挑戦、新たな相互干渉を、文学からの視点で扱う。従って、十九世紀の絵画、挿絵、挿絵本を論ずるのではないし、文学と絵画の関係についての研究でもない。[51]それどころか、本書で扱うイメージというものは、ほとんどいつも、絵画から外れたところにある。考察対象とするのは、（文体上の）方法と（言語化された、また現実の）場である。こうした方法と場によって文学は十九世紀の「新しいイメージ」を描く。この描写・表象について、本書が提起するのは、まさに表象という問題そのもの、現代性の問題、一般に広まった「ぱらぱらめくり」と「アルバム」の時代（本書第十章参照）に文学が入ってゆくという問題である。したがってほとんどの場合、メルシエからゾラまで、写実主義の流れから例をとっている。この流れは、十九世紀をとおして脈々と受け継がれ、とりわけ一八四〇年と一八九〇年の間にその基調をなすものを生み出すのだ。

第一章　生産されるイメージ――暗室

「われわれもできる限りパントマイムをしようではないか。」

――エミール・ゾラ『演劇における自然主義』

文学とは、「読むためのイメージ」を生成する饒舌な職人芸であるが、それらのイメージは修辞学上の花形とも呼ぶべき文彩（フィギュール）である活写法[一]を後ろ盾に、「見ているかのような効果」を生み出す。この文学が、言葉なき産業芸術、すなわち現実的な「見るためのイメージ」を生み出す写真術と出会ったのは、ようやく一八四〇年頃のことである。一八二七年、ニエプスによる初の写真撮影成功よりはるか以前から、幻燈やパノラマ〔円形の壁面に風景を描いた舞台の前に人形などを置き、臨場感のある光景に仕立てた見世物〕をめぐる夢想によって、暗室が生み出す想像領域（イマジネール）はすでに準備されていた[1]。しかし厳密には、この想像領域において、一八四〇年以降に芸術と現実模倣（ミメーシス）との新たな関係を生み出した諸形式を、はっきりと識別しておくべきである。また、ダゲレオタイプ（開閉可能な書物状の小スクリーンに、一枚だけ非常に現実的な世界のイメージを写しとる作品）と、タルボタイプ（焼き増し可能な陽画紙に、より絵画的効果の高いイメージを写しとる作品）も、区別されるべきである。紙焼き写真は、ポジとネガを要するというテクニック上の構造ゆえに、美学的、哲学的、造形芸術的なネガについてのひとつの思想、すなわち「黒い太陽」というイメージ体系――ビチュームと銀板は、初期の写真の原材料である――ひいては影とシルエットのイメージ体系を生み出した（キャバレー「シャ・ノワール（黒猫）」でリヴィエールやカラン・ダッシュが上演した、「映画の前身」

となる影絵劇場に結実する）。この「ネガ」のイメージが創る想像領域については、のちに本書第八章でより文体分析的な次元で取り上げることにしよう。「読むためのイメージ」と「見るためのイメージ」の関係を扱う際に、デッサンや詩、さらにはヴィクトル・ユゴーのいくつかの作品（たとえば一八四〇年の詩集『光と影』）を手がかりに見ていく。十九世紀を通じて写真術そのものは、人間が光と影の戯れを徐々に手なずけることに貢献していくのである。(2)

写真術はまた、新たなタイプの本を作り出した。それが十九世紀の家庭に広く普及した肖像写真のアルバムである。アルバムは新たな読者と新たな読み方を生み出し、素早い行き当たりばったりのジグザグ読み（「ぱらぱらめくる」feuilleter という行為）、イメージの上をひと目で「まんべんなく」なぞる読み方をうながす。手軽な気晴らしのために楽しくページをめくるという行為は、写真アルバムという種類の本を、ボードレールが『散文詩集』の序文で、テオドール・ド・バンヴィルが『幻燈』の序文でそれぞれ理想と掲げた、「頭も尻尾もない」詩集の読み方に近づけた。ひとつながりになったバラバラな手足の紙人形を連想させるこの新しい読書のあり方は、社会の総体、（連続的で互換可能な）新たな構造、あるいは肖像や風景を描写する斬新なテクニックなどを理解する新しい方法を、小説家たちに示したのである（たとえばフローベールの『三つの物語』において、「ジグザグ」のイメージはノルマンディーであれ、パレスチナであれ、風景描写にも現れる）。そして彼らの物語においては、（「細部」や瞬間のつらなり、寄せ集め、断片、万華鏡から成る）新しいタイプのエクリチュールが生み出されたのである。こうして写真アルバムは、社会の混沌を視覚化し、新たな構造や読書のアイコンとなる。ゾラの『獲物の分け前』（一八七二）における近親相姦的なカップル、ルネとマクシムがめくるアルバムでは、雑然とまとめられた写真から、とっぴなカップルや縁組が飛び出してくる。

マクシムはこうした女たちの写真も持ち歩いていて、あらゆるポケットに、煙草入れの中にまでも、女優の肖像写真が入っていた。たまってくると、この女たちは、ルネの親しい人々の写真を収めたアルバムに片づけられた。サロンの家具の上に何気なく置いてあるこのアルバムには、男たちの写真もあって、ド・ロザン氏、サンプソン氏、ド・シブレー氏、ド・ミュッシー氏、それから俳優、作家、代議士などが、どこからともなく集まって、コレクションを増やしていた。ルネとマクシムの生活を通り過ぎてゆく、奇妙に入り混じった世界、様々な考えやら人間やらがごちゃ混ぜになった世界の縮図である。雨降りの日、退屈なとき、このアルバムは大いに話の種となった。いつのまにか、このアルバムを手に取ってしまうのだ。ルネは欠伸しながらこれを開いた。一体、何回目かしら。それから面白くなってきて、マクシムも彼女の後ろに来て肘をつくのであった。すると「ザリガニ」の髪、ド・マンオルド夫人の二重顎、ド・ロヴランス夫人の目、ブランシュ・ミュレールの胸元、デスパネ侯爵夫人の少しゆがんだ鼻、分厚い唇で有名なシルヴィアちゃんの口について、延々と話が続いた。相も変わらず女の品定めである。(……)ルネはいつまでもアルバムを離さず、にこやかな、あるいは気難しそうな仄白い顔に見入った。女の写真にはいっそう暇をかけて、小皺や細かい毛など、写真の性格で微視的な細部を興味津々で観察した。ある日など、「ザリガニ」の鼻に一本毛が生えているような気がして、度の強い虫眼鏡を持って来させまでした。たしかに、虫眼鏡で見ると、一本の細い金の糸が眉から横にそれて、鼻の真ん中まで来ていた。マクシムとルネはこの毛をいつまでも面白がった。このあと一週間、家に来たご婦人方は、この毛があるのを、自分で確かめさせられた。虫眼鏡はこの時以来、女たちの顔のあら捜しに使われた。ルネは、今まで気づかずにいた皺とか、きめの粗い肌、白粉で隠せない毛穴、といったすごい発見をいろいろした。これに対してマクシムは、そんな風に人間の顔を貶して嫌うもんじゃないと言って、とうとう虫眼鏡を隠してしまった。(……)そこで二人は、新しい遊びを考え出した。「誰と一夜を過ごすのが楽しいかな?」と問いかけ、答えを満載したアルバムを開くのだ。滑稽きわまりないカップルがいくつもでき上がった。二人は仲良しの女友達のように、これで幾夜も遊んだ。(……)だが、男どうし、女どうしの組み合わせになったときほど笑ったことはなかった。(3)

さまざまな写真を集めたアルバムでは、世界はステレオタイプ化された場面や人物を類型化するポーズに還元され、ミニチュア化や縮尺の変化によって、「遠近短縮法」〔人体を面と交差するように配し、実際より短く見せる絵画技法〕でとらえられる。こうしたアルバムは、小説家たちを魅了した。まるでユイスマンスの小説のある登場人物が、ショーウィンドーのアルバムに魅せられるのと同じ具合である（『ヴァタール姉妹』第二十章）。このパッセージは、リスト化され、シリーズ化され、「レンズ」objectif の前でコレクションにされた世界、すなわちリアリズム小説家の夢を浮かび上がらせる。それは、ちょうど一八四〇年代の「生理学もの」の流行と、「パノラマ的な文学」（ベンヤミン[4]）の流行とも一致するが、これらの文学もまたポスターやアルバムのような形で、まるでショーウィンドーに陳列するかのごとく、社会における立場、性格、職業において多種多様な人物を描いたものである。

セリーヌはショーウィンドーを一心に眺めていた。カーテンを背に椅子に座った子犬や、ぐんなりと物憂げにテラスで花冠を編む女性の写真が素敵だ。縮れ毛でカイゼルひげをたくわえ、満足げな大きい顔に堂々とした押し出しで、付け焼き刃の上品さをレンズに映し損ねた男たちの写真には熱をあげた。彼女はまた、汚れたリネンに飛んだハエの糞のように、ピンボケした肖像写真にぽかんと見入った。さまざまな顔、婦人たち、豊かな胸もあらわなデコルテの太った娘たち、扉から見張る人、路地の角で口笛を吹く人が写っていた。綿タイツをつけ、タフタ織の造花を飾った三流女優たち、手指にしもやけのあるエプロンをつけた女中たち、さらには新郎新婦もいた。女は膝に手をのせ、男は無遠慮で抜け目ない様子で肘掛椅子にもたれている。ぼんやりと満ち足りた様子の初聖体拝領をする子供たち、面食らったような間抜け面の兵士たち。しかしとりわけ彼女を感動させたのは、ある家族の写真だった。窓越しに写されたもので、父、母、子供と猫が、干からびたモクセイソウと葉の落ちたゼラニウムの鉢植えの間に寄り添っている。母親はしもぶくれの丸顔をした平凡な女だ。夫の方はずんぐりしたお人好しで、酒飲みの大工のような赤ら顔をしている。子供は貧相で不良じみているし、猫は目立たずぼけていて、もやにかすんでいるようだ。

写真術は人の顔やポーズをカテゴリー化し、社会のあらゆる多様性を可視化し、それをギャラリーやショーウィンドーへと変えてしまう。さながら社会的、文学的な一冊の百科事典が立ち現れるようであり、身分証明書や警察の犯罪者識別リストと競合し始めるかのようだ。

個人やグループで撮られてアルバムやショーウィンドーに収められ、写りや出来栄え、現像方法などによって評価される写真は、文学にも強い訴求力をもって、新たな美の基準を要請する。それは写真という新しい基準を用いて、世界をリストや目録に還元し、固定するという要請である。写真は文学のライバルとなるか（ネルヴァルによれば、写真術は旅行記の描写を出し抜く[5]）、文学の召使や宣伝手段となる（作家や俳優の肖像写真という形で）。文学と写真の出会いは、たとえば写真を撮る作家エミール・ゾラ、ないしは発明家にして詩人のシャルル・クロに見ることができる。クロは一八八五年の詩「碑文」においてこのように自己紹介している。[6]

（……）私はあらゆる声音、優美さ、
ひとつの鏡が映すすべてのもの、
オペラ座の舞踏会の陶酔、
ルビーの夜、緑色の影が、
不動の乾板に焼きつけられることを望んだ。
私が願ったそれらのことは、実現するだろう。

フィクションのテクストの中で、読者はしだいに写真と出会うことになる。挿絵としての写真（少なくともローデンバックの『死都ブリュージュ』（一八九二）以降の話だが、世紀末に出版された、ルネ・メーズロワらによる官能小説シリーズ『エクセルシオール』〔挿絵の代わりに写真が使用されている〕も参照すること）、指示対象としての写真（幻滅の世紀を総括したアンリ・セアールの『海辺の売地』（一九〇六）で描かれた写真家マレスコの造形）、行為項としての写真などである（モーパッサンのいくつかの作品、たとえば「助かったわ」や「オリーヴ畑」、ドーデの『アルラタンの宝』、レオン・ブロワの「暗室」、またナダールが記した有名な殺人事件でも、写真が重要な役割をはたす）[7]。写真は隠喩と同じように紡がれ（小説家があたかも「感光板」となったかのように）、数多くの芸術家にとって技術的な補佐役となり（ドラクロワに始まってモロー、ロダン、ボナールに至るまでの画家）、美学的なモデル、あるいは美学の引き立て役となる（ボードレールを参照されたい）。遍在する写真は、十九世紀においては世界を眺める際の媒介となり、「視覚的無意識」（ベンヤミン）を現像し、さらには一般化する作用をもたらした。ゾラは一八七二年頃の「準備プラン」〔ゾラが長編小説を執筆するたびに作成した資料。第六章に詳しい〕に、「労働者」についての小説の構想をこう表現している。「一八四八年〔二月革命〕で殺された蜂起者たちの一枚の写真。一八七一年五月〔パリ・コミューン〕に続いていく」[8]、と。そのゾラは、一八八〇年代には優れた写真愛好家となり、こう断言するに至る。「写真に撮らなければ、あることの本質を見たとは言えない。」[9]

暗室は、世界についての考察する思想が汎用するモデルにまでなった。ガブリエル・タルドは模倣の一般的法則についての理論を展開する際、写真用語を用いている[10]。そして作家にして天文学者のカミーユ・フラマリオンは、『ルーメン、無限の物語』において、天体全体のことを、「写真」にするのと同様に宇宙の「イメージを定着させる」、ひとつの巨大な「暗室」と表現している（これらの専門用語はこのエッセイのキーワードである）[11]。ミシェル・セールは蒸気機関やその構造が自然主義小説をもたらしたと指摘したが[12]、あらゆるところに介在する暗室もまた蒸気機関と並んで、十九世紀のもうひとつの機械、もうひとつの構造、もうひとつの隠喩となった。暗室は、膨大な文学テクストにおいて基底となる枠組み（シェーマ）を成す。そこから明るいものから暗いものまで無数の「イメージの箱」[13]が派生してゆき、（劇場などの）隣接したテーマを介して、より一般的な表現テーマへと結びつけられてゆくことが多い。たとえば「動く箱」としては、ドーデの小品における蒐集品を詰め込んだアルラタンのトランク、ユゴーの『笑う男』における劇場「グリーン・ボックス」[14]、ヴェルレーヌが「扉の枠の中の風景は……」« Paysages dans le cadre des portières »（『良き歌』所収）における列車の車室などがある。また「不動の箱」としては、写実主義や自然主義の作家が描いた、室内装飾品や絵画を入念に配置したアパルトマンや個室などがある。[15] 一軒の建物の異なるアパルトマンの中で物語が終始するゾラの『ごった煮』（一八八二）は、積み重なった箱、寝室の秘密をつめこんだブラックボックスを、悪魔アスモデウスさながらの小説家の眼が明るい箱[16]に変えてしまうという、いわゆる「モンタージュ小説」の到達点であることは確かだ。のちほど本書第六章で、ゾラの草稿におけるデッサンを分析しながら、地形の図案が描かれる際に並列された箱の形をとることに注目するとしよう。

　十九世紀の文学においてすべての部屋は、あらゆる意味において瞑想の場であり、イメージの場でもある。自然主義小説や抒情詩で描かれる無数の部屋やアパルトマンは、おのずと写真の構造（箱、レンズ、乾板、シャッター、光源）、カメラの時系列（開ける、閉める、イメージを引き出す）、そして写真の撮影行為にかかわってくる。無数の小説や詩が、あらゆる種類の「イメージ」や「印刷物」、「プリント」を保存する「部屋」の組み合わせに、場所のシステムを融合させている。そしてひとつの作品の中でも、明るい部屋（バルザックの『骨董陳列室』や、ゾラの『獲物の分け前』における温室など）と暗い部屋（バルザックの描く室内はよく、オランダ派絵画の深い黄色と暗褐色の色調で表現される）、暖かい部屋（メーテルランクの詩篇「温室」を参照せよ）と寒い部屋（ヴェルレーヌの詩集『叡智』における独房〔『叡智』はランボー銃撃事件によって服役したベルギーの監獄で書かれた〕）の連なりと入れ子構造によって、部屋は増殖してゆくのだ。これらの部屋は位置づけこそ異なれ、すべてが現実のイメージ（絵画、装飾品、しみ）、ないし精神上のイメージ（幻視、想い出、幻覚、窓辺の夢想）などと明白な関係を持つ。『ルーゴン＝マッカール叢書』以前のゾラの作品、『マドレーヌ・フェラ』からいくつか例を引いてみよう。筋書きには部屋の移動（夫婦の住居から宿屋へ）によってリズムが刻まれるが、それらの部屋においてヒロインは、写真や肖像画、しみ、壁にかかった版画、装飾品などを通して、最初の恋人の執拗な想い出を喚起するイメージに出くわす。鉄道小説『獣人』（一八九〇）でも同じ場のシステムが作用し、現代的な移動手段を背景に、太古の洞窟、暗いトンネル、冒頭のパリのシーンにおける部屋（想い出の小箱の描写）、深夜に犯罪が起こるクロワ・ド・モーフラの部屋、女を殺すイメージに取りつかれた主人公の「裂け目」の入った脳、夜間にグランモラン裁判長殺しの現場となる明るい列車の客室などの描写が連続する。[17] ゾラは他の多くの作品でも、子供や「大きな子供」が、切り抜きや集めた画像で埋め尽くす部屋（『居酒屋』のグージェ、『愛の一ページ』のゼフィラン、『パスカル博士』のシャルルなど）[18]、絵を描いて並べる部屋（『制作』における画家のアトリエ、『金』における技師の設計室、いずれも「大きな子供」の延長線上にある）を描いている。また、屋外の闇にいる人が、明るい室内のカーテンの向こうにあるくっきりとしたシルエットを見るシーンも頻出する。[19]

本書第七章で改めて詳しく見るが、エティエンヌ・ド・ジュイの『ショセ＝ダンタンの隠者』（一八一三）の口絵を飾った隠者の「小部屋」の絵は、十九世紀初頭から連綿と続く現実的かつ隠喩的な「部屋」の不変の約束事となった。外を眺める窓辺の語り手（ないし詩人や登場人物）が、外界のイメージを蓄え、ついで窓辺を離れ（ないし窓を閉めて）、いましがた見た世界のイメージを書く（ないし転写し、夢想し、想い出し、窓から眺めたイメージのネガを焼く）。個室や屋根裏部屋[20]（テオフィル・ゴーティエの「屋根裏部屋」やボードレールの「風景」）はカメラ・オブスキュラの、ガラス（ゴーティエの『七宝とカメオ』序文）と窓（クロの「試験の日々」における天窓）はレンズの、そして窓枠と鎧戸（ボードレール「風景」）はシャッターの効果をもたらす。登場人物、壁にかかった肖像画や鏡、想い出の品、人物の脳や想像力はといえば、イメージを生産する乾板の役割を果たす。このきわめて安定した連辞的な図式は、無数の描写に現実味を持たせるため、頻繁に写実主義・自然主義のテクストに現れる。[21] また、とりわけ親密で私的な読書という行為、とくに女性による読書の枠組みとしてもこの図式は現れ、連鎖する隠喩が写真撮影へと同化していく。暗い部屋の中、ランプの灯りのもとで挿絵入りの本を読むという行為は、感じやすい（感光性の）読書する女性の想像力の中に、精神的なイメージを対称的に生じさせる。[22] その対となる形で、絵画や装飾品などさまざまなイメージに埋め尽くされた抒情的な部屋（マラルメの「聖女」を参照）、「私」のイメージが散乱した特権的な内省の場としての部屋（ローデンバックの『沈黙の文配』（一八九一）所収の「部屋の生活」の節を参照）などが、数限りなく想起される。抒情的な部屋は、心の中から田園詩（ボードレールの「風景」、「田園恋愛詩」、文字通りの「小さい絵画」）、夢想、想い出、心象風景を引き出し、そこでは外界のイメージが、忠実に複製されたり、正反対のイメージを作ったりすることで二重になる（ボードレールの「二重の部屋」参照）[23]。ボードレールの「風景」はこうした構造の完璧な例だが、ほかにもサント＝ブーヴの「黄色い光線」（『ジョゼフ・ドロルムの生涯、詩、思想』所収、一八二九）では、ある男がかたわらに本を開いたまま、「人通りを眺めながら」「窓辺に腰かけ」ており、夕陽がカーテンを「染めて」彼の魂に「想い出」を刻むのを見ている。興味深いことにこの構造は、先ほど言及し、また後々掘り下げるド・ジュイの扉絵のパラフレーズにもなっている。

十九世紀における部屋とは、図像ライブラリであると同時に、イメージの製造所でもある。複写を印刷したり絵画を展示する場であり、幻想や夢想を生む場であり、想い出が蓄積される倉庫であり、とりわけ壁にかかった絵画や装飾品であふれる場でもある。また、ベンヤミンが指摘したとおり（十九世紀はビロード布〔あらゆる接触の跡を残す、の意がある〕の時代であった）、裏返しに反転した「ネガ」の画像にあふれた場でもあり、それは写真の乾板に結ばれる像や指紋に似ている[24]。ユゴーは『光と影』の「一八二九年八月七日」において、「人間がすることは／壁に指紋を残すことだ」と書いている。人物にとって室内に入るということは、程度の差こそあれイメージと痕跡の世界、つまり幽霊の世界、なんらかの形で死に関係するものに入るということだ。バルザックが『そうとは知らぬ喜劇役者たち』において、「べたべたとすすけた物質に覆われた客間」を描いたように、無数の室内が「感光性の」ものとして表象され、まるでその壁が写真用の乾板になぞらえることができるようでもある。ここではあらゆる文学ジャンル、たとえば恋愛小説（知ってのとおり、恋愛とは男たちの心の消せない痕跡である）が、リアリズム小説や探偵小説、空想小説と混じり合う。この四つのジャンルは十九世紀に発明されたか、再創造されたものだ。こうした「写実的な」テクストにおいては、引っ越しによって絵画や版画が壁から外されたあと、その不在の痕跡が壁に刻印されたように見えるのも、絵画の一つの特性なのだ。たとえば、フローベールの『純な心』において、冒頭で「最良の時代の想い出」として描かれていたオーバン家の版画が、夫人の死後には仕切り壁の真ん中に、版画がかかっていた跡が黄色く四角になって残っていた」ことによって、「想い出の想い出」が残されるように。

エルネスト・フェドーの『ファニー』(一八七四)は、愛人を失ったばかりの恋する語り手(愛の囚われ人となった私は、胸を焦がした炎の痕を消せずにいた)による室内の長い描写によって結ばれる。「周りのすべてが、彼女のことを語っていた。(……)数え切れぬほどの痕跡が残っていた。(……)彼女があれほど踏みしめた絨毯の上にも(……)あそこのよく足を乗せていたクッションには、優美な靴の跡がふんわりと残っている。(……)これらの手紙も、彼女自身の甘美な影を留めている。」写実主義とは正反対のジャンルである、ゴーティエの『スピリット』も同様に、彼方の存在に呼びかけずにはおかない、痕跡で埋め尽くされた場所の想起から始まる。主人公ギ・ド・マリヴェールは、「ふんわりと詰め物をした長椅子」が目立つ部屋で、小さな詩集を片手に夢想する。その客間は「書斎とアトリエの間」にあるが、「壁は黄褐色の革で覆われ(……)仕切り壁に飾られた絵画やスケッチ、水彩画を引き立たせているが、このギャラリーにマリヴェールは、骨董品や珍奇な品々を集めていた。[25]」ヴィリエ・ド・リラダン『残酷物語』の短編「ヴェラ」もまた、前述したフェドーの部屋の配置を想起させずには読めないが、愛妻を喪った癒しがたい哀しみのあまり、夫婦の部屋に閉じこもる寡夫の室内ですべてが展開する。それはまるで感光したかのような黒い部屋で、亡き女にまつわる形や複製であふれ(絵画、香水、痕跡、ドレス、ネックレス)、このネガのような痕跡の示す不在そのものによって、まざまざと彼女のイメージが蘇る。[26]モーパッサンの『オルラ』(第二版)でも、語り手は躍起になって部屋の中の見えない誰かを捉えようとする。部屋は最初、語り手が窓ごしに眺める、日当りのよいセーヌ河の景色に開かれており(「五月八日」)、ついで見えない存在に囲まれる。そして部屋は閉ざされ、彼は感光板のような鏡の前で(「私の姿はそこになかった」)、眼に見えぬ迫害者のぼんやりしたイメージが現れるのを見る(「八月十九日」)。同様の仕掛けは、中編探偵小説「小さなロック」にも表れる。闇に沈む部屋の窓辺で、殺人者は「消えないイメージが刻印された」彼の魂に直面し、被害者の幽霊と格闘する。エルクマンとシャトリアン共作の幻想小説『見えない眼』では、複雑な場面装置（通りを挟んで建つまったく同じ二軒の家）と対照的なイメージによって、窓が向かい合わせの宿屋と魔女の家が登場する。魔女は自殺者のマネキンを作って窓辺に置き、向かいの借家人たちが死を選ぶようにしむける。主人公は、幻影返し（魔封じ）として彼女そっくりのマネキンを見せて自殺に追いやり、魔女に打ち勝つ。模倣とその仕掛け、イミテーションとコピー、鏡と窓は、ここでは二重化（人格分裂）のモチーフという幻想的なヴァリエーションをもたらすのである。十九世紀の文学的風景は往々にして、図像(イコン)のあらゆる可能性を変形させるオブジェ－イメージ、痕跡、三次元の模造物——が詰まった感光性の部屋の組み合わせ、並列、入れ子構造に過ぎないのかもしれない。それを通して、もしくはその内部において我々は、大なり小なり類似し、反転し、夢想され、とり憑かれた、外界の複製となるイメージを見出すのである。写真室のような「幽霊を貯蔵する」部屋（ヴェルレーヌは「詩人とミューズ」において、「君が彼らのばかげた幽霊をとどめた部屋」と書いている）、ミュージアムとしての部屋（ミュージアムについては次章で述べる）、現実のイメージや心象風景をストックする部屋、後述する芸術家のアトリエのように、新しいイメージの創造現場としての部屋などが挙げられる。

声なきイメージである写真は、語られ、書かれる文学のイメージのネガでもある。このネガはおそらく、間接的に何らかのことを文学について語ることができる。なぜなら文学それ自体も、世界を反映する間接的で、さかさまで、暗示的で、「否定的（ネガティブ）」で、皮肉な（現実の反対を言う言説）方法(モード)だからだ。「十九世紀半ば」の一枚の写真、「写真を撮るピエロ」では、その主題においてイメージの芸術と言葉の芸術が交錯している。ランボーいわく十九世紀を水没させる「写真とデッサンのうんざりさせる流れ」から、この一枚を抜き出すことができるだろう。この写真は以前に、とある展覧会のメインビジュアルともなっている。[27]

すでに多くの注釈者に注目されている[28]、十九世紀のアイコンを映したこの魅惑的な写真（**図版1**）は、一八五四年末に二人の兄弟によって撮影された。まだ駆け出しで、仲たがいする前は共同で活動していた、フェリックス・《ナダール》・トゥルナション（一八二〇—一九一〇）とその弟である。この年、ナダールは写真をもとに（一枚の石版画に数百人の有名人を）描いた諷刺肖像画の大作「パンテオン・ナダール」を制作していたが、弟のアドリアン・トゥルナション（一八二五—一九〇三）も、兄の筆名を流用して写真に「ナダール弟」と署名するという、苦難の時期を過ごしていた。「写真家ピエロ」は、ピエロに扮したドビュロー[29]を写した十五枚の連作の看板というべき一枚である。この連作は、一八五五年のパリ万博におけるナダール—トゥルナションのアトリエの目玉で、メダルを獲得した作品だ。[30]被写体は、喜劇役者のシャルル・ドビュロー（一八二九—一八七三）で、一八四七年にフュナンビュール座で、父のジャン＝バティスト・ガスパール（一七九六—一八四六）が演じていた役を継承した。ドビュローはここで、コメディア・デラルテのペドロリーノのフランス版であるピエロに扮し、撮影中の写真家をまねているが、それはつまり写真を撮るトゥルナション兄弟をまねているということだ。二人の兄弟、実名と偽名、連作の見本、万博でのアトリエ、父と息子、役者と役、パントマイムと写真術など、「模倣」の連鎖や類似、再生産や表象によって、この写真は魅惑的なものとなっている。

もちろん、この写真が私を「捕らえる」のは偶然ではない。第一に筆者は、十九世紀半ばにおけるミメーシスの地位や危機、失墜に関心がある。当時は写実主義の美学（シャンフルーリやクールベ）が確立し、最初の写真専門誌〈ラ・リュミエール〉が創刊され、五人の写真家（バルデュス、ル・グレー、ル・セック、バヤール、メストラル）によるミッション・エリオグラフ〔フランス各地の歴史的記念物を公式記録として撮影するプロジェクト〕が行われ、マラルメいわく「模倣の芸術」[31]であるパントマイムがフュナンビュール座で花開いた。第二に私は、自分にとっては唯一ともいえる小さな謎の答えを探している。一八四五年から一八五〇年にかけて前衛的な文学（テオドール・バンヴィル、ジュール・ジャナン、テオフィル・ゴーティエ、シャンフルーリ……）が、ドビュローの、そしてルグランの舞台を観にフュナンビュール座に足しげく通い、パントマイムについて書こうとしたのはなぜなのか（ナダール自身も、一八四八年六月にフュナンビュール座に『大臣ピエロ』を書き下ろしている）。「写実的、もしくはブルジョワ的なパントマイム」（シャンフルーリ）とは何なのか、「空想」と「リアリズム」はどうやってこの時期に互いに関係を結んだのか（不思議なことに当時、この二つの美学はほぼ同義語なのだ）、そして言葉を介さぬ芸術であるパントマイムを「書く」とはどういうことなのか、という謎だ[32]。

「写真家ピエロ」を正しく位置づけるためには、うまいやり方で、ピエロに扮したドビュローの十五枚の連作の中に置きなおすと同時に、十九世紀の図像学的領域の総体に置きなおさなくてはならないだろう。とくに、イメージと文学が「混合」した芸術と、「言葉なき芸術」に対しての位置づけを見る必要がある。ゾラが『獲物の分け前』で描写した、第二帝政期に流行した「活人画」の手法や、ロドルフ・テプフェールが創始したコマ割り漫画、彫刻による「表情のある顔[33]」、サルペトリエール病院の肖像写真[34]、カリカチュア（ナダールの最初の職業でもある）、絵画、ポスターなどが「言葉なき芸術」に属する。さらには、シャルダンやドゥカンの「猿の画家」（洋服を着た猿が人真似をして絵筆をとる様が描かれる）など、肥大した自己演出という主題を描いたジャンルの絵画とも比較する必要があるだろう。一八三九年は、下院議員アラゴーがダゲレオタイプの詳細をアカデミーで公表した、写真術発明の年であり、〈芸術家〉誌や〈マガザン・ピトレスク〉誌に初めてこの発明に関する記事が掲載された年でもある。また、ドゥカンが官展で、物まねの名手である猿が絵画を眺めるさまを描いた連作「鑑定家」（絵を描く猿と絵を眺める猿、写真を撮られるしぐさと撮るしぐさは同等であろう）を発表した年でもある。この作品は後に〈マガザン・ピトレスク〉誌に再録される。また、「写真を撮るピエロ」を、俳優の肖像写真というジャンル（ナダールに撮影された数多の名士の中では、フレデリック・ルメートルとサラ・ベルナールの名前を挙げておこう）にも置きなおしてみよう。このジャンルは二十世紀まで流行し、ロラン・バルトが『神話作用』で言及するスタジオ・アルクールによる肖像写真の全盛期へとつながる。運命のいたずらで、言葉なき不動の芸術の殿堂であるグレヴァン蝋人形館にて上演された動画公演、すなわち一八九二年のレノーによる「光のパントマイム」も視野に入れよう。初期のアニメーションによるパントマイム作品「哀れなピエロ」を含め、リュミエール兄弟の無声映画（一八九五年十二月）にわずかに先立つのが、「光のパントマイム」なのである。さらにこの写真を、身体を表象する文学史のコンテクスト、とくにディドロの『ラモーの甥』冒頭や、ユゴーの『ノートル＝ダム・ド・パリ』序章（変顔の競争）など、パントマイムを演じる身体描写との関連で分析することで、おそらく特権的な道しるべを立てることができるだろう。またこの写真を十九世紀半ばの文学ジャンルのヒエラルキー、厳密にはパントマイムに与えられた地位と関連づけて分析することもできる。パントマイムは、ときに下品でくだらない、子供の物まねじみた大衆劇として扱われ、ときにきわめて重要で原初的な芸術と考えられ（カトルメール・ド・カンシー『模倣について』（一八二三）[35]、またときには模倣の精髄、「演劇の原理に最も近いところに位置する芸術」（マラルメ「黙劇」）、ないし「喜劇を精錬した精髄」であり「分離され集約された、滑稽の純粋な要素」（ボードレール『笑いの本質について』）とされてきた。しかしこれらすべてを論じていては、むろんこの章の分量をはるかに超えてしまう。ピエロの写真に話を戻そう。

おそらくこの写真は、その曖昧さに比例して魅惑的なのである。ヴェルレーヌが『艶なる宴』の一篇「パントマイム」で「ピエロはクリタンドルとは似ても似つかぬ」と書いたとおり、まずピエロという人物が曖昧だ。世界を純粋な眼で見る物言わぬピエロは、幼少期の側にいる存在だ。十九世紀における多くの「無邪気さ」の美学の典型となり基準となった「アヴェロンのヴィクトール」のような野生児か、「カスパー・ハウザー」のような記憶喪失児に近い。ピエロは写真にも似ているし（沈黙した存在であり[36]、模倣する存在であり、黒白の存在であり[37]、人目に晒される運命にあるという点において。つまりこれは、ピエロという人物に凝集された写真家兄弟の自画像[38]に近いものがある）、写真と異なる部分も持っている。それは「月に憑かれた」、月のような側面である。月は太陽を「真似る」天体だが、太陽光線の結ぶ像ではなく、また太陽の賛美者でもない（ボードレール、「一八五九年のサロン[39]」）。ボードレールいわく「雪のように白い王[40]」であり、「月のように青白く、沈黙のように神秘的[41]」な、十九世紀半ばのパントマイム劇におけるピエロは、白塗りに白い衣裳で、「世紀に逆らった」存在でもある。この写真でも、ボードレールが「風景」で詠んだ、「石炭の煙の河は　幾筋も空に昇って」ロマンティックな「月がその青白い妖光を注ぎはじめる様子」と皮肉な対照を作る、石炭と蒸気で煤けた世紀、濃淡はさまざまあっても黒の単色が支配する世紀にあって、ピエロは黒い背景に白く浮かび上がっている（まるでエクリチュールとも反対のように）。しかし、現実を模倣する使命を帯びたピエロは、その蒼白いマスクの「抽象的な統一性」によって、絵画においても文学においても、「細部の暴動」というべき写実主義の美学が浸透した世紀と対照をなしている（ボードレール[42]）。つまりピエロは、黒いフロックコート[43]が制服と化した世紀、あるいは、現実の様相を表すのに不可欠となった写真を通してしか眺められない世紀に白く浮かび上がる[44]。十九世紀の感光板として、ピエロは重々しくもったいぶったブルジョワという「ポジ」の、物言わぬ軽やかな「ネガ」のイメージ（泥棒で、食いしん坊で、道楽者で怠け者）であり、「ネガ」の言語的な反復に用いられる蓄音機だったのである。ピエロは、冗長な文学のアンチテーゼとして存在し、広告と宣伝が耳を聾する、ガンガンと騒々しい世紀のアンチテーゼでもある（〈騒音〉、〈鈴〉、〈タムタム〉、〈シャリヴァリ（大騒ぎ）〉、〈ラッパ〉、〈民衆の叫び〉などはすべて当時の新聞のタイトルだ）。白い衣装で舞台に生身で晒されるピエロは、黒いベールに隠れてシャッターを押し、現像するためにひとり暗室の闇に沈む写真家のネガでもある。

　この写真を撮るピエロの曖昧さは、その立場にも原因がある。イメージ全体が、その由来（誰が撮ったのか？）、独創性（一枚の写真とは、撮影者それぞれの「スタイル」を持ちうるのか？）、指示対象（何を表しているのか？）、機能（被写体が「実在すること」を証明しているのか、モデルとの「類似性」を証明しているのか？）、地位（唯一無二か？）、用途（誰に向けられたのか、所有者、撮影者、買い手、被写体は誰か）などを問題とする。これは原画なのか、焼き増ししたものか？　兄フェリックスと弟アドリアン、どちらのナダールが撮ったのだろうか？　一八五四年から五五年におけるこの模倣芸術において、誰が誰をまねたのか、トゥルナション兄弟のどちらがどちらに写真術を伝授したのか、知るすべは少ない。むしろ、連作にサインをしたのは兄のペンネームを拝借した弟だけ（そのことが後に兄弟間の訴訟事件に発展するのだが）にせよ、この写真における白と黒の処理、主題の「重厚さ」と記念碑的性格、レイアウトなどにはどちらの霊感が働いているのかを知りたい[45]。

また我々は最終的に、この写真がいったい何を表象し、主題は何なのか、フュナンビュール座で実際に演じられた「写真を撮るピエロ」のシーンから撮られたものか、それともスタジオの中でポーズを取って撮影されたものかを知りたくなる。これは、ピエロに扮したドビュローという俳優の肖像なのか、それとも有名なピエロという役柄（この場合は他を差し置いてドビュローが扮しているが、パントマイム役者ポール・ルグランもふさわしかったであろう）の肖像なのだろうか[46]。これは「パントマイムをする役者」の肖像なのか（しかし、「舟をこぐピエロ」にはオールも舟も必要ないように、「上手な」役者ならば、カメラという「実際の」小道具なしでも済ませられただろう）、それとも写真術それ自体の「アレゴリー」なのか？　カメラとピエロ、二つの眼差しをもつこの写真を眺める者は、どこに焦点を定めて見ればよいのか？　ピエロ／ドビュローは何をしているのか？　カメラに設置された感光板から撮り枠を引き抜こうとする右手の仕草から察するに、実際に写真を撮っているのだろうか？　もしそうなら、ピエロ／ドビュローの自画像を撮ろうというのか（ピエロ／ドビュローは鏡の前に立って自分を撮影しているのであって、ナダールが撮影者ではない[47]）、それともナダールが自分を撮影している間に、写真家ナダール（兄弟）の肖像を撮ろうとしているのか（だとすれば、対称的な二枚の写真が存在するはずだ）？　それとも、カメラに感光板などなく、ナダールが写真を撮る動きを真似ているだけで、彼はいかなる写真も撮っていないのか（ナダールだけが撮影しており、これはピエロを介したナダール自身の自画像）？　我々は、きわめて自己言及的な、そして時として皮肉な、「画家のアトリエ」を描いた絵の前に居るような感覚に襲われる（画家自身が役者として仮装しているベラスケスやフェルメールの絵、「現実的寓意としての」クールベの『画家のアトリエ』、そしてマティスのアトリエの絵など[48]）。自己表象という面でもリスクが高い行為である。なぜなら「写真を撮るピエロ」は、写真家ナダール（フェリックスにせよアドリアンにせよ）にとって、自らを「ピエロ」（俗語でうすのろ）として表現することになるからだ[49]。

　ゴンクール兄弟の『マネット・サロモン』（一八六七）第二十五章では、一八四八年から五三年にかけてドラマが展開し、「ピエロとナダール」、ないし「イメージの撮影者と被写体」の間接的なコメントであるかのように、著名なパントマイム役者と画家アナトールの「模倣的な」対話が描かれる。アナトールは「ドビュローのイメージ」に魅せられ、「ピエロの巨匠」となることを夢見て、想像力をはばたかせ、「兄弟」のように感じたピエロに自らを擬える。そして彼は（カルジャやナダール兄弟のように）ピエロの連作を描き、ついには売れ残りの画布に描かれたキリストの上にピエロを上書きするという、象徴的な重ね書きを仕上げるが、その肖像はパントマイム公演の看板に使われる。

『博愛のキリスト』の構想は、アナトールの想像力の中でいつしか薄れ、毎晩のようにフュナンビュール座で観ているドビュローのイメージが、過去の記憶に取って代わった。彼はピエロの姿に取りつかれた。（……）彼が仕上げた「五感」と題した五枚のピエロの水彩画は、その着色石板刷りがサン＝ジャック通りの版画店でかなり売れた。この成功が、彼をこの方向へと押しやった。新たなデッサンの連作や小品を考えては、ピエロの作品で大当たりをとり、名声を博し、いつの日か「ピエロの巨匠」になる野望を心の奥底で温めた。それに彼は画家としてのみならず、一人の人間として、生身のドビュローが体現する伝説的なピエロという人物への共感を、覚えずにはいられなかった。ピエロと彼の間には、絆や親近性があり、共通点や血縁関係さえ感じられた。（……）彼がピエロを好きなのは、子供特有の性悪さゆえでもあった。（……）まるで兄弟のように自分に似た存在として、そして自画像としてピエロを愛した。まもなく彼はこの新たな友ゆえに、キリストの絵を完全に放棄し、思いつく限りのあらゆる滑稽な場面やシチュエーションにピエロを置いていじくり回した。（……）彼は画布からキリストを描いた部分を猛然と汚して消し去り、生き生きした瞳と曲がった背の大柄なピエロという神々しい肉体を浮き上がらせた。数日後、ボンヌ・ヌーヴェル通りのバザールの地下倉で、A・Bとサインの入った、キリストが下塗りされたピエロの前に、新しいパントマイムの公演を見ようと群衆は列をなして詰めかけた。

この模倣的な肖像画には、「イメージ（image）／想像すること（imaginer）／想像力（imagination）」というパラダイムシフト、そし十九世紀文学におけるイメージやイメージの消費につきものの、幼年期への言及が見てとれる。

どんな類似的なイメージも、言語によって紡がれる。「写真を撮るピエロ」の複雑な記号論的構成要素は、意味の過剰、すなわち曖昧さという特徴を持つ。反対に、それが沈黙の身振り、「まだ書かれていないページのように白い幽霊」（マラルメ「黙劇」）を表す限りにおいて、この写真は言語の「シーニュ」を間接的に指示する。民謡「月の光に」が、「わが友ピエロくん／君のペンを貸しておくれ／手紙を書くために」と、ピエロとエクリチュールを結びつけ、その歌詞をラフォルグが『哀歌』の一篇「ピエロ公の哀歌」で想起するように。その上この写真には、ある人物（兄）のペンネームを「模倣した」、別の人物（弟）による、固有名詞として用いられた「トゥルナション」という自筆「サイン」signature が含まれている。写真と同じく、サインもまた図像であり、かつプリンターのように複製可能な痕跡である。一八五五年の万博に展示された連作の「巻頭写真」（一番という番号が振られている）として、これは写真のアトリエの「看板」の役割を果たしている。そして、ピエロ／ドビュローの左手は、記号 signe でありまた指示詞 déictique でもある（伝統絵画の中で、鑑賞者の方を向いた人物の人差し指が、絵画の「中心」や「主人公」、ないし「主題」を指し示すのと同じ具合に、ピエロの人差し指はカメラを示している）。そしてまた、正面にいるモデルに「もう動かないで」と伝える、写真家という職業に特有の命令としての、記号化されないフレーズを伴う合図でもある。[50] 我々は、ある種の「遂行的情景」に立ち会っており、そのパラメータ（現在の文脈、陳述、行為）は現実から外れている。ピエロの左手は誰かモデルではない人間に、右手が行っている（ように見せかけている）ことを示すが、口では何も語っていない。

声なき画像である写真を撮る声なき者〔ピエロのこと〕を表した、この声なき画像（イメージ）にみられる記号の多弁、これらのしるしすべては、ほんとうのところ何を語っているのだろうか？　ピエロの人差し指は何を指しているのか？　一、枚の写真を撮るとき被写体が見つめるレンズなのか、それとも写真術それ自体なのか？　意味論の範疇にとどまるとすれば、その人差し指はどのような言語化しがたいものを表すのか？　しるしなのか、兆候なのか、はたまた予兆だろうか？　カメラはピエロと同じく、鑑賞者の正面に位置し、大きく見開いたレンズの一つ目と、両眼を伏せたピエロという二重化した眼差しは、鑑賞者にひたと据えられている。立ったままの姿勢（はっきり映った写真機の脚立と、ピエロの隠れた脚、そして衣装の四つの玉房が形作る三角形は、シンメトリーを成している）という共通点は、すでに見たとおり、役者とカメラの間に一種のアナロジーを提示する（白と黒、無言、模倣、視覚芸術など）。しかし、こうした見かけの類似に隠れているのは、両者の間の二項対立であろう。一時的な身振りを支えに、観衆とその場で関係性を作り、劇場の舞台で唯一無二の瞬間を演じる役者は、時を停めて世界を複製可能なネガに焼き付ける、間接的かつ事後的な写真術とは対立するものである[51]。ここでのピエロは、連作の他の写真と比較しても、居心地が悪く深刻そうで、怯えているようにさえ見える。人差し指はおずおずと指しながらも、その身振りは用心深く中断され、まぶたは重たげに伏せられ、黒い箱を「ピンセットで」つまんでいるかのようだ。この写真には、語られるエピソードも、大きく広げたピエロの身体も、しかめっ面も、耳まで裂ける大笑いも、かっと見開いた瞳も映っていない。役者にとっての芸術が、「本質的に自分の身体に可能なあらゆる手段を用い、目に見えるすべての動作で人間の感情や情動を表現すること」[52]ならば、ここでのピエロはきわめて表情に乏しい。活動していた男が、写真家の「もう動かないで」という一言によって動きを停められ、塩の彫像と化したかのようだ[53]。経帷子のような衣装のまっすぐでごわごわした皺にうずもれて見えなくなった身体は固まっている（先に引用した『マネット・サロモン』の画家アナトールは、キリストの身体にピエロの姿を上書きしたのだ）。ここで演じられているのは、模倣や類縁関係でもなければ、（写真家と写真術の）入れ子構造でもなく、さりとて人間による機械の操作が表す序列関係でもない。そうではなくて、ひとつの出来事、ある移行、いわば序列の転覆であり交代劇なのである。とりわけ、特定の個人の人生行路を象徴する交代劇なのだ。一八五二年にテオドール・バンヴィルと共同し、光学機械の助けを借りて『幻燈』と題した十二枚のカリカチュアの連作を出版していた兄フェリックスは、この頃ゆがんだ身体やしかめっ面を真似たカリカチュアなどを描くことをやめ、写真術に興味を移そうとしていた（まさにこの頃、フェリックスは文人たちの肖像という息の長い連作の最初の一枚となる、ネルヴァルの素晴らしい肖像写真を撮影したのだ）。もっと一般的な話をすれば、この移行期は「芸術、文学、政治の転回点」(54)と一致している。機械を指さすピエロのしぐさは、ユゴーの言葉を借りれば「これがあれを殺すだろう」(55)と言いたいのだ。産業技術による新たな模倣行為（ミメーシス）は、劇場における古くからの職人芸としてのミメーシスを駆逐し、滅ぼすだろう。固定された焼き増し可能なイメージを映す機械は、道具方の助けを借りて場面を演じる、動きに満ちた役者の三次元の生身に優越するだろう（ピエール・ラルースの大事典の見出し語によれば、ドビュローの劇場はパリでもっとも大仕掛けの芝居小屋だったという）。そして、現実の真剣な模倣がパントマイムの演技の「絶え間ない仄めかし」（マラルメ「黙劇」）にとって代わるだろう――この「仄めかし」allusionには、語源学的に「演技（遊び）」というニュアンスが含まれる。要するに、写真術（太陽）が狂人(56)（月）を覆い、暗箱〔蛇腹式写真機の胴体。内部は暗く、前部にレンズ、後部に感光板をつける〕が舞台という光の箱を隠し、媒介物が直接性に優越するだろう。あたかもフローベールの『感情教育』で画家ペルランがたどる象徴的な運命のように、芸術は黒色をまとい（世紀末のピエロは黒ずくめである）、看板においても、そして写真においても死すべきさだめにあるのだ(57)。ゴンクール兄弟は一八五六年十二月二十一日の『日記』の中で、写真家のアトリエを訪問したときのことをこう記している。

> 似姿に対するこの防腐処置には、死のようなものがある。陰鬱な生の肖像とばかりに、これらすべての様々な顔は、まるで棺桶に収められたかのように箱の中で積み重なり並べられ（……）まるでモルグ〔十九世紀パリに実在した死体公示所〕のクロークのようだ。

ピエロはすでに幽霊(58)と化し、メデューサに睨まれたかのように硬く石化し、言葉にし得ないもの、表現し得ないもの、死、未来の彼自身の死を見つめている。そして怯えた指で、表象の時代が平面的な死の支配する時代に入ったことを指し示しているのだ。[59] この人差し指には、予兆の意味がある。アングロ・サクソン、アメリカ、ジュネーヴ式の冷淡な虚礼がはびこり、もったいぶった真面目さが幅を利かせる時代、あらゆる産業化や営利主義と、それがもたらす凡庸さに幻滅したスタンダールは、「演劇は一八三六年には不可能だ」と明言し、彫刻（身振りと不可分のもう一つの芸術）は瀕死だと書いた。[60] そしてオスマン男爵は、ボードレールが「白鳥」で嘆いた「嵐のような道路工事」によって、一八六二年にフュナンビュール座を取り壊し、ピエロの予告した死をもたらすのである。俳優ドビュローは、一種のマスコットや通俗的な土産物として産業に取りこまれ、量産される運命にあった。模倣のプロを表した「二スーの置物」として、ドビュローをかたどった糸ガラスの人形が入ったビンが作られた。エドモン・ド・ゴンクールの『ラ・フォースタン』第二章の描写では、黒いぴったりした帽子をこめかみまでかぶったその人形は、水槽の中で太った金魚のゆらめく尻尾にひっぱたかれ、しょっちゅうバランスを崩すのである。

おそらくは小説という、現実を再創造するもうひとつの仕掛けのみが、演劇に代わって身体とその身振りの記述を引き受けることができ、危機に瀕したパントマイムの保管庫になれるのだろう。それはさまざまな相のもとに現れる。まずは小説がそれ自体「壮大な仮装行列」（シャンフルーリ）である社会のミメーシスとなる。この場合、日常の振る舞いや様々な偽善にあふれた個人の言動の描写によって、社会はすでに劇場と化している。次に、小説の主題にアクロバット芸人や俳優、女優など、模倣や身体表現を専門とする特定の職業を選ぶやり方（ジョルジュ・オーネの『リーズ・フルーロン』、ゾラの『ナナ』、ゴンクールの『アルマンド』、『ザンガノ兄弟』、『ラ・フォースタン』、ジュール・ヴェルヌの『ラ・スティラ』など）。そして、物語の多少ゆるんだ糸に紡がれる「タブロー」や「情景」のように、休息する体や動く体のフレーミングとして、十九世紀後半を支配する語りの構造の特徴を構築するやり方（フローベールの『ボヴァリー夫人』ひとつに見てとれる有名な例に限っても、結婚式、舞踏会、農事共進会、観劇、辻馬車の場面など）。さらには、こうした身体描写の場面にさらに入りこんで、別の人物によるある人物の模倣に集中して多元的に決定するやり方もある。象徴的な二つの場面を挙げよう。ゾラの『居酒屋』のジェルヴェーズは、病院で医者が観察していたクーポーのアルコール中毒症状を、隣人たちに真似て見せる。ゴンクールの『ラ・フォースタン』の結末では、ヒロインの女優が自分自身のために、死にゆく恋人の顔にあらわれる痙攣とひきつり笑いを真似る。ゴンクールの「凝った芸術的文体」は、「芸術家としての」作家による「神経症の」身体の激しいサインや、文体論的な身振り手振りの文体を駆使した描写において、一種の補足的なミメーシスとみなされる[61]。最後に、これまた身体描写の場面において、テクストの連続性を劇場やイメージの同時進行性と競わせるやり方である。たとえばバルザックは、マレー式の連続写真〔フランス生理学者マレーが発明した、手持ちの機械で被写体を連続撮影する技術〕を再現するかのように、身体の動きを解体して言葉なきタブローと化し、同時進行するミクロの動作を描きながら、読者の眼前にイメージを浮かび上がらせる。とりわけ情熱の描写や社交儀礼の描写には特筆すべきものがある。バルザックの『捨てられた女』において、ガストン・ド・ヌエイユの訪問を受けるボーセアン子爵夫人はこのように描かれる。

> 子爵夫人は、読みさしの本を小さな丸テーブルに置こうとした。しかし、ヌエイユ氏のほうに振り返ったため、本はテーブルと安楽椅子の隙間に滑り落ちた。この出来事に驚いた様子を見せず、彼女は起きあがり、若い男の挨拶に応えるため、身体を傾けた。ただし、落ち着いていた椅子からは立ち上がらず、ほとんど気づかれない程度の一礼だった。彼女は身を乗り出して火をかきたて、それからかがんで手袋を拾い、無造作に左手にはめ、素早い視線でもう片方を探した。指輪もはめていない彼女の透き通るような白い右手は華奢で、指がほっそりと伸び、完璧な楕円を描くバラ色の爪をしていた。ガストンを座らせるため、彼女は一脚の椅子を示した。見知らぬ客が座ると、彼女は描きようもないほど優雅な所作で、蠱惑的な様子で物問いたげに顔を向けた。こうした身振りは、少女期から教育され、洗練された趣味に慣れた女性が身に着けた、的確ながら優雅なしぐさや、思いやりに満ちた心遣いによるものである。わずかな時間で流れるようにたたみ

かけられた一連の動作には、いささかも乱暴さやぎこちなさがなかった。ガストンは、上流階級の貴族的なマナーに美しい女性がつけくわえる、投げやりさと気配りの入り混じった所作に魅せられてしまった。ボーセアン夫人は、彼が二カ月間ともに暮らしてきた機械人形たちとは、あまりにも対照的だった。[62]

同じくバルザックの『毬打つ猫の店』では、偶然のように、小さなパントマイム劇が、画像がぎっしり詰まった環境で展開する。[二] 展覧会の「流行を取り入れた絵画」の前で、それを観る女性はあたかも心の激情を映したかのように、またその絵を特徴づける赤紫色を真似たかのように、同じ色に頬を染める。

しかし展覧会の陳列室では、女ふたりが必ずしも自由に動き回れない時があるものだ。ギヨーム嬢とその従妹は、人混みのつくる不規則な動きを受けて、二番目の絵のすぐそばへと押し出された。ほんの偶然によって、ふたりはともに絵のそばにたやすく近づいてしまったのだが、流行を取り入れたこちらの絵は、才能ともうまく折り合いをつけていた。公証人の妻があげた驚きの叫びは、群衆の喧噪とざわめきのなかに消えた。オーギュスティーヌはといえば、この素晴らしい光景を見て、はからずも涙を浮かべ、そしてすぐ目の前にいる若い芸術家の恍惚とした顔に気づくと、ほとんどいいようのない感情から、唇に指をあてた。その見知らぬ男は、オーギュスティーヌに対し、彼女の気持ちを理解したことを示すために肯いて応え、ロガン夫人がまるで楽しみを邪魔する者だといわんばかりの合図を送った。こうした身振りは、この哀れな娘の身体に情熱の火を投じ、彼女は、自分と芸術家とがたったいま契りを交わしたような気がして、罪を犯した人間のように自分を思ったのだった。[63]

このテクストは、演劇の台本に付される演技指示か、活人画の説明、ないしはパントマイム劇の「場面」描写を模倣しており、(「眼前にあるかのように」表す文彩である)活写法で身体を描くことで、ドビュローを取り戻すかのようにパントマイムの身振りを模倣している。小説の描く身体は、その身振りや物真似によって、イメージとなるのだ。「イメージのための身体」の生理学的次元については、本書第五章で立ち戻ることにしよう。

第二章　展示されるイメージ――ミュージアム(一)

「ここは美を祀る神殿で、ありとあらゆる姿で居並ぶ美が拝める。広大な首都の真ん中にあって、〔ルーヴル〕美術館は貴石を繋いだ腕輪の留め具のごとくである。芸術の姿は、ここに極まる。この神殿にふさわしい言葉を見つけるのは至難の業である。」

――テオフィル・ゴーティエ『パリ案内』一八六七年(二)

十九世紀ロマン主義は『ノートル＝ダム・ド・パリ』（一八三一）のように、美術館のごとき教会の小説で始まり、ペラダン曰く、教会のごとき美術館の崇拝で幕を閉じる。「何もかも腐り果て、古代ローマの壮宮は凋落にひび割れ揺らぐ。（……）昨今の惨めな人々よ、汝らが無へとひた走るのは避けがたい。（……）いつの日か、教会が閉まることはありえようが、果たして美術館はどうか。ノートル＝ダムが世俗にまみれても、ルーヴルは荘厳な祭式を執り行うであろう。昔日の信心は消えても芸術家の厳かな熱狂は生き残る。[1]」「諸々のイメージの百貨店[2]」たるミュージアムと文学との関係は、錯綜し多様で、つまるところかなり競合的かつ敵対的である。いずれも選ばれたもの（文学においては「選文集」・アンソロジー、ミュージアムにおいては芸術作品）、文化的価値の高いもの（文学においては「古典」、ミュージアムにおいては「傑作」）が、何らかのひとつの時間枠（文学では段落などの「区切り」・読書、ミュージアムでは見学）におさまるような順路を形成すべく配置される。ここには教育的なお供（文学案内またはミュージアムガイド）ないしは学問的お供（批評的文献学的コメントないしは展覧会図録）が付き従い、何らかの空間（文学においては出版社の叢書・「集成（コレクション）」・頁・巻、ミュージアムにおいては陳列室・壁）、見られるためにしつらえられた空間（文学においては活写法などの文彩・「見せるイメージ」、ミュージアムでは展覧会）が段取りをする。

「ブルジョワたちよ、――王か立法者か、はたまた仲買人か――君らは蒐集館、美術館、ギャラリーをしつらえた（……）スペイン・コレクション〔一八三八年、ルイ＝フィリップが、それまでフランス王室コレクションに少なかったスペイン画家コレクションをルーヴル美術館に設置し、一八四八年の七月王政終焉まで存続した〕は君らが芸術について持つべき一般的見解を増し加えた。というのは、一国の美術館がいわば一つの宗派をなし、その影響がじわじわと人心をとろかし固い決意をも萎えさせるのと同じく、外国の美術館は国際的宗派であって、そこでは二つの人民は互いをより心地良く観察・研究して、互いの懐深く入り込み、議論するまでもなく友愛で結ばれるということを、君らブルジョワはよくわかっておられるのだから。」ボードレールは「ブルジョワたちへ」という当てこすりたっぷりの文に書いている。これは「一八四六年のサロン」冒頭にあり、メルシエの『タブロー・ド・パリ』の書き出し（「なんとまあ、いろいろな絵の集まったギャラリーだ！」）にあるのと同じ語「ギャラリー」を用いている。これはバルザックが一八四二年、『人間喜劇』序文で作品説明に使った語でもある。

文学とミュージアムの関係考察という視点からは、十九世紀はとりわけ探究心をそそる時代である。[3] ミュージアム現象に事欠かないこの時代は、少なくともフランスにおいては、ルノワール〔LENOIR, Alexandre フランスの考古学者（一七六一―一八三九）。アレクサンドル・ルノワールのこと。フランス大革命の際、危機にさらされた文化財を集めて保管し、革命後に「フランス記念碑博物館」を設立した〕の時代のミュージアム（ミュージアムは展示物にひれ伏し、価値の正当性をミュージアムに与えるのは展示物である。「これは芸術作品だ。だからミュージアムにあるべきだ。」）とデュシャンの時代のミュージアム（ここでは皮肉にもミュージアム機能（物に価値を与えるのはミュージアムだ、つまり「ここはミュージアムだ、だからこれは芸術作品なのだ」）ばかりが自己主張している）との中間にある。フランス大革命による改変（芸術作品を人民のためにどこにどのように保管するのか）とナポレオン時代の戦勝国による敗戦国からの略奪についての論戦は、美学にも政治にも関わる激しい議論を巻き起こした。[4] あらゆる前衛の常だが、クールベを先頭に数多くの画家たちは、従来の美術館を壊して路傍の美術館に取って代わらせよと、ほぼ定期的に、強く説くに至る。[5] ミュージアムという概念は、様々な出版物を指す普通名詞のなかに広くいきわたっている。「サロン」、「美術館」（〈家庭美術館〉紙とか）。「パンテオン」（一八五四年のかの有名な

『パンテオン・ナダール』の諷刺画集成然り）、それに「店」magasin は十九世紀にあっては展示館も文学ジャンルをも指し、後者としては、滑稽なもの（『パリの悪魔』[6]におけるグランヴィルの超現実主義的美術館）もあれば「真面目」なものもある。同時に、この時代にあっては、「絵」tableau という語は、展示された絵も、目録の文[7]も、ある種の詩（ボードレールの『パリ風景』« Tableaux parisiens »）をも指す。ミーニュ師〔フランスの司祭（一八〇〇―一八七五）。聖職者事典や百科事典、辞書、教父著作集の出版も手がけた〕は、自らの百科全書的壮大な企てにおいて、宗教的か世俗的かを問わず、フランス及びヨーロッパの美術館の目録にまる一巻を充てている[8]。このようなミュージアム「熱」は、世界をあまねくミュージアムとみなし、通り過ぎながら眺めるイメージの陳列館として社会をとらえる。こうなると、十九世紀文学においては、公共の場ならどこもかしこもミュージアムたりうる。モーパッサンの短編『持参金』（一八八四）にあるように、乗合馬車ですらそうだ。

> 他の乗客は皆、黙って列をなし、（……）さながら諷刺画の寄せ集め、グロテスクな物ども、人の顔の戯画を集めた陳列館のよう、縁日で弾を当てて打ち倒す滑稽な人形が並んでいるようだ。

大衆がミュージアムに押し寄せる以上は、ミュージアムのほうでも街の人々のところに降りてくるのだ。

ミュージアムと文学の関係を研究するには二つの方法が考えられる。一つは、ミュージアムが文学をどうあらわしているか、そしてヴァレリーのいう「展示の問題」とは何であるのかを考察する。ここで「展示の問題」とは、「何を見せるか」、「観覧者の目に創作物そのものをどう提示するか」、「本来は不可視の作業を最もわかりやすく連想させる可視の仕掛けをどう考案するか」、「思考活動の多様な形をどう展示するか」である[9]。費用のかかる方策ではあるが、モニュメントであると同時に作品群と構造を同じくする似姿でもあるような立派な建物（ダンテ記念館、ゲーテ記念館）を造る。次善の策としては、作家自身もしていることだが、作家の住居を博物館にする（〔ユゴーの〕オートヴィルハウス、〔ゾラの〕メダンの家、アレクサンドル・デュマ、ピエール・ロティ、ゴンクール兄弟の家[10]、あるいは作家の草稿を下書きや修正も含めて一般公開し「作品推敲の、移ろうものを固定するドラマの全て」（ヴァレリー）を見せる、ということだ。

二つ目の方法は、文学がミュージアムをどう描いているかを考察する。ここでいう描き方というのは――私のこれから述べることの土台になっているのだが――文学が、展示の場、自分といわば競合しつつも自分を惹きつけるこの場を描く作業そのものの中に自身を顕わすやり方である。とりあえずは、文学がミュージアムを表象する四つの方法を、最も「外的な」ものから最も「内的な」ものまで、ざっとみておこう。

(1) 登場人物がミュージアムを訪ねる。

(2) 登場人物が自分個人のミュージアムを建てるか、その計画を練り上げる。

(3) 登場人物自身がミュージアムである。

そして最後に、

(4) ミュージアムという観念とミュージアムの働きそのものの文章化により、文章そのものがミュージアムになり、自らをミュージアムとして構築する。

(1) 十九世紀の小説文学では「図書館段階」（モール家の屋敷でのジュリアン・ソレル）、「劇場段階」（ルーアンでのボヴァリー夫人）、「舞踏会段階」（ロザネット宅でのフレデリック・モロー）が、大半の風俗小説や教養小説で主人公が経てゆく一連の場の中にあるのと同様に――精神分析医が子供の人格の発達において「鏡像段階」というのに似ているが――少なからぬ登場人物が「ミュージアム段階」を通過する。そして物語上の経路において、何らかのミュージアム、ミュージアムとなったモニュメント、絵画展、物や芸術作品の展示の場（市場、画家のアトリエ、教会、オークション会場、店、万国博覧会、蒐集家の居室、個人コレクション）を通過する人物は多い。このことは「芸術家についての小説」（ゴンクール兄弟の『マネット・サロモン』（一八六七）やゾラの『制作』（一八八六）の類）あるいは、訪れた美術館、博物館に言及するのがお決まりになっている様々の「旅行記」(イタリア、ドイツ、スペインへの旅――ゴーティエ、ゴンクール、テーヌ、その他多数を参照)、さらには、『パリ案内』[11]の類の「パノラマ文学」(W・ベンヤミン)に限らない。これらは三つの下位ジャンルをなし、そこではミュージアム訪問の場面がほとんど欠くべからざるものであり、エクフラシス(芸術作品の言葉による描写)が君臨する。エクフラシスは、多種多様な作品中に、そして面白いことに抒情詩に数多くみられる。まるで、詩人の「個人的な」想像域と「みんなの」公共のイメージの集まりがぶつかるのが避けられないかのようだ。[12]ボードレールの「白鳥」にはこんな一節がある。

それゆえ、このルーヴルを前にして、ひとつの姿に胸ふたがる

この一節にみられる、イメージどうしの衝突(図象と観念との、外に顕(あら)われた形と内にのしかかり刻み込まれる形とのぶつかり合い)は、対立のモチーフの不変の構造を成す。つまり、一方には、集団として得た場で文化遺産と認められたものたちがあり、他方には見る者の心象、ボードレールの場合は(古いパリという)場の喪失、ノスタルジー、回想、どこまでもつきまとう「追放」のイメージ(流謫の身のユゴーに捧げられたボードレールのこの詩全体が、「追放」というテーマの変奏に他ならない)がある。「場違いなところに置かれたイメージ」、もと居た場所から引き離され、他のものたちと往々にしてとんでもない隣り合わせで並べられる「追放されたイメージ」のテーマが、十九世紀文学全体の中に執拗に現れ、ボードレールにおいては、ごくあたりまえのように、憂愁のテーマ、生きている時代ゆえに自分自身から乖離してしまった詩人の内面にある追放のテーマと結びつく。

というのも、ミュージアムは常に何らかの行程の一点であり、出会いの場なのだ。人とイメージの、表出された形と「抑圧する」形、陳列壁に並んで架かった絵と絵の出会い、自分自身の姿との出会い(そうなるとミュージアムは私自身の「内省」の場であり、あらゆる愚かしい眼差しから守ってくれる私用の砦となる)、あるいは根本的に他者であるものとの出会い(『七宝とカメオ』(一八五二)中の詩「コントラルト」におけるゴーテ

ィエとヘルマフロディトスの像との出会い)。ミュージアム横断は百様に彩られるから、こうした邂逅は、つねに情動的に「心に灼きつく」ものである、しかも、多くは劇的に。ゴンクール兄弟のジェルヴェゼ夫人が教会を巡るときのように、ユイスマンス〔『彼方』〕のデュルタルのように、フェルメールの絵を前にしてのプルースト〔『失われた時を求めて』〕のベルゴットの死のように、ゴーティエの『金羊毛』(一八三九)*La Toison d'or* の主人公が現実感覚を失くすように。(13) ゾラの『三都市叢書』の一冊、『ローマ』(一八九六)は、ミュージアム訪問という観点から読むと面白い。というのは、この小説は、美術館都市において美術館的な場を次々と訪れることで組み立てられているからだ。ピエール・フロマン司祭は、自分自身を求めて、また法皇との謁見を求めて、システィナ礼拝堂を訪れる。この訪問は主として第六章にある。彼は、ついに「初対面」を果たしたミケランジェロのフレスコ画を前に「戦慄」にとらわれる。このフレスコ画は、隣の壁にあるボッティチェリの小綺麗な絵、フロマン師に同行している世紀末ダンディーのナルシス・アベールがうっとりと見入る唯一のもの、を力で圧倒している。ここで、入れ子構造がじわじわと力を発揮する。ミケランジェロの「石工の」芸術へのナルシスの非難は、同時代のちまちました小説の逆をゆくゾラの作品を間接的に正当化しているのだ。「法皇の干涸びた偶像(14)」がいたるところで目につくヴァティカンは、相反するものども、対立する芸術や文化の同居する場である。

なんとおかしな牢獄か、閉じ込められた奇妙な同居とは! キリストとカピトリウム神殿のユピテルが一緒に居て、十二使徒と古代ギリシャ・ローマの面々が仲良くしている。(15)

システィナ礼拝堂という美術館は、こうして、相反する憧れを抱いて悩むピエール・フロマン司祭という人物の間接的な肖像となっている。

しかし、ミュージアム横断はアイロニカルな形でなされることも少なくない。この形は、対決、(大なり小なりの)ブルジョワと芸術作品との、十九世紀全体をとおして繰り返された対決にとっては、ほとんど避けがたいものだ。「世の中で愚かしいことをいちばんたくさん耳にしているのは美術館の絵かもしれない」とゴンクール兄弟は『日記』に記している。[16] まるで「愚劣なものを見る」（ご存じのとおり『ブヴァールとペキュシェ』（一八八一）第八章の表現だ）のは、愚劣なもの自らがイメージを見たり語ったりするのに恰好の場に身を置く、その場でしかできないかのようだ。ヴァレリーによれば、美術館とは付加形容詞の場なのだ。したがって、美術館の絵は複雑な言語環境にある。というのも、観覧者や図録のコメントには、展示作品の題名が生み出す、絵に付属した疑似文学的働きが加わるのだから。「一八四六年のサロン」での「感傷的な」絵のもったいぶった題名へのボードレールの酷評、[17]『ボヘミアン生活の情景』*Scènes de la vie de bohème* 第十六章での、主人公の一人である画家マルセルの傑作につけられた一連の題名（あれやこれやの「移ろい」）をもとにしたミュルジェールの皮肉な変奏、さらには、『感情教育』（一八六九）でペルランの描いたロザネットの肖像画のどちらともとれる題名（フレデリック・モロー氏所有のローズ＝アネット・ブロン嬢）がある。絵とは、文学においては、まずもって言葉、文章の伴うものなのだ。

十九世紀半ばにおいては、ブルジョワは、金銭との関わりのみならず、仰天した「目」との関わりでも定義される。これはボードレールが「一八四六年のサロン」の皮肉な前書き「ブルジョワたちへ」で述べているとおりである。また、バルザックは『金利生活者研究』で次のように述べている。「金利生活者にとっては、目が命だ。麒麟、博物館の新収品、絵画や工業製品の展示会、あらゆるものが金利生活者にとってはお祭り、驚きで、ちょっと調べてみたくなるものなのだ。」

俗物の笑い、無理解からくる笑い、淫らな笑い、「悪ふざけ」の笑いは、こうして芸術作品につきものとなる。『居酒屋』（一八七七）第三章で繰り広げられるジェルヴェーズの婚礼後のルーヴル訪問は、このテーマでの見せ場である。ここでゾラは、台詞、身体の動き、「美学的」判断や眼差しを総動員しているし（「おおっ！　絵がいっぱいあるぜ！（……）額縁の金ぴかに目が眩み（……）呆気にとられ、ほろりとし、愚かしく（……）、首を長くし目は宙をさまよい（……）あけすけに（……）ふざけあう」）、また、「入れ子構造」や同語反復を次々と繰り出して効かせているが、これは文字どおり「詩ハ絵ノ如クニ」（ジェルヴェーズの婚礼一行がカナの婚礼を見物し、モナリザはクーポーの伯母の誰かに似ていて、ティツィアーノの恋人の髪の色はロリユ夫人の髪と同じだ）においてあるいは、巧妙な裏返しにおいてである。つまり、見物中の婚礼一行は、ルーヴル美術館の部屋から部屋へ呆気にとられてぶらつきながら、自らが見せ物となり、他の観覧者から笑われることになる。「画家たちが駆けつけ、大口開けて嗤っているし、野次馬どもは、この一行をゆっくり見物しようとベンチで待っている。[18]」エクフラシスは、ここでは小説の自己模倣（虚構の物語中の具体的な作品の描写は小説自体の何かをあらわす）に、そして登場人物たち（見る者としての登場人物は、見る能力によって、ないしは見る能力の欠如によって定義される）の間接的な［各人物の行動を通しての］エトペ（精神面での人物描写）に用いられる。

このように、登場人物は美術館内を縦横に動き回りながら展示作品と様々に対面を果たす。小説中に居並ぶこうした場面は、調和した音や皮肉な不協和音を響かせ（美術館の壁に雑然と寄せ集められた絵と絵の間で、あるいは、見る者の心に浮かぶ絵――これも、てんでばらばらだったり統一感があったり様々だが――と見られる絵との間で）、全体にみられるある種の非現実化と相俟って、異質なものの対峙というモチーフの不変の核をなす。フローベールの『感情教育』の主要人物フレデリックは、美術館、あるいはもっと広く、何らかの画像のある場を常に歩き回り、そこにある絵から刺激を受けて心に浮かぶイメージを発信するのだが、それはどれもこれもロマンティックな紋切り型だ。彼は、ミュージアム的庭園やルーヴル宮、あるいはどこか城の美術館を訪れる。

植物園へ行き棕櫚の木をみるといつも、遠い国々にいざなわれる心地がした。あのひとと二人、旅をするのだ。駱駝の背に揺られて、象の背で日覆いのもと、青い島々の間を縫うヨットの船室で、二頭の騾馬を連ねて。騾馬は、鈴をつけて、壊れた円柱に足を取られながら草叢を歩みゆく。時折、ルーヴルのいにしえの絵の前で足を止める。すると、彼の恋は過ぎ去った時代にまで遡ってあのひとを包み込み、絵に描かれている女たちに置き換えた。細長い角のような昔の帽子を被ったあのひとがステンドグラスの向こうでひざまずいて祈っている。カスティーリャやフランドルの女王の姿で、固い襞襟と芯入りの大きく襞の広がる胴衣をつけて座っている。それから、重臣たちの居並ぶ中、駝鳥の羽の天蓋のもと、金襴の衣装をまとい、斑岩の大階段を降りてくる。黄金色の絹袴を着けてハレムの褥に横たわっている姿を夢想することもあった。あらゆる美しいもの、星のきらめき、音楽の調べ、文の気品、ものの輪郭にふれると、ふと、知らぬまに、あのひとのことを考えているのだった。[19]

フレデリックとロザネットがフォンテーヌブロー城を見学する場面（第三部第一章）でも、ロザネットは陳腐な台詞ばかり（「思い出がよみがえるわ」）を口にしては、鏡に映る自分に長々と見とれてばかりである。フレデリックはといえば、「様々の影像（すがた）の交錯に頭がぼうっとなって」城をあとにする。また、クレイユにあるアルヌーの陶器工房をフレデリックが訪ねるところも。[20]この工房では、昔ながらの具象的な絵柄のキッチュな皿や壷を電気で作っており（シャンフルーリを意識してか？）、アルヌーがクレイユの町に自分の工房を置いたのは、他の有名な陶器製造業者のブランドイメージを利用するためなのである。この工房にはちょっとした「美術館」があり、具象的な絵柄の製品が並んでいる。フローベールはこれを、アルヌーという人物をなぞったような（優柔不断なフレデリックのでもある）異種混淆のカタログの形で紹介している。

陳列室のようなものが（……）階段沿いにしつらえてある。壁に架かっている見本からは、アルヌーの努力とその都度の熱中が見てとれる。中国の赤絵を試みたあとは、マジョリカ、ファイエンツ、エトルリア、東洋風などいろいろとつくりたがり、あとになって出てきた改良作にも挑戦した。だから、陳列品の中には、中国官人が何人もびっしりと描きこまれた大きな花瓶、きらきら光る赤褐色の鉢、アラビア文字の浮き上がった壷、ルネサンス趣味の水差し、紅殻チョークで二人の人物が描かれた大皿、といったものが並んでいる。アルヌーは今、看板の文字やワインのラベルをつくっている。

こうしたミュージアムに脈絡なく隣り合っているものたちのなかで、「裸婦」は常に「とっておき」のテーマで、横目、ちら見、目配せを引き起こす（ゾラの『居酒屋』で、「ボッシュとビビ・ラ・グリヤードは裸の女をちらちら見ながら目配せしあってはニヤニヤ笑っている。なかでもアンティオペの太ももには二人ともぞくぞくする」）。このテーマは強くエロティックな力を常に持ち（フレデリックはフォンテーヌブロー城のダイアナの絵を前にしてロザネットへの「かつての欲望」がよみがえってくるのを感じる）、作家はこれを、自身の芸術の美学を遠回しにあらわすものとして、また登場人物なり社会全体なりの精神性を描写として用いている。ボードレール曰く「愚かなブルジョワは誰も彼も『芸術における不道徳なるもの、不道徳性と道徳性』などといった痴れ言をしょっちゅう口にする。これを聞くと、一回五フランの安娼婦ルイーズ・ヴィルデューを思い出す。この女、一度私についてルーヴルに来たことがあった。それまでには一度も来たことがなかったのだ。この女は、不滅の価値を持つ彫像や絵の前で真っ赤になり、顔を隠し、私の袖を引っ張っては、こんな恥ずかしいものをなぜ人目に晒すのかと尋ねたものだ」（『赤裸の心』）。

十九世紀特有のいくつかのジャンルに、特別なミュージアム行が頻出する。美術館都市、記憶が層を成す都市（ローマはその好例）、墓場都市巡りだ。この特別な行程は、「考古学的」小説、「発掘」小説、あるいは特殊な「ブラックボックス」たる地球を、とりわけ空洞をかたどった「化石」の形で過ぎし日々をとどめている地球を主人公に歩かせる小説にみられる。鉱山小説、「暗黒のインド」小説、地底旅行小説[21]、墓地小説、無縁墓小説、ローマ・ポンペイ・エジプト訪問あるいは生活再現小説[22]である。ミイラ（ゴーティエの『ミイラ小説』（一八五八）と『ミイラの足』（一八四〇））、彫像（メリメの『イールのヴィーナス』（一八三七））、石柱、偶像神、コイン、フレスコ画、モザイク、何かの形をしたもの、化石、遺体の型（ゴーティエの『アリア・マルチェラ』にあるようにポンペイ博物館の「呼び物」）、こうしたものたちは浮き彫りによってか二次元の絵によってか、上記の種々の小説ジャンルに取りつくイメージ群（エイドス eidos）を成す。これらの小説においては、古代風の牧歌 idylle（「小さな絵」）は偶像（数多くの幻想的な作品において、『イールのヴィーナス』にみられるように、より不安をかきたてる）と一対をなす。埋まっていたり甦ったりするイメージの物語は、強迫観念、固定観念、まつわりつく記憶、秘密の暴露への執着、姿を消した人の探索、恍惚、幻覚など、心象の物語と結びついている。この結びつきの行き着く果ては、精神の「記憶の塗り替え」作用についての考察となろう。これは、フロイトの「W・イェンセンの『グラディーヴァ』における妄想と夢」（一九〇七）に見られる。フロイトのこの論文は、古代美術品コレクションの中にある浮彫の物語、主人公が考古学者である物語、ポンペイの話、「歩みゆくグラディーヴァの石像への変化」を示す夢の話である。[23]

(2)　登場人物は、自身のミュージアムの建築家たりうるし、それを構想し建設できるし、自宅をミュージアムにすることもできる。ウォルター・スコットの『古物愛好家』（一八一六）*L'antiquaire* に触発されて、蒐集家や「古物愛好家・研究家」（antiquaire という語の十九世紀における意味）が小説中に溢れ、こういう人々の住居は、いわば昔ながらの「コレクション陳列室」に取って代わる。「骨董品崇拝」が高まり、[24] 写実主義の「発明者」であり『陶製のヴァイオリン』（一八七七）*Violon de Faïence* の著者にしてセーヴル美術館の主任学芸員たるシャンフルーリは、諷刺画家たちからは「骨董マニア」の旗手とされる。ロビダは、この世紀の回顧的な性格描写集成『十九世紀』において、蒐集家に一章を割いている。私的建築内の住空間の民営化と自律化が骨董熱という現象を後押しする。文学によれば、この現象は社会の多様な階層にみられ多種の物に及び（ただし、ああ、これかという昔ながらの具象的絵柄をうまく生かした品物は、とくに好まれるようだ）ピンからキリまでのレベルで（大ブルジョワ宅の大傑作コレクションから労働者の陋屋の壁に四隅をピンで留めた安物のエピナル版画まで）[25] みられるようだ。ここには「オランダ風の偏愛」[26] がうかがえるとの見方もある。従兄ポンスのがらくた山は個人博物館としては最も有名だが、バルザックはこうした博物館を皮肉な意図であれこれ作っていることが多いようだ。

短編『ピエール・グラスー』（一八三九）の瓶商人ヴェルヴェルは、ヴィル＝ダヴレーの自分の別荘を巨匠の絵（どれもこれも、しがないへぼ絵描きである婿の描いた贋作であるとわかる）を集めた「ギャラリー」にするし、やはりバルザックの作品（『役人』（一八三八）のゴダールの住居は、いわば「珍奇な店 **magasin**」（バルザックは「ためこむ」**emmagasiner** という動詞を用いている）の具現化したものだが、ここには絵となった物（風景を描いた石）、オブジェと化した生きもの（剥製の鳥）、自然のままのものが混然としている。「この男は鉱物や貝殻を集め、鳥の剥製を作り、安値で買った山のような骨董品で部屋がいっぱいになっていた。絵を描いた石、コルク製のお城、クレルモン（オーヴェルニュ地方）にあるサンタリールの泉の模型等々。（……）彼は数多の蝶を額に収め、壁には中国の天蓋や魚の皮を吊るしていた。」

ダンディーの住居（『さかしま』（一八四四）のデゼッサントの住む家、とりわけ第五章[27]）や画家（あるいは広義の芸術家）である登場人物の仕事場は、文学における私設ミュージアムの格好の例である。ただしこれは、（自身のそして世界の）表現[28]に長けたこれら二種の人物に何か特別な魅力をもたせて、文学が活用しているからこそである。ゴンクールの言を借りれば、「がらくた蒐集」は、独身者にとっては「女がいないことの埋め合わせ」であるから[29]。ドーデの『タラスコン港』（一八九〇）*Port-Tarascon* の結末で惨めに競売に付されるタルタランの「美術館」然り。ヴェルヌが『海底二万里』（一八六九―一八七〇）第十一章で描いている「聡く奇跡を起こす手が、自然界と芸術界のあらゆる宝物を、画家の仕事場に顕著な、かの芸術的混淆でもってあつめた」ネモ艦長がノーチラス号につくったミュージアムしかり。ここではラファエルロとレオナルド・ダ・ヴィンチがメソニエやドヴィニーと並び、絵画や彫刻が珍しい貝殻の陳列ケースと隣り合う[30]。極みは、自伝的、個人的で「ほんとうの話」、ゴンクールの『ある芸術家の館』（一八八一）*La maison d'un artiste* である。ここにはゴンクールの自宅兼ミュージアムが、部屋から部屋へ、壁から壁へ、家具から家具へ、あらゆる引き出し、さらには骨董、版画のすべてが詳述されている。この作品は『さかしま』を初めとして絵や骨董のぎっしり詰まった屋内を大々的に取り込むデカダンス文学に決定的な影響を及ぼした。もうひとつは、これは公的なものだが、パリのあの「アリコ館」〔国民衛兵の勤めを忌避した芸術家用の刑務所。「アリコ」は「とるにたらぬもの」の意〕で、ここは詩、絵画、素描で埋め尽くされている。デュマ・フィスは次のように述べている。

> この破壊しがたい美術館、建物自体が壊れるときにしか姿を消しようがなく、看守たちの誇りにすらなっている美術館をみるためにこそ、ここに入るのだ。デカンの描いた熊があるかと思えば、クチュールの手になる門番の肖像がある。(……)馬、絞首台、月光、船、木々、風景、花々、パイプが、上下左右、隅々まで埋め尽くしている。壁はこうした絵のためにしつらえられたようにも見える。(31)

皮肉なバージョンは、いうまでもなく、『ブヴァールとペキュシェ』の「博物館段階」(第四章冒頭)である。「半年経つと、二人は考古学者になっていて、家はさながら博物館であった。」

この場合(つまり登場人物が自分自身のミュージアムをつくる)もまた、大半の例において皮肉な調子が顕著である。こうした独身者の蒐集館では、目くるめくような異種混淆と並列がみられる。ネモ艦長の蒐集館が「知的」で熟考された混淆なら(「私の頭の中では画家たちは入り混ざっている。巨匠たちには年齢がなく(……)年代的相違は死者の記憶の中では消えてしまう――私は死んでいるのだから」とネモは語る)、ブヴァールとペキュシェの蒐集館は、「場違いな」ものたちを詰め込み(二人の家の窓にはゴシック教会のステンドグラスが嵌め込まれる)、それ自体もちぐはぐな場である(彼らの家は博物館に「似ている」(32)し、また、ドイツの教会で使われていた「銀の熾天使」が刺繍された「古いマント」を食堂の壁に張るデゼッサントも然り)。事物やイメージのこのような脱文脈化をみると、文学へと必然的に考えが及ぶ。文学とは、それ自体ずらされたコミュニケーションであり、文（テクスト）、文脈（コンテクスト）、間テクストといった概念と結びついている。文学は、雑種、雑然、不揃い、場違いな隣接、偽物、といった否定的概念を指し示すが、こうした概念は、文学以外の語りにおいては、十九世紀の思想についての大々的な議論の的となってもいる諸概念、すなわち折衷主義、異種混淆、コスモポリタニズム、キッチュ、芸術の産業化、芸術のアメリカ化と同質のものである。バーナムの「アメリカン・ミュージアム」、「芸術的、地質学的、動物学的、科学的、夢のような、一言でいうなら比類なき真の万魔堂（パンデモニアム）」（ピエール・ラルースの『十九世紀万有大事典』の「バーナム」の項）、あるいはエドガー・アラン・ポーがおきまりモチーフの濫用ゆえに嫌悪した（『室内装飾の哲学』*Philosophie de l'ameublement*）「アメリカ的な」部屋は、いわばこの異種混淆蒐集館のシンボル的存在であり、そこでは不協和音を奏でる堆積と隣接が序列を壊し、美的価値を混乱させ、形ある様々な物が汪溢して想像力が働かなくなる傾向がある。

だが逆に、想像力が活発化する場合もある。だが、ここでは、類似と置き換えが次々と生まれて全体的にずれてゆき、結局は違いが解消されてしまうのが常だ。鸚鵡（おうむ）の剥製が出来上がってきて、フェリシテが最後に行なう自室のしつらえがそうだ。構成、図像のあり方、そして置き換えの問題の重要性ゆえに、フローベールの『純な心』第四章の以下のくだりは、その典型的な例となっている。

> 教会で、彼女〔フェリシテ〕は聖霊の姿を常々眺めているうちに、それがどことなく鸚鵡に似ていることに気づいた。我らの主イエス＝キリストの洗礼の場を描いたエピナル版画では、なおさらよく似ている。エメラルド色の体に緋色の翼、ルルに生き写しだ。
>
> その版画を買ってきて、アルトワ伯の代わりに架けた。――こうして聖霊とルルはいつでも一緒に目に入るようになった。二つは彼女の思いの中でつながり、鸚鵡は聖霊とのつながりで神聖なものとなり、聖霊は前よりも生き生きして見え、わかりやすくなった。父なる神は、その御心を宣べるのに、言葉を持たぬ鳩などお選びになるわけはなかったのだ。この鳥はむしろルルの祖先だ。こうしてフェリシテは、エピナル版画の聖霊を見ながら祈り、ときどき、すこし鸚鵡の方を向いた。

イメージからイメージへと次々起こる「移動」いわば「滑り」から成るこの引用で気づかれるのは、様々なイメージを前にしたフェリシテに起こる視覚上・想像上での痛切なまでに激しい動きであり（「フェリシテは眺めていた」、「気づいた」、「ルルに生き写しだ」、「いつでも一緒に目に入る」、「彼女の思いの中でつながった」、「彼女の目には聖霊は前よりも生き生きして見え、わかりやすくなった」、「見ながら」）、意味のずれであり（エピナル版画が聖書の一節を「描いて」いる）、場所のずれであり（教会からエピナルへ、そして自室へ）、イメージとイメージのずれであり（ルルの絵姿がエピナル版画にとってかわり、エピナル版画がアルトワ伯の肖像にとってかわり、アルトワ伯の肖像画はお払い箱になる）、祈りの対象の入れ替えである（彼女は聖霊の絵から剥製の鳥へと「体の向きを変える」）。まるでイメージには独自の生命があるようであり、広がり、分散し、自らを反復し隣のイメージに影響を与えずにはいないのがイメージの本質であるかのようだ。上の引用文は、数行の中で、図像的なるものの取りうるあらゆる形（絵、遺物、彫像、象徴）を繰り広げて見せてくれる。ここで問題となっているのは、美や倫理のみならずレトリックもである。つまり、隠喩（メタフォール）をはじめとする類似性の文彩は、換喩（メトニミー）をはじめとする隣接性の文彩と区別できなくなっている。似たものどうしが寄りあつまる、そして逆も然り。だからイメージをとおしてここで間接的に「御心を宣べる」「不在の父なる神」は、フローベールその人に他ならないということもありうる。フローベールはもしかすると、もう一人の老嬢、シャンフルーリの『トゥーランジョーのお嬢さん方』（一八六四）*Les demoiselles Tourangeau* のクリスティーヌの部屋が記憶にあるのかもしれない。ここでは遺物、つまり何かを指示する（表されているものの一部をなす）と同時に図像的なもの（不在の身体の偶像）が、二次元のイメージ（絵画、版画）そして文（テクスト）と混ざりあう。

> 彼女は自室を礼拝堂に模様替えした。装飾の中心はリヨンで買った絵で、黒く陰気な大木が描かれていて、葉の一枚一枚に罪の名が書き込まれている（……）ある信心深い老女から髑髏と砂時計を描いた陰鬱な版画を貰ったが、これは、エムリナ嬢曰く気持ちの落ち込むものであった。哀れな女の部屋には数多くの絵が架

かり、目を覚ましてまず目に入るのは聖ポリカルプの骨のかけらと聖女ペルペチュの骨の粉末を小さな円錐形容器に収めた聖遺物箱である。

これら二つの文には「描く」représenter という動詞が繰り返し登場する。諸々の「描写」représentations をしっくりと、あるいはちぐはぐに混在させたり置き換えたりするのは、今見たように、造詣深く、貴族、教養人、見識ある大ブルジョワ、洗練された趣味のダンディーや審美家といった蒐集家のコレクションだけではない。フェリシテはデゼッサントの同類ではない（とはいえ……）。入居や引っ越しは強い「現実化効果」effet de réel をもった場面や「社会的」慣習（新築祝い、死後あるいは破産後の競売、「夜逃げ」、社交的訪問等々）の一部をなし、写実主義・自然主義の小説家たちは、こういう場面を登場人物、とりわけ好みのタイプの人物の歩む経路に置きたがる。コラムニストたち（ド・ジラルダン夫人はじめ多数）がこぞって、変貌しつづける社会と都市、第二帝政の大半はオスマン計画で工事中であった社会と都市をざわつかせる引っ越しの流行を皮肉ったから、なおのことである。実際、登場人物たちは、結婚や仕事ゆえの移動（ボヴァリー夫人、ジェルヴェーズ、モーパッサン『女の一生』（一八八三）のヒロインが次々と替える住居）によってか、あるいは社会における上昇（成り上がり者の登場人物）、転落（もとの階級から脱落する登場人物）によってか、よく棲家を替える。だから、主題の核心をなすのは「移動」の概念だ。つまり、移動する人物は新しい場（入居あるいは単に通過するとか訪れるとか）に移り、他所から持ってこられた諸々の形あるものや具体的なものに出会う（あるいは彼自身がそれを配置する）のだが、これら他所から持ってこられたものたちは殆どいつも、自らの元の機能からずらされてもいる。写実主義・自然主義小説の登場人物でとりわけ多いのは、生涯の何らかの折に、住居をしつらえている、したがって自分自身のささやかなミュージアムを、どんなに小さなものであれ作っている姿で登場する人々である。今し方見たフェリシテはその典型である。フローベール、ドーデ、ゴンクール、ユイスマンスの作品には、夫婦や独身者の入居場面が数多く見られる。ゾラにおいては、奇妙にも司祭は皆、自分の教会に絵や彫像を飾っているところをとらえられる（『プラッサンの征服』（一八七四）、『ごった煮』（一八八二）、『ムーレ神父のあやまち』（一八七五）、『夢』（一八九一）、『ルルド』（一八九四））。こういった場面は、小説の筋にリズムを付け、誰か登場人物が同じ小説内で他の似たようないくつかの場面と関わりを持つにあたって、移動経路に区切りをつける役割を担っていることが多い。ゾラは、たとえば『居酒屋』で、ルーヴルの場面といわば対になるように、クーポーが自分とジェルヴェーズのために部屋をしつらえる場面を置いている。

クーポーは、なんとか綺麗にしたくて、できるかぎり頑張って部屋の壁を飾り付けていた。鏡があるはずの場所には大きな版画を置いた。一門の大砲と山なす砲弾の間を、フランスの元帥が杖を手に歩いている。箪笥の上、金鍍金（めつき）した古い磁器の聖水盤の左右には、家族の肖像写真が二列に並ぶ。この聖水盤はマッチ入れにした。戸棚上部の縁飾りの上にはパスカルとベランジェの胸像が、かたや荘重、かたや和（にこ）やかに対をなし、そばにある鳩時計のチクタクに耳を傾けているようだ。じつにすてきな部屋である。[33]

ここ、労働者のつましい部屋では、記号的、具象的な事物（写真、版画、胸像の彫刻）と文学（パスカルとベランジェ）が混ざり、キッチュな精神ならではだが、物の本来の用途やあるべき位置がずれ（版画が鏡に「代わり」、聖水盤はマッチ入れとなり、「鳥」が時を告げる）、物はちぐはぐに隣り合って置かれる（ベランジェとパスカル、聖水盤とルーゴンとマッカール両家の人々、鳩時計とフランスの元帥）。心象（家族の「思い出」）が、読まれるイメージ（文学）や見られるイメージと隣接（あるいは併存）し、この連結は、場に論理と意味をいっぱいにする土台を築く。こういった部屋の原型は、おそらくフローベールの『ボヴァリー夫人』や『感情教育』[34]に見出せ、この皮肉な描写（自由間接話法で「じつにすてきな部屋である」）の標的は、労働者階級の「悪趣味」（悪趣味といえば、ゾラのメダンの家のしつらえも無縁ではない[三]）よりむしろ、ブルジョワの美のカテゴリー（とりわけ対称、調和、様式の統一性、他の何らかの様式と一線を画する品位）を労働者が猿真似していることである。
あれやこれやの形あるもののぎっしり詰まった屋内は、アトリエやミュージアムなど造形美術作品のための場の変形（ヴァリアント）であり、だからどれも「理論的な場」であり、ここで文学は、作家がどういう流派に属していようと、間接的に遠回しに皮肉に、形あるものを媒介として、自分自身について問いかける。言及される絵や物はどれも、第二段階のフィクション、フィクションの中のフィクションであり、場合によっては、描かれた絵が文学的な物語を表すとき（たとえばピュラモスとティスベの物語[四]）、第三段階のフィクションにすらなる。[35] メリメの『青い部屋』（一八六六）中の、絵でいっぱいのホテルの部屋がそうだ。

胡桃材の大きな寝台を囲むインド更紗のカーテンには、ピュラモスとティスベの不思議な物語が紫色で描かれている。壁紙はナポリ風景で、多数の人物がいる。嘆かわしいことに、行儀の悪い泊まり客が退屈しのぎに落書きし、男といわず女といわずあらゆる人物に髭を描きパイプをくわえさせた。おまけに空や海のいたるところに、散文や韻文でくだらぬことが黒鉛で書き込んである。ここの壁にはいくつも版画が架かっている。『一八三〇年の憲章に宣誓するルイ＝フィリップ』、『ジュリーとサン＝プルーの初めての出会い』、デュビュフ氏の原画による『幸福の期待と後悔』。

自然を描いた絵（ナポリ風景）、絵を下敷きにした絵（デュビュフの絵をもとにした版画）、絵に頼った文（テクスト）（落書き）、文を題材にした絵（『新エロイーズ』、ピュラモスとティスベ）、文をもとにした形（憲章）がどのようにして共存するかがここに見てとれる。隣り合う絵のこれら文学的描写に暗黙に含まれているのは、やはり相変わらず、文学にとって重大な美的諸概念、すなわち、瞑想、趣味、置換、創造（形と無縁に創ることができようか？）の概念である。

同様に、『居酒屋』の上述の部屋と同類だが、美についての考え方もイデオロギー的にもゾラとは対極にある作家レオン・ブロワの小説『貧しい女』（一八九七）*La femme pauvre* 中の、アルコール中毒の労働者の部屋も参照されたい。この小説は反‐自然主義でありながら、ゾラを想起させるものが混在している。この小説内の描写は、とりわけ「お上品」（ブロワの強調する語）の問題をめぐっては、狙いと前提事項において、文句なしによりわかりやすい。

ここでおぞましくも特徴をなすのは、威張って偉ぶる尊大さとブルジョワ風のお上品だが、それは、この恐るべき陋屋にはびこる黴にシャピュイのセンチメンタルな連れ合いがポマードのごとく塗りたくったものだ。

暖炉には火も灰もない。所狭しと並べられた汚らしい小物類がなければ、醜いとはいえ哀愁をもよおすかもしれない。

円筒形のガラス瓶がいくつかあって、干涸びたちっぽけな花束が入っている。もう一つ、球状の小瓶が貝殻を固めた台の上に置かれ、ドイツ語圏スイスの景色が中に浮かんでいる。耳をあてると、詩心ある人には遠い海鳴りの聞こえる貝殻の一揃いもあれば、どこか安物専門の工場で大衆向けに焼かれた彩色陶器には、フロリアンの作品に出てくる優しげな牧人男女もいる。

こうした芸術品と並んで、礼拝用の品々もある。金の杯で水を飲む鳩、「選ばれし者の小麦」を腕いっぱいに抱えた天使たち、初めて聖体拝受をする巻き毛の子供たちはレース模様の紙に包んだ蝋燭を持ち、二、三の今日の質問「猫はどこにいますか？」「農村保安官はどこにいますか？」等々が不可解にも厚紙額縁にはまっている。

写真もある。労働者、軍人、男女を問わず立派な商人たちの写真だ。厖大な数の肖像写真がピラミッドをなして天井まで昇っている。

壁のあちこち、襤褸の吊るしてある合間に額縁がいくつか架かっている。当然ながら、そこには、例の版画、女心にはたまらない「やっと二人になれたね！」がないはずはない。この版画でお金持ちの紳士が、そう、おののく妻を腕に抱きしめているところには、皆がうっとりする。公証人や娘のこの版画はシャピュイ家の人々の自慢だった。これを見せたくてシャラントンから靴屋を呼び寄せたこともあったくらいだ。残り――縁日や市場で買い込んだ安物の色刷り石版画――は、ここまでの美的地位にはないが、一種の妙味はあり、なかんずく、シャピュイのおかみさんが夢中になっていた一層たしかな例のお上品さにも欠けていなかった。[36]

繰り返そう。ゾラに見られるようなこうした低級ミュージアムにおいて、自然物（たとえば貝殻[37]）と人工物（小物類）、二次元のイメージと三次元のイメージ（陶製の牧人）の隣接――ここにはやはり文学が登場するのだが（フロリアン、「詩心ある」耳）――において、不揃いな絵や物が並んで不協和音を奏でる倒錯的にミニアチュール化された（「小さな」）ものたちの表象において、問われ提示されるのは、おそらくは、イメージの雑居をとおして、したがって形あるものの生産と同じく消費をとおして、[38]ある種の「室内装飾の哲学」（エドガー・ポー[39]）をとおして、文学の「場」そのものの問題なのだ。ここに提示されているのは、根本的な、いかなる作家にとっても根本的な、文体に関わるいくつかの概念である。それは一方では表象の概念であり、また、「連続性」として同質性として、「調和」として、そして作家に「特有の」個人的「調子」としての文体の概念である。「統一性、統一性、全てはそこにあります」とフローベールは書き送っている（ルイーズ・コレ宛、一八四六年十月十四日）。あるいはまた、「連続性が文体を作るのです」（ルイーズ・コレ宛、一八五三年十二月十八日）とも。ゴンクール兄弟はオートゥイユにある邸宅を蒐集の連続性と均質性の法則にしたがって念入りにしつらえ（絵の具による絵はなく、素描と版画のみ）、ゾラ『制作』の挫折した画家クロードは「断片」しか描かない。それに、公的なものであれ私的なものであれ、ミュージアムとは、いくつもの「断片」（絶妙なものであろうとも）が詰め込まれて並ぶ場である。文学におけるアトリエの描写（本書第三章を参照）についてと同様、私的ミュージアムの描写は、能力の差こそあれミュージアムを語ることを担う登場人物によってなされ、作品に組み込まれた一種の詩的芸術となる可能性が十分ある。

あるいは、私設ミュージアムの描写は、異種混淆の領域を離れて象徴的ないしは指標的まとまりの領域に入り、「入れ子」の形で登場人物たちの運命、すでに過去のものとして実現した運命ないしは来るべき運命を指し示す目印や形となる可能性もある。クーポーとジェルヴェーズの寝室にある（ルーゴン＝マッカール両家の）家族写真は、たんに、聖水盤やパスカルの胸像や元帥の絵と「不調和を醸し出す」ために、あるいは写実的な「エクフラシス」の題材となるためにあるのではない。これらの写真は、何かを「想起させる」、あるいは何かに「呼びかける」。バルザックの『老嬢』（一八三六）中、コルモン嬢の居間でラ・フォンテーヌのいくつかの寓話を描いたタペストリーの家具は、コルモン嬢が夫探しのさなかであること、ラ・フォンテーヌの寓話『娘』の主人公と同じように振舞い、同じような運命を辿ることを予告する。『純な心』冒頭の「ヴェスタ寺院の形をした」（処女性が肝要な場）置時計、『ゴリオ爺さん』冒頭ヴォケール館の壁にあるテレマックの冒険、モーパッサン『女の一生』第一章のジャンヌの部屋にあるピュラモスとティスベのタペストリー（文学が取り上げることの多い悲恋物語のモチーフ）[40]は、ミュージアムの展示品とか登場人物の物語と切り離せる単なる調度品としてあるのではない。これら形ある物たちは、部屋を「ミュージアム」というよりむしろ写真を現像する暗室（これらの物たちは「思い出」なのだ）[41]もしくは未来を予言する（これらの物たちは前触れなのだ）水晶の球に変える。ゾラの『マドレーヌ・フェラ』（一八六八）は、この作家が作動させている、後にまた登場する〔一八七一年から一八九三年まで全二十巻で出版される『ルーゴン＝マッカール叢書』は遺伝理論に基づいた二つの家系の物語である〕遺伝理論のきわめて特異な例——したがって類似性の物語——として興味深い作品である。この作品では、形ある物たち（一枚の写真、いくつかの版画、「開いた窓から中の居室が見える」すばらしい糸ガラス製の城の形をしたキッチュな置時計）が、部屋ごとに、記憶の中では埋没していた思い出の数々を女主人公に「呼び覚ます」[42]。そしてこうした思い出が、物語の筋を展開させる。「思い出」の文学的モチーフに具体的な形を与えて起動させるためには、あたかも、心象は常に目に見える形を起点に、あるいは逆に目に見える形は心象から発して広がらねばならぬように。

境界例として、作家自身が自分のミュージアムの建築家となることがある。この場合、語り手は自身で自らのミュージアムを建て、自分でその中に入り、普遍的価値ありと認められた芸術作品の傍らで、自分のミュージアムの壁にいわば「架かっている」。これは、考えてみれば、現実界でも起こっていることだ。ゾラは、マネの描いた肖像画の形で、自宅の壁に架かっている。アレクサンドル・デュマ、ユゴー、ロティらが建てた自邸についても同様で、そこでは家具も絵画も、鏡、記憶を呼び起こす場、作家の延長（分身）に他ならない。あくまでも文章でできたものとしては、この種の自己ミュージアム化、自己霊廟化の興味深い一例は、ボードレールの「燈台」にある。この詩の十一節中八節は、イメージを生み出す人々、画家や彫刻家の名のリスト（登場順にルーベンス、レオナルド・ダ・ヴィンチ、レンブラント、ミケランジェロ、ピュジェ、ヴァトー、ゴヤ、ドラクロワ）を繰り広げ、これと対照的に最後に音楽家（ウェーバー）の名を置いて結んでいる。この霊廟的ミュージアムの各節は、一人の芸術家に割かれており、芸術家の名が各節冒頭に掲げられ、その芸術家の作品を喚起する一連の比喩（イメージ）（隠喩）がその後にずらりと並ぶ。ここにあるのは、詩の形をとった理想的ミュージアムカタログであり、見られるイメージは読まれるイメージによって引き受けられている（「ルーベンス、忘却の河」、「レオナルド・ダ・ヴィンチ、深く暗い鏡」、「レンブラント、悲しき施療院」等々）。しかし、この目録中、ピュジェを喚起する第五節は、他と異なる構造をとる。つまり、芸術家の名前は、他の節と同じ場所（四行から成る節の冒頭）ではなく、第四行目にずらされている。そしてこの節は唯一、呼びかけを含んでもいて（「……しえた汝」）、したがって間接的にではあるが発話主体（何らかの「私」）が存在することを前提としている。またこれは、場所の補語（où で始まる関係節）が欠けている唯一の節でもある。場の欠如、そして明示された一人称の欠如は、面白いことに、隠れた存在の居る場、作者の場を示す。作者の名はアナグラム化され、倒置され（LERE DE BO /

《colère de boxeur...》）正しい場所、節の冒頭、まさに芸術家の名（この節の第四行に移されているピュジェ）のあるはずだった場所に見出される。ボードレールの名がピュジェの名に取って代わり、ボードレールがピュジェの場を取り上げて、文学的ルーヴルのカタログに加わっている。このカタログを、ボードレールはあらゆる時代、あらゆる国々の著名芸術家で構成したのだが、見られるイメージを創り出す人々の王国に、読まれるイメージの作者として、生きながらにして自らを祀ったのである。「自尊心に膨らんだ心」をあたかも偶然のように詠う詩節をとおして、自己愛的な詩、原罪にとらわれたミュージアムが垣間見える。

⑶　三つ目の方法は、文学テクストにおいて、登場人物そのものをミュージアム化するということだ。虚構の物語中での登場人物の行為や活動がミュージアムに擬えられることもあれば、ある人物が別の人物からミュージアムの展示品と見なされる、また語り手が直接この人物をミュージアムとしてつくりあげることもある。第一の場合は、バルザックのピエール・グラスーという人物によって説明がつくだろう。しがない能無し画家だが、数多くの「手法」を身につけていて巨匠の絵の剽窃や贋作をものし、画商はこれを苦もなく本物と偽って無教養な成金商売人ヴェルヴェルに売りつける。「画家は、唖然、呆然、一言もなく立ち尽した。自分の絵の半数がこの画廊に並んでいるのだ。ルーベンス、ポール・ポッター、ミーリス、メズ、ヘラルト・ドウ！　彼は一人で二十人もの巨匠になっていた。」第二の場合の好例は、バルザックが『骨董陳列室』（一八三八）冒頭で語っているエスグリニョン邸の「ガラスの籠サロン」であろう。「かつては謁見の間であった」客間、「この家とはちぐはぐな」「ルイ十四世好み」の家具調度がしつらえられルーヴルの暖炉並みに大きな暖炉があり、そこにうごめくのは「珍妙な人々」、「ミイラのように黒ずんだ（……）誰も彼も、およそ流行とは対極にある、いずれ劣らず珍妙な服で装った老女たちで、学校帰りの子供たちがじろじろ見てゆく」[43]。現実離れ、ちぐはぐ、反‐流行、場違いといった、ここに並ぶ評価は、多くの文学テクストにおいて、ミュージアムにつきもののようにあらわれる。異なるのは、ここは一種の「グレヴァン蠟人形館」〔パリにある蠟人形館。一八八二年、諷刺画家アルフレッド・グレヴァンが創設〕で、「博物館の展示品」となって

いるのが登場人物であるという点だ。それにバルザックは、公的あるいは私的な〔ミュージアムの〕場を引き合いに出さず、登場人物の眼差しも介さずに、直接、登場人物の誰かを隠喩や直喩によってミュージアムの陳列壁そのものにするのも大好きなのだ。『老嬢』のシュザンヌもこの類で、以下のように描かれている。

彼のお気に入りの一人シュザンヌは、頭の切れる野心家で、資質はソフィー・アルヌーのよう、おまけに、かつてティツィアーノがヴィーナスを描く際にモデルになってもらおうと黒天鵞絨(ビロード)に座るよう誘(いざな)った最高の美姫なみに麗しい。だがその顔は、目や額あたりは端正だが、下部の造作は品がなく難をなしている。まるまる太り瑞々しく溌剌としたノルマンディー風美人で、ルーベンスの描いた肉にファルネーゼのヘラクレスの筋肉を付けたようであり、アポロンのかの優美な妻であるメディチのヴィーナスではない。(44)

神話中の人物、ノルマンディーの紋切り型、アポロンとヘラクレス、ファルネーゼとメディチ、ティツィアーノとルーベンス、ソフィー・アルヌーと聖書のシュザンヌ（二人の老人に挟まれて、これは小説の主題そのものだ〔旧約聖書の「ダニエル書」の補遺第十三章中の物語を参照〕）、絵画と彫刻がここで、形象、時間、場所、性別、文化のとてつもなく雑種的な混淆をなしているが、この混淆は、一つの単純な意味（「美女である」）、ヴィーナスという名を繰り返して強調されている意味と相容れなくはない。このちぐはぐはもちろん、登場人物を描くのに役立っており（エトペ）、登場人物の肖像は美しいとも醜いとも判断のつかぬものとして紹介されて（「顔」の上半分は端正だが下半分は「品のない」造作が「難をなして」いる）文学的な「未決定」を生んでいる。この人物は「ヴィーナス」として振舞うのか、それとも「ヘラクレス」として振舞うのか？「端麗な」人なのか「品のない」人なのか？ミュージアムはここでは物語に一役買っていて、シュザンヌの「顔(フィギュール)」はレトリックの一つの「文彩(フィギュール)」、矛盾形容法であり、語りの上での一連の様々な可能性を開くのだ。(45)

(4)　登場人物についてなされるいかなる「人物描写」とも、建てられるいかなるミュージアムとも別に、あるいは通過する「ミュージアム段階」へのいかなる言及とも別に、文（テクスト）自体が自らをミュージアムとなしミュージアムとして提示することがある。まずは、いかなる文学作品も言語遺産の一種の保存庫、言語使用のミュージアムであり、一つの同じ文（テクスト）、一つの同じ読みという共時態において、時間的にも地理的にも千差万別の言語状況を並列させる。先行する文（テクスト）の引用、スラング、「高尚な」調子、様々な社会階層に特有の話し方、方言、専門用語、死語、新語、決まり文句、喩え、固有名詞、普通名詞、土着の言葉、外来語が一つの作品、一つのページ、一つの文の中に共存する。文学作品はどれも、いずれ劣らぬ多言語詞華集なのだ。プルーストは、ラスキンの『胡麻と百合』フランス語版（一九〇六）への序文となる有名な小論「読書について」の中で、何か偉大な古典作品を読むことを、ボーヌのような芸術都市、「消えゆく一つの時代が置き忘れたかのようなあらゆるものを手つかずに保存している」都市訪問に擬（なぞら）えている。というのも、文学作品とは、「言語の、もはや失われてしまった美しい形のすべて、今は廃れた用法やかつての感じ方の記憶をとどめる美しい形のすべてを含み（……）我々がラシーヌの作品中に訪ねるのは、過去の生活から直（じか）にとられたこうした今は亡き形なのだ」(46)。おそらくは文学作品とミュージアムとの類似を土台において、『居酒屋』序文中のゾラの以下の文言を解釈せねばなるまい。「純粋に文献学的な仕事をしようというのが、私の意図であった。」そしてこの文献学的仕事は、言語のもっとも固定した不動の形、決まり文句や同語反復（「一スーは一スーだ」〔一銭たりとも無駄にするな、の意〕）、「美味（うま）いジョッキ一杯は美味いジョッキ一杯だ」〔おいしい物を口にするのはいつでもうれしいものだ、の意〕）そして日常語のステレオタイプ的言い回しを好んで取り上げ、作家はこれを、アルバムか標本帳でも作るように、作品のページに貼りつけてゆく。この成功例は『ボヴァリー夫人』の農業共進会の場面である。

文学テクストはついには「ミュージアム」となるのだが、これは別次元、より正確にはレトリックと文体の次元、描写と「比喩表現」（本書第八章を参照）の次元である。ボワローによれば、描写においてこそ「詩句の優美さを展開せねばならない」。この展開は、当然ながら、そしてとりわけ文学評論では「展示部」exposition と呼ばれる（フローベールは書簡中で「展示しよう！」と、しきりに繰り返している）小説冒頭の描写において、二重の知を繰り広げることとなる。一つは、事物、世界、風俗についての知（「人物描写集」、「場面」、「社会現象の集成」、「情景」は十九世紀の写実主義作家が自らの作品について語る時に頻用する語である）、もう一つは、ミュージアム所蔵の見られるイメージとの競合を運命づけられた読まれる「イメージ」の制作にかかわる知、文体的能力である。イメージのこれら二つのあり方は古くから競い合ってきた。この競合関係を証するのは、「詩ハ絵ノ如クニ」〔序論の訳注（三）を参照〕という、いっこうに衰えを知らぬ教義の辿ってきた変遷であるし、また、「エクフラシス」という文彩そしてほとんど神話的で常にレトリックの分類の頂点に位置しながらいまだかつて定義されたことのない文彩である「活写法」にレトリックの全伝統が与えてきた特権である。「活写法は、事物を、まるで目の当たりにするかのように、実に生き生きと力強く描き、物語ないしは描写を一つの形、一つの絵、生きた場面にまでするのである。」（フォンタニエ）

本章冒頭に引いたテオフィル・ゴーティエの文は、これら二つの在り方が互いに及ぼしあう魅惑をよく伝えている。ミュージアムを思う、あるいはミュージアムについて語る、それは肝要な二つの「文彩」ないしは「比喩」を頼りにすることである。つまり、一方では暗示的看過法（いかにして「このような主題にふさわしい言葉を見つける」のか？　あらゆる絵は「描写不能」ではないのか？）、他方では直喩（カメオ、腕輪、貴石、刻印）。同様に、ミュージアムの中で語るには、言語の特殊な使用、形容詞的で価値判断を含む使用が当然の前提となる。ミュージアムとは形容詞の場だ。ヴァレリーは『ロンブ』*Rhumbs*〔邦題は筑摩書房の『ヴァレリー全集』（一九八二）の訳に従った〕でこう述べている。

> ようやく美術館から解放された！　蒐集は知性に反し、ハーレムは愛とは真逆だ。スルタンの愛妾たちの諍いには、もううんざり。美女をこんなに集めてどうするのだ、煩いばかり。非凡なものたちの集まり、比類なきものたちの大群は、かろうじて商売人には気に入るかもしれないし、感性豊かと自惚れている鈍感な面々やおめでたい連中の気を惹くかもしれない。心眼で見れば、展示室には観覧者はおらず、形容詞がうよ

うよしている。結局のところ、芸術家の目標、唯一の目標は、たった一つの形容詞を獲得することに尽きるのではなかろうか[47]？

十九世紀特有の二重の動き、すなわち一方では文学のミュージアム化（教育、批評、教科書、文学史、作家や俳優の写真によって）、他方ではミュージアムの文学化、文学におけるミュージアムの表象を通して、ミュージアムと文学の間の関係の分析をしてゆかねばなるまい。もちろん、ミュージアムという「テーマ」の背後に問うべきなのは、このテーマが包含している活動（巡る、見る、展示する、分類する、選別する、並べる……）であり、また、このテーマが惹起する問題（事物のひしめき、そこに押しかけた有象無象の賛嘆、主体における自己対自己の関係としての記憶の問題）である。公的ミュージアムであれ私的ミュージアムであれ、そこに在るイメージは（元あった場所から）移され、（新たに隣接するものたちとは）そぐわない、そして（元の機能から）逸らされたイメージなのだ。文学テクスト中にさまざまの「ミュージアム」が多様な仕方で登場するとき往々にしてみられる皮肉でパロディ的な調子は、これらの問題が「生きている」ことのしるしである。異質なものの併置という問題、そして価値の均一化・未分化の問題が、まずは肝要であると思える。互いに異なり、居場所をずらされ、脱文脈化したものたちの隣接を描くことによって、異種混淆のゆきわたった世界、「のごとく美しい[五]」（ロートレアモン）の支配領域に入るからである。同じミュージアムの中に物と物が隣接して置かれているというだけの理由で、隣の物と同様に「美しい」のだ。だからここに生じて来るのは、持続性、自己同一性、他との根本的相違としての文体の問題である。従って、文学テクスト中での「ミュージアム」言及は、それがなされるたびに、文学が自身を文学テクスト中で省察するよう仕向けてやまないのだ。カトルメール・ド・カンシーは、ミュージアムは批判精神（正確には文学の文学そのものについての批判精神）を養う、という点において正しかった〔原注（3）を参照〕。

第三章　イメージの工房――アトリエ

公共のミュージアムと私的なアパルトマンが、イメージが行きつき並べられる場だとすれば、アトリエはイメージが制作されるほとんど魔術的な場である。アンドレ・シャステルは、オルセー美術館の月刊誌創刊号で、このように書いている。「十九世紀前半から半ばにかけて、画家は文学の登場人物となり、アトリエは小説家にとって作品の見せ場となった（……）隠喩の記憶装置において、アトリエも隠喩のひとつとなる。[1]」文学の見せ場としてのアトリエは、現実の場所であるのと同じくらい、あるひとつの「トポス」である。本章で探究したいのは、（その時々で文学的なり絵画的な）あるディスクールの「共同空間」locus communis という概念であり、また具体的な作業を伴うイメージの制作現場としての現実空間（十九世紀における実際のアトリエ）が、（イメージされた）言説、言語、意味と結ぶ関係である。いうなれば、文学によって語られる場としてのアトリエ、文学の転義としてのアトリエ、応接間としてのアトリエ、小説の登場人物が一定の文彩やある種のレトリックにしたがい、特定の「イメージ」を用いて会話する場としてのアトリエについて考察する。

『アカデミー・フランセーズ辞典』第四版（一七六二）の「アトリエ」の項には、「集合的」な語義（職人たちが一人の親方の下で働く、工業や芸術における共同作業の場）しか載っていない。「また〜を指す」という添え書きとともに、より「現代的」（あるいはロマン主義的）な、芸術家自身がその師となる、「一人あるいは誰かと行う、私的で個人的な仕事の場」という意味が加わるのは、一八三五年の第六版においてである。

一八三〇年に刊行されたロマン主義の前衛的な雑誌である〈芸術家〉誌の扉絵に、トニー・ジョアノは理想のアトリエを描いた。そこには、絵を描く画家、執筆する作家、造形する彫刻家、マンドリンで女歌手の伴奏をする音楽家が見てとれる。一八二〇年頃からすでに、建築家の製図集や建築計画の中には、「芸術家のアトリエ」と明記された図面が現れる。影を作ることなく均等に採光する北向きの大きな窓、高い天井、大きな画布の枠も楽に運びこめる設計などがその特徴である。十九世紀前半のアトリエは、ロッジア（広いバルコニー）とステュディオーロ（書斎）から着想された（「ステュディオ」という言葉は一八九三年にイギリスの美術雑誌の表題として初めて使用される）、きわめてイタリア的な建築様式（大きな窓はたいていパラディオ様式）であった。新古典主義的な内装のアトリエは、のちにヌーヴェル・アテネ地区と呼ばれる界隈（現在のパリ九区）に集中していた。[2] 芸術家という人物は文学テクストを侵食しはじめ、たいていの場合自ら閉じこもった世捨て人として現れるようになる（ミュルジェールは『水飲み族』（一八五四）の序文において、創作に没頭する芸術家にとって、世界はアトリエの四方の壁で完結していると書いた）。そしてアトリエは、ベニシューの言う「作家の聖別」[4]の時代において、必然的に「独身者の部屋」（十九世紀のキーパーソン）[3]、文学者の書斎、写真家のスタジオと対をなすだけでなく、イメージ群（イマジュリー）や文学的想像領域（イマジネール）のなかでは、それらの空間と一体化し、共存することもある。十九世紀を通じて、流行画家のアトリエ訪問記は、新聞の時評欄でも人気のジャンルだった。[5] ド・ジュイは、『シヨセ＝ダンタンの隠者』の中で、一八一四年二月二十六日の時評のテーマにアトリエ訪問を選び、「芸術家」という言葉は「現代の創造」だと記している。マクシム・デュ・カンも、その『回想録』第二十三章に「画家のアトリエ」という章題をつけている。編集者ダンチュが一八八四年から刊行した複数の作家による共著『新デカメロン』第二日目のお題は「アトリエにて」である。また、多くの小説の筋においてリズムを刻み、道標となる「劇場の段階」、「図書室の段階」、「劇場の段階」、「舞踏会の段階」などと並んで、「アトリエの段階」――主要人物がつかの間住んだり、通り過ぎたりする場（ゾラの『テレーズ・ラカン』におけるローランや『感情教育』におけるフレデリック・モローなど）――も、「パリ風俗小説」の登場人物があらゆる社会的環境を横切る軌道上で「否応なしに」通る道筋の一部と考えることができるだろう。そして、バルザックの『知られざる傑作』（一八三二）や『ピエール・グラスー』（一八三九）から、プルーストの『失われた時を求めて』で語り手が訪れるエルスチールのアトリエまで、数知れない「芸術家小説」においても、アトリエは描写されてきた。その中には、ゴンクール兄弟の『マネット・サロモン』（一八六七）、小デュマの『クレマンソー事件』（一八六六）、ゾラの『スルディス夫人』（一八八〇）と『制作』（一八八六）、シャンフルーリの『シアン・カイユー』（一八四五）、エクトール・マロの『社交生活』（一八八八）、ドーデの『芸術家の妻たち』（一八七四）、モーパッサンの『死のごとく強し』（一八八九）、ピエール・ルイスの『アフロディット』（一八九六）などが含まれる。小説家にとって、アンドレ・シャステルの言う「作品の見せ場」となるのは、共同アトリエよりも個人のアトリエである。(6) 作家たちは風俗小説において、錬金術師の実験室(7)やなかば狂った学者の研究室、そして蒐集家の陳列室などの描写上の特徴を取り上げてきた。人間と環境が結ぶ複合的な関係を探究した十九世紀を通じて、絵画と文学は、ある「居住様式」habitat とその「居住者」habitants 、訪問者との間に結ばれるきわめて「豊かな」関係、そのあらゆる可能性をさまざまに変化させていった。

アトリエには社交的なもの、豪奢なもの、みすぼらしいもの、片づいたもの、物で埋めつくされたもの、光あふれるもの、立地に恵まれたものなどがあり、その居住者や来訪者には、仕事や息抜きを目的に訪れる批評家や画商、モデル、独身者や既婚者など、多様な社会階層の人々がいる。人でごった返したクールベ式のアトリエから、窓の前にぽつんと画架が置かれた「主のいない」アトリエまで、または「ボヘミアン」のアトリエから「成り上がり」のアトリエまで、さらには「非－アトリエ」（「斜め四十五度に照らされたアトリエの」[8]外で制作した印象派のもの）からメダルを授与された官選画家や学士院会員の「ギャラリー式アトリエ」までさまざまだ[9]。またアトリエは、往々にしてミュージアムにもなりうる[10]。

絵画の主題であれ文学の主題であれ、表象されることの多いアトリエは三種類ある。画家のもの、彫刻家のもの、版画家のものだ。この三つは、模倣行為（ミメーシス）と結びつきまた差異化される、三つの主要な記号モードに対応する。すなわち、イメージ、型取り、そして反転したイメージである。アトリエのテーマは得てして、隠喩的、寓意的、メタ（自己）言及的な性質を帯びるのだ。自画像の場となることも多いアトリエは、その表象の手段（スケッチ、場所、用具、オブジェ、モデル、家具など）を通して、まさに（あらゆる）表象行為自体の前提や目的、働きや働き手を描き出す場ともなる。ごく一般的な言い方をすれば、アトリエの表象は寓意的な試み（フェルメールの絵画『画家のアトリエ』は、しばしば「絵画の寓意」と呼ばれるし、クールベが一八五五年に描いた『画家のアトリエ』には、非常に長い副題のなかに「現実的寓意」という語が含まれる）であるが、根本的には換喩的な試み（全体のための部分、結果のための原因、目的のための手段、居住者のための住居）であると言える。ひとつひとつの家具や物、人物が、それ自体ではない別のものを意味し、それぞれのしるし（この家具、この物、この裸婦）が暗にひとつの「指示」consigne ないし美学上の意見表明であるという点において、アトリエはレトリックの場でもある（この家具、このオブジェ、この裸婦を描かねばならない／描かない、そしてこの家具、このオブジェ、この裸婦を描くことを選ばねばならない／選ばない、ということだ）。お互いに多少の嫉妬やライバル心をはらむ異なる芸術の間に、競合関係が発生するとき、アトリエの表象はとりわけ曖昧なものとなる。たとえばマネが小説家ゾラの肖像を描くとき、ファンタン＝ラトゥールやバジールがゾラやランボーをアトリエ風景の中に描くとき、画家は何を表象しているのか？　バジールが自らをアトリエ画の中に描きこむとき、またヴュイヤールがボナールのアトリエを描くとき、画家は何を表象しているのか？　アトリエで制作する画家（あるべきモデルとしてか、皮肉な引き立て役か）を作品に登場させるとき、作家は何を表象しているのか？　そこにはアトリエという主題に固有の読解や意味の問題、シャステルの言葉によれば「秘密」、すなわちアトリエの「謎」が存在する。[11] 我々は、一八八六年の『制作』発表後にセザンヌがゾラと仲たがいしたことを知っているが（しかしゾラとセザンヌ、どちらが本当の主人公ランティエなのだろう）、フェルメールの『画家のアトリエ』については（モデルが浮かべる微笑や皮肉っぽい演出が何を意味するかなど）たいしたことは知らないし、ピエール・ラルース大事典において「ベラスケスのアトリエ」と名付けられた『ラス・メニーナス』についても同様である。明らかにアトリエは、つねにアトリエ以外の何かを表しており、ただちに注解や解釈が求められる解釈学的な場なのである（フェルメール、ベラスケス、クールベのアトリエ画について、どれだけの解釈がなされたことか）。そして、画家のアトリエという場に必然的について回るモチーフのひとつ、「裏返されたカンヴァス」（「転義」**trope** の語源をここに見て取れる〔ギリシャ語で trope は「回転する」の意〕）や彫刻家のアトリエにおける「布をかぶせた彫刻」が象徴するとおり、アトリエは読み解く行為をうながす場でもある。[12] この場所には修辞学のエッセンスが凝縮されている。小説の見せ場に現れるアトリエの描写は、まるで「絵を描くような」[13] 読ませどころとしての「活写法」**hypotypose**、そして「エクフラシス」**ekphrasis**（画架の上や壁にかかった架空ないし実在の絵画の描写、制作中あるいは完成した作品を語る登場人物の言葉に表れる）に彩られる。このふたつは、「詩ハ絵ノ如クニ」*ut pictura poesis* という不滅の教義においてもっとも名高い文彩（フィギュール）である。この活写法は曲者で、それを用いるとき、文学は別の芸術の言葉で語らざるをえず、また別の芸術について遠回しにでも言及せざるをえない。もちろん、活写法によってモチーフはいっそう読み解きやすいものとなる。

画家と同じ土俵で勝負を挑む作家によって、絵画の専門用語や技術用語（あらゆる種類の絵筆、額縁、画布の枠、画架、カンヴァス、顔料、その他さまざまな手仕事など）を交えてアトリエが描写されるとき、そのテクストは用語集で下調べした固有名詞に関する知識、文体上の専門知識などをこれ見よがしに「展示」する場となる。ゴーティエから象徴派の文学者たちまで、「芸術的」、「印象派的」、「絵画的」な文体は、描写の主題が何であろうとその対象に濫用され、あらゆる文学テクストを侵食するに至った。たとえ小説自体が絵画やアトリエについて語っていなくても、まるで固有名詞を羅列したアトリエが陰刻され、描写のテーマやアトリエという環境が、発話行為や文章全体に影響しているかのような様相を呈したのだ。サント＝ブーヴは、ゴンクール兄弟の『マダム・ジェルヴェーゼ』を「へぼ絵描きの表現[14]」であると語った。ブリュヌティエールは（自分が忌み嫌う）自然主義小説全般についてほぼ同じような評価をし、全体がアトリエの用語や俗語にまみれているとした[15]。

ひとつ指摘しておこう。アトリエはなによりも、登場人物たちがその仕事について語り、語り手がその職業に特有の用語で仕事を叙述する場である[16]。したがってそこには、道具の使い方の良し悪し、下絵や計画と仕上がりとの一致、モデルと作品がどれくらい似ているか、規則に照らして作業がどれほど適切かなど、価値判断をめぐる言説が否応なく喚起され、凝縮されている。こうした言説は、（制度化された価値体系と定義できる）ひとつのイデオロギーをテクスト内に構築する。つまり、ある程度ばらばらな（美学的、道徳的、技術的）規範や肯定性／否定性の総体の内に、ひとつの基準（レフェランス）が生じるのだ。仕事ぶりは適当なのか入念なのか、仕上げに「悔い」が残るのか「修正」が必要なのか、主題は妥当なのか不適切なのか、表象は忠実か不誠実か、テクニックは伝統的なのか革新的なのか、遠近法は完璧なのか誤っているのか、などの基準である。ゾラの『制作』には、画家クロードや彫刻家マウドーのものなどさまざまなアトリエが出てくるが、そのいずれにも否定的な記号がまとわりつき、どんなに「断片」や「下絵」、「デッサン」を作っても、そこでは決して円熟した完成作品は生まれないことがわかる。どんなアトリエも、規範の発生源のようなものである。その点ではアトリエを、（ファンタン＝ラトゥールの『ドラクロワへの賛辞』のように）描かれたものでも書かれたものでも、「墓」tombeau〔偉人に捧げた芸術作品を意味する〕などの賛辞的なジャンルと同じく、自己顕示的な芸術様式から派生したジャンルとみなせるかもしれない。それは文学的なディスクール全体の起源となるジャンルでもあり、人物や行為や物事の「賛辞」ないし「非難」が対象となる。「モデル」がポーズをとるアトリエは、観念的なモデルに対する順応や再表明、異議申し立てなどが行われる場でもあるのだ（広義には、価値体系や価値判断の体系を含意する）。

現実が表象へと変容する場、「記号」signe が「指示」consigne へと化す場、美しいオブジェを手仕事で制作する場として、文学テクストにおけるアトリエは必然的に、様式を作り直し、さまざまな規範的ディスクールをつぎはぎして書き直す場となる。そこでは、理論的ディスクール（制作中の作品をめぐる画家どうしの議論）、批評的ディスクール（出来上がった作品をめぐる会話）、倫理的ディスクール（主題が適切か不適切か）、美学的ディスクール（美しいか醜いか）、技術的ディスクール（成功か失敗か、雑か丁寧か）などが、相互に干渉し、置きかえられていく。「後悔」remords や「改悛」repentir といった倫理的なディスクールが、制作中の絵画の「修正」や「やり直し」という技術的な作業を意味するときと同じだ。その点で、アトリエという「トポス」topos は「転義」trope、すなわち意味が置きかわる場ともいえる。文学におけるアトリエでは、絵画的表象について語ると見せかけ、表象的エクリチュール（あらかじめ存在する何らかの現実を表象しているのか、このような現実を変容させているのか、現実そのものを創っているのか？）や、「現実」の地位（現実とはさまざまなテクストの交差点、規範的ディスクールの交差点に過ぎないのではないか？）が問題とされるのである。[17]

十九世紀の文学テクストが描くアトリエは往々にして、錯綜したディスクールがざわめく騒々しい場所として描かれる（バルザックの「美しき諍い女」を見よ〔『知られざる傑作』で天才画家フレンホーフェルが挑んだ未完の作品のタイトル〕）。アトリエには絵画だけではなく、多くの書かれたテクストが陳列され（絵画でも文学でも、あらゆるアトリエには、机上の開いた本、読書行為、落書き、詩、壁に殴り書きされたモデルの住所、楽譜などの多種多様な文字がひしめいている）、とりわけ多少耳ざわりな複数の談義が交わされるが、その不協和音こそが解釈上の問題をもたらすのだ。ミュルジェールの『ボヘミアン生活』の序文を引用しよう。「ボヘミアンは内輪では、アトリエでの閑談や舞台裏での隠語、編集室での議論から拝借してきた特殊な言葉で話す。彼らの交わす途方もない言葉は、あらゆる話し方の折衷様式だ。黙示録的な言い回しが支離滅裂な表現と同列におかれ、粗野な方言さえシラノ・ド・ベルジュラックがふるったこけおどしの長広舌と同種の大げさな雄弁体と調和する。パントマイムで巫女カッサンドラを演じるかのごとく、現代文学の寵児である逆説によって理性を語り、飛び交う皮肉はぴりっと効く辛辣さと、目隠しされても的を貫く射手のごとき巧みさを兼ね備える。理解の糸口を持たぬ者にはちんぷんかんぷんでも、彼らの高度な造語にはどんな自由な言語をも超える奇抜さがある。こうしたボヘミアンの言葉遣いは、修辞学の地獄であり、新語法の楽園でもある。」

ゴンクール兄弟は、処女作『一八……年に』(一八五一)の第一章に「アトリエ」というタイトルをつけ、そこで交わされる会話の一部、すばやく聞き取られたとりとめもない話の断片、逆説、並列され交差する辛辣な言い回しなどのコラージュ=モンタージュを作り上げた。興味深いことに、アトリエは見るためのイメージの場である以前に、語るべきイメージとディスクールが集中し干渉しあう、バベルの塔のごときポリフォニーの場なのである。[18] ピエール・ラルースは大事典に「アトリエ」の項を立てる際、「アトリエ風の」(美術)という小見出しによってこの空間の言語的側面も書き留めている。「美的趣味よりも才気によって際立つ、形式ばらず遠慮のないものに対する呼称。アトリエ風の冗談/アトリエ風の雑談/アトリエ風の挨拶/アトリエ風の新語、など。「君にはうんざりだ」、「こいつは洒落ている」などはアトリエ風の言い回しである。」文学テクストにおけるアトリエは一種の応接間ともいうべきもので、画家とそのモデル、訪問客、他の画家、新参の弟子など、さまざまなおしゃべりが交わされる場である。誰もがそこで、持論や芸術観を「開陳」し、「朗誦」し、議論を巻き起こす(線と色彩、厚塗りと上塗り、統合と分割、現実と理想、輪郭線とぼかし技法、色価と色彩などが対立する)。この百家争鳴のポリフォニーは、一人の作家の内部にある複数のディスクールのモンタージュやコラージュを、まるで異なる作家どうしのディスクールのように裁ち直すことができる。ゾラはクロード・ランティエのアトリエを描写しながら、マネを擁護した時期に書いた自らの美術批評を書き直し、論敵たちの意見と同様に、自身の美学的見解をも、アトリエを訪問する各人物の台詞に再配分している。同じように、プルーストにおけるエルスチールのアトリエでは、美術史家エミール・マールのディスクールが、『マネット・サロモン』に出てくる複数のアトリエではゴンクール兄弟の美術理論が、『死のごとく強し』のベルタンのアトリエではモーパッサンの美術理論が、それぞれ書き直されている。

アトリエにおけるさまざまな発話行為のなかでも、よく言及される特殊なタイプとして、冗談（blague）がある。ゴンクール兄弟は「過去のアトリエから生まれたフランス精神の新たな形であり、己の性格や言語から独立した芸術家の比喩に富んだ言葉（……）語られ広まっていく諷刺、翼あるカリカチュア[19]」と書いた。「冗談」は、フランス流の会話が行きすぎたり方向転換したりして脇道にそれたもの、定義不可能ながら遍在するものであり、「冗談」への言及はあらゆる作家の筆に表れる。[20]ミュルジェール式のうわべだけの「ボヘミアン口調」（むろん写実主義－自然主義の小説家が目指した「真面目な様式」とは対立する）は、当時のセールスマンやジャーナリスト風の俗っぽさを体現したものとして、作家たちに毛嫌いされた。しかし同時に、あらゆる価値体系への服従から解き放たれ、ごちゃ混ぜになり、独立し解放された発話行為としての魅力も備えていた。バルザックの創造したラ・パルフェリーヌ伯爵や諷刺画家ビクシュー、あるいはほかの「ボエームの貴公子」といった人物類型は、十九世紀のアトリエに特有の話し方を体現しているのだ。効果的な気取りの一形態として、冗談（ブラーグ）は言語モデルとなる役割を担うが、それが現れる場は、まさにモデルがポーズをとるアトリエなのである。[21]たとえば『芸術家』と題したマネの絵画は、「たばこ入れ（ブラーグ・ア・タバ）」にパイプを突っ込んでいる男性（デブーダン氏）の全身像を描いている（サン・パウロ美術館蔵）。

アトリエとことば（ランガージュ）は、つねに問題をはらみつつ濃密な関係を結ぶが、その関係はテクスト内で言及されるアトリエ風景の状況によって変化する。まるでわれわれが、描くことも書くこともかなわぬ、唖然呆然とさせる物言わぬ絵画の前で、過剰か不足にしかなりえない言語の出現に立ち会うかのようである。モーパッサンの『死のごとく強し』（一八八九）の書き出しでは、主人公オリヴィエ・ベルタンの絶対的な沈黙に支配されたアトリエが描写される。まるでまだ始まらない文学作品、意味の不在に向かって開かれた冒頭部ともいうべき入れ子構造のテクストの中で、新たにイメージすべき主題を探して、黙ったまま夢想をめぐらせる芸術家のいるがらんどうの空間が語られるのだ。[22]よく描かれるのは、戯言や狂人の長広舌といった解のない発話行為の場（『知られざる傑作』のフレンホーフェルは「狂ったように長々としゃべる」老人である）としてのアトリエである。また、画家自身の「諷刺」や「証言」の域にまで圧縮された断片的なことばの場（ヴァレリーが恭しく語るドガの言葉などがそれだ）[23]、（ゾラがよく使う表現だが）「消化不良の」美学理論がまかり通る場としてのアトリエもある。『マネット・サロモン』第十九章に出てくる、アナトールの最初のアトリエは、雑多な人々が集うけたたましい場所として描かれる。「アトリエという言葉が、面白く生き生きした、常識はずれの場として人を惹きつけた。（……）そこからは笑いや上機嫌、流行歌のリフレインやオペラ曲の断片、芸術的主張をがなり立てる声などが漏れ聞こえてきた。[24]」引用した例からもわかるとおり、アトリエはつねに雑多で断片的な、玉石混交の状態で描写される。アトリエに集まっているものが多種多様であるということが、そこにある人体の断片化を倍加する（あるものは上半身像、あるものは頭部のモデルだ）。描かれる画題のみならず、会話の主題やそこに散らばるモチーフもばらばらなのだ。ゾラのクロードは、素晴らしい断片しか描けず、作品を完成させるに至らない。『マネット・サロモン』のアナトールは、錯綜した想い出やイメージ[25]が脳内に渦巻いて、「アナトールの思想の幻燈であり、彼の性向、野心、錯覚に色と形を与える表現、心中にひしめくあらゆる愚かしさの寓意的な肖像および変容」となるべき大作にとりかかる（第二十五章）。もちろんこの作品も完成することはない。アトリエを、オシリス神[一]の複合体が通り過ぎたのだ。

アトリエはつねに、何らかの意見表明の場だが、その意見表明は曖昧なことがある。意味の零度、すなわち混沌や無秩序だ。バルザックが描くフレンホーフェルのアトリエ、アポリネールやブレーズ・サンドラールの描くピカソのアトリエに至るまで、近代文学に現れるほとんどすべてのアトリエが、雑然と物が置かれた場として描かれる。ユゴーはいくつかの詩編において、彫刻家ダヴィッド・ダンジェのアトリエを想起しているが、そこでは「無数の彫像が声なきざわめきを上げている[26]」。「オブジェの混交」、「無秩序」、「混雑した」、「バラバラになった」、「下絵の」などは、『制作』第一章のクロードのアトリエを描くゾラが多用する表現である。ポール・フェヴァルも同じ意図から、『鋼の心臓』において「どんな筆もこの途方もない無秩序さを描きえない[27]」と書いている。『マネット・サロモン』第五章に出てくるランジブーの共同アトリエは、「才能と無能さの奇妙な混合」であるし、第三十五章の画家コリオリスのアトリエは、「ひとつの美術館であり万神殿」と形容される。そこに寄せ集められ展示されるのは、バロック風の贅沢品、風変りな異国趣味の雑多なオブジェである。旅行者であり蒐集家でもある画家が集めた土産物や工芸品など、あらゆる時代と様式、色彩が織りなす集合と対比が、がらくたが乱舞する無秩序状態を作り出すのだ。骨董品と聖遺物が隣り合う呆れるほどの雑居状態がそこここにみられる。ポンペイ出土の陶製ランプから中国産の扇が突き出ているし、「貫キ通ス」と銘の入った三つ葉飾りの剣と、カバの皮で出来た虎狩用の盾との間から、年代物の擦り切れた緋色の枢機卿帽がのぞいている。牛革を切り抜いて作ったジャワの影絵人形が、聖体パン用の古い鉄製の焼き網と並んでいる。[28]『知られざる傑作』の末尾で、フレンホーフェルは「髪をふり乱し、埃にまみれた広い乱雑なアトリエ」の中にいる。ヴァレリーが回想するドガのアトリエにも、同じように埃とがらくたが積もっていた。[29]『感情教育』のペルランのアトリエには、「斑点や線が網の目のように広がっていて何が描いてあるか一向にわからない」カンヴァスがあり、画家は「デッサン、石膏、模型、版画といわず、思いつく一切の道具を身の周りに集め（……）祈祷台の上に髑髏がおいてあり、トルコの半月刀や僧衣などがあった」。彼の頭は「ごちゃごちゃに積み上げた雑学知識」でいっぱいで、「おのれのアトリエに腹を立て、下書き程度のものしか作れない無能[30]」を呪っている。アトリエが他の何かと比較されるときも、こうした特性は利用されている。たとえば、ジュール・ヴェルヌは『海底二万里』におけるノーチラス号のネモ船長のサロンや書斎を、「芸術家の雑然としたアトリエ」になぞらえる。反対に、きちんと片づいたアトリエへの言及は、才能の無さを暗示することがある。バルザックの創造したピエール・グラスーのアトリエは、「オランダ絵画風」に整然としているが、グラスーはまさしく凡庸で独創性を欠く画家で、オランダの巨匠たちの作品を剽窃して模倣する画家である。

この無秩序が「意味」するところはさまざまである。オーケストラが完璧な交響曲を奏でる前に、それぞれの楽器が音出しする不協和音、あるいは映画本編が始まる前のオープニング・クレジットになぞらえるべき時もある。また、社会的・美学的規範を飛び越えたボヘミアンたち（無秩序は新たな秩序の前奏曲である）や、意志薄弱な落伍した芸術家の人生行路（無秩序は最終的な挫折を表す）の風俗描写を間接的に担うこともある。そして、意味の追求や解釈の模索の隠喩ともなる。その場合アトリエの無秩序は、読者にとっても芸術家にとっても解くべき謎を秘めた迷宮（どんなミノタウロスに捧げられたものか？）のアレゴリーと化す。そこを訪れる者は、破片やがらくたの山を通り抜け、雑然とした空間[31]に道を切り開かなければならない。こうした無秩序は、共時的であると同時に通時的でもある。アトリエ中のあちこちにおかれたオブジェは、異なる時代に由来するものだ。古代の工芸品の複製、過去の傑作の版画や写真、色刷り版画や旅のお土産、作風を変えた画家の下絵、彫刻の鋳型、若書きの作品やすでに死んだ別の画家の作品などが、ひとつの過去、ひとつの文化遺産として共時的にアトリエの壁を埋め尽くしているのだ。それはさながら、その場を埋め尽くす類似物（アナロジー）のすべてが、伝統的な規範の専横に抗うと高らかに語っているかのようだ。すべての不揃いなオブジェが、規範的モデルのギャラリーを嘲弄する、ロートレアモン流の突飛なものどうしの出会い（「〜のように美しい」）を無限に連鎖させるのである[32][二]。

　無秩序というテーマに関して、あとふたつ補足をしておこう。ひとつめは、文学の描くアトリエという「意味の場」において、女性の登場人物が担う役割についてである。訪問者、モデル、芸術家、愛人ないし妻と、その類型は多様でかつ曖昧だ。独身者による生産－再生産の場（「素描」と「仕上げ」）、裸体と着衣の身体が出会う場、女体があらわにされ「断片」にされる場所（こちらには頭部や上半身、あちらには手や腹部といった具合で、往々にしてパーツごとに異なるモデルが使われる[33]）、イメージが制作され完成する場として、アトリエはむろん官能的で生殖的な空間でもある。ヴェールに覆われた場（制作中の絵にかける布や作りかけの石膏像を覆う湿った布など）であるとともに、羞恥と暴露の場でもある。ここでは、ギリシャの娼婦フリュネがエジプトの太陽神オシリスに重なるのである[三]。「ヴェール（に覆われた絵画）」とその処女性というテーマは、フレンホーフェルの口にたびたびのぼるが、彼は「俺の幸福をヴェールで誰の眼にもふれないように覆い隠してきたが、それを引き裂けというのか？（……）俺のアトリエで生まれたからには、あの絵は処女でありとおさねばならない」と叫ぶ。裸の女が着衣の男と同じ空間に現れ、駆け出しのモデルが芸術家の前で肌をさらす光景は、アトリエでの重要な場面となることが多い。『マネット・サロモン』第五十章で、初めてマネットがコリオリスのモデルを務める場面、『制作』でクリスティーヌがおずおずとクロードのモデルとなることを黙諾する場面、レオン・ブロワの『貧しき女』冒頭で、文学作品から着想した版画やレリーフを手がける画家ガクニョルの前で、若きクロチルドが初めて服を脱ぐ場面などが挙げられる。(34) アトリエ情景にはのぞき趣味や辱めがつきもので、だからこそ仕事に没入する画家とじっとポーズをとるモデル、つまり読者のことなど「気にかけていない」かのような登場人物を描くことで、ある種禁じられたものを通りすがりに「不意に」見るかのような効果が読者に生まれるのだ。

さらに、イメージを創作する「労働」は、苦しい分娩という「労働」を伴う「出産」accouchement になぞらえられる。フロマンタンのアトリエを訪れたマクシム・デュ・カンの『回想録』には、「彼は絶望し、画布をかきむしり、絵筆を投げ捨て、何度も何度も描いては消して、作品の価値を疑っているように見えた（……）。創作は彼にとって苦しいものだった」という記述がある。バルザックは『知られざる傑作』冒頭の数行で、「駆け出しの画家」が、巨匠のアトリエを訪れるために階段を上っていく歩みを（階段、手すり、廊下、扉、ノッカーなどの描写から自然と迷宮のテーマが浮かび上がる）、恋する男の歩みになぞらえ、「絵画制作のプロセスがいくばくか明らかにされるアトリエを、駆け出しの画家が初めて眼にしたときに感じる魅力」を描いている。十九世紀の中頃には（デュランティ、小デュマ、ゴンクール兄弟、ドーデ、モーパッサン、そしてシャルル・クロの「気晴らしする女」やヘンリー・ジェイムズの『巨匠の教訓』（一八八八）に至るまで）、芸術家は純潔を貫き独身でいるべきか否か、女は芸術家を「殺す」のか否か、という問題が延々と議論された。「形象」forme が生成し、がらくたの形を借りて作品の雑多な素材が描かれるアトリエは、作品生成の問題が現れる場でもある。この問題は、「聖母を描く聖ルカ〔芸術家の守護聖人とされる〕」など一部の伝統絵画に表されており、「作品」＝「子供」というステレオタイプな隠喩は無数の芸術作品に存在する。(35) ゾラの『制作』における無力な画家クロードは、女性の腹部を完成させられない絶望感から、未完の大作の前で縊死するが、この結末は、「アトリエ」と「女性の腹部」という「生産」reproduction にかかわる二つの場に、共謀関係（のちに第五章で論じる）があることを示唆する。「気晴らし」になると同時に「諍い」をもたらす女性の闖入は、ときにアトリエという無秩序の中に愛情に満ちた家庭の秩序という要素をもたらす（『制作』の冒頭でクリスティーヌはアトリエの掃除を始める）が、世俗的な秩序や規範を介入させて芸術家の仕事を阻害し道を誤らせることもある。アトリエにいる女性は得てして、良きモデルであり悪しき「反‐主体」、寄進者でもあり吸血鬼、慎み深くもあり男を狂わせる存在でもある。作品のためにポーズをとる補佐役でありながら、描かれた肉体とも競うという、矛盾した行為項なのだ。さらに厄介なのは、十九世紀半ばの（ボッシュやルトゥルノーなどの）社会人類学において支配的だった、体液や性格によって人を分類するという想像領域において、女性たちは「神経質」のカテゴリーに分類されていたことだ。そしてこの「神経質」こそが、個人の「芸術的気質」を決定づけるものと考えられていたのである。芸術家は自分の神経において女性であり、それゆえに女性（描かれた女性にせよ生身の女性にせよ）との関係が不安定で不仲なものとなる。ゾラの『テレーズ・ラカン』における、画家志望のローランの「アトリエ期」に関する短いエピソードは、この「多血質」の殺人者が、テレーズとの肉体関係によって「女性化」してしまう瞬間を描いている[36]。すでに確認した通り、多くの小説でアトリエの周辺はまるで「迷宮」のように描かれるが、神話との連想からアリアドネのごとき処女の存在を予感させる。肉体が隠され露わにされる変容の場ということは、肉体やイメージ、肉体のイメージが循環し、交換される場でもあるということだ。多くの作家が、画家のためにポーズをとり、「生命力を吸い取られた」vampirisé と証言している[37]。また、バルザックの『知られざる傑作』では、「もし彼女をモデルに使うのならば、少なくとも彼女を描いた絵を見せてくれなくては」という、ギブアンドテイクの発想が語られる。さらにゾラの『制作』では、クリスティーヌが初めてクロードに身体を許すのは、彼の作品が酷評された「落選展」の日であり、同じくゾラの中編『スルディス夫人』（一八八〇）では、女流画家の妻が男性化し、夫の絵画を「女性化」してしまう。後者の作品では、女性と芸術という別の問題が扱われており、ふたつの相反する価値体系が衝突している。すなわち「男尊女卑」（女性は芸術家になれるわけがない、真の芸術家は本物の女性ではありえない、同性愛者か性的倒錯者でしかないだろう）と、「生理学」（身体の女性的な部分である「神経」

こそが、人を芸術家にする）である。ここにはさらに男女で得意な技巧は違うという幻想が加わる。最終的に夫の「生命力を吸い取る」vampiriser スルディス夫人は、夫が油絵を描くかたわらで水彩画を制作している。結局のところ女性芸術家は、女優として誰かのテクストを朗誦するか、画家として誰かの絵を真似ることで、他人の作品を「再生産」ないし模倣する存在としかみなされない。[38] こうした幻想ゆえのコンプレックスは、共同アトリエで学んだ数少ない女流画家のひとりである、マリー・バシュキルツェフ（一八八七）の『日記』や、文学にごくわずかに登場する女性芸術家（ドーデの『ナバブ』に登場する女流彫刻家フェリシア・ルイス）などに、ありありと読み取ることができる。

ふたつめに指摘したいのは、アトリエの無秩序さや、そこに表される意見表明の曖昧さ、また主題や描かれた画題の曖昧さは（ベラスケスの『ラス・メニーナス』やゾラの『制作』において、画題の位置はどこにあるだろうか？）、興味深いことに、選りすぐって集められた物に共通するある種不変の特徴によって、往々にして埋め合わせされることだ。文学が描くアトリエにおいては、「画家／画布／モデル」という基本構成に加えて、絵画、鏡、扉、窓というグループがあるが、これらは具体的で安定した物体、すなわち「技術素」[39] technème の体系を構成する。各要素は互いの言い換えや隠喩であり、[40] 全体としては表象にまつわるアレゴリーの場（再びクールベの『画家のアトリエ』の副題を想起したい）となる。これらはいずれも、「枠」にはめられ、見せたり見られたりするものであるという両義的なオブジェだ。イメージとなりうる何かを縁取り、透明になることも不透明になることも（曇った鏡、覆われた絵や窓など）、固定することも動くことも、開けることも閉めることもできる。現実をありのままに移したり反転させたり、修正したり（あらゆる画家のアトリエにある鏡はこの機能を担う）[41]、またその現実を縁取り、切り取り、晒し、覆い隠す（裏がえしにされた絵画など）こともできる。これらのオブジェこそが、アトリエの主要人物たちなのだ。フーコーがこれらに着目して『ラス・メニーナス』の分析を行っているという事実、また一九五七年にピカソが制作した『ラス・メニーナス』の実践的な分析、すなわちオリジナルの翻案が、モデルを何度も大胆に変化させながらも、「絵画／窓／鏡／扉」という定点によって構成される体系を一貫して変えていないという事実は示唆的である。このシステムを形成する各要素はほぼ自動的に、他の要素への言及をうながす[42]。結論に移る前に、アポリネールの『虐殺された詩人』における、「ベナンの鳥」ことピカソのアトリエの描写を引用しよう。「たてつけの悪いドアを押し返して、風がここへ正体不明のものを運んできたが、それはあらゆる苦悩の名で、ごくかすかな叫びをあげてブッブッと不満を洩らしていた。窮乏という名のすべての牝狼が、そのときドアのうしろで唸り声をあげた（……）。北側いっぱいに窓が占めていて、女の歌に似た空の青さばかりが目に入ってくるのだ。（……）彼は一言も口をきかずに、画架にかかった新しいキャンバスに永いあいだ見入っていた。（……）さらに、このアトリエには不吉なものがあった。折れ釘で壁にとめられた、壊れた鏡の大きなかけらである。それは底知れぬ神秘をたたえた、浪ひとつたたない、垂直に落ちる海だ。この海の底では、偽りの人生が存在しないものに息吹きを与えていた[43]」

最後にひとつ指摘をしておきたい。前述したように、「アトリエ」という言葉は、芸術品の制作現場だけではなく、工業品などを生産する職人の作業場も意味する。写実主義・自然主義文学においては、このふたつの場が混ざり合っているようだ。おそらく、すでに見たように、そのどちらもが、「仕事」（ないし「仕事」に関する隠語の場）であるからだろう。そしてまた、手仕事を描写することによって、身体は用具を扱う手さばき、空間は分化された作業現場、時間は細かく刻まれたスケジュールへと、それぞれ分解され、緻密さやディテールなど、「現実らしい」効果がきわめて効率的に出せるからであろう。このテーマを最初に扱ったのは、ティエールの刃物職人たちを描いたジョルジュ・サンドの『黒い街』（一八六一）であろう。ゾラの『ジェルミナル』、ドーデの『ジャック』、カミーユ・ルモニエの『ごうつくばり』*Happe-Chair* を除けば、写実主義・自然主義の作家たちは大工場や工業施設を描写するというより、「小さな」工房に偏愛を見せている。それが一人で営むもの（『ボヴァリー夫人』におけるビネの材木作業場）であることも、二、三人で切り回している（『居酒屋』の金細工職人ロリユ夫婦の作業場）こともあるが、興味深いことにほとんどのアトリエが、ほかならぬ文学という特殊なイメージ生産と、陰に陽に何らかの関わりを持っているということだ。『感情教育』第二部第三章では、（すでに本書第二章でふれたように）クレーユにあるアルヌーの陶器工場をフレデリックが訪れるが、アルヌー夫人は絵付けのアトリエや型作りの作業場、「階段を飾るミュージアムのような場所」を案内した後、自らの手形を粘土の塊に押しつけて彼に贈る。これはまさに換喩的な意味で想い出／イメージへと変容する。ゾラの『夢』（一八八八）における、刺繍職人アンジェリックとその養父母のアトリエや、ステンドグラス職人フェリシアンのアトリエでは、古い宗教書の挿絵から主題がとられている。リュシアン・デカーヴの小説的回想録『エピナルの版画商』（一九一八）においては、ペルラン一族の経営するエピナル版画の印刷所が描かれ、同じくデカーヴの『気むずかしい人』*La Teigne*（一八八六）にも聖画の印刷工房が登場する。この作品は、伝統的なビュラン彫り版画と、より短時間で大量生産できる着色石板刷り版画の対決を主題としており、伝統的な文学と新聞特有の文体との対決と読みかえることもできる。文学に近しい、本そのものにかかわる装丁職人のアトリエは、ユイスマンスの『ヴァタール姉妹』（一八七九）やジュール・ロニーの『赤い波』に登場する[44]。散文的で大衆的なこれらのアトリエはすべて、イメージに関係すると同時に、直接的であれ（装丁など）、間接的であれ（職人技をめぐる議論や職人技としての文学、ビネの材木作業場は、クロワッセの館に隠棲したフローベールの書き物机の皮肉なアレゴリーである）、文学創造にも関係してくる。ただし、作業場に着目したのは写実主義者や自然主義者だけではない。幻想的なテクストもまた、イメージや表象の問題に結びつく場として、職人の工房を重要視した。十九世紀文学が生み出したもっとも驚くべき例は、ヴィリエ・ド・リラダンの『未来のイヴ』の主人公が訪れる発明家エジソンのアトリエで、そこではパーツをひとつひとつ組み上げて作られた、現実の女性を完璧に模倣した人工的な女性が誕生するのである。

『居酒屋』の終盤で少女ナナが働く造花工場さえも、イメージに、そして文学に関連するものとして読むことができる。第一に、レトリックと文学の伝統において、（古典古代のレトリックから、ランボーの詩「花について詩人たちに語られたこと」を経由して、ジャン・ポーランの『タルブの花』に至るまで）、「花」の隠喩は遍在するからである。「詩選集」florilège〔元はラテン語で「花を拾い集める」の意〕や「詞華集」anthologie〔古代ギリシャ語の「花摘み」を指す語から由来〕は、飾り立てた言葉を「花々」に見立てたイメージを指し示し、凡庸な用例ではあるが、アンブロワーズ・マクロープという作家は、自然主義を非難するパンフレットを『淫らなフロール』（一八八三）と名づけている。第二に、芸術家のアトリエが冗談や雑居性、話し言葉と俗語が混交する場であるのと同様に、「歌いしゃべる」（ボードレール「風景」）工房は、そこで働く労働者たちを通じて、「話し言葉と会話の場」、すなわち言語化された「イメージ」の場であるからだ。彼（女）らの会話は得てして、横柄な現場監督の監視対象となる。『居酒屋』の造花工場で、女工たちは卑猥なイメージを使ったり、何でもない言葉に性的な意味を含ませたりしておしゃべりに興じる（監督のマダム・ルラは厳しく注意すると同時に好奇心もかき立てられる）。三次元の物体を作る「夢想（イリュージョン）」の場（現実をなぞる自然主義作家のごとく、造花は現実を模倣する）が、イメージによって語る「仄めかし（アリュージョン）」の場へと変化するのだ。デュマルセの『転義法』（一七三〇）以来、アカデミックな文学が何日もかけて生み出すよりも多くの「イメージ」や「文彩」が、中央市場で生まれるとされている。最後の「仄めかし」をしよう。造花作りの女工たちが多用する淫らな言葉遣いをとがめるマダム・ルラの工場を通して、ゾラは同時代の批評家がつねに彼の文学に加えてきた「猥褻である」という非難に対して、暗に意趣返しをしたのではないだろうか[45]。

第四章　都市の中のイメージ——街路

「かくも頽廃へと急傾斜してゆくのでは、近い将来、絵をこんなふうに描くようになっても私は驚くまい。つまり、一本の帯のごとき空の下に壁があり、壁に貼りめぐらされたポスターには、利いたふうなことが書いてある、そんな絵だ。」
——ゴンクール兄弟『日記』一八五七年七月六日〔原文に六月とあるのは誤り〕

画家のアトリエ、ミュージアム、文学作品は、イメージを制作し貯蔵し展示する場として確たる地位を占める。こういった場と張り合う、もっと凡俗で万人に開かれた大衆的な場がある。それは街路だ。街路、そこで日常茶飯に起こること、いつもの些細な光景の数々が、物見高くそぞろ歩いて行き過ぎる新しいタイプの観客を呼び込む。この人々は、ショーウインドーや彫像、図像や徽章で飾り立てた公の式典、街の壁に居並ぶ政治的あるいは商業的な看板やポスターから呼びかけられる。ポール・アダンの小説『群衆の神秘』（一八九五）中、フランス東部のある都市でのブーランジェ将軍支持の選挙運動を描いている一ページは、街路における意味の飽和状況を示している。街路には、文、絵、彫像が、紙が重なり合って色とりどりに、ちぐはぐな隣り合わせで居並ぶ。ここでイメージは、文学的かつ共感覚的に「叫び」cri という語で表されている（壁も、貼ってあるポスターも「けばけばしくけたたましい」〔視覚聴覚いずれにおいても騒々しい criard〕）。

　外壁の高みから建物正面の下方にいたるまで、将軍の名前を掲げたポスターがびっしりと張りめぐらされ、ちぐはぐにも強烈な色とりどりの覆いになっている。壁が人々の意見を叫び立てる。向かいでは、急進的共和派のアジ演説文が黄色いビラで、十二月二日のクーデタやスダンの闘いを蒸し返している。将軍のポスターは赤い帯になって、議員の公金横領、官吏による盗み、流刑法、共和国の自由の嘘をあげつらっている。色彩の闘いはポスター張りがブラシをふるうにつれて顕(あら)われる。ティエール氏の台座では他よりより多色だ。ブロンズ像の小人がまとうフロックコートの下では、緑や青がいっそう入り組んで叫び立てるようだ。(1)

ユイスマンスもまた、『彼方』の第二十一章で、近代都市の歩道が政治、行政、商業にかかわる画像から逃れえないこと、上を見ても下を見ても至る所にこうしたイメージがある様相を描くことになる。

うんざりだ！　ポスターに覆い尽くされた周りの家々の壁を指して、彼は言った。ほんとうにビラだらけだ。そこらじゅう、色つきの紙には、大きな活字でブーランジェだのジャックだのという名前がのさばっている。（……）自分を取り巻くこんな生活の恐怖から逃れる方法がある、とデ・エルミーは答えた。それは、目を上げるのをやめ、慎み深い小心翼々とした態度を取りつづけることだ。そうすれば、街で歩道だけを眺めてゆくうちに、ポップ社の電気供給用のプレートが見えてくる。標識、座金に浮き彫りされた錬金術師の紋章、滑止め付きの車輪、魔除けの文字、太陽や金槌や錨のついた奇妙な五芒の星があらわれる。まるで中世に生きているようだ。（……）凄まじい群衆に蹴散らされぬためには、馬のように目隠し皮を付け、今では学生や将校が得意気に被っているアフリカ征服の際の庇付きケピ帽を身につけねばなるまい。

公的領域のイメージによる支配が頂点に達するのは、私的領域と同じく第三共和制下であるが、この支配のあり方は、政治のシステムや意味のシステムによってさまざまに変容する。三次元イメージである彫像は、十九世紀初頭にはもっぱら墓に用いられて、街路にはほとんど現れない。空間にとどめられた「歴史」のこの断片が作品としても美しいというかぎりにおいて、(2)ロマンティックな観光客は足を止める。第二帝政は彫像については懐疑的であり、商業広告が増殖した一方で、少なくともパリにおいては、公的な彫像は少ししか建っていない。これに反して第三共和制は、「彫像マニア」[3]の時代であり、一八八一年七月二十九日の法令によって広告を規制することになる（あるいは、白地の広告を行政専用として取っておきながら、規制しようと努める）。そして、本のページに最も似ているのは、おそらくはポスターである。

オーギュスト・ド・ラクロワ著の『フランス人の自画像』中「遊歩者」«le flâneur»の章の冒頭では、Cが飾り文字となっており、広告の張りめぐらされた壁を眺める遊歩者が描き込まれている。十九世紀中葉、街路の壁は記号の受け皿となり、広告文や絵、読むもの見るもので覆われてくる。アルベール・ド・ラザルはその『アリコ館』〔本書第二章原注(31)参照〕、パリにまつわるある種のイメージ群が象徴的にあつまっている場で、「万里の長城に無駄話を落書きする」[4]パリ人の「ふざけた木版画」にふれている。一八六九年六月十九日の〈パリ生活〉は、この現象をいかにもこの雑誌らしく、グラン・ブルヴァール風のユーモラスなコラムの形で記載している。このやり方によって、マルスランの雑誌〔〈パリ生活〉*La vie parisienne* のこと。マルスラン＝エミール＝イジドール・プラナ（一八二九―一八八七）が創刊した〕のタイトル、調子、文体、「エスプリ」は、十九世紀中葉における「パリ的なるもの」のいわば象徴となった。「対キオスク戦争、キオスク消滅を目指す芸術友の会限定責任株式会社SGDCテイラー男爵オフィスに昨日報告書提出済み」と題しB・Lと署名のあるコラムが、首都パリの歩道にキオスクや広告塔が増殖することに対するパリ人の抗議として登場する。パリ人の「ぴりぴりした感性は、どぎつい鮮烈な色彩や粗暴な線、とんでもない配色の塗りたくりに絶えず痛ましく動揺する。目にするのは、純血種の馬が足を踏み鳴らすのや燦然たる公爵夫人やフリュネ〔本書第三章訳注(三)を参照〕ではなく、脇からぞろぞろと紙のはみだしている醜悪な広告塔だ」。さらに、同じ〈パリ生活〉の一八九二年五月二十八日号では、見開き二頁に「あなたも私もみんな紙を着て、服装計画」と題した一連のファッション画を載せている。これは、「パリの庶民の女たち」が「紙幣、郵便切手、キャンディーの袋、五線紙、扇などで」[5]装っているのだ。十九世紀は、挿絵入りで公にばらまかれる紙が勝ち誇る世紀である。『ノートル＝ダム・ド・パリ』で十五世紀の人物の語った予言〔「これがあれを殺すだろう」〕は、今や実現し、「これがあれを殺した」のだ。これは、ある競争と論争を語る語であり記号である。

固定した看板と可動の広告が街路に割拠する。看板は、具象的で象徴的なことが多く、まずはロマン主義の書き手を、次いで写実主義・自然主義の書き手をも捉えたようだ。これは、看板が作品冒頭に、入り口のイメージ、シンボルとして、作品の最初の数行に一体化した「扉」として置かれることが多いからである。固有名詞のありよう・入れ方や付随する絵によって、さまざまな寓意的内容を当該作品に一挙に生じさせるのだ。『赤と黒』(「ソレル」の名を「巨大な字で」記した看板が掲げられている)、『毬打つ猫の店』*La Maison du chat qui pelote*(バルザックは「毬遊びする猫を描いた古い絵」を長々と描写している)〔本書第一章訳注(二)を参照〕、『ボヌール・デ・ダム百貨店』(「寓意的な像、裸の胸をのけぞらせて笑う二人の女」)などの冒頭がそうである。(6) ユゴーは、『ライン河紀行』で、看板の民族学的文献学的研究に一つの章(「看板 enseigne が看せてくれる enseigner こと」)を割いており、廃墟の碑文をマニアックに解読するのと皮肉な対をなしている。そしてランボーは、『地獄の季節』という挑発的詩芸術の中に看板を詠み込む(「私は愚にもつかぬ絵(……)、看板が好きだった」等々)。コペやアジャルベールが小さな郊外情景を描いた作品中では、色彩も起伏も名跡もない都市近郊の風景に、大胆な構図で鮮やかな色彩の看板が、点々と浮き上がっている。(7) 看板は、いわば、象徴性を担って公に提示されるイメージである貴族の紋章の、近代的で十九世紀的、陳腐で商業的な変種なのだ。貴族の紋章もまた、幾多の文中あちこちに現れては登場人物を特徴づける。例えば、バルベー・ドールヴィイが「ホイスト・ゲームのカードの裏側」冒頭で長々と描くマスクラニー男爵夫人の紋章、あるいは、ゾラが『夢』でやはり延々と描写するオートクール家の紋章のように。だが、とりわけ絵入りのポスターは、古くからあって昔風になることもある看板と比べて新しく今風で、十九世紀が進むにつれて文学を惹きつける。これはおそらくはポスターと文学との密やかな類似、類縁性ゆえのことである。実際、ポスターは本と同じく紙製で、文章か絵のどちらかあるいは両方を伴い、「展示する文学」[8]（フローベール）の時代にあって展示品であり、濃縮された意味がこめられ詩的レトリックをもつものとしては詩のようであり（ポスターは、説得する文、スローガンを含み、言葉や印字で遊び、効果を与え記憶されることを目指す）、文学が「産業的」になる時代の商業と結びつく。ポスターが都会の壁に貼られているのは、小説が「街路から来る」（ゴンクール兄弟『ジェルミーヌ・ラセルトゥー』（一八六四）*Germine Lacerteux* 序文）時代、詩人が遊歩者となる時代、「写実的十行詩」« dizain réaliste »（コペ）や詩的な「パリ風景」が「巨大都市」の与える「数限りない関係」と不易の光景との「交叉」（ボードレール『散文詩』*Petits poèmes en prose*、『パリの憂愁』*Le Spleen de Paris* 序文）からインスピレーションを得る時代なのだ。

だから文学はポスターと出会わずにはいられなかった。ポスターとは、現実世界に遍在し文学に入り込もうとするものであるのみならず、文学そのものの鏡、雛形であり、文学を魅惑する、あるいは文学が忌避するもの、文学の引き立て役でもある。本質において誇示的な（描写的讃辞がポスターの根本規定である）ポスターは、多様な形で用いられ、政治的であったり、興行や場所や製品を宣伝したり、文学の役に立つことまである（劇場や書店のポスター）[9]。増殖可能なイメージが紙上で「汪溢」（ランボー）するのは十九世紀の特徴であり、その不可欠な一部をなす[10]のがポスターだ。建築を制圧し（「これがあれを殺すだろう」）、歩道をそぞろ歩く民、目そのものと化したかのような民に対して新たなバビロンをあまねく視覚化するにあたっての主要素として、印刷され挿絵が入り張り出された紙は、文化の多様な転位の証しとなる。栄えある記念碑的な場に彫られた固定した大きな碑文（奉納の碑文、献辞、墓碑銘、記念の碑文など）から持ち運びできる紙製の小さな商業文への転位、口頭の「売り込み」（ボードレールが『散文詩』のためにウーセーに贈った序文でふれている「パリの物売りの声」）から書かれた形への転位、店内の広告（例えば書店の初期の広告[11]）から外への転位、「私的な」紙（住居の壁紙となる具象的な図柄の紙、室内の壁に架かった石版画――『ゴリオ爺さん』冒頭で「テレマックの主要場面を描いた」壁紙のような）から公的な外界にある紙（街路で買って読まれる新聞や雑誌、都市の壁に貼られる政治や諸々の興行や商売のポスター）への転位である。

ボードレールは『赤裸の心』で、自身について、「ポスターには凄まじい吐き気をもよおす」と記し、ゴンクール兄弟は一八六三年五月二十八日の『日記』に「選挙、ポスター、法螺話のうっとうしさ」を綴っている。ヴィクトル・ド・フルネルは「パリは今日、ポスター用の広大な壁でしかなくなっている」と『パリの街路に見えるもの』（一八五八）*Ce qu'on voit dans les rues de Paris* で述べているが、これは『フェラギュス』第一章でパリを「ポスターを纏って絶えず変身する都市の女王」とするバルザックの表現を追認している。「デタラメ広告」と「宣伝」（〈タンタマール〉紙は、「宣伝の批判」と「デタラメ広告業者への諷刺」を自らの役目としている）は出版界に入り込んで本を凌駕し（旅行者向けで広告を載せた「宣伝本」とか「交換本」といったコレクションが世紀末に現れる）、星と星のあいだの空間を脅かし（ヴィリエ・ド・リラダンの『残酷物語』中「天空広告」« L'affichage céleste »）、日常空間を占有し、歴史家や蒐集家が現れて、大都市の遊歩者や野次馬の「目を引く」ように作られ公に出される長持ちしない紙製品を保存し始める。[12]「工芸美術」社のオーナー、アルヌー氏とつきあい始めた頃、フレデリックは、アルヌーが画家や画商に囲まれ、「自社の店員と共に、絵画展のための巨大なポスターを作り（……）広げた見本をいじっては、形、色、縁取りについてやりとりする[13]」のを目にする。フレデリックは、自身の前途のイメージそのものをなす紙と絵の世界に入り込むのだ……

ポスター全般、とりわけ絵入りポスターは、十九世紀において世界にまたがる、アメリカとヨーロッパにおける事象である。この事象は歴史学者によって研究されてきたし、国立の大図書館の特別な部局やどの装飾美術館にも確たる場所を持っている。[14]フランスでは、大判の多色刷り絵入りポスターの発達は、一八四〇年以降はルーションという名と結びついている。ルーションは、元は壁紙製造業者で、商売や興行目的で本屋の広告を手がけ、[15]次いで大画家（マネ、トゥールーズ＝ロートレック、シェレ、スタンラン、グラッセ等々）の名を冠したポスターを作るようになった。この巨匠たちは、商売の新しい道具のために自らの才能を役立てたのだ。さらに指摘しておきたいのは、文学がポスターを取り入れる一方で、ポスターはいくつかの商店の名（「J・J・ルソー」、「大悲劇女優」、「ヴォルテール、カフェの帝王」、「偉大なるパスカル」）をとおして文学の庇護の下に入り、そうすることによって文学を都市の壁に取り込むということだ。ポスターが遊歩する作家の心を打つのは、たんに造型上の特質ゆえではない。おそらくは、悪魔（本書第七章では、『パリの悪魔』の導きのもと、パリを逍遥する都会の悪魔の数々をみてみよう）、あるいは衣料店の巨大な目（ルーションの広告）といったモチーフが、（フローベール曰く）「展示する」文学の、皮肉でありながら「誰の目にも明らか」な「張出し」のように、十九世紀特有のいくつかの書く姿勢とのあいだに寓意的な関係を持っている。例えば、一八七六年の「写実的十行詩」でジェルマン・ヌーヴォーがふれている書き方がそうだ。

私はぶらぶら歩きが好き、それに、街では
どぎつい色の厚化粧した壁の広告が好き、
灰色のフロックコートやガロポーさんが好き、
帽子を被ってうれしそうなレリセ〔逆立ち髪〕、
色とりどりに染めた髪の女たちが好き。
金利収入があったとしても、それよりずっと面白いのは
五つのヴァイオリンを同時に持つ男、
ボルニビュス〔マスタード製造業〕、この店はブーローニュの森の一角にはない、
日本風あずまやと広告塔……
だから私は金持ちになりたいという欲求を感じない。

ランボーは、「ジュティストのアルバム」で、パリの壁に張り巡らされたポスター類からスローガン（「アン

ギャンの温泉水を自宅でどうぞ」)、文学(ヴィヨ、オジエ、カチュール＝マンデス、マニュエル)・諷刺画(ジル)・商業(ガンビエ、ムニエ……)あるいは三面記事(トロップマン)のイメージと名前を借用した「コラージュ」によって、こういう調子の詩をつくっていた(一)。

パリ

アル・ゴディィヨ、ガンビエ、
ガロポー、ヴォルフ・プレイエル、
——おぉ、ロビネ〔蛇口〕！　——ムニエ！
——おぉ、キリスト！　——ルペルドリエル！

カンク、ジャコブ、ボンボネル！
ヴィヨ、トロップマン、オジエ！
ジル、マンデス、マニュエル、
ギド・ゴナン！——恩寵でいっぱいの

パニエ〔籠〕！　レリセ！
ねばねばしたワックス！
古いパン、アルコールのたっぷり沁みた！

盲人たちよ！——それから、もしかすると？

憲兵ども、アンギャンの温泉水を、
自宅でどうぞ！——我ら、キリスト教徒でいよう！

ここに正確に詠み込まれているいくつかのポスターは、他のものも併せて、数多くの小説や詩のなかに見られる。たとえば、ボードリの『ブルジョワの陣営』[16]、ゾラの『獲物の分け前』や『ウジェーヌ・ルーゴン閣下』、ラフォルグの「風景と印象」« Paysages et impressions »[17]、セアールの『ある素晴らしき一日』*Une Belle Journée* がそうであり、宣伝文や新聞、広告がこの小さな小説——エドモン・ド・ゴンクールの『エリザ嬢』*La Fille Elisa*[18] など——においてきわめて重要な役割を果たしている。さらに、いくつかの詩（ランボーの「パリ」、ラフォルグの「都市パリの大いなる哀歌、無韻な散文」« Grande complainte de la ville de Paris, prose blanche » など）に見られる並列的・羅列的「コラージュ」技法が、ポスターの表現方法をそのまま借用していると指摘しておこう。ポスターは、台の上に「貼付けられ」上張りされたり横に並んだりした他の似たり寄ったりの紙製品と、また（『レ・ミゼラブル』のユゴー曰く「民衆の建築」であるバリケードのように）路上の文学とりわけ落書きやいたずら描きとなる記号的産物[19]とも、ちぐはぐに「隣接」することが多い。ポスターは、絵との関わりで、また雑種的なものや重ね書きとの関わりでも文を考えるよう、文学に強いるのだ。

ポスターはありとあらゆるところにあって、かの「街路の美」の主要素となる。「街路の美」は、新聞や雑誌の記事（本章の初めのほうに引用した〈パリ生活〉の一八六九年の記事を参照）や理論に関わる数多くの論争のテーマ、十九世紀末から二十世紀初めに成立したテーマである。[20] この論争においては、片や「教導者」（フーリエが人間の情熱について自らに課していた問い、つまり、いかにして人間の情熱を社会に有益な方向に導くか、を自分に問うている）[21]、片やヴィイヨ[22]、ゴンクール兄弟、ボードレール、ヴィリエ、フローベール、フルネル、ペルタンらの「純粋主義者」、「非妥協的な人々」、文学が「広告」一般とりわけポスターとつるむのを告発する人々がいて、この両者は対立する。後者の人々にとっては、宣伝とは都市の「アメリカ化[23]」と同義である。このアメリカ化は、テクストの文体レベルにおいては、ラフォルグ曰くボードレールが考え出したという[24]「アメリカ的比喩」に見られる。ジュール・ヴェルヌは、目にも鮮やかな詐欺を扱った短編小説「詐欺師」*Le Humbug*（一八七〇年頃執筆）中で、先史時代の巨人のものというふれこみの骨をアメリカの「エクシビション・パーク」で陳列する際、その宣伝キャンペーンを語るにあたって、バーナムが中心人物となっているアメリカのある三面記事を取り上げている。このことは示唆的だ。

やがて街の壁は、あらゆる角度からこの怪物を描いた色とりどりのポスターで覆われた。ホプキンスは、ポスターというジャンルで知られているあらゆる言回しを駆使した。彼はとびきり人目を引く色彩を用い、こうしたポスターで壁、河岸の欄干、散歩道の木々の幹を彩った。線が斜めに引かれているのもあれば、筆書きの大きな文字の宣伝文が否が応でも通行人の目を引くのもある。骸骨を描いた上衣やコートを着た男たちがそこら中の街路を練り歩いた。夜には、光るスクリーンに骸骨の透かし絵が映し出された。（……）服地には先史時代の生き物の絵が描かれて、買い手の趣味に訴えかけた。帽子の裏地も同様、皿に至るまで、めくるめく現象が描き込まれたのだ！

さらにヴェルヌは、宣伝のプロたちを面白く比較しながら、これでもかとイメージを多用するのは、ある女優をイギリスで売り出した時に同じやり方をした有名なキャンペーンにヒントを得ていると付け加える[25]。

ポスターに見られるのは芸術の産業化である。また、絵を商業に奉仕するものにしたり、言葉を「気の利いた」スローガンにしてしまうという方向転換である（ポスターは、だから、「法螺」という価値の低い言葉と結びついている――冒頭に引いたゴンクールの言葉、そして前出の一八六三年五月二十八日の『日記』を参照されたい）。要するにポスターは、数多くの作家たちにとって、十九世紀の「愚かしさ」の攻撃的で目に見える権化なのだ。「愚かしさから目をそらさない」、これは文学に割りふられた任務である。この任務のためには、現実の「厚みの喪失」に、現実の剥落に、あらゆる形での「凡庸さ」に、つまりは現実を紙切れのようにしてしまうものに敏感でいなければならない、もし下記のような『ブヴァールとペキュシェ』の最終的転身（第八章）のとおりであるならば。「そこで、彼らの頭の中に、ある困った反応が、愚かしいことを目にしたら最後、もうそれに我慢できないという反応が強まった。新聞広告、誰かブルジョワの紹介、たまたま耳にした愚かな考えといった、つまらぬことどもで悲しくなるのだった。」「人物紹介」、新聞「広告」、「決まり文句」（他人の言葉を反射するだけの「阿呆な文句」）、これら三つは、いずれも実に平板なものだ。そしてこの三重の規定のもとにこそ、ヨンヴィルの最初の描写において、オメーが（広告が張り巡らされ意味の充満した薬局の店内を背景に、影のように、紋切り型の第一人者として）初登場するのだ。だから、出版社が小説に挿絵を入れるのを禁じたことで「高名な」作家であるフローベールを賞賛するモーパッサンの筆のもと（一八七六年十月二十二日の〈文壇〉紙の記事）、絶対的な芸術家を描くのに「非-広告」の言葉や隠喩が見出されるのは当然のことだ。「いつも彼は、大衆的人気からは遠ざかり、紙をばらまく騒々しい宣伝、おせっかいな広告、タバコ屋のショーウインドーに悪名高い犯罪者やどこかの王子や売れっ子娼婦と並んで写真をでかでか飾るのを馬鹿にしている。」周知のように、十九世紀の数多くの作家たちは（ボードレール、フローベール、ネルヴァル――ミルクールの出版物への肖像掲載をめぐる問題を参照）、自分の画像をあちこちに出すかどうかについて、とりわけそれにたずさわろうとする写真家、画家、版画家らとの間に、一筋縄ではゆかぬ厄介な問題を起こした。ロートレアモンの肖像が一つとして残っていないのは驚くにあたらない。この作家の書いたものは、紋切り型（クリーシェ）を書き写して継ぎ接ぎして連ねただけなのだから。

記号であるということそのものに立ち返って、紙の上の小説の人物は、紙の上の存在であるという自分の在り方を「貼り出し」、「紙の時代」（ヴァロットンが一八九八年一月二十三日の〈パリの叫び〉の表紙に描いた、「われ弾劾す」の載った新聞を貪り読むパリの群衆の絵のタイトル[26]）に生き、紙の世界に住み（セアールの『ある素晴らしき一日』は、おそらくは、紙の世界の、もっぱら記号の受け皿であり全く「平板な」世界の傑作である）、紙のオブジェを生み出し、頭の中には紙に印画される像（「決まり文句／ネガ」）しかない。十九世紀の小説の登場人物の多くは、人生の要（かなめ）となるひとときに、社会の象徴体系の記号あるいは広告が充満した風景を横切り、人生の決定的な時期に様々の記号、看板、多種多様な広告に出会うが、こういったものの重なり合いや並列、一過性のものでしかないという性格は、いつも、登場人物自身の運命を、皮肉にあるいは寓意的に説明している。ボヴァリー夫人は、その全生涯がロマンティックな豪華装飾本（キープセイク）の挿絵のようなものから織りなされることになるのだが、（第二部第一章で）ヨンヴィルに到着して、ある風景を、意味は充満していながら（彼女にとっては）ちぐはぐな取り合わせでできた何の意味もなさないものと思う。居酒屋の看板（「窓の下で、一束の歯朶が箒の柄の端で揺れている」）、「口に指を一本あてたアムール」が芝生の上にいて、「鋳物の甕」と「標札」（公証人）のある家、「大きな字で」何某席と書かれたベンチのある教会、「彫像」は「サンドウィッチ島の偶像神」のようで、「内務大臣寄進の聖家族図の写し」、「片足をフランス憲章の上に踏ん張り、片足で正義の秤を持ったガリアの雄鶏のついた」「ギリシアの神殿様式で」「パリの建築家の設計により造られた」町役場、「ブリキ製の三色旗」、また婦人用品店の「インド更紗の吹き流し」。旅籠屋（はたご）金獅子館の「雨で色褪せた古い獅子」、そして当然ながらオメー氏の薬局は「効能書きが貼りめぐらされ」、薬の広告で埋め尽くされ、「店幅いっぱいの看板に金文字で記した」店主の名もあり、「机に肘をついたオメー氏の姿も垣間見える」。『感情教育』冒頭では、パリを去るにあたってフレデリックは（アルバムを小脇に）、自然なりゆきとして、ロマンティックな豪華装飾本（キープセイク）から抜け出たような、絵に描いたような女性（アルヌー夫人）と、また、美術を応用したチラシや広告、工芸美術を専門的に扱うアルヌーと出会う。第二部冒頭でパリに戻ってくると、看板やポスターの世界を横切る。「四つ角の壁を数多くのポスターが覆い、その大方は破れて襤褸（ぼろ）のように風にはためいていた。」成り上がり者が登場する文学に頻出する、「自分を見せびらかす」「ひけらかす」「誇示」といった動詞や語彙は、アルヌー氏に関わる意味領域の不可欠な一部をなす。そしてフレデリックにとっては、現実を見る、想像（夢想）する、回想する、何らかの形象を見る、これらは同じことだ。貼り出された絵は想像域を貪り、紙の世界の象徴となる。紙の世界は、厚みがなく、愚かしく、移ろいやすく、傷みやすく、実体を失った記号の循環や展示に供せられ、それ専属の男や女（俳優、女優、はったり広告業者）でいっぱいだ。十九世紀のどの小説にも、このように、都会に充満している些末な記号の数々が、何か意味ある無意味を意味する、そんな出会いが頻出する。カミーユ・モークレールの『死者の太陽』（一八九八）*Le Soleil des morts* の末尾、主人公は自らの象徴派的な夢に破れ、パリで無政府主義の暴力が炸裂した翌日、彼が愛し、彼を捨てた女優のポスターを壁に見つける。「下を向くと、壁のポスター『光る踊り……ラ・レストランジュ……』が破れ、様々な色が弾けている。リュシエンヌの顔は、衣装の布地があふれる中で明るく微笑んでいる。着色版画の上から下に、猥褻な言葉がなぐり書きされている。ポスターの端は風に揺らぎ、糊が雨で汚らしく流れている。」『ニューマ・リュメスタン』[27]（一八八一）の終わりでも、一時期パリで人気を博しそのうち忘れられた太鼓叩きヴァルマジョールのポスターが同じようにちぎれてぼろぼろになっている。紙上の虚構の人物が経てゆく転変は、その転変に伴う紙上のイメージが次々にまとう様相によって象徴的にリズムをつけられることが多い。だから、書記ペキュシェが、ハンチングの裏についた名前として初登場し、次に自分の庭で園芸の教本を読み、そこから自然なりゆきとして「本の口絵にある庭師のポーズ」を取り、読んでいる途中の本にある二次元イメージと同一化して「似ているのが大いに得意だ、彼は著者にいっそうの敬意を抱いた」となるのは不可避なのだ。十九世紀においては、小説の登場人物の誰もがサンドウィッチマンになりかねない。コペが、凡庸さを真似た調子で詠んだすばらしい十二音節詩で好んで描写しているサンドウィッチマン（「ポスター人間」«L'homme-affiche»）に。

（……）私は今日、通りすがりに二度会った、
最初はピーターズの前で、それから凱旋門で、
年老いたサンドウィッチマンが二枚の布枠をはめ、

その枠に描かれているのは、にっこりと立ち姿の、
何ともちっぽけな姿のこぎれいな帽子屋、
元気いっぱいの顔つきで皆に差し出すのは、
八フラン五十の値がついた大きなオペラハット
（……）サンドウィッチマンの首に掛っているのは愚かしい広告、
赤と青で描かれた何やら馬鹿げた絵

このような人心に関わる効果に加え、ポスター（あるいは先述したように看板も）がストーリーの戦略上の結節点、テクストの要所、とりわけ書物それ自体の「ポスター」や「看板」の形で、つまりは作品冒頭、入り口、「提示部（エクスポジション）」においてふれられる時には、リズムの効果あるいは「戦術的」効果も問題になる。ポール・アダンの『獅子』*Lions* 冒頭でのサーカスのポスター、ゾラ『ナナ』冒頭で「書き割りの寺院の柱廊」に「丈高い黄色のポスターがどぎつく並んでいる」劇場がそうだ。それからまさに語りの上での効果としては、ポスターがストーリー展開の何か重要で決定的な変化を開始するとき、したがってポスターが「行為項」、補助者になるときで、たとえば、エドモン・アブーの小説『三十と四十』（一八五九）*Trente et Quarante* で、若い恋人同士がうるさい老父の監視から逃れようと共謀し、女主人公宅の近くの壁に貼った芝居のポスターの文字を強調するところ、あるいは、何らかの知識の発信者となっているのは、『笑う男』でバーキルフェドロがタドカスターの宿に架かっていた興行のポスターを憶えていたおかげでグィンプレインとクランチャーリー卿が同一人物とわかるエピソード（第二部、第五の書、第二章）であり、あるいは、禍をもたらす敵対者、否定的で死へと導く発信者としては、ゾラの短編『広告の犠牲者』« Une victime de la réclame »（〈イリュストラシオン〉紙、一八六六年十一月十七日）中、主人公がチラシやポスターの指示に忠実に従い過ぎたために死んでしまうところだ。

「はっとする」絵やポスターは、文学テクストに描きこまれると、美的文体的（反）モデルとして引き立て役の

ようになる。ここから「理論的な効果」が生まれはするが、おそらくそれにとどまらない。ポスターは、複合的な意味（文、絵、記号、指示）を担い、文学においては、当世のエクフラシス（芸術作品の描写）として、やはり複合的な多種多様の効果と機能を生む。まずは「現実化効果」で、これは写実主義・自然主義小説の美意識においては二重に正統性を持つ。というのは、ポスターは、一方では、日常生活にある現実のものであるから読者にはわかりやすく、他方、記号的なものでもあるから（記号、図像、指示が共存する）。ポスターを描写するというのは、まさに写実的であり、写実的でしかありえない。記号でできている以上は、文（テクスト）は記号を写すことしかできず、現実界においてすでに記号であるものしか写し取れない。だから、広義における「広告の」紙をひけらかし流通させることによって生きているアルヌーのような人物が、風俗小説には頻繁に登場する。食料品店主、金利生活者、ブルジョワ、婦人用品店の販売員、興行師（バーナム）、俳優（そして女優）、セールスマン、薬屋[28]、こうした人物たちは数多くの小説において十九世紀の典型的人物群をなし、皆、ポスターを作り、消費し、大いに愛好しており、挿絵に反対する文士[29]や高貴な絵を描く画家[30]と組んだりぶつかったりしている。こうした人物たちの中で特筆すべきは、商店主（ゾラの『ボヌール・デ・ダム百貨店』のオクターヴ・ムーレは百貨店の絵が載ったチラシやポスターをパリ中に流通させる）、無能ではあるが相場師（牧歌的コロニー「タラスコン港」の宣伝をするタルタラン・ド・タラスコン）、詐欺師（ジュール・ヴェルヌ『詐欺師』のホプキンスについては上述した）である。有能な人物もいて、架空会社のチラシや異国情趣の絵をパリ中にばらまくサッカール（ゾラの『獲物の分け前』と『金』[31]）がそうだ。『金』において、サッカールがパリの自社に設けた「設計図室」には、画家のアトリエ、まさに画像と幻想の製造所めいたところがある。

近代民主主義における政治家は、第三共和制下の小説に登場してくるが、「広告」、「プログラム」、「スローガン」、貼り出されたポスターなど、群衆を操るものを糧に生きる。これは、かの「ポスター的」人物の変種にほかならない[32]。ブーランジェとガンベッタは、政治地図の両極にあって、ドーミエの一番古い諷刺画集のタイトルをもじるなら、「自己顕示的に描かれる代議士」représentant représenté en représentation の変種である。ナダールは回想録『私の写真家時代』で、有権者に自分の肖像写真を送る政治家たちの自惚れを強調した[33]。政界を描いた小説、ドーデの『ニューマ・リュメスタン』では、ガンベッタにそっくりな代議士が主要人物で、南仏人、「全くうわべばかりでテノール歌手のような声と身振り」(ニューマ)、当世流行の太鼓叩き、くだらない気取り屋で自惚れ屋、ポスターに描かれてパリ中の壁に貼られていて、自分の太鼓と同じくらい空っぽ(ヴァルマジョール)、あと一人は女優だが(アリス・バシェルリー)この人物は「張り子の栄光、ガスと宣伝で膨らみ、陽光と公園の埃のもとでは一日しかもたないバラ色の風船のようだ[34]」。三人の人物は「デタラメ広告」(演壇を叩くテノール歌手の代議士の「胸」、太鼓、風船、つまり空洞、「法螺」)と芝居の掛小屋のフィクションのテーマを次々と変奏する。太鼓叩きのポスターは、けばけばしさと繰り返しという方法でこう描かれている。「(このポスターは)雨模様の曇天に強烈な色で巨大に浮かび上がり、道を曲がるごとに、何もない壁や塀の板に、ばかでかいトゥルバドゥールが出てきて、縁には活人画がぐるりと描き込まれており、黄、緑、青が染みのように広がる上に、太鼓の黄土色が斜めに横切る(……)下品で派手な広告にはパリの野次馬すら仰天する。」このポスターは、たとえば太鼓叩きの出演する演芸場などで、諸産業の広告と隣り合う。「壁は色とりどりのポスターや広告で覆われ、コルクハットや四フラン五十サンチームの誂えシャツや既製服店の広告が太鼓叩きの肖像と交互に並ぶ[35]。」ドーデにかぎらず、十九世紀の写実主義・自然主義小説全体が見出すのは、自らが「表現」しようと努める「現実」が、事物、場、人物など確たる形があり安定したものだけではなく、噂、評判、宣伝、心象、ブランド名、ブランドマーク、記号、名称、名声、流行、合図、スローガンといった、厚みのない紙がほんのひとときく流通させる非物質的なものからもできているということである。多色と騒音、並列と重複、これらはどれも雑種として十九世紀という時代を等しく分かちあっていると、数多くの作家は考えている。

建築家シャルル・ガルニエ(エッフェル塔建設に反対する芸術家の請願にも署名している)は、街路が広告で埋め尽くされることに「絶対反対の人々」の数々の不満を紹介している。〈現代建築〉誌に一八八七年十月二十九日掲載の「芸術と進歩」と題した小論で、ガルニエは、ユゴーの「これがあれを殺すだろう」が極まって「象徴的で歴史的な」芸術がなくなったと嘆き、未来の世界を描く。「地球上のあらゆる地点、壮麗な建物の階段や気球のふくらみや大型客船の甲板手すりや森の木々や山の頂きに、選挙広告が長い列をなし、ごてごてした配色のポスターや目障りなチラシが貼りめぐらされるだろう。けばけばしく目障りな色とりどりの壁を陰気な群衆が過ぎゆき、おぞましい色つき商業広告の上を陰惨な影になって通りゆくのは、墓堀人夫のなりをした未来の全世代だ。」「包み込むもの」どうしの対面、多色の紙ポスターと当代の男の「上皮」(36)（ボードレール）である黒いフロックコートとの対面は、ある居心地悪さの、「世紀病」の象徴的な場面であり、二重の強迫観念のようなものだ。一方には非‐色彩である黒による画一化、他方に不調和な多色と色つきの種々雑多があり、一方に差異の解消があり、他方にコントラストの激化がある。つまりは差異や独創性、すなわち芸術を脅かすカリュブディスとスキラがあるのだ〔カリュブディスは、古代ギリシア沖の大渦で、近づくと舟を呑み込むと伝えられ、付近にはスキラと呼ばれる岩礁がある。つまり、「一難去ってまた一難」、「前門の虎、後門の狼」のような意〕。

とはいえ、ユゴー、ラフォルグ、ゾラ、ランボー、ジュティストたち〔シャルル・クロの率いたzut!を口調にした詩人たち、ヴェルレーヌやランボーらも含む〕、コペ、ユイスマンス、ギュスターヴ・カーン、「黒猫」(37)の詩人たちといった芸術家、作家たちは、おそらくは様々に異なった理由で（ユゴーはデッサン画家でもあったしゾラとユイスマンスは同時代のアカデミックでない絵画を支持し(38)ゾラは一八六三年から一八六六年まで、アシェット社の広告部門主任である）都市のあちこちに見られる「意味を充満させる」支え（支持体）つまり、ポスターやチラシやシール状のいろいろなものが貼られたり落書きされたりする壁を、そしてポスターのもつ政治的、象徴的、あるいは遊びの力を感知できる人々である。フランツ・ジュルダン(二)は、自然主義作家としては挫折したが、優秀な建築家でゾラと親しく、ゾラのためにいくつかの小説中の場を構想し素描した（『ボヌール・デ・ダム百貨店』、『夢』）。ジュルダンは一八八七年十一月五日の〈現代建築〉誌でシャルル・ガルニエにこう答えている。

芸術はあらゆるものの中にあります。今、燃えており、これからもずっと燃えつづけるこのすばらしき炉、勢いある堂々たる炉の放つどんな小さな煌めきも、芸術家の関心を惹くに値します。商売人の広告ほど実利的で下品で凡庸で非芸術的なものがあるでしょうか？　赤、黄、青、緑で毒々しく塗り立てられたポスターが目に襲いかかり、壁いっぱいに広がっているのは、最低限の審美眼すら蔑ろにするものです。では、シェレにでもポスターを注文してみましょう。途端に違う光景が見えてきますよ。この魅力的な人物の素早い筆致は、色彩に富み、巧みに配置され、動きのある才気煥発な傑作を、いくつも創り上げます。これぞ、アポロン〔知性と文化の神〕と仲良くするメルクリウス〔商いの神〕です。

こうしてジュルダンほか数名は、街の取るに足らぬものたちの「名誉回復」、後にアポリネールが「産業のもたらす美[39]」と呼び、未来派やシュルレアリストら（そして画家ではドローネーやフォーヴィスト[40]）を魅了することになるものの名誉回復を先取りしている。反面教師的なものを奨励して挑発的に文学から離れながら、目指すのはもちろん、文学によりよく回帰し文学を刷新することである。ここから生まれるのが、一八四八年頃から言明されはじめていた例の反‐詩芸術で、クールベはすでにエピナル版画的な方に向い[41]、シャンフルーリは諷刺画と大衆的陶器へと、ランボーは「花について詩人に語られたこと」（「汝の詩節が広告であらんことを」）と『地獄の季節』の中で、「初心で」「間抜けな」芸術[42]へと向う。ユイスマンスは美術批評（一八七六年のサロン評など多数）においてシェレのポスターを公式サロンの旧弊な美術と対置してきたが、ここにも徹底した反‐芸術が見られる。ゾラの『制作』中、前衛派の画家たちが散策の途中で、フランス学士院を通り過ぎたあとポスターを前に昂奮するところは示唆的だ。「彼らはセーヌ川の芸術橋を渡ってフランス学士院を嘲笑しに行き、セーヌ通りからリュクサンブール宮に着いた。三色刷りのポスターが一枚貼ってある。巡業サーカスのごてごて飾り立てた広告だ。一同は感嘆の声を上げた」（第三章）。「生」である（公認絵画における硬い表層や暗褐色のビチュームの絵の具や薄溶き絵の具の二番煎じではなく）、くっきりした輪郭線（「偉大な」絵画の「立体化」や量感ある「スフマート」〔輪郭をぼかして明暗のグラデーションをつける手法。ダヴィンチが代表的〕に反して）のなかに均一に平面的に色を塗る、そして（ミュージアムの静寂に反して）「どぎつくけたたましい」。ポスター美術を誹謗する側も支持する側もこの美術と結びつけている諸価値のうち、これら三つは合わさって、文学に置き換え可能な新しい価値のある様式をおしすすめることになる。

だが、ポスターを問題視することによって取り戻されるのは、十九世紀にはなくなった、あるいは十九世紀の人々がなくなったと思い込んでいた（上述のシャルル・ガルニエの嘆きを思い起こされたい）いくつかのものである。これは、ほかでもないポスターそのものが象徴していることゆえに、つまりこの世紀においてさんざん非難されてきた画一的、商業的、工業的平均化ゆえに、喪失したものなのだ。文学、少なくともある種の文学は、この世紀に逆行して、このような喪失をもたらした手段そのものと闘うのだ。ポスターをポスターに、平べったく貼付けただけのイメージとは逆の趣向のポスターを希求し、失われたものたち、つまり、なかんずく、意味、歴史、アイロニー、色彩を取り戻すのだ。とりわけ、アイロニカルな意味の恢復（意味は商業的平板さに対立し、歴史のアイロニーは現今の金儲け主義の大真面目に対立する）、歴史／物語のアイロニーの恢復である。ユゴーが一八四八年の『見聞録』[43] *Choses vues* に嬉々として書きとめ描写する政治ポスターと商業ポスターの併存、またポール・アダンが『群衆の神秘』で描く選挙キャンペーンにこれがみられる。[44] 歴史そして象徴的なるものの恢復、これがみられるのは、十九世紀のまさにアイコンである例の「灰色のフロックコート」への言及、ゾラの『ウジェーヌ・ルーゴン閣下』で皇太子の洗礼式が行なわれている上空にたなびく巨大なポスターであり、このポスターは、ある登場人物が叔父〔ナポレオン一世〕の帝政と甥〔ナポレオン三世〕の帝政を比べるきっかけになっている。こうした意味の再生は、紙製の些細なものたち、たとえば私信、新聞の三面記事、雑誌のコラム、日記、メニュー、催しのプログラムなどの、歴史家自身による材料・資料としての再利用と軌を一にする。[45] しかしこの材料は時として扱いにくく、寓意的意味の効果は「入れ子構造」mise en abyme の強力な効果を促進しがちで、登場人物（あるいは語り手、あるいは読者）によって解読されねばならない。だが、この解読は、ポスターの構成が複雑であることが多いために、必ずしもたやすいことではない。スローガンの省略的、詩的、隠喩的（あるいは「機知に富んだ」）な面、絵柄の象徴的（類推的、隠喩的）な面は、その換喩的次元（全体に対する部分、目、頭部、手、もぬけの殻のフロックコート）と相俟って、時として、謎、何か神秘的なことのしるし、現代の「銘句」か「紋章」となりうるし、登場人物の解釈能力の裏をかくか阻んでしまうこともある。だから『獲物の分け前』の例の場面、ルネがいくつもの広告を目の当たりにして、それらが「わからない」場面で、こういうことが起こる。「ある新聞売店の、エピナル版画のように毒々しい色が塗りたくられた広告に彼女〔ルネ〕は目をとめた。窓硝子には、黄と緑の枠の中に、髪を逆立てた悪魔のせせら笑う顔がある。帽子店の広告なのだが、彼女にはわからない。」（第四章――これは帽子店「レリセ〔逆立ち髪〕」の広告。）あるいはミュファ伯爵〔原文で「ナナ」とあるのは誤り〕が〔小説『ナナ』の〕第七章冒頭、パノラマ小路で目にする看板もそうだ。「色とりどりの看板がごった返す中に、大きな真紅の手袋があって、遠くから見ると、切り取って黄色いカフスをくっつけた血みどろの手のようだ。」この「血みどろ」はどんな「血」を指しているのか？『知性について』（第二巻）で、テーヌは、テオフィル・ゴーティエが奇妙にも何週間にもわたってポスターの一文が頭について離れなかった有様を述べている。

ポスターは、女性の服装や各種の行列・行進とともに、「街路を色とりどりにするのに与る(あずか)[46]」。色彩については、ポスターにありがちな「けばけばしい」色彩はとりわけ、時代の美学論争において怪しげなものと見なされがちであるし、否定的なのか肯定的なのか、不確かでどちらともつかぬ価値をもつ[47]。十九世紀は、単に「公式の」もののみならず（官報は、白地に黒の印字である）その総体において、その基調において、黒あるいはグレー、あるいは白黒のグラデーションとみなされ、そう見え、そのように自分を「貼り出して」いる。「灰色の濃淡(グリザーユ)で描かれた歴史上の時期がかつてあったとすれば、それはまさにこの時期だ」と、マルクスは『ルイ・ボナパルトのブリュメール十八日』（一八五九）で、十九世紀の人々を「身体を失くした影」に喩えて述べている。ボードレールは「一八四六年のサロン」の第十二章で、この世紀独特の「黒の効果」について語り、全てを混ぜる折衷主義が支配的であることの帰結であるとする。十九世紀の色調はアカデミー派絵画の「暗褐色の絵の具」の色調であり、バルザックが『ゴリオ爺さん』冒頭に置くパリ風景、「今にも崩れそうな漆喰や（……）黒い泥のたまった溝だらけの、あの谷間」、「青銅の額縁、この物語を嵌め込むにふさわしい唯一の枠、〔読者は〕この物語をわかるよう、暗い色彩に頭をいくらでも慣らしておかねばならない」、そんな風景である。石炭（ボードレール「風景」にある「石炭の流れが／天空に／立ちのぼる」、また『ジェルミナル』と『獣人』という二つのセピア色の小説）、フロックコート、ブルジョワの携える雨傘、白黒のピエロ、(48)印刷された新聞紙、写真、エッチング、アパルトマンを埋め尽くす「黒を基調とした忌まわしい版画」（バルザック『小市民』）、諷刺画、木版の挿絵、オスマン計画で建ったトタン屋根、こういったもので十九世紀は黒ずんでいる。とりわけ黒い「フロックコート問題」は一八三〇年の創刊以来〈芸術家〉誌の十八番(おはこ)の一つで、幾度となく取り上げられている。(49)そして、ゴンクールの『日記』である。ゴンクール兄弟は、黒一色のデッサンか色とりどりの女性の衣服かどちらをとるかで板挟みになり、ユゴーの筆になるデッサンをとおして（一八六〇年九月十四日の『日記』の記述）あるいは「写真をとおしてかフラゴナール〔原文にヴァトーとあるのは誤り〕のエッチングをとおして」（一八九一年六月四日〔訳者の確認では該当箇所なし〕と八月二十七日）風景を見る習慣を身につけた、と記しており、「全てが今世紀には黒になる。写真は、事物の纏う黒い衣服のようだ」（一八五七年〔原文に一八六七年とあるのは誤り〕六月四日）と付け加える。さらに、カミーユ・モークレールは、世紀末の総括でありモデル小説の『死者の太陽』で、「我々の忍従している平等主義の黒に満足しない」（第一部第一章）選良の到来を願っている。

こうして、面白いことに、十九世紀においては、色彩支持派と色価(ヴァルール)・線の支持派との間に積年の対立が再燃する。「色価」の信奉者にとっては、色彩は胡散くさいものだ。色彩は、大衆的なもの（ゴンクール兄弟は、エピナル版画やシャンフルーリ好みの民衆的で斬新な陶器と等し並みにポスターが嫌いで、デッサンしか蒐集していない）、感情、周辺性、表面的なもの、キッチュ、偽物、「見かけ倒し」、感覚的なもの（視覚的なものと「耳障りなもの」）の側にある。一方、理性、真面目、本物、知的であることは、白黒、線、デッサン（アングル対ドラクロワ）、濃淡、単彩の側にある。まるで、色刷りポスターの「けばけばしさ／騒々しさ」に、ボードレールが『散文詩』冒頭でふれている往年の「パリの物売りの声」がよみがえってきたかのようだ。ポスターは、以下に見るように二つのもの〔「けばけばしさ／騒々しさ」と「子供」、女のこと〕の結びつきとなることが多いのだ。この二重性は、絵(イメージ)を蔑視する道徳的な人々には常にみられるが、たとえばボードレールは、鮮やかな色に惹かれる素朴な子供についても、誘惑の主体であったり客体であったりする女性的なるものについても、肯定的な意味で引き受けることになる。[50]
これはまずは、ポスターが「蠱惑(こわく)的な」女を描いていることが多いからである。エミール・マーニュは、街路のありようを述べるに際し、ポスターを「不動の美であり、通りの唯一の美だと考える人たちもいる」と語ったあと、こう述べる。「シェレの魔法の筆が生みだす見事にくねった線でできた、愛嬌ある顔の女たちに加え、グラッセはロマネスクな姿を、ミュシャは乙女や女戦士たちの象徴的で重々しい姿を描いた。」ここで彼は、壁に描かれた女たちを、同時代の文学と同じ語彙（「ロマネスク」「象徴」）を用いて描写している。[51] 次の理由は、街路に描かれた女は二重に意味を担うということだ。つまり、男の「看板」・「贅沢のハンガー」として（バルザック『イヴの娘』）そしてデザイナーの「ネームブランド」（ゾラの『獲物の分け前』でルネが辿る運命は、ウォルムズ／ヴォルト[三]製の装いと歩調を合わせる）、女の身体に重ねられた様々な色彩である流行や化粧として。それに、街路を「通過する」女／看板の身体そのものがポスター貼付用の扁平な物になり、次々と入れ替わる束の間のポスター、通行人から一瞥されるだけのポスターが貼りめぐらされた住居と類似し同化し、ポスターの特性そのもの（色彩、滅びやすさ、「横顔」やシルエット）に還元されてしまっているようだ。「彼女らは横顔を見てもらえるように髪を結い上げ服を着た。横顔は、こちらを見ていない人、通り過ぎ、去りゆく人のシルエットである。装いは、世界を運び去る素早い動きを具現化するものとなった。[52]」女性は、十九世紀に取り憑いて離れないテーマであるスピード、次から次へと入れ替わるモードのスピード、上の空でする読書のスピード、急ぎ足の都会人の歩みのスピードのテーマを文学に導入し体現するのだ。[53] 同様に、結局のところ、「買い物する」女は、商業の新しい誘惑の標的であり、誘惑される側にいる。つまり、「買い物する女」は、「けばけばしい色」から、店のショーウインドーから、挿絵から誘惑される（ペルタン）。これまでになかった新しい性格、もっぱら「消費する女」となるよう、ポスターから誘惑されるのだ。だから色彩には、広い意味での一種の反道徳性がある。このことは、建築への色彩の導入について、激しい議論がなされたことでもわかる。建築は、すぐれて街路の芸術であり、ポスターの張り付け台ともなる芸術なのだ。ラスキンは、建築に色彩を用いることに全く反対というわけではないが、使用を限定し、細かく念入りに規制している。「建築の真の色は、自然の石材の色である」と、彼は『建築の七灯』*Sept lampes de l'architecture* の〔第二章〕「真実の灯」（警句十四）で述べている。

ゴンクール兄弟は、十九世紀の典型的風景をなすコントラストを「淡彩の濃淡が広がる中で目を引く彩色ポスター」（一八八三年六月二日の『日記』）と書き留めている。色彩は、胡散臭くみられ、女々しいものとされ、疎んじられ、いじめられ、すくなくとも十九世紀後半においては、多くの人々にとって失われたものの一つとなり、それを懐かしむ人々もいる（オリエンタリズムの画家の汪溢する色彩はどこにあるのか？）。色彩をいかにして現代の世界に再び取り込むのか？　もしかすると、憂鬱から、イギリス風の憂愁 spleen の支配[54]から十九世紀を救えるのは、この世紀が「暗い思いに」（ヴェルレーヌ『叡智』第Ⅰ部第六章）沈むのを阻めるのは、まさに色とりどりのポスターなのかもしれない。絵画における現代性は、（マネのように）「トランプカード」様式の色斑と単色塗りを、アカデミック絵画の暗褐色と「立体感」に対抗して「新しい絵画」の技術的様式的特徴とするのだ。

羅列、けばけばしさ／騒々しさ、素朴、どぎつさ、重ね描き、コラージュ、これらは皆、文学における現代性の美、『散文詩』序文でボードレールの語る美、ランボー『イリュミナシオン』の美、ロートレアモン「……の出会いのように美しい」の美の語彙であり特質である。ポスターは、意味を帯び、公に開かれ、読みやすく、遊びと関わり、更新可能で、移動でき、記憶に残りやすく、寓意的暗示的であることの多い紙のオブジェの形をとり、魅惑し説得することを目指し、他の紙のオブジェと重なり合ったり隣り合ったりする。こんなポスターは、形態、性格、機能において全く同じであるもう一つのオブジェである文学と直に競合関係にある。そぞろ歩く人々の目を惹きつける視覚イメージ生成の場としての街路は、読むイメージを生成して読者の想像域を刺激する文学と競い合う。だから文学は、街路を無力化するか順応させるには、街路を自らの引き立て役にするか手本とするかしか選択肢がないのだ。

第五章　身体にまつわるイメージ――頭と腹

「身体という『真実』の塊。」

――ゴンクール兄弟『マネット・サロモン』（第五十章）

理想化されない身体、身体の正常な機能とその病理学、身体細部と精神の変調、これらの記述は、一般的に批評家たちが一致して考えているように、十九世紀文学、とりわけ、次々と現れる種々のリアリズム美学が獲得したものである。ベルトルト・ブレヒトによれば、「リアリズムの感覚論的な要素と断固たる世俗的な方向性は、そのもっともよく知られた特徴である。（……）身体的な欲求はリアリズムにとってきわめて重要な役割を演じている」(1)。それは理想主義的でアカデミックな批評がリアリズム運動や自然主義運動を攻撃するさいに執拗に繰り返す（たとえばブリュヌティエールが論文のなかで展開するような）主要な論拠でさえある。事実、アカデミックな批評は早くから、たとえばゾラの作品のなかの時代を画する一連の「身体場面」をひとつひとつ取り上げている。いくつかの例だけを挙げると、『ナナ』の最後にある女主人公（ヒロイン）の腐敗、『ジェルミナール』における食料品屋メグラの公開去勢、『パスカル博士』におけるアル中の老人マッカールの焼身自殺、『生きる歓び』におけるルイーズや『大地』におけるリーズの出産がある。いまや身体はイメージとして訴えなくてはならないし、身体のイメージは、日刊紙に属しているのと同じく、文学にも属している。とりわけ十九世紀後半の挿絵入り新聞のなかで数を増やしはじめた三面記事のおかげで、読者は、殺人によってばらばらにされ、爆破され、八つ裂きにされた身体の不気味なパントマイムを――ドビュローの時代は明らかに終わったのだ――、事件や自然の大災害を、とりわけ、いくつかの出版物（この分野でもっとも目立った出版物は間違いなく〈プチ・ジュルナル〉だ）の派手な挿絵入り新聞の第一面のなかで消費することに慣れていく。『ノートル＝ダム・ド・パリ』はイメージとその媒体の戦い（「これがあれを殺すだろう」、紙でできた挿絵入りの本に対する石に彫られた書物）を扱った最初の偉大な小説であり、七月王政下における挿絵と諷刺画の黄金期の始まりと時を同じくする小説だが、それは、ゾラや〈プチ・ジュルナル〉よりもずっと早くに、表象される身体の戦いの先陣を切ったのである。王宮の大広間で、グランゴワールが演じさせようとしている神秘劇の役者たちの表情豊かだがぎこちない身体は、名士やそこで構成された一団の人たちの厳かな入場と対立することになる。名士たちの入場によって観衆の注意はいったん逸れるが、無言の面白顔競争が始まると、観客たちの注意は向きを変えて役者たちのうえに集められる。この競争において観客も俳優も、「どの人も面白顔をしており、誰も彼も思い思いの姿勢をしている」。それは「顔」の「人間万華鏡」であって、身体に対する文学の新たな感受性の端緒となった。それは、儀礼やその逸脱から切り離すことができない身体であり、上流社会の身体（名士と儀礼のしきたり）、美的な身体（グランゴワール）、民衆の身体（面白顔とカジモド）である。[2] そしてカジモドはグインプレン〔ユゴー『笑う男』（一八六九）の主人公〕を準備し、グインプレンはマルドロールの切り傷だらけの顔を予告する。十九世紀の「風俗小説」は社会化された態度や姿勢をいろいろ語り続けるだろうし、同じく十九世紀に数多くあった種々の芸術家や画家についての小説は、アトリエについてあれこれ言及するなかで、この「『真実』の塊」を描き続けるだろう。「真実の塊」とは、程度の差はあっても、ばらばらにされ、裸にされた身体である。それは男性の場合もあるが、特に女性が多く、その身体がイメージとなって画家たちに取り憑く。[3] その頂点は一八八〇年にある、と主張する者たちもいる。それは『ナナ』の年であり、当時誰もが「ポルノグラフィックな年」と呼んでいた年である。[4]

もっとも十九世紀以前の文学が身体を知らなかったわけではない。修辞学の道具化（アクティオ〔修辞学の五部門のひとつ「発表」のこと。修辞を使った言語的なパフォーマンスを指す〕）、象徴的イメージへの変換（王の肖像画）[5]、寓意的イメージへの変換（たとえば「四肢と胃」の寓話〔ラ・フォンテーヌの寓話詩のひとつ〕、有機的な機能の総体（ファブリオーやラブレーを参照）、表現機能の総体（身振りと顔による）[6]に、それらは見られる。情念の表現は、演劇と同じく絵画において理論的な考察の特権的な場であり続けた。ディドロは「絵画」の概念を通して、身体を自らの演劇美学の中心に置いたし、サドは、エロティックな顔のモチーフを通して身体を虚構作品の中心に置いた。誰も知るとおり、文学批評の語彙のなかには、虚構の人物を指し示すためにふたつのイメージの形式を持つ参照用語があり、そのふたつは絡み合っていることが非常に多い。ひとつは、顔をかたちづくるものであると同時に、演じている役のイメージを俳優に与えるものを指し示す言葉（マスク、ラテン語ではペルソナ）である。もうひとつは、切り込みを入れ、刻印を押す弁別的なしるしという語源を示す言葉（性格）である。

十九世紀文学によって表象された身体は、体液説的[7]〔人間の基本体液を血液、粘液、黄胆汁、黒胆汁の四種とし、それぞれの多寡によって性格が決定されるとする説〕というよりも「想像的」、神経的な身体であり、より「シリアス」〔人はこの世界でひとつの役を演じているとする「修辞学的」な人間観に対して、「シリアス」な人間観は、人は生まれ成長し死ぬという生物学的モデルをもとにしている〕で（アウエルバッハによればリアリズムのエクリチュールの基本的な特徴のひとつだという）、より包括的な身体なのである。身体はその環境と一緒になって維持している関係のネットワークの「浸透を受け」、影響を受けたものとして定義される。それはより社会化された身体であり、とりわけ模倣的、セマフォー信号的な〔セマフォーは腕木信号機で、原理は手旗信号のように腕木のかたちでメッセージを伝える装置。電信機が発明される前の十九世紀に使われた〕ものとして、より強く、より徹底的に考えられた身体である。また、異なったジャンルのなかで（たとえばパントマイム[8]のことを考えよう）、さまざまな関係によってあらゆるかたちのイメージ（見るイメージ、読むイメージ、心的なイメージ）に結びつけられていると考えられる。そして身体がイメージに結びつけられているのは、身体が誇示するものであると同時に、社会的な露出の場、「印象」、情熱、興奮の場であるからだ[9]。身体は、存在と事物を上演する狂気、一般化された展示の狂気（フローベールによれば「十九世紀の錯乱」〔『紋切型辞典』の「展覧会」の項にある〕）から逃れてはいない。したがって当然のことながら、まさに身体こそ、さまざまな医学、作家を魅了する医学が断片化し、上演し、展示し、イメージ化しようとしたものなのだ。それは『マネット・サロモン』[10]の画家アナトールがいっとき働いていたオルフィラ解剖博物館〔パリ大学医学部にあったが、二〇〇五年に閉館〕のような専門的な博物館のなかであったり、サルペトリエール病院でシャルコーが行った写真の展示においてであったりした。[11] 入院した『居酒屋』のクーポーは、ノートをとる医者の視線のもとで、「振戦譫妄症（デリリウム・トレメンス）」〔アルコールからの離脱によって引き起こされる譫妄の急性発作〕にかかっていると記述されるが、ジェルヴェーズはそれを「真似して」痙攣を再現し、隣人たちを面白がらせる。あるいはゴンクールの小説『ラ・フォースタン』の末尾で、女優ラ・フォースタンが——職業的な習癖から——死にかけている恋人の引きつり笑いを真似する場面がある。これらは身体のスペクタクル化の象徴的な場面（ここでは二重化されているわけだが）となっている。ゴンクールの例は広い意味でいえば、イメージを持った「テーマ」、イメージを持ったコンプレックスである。それが裸の場合には画家に絵画を提供するモデルになり、服を着ている場合には、記号、記章、勲章を持つ存在となる。[12] 十九世紀末、ガブリエル・タルドは『模倣の法則』（一八九〇）のなかで、模倣を物質的、生物的な現象として社会生活の中心に置き、こう身体を定義づけている。[13]

> 身体とは差異化・階層化したさまざまな振動の、つまりさまざまな組み合わせの系列から別々に生じたもののの一致にほかならないからである。それは有機体が、異質でありながら調和的でもある諸要素（つまりさまざまな組織要素の系列と組み合わせから生じたもの）の世代内における一致であるのと同じことである。それは国民というものが（……）伝統、習俗、教育、傾向、思想の一致にほかならないのと同じである。

そして、もしバシュラールのいう「実在論者の精神分析」が、現実を内密なものや隠されたものと混同することであるならば、内密で隠されたものの典型である身体は、解釈学のかたちをとって、この現実主義的なファンタズムが固着する特権的な場のひとつとなるだろう。[14] そこから、身体を、お互いをはめ込みあいながら関連し合う種々の被覆（カバー）（肌、服、家、儀礼と慣例の社会空間）や種々の解剖学的な「箱」（脳、腹）からできているものと考える概念が生まれる。身体は、あらゆる種類のイメージ、記号、症状、徴候、徽章、信号を外に放ち、それらを作り出したり引き受けたりする。あるいは、それを受け取り、自身に書き込んでは保管する。

すでに見たことだが、現実とは三次元的に入れ子になった図像ライブラリを一般化したものだ、と考える十九世紀的な傾向がロマン主義以降にあった。服／居住者／住環境／習慣という入れ子は、型をとればお互いに痕跡が残るという原則にしたがって、これら種々の被覆のあいだに、類似と相互影響関係、「調和」（バルザックのキー概念）が生み出される。環境が身体に影響を与え、その型をつくる。衣服は身体にぴったりあう。習慣は身体を形成し変形させる。身体の香りは家や住環境に染みこむ、などなど。[15] たとえば、ユゴーは『ノートル＝ダム・ド・パリ』のなかで（第三章、三〔『ノートル＝ダム・ド・パリ』辻昶、松下和則訳、上巻、二六二—二六六頁〕）、教会とその住人カジモドの精神と肉体を、型どりに関する驚くべき「紡がれた隠喩」〔ひとつの隠喩をもとに展開された別の隠喩〕を使って展開している。

ノートル＝ダムの伽藍は、カジモドを育てた卵であり、巣であり、家であり、彼が成人するにつれて祖国となり、ついには全宇宙とまでになったのである。（……）カジモドとこの建物のあいだには、摩訶不思議で、前の世から存在したような、一種言いがたい調和が認められた。まだがんぜない子供のカジモドが、人面獣身じみた体で、小暗い寺院の円天井の下でぴっこをひいたり、ぴょんぴょん飛び跳ねたりしている様子を見た者は、ローマ風の柱頭の影が怪しい模様を投げかけている、じめじめした薄暗い寺院の敷石のあいだに巣くっている蛇やとかげが、はい出してきたような気がするのだった。（……）四六時ちゅう伽藍の神秘な威力を身に受けているうちに、カジモドの体はだんだんと寺じみてきて、しまいには伽藍そっくりな様子になってきた。言ってみれば、からだが寺院に象眼されてしまったのだ、寺院の一部と化してしまったのである。（こういう喩えかたを許していただきたいのだが）彼の体の突き出たところが寺院のくぼんだところにぴったりとはまりこんでしまった、といっても差支えないであろう。カジモドはこの寺の住人だ、と言っただけでは十分ではない。寺の中身にほかならないように思われてきたのである。かたつむりが殻の形と同じになるように、寺院の形をそっくりまねてしまったのだと言っても、大げさな喩えようにはなるまい。伽藍は彼の住宅であり、巣窟であり、外皮でもあった。この古刹とカジモドのあいだには、切っても切れない本能的な融合性、磁気的な親和力、化合力が認められたのだ。（……）ノートル＝ダムの大伽藍は、カジモドの甲羅にほかならなかったのだ。（……）いやそれだけではない、カジモドの体が伽藍を型どって生長していったように、精神も建物にぴったり調和するようになってしまった。このせむしの体のなかで、野獣のような生活を送っていた彼の魂は、どんなぐあいに生長していったのだろうか。これは簡単には申し上げられぬことである。（……）かたわ者は、その精神もまた萎縮せざるをえない。カジモドは、自分のからだと同じような魂が身うちに盲目的に働いているのをさえ、はっきりと感ずることができなかった。まわりの物体の影像や印象は、ひどい屈折作用をこうむった後、初めて彼に認識される。彼の脳髄は、他の人間の頭とはいっぷう変わった働きをする。この脳を通過して出てくる考えは、ひどく捩れている。考え方が屈折するので、必然的に異常で、変則的なものとなってしまうのだ。」

すでに見たように、もし王宮の大広間が身体の表象システムの戦いの場（グランゴワールの芝居、名士たちの階段席、民衆の面白顔コンクール）であるとするなら、すでにイメージ（影、ステンドグラス、彫像、柱頭、浅浮彫り）で溢れかえった場としての教会は、むしろ身体に型を押し、加工する一種の「印刷機」presse（なるほどテクストでは、「圧力」pression、「印象」「印刷機」impression、という言葉がよく使われる）となる。カジモドの精神そのものは、いわば写真機の失敗作である。フィクションという言葉はまさに加工、型どりを語源的に意味しているし、ロマン主義の想像世界は、調和ある（あるいは不調和な）三次元的イメージを文字通り想像した世界なのである。「自然はお互いがお互いを包み込む球体の連続である」と『知られざる傑作』（一八三一）の画家フレンホーフェルは断言する。よく知られているように、この小説の作者バルザックにおいて、「球体（スフェール）」ということばがもっとも使用頻度の高い語のひとつである。一八六〇年ころのユゴー『わが作品の序文、わが生涯の追伸』のなかにも同じ隠喩があって、人間は、人類、自然、超自然の「三つの同心円的球体」に包まれているとされた。

この鋳型の美学は、ロマン主義がひとつの言語学、ひとつの造形に還元されるようにも見える言語学を素描するときにも見出される。ヴィクトル・ユゴーは、型にはめられると同時に型にはめるものとしての「鋳型」(=型どり) moulage という言葉を、「夜明け」(『静観詩集』)のなかで次のように定義する。

この世のあらゆる力は多数のための決まった言葉を持っている。
頭の働きが速かろうが、遅かろうが、重々しかろうが、つかの間であろうが、
人間の頭蓋のへこみは、脳をもとに型どりながらも、
脳のかたちに起伏をもたらす
古い刻印が新しい刻印のそばにある。
(……)頭蓋のへこみは幻の大理石をつくり、影像の人間をつくる。

世界は、鋳型や「球体(スフェール)」を重ねてはめ込むことを繰り返したものだという考えが、世界は「大気(アトモスフェール)」というもっと緩い寄せ集めからなるという考えと、どのように共存するのかを見てみると面白いかもしれない。この「大気」という十九世紀文学に広まった言葉はボードレール的な用語(「風景」の結句を見よ)であるが、それ以上に世紀末的な言葉でもあって、より物質性の薄い拡散した被覆(カバー)を連想させ、自己の浸透という観念、もっと屈折し、「気化した」vaporisée(もうひとつのボードレール的用語)イメージを暗示する。

この同心円的な被覆(カバー)は、相互的な、「全体的な」、三次元的な鋳型というだけではなく、局所的にイメージや記号を受け入れることのできる平らな界面でもある。(16) 肌や衣服や家は、細部の痕跡と細部の露出によって意味を持つ。たとえば肌は、痕跡、染み、あばた、青あざ、皺、傷跡、へこみ(外部から来る)によって意味を持ち、そ

れと対照的に、露出、色の薄さ、症状、赤斑、排出、流出、身震い（内部から来る）によって意味を持つ。[17] ユゴーは『笑う男』のなかで、[18] 十九世紀文学全体を貫く境界領域に関する複雑な観相学を、見事な言い回しで要約している。「人間の顔は、意識と生命によって作られる。数多くの不可思議なへこみの結果である。」意識とは内部から露出しようとするものである。生命とは、その刻印を外部から与えるものである。痕跡を刻まれる肌は「人にショックを与える」刺青を受け入れることさえある。それは、肉屋の見習いファビュの腕にあるような刺青で、それを見たフローベール『純な心』のフェリシテは、彼が「残酷」な人間で、自分のオウムを毒殺したのではないかと疑うのである。肌と同じように、衣服と家は外に向かって記章や記号（さらには看板）を示し、反対に、外から時間や人間による損耗やさまざまな刻印を受ける。[19] ジラルダン夫人[20]のような流行に敏感な時評作家、バルザック、バルベー・ドールヴィイ（たとえば『ホイストゲームのカードの裏側』を参照）、あるいはユゴーといった多種多様な小説家たちが徹底して、外部に刻まれた生の記号を読み、内部の意識から発された記号を読むという、二重の解釈学の機能ぶりと機能不全について書いている。その解釈学は、さまざまな観相学者（ガル、ラファーター、シュプルツハイム、グラティオレ）が十九世紀初頭に体系化したものだが、一八四〇年の生理学（職種や身分別に社会の構成員の生態を記述する文学的風俗研究）は嬉々としてそれをパロディ化し、その後の写実主義や自然主義の潮流は、観相学を馬鹿にしつつも（『ボヴァリー夫人』のシャルルが所有する観相学的頭脳標本を参照）、程度の差はあれ、それをこっそり応用し続けたのである。バルザックの『三十女』（罪ある母の老化）から、デグルモン夫人についての長文の肖像を、ひとつだけ例として挙げてみよう。この肖像は、「奇妙な絵画」、雄弁で「横暴なイメージ」になっている。その肖像のなかで、私が傍点をつけて強調しておいた用語は、記号論的な領域全体を示す言葉、凹んだイメージの言葉と平らなイメージの言葉、受け取った傷跡の言葉と発された記号の言葉、表の言葉と裏の言葉、表現の言葉と印象の言葉である。

歳よりも老けて見えるこの婦人の姿は、大通りを詩人かだれかが通りかかれば、その目には興味を惹く光景に映っただろう。真昼にアカシアの木陰に、それもアカシアのひょろっとした木陰に腰かけているこの女の姿を見れば、太陽の暑い日射しのなかでさえ青白く冷たそうなその顔に刻まれた多くのことの一つくらいはだれにでも読み取ることができただろう。表情に富んだその顔には、晩年をむかえた人生という以上に深刻な何かが、というか、経験によって押しひしがれた心という以上に奥深い何かが表れていた。性格がないからといって軽蔑される多くの表情のなかで、その顔つきは一瞬こちらを立ち止まらせ、こちらを考えさせるようなタイプの一つだった。ちょうど美術館にある幾千枚もの絵画のなかで、こちらに強い印象を与えるのが、母親の苦悩を描いたムリーリョの崇高な顔だったり、最も恐ろしい罪の奥底にある最も感動的な無垢を描いたグイードのベアトリーチェ・チェンチの肖像だったり、王権が抱かせたにちがいない荘厳な恐怖をいつまでも刻みつけられたベラスケスが描いたフェリペ四世の暗い肖像画だったりするのと同じだった。人間の顔のなかには、こちらに語りかけ、こちらに問いかけ、こちらの秘かな思いに答え、完全な詩となっているような専制的な顔かたちというものがある。デグルモン夫人の冷ややかな顔立ちは、そうした恐ろしい詩の一編のようであり、ダンテ・アリギエーリの『神曲』に数知れず散らばっている肖像の一つであった。

　女が花盛りのつかの間の時期にいるなら、その美しいという特徴は、感情を偽ることにじつに見事に役立つ。その生来の弱さとわれわれの社会の掟が女にそのような偽りを強いるからだ。その瑞々しい顔の豊かな色艶の裏に、その瞳の輝きの裏に、優雅な網目をなす曲線や直線の描く清らかで揺るぎない多様な線の繊細な顔立ちの裏に、女はあらゆる感情を表に出さずに秘めたままにしておくことができる。そうしたときには、顔を赤らめても何も明るみには出さず、すでにとても生き生きしている顔色にさらに生彩を与えるのだ。そうなると心のうちに燃えている一切の火も、生命の燃えている瞳の輝きとじつにうまい具合に混ざり合ってしまうので、苦悩の一時的な炎も、そこにさらに優雅さのようなものを加えて見せるにすぎない。だから、若い女の顔ほど秘密をたたえているものはない。なぜならこれほど動かないものはないからである。若い女の顔には、まさに湖の水面のような静けさと光沢とさわやかさがあるのだ。女としての表情は三十歳になってようやく現れる。この歳までの女の顔に画家が見出すのは、ばら色と白だけであり、微笑と同じ一つの思いを伝える表情だけである。それは若さと恋の思いであり、単調で深みのない思いである。だが年を取ると、女のうちにあるすべてが語るようになり、情熱がその顔の上に刻み込まれるようになる。女は恋をし、結婚し、母親となったのだ。歓びと苦しみの最も激しい表情がついに顔に隈をつくり、表情を歪ませ、しまいには顔に多くの皺を刻みつけてしまう。その皺の一つひとつが言葉なのだ。だからそのとき女の顔は恐怖で崇高になり、憂愁で美しくなり、落ち着きで壮麗となる。変わった比喩を使うことが許されるなら、湖が干上がるとそこにすべての急流が作り出した跡をとどめるようなものだ。(……)

デグルモン夫人は頭に流行のカポート帽をかぶっていたが、その髪がかつては漆黒だったのに、過酷な動揺のせいで真っ白になっていたことはたやすく見てとれた。だが髪を真ん中で二つに分ける仕方を見れば、趣味の良さが露わになり、エレガントな女性の優雅な習慣が分かり、生気のない皺の寄った額の形がすっかり見えていた。その形状にはかつての輝きがいくらか名残をとどめていた。(……)だがそうした兆候がまだはっきりと苦悩の跡を示していた。その苦悩が深刻だったのだろう。(……)この女にあっては何もかもがもの静かだった。その歩き方や身のこなしには、尊敬を刻みつけるような厳かで内省的な緩慢さがあった。

〔バルザック『三十女』芳川泰久訳、水声社、二〇一五年、二六〇―二六三頁〕

ここにあるのは、カルロ・ギンズブルグが描いたような十九世紀特有の徴候的世界であり、バルザックの専門家たちが以前から知っているような『人間喜劇』に固有な世界である。女性が「本来持つ弱さ」についての紋切型を除けば、バルザックにおいてこの女性の肖像は根本的に男性の肖像と違いはない。引用文の最後にある、服装(カポート帽)、習慣(「流行の」「仕方」)についての言及に注目したい。これらは登場人物の身体を強く社会化し、「セマフォー」化する「被覆(カバー)」なのである。また、彫刻[21]という三次元の視覚芸術における「感情表現のための頭部像」というアカデミックなジャンルに対する暗示的な言及、二次元の視覚芸術である絵画(色に対する線という永遠の議論）に対する明らかな言及、バシュラールが「実在論者の精神分析」と呼んだもの（奥行きと表面、裏と表の意味場）の現れ、また美術館との長い比較に注目したい。すでに見たように（本書第二章）、美術館はイメージの比較対照の場そのものであり、対面の場であり、生き生きとしたイメージと見る者の印象とを突き合わせる場である。さらに若い女性の顔との比較にも注意したい。それは、「性格」のない場（「性格」の語源的な意味である「穿たれた跡」において）で、同じもの（愛）、混じりあったもの（色彩）、区別のないもの、未分化のもの、純粋な表面（なめらかな湖）が反復する場、イメージと「多様な線の下で」読めなくなってしまったテクスト、秘密と慎み深さの場（「離散的」で弁別的な記号が欠けている、と現代の記号論者ならばもうひとつの意味を使って言うだろう）なのである。そこでまた見られるのは、すでに出会ったものがまとまって現れるさまざまなイメージの場（画家のアトリエ、美術館、文学テクスト――ダンテ、詩――、「面白い絵」との出会いをもたらす街路）であり、さまざまな意味場である。この意味場は、さまざまに変化して結合し、十九世紀をつうじて数多くあった文学的肖像を記述する際の不変要素を構成しているが、その不変要素には、通行人であり読者である人を立ち止まらせる、（見るべき）「有無をいわさぬイメージ」、「奇妙なイメージ」（読むべきイメージ）が結びつく。文学的な身体というのは多くの場合、このバルザックの例にあるように、第三者の見物人によって「情景」として捉えられた身体なのである。この見物人はたんなる通行人かスパイであって、休んでいたり動いていたりする身体（本書第一章で見たように、十九世紀の小説テクストは一連のパントマイム的情景として形成される傾向にある）なのである。そこで身体はふつう鏡に捉えられた身体として描かれるか（ルネ、ナナなどゾラの女主人公の多くは、ほとんどが自分たちの運命の一時期に、鏡の前で足を止めさせられ、内省を行う）、十九世紀に大流行した「活人画」[22]というジャンルによる社交界の遊びのなかで固定される。あるいは、身体は、ある姿勢をしたり移動をしたりするときに、社会生活の決まりきったしきたりによって演劇化される（たとえば、社交界のパントマイム的な場面は、舞踏会、芝居の夕べ、サロンでのパーティなど、多くの小説のなかに頻出する）。あるいは図像をつくるためのモデルとなった硬直化した身体（画家を扱う種々の小説のさまざまなモデル）、偶像（『笑う男』のジョジアンヌ、サラムボー、その姿を現して裸身をただ誇らしげに見せるだけで劇場を魅了する無言で裸のナナ）、あるいはアイコン（ナポレオン）、四肢や身振りや日程が、時間の使い方や機械の利用によって細切れにされてしまうような仕事中の身体、あるいは展示された身体（死体公示所（モルグ）は十九世紀の数多くのテクストのなかに頻出する場である）、そしてまたしばしば開かれた身体がある（出産、解剖、教育的身体）。これらは、テクストによって、あるいは場合によって、偶像としての身体とイメージとしての身体のあいだに、思考としての身体とアイコンとしての身体のあいだに、両立不可能性のようなものを伴っているが、お互いが重層決定する場合もある。しかしいずれの場合も、身体はスペクタクルやイメージに変容し、テクストの「場面」でフレーミングされて、「情景」を形づくる。この描かれた身体は文学において、三次元的な展開と被覆（カバー）（ロマン主義的な身体）のなかで捉えられる身体の方向に向かうか、あるいは、むしろ平らな表面に吸収される身体（リアリズムの身体、「ポスターとなった」身体）に向かう可能性がある。いうまでもなくこのふたつの傾向は結合することもあるが、『知られざる傑作』での美学的討論にあるように、対立して和解不能になることもある。そのうえ、我々がすでに出会ったものでもあり、のちにも現れる（本書第八章）ひとつの傾向がある。それは十九世紀の「陰画（ネガ）的想像世界」と呼べるようなものと結びつく傾向である。陰画的想像世界とは、身体、とりわけ情熱の主体であり客体である身体、とくに女性の身体を、陰刻の痕跡によって、さまざまな刻印や型どりによって表現することである。それは模倣的でありながら裏表逆転して身体を表現するので、身体はそこにありながらそこにいない。そのもっともよい例が『ヴェラ』のヴィリエ・ド・リラダンであり、情念を印象として描き、「裏返しの天」［地獄のこと］の理論を持つバルベー・ドールヴィイ、『無神論者の饗宴にて』や『年老いた愛人』の封印された女（この『悪魔のような女たち』の第一稿は『オニックスの印鑑』と題されていた）のバルベーだろう。

とくにイメージや類似に結びつく身体の場があるとすれば、それはもちろん顔である。化粧や刺青の特権的な場としての顔を、一種の美的集中の普遍的な場として示す人類学者もいるが、顔は裏と表の差異が一点に集中する場でもある。べつの言い方をすれば、それは仮面の場でもありうる。型どりの美学は、すでに見たように十九世紀のアイコン的、アナロジー的な想像世界につきまとっているが、仮面はこの美学と関係を持っている。たとえば、顔を型どった仮面がその表面になにも描かれていないとき、仮面は隠そうとする顔を覆っているにすぎない。あるいは、仮面が外に向かって別の誰か、別の人の顔を表わしているときには、仮面はべつの誰かだと思わせようとしている。この場合、仮面は変装であり、別の人のイメージのふりをしている。ここで必然的に求められ、想起されるのは解釈学である。仮面に対してふたつのよく知られた態度がふたたび現れうる。ひとつは図像嫌悪症的態度で、「真実を明らかにする」ために「仮面を剥ぎ取ろう」とし、社会が隠しているもの、個人が覆い隠しているものを白日のもとに晒そうとする。（これはリアリズムの小説家すべての態度である。現実と真実を、裏にあるものを隠れたものに同一視する精神の基本的態度である）。もうひとつは図像愛好症的態度で、表面のみを、外見のみを愛し、視線に差し出されたイメージを愛する。それは「いつわりへの愛」のなかでボードレールが取る態度で、彼は次のように宣言している。「仮面でも飾りでも、結構！　私はおまえの美を讃える。」〔ボードレール「いつわりの愛」『悪の華』所収、安藤元雄訳、集英社文庫、一九九一年、二六五頁〕十九世紀のテーマ体系（「雅なる宴」におけるヴェルレーヌの「マスクとベルガマスク」、小説のなかに無数に現れるオペラ座舞踏会の場面、仮面舞踏会の場面を参照）や一連のタイトル（ガヴァルニの『仮面と顔』、シャンフルーリの『パリ生活の仮面舞踏会』、モーパッサンの短編『仮面』、レミ・ド・グールモンの『仮面の書』、ジャン・ロランの『仮面の歴史』、マルセル・シュオッブの『黄金の仮面の王』など）が示しているのは、明らかに、どのジャンルであっても美的、倫理的な性格の濃いモチーフの重要性である。『笑う男』のユゴーはそのモチーフのあらゆるバリエーションを見事に展開してみせた。[29]

しかし、顔は、表と裏によって構造化された場であったり、内部から来る表情と外からやってくる印象が刻み込まれる境界面であったりするばかりではなく、他者との差し向かいや対面の場でもある。この社会的な対面は、向き合った顔を互いに変化させていくが、互いの違いを消すことでそれらを変化させていくこともよく起こる。たとえばゾラの作品では、各々の顔が「消える」というテーマのもとで、群衆のことが何度も言及される。この場合、顔の消失というテーマは、さまざまな性格を相殺するきわめつけの場であり道具であるし、また、全身に作用を及ぼす可能性のある一般化した相互主観的な模倣の場でもあり道具でもある。ガブリエル・タルドは『模倣の法則』の一八九五年版の序文で、模倣を次のように定義している。それは「ある精神から別の精神に対する距離を隔てた作用だが、（……）脳内におけるネガを、別の脳内における感光銀板によって写真のように複製する作用である。[30]」この遠隔作用は心理的であると同時に、身体的なものでもある。この影響は、「円天井をかぶせる」（＝「魅惑する」）envoûtement という建築のモチーフを「平面的に」変化させたものにほかならない。このモチーフについてはカジモドにとっての教会との関係ですでに見たように、それは包み込むような円天井によって、そこに住む人間の身体を型にはめる。ここでは、刻印を与える身体と刻印を感じる身体が向き合っている。

同情、憐憫、共感は、上に立つ者の権力とともに、類似的な同化の主要な力である。そしてこうして生まれる類似は作家にとって、肯定的な価値（ふたりの人間をお互いに同化させる共感）を持つこともあれば、否定的な価値（たんなる機械的、生理学的あるいは心理的な重複によって個人の差異を混ぜあわせ、相殺すること）を持つこともある。共感や友情において、ふたりの人間のあいだの差異が廃棄され、各々が相手の似姿になろうとする傾向があるのは、肯定的な価値のほうである。よく友情をテーマとするモーパッサンのテクスト（彼が書いたもっとも有名な短編のひとつ『ふたりの友』を参照）ではこうしたことが好んで言及されるのだが、ミメーシスがあたかもテクストのシニフィアンにも「浸透」したかのように、文体それ自体も反復的なのである。その証拠のひとつは『ある家族』という短編の一節で、そこでは「よい」ミメーシスと「悪い」ミメーシスが比較されている。この小説の始まりには、青春時代にふたりの友人を結びつけた「共感」が語られる。「ぼくたちはほとんど離れたことがなかった。一緒に生き、旅をし、物思いにふけり、夢を見た。同じ愛し方で同じものを愛し、同じ本を素晴らしいと思い、同じ作品を理解して、同じ感情に震えた。そしてしばしば同じ人間を馬鹿にしたので、ちょっと目配せするだけで、お互いの気持がすっかり分かるのだった。」しかし、語り手にとってかけがえのないこの友人、彼の特権的なアルター・エゴは「小柄で薄いブロンドの髪をした女」と結婚してしまう。その女は、「澄んだ瞳」と「薄い色の髪」をした「適齢期のどこにでもいそうなお人形さんみたいな女」で、「年齢不詳、特徴もエレガンスも才気も、ひとりの大人の女性を形作るものを何も持たないような」婦人のひとりだった。「それは要するに母親、どこにでもいる肥った母親、子供をぽろぽろ産むような女、人間の繁殖用雌馬、心のなかには自分の子どもと料理本のことしか頭になく、子供を産む女だった。[31]」このようにミメーシスはものごとの最良のものにもなれば、最悪のものにもなる。

同じように、よい方の面として、人は同情心から相手の「立場」に立ち、相手に身を移し、相手の「ように」なることができる。面白いのは、この概念が、写実主義・自然主義の作家たちにもっとも大きな影響を及ぼしたショーペンハウアーの思想のなかで中心的な位置を占めていることだ。しかしタルドも指摘しているように、なにより賞賛こそが模倣を始動させる。産業が図像を増殖させるのと同じく、社会もまた、コピーを生み出し、差異を消す巨大な機械のようなものになる。すでに見たように、ピエロに扮したパントマイム俳優のドビュローの肖像は『マネット・サロモン』の画家アナトールや、彼を賞賛するナダール親子にとっては、いわば自画像なのである。『感情教育』でセネカルが通う「知性クラブ」にはこうした模倣の「クローン」がたくさんいた。「サン＝ジュストの真似をする者もいれば、ダントンの真似をする者も、はたまたマラーの真似をする者もいるという具合で、彼もブランキに似るべくつとめていた。このブランキ自身、ロベスピエールの真似をしていたわけである。」〔『感情教育』山田𣝣訳、河出文庫、下巻、二〇〇九年、一一四頁〕モーパッサンはその初期の小説『パリのブルジョワの日曜日』（一八八〇）のなかで、権力に魅せられた事務員パティソが「権力に熱狂し」、ある「人物」を真似ようとする「固定観念に取り憑かれる」のをユーモラスに描いている。

たびたび君主を仰ぎ見たために、彼も人なみのことをした。すなわち、彼は陛下の真似をしたのである。ひげの剃り方、頭髪の格好、フロックコートの仕立て方、歩きぶり、身ぶり、何から何までまねた。それにしても、各国において、いかに多くの人たちが、その国の君主の顔にどこか似ていることよ！　どうやら彼もナポレオン三世と、どこやら似かよってはいたらしい。ただ、彼の頭髪は黒かった。だから、染めた。すると、絶対的に似てきた。それで、往来などで、やっぱり皇帝顔の紳士と出会いでもすると、彼は嫉妬を感じて、軽蔑の眼で見やるのであった。この模倣熱はいよいよ高じて、彼の固定観念になってしまった。そして、チュイルリー宮の門衛が、皇帝陛下の声をまねするのを聞いて、今度はわれこそとばかりに、あの抑揚と、わざとらしい鷹揚な調子を体得した。かようにして、彼はまずほとんど、原型どおりになったので、二人はよく混同されたことだった。（……）そのとき以来、この猿まねのおかげで、彼は規則正しく昇進した。なにかしら、すてきな幸運が彼の前途に横たわっているような予感がして、彼の上役たちはそら恐ろしくなり、うやうやしく彼に話しかけたりした。ところが共和国の世となった。まさにこれは、彼にとって青天の霹靂だった。これっきり、もう浮かばれぬと思った。周章狼狽のあまり、彼は頭髪を染めるのをやめ、ひげはきれいに剃って落とした。また、頭髪はざんぎりに切ってもらって、なるべく険難の少ない、柔和な容貌になりすました。（……）ただ困ったことに、共和国は、手でさわれるような生きた人物ではないので、似るわけにはいかない。それに、大統領もやつぎばやに入れかわったので、これにはほとほと弱りはて、およそむざんな窮状に陥ってしまった。とりわけ、チエール氏に似ようという彼の最後の理想への試みが不成功に終わってからは、彼のあらゆる模倣熱もやり場を失ったようなものだった。

〔『パリのブルジョワの日曜日』『モーパッサン短編集』Ⅲ所収、青柳瑞穂訳、新潮文庫、一九七一年、二八六―二八七頁〕

ペキュシェと同じ帽子を持つ筆耕のブヴァールは、一時期、ベランジェのような風貌をしていた。それと同じく、ヴィリエ・ド・リラダンの『昔の音楽の秘密』（『残酷物語』所収）の年老いた音楽家もベランジェのような風貌をしていた。『脂肪の塊』では、乗合馬車の乗客のひとりユベール・ド・ブレヴィル伯爵は「生まれつきアンリ四世に似ているのを幸い、髪かたち、身なりに技をこらして、できるだけ本物に似ようと努力している。それもそのはずで、伯爵家の光栄ある伝説によれば、先祖にこのアンリ四世の胤を宿した女があったとかで、そのために、この女の夫が伯爵に叙され、地方総督に任ぜられたのだという。ブレヴィルの奥方を妊娠させ、その結果、夫は、伯爵と地方の総督になった。（……）このユベール伯爵は県会に籍を置いているので、県内におけるオルレアン党を代表している」〔モーパッサン『脂肪の塊・テリエ館』青柳瑞穂訳、新潮文庫、一九五一年、二〇頁〕。

伯爵はその祖先の職務を繰り返し、県を代表し、自分の祖先にあたる女性を妊娠させて自分を複製した〔子供をつくった〕アンリ四世の顔をさらに写しとった。のちに見るように、複製、類似、代表は、文学のなかにおいて、つねに体系的に結びつけられる同義語といってよい。なぜなら文学は、社会的な世界と思想の世界を貫く類似的な力に魅せられているように思われるからである。

最終的に類似的な力から脱した『パリのブルジョワの日曜日』の主人公パティソは、類似的なイメージを捨てて恣意的な記号を取り、アイコンを捨てて記章を選ぶ。それで自分の帽子に「とても小さな三色の花飾り」をこれみよがしにつけるのだ。この記号論的な変化にはオフィスの同僚たちも当惑してしまう。「どんな秘密があの符牒の下にかくされているのだろうか。愛国心のたんなる確証だけであろうか。それとも共和国への帰服の証明であろうか。それとも、ひょっとしたら、何か有力な秘密結社の暗号かもしれない」〔『パリのブルジョワの日曜日』青柳瑞穂訳、二八七頁〕。なんのイメージかがわかることと記号を解釈することのあいだにあって、十九世紀ならばどんな流派の作家でもが思い描くように、社会生活というものは一般化された記号学にほかならないのである。もちろん、一般的でもあれば統御不能でもあるミメーシスによって差異が消えてしまうことに魅せられるのは、裏にイデオロギー的、政治的なつながりがある。モーパッサン、フローベール、バルベー、ヴィリエのようにあれほど多くの点で異なっていても、彼らは熱烈な民主主義者ではなかった。

頭は外側と内側からできている。そして、相手と対面したときその顔を模倣して、内面とは無関係に顔の差異が消えてしまうことがある。とはいっても、内側は、また脳という想像する自律性と固有の器官を持っているのである。十九世紀中葉に生まれた新たな心理学は、ますます「実験的」「局所論的」になって、脳を、解剖に委ねる「ブラック・ボックス」ならぬ「クリア・ボックス」に変化させたのだが[32]、心理学は精神的な諸機能を脳のはっきり分けられた部位に位置づけ、脳をイメージ、想像力、想像界の場所として定義づけた。テーヌはその大著『知性について』のなかで、精神を「イメージのポリプ母体」として、複数のイメージが拮抗する動的な場として定義し、さらに人格を「イメージの束」と考えた。

心理学における観察が、考える人間の奥深くに見分けることのできるものは、感情を除けば、さまざまな種類の原初的、連続的なイメージである。ある傾向を与えられたそれらのイメージは、同時に起こるか隣接して起こる別のイメージとの協力あるいは対立によって変化する。生きている身体は、相互依存する細胞からなるポリプ母体であり、活動する精神は相互的に独立したイメージからなるポリプ母体であって、そのどちらの場合も統一性は調和として、また効果として生まれるにすぎない（……）。我々の持つイメージは互いに結びつきながら、文学や法律の言語で法人と呼ぶようなグループを構成している。[33]

「脳」（「頭」「頭蓋」など）は十九世紀の文学テクストのなかで、ふたつの主要な隠喩のもとで現れる。ひとつは、「内心の声[34]」（ユゴー）を反響させる共鳴箱としての脳であり、もうひとつは、イメージの箱としての脳である。文学テクストが心理学的な現象に言及するようになるやいなや、そして想像力、とりわけ芸術的な想像力、あらゆる形態の創造力の問題に言及するようになるやいなや、暗箱や写真機の隠喩が同じく文学テクスト内のどこにでも見られるようになることは容易に想像がつく。すでに見たことだが（本書第一章）、またのちにもこの「紡がれた隠喩」のくだくだしい例を見ることになるだろう（本書第六章）。この紡がれた隠喩はおそらく、非常に古くて豊かなアレゴリーと修辞学の過去を持っている（シャルル・ドルレアンにおける「思考の部屋」のアレゴリー、旧修辞学の記憶法を参照）。その隠喩は十九世紀になると、主に三つの形をとって現れるようになる。まずは過去へと向かう、より静的な形で、これは図像ライブラリや美術館、「収蔵庫」やイメージの保存場所としての脳の形である。次はもっと動的なもので、現在の感情や「印象」を直接記録するほうへと向かう。最後は、将来のイメージや計画をつくるものとしての脳の形である。したがって、対応する三つのイメージ・タイプを言葉で表せば、まずは記憶、次に印象、最後に夢である。この三つの形は、もちろんひとりの作家のなかで、ひとつのテクストのなかで共存しうる。その様相はいくつかあり、しつこく残るただひとつのイメージ（固定観念、外傷を与えるような記憶）や「ごたごた詰まった」脳のイメージのように往々にして否定的なありようをしている。ダゲレオタイプ（ただひとつの図像）とそれに対する印画紙を使う写真（多数のプリントができる）、スナップショットの素早さとそれに対する図像痕跡の安定性があって、それらは、精神生活にふたつの主な表象があることを教えている。ボードレールの「憂愁」（「私には、千年の歳をとったよりもたくさんの思い出がある。」〔「憂愁」、『悪の華』所収、安藤元雄訳、一九五―一九六頁〕）は、「ごたごた詰まった」（第二節）脳のひとつに言及しており、詩人の「悲しい脳髄」（第五節）を、一連の「ブラック・ボックス」として、すなわち「巨大な箪笥」「ピラミッド」「広大な地下の埋葬所」「墓場」「共同墓地」「女部屋」として描く長い隠喩を繰り出している。そこには書かれたもの（「勘定書や、詩やら、恋文や、訴訟書類やら、小唄やら、領収書」）や図像（「泣き出しそうなパステル画」と「色あせたブーシェの絵」）が収納されたり、ごちゃまぜに置かれたりしているが、それは最後に三次元的な石のイメージ、太陽の陽射しに当てられて歌う彫像（花崗岩のスフィンクス）になっていく。ここにはメムノーンの神話への暗示があって、彫像はヘリオグラフィ〔ニエプスが一八二四年に成功した世界最初の写真技法〕における暗箱の作用をほのめかしているとも読むことができる。

モーパッサンが『われらの心』のなかで小説家ラマルトを描くときに使った隠喩は、数多くの作家の文章にも見出される。

人の姿や態度や身振りなどを写真器のように素早く正確に捕らえる眼と、猟犬の嗅覚のように鋭い、生まれながらの小説家の勘と洞察とに恵まれた彼は、朝から晩まで小説の材料を仕入れていた。

〔『男ごころ』中村光夫訳、白水社、一九五一年、一六頁。〕

写真機のイメージ（感光の素早さ）と結びついて、当時の挿絵入り出版物（十九世紀の象徴的な出版物〈マガザン・ピトレスク〉のような）を指し示している収蔵庫のイメージ（たえずストックすること）は、写実主義・自然主義小説家がじぶんたちの執筆の作法に触れる際に非常によく言及することがらである。(35) もちろん、一般的に脳は「収蔵庫」や安定した図像ライブラリや、外界の痕跡とか印象とかを「受動的に」受け取って貯めこむといった「図像箱」と同一視されるだけではない。(36) 脳はまたイメージを能動的に生産するものとも見られていて、その生産方法は写真機の使い方をモデルとして三段階で展開する。（1）見る。（2）記録する。（3）図像を焼きつける。すでに見たように（本書第一章）数多くの詩篇がこのタイプの時系列に従っている。この時系列は写真をけなすボードレールにおいても見られる。それは、数多くの詩篇（「風景」など）の「物語」を作り上げるためだけでなく、賞賛する芸術家コンスタンタン・ギース（「現代生活の画家」）におけるイメージの制作方法を細部にわたって描こうとする場合にも見られる。

G氏が目覚めて両の眼を開き、騒々しい太陽が窓ガラスに攻撃をかけているのを見る時（……）そこで彼は出かける！　そして見つめるのだ。（……）大河をなして、生命力が流れるのを。（……）しかし夕暮れがやってきた。（……）さて今や、他の者たちは眠っている刻限、この男は自分のテーブルの上に身をかがめて、先ほど事物の上にそそいでいたのと同じ視線を一枚の紙の上にするどく投げ、鉛筆（……）を件のように振るった。（……）すると事物は紙の上に生まれ変わる。

〔「現代生活の画家」、『ボードレール批評〈2〉美術批評2・音楽批評』阿部良雄訳、ちくま学芸文庫、一九九九年、一六五―一六七頁。〕

イメージに結びついた心理現象を明晰に記録するスタンダールやゴンクール兄弟のような、筋金入りの画像愛好家にとってさえも難しいのは、外界のイメージが内面のイメージにとって代わり、過去の記憶、現在のものごとに対する視線、あるいは夢そのものの場を奪い始めることである。あたかもイメージが想像界を貪り食ってしまうかのようなのだ。スタンダール『アンリ・ブリュラールの生涯』の語り手は、一八三五年、五十三歳のとき、幾何学的なちょっとしたクロッキーを使って、天にも登るような心地よい思い出を呼び起こそうとしながらメモをとっている。それは、一八〇〇年に十七歳だった自分がナポレオン軍とともにサン＝ベルナール峠を越えたときのことだった。「たとえば、私は山からの下りのことをよくおぼえている。しかし、五、六年後にたいへんよく似た版画を見たことを隠したくない。したがって、私の記憶はその版画にすぎなくなっているのかもしれない。（……）やがて版画が記憶全体を形づくり、真の記憶を破壊してしまう。」（第四十五章）〔『アンリ・ブリュラールの生涯』桑原武夫、生島遼一訳、岩波文庫、下巻、一九七四年、二四一頁〕

不思議なことに、内心の映像を奪い取られた語り手が思い出として持っているのは、抽象的な、と言ってよいような運動（「眩暈」「下降」「円周状の長い下降」「ジグザグ」）や、文章に添えて描いた幾何学的な小さな図式が持つ類似的ともいえる運動だけである。[37] ゴンクール兄弟は、一八六〇年六月二日の『日記』に次のように記している。「我々の本性で非常に特徴的なことがらは、自然のなかに、芸術を思い起こさせないもの、その思い出にならないようなものはまったく目に入らないことである。馬小屋の馬がいるとしよう。するとすぐさま、我々の脳髄のなかにジェリコーの習作が浮かんでくるのだ。」また別のところでは（一八六〇年九月十六日）「ニュルンベルクは、ユゴーの筆になるデッサンのようだ」と書いている。脳内でイメージを作り出す代わりに、すでに見たことがあり、すでにたどったことがあるイメージや、しばしば版画の形で複製されたイメージについて思いを巡らしてしまうことになるのだ。物書きをしている場に現実の「過剰なイメージ」が現れると、執筆中の作家が頭のなかで描こうとするイメージの生成が妨げられてしまう。エドモン・ド・ゴンクールの『芸術家の家』はふたりの兄弟が溜め込んだ図画であふれた図像ライブラリとしての自宅を描く極限的なテクストであるが、モーパッサンは、その文章を解説しながら、イメージの生成を駆り立てると同時に、それをブロックし麻痺させるひとつの力を語っている。

これらの傑作が展示されている部屋の隣に、色彩の傑作ともいうべき別の部屋がある。その様子を説明しようとは思わないが、その奇妙な使用目的を述べておこう。それは作家にとって、ひとつの「インスピレーションの手段」、頭脳を刺激する小部屋なのである。

彼は書きたくなったら、そのなかに籠もり、その場所に置かれた視覚芸術の作品に酔うのである。彼はその香をかぎ、自らの身体にそれを染み込ませる。そして「ほどよい」頃あいになり、自分が十分熱くなったら、仕事机に戻って座る。小部屋で書こうとしても、目が壁の光景によって絶えず気を逸らされるかぎり、彼は書くことはできないであろう。(38)

ここでふたたび、図像的なものが漠然と身体に立ち現れるものとして、「浸透」のテーマ（のちに生理学的な意味での概念が出てくることになる）が現れる。そこには、ジャンルを問わず文学全体を貫いて、見るイメージと読むイメージとの競合があり、イメージの外的煽動と内的誘発、イメージの嚥下と吐出のシステムに結びついているような表現の推敲がある。

十九世紀の文学が想像しているのは、イメージとの関係において、脳が性別（とりわけ女性性）を持っているらしいということである。あるいは、脳が、性差を持つ以前の器官、言語を持つ以前の器官、いわば無垢で「無邪気な」器官、「子供の」器官と特権的な関係を持っているかに見えることである。[39] 我々はすでに、ボードレール、ヴェルレーヌその他の作品で、イメージの問題と子供への言及との結びつきに、何度も出会ってきた。感じやすさは「無邪気な」脳、したがって子供と同じく女性の脳の特性である。十九世紀の（基本的に独身で男性の）文学的想像世界のなかでは、女性も子供だからだ。感じやすい子供としての女性と子供は簡単に交換しうる。バルザックに出てくる想像力あふれた若い女主人公モデスト・ミニョンは頭のなかにイメージを詰め込んでいる。それは雑多なイメージ（彼女は小説の末尾でそれをうまく整理する）[40]であり、イメージは最後に詩人カナリスという人間のうえに定着することになる。モデストは、とある本屋のショーウインドーで流行作家カナリスの肖像を見る。そのイメージは、ロマン派の詩人、とりわけバイロンやユゴーの肖像を石版画によって複製した典型的なイメージからつくられたありきたりのイメージである。モデストが頭のなかで構築しはじめる「小説」（第十三章は「若い娘の処女小説」と題されている）の起源は、もっとも観念的（その起源は、田園恋愛詩と偶像からつくられている）で、もっとも具体的で、本来の意味における想像的なものである。

モデストはある本屋の陳列棚で、彼女の大好きな人々のうちの一人、カナリスの石版刷りの肖像を見かけた。こういう、有名人の顔をまるで公共財扱いして、その人たちの姿形に手を出すいやらしい投機の産物としての写生が、いかに嘘つきであるかは誰しも知っている。カナリスの相当バイロン好みの姿勢を鉛筆画にしたところを見ると、風になびく髪、剥きだしの頸、あらゆるケルトの詩人が持たねばならぬ法外に広い額をしていて、世間の感嘆を買っていた。ナポレオンの栄光が将軍の卵を殺したように、ヴィクトル・ユゴーの額は、今後、それに劣らず多くの額にかみそりをあてさせるだろう。商売上の必要に基づいて崇高なこの風貌が、モデストを驚歎させた。（……）で彼女はその肖像を買った。

〔『モデスト・ミニョン』桑原武夫ほか訳、四一―四二頁。〕

モデストは、まさにエンマ・ボヴァリーかフレデリック・モローか、ゾラの『夢』のアンジェリック、あるいは『純な心』のフェリシテをスケッチしたような人物だった。すでに見たように、フェリシテの頭は、観念や想像力や思い出のかわりになるような版画地図だけでいっぱいだった。

ブーレーさんが、子供たちに物を愉快に覚えさせるためにと、地理の絵本を送りものにした。絵本には、鳥の羽を頭につけた食人種や、娘をさらってゆく猿や、砂漠のなかに住むベドウィン族や、銛をさされている鯨など、世界中のさまざまな風物が載せてあった。（……）ポールはこの絵の説明を一つ一つフェリシテに聞かせた。それが彼女には唯一の文字の教育でもあった。（……）それからは、ただフェリシテは甥のことばかり考えた。（……）地理の絵本で憶えていたのだが、――ヴィクトールが、蛮人たちに喰われたり、猿の群れに捕らわれて無人島の浜辺の砂に打ちあげられて死にかかっていたりするのだった。

〔『純な心』（邦題『まごころ』）山田九朗訳、『フローベール全集』、第四巻、筑摩書房、一九六六年、一八四頁、一九三頁〕

彼女の心にそれほどまで深く印象づけた「旦那様の肖像」から、地理の絵本、地図帳、アルトワ伯の肖像、教会のステンドグラス、オウムの剥製、空に見える馬の幻影、甥の思い出、そして、「巨大な幻影」（物語末尾の数行にある幻覚）にいたるまで、フェリシテの頭にあるのは、すでに我々が本章の導入部で見たひとつづきのイメージだけなのである。読書、とくに女性読者がテクストのなかに没入してしまう女性的読書というのは、受胎をもたらす浸透である。脳はひとつの母胎である。「子供と書物」*et liberi et libri*〔人生は子供もつくり、本も書かなくてはいけない、の意〕という格言のバリエーションであるこの概念についてはすぐあとで見ることにしよう。

二番目の身体の場は腹で、それはイメージやイメージの生産と結びついている。しかし腹といってもいろんな腹がある。消化器官の場としての腹は、生殖の場の腹ではない。ゾラの『パリの胃袋』（一八七三）はクールベの『世界の起源』（一八六六、オルセー美術館）ではないのだ。対立する機能の対照性がふたつの器官を結びつけているとはいえ、（貪り食らう）胃は、（排出する）母胎ではない。母胎はコピーをつくり、あたかも肉体のカメラ・オブスクラであるかのように、人間の図像を「プリントする」。もちろんそれは女性の母胎のことである。写実主義・自然主義的な十九世紀は、遺伝にかんする大がかりな理論の時代でもあったが、この世紀には、「生殖＝複写」**reproduction** の二重の意味で戯れる隠喩が矢継ぎ早に繰り出された。二重の意味で戯れるとは、母胎と型どりの想像、感光版と写真機の想像を利用しているということである。それは『金色の眼の娘』の次のような一節に見られる。バルザックはそこで、ダッドレー卿とその息子である美男のド・マルセについて語ったあと「ダッドレー卿はこんな魅力的な肖像画をつくるのに快く協力する女を、あちこちに何人もたやすく見つけることができた」〔バルザック『金色の眼の娘』渡辺貞助、古田幸男訳、『バルザック全集』第七巻、東京創元社、一九七四年、二七一頁〕。すでに述べたように雄／雌の隠喩的な一対は、どんなものであれ、最終的にひとつの図像をつくりだす「凹版鋳型の」図像、「ネガの」図像、型をとる鋳型、印刷、を考えることに「当然」役立つ。それは、あたかもアナロジー、類似、同一性の問題が、まさに差異の問題、性的な差異の問題を通過しないではいられないかのようである。[41]

ここでの我々は、模倣やミメーシスの領域、ガブリエル・タルドが『模倣の法則』で証明しようとした普遍的な領域にとどまっている。というのも、タルドがいう模倣は、物質（光とありのままの物体）、社会的関係（我々各々が他の人間を真似ている）、生物学（遺伝の法則）を支配しているからだ。「社会において模倣が果たす役割は、有機体における遺伝や物質における波動と同じであることがわかるだろう。[42]」〔タルド、『模倣の法則』、池田祥英、村澤真保呂訳、四〇頁〕。遺伝の法則は十九世紀後半のあらゆる作家たちを魅了した。ゾラや自然主義作家たちが、リュカ博士の『自然遺伝論』（一八四七）を読んでメモを取っただけでなく、美学的、イデオロギー的に激しくゾラと敵対するバルベーやペラダンたちもたえずリュカの著作を参照していた。遺伝というのは、なによりもまず、図像を生み出す、つまり祖先と子孫の類似を生み出す「機械」なのである。

しかし、あるひとつの遺伝理論が作家たちを強く惹きつけた。それは「感応遺伝」imprégnation である。この理論によれば、恋人を持ったことのある女性は、別の男とのあいだに、最初の恋人と似た子供を産むというのだ。それはあたかも、女性が言葉のあらゆる意味において、最初の恋人のイメージに「強い印象を受け＝刺激され＝感光され」impressionnée、そのコピーを生み出すかのようである。ここでは、型を使ってつくった複製の隠喩（世界の刻印が押される柔らかい蠟としての女性[43]）と、二次元的な図像を生み出す写真の暗箱の隠喩（暗箱のなかで感光板は外部から来た光の「作用」を受けとる）が混じりあっている。ここで暗に働いている暗箱の隠喩は、発明直後から写真機を表現する場合に使われていたように、性的な刻印を受けているのだ。太陽は男性で暗箱は女性、太陽がなかに入っていって刻印を残し、暗箱はそれを保存して現像（発育）させる。太陽は運動で、暗箱は感光板である。また隠喩はイデオロギー的な刻印も受けている。女性は男性の鏡なのである。ジュール・ジャナンが一八三九年にダゲレオタイプ〔ダゲールが発明した銀板写真〕の発明を報告したときに用いた表現を使えば、女性は「あらゆる痕跡を保ち続ける鏡」である[44]。

ゾラの『ルーゴン＝マッカール叢書』に先立つ小説『マドレーヌ・フェラ』（一八六八）はそのすべてが、感応遺伝のうえに、あるいは作家の友人で博物学者のマリオンの表現を使えば「卵巣への感光[45]」の理論のうえに立脚している。ミシュレの熱心な読者ゾラは、『愛』（一八五八）のなかでこの理論が取り上げられているのを知った。『愛』のなかでこの理論はリュカの名前をあげて言及されていたのだが、ミシュレはすでに「序文」でその典拠のひとつに、一八四七年にリュカ博士が出版した遺伝に関する本を「重要で決定的な」書物として引用している。(46) ゾラはミシュレと同じ時期(一八六七―一八六八)に、リュカ博士の本を読んで徹底したメモを取り、ノートを作っていた。そのころ彼は、のちに『ルーゴン=マッカール叢書　第二帝政期におけるある家族の自然史にして社会史』となる作品群の野心的な計画の概要を描き始めていた。そこにはもっと拡散したかたちではあるが、リュカの理論が見出される。小説『マドレーヌ・フェラ』は、ある若い女性の物語で、彼女は最初の恋人に誘惑されるが、その男(ジャック)は彼女を捨てて消えてしまう。つぎに彼女は、出会って愛するようになった若い男(ギヨーム)と結婚する。マドレーヌは、ジャックとギヨームが少年時代に「兄弟」のように仲の良い友だちであったことは知らないままに、ギヨームとのあいだにひとりの娘をもうける。物語は、さまざまな閉所(旅籠の部屋、二人がつぎつぎ住む自宅)をあいついで経巡るようにつくられているが、その閉所はどれも、女主人公がジャックを思い出させるイメージ(肖像画、写真、版画、具象的な装飾品)と出会う場になっている。その場面は、記号としての意味合いの濃い、ありとあらゆるイメージ(心的なイメージ、読むイメージ、見るイメージ)を指し示すものにあふれている。たとえば最初のシーンでは、最初の恋人ジャックの微笑む写真をギヨームの家で偶然見つけたマドレーヌが、それを見て、ひとつの「しるし」に気づく。そして、同じく微笑んでいる「兄弟」ギヨームの肖像画を前にして、女主人公は初めての抱擁の感覚を思い出す。イメージ(類似としての)、記憶(自己と自己の関係としての)、そして(ふたりの「兄弟」の一枚の肖像画と二枚の写真との)類似がここで分かちがたく絡まっており、それらは身体的な感覚の描写によって表現されている。

マドレーヌは(……)無造作に置かれた写真アルバムをめくり始めた。彼女はジャックの微笑む顔を眺めていたが、それはまるで幽霊が自分の目の前に立ち現れたかのように思えた。(……)その写真は気ままな生活をしている学生時代のジャックを撮ったものだ。背を前にした椅子にまたがって座っていた。(……)マドレーヌには彼が左腕につけていた印が見えたが、その印によくくちづけをしたことを思い出していた。思い出は彼女に焼けるような熱い感覚を与えた。(……)そのとき、自分の腰の周りに、初めての恋人の慣れ親しんだ抱擁が感じられるような気がした。（……）ソファの上にある羽目板に架けられた肖像画のギヨームが微笑んでいた。（……）彼女は思い出していた。その若い外科医は出発前に肖像写真をくれたのだ。それは、残酷な偶然によって彼女の眼前に置かれた名刺判の写真と同じようなものだった。しかし家に入る前日、最初の恋人の肖像をギヨームの住まいに持ち込みたくなかったので、肖像写真は燃やしてしまわなくてはいけない、と思った。（……）ところがその写真が蘇った。自分の意に反して、ジャックが自分の隠れ家に忍び込んできたのだった。（……）写真の裏側には「旧友にしてわが兄弟のジャックに」という献辞が読み取れた。ギヨームは、ジャックの友だちで兄弟だったのだ！（……）今や彼女はジャックの姿をはっきり感じており、ギヨームに身を任せつつも、ジャックの亡霊に取り憑かれているようだった。（……）マドレーヌはジャックがあいかわらずそこに、彼女の胸のなかに、四肢のそれぞれのなかにいるのがわかった。それほどまでに取り憑かれた彼女は、肌のうえを彼の吐息が走るのを感じられるように思った。（……）マドレーヌは肖像写真にくちづけした。ギヨームはジャックの写真を豪華な額縁に入れていた。ふたりの恋人の寝室に置かれたこの写真がマドレーヌの心を乱していた。彼女が寝るとき、ベッドに入るところを死んだジャックの眼が追っているように思えた。（……）彼女は日中、写真のまえで長く裸でいないように着替えを急いだ。[47]

そのあとに、ギヨームとマドレーヌのあいだには、奇妙な相互浸透が起きる。

ギヨームはマドレーヌのにこやかな力強さのなかに、大きな安らぎを見出した。彼女の胸の中に抱きしめられると、力を与えてもらえる。マドレーヌの胸に頭を乗せ、彼女の心臓の規則正しい鼓動に耳を傾けるのが好きだった。（……）その若い娘はギヨームを吸い取ってしまったのだった。マドレーヌは彼を自分の中にしまいこんだのだ。（……）一方、彼はマドレーヌから絶えず影響を受けていた。（……）まさに肉体も心も完全に彼女のなかに入ってしまった。[48]

マドレーヌと「聖アントニウスの誘惑」を描いた図像とのあいだには同じ類似が見られる。この図像は、暇があれば聖書を読んでいる狂信的なプロテスタントの女性、幻視をする老女中ジュヌヴィエーヴの部屋に置かれていたものだ。

　自分の宗派プロテスタントが図像を嫌っているにもかかわらず、狂信的なマドレーヌは自分の部屋に「聖アントニウスの誘惑」の版画を持っていた。その悪魔的な混乱は、幻視する自分の気質にあっていた。哀れな聖人を恐ろしいしかめ面で苦しめる小悪魔たちは（……）自分の宗教的な信念を忠実に反映する象徴だった。片隅では女性たちが、高潔な隠者のまえで、いやらしく裸の胸を晒している。そして偶然にも、その女性のひとりがマドレーヌにどこかしら似ていた。奇妙なことに、この類似がジュヌヴィエーヴの激しい想像力を強く惹きつけたのだった。[49]

マドレーヌはジャックと同じ特徴を持っていた。

　肌の白さ、赤毛の女性たちが持っているあの乳白色の肌が、マドレーヌの首の根元にある印の黒さを浮き立たせていた。そしてギヨームはこれまで何度もくちづけをしてきたその印に痛ましく唇を止めた。[50]

マドレーヌは、娘のリュシーを産んだが、ギヨームは娘がジャックに似ていることをひと目で見抜いた。

「彼女はジャックにそっくりだ！（……）あいつはまもなくジャックの肖像写真そっくりになるだろう。」（……）若者の我を忘れた頭脳のなかに悪夢が蘇ってきた。彼はふたたびあの奇妙な精神的な不倫のことを考えた。その不倫の罪は妻にある。というのも彼女は頭のなかで、夫の抱擁を恋人の抱擁と取り違えてしまっているからだ。それで娘がこの恋人と似てくるのだ。（……）マドレーヌがジャックの腕のなかで我を忘れたとき、彼女の穢れない肉体には、あの若者の跡がつけられて、二度と消すことができなくなってしまったのだ。（……）ジャックが娘を胸にきつく抱いたとき、自分のイメージにあわせて彼女を鋳型に嵌めたとも言えた。（……）彼はキスで二度と消えることのない型押しをされてしまった。彼女はそれほどまでに支配されていたので、自分の体が自分ひとりのものではなくなっていた。（……）彼女の身体が否応なく思い出したのだ。（……）子どものリュシーはジャックに似ていた。ギヨームは、マドレーヌとのあいだに娘を持ったにもかかわらず、自分に似た娘を持つことができなかった。ギヨームの子どもを受胎したのに、マドレーヌの胎内に別の男の刻印が残っていて、娘はその男の特徴をもっていたからだ。(51)

そして小説は宿屋の一室で結末を迎える。そこはむかしマドレーヌがジャックと来たことのある部屋だった。そこは、白い花柄のカーテン、造花のブーケ、羊飼いの男女が描かれたバラ色の箱、糸ガラスで城（そのなかの部屋や人たちが見える）をかたどった置き時計、ピュラモスとティスベの物語〔ギリシア・ローマ神話のひとつで『ロメオとジュリエット』の原型とも言われる〕(52)を表す八枚の版画（それぞれの版画の下には「長いキャプション」が添えられている）で飾られていた。これらを見たマドレーヌには、激しい動揺を与える思い出が波のように襲ってきた。そして彼女は、いわば「感光」用の写真板に変わってしまうのだ。

若い女性は夫がそこにいるのを忘れ、自分の過去でいっぱいになり、昔の日々に戻ったかのような気持ちでいた。ほてった熱によってふだんの落ち着いた自分が狂ってしまった。身の回りにあるどんな些細なものからも、耐えられないような鋭い感覚を受け取っていた。それは彼女の神経をあまりに強く尖らせたものだから、言葉や叫び声から印象を奪い取ってしまった。彼女はこの場で、ジャックと一緒に過ごした時間を生き直していた（……）。ピュラモスとティスベの不幸な恋愛を物語る版画をひとつひとつ眺めていた。[53]

想像をめぐる典型的なこの小説のなかでは、あたかも、類似と刻印と型どり、イメージと想像力、事物と身体、身体とそのイメージ（心的なイメージ、読むイメージ、見るイメージ）がお互いを呼び合って、まさに伝染性のものとなる。この浸透の理論は数多くのテクストに見出されるが、ドラマの効率のよさによって、作家たちを魅了してきたこともうなずける話である。その理論は、スタール夫人（『コリンヌ』）にもゲーテ（『親和力』）における空想上の二重不倫）にも、またメリメ（『ロキス』）やバルベー（『妻帯司祭』）にも反響が見られる。さらに、クラルティの、ゾラとは一線を画す（彼はゾラが嫌いだった）自らの小説『餌食になった女』（一八八一）の序文にも、レオン・ブロワの『不快な物語』（一八九四）のなかの「ある歯医者の恐ろしき懲罰」[54]にも、カチュール・マンデスの短い小説『残酷な揺りかご』などにもある。『残酷な揺りかご』の複雑な筋立ては心理的な浸透（ある考えの影響、妻に対する夫の影響）のテーマのバリエーションであるが、次のようにまとめられるだろう。彼は幸せ人はよいがいささか無邪気で鈍い、シャルル・ボヴァリーみたいな男が、ある若い未亡人と結婚する。彼は幸せに浸りきっている。しかし学校時代に彼を支配していた中学の旧友のひとりの影響を受けてしまう。若い未亡人であった彼の妻は、最初の夫に「影響」され、すっかり「浸透を受けている」と、友人に信じこまされてしまう。嫉妬で気の狂った男は自分の息子を殺そうとしたあと、自殺を図る。

実のところ、女性は、腹と頭で二重に図像を「プリントする」機械なのである。まず女性は自分に似た、夫に似た、あるいは（浸透の理論からすれば）遠い昔の最初の恋人に似た子どもを生みだすからだ。そして、女性が妊娠中に見た（実際の）映像によって、あるいは同時期に彼女の頭を占領した（心的）イメージ群によって形づくられた子どもを産むからだ。したがって、この「印刷」は性交以前、性交中、性交後（妊娠中）に起こりうる。あらゆる意味合いで「想像的」というべきこのシナリオが、「欲求」の観念を通して、数多くの文化のなかに、たくさんの民間伝承のなかに存在していることはよく知られている。この「欲求」ということばは妊娠中の女性に特有なもので、ひとつのイメージ、ひとつの表象に結びついた欲望を指すと同時に、この欲望の記号論的な結果を指している。つまりその結果とは、子どもの肌のうえに刻まれた印（我々のいう「徴候のパラダイム」がここにも現れる）であり、それは往々にして欲望の対象なのである。[55] すでに、エメサのヘリオドロスの『エティオピア物語』のなかに、黒人の母が、アンドロメダの肖像画を見たために白い肌の娘を出産したという物語がある（シャリクレスの物語）。

マルスリーヌ・デボルド＝ヴァルモールの詩「新生児、イポリットに」は、ある妊婦と胎内にいる子どもとの対話である。彼女は教会で眺めている聖像をもとに子どもを型どり、神を子どものなかに浸透させようとする。数多くの十九世紀小説では、図像の制作（たとえば主人公が画家、さらに多くの場合は肖像画家であるような小説）は、両親と子どもの類似の物語、模倣の物語、心的イメージ（記憶、夢、強迫観念）の物語、権力、その委譲、権力表象の物語と、ほとんど自動的に結びついている。ゾラ、モーパッサン、ブールジェは、おそらくこのテーマの変奏をもっとも探求した作家たちだ。彼らは、この遺伝的類似のテーマを、遺伝的ではないが、ミメーシスとイメージの一般問題に類似したテーマへの言及と結びつけている。それは、絵画のテーマ、反復的な儀礼のテーマ、社会的模倣のテーマ、舞台芸術のテーマ、コピーのテーマ、類似のテーマ、肥満症のテーマ（あるいは生きている身体が自分自身を写しとる）[56] である。たとえば、出生率の問題を扱ったロニー兄の『骨組み』（一九〇〇）の結末は、二組の不妊カップルを巡るものだ。一組は意図的に、もう一組は無意識的に子どもをつくらないのだが、当事者たちは、教育者（したがって子どもに知を伝達する）、女優（さまざまな役を演じる）、不妊症の男性（したがって自分を再生産できない）、娼婦（子どもを持ちたくない）である。すでに言及したことのあるモーパッサンの『ある家族』（『オルラ』所収）には、肥満症の夫と結婚した肥満症の妻が出てくる。彼女は「多産な女、繁殖用牝馬のような女で、自分の子どもと自分の料理本以外、心のなかになんの関心もなく、出産するだけの肉の機械」となっている。モーパッサンは彼女を、ちょっとした家族的な舞台（年老いた食いしん坊の「芝居」）の上演と結びつけている。芝居は毎日繰り返されるほとんど演劇的ともいえる夕食の儀式のさなかに行われるのだが、その場所は城館に似せようとして造った田舎家で、庭は広大な庭園と思わせようとしてあり、その家の所有者は代議士になることを夢見ている。また同じくモーパッサンの『トワーヌ』は卵を抱いて孵化させようとする肥満症の男の物語である。

ジョルジュ・サンドは、『ピクトルデュの城』[57]のなかで、画家である父に育てられ、自分も画家になる少女の物語を語っている。ある夜、彼女は自分の会ったことのない実母を夢のなかで見て、実母にそっくりの肖像画を描く。その絵は、父が以前妻を描いた肖像画に偶然似ていた。ポール・ブールジェのもっともできのよい小説のひとつ『画家を失った婦人』（一九一〇）は、画家、コピー、絵画、贋作、絵画同士の類似、愛する女性の記憶、絵画批評といった物語がいちどきに出てくる。同じくブールジェの『身振り』（一九〇一）は、ある社交界の男と結婚した女性の物語である。その男は、周囲の人々に手練手管を弄する見せかけばかりの人間で、いつもつくりものの感情を模倣する「俳優」だった。それで妻は、夫に似てきた娘をとおして、自分自身の過去が繰り返されることに恐怖を感じる。娘は父と同じ態度で若者を誘惑しようとしていたからだった。モーパッサンの『死のごとく強し』（一八八九）は、画家、肖像画、母と娘の類似の物語である。モーパッサンをとても好んでいたヘンリー・ジェイムズの小説『悲劇の女神』（一八九〇）は同じような筋立てのなかに、舞台のプロ（女優）、民衆の代表者、代議士をやめて画家になりその女優をモデルにする議員、自国を代表してパリに赴任中の演劇とパントマイムに夢中になった外交官、を集めている。これらのさまざまな作品の登場人物はすべて、図像の、上演の、模倣の機械にほかならない。そして作品のなかでは、イメージが伝染性であるかのごとく、またイメージが別の種類の複製や模倣、あるいは複製や模倣の別のプロセスと結びつくほかはないかのように事態が進行する。

モーパッサンには、すべてがひとりの既婚女性の模倣のうえに作られている短編がある（『しるし』、『オルラ』所収)。彼女は鏡のまえで、窓辺で娼婦がしている合図を何度も繰り返し練習をしている。小説は、既婚女性の特徴とされる以下のような考察をうちに含んでいる。「ほら、また彼らにこの合図をしたいという狂おしい気持ちが襲ってきた。しかしその気持ちは、肥った女の望みよ、恐ろしいほどの欲望なの、ねえ、この気持ちにだれも逆らうことはできないわ!(……)私たち女って猿のような魂を持っていると思うのよ。それに猿の脳は私たち女の脳にとても似ていると言われたことがある(医者が言ったのよ)。私たち女はいつだって誰かの真似をしていなくてはならないの(……)夫だったり、(……)恋人だったり、(……)女友だちだったり、(……)聴罪司祭だったり。その人たちの考え方、話し方、言葉づかい、身振り、全部を自分のものにするんだわ。馬鹿馬鹿しい話よ。[58]」

ガブリエル・タルドがのちに自らの理論の中核に据える影響という概念には、環境の影響や人間の影響もあるが、それらは生理学的なものを社会的なものへ、心理学的なものへと書きなおした浸透の個別的な例にすぎない。ラビッシュがミシュレの『愛』をもとにして書いた「歌謡入りの」パロディについてはすでに取り上げたことがある。その登場人物のひとりが歌っているように、模倣の理論は薄められて「影響」というゆるい意味で取られている。

ローザンのアリア

彼女が選んだ夫から
妻がまずわが物にするのは立居振舞い
つぎに、鼻、口、声
彼女は字の書き方ものにする。
あなたの性格は陽気なの、それとも憂鬱なの。

彼女は機嫌がいいのか、不機嫌なのか
というのも、あなたの奥さんには
あなたの運命がすっかり染み込んでいるから。

妊婦の（あるいは処女の）女優、処女の（あるいは子どもをつくる）肥満症女、子どものいない肥満症の娼婦、作品を生み出せない（あるいは多産の）画家、唯一の（あるいはパスティッシュで数を増やした）肖像画、（「礼儀作法」に没頭する）[59]社交界の女性、母に瓜二つの娘、チックのある顔、マスクをかぶった顔、写真に撮られたパントマイム役者、真似された物真似芸人、筆耕をやっているベテランの下級事務員、一家の母を真似る女などなど、こうした人たちは、論理的にいって冗語法（写真に撮られた、チックのある妊婦の女優）や撞着法（不妊の女優）でつくられた、一連の文学的身体の象徴にほかならない。そうした身体は、まさにイメージを生産してそれを再生産する機械になるしかないのである。

モーパッサンのすべての作品はこのような紡がれた隠喩で貫かれている。そこでは性的な「再生産」が体系的に政治的な表象や身体的な類似と結びつくばかりでなく、演劇、模倣、反復、絵画、さらには肥満症というような付随したいくつかのテーマと結合している。「脂肪の塊」という名の娼婦は先に見たように、自らを再生産する〔子どもをつくる〕ことなく売りものの身体を持つ女性であり、肥満症という点で自己模倣をしている。彼女は乗合馬車のなかで一人の政治家と隣り合わせになる。その男はアンリ四世（その政治家の祖先にあたる女性を「肥らせた＝妊娠させた」）を模倣し、議会ではオルレアン派を「代表」している。また『トワーヌ』『無用の美』『チック』『ピエールとジャン』『死のごとく強し』、その他多くの作品は取り憑かれたように、イメージの増加のテーマ系を集めて、それをさまざまに変化させている。アナロジーの統御不能な力に対する意識過剰が、写実主義文学一般に、とりわけモーパッサンの写実主義文学のテクストに取り憑いているように思われる。タルドの「一般的な」理論は、先行する文学作品の持つ怯えの混じった直感を世紀末に体系化したものにほかならない。

最後にひとつ例を挙げて結論とすることができるだろう。遺伝的な反復による類似の叙事詩『ルーゴン＝マッカール叢書』最後の作品は『パスカル博士』（一八九三）である。この小説自体は構造的に、サイクルのイメージと系統樹のイメージというふたつのアイコンに取り憑かれている。小説は、プラッサンの養老院での驚くべき「光景の場面」で終わっている。家系の始祖である祖母のディッド叔母と、一家の最後の子どもでマクシム・サッカールの息子、血友病の堕落したシャルル少年との対面である。サイクルは、差異を消すふたりの対面、すなわち祖先と家系の末裔の類似で幕を閉じている。図像を切り抜くことが大好きな「見事な髪」をした少年の血は、緋色の服をまとった王たちを表す図像の上に流れるのである。

看護婦はシャルルを高祖母のところへ連れていくと、すぐに真向かいの小さな机に座らせた。彼女はシャルルのために兵士や将軍、紫色と金色をまとった王様の絵を多く保存していた。彼女はそれらと一緒に鋏を与えた。（……）子どもは狂女の方へ視線を上げたので、二人は見つめ合った。このとき異常なまでの類似がはっきりと現れた。とりわけ二人の目は共に虚ろで澄んでいて、同じような目の中に互いの視線は吸い込まれているようだった。さらに顔つきも同様だった。百年によってすり切れた顔立ちは三世代を飛び越え、彼女と同じくすでに色褪せてしまったようなこの子供の繊細な顔の中に現れていた。彼の顔はとても年老い、一族の衰弱によって完成されているかのようだった。（……）彼はまたおとなしく切り絵を始めた。（……）彼は眠くなり、すぐに百合のような白い顔を王子そのもののたっぷりとした重たげな髪の下で傾けたようだった。彼は切り絵の中にそっと顔を伏せ、金色と紫色をまとった王たちに片頬をくっつけて眠った。（……）しかし少し時間が立つと、（……）異変が起きつつあった。赤い滴り（したた）が子供の左の鼻孔から流れ出していた。この一滴が落ち、また一滴が形をなしてそれに続いた。（……）滴りは細い流れとなり、金色の切り絵の上に流れた。（……）切り絵は血にまみれた。(60)

図像の死は、テクストの最後と一致するばかりか、サイクルの終わり、類似を遺伝的に後世に残して伝える血、つまり一家の血と一致している。

第六章　創作現場におけるイメージ——前‐テクスト

フランス国立科学研究所（CNRS）内に「近代草稿研究所」（ITEM）が創設されて以来（それ以前もフローベールの自筆修正に関するアントワーヌ・アルバラの研究を通して）知られていることだが、草稿研究がとくにその対象とするのは、作家たち（より広義の芸術家である音楽家や建築家等も含む）の下書きや草稿である。しかし、前‐テクスト（草稿）とテクスト（出版物）の間にはっきりと境界線を引くことはきわめて難しい。フランシス・ポンジュの『牧場の制作』や『いちじく』のように、出版物に前‐テクストを収録する作家たちがいる一方で、十九世紀には自筆原稿が蒐集の対象として、芸術品の市場に出回っていたからだ（ドーデの『不死』を参照せよ）。作家の生前からすでに研究者の関心を惹き、フランス国立図書館に良質の状態で保管されているゾラの草稿は、無数の研究の対象となってきた。アンリ・マシス、アンリ・ミットラン、コレット・ベッケルらの研究が例に挙げられるが、なかでもベッケルは『ジェルミナル』の草稿全体を編集し、『ジェルミナルの創作現場』というタイトルで出版している。(一)

『ルーゴン＝マッカール叢書』全二十巻の準備資料は、互いに似通っている。ゾラは統一性を保つためにあらゆる手段を使い、注意深く分類と保存をしたが、それは得意の自然主義「手法（メソッド）」のいわばショーケースを作るためであった。「人間に関する資料」を収集するこの手法は、ゾラによれば自然主義の本質さえも成すものである。ほとんどの準備資料は同一のセクションから成り立っている。すなわち、「草案」Ébauche（作者が自身と交わす独り言）[1]、「登場人物の資料一覧」Fichier des personnages、すべての章立てを記した二通りの「プラン」Plans、そして現地取材や専門書から書き留めた「ノート」Notes である。[二] さらに、様々な資料（新聞の切り抜きや知人との書簡、写真や情報提供者の名刺）、リスト（固有名詞、地名、タイトルの候補、日付）、見取り図やデッサン（ゾラの自筆やほかの協力者によるもの、たとえば『夢』などの草稿では建築家のフランツ・ジュルダンが背景となる建築のいくつかを手伝っている）が加えられる。[2] ここではとくに、草稿や準備資料におけるゾラ自筆の小説の舞台に関するデッサンについて、いくつかのコメントを試みたい。

　その前にまず、前‐テクストについて一般的な考察をしておこう。おそらくすべての文学作品、そしてとりわけ十九世紀の作家であるゾラの作品は、多数の記号が凝縮されたものである。「制作中」の構想段階にある前‐テクストであれ、（扉絵や挿絵を含む）出版であれ、そして出版後の修正や書き直しであれ（たとえば作家自身による戯曲への翻案や後世における映画化）、すべての文学作品は、それを着想する者あるいは受容する者にとって、書かれた記号、（ときに明快な、ときに暗黙の読みに対する）指示、（テクストの外にある伝記的情報に関わる）しるしや手がかり、そして図像（イコン）（図像があらわす現実の模倣的実体——絵、地図、デッサン、写真、設計図、カリグラム、ダイアグラム、模型など）、これらの要素の組み合わせなのである。[3] とくに図像やイメージは、創作プロセス全体において（ゾラの美術批評の源泉となったマネの絵画が、ゾラの肖像画に再登場した例など、小説執筆には限られない）、さまざまな形態をとりながら、作品創造のあらゆる段階に介入してくるのである。たとえば広告のイメージや絵画、写真（特に一八八八年以降はゾラ自身も写真愛好家であった）、実生活の一部を成すイメージ[4]、読んだ新聞や挿絵入り雑誌の版画などがそれにあたる。「既視の（デジャヴュ）」イメージは、作家のインスピレーションを刺激し、媒介し、すでに取り上げたゾラ流の生理学的隠喩を当てはめるなら、図像的に「浸透」するばかりか、進行中の執筆を助けてくれるのだ。たとえば、『ジェルミナル』に活用された炭鉱夫の地下世界に関するルイ・シムノンの著作の挿絵（特に炭鉱に降ろされる馬の絵）、ゾラが新作を書き始める前に確認し改定したルーゴン＝マッカール一族の家系樹を表した複数の図像、『パリの胃袋』の源泉となったブリューゲルの『謝肉祭と四旬節の闘い』を描いた連作版画[5]、『愛の一ページ』の準備に用いたパリの眺望（この作品用の準備資料には、パリを鳥瞰的に撮った写真一葉とゾラの文章によるパリ描写が含まれている）、『夢』や『ボヌール・デ・ダム百貨店』のために建築家ジュルダンが描き下ろした見取り図、『居酒屋』のジェルヴェーズの婚礼の日に登場人物たちが眺めるルーヴル美術館所蔵の実在の絵画、ゾラが実際に見たいくつもの絵画の記憶や合成による架空の絵画（『制作』のクロードが描く絵画や『パスカル博士』のクロチルドが描くデッサン）などが挙げられる。エドモン・ド・ゴンクールは『芸術家の家』（一八八一）の一節で、中国風の私室に山と積まれたオブジェの色やイメージが、執筆や創作過程を促すきっかけとして自分にどれほど必要かを強調している。図像的なものはまた、作品に対する後付けのコメントや注釈、時として逆解釈となることもある。それらは、挿絵や表紙、口絵（『夢』の挿絵を手がけた薔薇十字サロンの画家カルロス・シュヴァーベや、『壊滅』の挿絵入りドイツ語訳を出した出版社と、ゾラとの間には揉め事があった）、後世による映画化（ジャン・ルノワール、フリッツ・ラング、ルネ・クレマンなど）、舞台（しばしばゾラ自身による）、いろいろな小説の書店用ポスター、絵画（ゾラを描くマネやセザンヌ、ゾラの本を静物画に描き込んだヴァン・ゴッホなど）、作家についての挿絵入りルポルタージュ（一八九〇年三月八日の〈イリュストラシオン〉紙や一八八七年二月十五日の〈ラ・ルヴュ・イリュストレ〉誌など）、諷刺画やカリカチュア（十九世紀においてゾラはユゴーと並んで、もっとも諷刺画に描かれた作家であろう[6]）など、様々な形をとる。広義の意味で、図像はゾラのテクストを横断し、前‐テクスト、テクスト、後‐テクストといった、テクストの現実的仮想的あり方のあらゆる段階に付随する。ゾラの草稿を対象とする草稿研究が（おそらく、他の多くの作家の研究も[7]）、もし前‐テクストを条件づける多様な記号体系の総体（テクスト、間‐テクスト[8]、図像、図像‐テクスト、間‐図像）を考察対象とするのでなければ、たちどころにその意味を失い無効なものとなるだろう。なぜならば、準備資料中で単語や文章を綴るのと同じ手がこうしたノートそのものの中に描く、テクスト内にある架空の指示対象のデッサンは、まるで建築家の設計図のように、作家の来たるべき作品や描写、まだ存在しない物語、まだ書かれていないかあるいは執筆中のテクストを指し示すからだ。

ゾラは決定稿に草稿で描いた図面を収録・発表することはなく、あくまでも前‐テクストとして私的に用いるに留めている。これは、図面や地図をあえて決定稿に挿入するジュール・ヴェルヌ型の冒険小説や旅行記(9)、読者の読みや推理の手引きとして犯罪現場の見取り図を載せる探偵小説（とくに『黄色い部屋の秘密』のように「密室殺人」を扱うジャンル）とは反対の姿勢といえる。ゾラの図面の本質的な役割は、進行中の創作を助け、筋立ての構築と執筆時間を確保し、小説そのものの全体的な一貫性を担保することである。書いている作家自身にとって、それは「記憶の場」のようなもので、ある通りは他の通りに通じ（街の地図）、ある商店は他の商店と隣り合い（通りの地図）、ある箪笥は別の扉に面している（住居の図面）、という具合に章から章へとつながっていく。あるいは、ひとつの章の中でも、ある人物は晩餐のあいだ他の人物の隣に座っている（席次表）。たとえそれが現場の下見や聞き取り調査、取材ノートに基づき、実在する場所を示すとしても（証券取引所や実在のパリの街路等々）、ゾラの見取り図は、「写実的」であることを第一の目的とはしていない。そうではなくて、進行中の執筆行為の展望を与える「記憶装置」として機能するのである。それは、人物の配置をそろえ、起こり得る移動の可能性を示唆し、複数の環境の類似性と対比を作りだし、まだ書かれていない描写上の特徴や一貫性を保証してくれるのだ。

『ルーゴン＝マッカール叢書』のほとんどすべての準備資料には、ゾラの手によるデッサンが含まれているが、それらはどれも場所の見取り図である(10)。邸宅や温室（『獲物の分け前』）、パッシーの街路やドゥベルル医師の庭園（『愛の一ページ』）、アパルトマンの各階（『ごった煮』）、証券取引所の広場（『金』）、モットヴィルとルーアン間の線路の一区画の図（『獣人』）、「ボン・マルシェ百貨店」と「ルーヴル百貨店」のフロアや売り場の見取り図（『ボヌール・デ・ダム百貨店』）、パラドゥーの大庭園と近隣の田園（『ムーレ神父のあやまち』）、サン＝トゥーアンの墓地（『制作』）、中央市場の売り場や街路（『パリの胃袋』）、『ジェルミナル』の舞台や『パスカル博士』の邸宅の見取り図、ジェルヴェーズが暮らす街や住居（『居酒屋』）、シャトーダンやクロワの街や大農場（『大地』）、プラッサンの市街（『ルーゴン家の運命』）、戦場やナポレオン三世の私室（『壊滅』）、登場人物の席次を含むナナの夜会の食卓（『ナナ』）などがそれに当たる。

作品創造へと向かうゾラの想像領域（イマジネール）には、三つの時期と三つの段階が現れる。第一に、一八六八年から翌年にかけて『ルーゴン＝マッカール叢書』の全体的なプランに取りかかった段階である。第二に、新作にとりかかるゾラが、過去の作品群と向き合い既刊や前作との整合性を図る段階である。[11] 第三に、執筆中の一作のみに限られた段階である。ゾラの手によるデッサンの線や、草案や準備資料で言語化されるディスクールそのものが生み出す場所に関わる創造領域には、場所を描く二つの図式が見出される。最初の図式は、閉じた線、円や四角の形をしている。二番目の図式は、単純な一本の線、分岐し、樹木状に広がっていく開いた線である。この二種類の線は、結合することもある。

『ルーゴン＝マッカール叢書』は、（当初は十巻程度の予定が二十巻に達した）一連の枠組みを並べ、社会的「階層」の多様性を扱う百科事典となるべく構想された。「階層」monde や「枠組み」cadre という言葉は、編集者ラクロワ、そしてゾラ自身のために書かれた初期プランの中にも執拗に現れる。

> 四つの階層がある。（……）民衆、商人、ブルジョワジー、大社交界（……）そして、例外的な階層として、娼婦、殺人者、聖職者（宗教）、芸術家（芸術）（……）。以下が各小説の枠組みと登場人物の概略だ。
> 輝かしき青春の愚かで放埒な生活を枠組みとする小説、主人公は（……）。第二帝政の腐敗した野放図な土地投機を枠組みとする小説、主人公は（……）。当代の宗教熱を枠組みとする小説、主人公は（……）。軍隊

の世界を枠組みとする小説、主人公は（……）等々。[12]

一八七〇年にこれらの「枠組み」はひとつにまとめられ、叢書第一巻が刊行の運びとなったのだが、まさにその瞬間、歴史のいたずらによって、ゾラは第二帝政の崩壊に立ち会ったのである。『ルーゴン家の運命』序文において、ゾラはこのように書いている。

三年来、私はこの大作のために資料を集めてきた。そしてこの第一巻はまさに、ボナパルトが失墜する最中に書かれた。私は彼を役者として必要としており、ドラマの終盤には必然的に登場させるつもりだったが、まさかその恐ろしくも作品に必要な破局がこんなに早く訪れるとは予想もしなかった。今日から、この作品は完全なものとなった。それは閉じた円の中で運動するだろう。滅びた体制の、狂気と恥に満ちた奇妙な時代のタブローとなるのだ。[13]

興味深いことに、『ルーゴン＝マッカール叢書』は、城壁に囲まれた閉鎖的な都市プラッサンが舞台の『ルーゴン家の運命』に始まり、同じく敵軍に包囲されたナポレオン三世軍の立てこもるスダンが舞台の『壊滅』を実質的な最終巻とする（『パスカル博士』はゾラの文学理論を展開した結句に過ぎない）。これらのテクストをとおして読者は、幾何学的な図式と抽象的なイメージの驚くべき戯れが芽生え、小説のエクリチュールを構成していくのを見ることになる。この「円」cercle は、「枠組み」cadre を内包し、一本の線を成し（「ドラマの結び」bout du drame や「大団円」dénouement など）、「タブロー」tableau を作り上げ、ひとつの「サイクル」cycle を構築するに至る。小説のエクリチュールを横断し構築するもうひとつの図式は、未来の登場人物の変化を促すイメージ、すなわち（フェリックス・レガメが描いた）ルーゴン＝マッカール一族の家系樹を喚起するイメージである。分岐や交差、枝分かれによって、このダイナミックな構造は、百科事典的な閉じた枠組みや仕切りを、「前」avant

の方にも（鉄道の円環と分岐を描いた『獣人』の物語で想起される、太古の人類の祖先）、「後」après の方にも（叢書の掉尾を飾るパスカル博士の遺児）開いていく。鉄道と線路を扱う本書第十一章で、この線と網の目の想像領域は再び登場するだろう。

一作の小説を練り上げる局所的な段階では、創作するゾラの想像領域を支える三つのタイプのイメージが、「前‐テクスト」に決定的に介入してくる。第一は「読むべきイメージ」、いわばレトリックのイメージで、本質的には隠喩や直喩と言える。これは初期段階の「草案」から現れ、文体という意味でも（基本的に、来たるべき小説全体において隠喩は展開される）、象徴という意味でも（隠喩はまた「深層の」意味を開いて見せる）、作品全体の印象を規定する。[14] 第二に、芸術作品がもたらすイメージである。前述したように、『パリの胃袋』の準備資料では「イギリス式銅版画の連作」への言及があり、『ムーレ神父のあやまち』に登場する人物の肖像には、ピュジェの彫刻がなぞらえられている。だが私がここで論じたいのは、第三のイメージ、すなわち執筆中の小説のためにゾラが実際に描くイメージである。例外を除けば、ゾラは基本的にペンや鉛筆でデッサンを描くが（鉛筆による図はたいてい、それが「現地で」描かれたことを示す）、しばしばその余白にキャプションのようなメモ（通りの名前や広さ、距離、人や場所の固有名詞、図の注解）が書き加えられているものの、それらはすべて場所の見取り図である。人物のポートレートや建物の立面図や断面図、[15] 家具や物のデッサン、[16] 衣服の細部、風景や眺望などは描かれていない。執筆を支え補助するクロッキーの中で、「生成段階」*in statu nascendi* においてゾラがイメージする空間の像は、どこまでも平らな鳥瞰図、容積のない二次元の世界でしかないかのようだ。たとえば建築家の描く立面図、断面図、透視図、あるいはより「写実的」な不等角投影図など、空間を表象するほかの描画方式と比べると、ゾラのそれはきわめて抽象的である。ゾラが描くクロッキーは「線」の集合から成り、『獣人』の準備資料における鉄道の線路のように、ただ一本の線によるものもある。これらのデッサンのうち、あるものは限られた場所だけを描き（ひとつのテーブル、ひとつの部屋、温室、邸の庭園など）、別のものは広大な場所（都市）を描いているとしても、またあるものは簡潔な描写の執筆にのみ役立ち、他のものは小説全体の空間構成を支えるものだとしても、たいした違いはない。また、あるものは架空の場所（『大地』の土地区画、『パスカル博士』のスレイヤード、『夢』の街）、別のものは実在の場所（中央市場やグット・ドール街の界隈、証券取引所広場、パッシーの住宅地、ボースの大農場、ボン・マルシェ百貨店など）、さらにほかのものは現実と架空が半々の場所（エクサン＝プロヴァンス－プラッサン、『大地』のローニュ／ロミリー、あるいは『ごった煮』や『愛の一ページ』のようにその他多くのアパルトマンや庭園）を描いているとしても、それは問題ではない。登場人物を配置し、創作の記憶と展望を支えるという機能は、すべての見取り図に共通しているのだ。

ゾラの草稿には、一八六八年の構想段階から潜在し、叢書のあらゆる段階に作用するいくつかの傾向と図式を見て取ることができる。第一の傾向は、小説を構想するたびに、見取り図のシリーズを描くことだ。それは全体から部分、概略（都市の図や街の図）からより具体的な場所の図へと、大きな規模から始まって徐々に縮小されていく。たとえば、街の全図に始まり、複数の通りの図、集合住宅や一戸建ての見取り図、各階の図、各世帯の住居の図を経て、部屋の見取り図、食卓の座席表に至るといった具合だ。大部分の草稿には、こうして完成されたシリーズが含まれ（『獲物の分け前』、『パリの胃袋』、『ジェルミナル』、『愛の一ページ』、『生きる歓び』、『居酒屋』など）、ひとつの部屋にある家具の配置まで決めることもある（『愛の一ページ』におけるエレーヌのアパルトマン）[17]。こうしたシリーズや二枚のクロッキーの間からは、シナリオを調整する作業（『夢』の準備資料では、城館の見取り図の次に大聖堂のそれを描いている）[18]、現場で位置を確認しながら書いた地図を、登場人物の住居を割り振りながら架空の地図に仕立て直す手法（『大地』の草稿では、実在するクロワの地図が架空の「ローニュ」の地図に変わっている）[19]、そしてとりわけ、小説空間を入れ子構造をなして序列化されたものに仕立てる、苦心の跡が読み取れるのだ。その序列は、ローカルな下位空間がよりグローバルな上位空間にはめ込まれることで作られる（たとえば『生きる歓び』のシャントー家や『プラッサンの征服』におけるムーレ家における、一階と二階の支配／被支配構造など）[20]。もちろんこのような実践は、人間／登場人物に環境が及ぼす影響に関するゾラの文学理論と関連づけることができる。可能なかぎり網羅的かつ「資料的」に書かれた規定書と、「草案」や「プラン」に頻出する指示によって、ゾラの登場人物は、空間配分の力に支配され、自らの空間に閉じ込められ、職業にまつわる住環境の「枠に入れられ」、あてがわれた住居を受け入れる。登場人物自らが、この住居のある場所を占め、この場所が人物を条件づけ、また人物のほうでも場所を引き受けているのだ[21]。『生きる歓び』や『ごった煮』におけるアパルトマンや家の仕切り、グット・ドール街や『愛の一ページ』における「大きな家」の階や仕切り、『ジェルミナル』における坑夫街の家屋や炭鉱の選炭場、中央市場の売り場、（ルーヴルやボン・マルシェなど）デパートのフロアや売り場、プラッサンやスレイアード、パラドゥーを囲む壁、街の通りが作る網の目などはすべて、閉塞を表す二つの図形、すなわち「円」と「四角」[22]を描くのである。二つの図形は、来たるべき作品で登場人物を支配する運命を予告する。また、人々がぎゅうぎゅうと隣り合う雑居状態、陰口や噂話がその内側を流れる暮らしぶりを表すが、これはゾラの作品における重要なテーマ体系でもある。さらに「円」と「四角」は、エクリチュール、いや、レトリックそのものをも意味する。多くの言語学者（とくにヤコブソン）にとって、「換喩（隣接性の文彩）」と「提喩（入れ子構造の文彩）」は、あらゆる写実的エクリチュールの根幹を成す文彩（フィギュール）なのである。

場所を描いたゾラのデッサンやクロッキーに見られるもう一つの図形は、交差する（互いを切る）連結した線によって形作られる「十字路」である。当時の絵画が示すとおり（シカゴ美術館所蔵のカイユボットの『パリの通り、雨』など）、十字路は十九世紀の都市計画上でも頻出する図形で[23]、第二帝政下のオスマンによる大改造の基盤をなす形でもある[24]。ゾラの準備資料に出てくる十字路は、架空と現実の場、都市（『金』の証券取引所広場に面した「四つの十字路」）と地方、開いた場（『ジェルミナル』の平原や『壊滅』の戦場）と閉じた場（プラッサンの街、パラドゥーの庭)、そのいずれをも形作るが、特にひとつの小説全体のトポグラフィーを構成する「包括的な」場としてクロッキーに表れる。起点となる「四面空間」[三] templum をどこに置くかに応じて、ゾラは「放射状」や「十字状」に小説空間を区切ってゆく。広場(『金』)、特定の地点(『パリの胃袋』のサン＝トゥスターシュ教会)、セーヌ河(『制作』)や運河に架かる橋(『壊滅』のル・シェーヌ運河)、小川が集まる水源(『ムーレ神父のあやまち』のパラドゥー)、道路や小径や小川(『愛の一ページ』においてヴィヌーズ通りとレヌアール通りが形作るパッシーの交差点、『居酒屋』においてポワソニエール通り、フォーブール・ポワソニエール、ロッシュシュアール大通り、ラ・シャペル大通りが形作る交差点[25])、「互いに交わる」通りや道路、鉄道(『獣人』におけるヨーロッパ街の交差点やクロワ・ド・モーフラ)、同じく交わる道路と線路と運河(『ジェルミナル』)などである。こうして定義されたそれぞれの領分には、植物(パラドゥー)や社会階級(プラッサン)を配置するという機能もある。「円」や「四角」で描かれた見取り図は、人々の位置を決め、閉じこめ、百科事典的に配置する想像空間を際立たせ、しかも二つの体系が相反することなく共存していた。それとは反対に、中心点を基本に置く「十字型」のクロッキーは、より叙述的でダイナミックな地形のシステムを構築する。人々は中心点や収束点に応じて配置されるが、そこでは出会いや衝突、場所の「征服」や求心的な循環、あらゆる対立、「岐路に立つヘラクレス」[四]の逡巡が起こる。また中心点は分岐点にもなりうるが、そこでは逃避、追放、遠心的な運動などが起こる。相反する極や人々の争いの焦点が、中心点における求心的な出会いと遠心的な出会いに応じて、混沌とした状態で並置され、対置されるのだ(教会と中央市場、坑夫街と炭鉱支配人の家、レザルトー村の教会とパラドゥーの園、家と酒場など)。我々は地形を分類し配置する想像空間ではなく、よりダイナミックな網の目状に広がる想像空間の中にいるのである[26]。もちろん、二つの図式は連結することもある。いくつかの見取り図においてゾラは、閉じた「場」に開いた「線」を隣接させている(『パスカル博士』の草稿では、閉じられたラ・スレイヤードを削って鉄道の線が「敷設」される)。

本章では十分に展開できなかったが、準備資料に現れるすべてのクロッキー（ゾラ自身や他の情報提供者の手によるもの）[27]に関しては、より詳細で網羅的な検討に基づいた分析がなされるべきであろう。また、草稿のテクスト自体に挿入された小さな落書き（注（15）で言及した二つの例を参照すること）も考慮したより細かいトポロジーの構築、草稿に現れる空間の抹消や描線の修正（なぜプラッサンからラ・パリュドに至る「回り道」が書き加えられ、当初のレザルトー村を横切る道ではなく、それを消して村を迂回するように変更されたのか？）[28]をめぐる解釈なども必要だろう。加えて、一見すると型にはまらない素描（一読しただけでは空間構成のロジックがはっきりしないスレイヤードの「とりとめもない」地形図は、土地を取り巻く壁と敷かれた鉄道の線路によって「接線」による空間を想起させる）[29]を分析する作業も残っている。そしてさらに、これら各空間のあり方（どれがどれの説明か）を、ゾラが土地について書いた「位置決定」のメモによって分析し、これらが作品が生成される期間のどの時点ではっきり現れたかの確定に努めねばならない。樹木（血統や因果関係を示す家系樹も含めて）、円と四角（隣接、接近、閉塞、入れ子構造などの分類学的なイマジネールに訴えかける）、そして四面空間（筋書きの中に軋轢を生み出す要因となる）は、おそらくゾラのエクリチュールにおいて、生成と創造をうながし、調整し、しかも互いに共存するという[30]、重要な空間図形なのである。デッサン dessin は登場人物の運命 destin でもあり、進行中のエクリチュールの構想 dessein でもある。作品の前－テクストには（より「読み解きやすく」、より「現実的な」テーマ thèmes 同士の作用よりも）、複数の図式 schèmes が織りなす作用が見出されるが、それこそが真の生成研究の対象とすべきものなのだ。

第七章　入り口のイメージ――扉絵

「大事なことは、新しい柄付き双眼鏡を発明することだ。」

――エドモン・ド・ゴンクール『日記』一八七四年四月

「いたるところで物質が精神を侵略している。絵入り文学なるもの、あるいは言葉と組み合わされたり、時には言葉に取って代わったりする図像(イメージ)なるものを、読者諸氏はどうお考えか？〔……〕木口木版の発明が版画を量産するようになって以来、イメージはテクストから栄誉ある地位を奪おうとしているかのようだ。」このように書くのは、ウジェーヌ・ペルタン〔一八一三―一八八四、フランスの作家・ジャーナリスト・政治家〕である。彼は一八六二年、『新バビロン』という象徴的なタイトルを持つ本の中で、「ピトレスク文学（……）という雑種」が文学に侵入してきたことを告発している。「ピトレスク文学と呼ばれるのは、それが精神よりは目に、男性よりも女性に語りかけるからである。女性というのはもちろん、指先でぱらぱらとページをめくり、本をお洒落な布地(シフォン)のように扱う女性のことである。（……）こんなことがこれ以上続くなら、本はどれもこれもが〈イリュストラシオン〉や〈モンド・イリュストレ〉、〈ユニヴェール・イリュストレ〉といった絵入り雑誌のようなものになってしまうだろう。」この「書店における木口木版の侵略」、この誘惑的な（したがって女性的な）イメージの侵略、「お洒落な布地(シフォン)」と化した書物（本論では後に屑屋(シフォニエ)も登場する）には、ペルタンによれば、読書の、文学の、ひいては道徳一般の堕落、要するに**退廃**（デカダンス）のあらゆる要素と徴候がある。「イメージのためのイメージ、人間のもっとも愚かしい情熱であるぶらぶら歩き(フラヌリー)(……)を満足させるためのイメージ、これこそは(……)フランス精神の退廃の(……)しるしではないだろうか。[1]」

繰り返すが、イメージは十九世紀になって発明されたわけではないし、文学テクストとイメージの無数の関係(挿絵のためのテクスト、さまざまな図表やカリグラムを含んだテクスト、記号入りのテクスト、絵入りの装幀のテクストといったもの)も同様である。[2] しかし、十九世紀というのはまさにイメージによる侵略の世紀であって、それを指摘しているのはペルタン一人ではない。イメージは、産業生産品であれ芸術品であれ、文学的であれジャーナリスティックであれ、複製可能であれ一点物であれ、民衆的であれ選良的であれ、あらゆる形態で展示され流布された。したがって十九世紀は新しい読者の世紀である。それはペルタンによれば「女性的な」読者であり、〈マガザン・ピトレスク〉や〈ミュゼ・デ・ファミーユ〉といった類の新聞・雑誌を読み、(さきほどペルタンがわざと言及した)遊歩者(フラヌール)やバルザックの金利生活者のように、「もはや目だけで存在する」(『金利生活者研究』〔一八四一年のバルザックの著作〕)と思えるような読者である。十九世紀以降、文学はイメージとの関係によって自らを位置づける必要に迫られることになる。それは競争関係であったり、眩惑や拒絶や協力の関係であったりするのだが、作家たちは多かれ少なかれそうした関係の影響を受け、それを統御したり甘受したりする。そしてついには、自らの作品の挿絵本の存在が、作家にとって、自身の名声の疑い得ない、目に見える標識となるまでにいたる。たとえば十九世紀後半のマルポン・フラマリオン社のように、出版社の中には、この文学のミュージアム化を専門とするところも出てくるようになる。[3] 近年の文学史研究はこの現象の詳細を記述しはじめた。[4]

ペルタンや彼のイメージ嫌悪の論理(読書と遊歩の同一化)にもかかわらず、とりわけ書物と文学に結びついたイメージの中には、特別な検討に価すると思われるものがある。それは書物の「導入部(エクスポジシオン)」のイメージ、すなわち、書物を紹介・要約し、まさにテクストの入り口で看板もしくはほとんど映画の「メインタイトル」のような役割を果たす「扉絵(フロンティスピス)」である。これから読書を始めようとする読者を「誘惑する」ための(したがってペルタンの価値体系ではきわめて女性的なイメージということになるだろう)この訴求的な看板イメージは、俗っぽい娼婦のようにいわば「飾り窓」に置かれて、続くテクストの「広告」となるのだが、それらは「権威的（オートリテール）」なイメージである（そこにはしばしば作者（オートゥール）の美化された肖像が提示される）と同時に、観光客向けのガイドブックの最初に地図や市街図があるように、後に続くテクストの想像上の期待の地平を読者に開く、象徴的ないしは混淆的なイメージでもある。読書という行為は、扉絵を通して、これから発見すべきテクストのヴァーチャルで未来予想的なイメージを構築する眼差しの行為から始まるのである。

十九世紀は扉絵好きである。扉絵は十九世紀の発明ではないが、十九世紀にその使用は多様化した。それは書物だけでなく、絵入りの新聞雑誌にも使われた。モニエ、トニー・ジョアノ、クールベ、ロップス、ブラックモンといった多くのアーティストが、ルネサンス以来使われてきた扉絵や絵入りタイトル・ページのさまざまなジャンル（寓意的な扉絵、肖像画、主要場面、「コンパートメント式」扉絵、建物式扉絵、それから十九世紀初めには「大聖堂式」[5]扉絵などがある）に応じて、この伝統を受け継いだ。すなわち、書物や雑誌や新聞を、それらの内容を示す多少とも寓意的なイメージによって始めるという伝統である。[6]そのジャンルはきわめて多岐にわたっており、詩集（ルメール社はその出版物の冒頭に詩人たちの肖像を置いた）から、青少年向け冒険小説（ジュール・ヴェルヌの小説のエッツェルによる扉絵を見よ）にまで及んでいる。新聞の扉絵に関しては、音とイメージという二つの意味領域が支配的であるように思える。音についていえば、〈シャリヴァリ〉紙〔「騒がしい物音」の意〕のために一八三二年以来、トニー・ジョアノが描いた扉絵では、さまざまな楽器を演奏する女性たちが描かれており、〈タンタマール〉紙〔同じく「騒音」の意〕や他の新聞も同様である。すでに言及した〈芸術家〉誌の扉絵のように、イメージと音楽はそれらを実践する人々の集合によって結びつけられることもある。本論においてこれから検討するいくつかの扉絵は、現実を「イメージ」へと変容させる潮流に属しており、またレティフとメルシエによって開始された「風俗のタブロー」という特別な文学ジャンルに属している。この潮流はその後十九世紀を通して、一八四〇―四五年の「生理学」もの、一八七〇年代の「パリ風俗小説」、「時評（クロニック）」、そしてとりわけヴァルター・ベンヤミンが「パノラマ文学」と呼んだ一八四〇年代の「道徳的百科全書」[7]など、さまざまな形で継続される。これらの「イメージ・ギャラリー」（メルシエによる「ギャラリー」の比喩は、バルザックの『人間喜劇』の「序文」の中で再び使われる）は、その入り口の柱廊に看板を必要とするのである。写実主義／自然主義の流れさえ、ある意味、この潮流の継承者であって、主要な代表者フローベールが図像嫌いでイメージを排斥したにもかかわらず、場合によっては、喜んでイメージの助力をあおぐだろう。とりわけ興味深いのは、イメージやイメージ制作者を主題にしている作品（たとえば画家を主人公とした小説）において、どのようなタイプのイメージが扉絵に使われたかを検討することだろう。本論でもその一例として後でシャンフルーリの小説を取り上げる。

最初に考察したい扉絵は、ド・ジュイが〈ガゼット・ド・フランス〉に掲載した時評（クロニック）の集成『ショセ＝ダンタンの隠者、あるいは十九世紀初頭のパリにおける風俗と慣習の観察記』（全五巻、一八一三―一八一四）[8]の第一巻を飾る扉絵である。彼の時評は、メルシエの『タブロー・ド・パリ』や、アディソン[9]〔一七一一年に〈スペクテーター〉紙を創刊〕もしくはマリヴォー〔英紙〈スペクテーター〉を真似て、仏紙〈スペクタトゥール・フランセ〉を刊行〕の「スペクテーター（観者）」の系譜にある同時代のパリの一連の風俗スケッチとして提示されている。この版の第一巻巻頭の挿絵をすべて挙げると、まずタイトル・ページの見開き左ページに作者の肖像（R・クーパーによる版画）があり、二枚目のタイトル・ページ（**図版3（下）**）には、装飾図案（ヴィニエット）〔書物の挿絵の一形式で枠取り線を持たない図案〕が一つと出版者ピエの名を記した絵入りカルトゥーシュ（装飾枠）がある。続いて七ページの短い「序文」（隠者と出版者の対話）がきて、次に「作者の肖像」と題された最初の時評が始まるのだが、その見開きの左ページに、一ページ全体を使った扉絵（**図版3（上）**）がある。文章による「作者の肖像」は、この最初の扉絵のデッサンによる肖像と対になっている。装飾図案と扉絵は、いくらかの違いはあるが、同じ主題をパラフレーズし、反復して提示している。すなわち、室内で、書類でいっぱいの仕事机の前に座った一人の男が、単眼鏡か柄付きの双眼鏡のようなもので窓に囲まれた外の街路を眺めている図である。どちらのイメージにも、観察者の室内のいくつかの細部（扉絵では机、肘掛け椅子、書棚、装飾図案ではカーテン、壁に掛かった絵）と、家の外の細部が描かれている。すなわち、通行人のいる街路がやや高い視点から遠近法的に描かれているのである（それは建物の二階か三階であり、この隠者は「高級な」階に住んでいるらしい）。装飾図案の方は、古典的な扉絵の、象徴的で寓意的な側面を残しており、人物やわかりやすい持物（アトリビュート）で囲まれている。すなわち、衣服からそれとわかる「隠者」が、文学の「豊饒（コピア）」の象徴である二本の角（つの）を持ち、そこから文字の書かれた紙がたくさん垂れ下がり（そのひとつには「作家」という語が読み取れる）、さらに風俗描写の伝統的な三種の古典的持物（「笑イガ風俗ヲ矯正スル」）、すなわち（諷刺の）鞭、（何でも言える道化の）道化杖、（画家の）パレット、が描かれている。

装飾図案と扉絵の些細な違いは興味深いものである。つまり、装飾図案は後に続く扉絵を「準備している」ように見えるのである。装飾図案の方では、座っている男は背後から四分の三の角度で描かれ、単眼鏡または柄付きの双眼鏡で、窓を通して街路を見ており（その眼鏡を彼は右手で持っていて、左手は休めている）、窓には透けたカーテンが掛かっているように見える。彼はじっと動かず、書類でいっぱいの仕事机に背を向けた、純粋な観者である。一方、扉絵では彼は真横から描かれているが、今度は左手に持った柄付き双眼鏡で、「窓」を通して「街路を眺め」ながら、机に向かって右手で何かを書いているのである。「窓」と「街路」を括弧に入れたのは、私たちに横顔を見せているこの観者は、彼の右横にある「窓」を見ることはできず、またこの窓が果たして窓であるかどうかさえ、もはや不確実だからである。なぜなら、それはむしろ一個の映像のように提示されており、街路の光景は、一種のスクリーンか閉じたカーテンの上に「投影されて」いるように見えるからである。装飾図案においても扉絵においても、扉絵の方がずっと明瞭であるが、街路の光景は、それを表象しつつ変容させる幻燈の丸い光暈のようなものの中に捉えられている。隠者はしたがって、いわば幻燈の中にいるのであり、彼自身が一個の幻燈なのである。実際、この比喩はド・ジュイの筆の下に現れる。彼は「流行の革新」と題した時評（第四巻、二四八頁）の中で、「風俗のタブロー」の文学伝統を「一種の幻燈」として語っている。「その幻燈を用いて、多少とも厳格なモラリストは、われわれの悪徳や悪癖、奇行の数々の忠実なタブローの一端を、毎週描き出す」のである。したがって、装飾図案と扉絵という二つのイメージのあいだには一種の物語を打ち立てることができる。まず観者は、柄付き双眼鏡と窓を通して街路の光景を見ることから始める（装飾図案ではカーテンは開いている）。次に扉絵では、観者はカーテンを閉めた後で机の前に座り、今しがた見たものの投影されたイメージを書き写す（扉絵では街路のイメージは室内の閉じたカーテンの上に投影されている）。窓の前で、机に向かった作家はしたがって、民族学者の「遠くからの眼差し」（C・レヴィ＝ストロース）と、自分の手と紙を見つめる作家の接近した眼差しという二重の視線を持っている。そもそも扉絵の方には、ページの下部にまさしく「筆跡」のように筆書体で書かれた文章が付いている。「わが独房は外部の事物がその痕跡を付けにやってくる暗室のごとし。」この文章では「暗室」という語が活字によって強調され、またすべての語が意味をもっている。とりわけ「痕跡」trace（「痕跡を付ける」retracer）という語は、カルロ・ギンズブルグが十九世紀に固有のものと考えるこの「痕跡（徴候）」trace の範列（パラダイム）の端緒に位置づけられる。[10] 暗室と幻燈はいずれも当時よく知られており、ニエプス（一七六五―一八三三、フランスの写真技術の先駆者）の最初の実験の時代（一八二七年）も近い。そもそも、この扉絵の中に表された街路の光景は、実に奇妙なことに、初期の「歴史的な」写真の光景に似てさえいる。それは一八三九年にダゲールによって、サン＝マルタン大通り一七番地の彼のアパルトマンの窓から撮影された、サン＝マルタン大通りからの光景の写真である。作家の頭脳を、外の世界の光景を蓄えて「現像」し、そこからイメージ（イマジネーション）を「焼き付け」るための「箱」に喩えたり、「風俗」文学を（文学的なものであれ、ジャーナリスティックなものであれ）、社会を撮影するカメラに喩えたりする隠喩は、（柄付き双眼鏡や望遠鏡を用いた）遠くからの眼差しと、（ルーペや鼻眼鏡を用いた）接近した眼差しという二重の運動と同様、十九世紀全体を通して繰り返されることになる。その隠喩は、言葉によるイメージにおいても目に見えるイメージにおいても、ジャーナリズムにおいても（一八六三年の〈パリ生活〉誌 *La vie parisienne*、第一号、一頁目の扉絵を参照）[11]、小説家について語る小説家の文章でも、「幻想派」の小説やエッセーにおいても（アルセーヌ・ウーセーの『わが窓辺の旅』*Voyage à ma fenêtre*）、大都市の抒情詩においても、写実主義小説においても、さまざまに紡がれ、具現化され、例証されることになる。この隠喩モデルの意味深さを証明するのは、同じ図式が、一八一八年に同じ出版社ピエから出版されたもう一枚の扉絵にも見出されることである。それは、王党派ジャーナリスト、ルルドゥエの作品『世紀の狂気、哲学小説』（一八一七）[12] *Les folies du siècle, roman philosophique* の扉を飾るもので、狂気が、その存在を示すための鈴をつけた若い女性の姿をして、室内の壁に幻燈で、「哀れなフランス」と題された円形のイメージを投影している。そこには、サン＝キュロット〔フランス革命時の急進的下層市民〕と貴族のあいだに引き裂かれたフランスが描かれている。作者は仕事机の前に座り、壁に映し出されたイメージを見て本を書いているのだが、その本の表題にははっきりと「現代の狂気」と書かれているのが見える。

幻燈は、柄付き双眼鏡と共に、ピエ社版のド・ジュイの書物の第五巻（二〇一頁）、「隠者の死」を表す最後の挿絵の中にふたたび現れる。そして、十九世紀には多くの作家が、散文詩集（バンヴィルの『幻燈』、一八八三年）から短編小説集（P・マグリットの『幻燈』*La lanterne magique*、一九〇九年）まで、自身の作品を『幻燈』と題することになる。バンヴィルの散文詩集（副題は「早描きのタブロー」）のためのロッシュグロッスによる扉絵は、閨房にいる一人の女性がバンヴィルの本をぱらぱらとめくっているあいだ、小間使いが彼女に服を着せているところを描いたもので、ペルタンの否定的な連想（現代性(モデルニテ)＝素早い読書のイメージ＝女性的な読書＝退廃(デカダンス)）をふたたび使っているが、その調子はずっと肯定的である。ここに意図されているのは、短いテクストを集めた現代的な本を作ること、読書と女性的な消費に速度を組み入れること、イメージを作る器械（幻燈）をモデルとすることである。

ショセ＝ダンタン地区は、十八世紀に分譲された地区で、貴族や新興成金、俳優や金融家の邸宅や高級商店が建ち並び、十九世紀の「新しいパリ」を先取りする流行の地区であった[13]。この地区では、建物正面や服飾モード、社交儀礼によって、ある種の社会的外観がこれ見よがしに誇示されるのだが、それらはすべて（住居 **habitat**／衣服 **habit**／慣習 **habitudes** の三翼画）、調和的もしくは諷刺的な反復によって、この新しい風俗文学という写実主義の潮流に対して、作家たちの偏愛する主題を供給する材料となるのである。これは、善良な隠者の「砂漠」とは何の関係もないし、オリエントの旅行家の砂漠とも無関係である。「ブールヴァール」の時代が始まろうとしている（「ブールヴァール」というのはそもそも、諷刺漫画を挿絵にしたカルジャ〔一八二八―一九〇六、フランスの写真家・ジャーナリスト〕の新聞のタイトルである)。『ショセ=ダンタンの隠者』というド・ジュイの書物の表題はしたがって、一種の皮肉な撞着語法(隠者の孤独対大都市の新興地区の社交性[14])となっている。この隠者はまた、イタリア、オリエント、ギリシア、ライン川流域など「異国的な」旅を熱愛するロマン主義的な旅行者に対するパリ的なアンチテーゼであり、グザヴィエ・ド・メーストルの『わが部屋をめぐる旅』(一八二五)*Voyage autour de ma chambre* やアルセーヌ・ウーセーの『わが窓辺の旅』(一八五一)のモデルである。このアンチテーゼは、「近代」と古代の対立、国民的なものと東洋的なものの対立、私的なものと公的なものの対立を「誇示」し、「硬化」させる(窓はその建築学的な隠喩である)。この対立は、バルザックからゾラにいたる十九世紀の大風俗小説のすべての展開の基礎となる。そしてこの「柄付き眼鏡を持った文学者」は、十九世紀において、やはり(民衆的な)イメージがその強い印象を残すことになる、あのもう一人の威厳に満ちた叙事詩的な「柄付き双眼鏡(望遠鏡)を持った男」、すなわちナポレオンの、いわば散文的で「蟄居した」分身となるのである。[15]

二番目の扉絵は、ド・ジュイの扉絵と比較することができる。それは、絵入りの共同執筆本『パリの悪魔、パリとパリっ子』(パリ、エッツェル社、一八四五〜一八四六、全二巻)*Le Diable à Paris, Paris et les Parisiens* の扉絵(**図版5**)である。主要な挿絵画家はガヴァルニとベルタルで、大成功を収めた本である。[16]バンヴィルは一八八二年になってもなお、『生活情景、妖精物語集』*Scènes de la vie, Contes féeriques* の中でこの本を思い出している。バンヴィルの短編は扉絵へのコメントで、「肖像画のポーズの時間」と題され、ガヴァルニのアトリエで扉絵のために「悪魔」がポーズする時間を描いている。

有名な本の中に登場することになったこのガヴァルニの「悪魔」は、皆が知っている。彼はパリの「悪魔」であるだけでなく、「パリっ子」自身でもある。不毛な努力とまったく無駄に浪費される知性に苦しみ、途方もない仕事を重ねるのも、ただ生き延びるため、それもまずまずの暮らしをするためでしかない! 「悪徳」のように礼儀正しく、野生動物のようにエレガントで、「希望」のようにやせ細り、消耗し、やつれ、干からび、骨まで焼き尽くされ、うっとりするような靴を履き、か細い脚をイギリス人の洋服屋に作らせた凝った仕立てのズボンで包み、額は禿げあがっているものの最新流行に髪を逆立て、自ら進んで徒刑囚となるこうした人間のお仕着せである黒の燕尾服で身体を締め付け、ダンディであると同時に石割人夫でもあるこの卓越した人物は、その外見だけで、ラシーヌが見いだした驚くべき言葉の組み合わせ、すなわち「悲運の王子」**prince déplorable** を体現している。彼は背中に、肩から斜めがけにした背負い籠のように、紙くず籠を背負っており、その中に自分や他人の書き損じを、屑屋の爪棹でかき集めて収集している。なぜなら自然の中では何ものも失われてはならないからだ！

一人の観者が柄付き眼鏡もしくは鼻眼鏡を通してパリを見ているという基本的な図式は変わらないが、このガヴァルニの扉絵は、先に見た扉絵のほとんど完全なアンチテーゼとなっている（これはおそらく、「悪魔が年を取ると隠者になる」という諺があるからかもしれない）。自分の部屋に座り、窓から水平にパリを「遠近法的に」眺めている蟄居した隠者に代わって、こちらにいるのは、パリを大股で歩き回る健脚家の悪魔であり、彼はパリを「高所から」「鳥瞰して」眺めているのである（この絵ではモンマルトルが確認できるが、それはパリでもっとも高い地点で、たとえばゾラの『獲物の分け前』のように、文学において、都市を征服するあらゆるパノラマ的な視界を提供する場所である）。この人物は、ユゴーが『ライン河紀行』*Le Rhin*（一八四二年、『麗しきペコパンの伝説』*La légende du beau Pécopin* の第六章）で喚起した屑屋の悪魔のように、文字を書いた紙でいっぱいの背負い籠と、一本の杖（あるいは屑屋の爪棹かもしれないが、彼はまるで杖のように持っている）、そして角燈（屑屋の角燈、もしくは幻燈？）[17]を持っている。彼は一枚の地図、すなわちパリの市街図の上を歩き、単眼鏡（柄付き眼鏡もしくは鼻眼鏡）を通してそれを見下ろしている。つまり、現実との関係で言うと、彼の眼差しは、技術的にも記号論的にも、二重に媒介されているのである。メルシエが『タブロー・ド・パリ』の第百六十一章で提案している連想によれば、この悪魔は「柄付き眼鏡で眺める男」であると同時に「生理学者」でもある。彼はまさに、同じメルシエが『新しいパリ』*Nouveau Paris* の第百二十章（第四巻）で興奮して描写しているような、市民(シトワイヤン)アルノーによるパリの立体地図の観者の立場にいる。メルシエは次のように書いている。「この具象的でいわば生命を与えられたような地図というのは、何と幸運で新しくまた大胆なアイデアであることか。それは、われわれの目の前に広大な首都を提示し、いかなる細部もおろそかにすることなく、そのすべての輪郭を見せてくれるので、目はもっとも薄暗い曲がりくねった通りをも散策し、広場を見学し、散歩道の中に入ることができる（……）。しかし、事物を拡大する眼鏡を手にして、塔や丸屋根を次々と見ていけば、錯視の魅惑は完璧なものとなる。（……）これらの建物の一つ一つはあまりにも本物そっくりに表現されているので、眼鏡をかけてみれば、それらを別々に、実物大の大きさで見ているように思える。（……）観者は椅子の上に立って、サン＝ジャンク＝ラ＝ブシュリの塔の上から見るよりも、ずっとよくパリを発見することができる。（……）目はブールヴァールの環状道路を、俯瞰してたどることができる。」

地図、市街図、俯瞰的な眺望が、遠近法的に眺めた「歩道(ショセ)」（ショセ＝ダンタン）に取って代わる。それらは、たとえば明らかに都会的なジャンルである探偵小説においても（犯罪現場の地図、鼻眼鏡や柄付き眼鏡は、シャーロック・ホームズのルーペを予告する）、また大風俗小説においても見出されるのである。[18] 背負い籠の悪魔（ガヴァルニは彼にエッツェルの顔立ちを与えたという伝説がある）は、フランメッシュという名前で、悪魔(サタン)によって、首都の生活の完全な描写をするべくパリに送り込まれたのであるが、ショセ＝ダンタンの隠者のように自分で物を書くのではなく、当時の芸術家たちが書いたりデッサンしたりした証言を収集し集める（彼はそれを背負い籠の中に入れるのである。同じ書物の中の他のフランメッシュの絵にもこの背負い籠が描かれている）。彼はここで、パリを（神のように、またフローベールによれば作者のように）、上空から見下ろすのである。彼はもちろん、杖をついた「びっこの悪魔」たち（この名前を付けた新聞の一八二四年の扉絵を見よ。新聞の副題は「見せ物、風俗、文学の新聞」である）、ルサージュからバルザックにいたる文学的伝統を持つ、屋根を持ち上げるアスモデ〔ルサージュの『びっこの悪魔』に登場する悪魔の名前〕たちの、健脚の後継者であるだけでなく、メルシエの「パリ概観」（これは第一章のタイトルである）や、ユゴーが『ノートル＝ダム・ド・パリ』と『レ・ミゼラブル』の有名な二つの章で繰り広げる「鳥の目」と「梟の目」の眺望の後継者でもある。[19] そもそも『パリの悪魔』の同じ巻には、「一八四五年一月一日」という建物の断面図を描いたベルタルの素描がある。それは、パリの一軒の建物を透明にしてすべての階を見ることができるようにすることで、この「アスモデの視覚」を実現している。現実を「ガラスの家」[20]にすること、「人間の資料」を収集すること、「現実を客観的・俯瞰的に見ること」、「裏を見ること」、「暴くこと」、「白日の下に晒すこと」は、一八四五年から一八八五年にかけてのすべての写実主義の理論的な（そして道徳的な）計画であり立場である。『パリの悪魔』のタイトル・ページの下の方には、小さな装飾図案があり、二人の悪魔が、画家の鉛筆の上に跨ったさまざまな社会的典型を表す一連の小さな人物たち（ダンタン〔一八〇〇—一八六六、有名人の諷刺彫刻の小像で知られる彫刻家〕風の小さい彫刻）を運んでいる[21]**（図版5）**。三次元の彫刻はここでは、二次元のイメージの変形であり、絵と彫刻は、作家たちが社会の表象について語るときの主要な隠喩を共有している。隠者〔ド・ジュイ〕は「流行の革新」という時評において、同じページの中で同時に絵と彫刻の隠喩を用いている。すなわち彼は、自分の時評は「一種の幻燈であって、それを用いて多少とも厳格なモラリストは、われわれの悪徳や悪癖、奇行の数々の忠実なタブローの一端を、毎週描き出す」と述べる一方で、自分は「人物たちを生きた人間に基づいて鋳造する」とも述べているのである。

　これら二つの扉絵（およびそれらの変奏）はしたがって、現実へと接近するには何かを媒介にしなければならないことを、それぞれのやり方で示している。現実を媒介するのは、さまざまな代替物や「写真機」であったり、想像力や豊かな世界の光景を枠取りする窓のような単純な建築要素であったり、あるいは寓意的（悪魔や隠者）、技術的（単眼鏡や暗室、絵や鋳造物）、記号論的（地図や筆跡）な仲介物であったりする。これらの扉絵は二つして、相補的な図像学的マトリックスを構成し、テーマや登場人物や事物を総合するものとなっている。それらのテーマや登場人物や事物は、多かれ少なかれ寓意化・隠喩化され、組み合わされ、変容され、あるいは切り離されて、十九世紀における写実主義／自然主義の潮流の批評的・理論的言説の全体に対して、またその反対言説に対して、またそれらの虚構作品自体が好むテーマに対しても、基本的な「語彙」を提供することになる。すなわち、窓[22]、柄付き単眼鏡・双眼鏡、屑屋[23]、部屋（暗室その他）、杖[24]、爪棹、背負い籠、角燈[25]、蟄居する人、歩く人、等々であり、これらのテーマはしばしば組み合わされたり、置きかえられたり、変容したりする。窓は鏡になり、隠者[26]の「独房」は写真機になることができる。紙をあふれさせる豊饒の角はそれを集める背負い籠になり、爪棹はメスに変化することができる。単眼鏡／柄付き眼鏡は鼻眼鏡やルーペ（ルーペは昆虫学者の道具でもあり、探偵の道具でもある）や顕微鏡になり、羽根ペンは爪棹や書斎の箒になることができる。部屋の中で肘掛け椅子に座っている人は、室内用便器に座る人になり、書き物机は解剖台になることができる。インク壺は室内用便器になり（これはゾラの諷刺画のライトモチーフとなる）、（屑の）紙は（紙を作るための[27]）屑になることができる。書斎人の書棚は、歩き回る屑屋の背負い籠になり、幻燈は屑屋の（散文的な）角燈になることができる。それらのテーマの変奏を通じて、つねに組み合わされるいくつかの恒常的な図式があることに注目する必要がある。すなわち、対比的な空間（私／公、内／外、上／下）と、増幅したり仲介したり支持体となったりする技術的な物体（単眼鏡、柄付き双眼鏡[28]、両眼鏡と鼻眼鏡[29]、窓、スクリーン[30]、ルーペ、地図、紙）がつねに存在して、見る行為、「表象する」行為や、蟄居して座る人[31]と歩き回る遊歩者、隠者と放浪者[32]という都市の探索者の二つのタイプに結びつけられるのである。十九世紀を通しての、この組み合わせとこれらのイメージの移動（読むイメージと見るイメージは互いに他を生み出す）の研究が今後なされるべきであろうし、また、これらの絵入り扉のいくつかのものが、多数の作家の創作における想像力に強く働きかけていることについても、今後研究される必要があるだろう[33]。しかしながら、ここで大雑把にではあるが、この組み合わせのよく知られた例をいくつか指摘しておこう。

一、「パノラマ文学」の精華のひとつ、『パリあるいは百一の書』(パリ、ラドヴォカ社、一八三一年)*Paris ou le livre des Cent-et-un* のモニエによる扉絵。そこには一人の「隠者」(あるいは悪魔か？ カプチン会修道士の被り物からぴんと突き出た髭は、メフィストフェレス的である)、角燈を掲げて樽の前にいる一人の哲学者(おそらくディオゲネス)[34]、樽の上に跨った道化の王のような人物(『ショセ＝ダンタンの隠者』の装飾図案には道化杖があった)、一人の作家(あるいは何かを描いている素描家)、そして「現代風俗のタブロー」の伝統を打ち立てて高名にした作家たちの名前(「アディソン、スターン、ゴールドスミス、サン・フォワ、デュロール、メルシエ」)を記載したカルトゥーシュ(装飾枠)がある。

二、歩き回る人と座る人という二つの反対で相補的な人物タイプに基づいて変奏された、一連の写実主義／自然主義の潮流の主要な作家たちの図像やカリカチュア。一方には歩き回る屑屋(写実主義の作家は自らを、街路のゴミや廃棄物、すなわち理想主義的ないしはアカデミックな「公式の」文学からは、打ち捨てられたり軽蔑されたりしたテーマを拾い集める「歴史を持たない人々の歴史家」として提示する)[35]がいて、他方には蟄居する探索家がいる。「クロワッセの隠者」フローベール、「メダンの隠者」ゾラ、「オートゥイユの隠者」[36]エドモン・ド・ゴンクール、「ヌーヴ＝ピガール通りの隠者」[37]シャンフルーリに関するカリカチュアや証言を参照されたい。たとえば、ジョン・グラン＝カルトレの非常に便利な自然主義に関する図像学の集成である『図像の中のゾラ』(パリ、ジュヴァン社、一九〇八年)*Zola en images* の中で、ゾラの二枚のカリカチュアが見開きページ(一〇〇ページと一〇一ページ)に収められているのだが、一枚はジルによるもの(〈エクリプス〉紙 *L'Eclipse*、一八七五年)で、羽根ペンを浸したインク壺のそばで積み重ねた本の上に座り、ピンセットでつまんだひとりの「人物」をルーペで見ている[38](ド・ジュイの扉絵に近い)**(図版6(上))**。もう一枚はドマールによるもの(〈グルヌイユ〉紙 ***La Grenouille***、一八七七年二月二五日号)で、屑屋の姿をしたゾラを描いているが、背負い籠は屑や紙ではなく「登場人物たち」でいっぱいになっており、爪棹を手にして敷石の上にへたり込んだ一人の「人物」

（酔っぱらい、ちょうど『居酒屋』の時期である）をつまみ上げようとしている[39]（こちらは、『パリの悪魔』の扉絵と装飾図案に近い）**（図版６（下））**。ジルはしばしばゾラのカリカチュアを（愛情を込めて）描いているが、このテーマを「今日の有名人」のカリカチュアのひとつで、ドゥニ・プロを描いたもの（一一五番）の中で再び取り上げている。ドゥニ・プロは労働者階級に関する本『崇高なる者』（一八七〇）*Le Sublime* の作者で、ゾラは一八七七年に『居酒屋』を書くために、この本から着想を得た。ドゥニ・プロの背後に、ゾラの顔をした屑屋が、背負い籠を背負って、『崇高なる者』の作者が落としていった紙を拾い集めている。

しかし、屑屋にしても蟄居する隠者にしても、二人とも夜型人間で、一方は角燈、もう一方は机上のランプという限られた光を運命づけられた人々であることを指摘しておこう。ここには、すでに我々が、ピエロという人物（動くパントマイム）と写真（固定した平らなイメージ）との対峙において出会った黒と白のイマジネールが再び見出される。また、太陽と月、「黒い太陽」と「陰画」のイマジネールもまた、我々がすでに幾度も出会ったものであり、次の第八章においてもふたたび出会うことになるだろう。この光と闇のイマジネールは、諷刺画作者ジルの新聞の扉絵においても、当然のことながら皮肉な暗示を込めてであるが、見出されるのである。そのひとつは月を描いており（その新聞は一八六八年の初めまで〈リュヌ（月）〉という名前だった）、それがナポレオン三世の検閲によって発禁になったあと、その継続紙は月によって半ば隠れた太陽を描くことになる（その新聞の名前が〈エクリプス（日蝕）〉である）。この皮肉なテーマは（その皮肉は何かをより目に見えるようにするためにそれを隠すことにある）、文学作品に付属するエッチングを専門とした出版者リシャール・レクリッドによって出版された有名な共同執筆本『写実的十行詩』*Dizains réalistes*（クロ、ロリナ、ジェルマン・ヌーヴォー他）の扉絵の版画（アントワーヌ・クロ作）においても、当然ながら見出される。暗がりの中で机に座っているひとりの男が、日蝕を見るために、蝋燭の炎と煙でガラスに煤を付けている。この扉絵には、「日蝕用にガラスに煤を付ける人」という説明書きがあるが、より正確に言うと、モンマルトルの石切場の「石膏石の洞窟」の中での、この慎ましい「日蝕用ガラス売り」業者の仕事を歌った詩集中のシャルル・クロによる十行詩「稼ぎの少ない人」を想起させるものである。この扉絵はもちろん、作家とそのさまざまな使命（表象する、茶化す）の間接的表象という点で、あいかわらずその変形システムの中にある。しかし、ここにおいて、煤で黒くしたガラスは、高踏派の群小詩人たちの嘲笑の的で、そもそも「ジュティストのアルバム」*Album Zutique* 以来、この詩集のすべての作者たちが模作し、パロディ化しているコペの「明るく」透明な十行詩の反対物を表しているのである。[40]

三、最後に、クールベの扉絵を一枚挙げる。クールベはすでに、友人エティエンヌ・ボードリの（きわめて凡庸な）小説の扉絵[41]（『ブルジョワたちの陣営』、一八六八年）や、フェルナン・デノワイエの（韻文による！）パントマイムの脚本「黒い腕」（一八五六年）« Le bras noir » の扉絵を描いたことがあった。クールベは、シャンフルーリの小説『自然の友』（一八五九年）*Les Amis de la nature* に非常に興味深い扉絵を描き、それをブラックモンが版画にしている **（図版４）**。この小説は、バルビゾン派の画家たちに対する賛辞と痛烈な諷刺を同時に含んだものである。この「コンパートメント式」の扉絵は、中央のメダイヨンに描かれた作者の肖像の周囲に、一八四五年頃にフォンテーヌブローの森を発見したこれら「自然の友」でイメージ制作者でもある戯画化された画家たちの、四枚の絵画を集めて提示している。これら四枚の絵は、小説の主人公である画家たちが実際に描いたり、あるいは描こうと計画したりしているもので、彼らのあいだでその主題が大いに議論されている「語られた絵画」である。いずれも静物画で、小説中では、自分たちの目に見えるものを描き、色彩や描かれる物体の集合についてては「換喩的」と呼べるようなタブローを描く「写実主義」の画家たち（特にラヴェルチュジョン）と、つねにタブローをやり直すことを欲し、そこに観念や「概念（コンセプト）」や象徴を注ぎ入れようとする一人の哲学者（ブーゴン）のあいだの、派手な議論の種となっている。[42]ブーゴン的なところとラヴェルチュジョン的なところのあるクールベの影が、当然のことながら、小説の上に漂っている。興味深いことは、ここに描かれているイメージがほとんどヴァーチャルで、非物質化されており（それらは登場人物たちの「絵画の計画」である）、過度に媒介されていることである。すなわち、これらはクールベによって描かれた絵画で、小説中の登場人物たちによって語られ夢想された絵画を描いているが、それらはつまりシャンフルーリによって文字で書かれた絵画なのである。ここにはもはや、柄付き眼鏡も幻燈も窓もなく、一種の「純粋」絵画の表象があるだけである。扉絵は、表象する人（シャンフルーリの肖像）と表象されたものを描くことによって、よくあるように、手本と引き立て役を提示している。したがってそれは、さまざまな入れ子構造によって、一種の偽装された詩法（アール・ポエチック）となっているのである（このケースでは、「写実主義者」と「象徴主義者」、換喩と隠喩を皮肉っぽく対置させているように見えるが、やはり写実主義的態度への好みが窺える）。こうした機能はおそらく、他のきわめて多くの文学テクストの扉絵においても働いているにちがいない。

第八章　テクストの中のイメージ——文彩と脱文彩化

「エクリチュールの夢。ごく明快で、ごく単純な散文（……）、素朴に（……）、学校に行かなかったカスパー・ハウザーのような比喩（イメージ）を書くこと。」

——J・ラフォルグ『遺稿集』

「安物の比喩（イメージ）。」

——P・ヴェルレーヌ

図像的なものは、文学作品の中で、二つの様態においてテクスト化され、機能している。ひとつは、全体的、一般的で、散種された様態であり、図表的（ダイヤグラム）と呼べる方式に従っている。もうひとつは、もっと目立つもので、テクストの特定の場所に位置づけることのできる様態である。前者は文体という名前で呼ぶことができ、後者は文彩（フィギュール）、あるいは比喩（イメージ）と呼ばれる。

文体という概念は、かつての修辞学の伝統では、主題や聴衆の種類に応じて適用される演説の調子（高級な調子、低級な調子、中庸の調子、崇高な調子、等々）を指し示すだけであった（したがって「文体」は複数形で使われた）。それに対し、十八世紀後半になって、モーヴィヨン、ベカリアといったいくつかの概論書では、「文体」はその語のあらゆる意味で用いられるようになり、単数形では、独創的な作品を生み出すために自己表現する個人が用いる独創的な言語手法の全体を指し示すようになった。この個人化、表現、そして個性といった概念の強調は、ロマン主義によってさらに強化され、修辞学の伝統との決裂はいっそう深まっていく。そして十九世紀末になって、ドイツ語起源の文体論（スティリスティック）なるものが生まれたが、そこにはある種の逆説が含まれていた。つまり、個別的なものを科学にするという逆説である。そんなことは可能だろうか？　文体とはしたがって、作品の中における個人の存在、作品全体の中に散種された個人の存在の痕跡であり署名である。それは、遠く離れていたりすでに死んでいたりする作者という不在の人物の存在であり、いわば作者のイメージの陰刻なのである。したがって、十九世紀において理論家や作家が文体について語るときにもっともよく使われるのが、刻印 empreinte もしくは印章 cachet という隠喩であるのは、驚くことではない。それは「文体」style という語の語源（蝋板をひっかくための錐）や「フィクション」fiction という語の語源（粘土で造形すること、そこから「肖像」effigie や「形」figure といった語も派生している）に適合している。陰刻された人間の価値および分身として、この刻印という隠喩のおそらく最初の使用は、すでにルネサンス期において見出すことができる。[1] そもそもフローベールは書簡（ルイーズ・コレ宛、一八五二年四月二十四日）の中で、「あなたの観念の中に短剣 stylet のひと突きのように入り込む」文体について語るとき、本能的にその隠喩を使っている。エミール・デシャネルはそのエッセー『作家と芸術家の生理学、自然批評試論』（一八六四）*Physiologie des écrivains et des artistes, ou Essai de critique naturelle* の中で次のように書いている。「知的な作品において、作家や芸術家の身体組織は、いわば自らの刻印を残しているのであり、批評はそれを見分けなければならない。」彼は文体を「作家のしるし、彼の生来の性格の印字」であると定義している。[2] エルネスト・エロは、十九世紀に文体の概念についての論考を書いた数少ない作家の一人であるが、彼もまた文体を次のように長々と定義している。「それはある観念の上に付された我々の人格の署名である。我々の文体は我々の紋章である。それは熱い金属、まだ溶けている金属の上におのずから押される我々の刻印であり、肖像であり、冠である。[3]」文体についてのこのような「生理学的」考えは、文学者がさまざまな医学的症候にこだわったのと同時的である。バルザックが、身体の痕跡や刻印を、人相学によって解読することに魅惑されていたことは知られているが（本書第五章参照）、彼はすでに『モデスト・ミニョン』（第三十七章）において、美とは「巨匠がその魂を作品に刻印した署名」であると定義している。したがって、文体の概念は身体に回帰しているのである。それゆえ、ゴンクール兄弟によって開始された世紀末のエクリチュールの「芸術的」な文体、「ねじ曲がった」「ジグザグの」「切り刻まれた」「ぎくしゃくした」「癲癇（てんかん）性の」「脱臼した」「無機質な」「関節の外れた」文体——これらの表現は、アルバラ[4]のような同時代の数多くの批評家がじつにしばしば使っているものである——は、当然のことながら、これらの批評家によって、全体として癲癇（てんかん）症的な時代と、個々の作者たちの「神経症的」身体の忠実なイメージであると見なされるだろう。そして、これと平行して造形芸術においても、「タッチ（筆触）」（絵画の絵の具や彫刻家の粘土におけるタッチ）が重視されるようになる。それは、芸術家の運動する（しかし不在の）身体の明らかな痕跡であり、古典的な作品の「すべすべした光沢」や「艶出しの上塗り」に対立するものである。そこにも、文体の概念と同様の、身体化や物質化が見られる。十九世紀の一般文体論は、いわば相互的な嵌め込み合いによって作動する文体論である。すなわち、作家は外部世界の印象や刻印を受ける一種の「感光板」であり、彼はそれらを自分の作品の中で、陰刻や「浮き彫り」によって再現する。そして、それらの陰刻や浮き彫りが、今度は対称的に、象徴的な嵌め込み合い（「象徴」symbole の語源はギリシア語の *sun-bolon*、すなわち（分かれていたものが）合一することである）となって、女性的な凹みに男性的な凸部が嵌め込まれるように、「感じやすい[5]」読者の脳髄に刻印されることになる。

しかし「印象」impression は、現実から作家の「精神」に対して作用するだけでなく、作家から作家へ、テクストからテクストへも作用する。すでに本書の第五章において見たように、この「印象／感応」の隠喩領域（印象づけることのできる柔らかい蠟としての身体、作家、読者）は、とりわけ女性的な意味合いを帯びるようになった。ゾラなどの作家が影響を受けた有名な「感応」遺伝の理論は、文体論のレベルにも移し替えられる。すなわち、初期の読書や先輩の大作家たちに感銘をうけて「感応した」作家は、無意識のうちに、それら大作家たちの文体のイメージや「署名」、「印」、「印璽」を自らの文体のうちに再生産するのである。プルーストが厳しく定めたところでは、作家がこの「影響の不安」（ハロルド・ブルーム）から自らを浄め、自分に似た子供を産むことを可能にするのは、おそらく模作（パスティッシュ）とパロディだけである。

「比喩（イメージ）」という言葉もまた、非常に豊かな隠喩領域の中心にある。周知のように、この語は伝統的には、きわめて局所的なレベルで、修辞学と批評の伝統における、類似に基づく文彩 figure や転義 trope を示すのに使われる。作家は「比喩」image という語の方を好み、理論家や批評家は「文彩」figure の方を好むようだ。二つの語はほとんど同義語であると認められている。ヴァプローは一八七六年の『文学万有事典』*Dictionnaire Universelle des littératures* の「イメージ」Image の項目において、「比喩と比喩的文体（Image et style imagé）については、文彩（Figure）の項を参照」と書いている。同様に、（読む）イメージと見るイメージ（二次元の図像的な類似物）の同一性も認められているようである。なぜなら、「タブロー」、「牧歌（イディル）」（語源的には小さなタブローの意）、「トポス」、「型紙（ポンシフ）／月並み」、「凸版（クリシェ）／紋切り型」といった言葉は、文体上の現象を示すのにも現実の事物を示すのにも使われるからである。同様に、文体とは、多くの人々にとって比喩の増殖にほかならず、文体は比喩の連続に還元されているように思われる。(6)

たしかに、記号論者にとっては、文学的な（読む）イメージと二次元の（見る）イメージとの位相の違いは大きい。見るイメージ（写真、絵画、図表、地図、模型）は類似に基づき、連続的、同時的で動機づけられており、表象されている事物と多少とも類似していることによって機能し、観者によってそれと認められることを求めている。それに対し、読むイメージ（たとえば隠喩や直喩）は、目立たず線的で、不連続的かつ恣意的で、ひとつのシステムの内部での内的な差異によって機能し、読者によって理解されることを求める。すでにレッシングは『ラオコーン』（一七六六）の中で、この問題に関して——特にケリュスとの議論において——、長らく両者が混同されてきたことを批判していた。しかしながら、この用語上の、また理論上の混同は、これら二つの記号システムの深い共生（詩ハ絵ノ如クニ）の感情に基づいている。その感情は普遍的に共有されており、したがって文化的にも十分に現実的なのである。比喩は「見せる」[*Donner à voir*]（これはエリュアールのある詩集のタイトルである）もので、「事物があたかも目の前に置かれているように生き生きと力強く描き、物語や描写をイメージやタブロー、あるいは生きた場面にさえする」（フォンタニエによる迫真法の定義）ものである。しかし、たとえば次のボードレールの詩句のような比喩（これは隠喩であるが）を読むとき、正確には我々はいったい何を

「見る」のだろうか。

煙突、鐘楼、これら都市の帆柱

我々は現実を、「現実の」パリの煙突や鐘楼を見るのだろうか？　我々はその詩的「可能態」（ヴァレリー）の機能と実践における言語活動を見るのだろうか？　それともテクストを、テクストのみを見るのだろうか？　おそらくその答は、理論的観点に応じて変わるだろう。答は実際的なものであるかもしれない。つまり、比喩は、我々に現実を再＝見させ、かつてない新たな方法で現実に形を与え直し、我々に現実に立ち戻るように要請することで、現実の知覚を再構成し、再整備する。すなわち、ボードレールを読んだ後で、私はパリの街を別なふうに「見る」、要するに私は、現実を再＝現してくれるテクストのおかげで、現実について何かを学ぶのである。パウル・クレーによれば、「芸術は目に見えるものを再生産するのではない、それは目に見えるようにするのだ」（『創造についての信条告白』*Credo du créateur*）。ジョルジュ・サンドもまた、小説『オラース』（一八四一）*Horace* の中で、パリの人々はユゴーの『ノートル＝ダム・ド・パリ』を読んだ後ではじめて、自分たちの街であるパリを見るようになったのであり、ユゴーの小説は彼らにとって、それまで文字通り目に見えなかったものを見せてくれる魔法の眼鏡のようなものだったと述べた。アリストテレスも『詩学』（ならびに、バトゥー〔十八世紀フランスの学者〕やカトルメール・ド・カンシーといった後の時代の注釈）の中で、人間は模倣（ミメーシス）において、また模倣（ミメーシス）によって何かを「学ぶ」のだと指摘したとき、まったく同じことを言っていたのである。

形式的には、比喩はひとつの母＝構造、四項からなる意味論的／論理学的構造に基づいている。それはやはりアリストテレスが叙述している類比の構造[7]、すなわち「AとBの関係はCとDの関係に等しい」というものである。アリストテレスは二つの例を挙げている。「夜と一日の関係は、老年と人生の関係に等しい」、および「盾とアレス〔ギリシア神話の戦の神〕の関係は、杯とディオニュソスの関係に等しい」である。そこから、隠喩や直喩を生み出す省略によって、次のような表現が生まれる。「人生の夜」「一日の老年」「杯はディオニュソスの盾である」「人生は一日のようなものだ」等々。読者は、ボードレールの詩句の場合にも、容易にこの構造を打ち立てる。すなわち、煙突や鐘楼（A）と都市（B）の関係は帆柱（C）と船（D）の関係に等しい。船（D）という語は文中に存在しないが、読者はたやすくそれを復元し、構造の空白を埋める。「文彩には不在と存在、快と不快がある」とパスカルは『パンセ』の中で書いていた。この欠落はしたがって、構造自体によって予見されプログラムされているのであり、そのために、構造的に比喩は、刻印という、同時に不在であり凹んだ存在でもあるものと同一視され、それゆえ、我々がじつに頻繁に作動しているのを見出す、あの陰画（ネガ）という考えに送られるのである。それは書き込まれた不在であり、そのために読者は、自分が読みつつあるテクストの、補完的で、ほとんど共作者と言えるような動態的な位置に置かれることになる。[8] 読むイメージは読者への罠である。しかしそれは、意味された現実の「凹んだ鋳型」のようなもの——したがって、実際に不在と存在を結びつけるもの——を産出することによって、読者を能動的な読者の地位へと据え付けるのである。

　しかしまた、「ヴィジョン」について語ってもいいだろう。ここにおける「ヴィジョン」も同様に、比喩によって、比喩の中にプログラムされている。それは「双眼の」ヴィジョンであり、関連づけられた物どうしが、並列関係に置かれることで、いかなる時制も法も超えて並置されるだけに、ますます鮮明なヴィジョンとなる。実際には隔てられている二つの現実（都市と船）を「一緒に」置き、何らかの時系列を支えるような動詞を並列関係によって省略し、それゆえテクストの意味内容に「速度」を導入することで、[9] 隠喩は（類比（アナロジー）や直喩よりも）空間における同時性や連続性の効果を構築し、それによって実際、視覚イメージが引き起こす効果に近づくのである。類比の二つの指標（ルネ・シャール）は、一種の遍在性を創出し、隔たった物どうしを結びつけ、並置と同居の空間を措定する。しかしこの双眼のヴィジョンは、あらゆる双眼のヴィジョンがそうであるように、単なる重ね合わせを作り出すだけではなく、テクストによって意味される可能な（虚構の）世界の中に、立体感を、遠近法と奥行きの効果をも作り出すのである。テクストには一種の厚みが生まれ、二つの意味論的／虚構的平面の間には段差が生まれる。すなわり、比較されるものは比較するものと同じ（虚構的）「面」にはない。パリとその屋根や煙突や鐘楼といったこの詩の描写的主調は、船やその帆柱とは同一の面上にはなく、後者は描かれた虚構世界において、「背景」に位置しているのである（この詩は『悪の華』の「パリ情景」のセクションに収められた「風景」という詩であり、それゆえ、二重にイメージの庇護の下に置かれている）。空間の効果、テクストの重層性の効果が生まれるのは、この意味論的な面と面との距離において、間隔を置いた配置においてであり、それが読書の線的性質や時系列と真っ向から対立する。したがって、「見える」ものとはこの立体感、テクストの空間性であり、その効果は、ピエール・ラルースが『万有大百科事典』（「イメージ」Image の項）において、まさに「立体感」や「幻燈」について語るときに強調していることである。「比喩は、巨匠によって操られるとき、文体の神経となり立体感となる。不慣れな弟子の手にかかると、それは一ページの描写を明るさの足りない幻燈にしてしまう。」したがって、文学的比喩がすべての文学者に引き起こす魅惑が理解できるだろう。それは書かれたテクストが持つ時間性という線的性質の宿命をやわらげることで、見るイメージの専有物である同時性への郷愁とその威光に身をゆだねる手段なのである。

　したがって、次のような仮説を立てることができよう。ひとつは、二つの記号システム、すなわち読むイメージと見るイメージの位相の相違は、それらの効果（見せること）の類似性と両立しないわけではないということ、もうひとつは、類比のマトリックス（AとBの関係は、CとDの関係に等しい）の明白な構造的安定性（普遍性？）に、アリストテレスにおいてもボードレールにおいても先験的に同一であるが、歴史的にこの構造に作用しにやってくる変異体とも両立しないわけではない、ということである。とりわけ、十九世紀における産業生産されたイメージの侵略が、文学的（読む）イメージや文学者たちがそれについて持っている心象と、彼らが作品の中でそれらを使った文体的用法とを、どのような点で変容させたのかを見てみる価値はあるだろう。要するに、W・ベンヤミンの端的な提言によれば、「商業がロートレアモンとランボーに与えた影響を研究する」ことである。[10]

　ボードレールはピエール・デュポンについての論考の中で、ロマン派に対して、文学を「イメージの真実に」

呼び戻したという長所を認めていた。ピエール・ラルースもまた、その『万有大百科事典』において、「比喩においてロマン派は競争相手を持たない」（「イメージ」Image の項）という事実を規定のことと見なしている。しかし、一八五〇年から一八七五年にかけては、ロマン派の比喩の偉大な伝統に対する反動、さらには一般的な文学的イメージというものに対する文学者たちの信頼の危機のようなものが出現し、進展するのが見られる。「私はシラミに食われているように直喩に苦しめられている」「私は隠喩を迫害する」「私は自分に隠喩を禁じ、直喩を断食する」、これらは、フローベールの書簡において（しかも直喩のかたちで！）幾度となく現れる表現である。フローベールはすでに見たように、自分の本に挿絵を入れることを「大声で非難した」人物である。[11]「私は辞書から comme［のように］という語を消し去る」と書いたのはマラルメである。一種の疑惑の時代が文学者たちに訪れる。世界に対する、言語に対する、そして言語の力を借りて世界を語る可能性に対する疑惑の時代である。それはしばしばバルザックやゴーティエといった作家においてだけでなく（ゴーティエはしかし絵画を模倣する比喩の大いなる創造者であるが）、メリー〔ジョゼフ・メリー（一七九七―一八六六）〕やミュルジェールのような作家や、一八五〇年前後の「幻想派」の幾人か（シャンフルーリやバンヴィル）において、隠喩や類比や直喩の使用におけるある種の皮肉な異化のかたちを取る。その二つの項（比較するものと比較されるもの）がしばしば互いにかけ離れ、ばらばらで、一致しない意味領域から選ばれるのである。[12]それは、体系的なサボタージュ（ロートレアモンにおける「……のように美しい」の連続）から、ミュルジェール流のジャーナリスト・時評作家による「パリ風エスプリ」の「機知に富んだ」気取りへと至るだろう。大部分の写実主義作家が激しく嫌悪するところの、あの「エスプリ」である。『ボヘミアン生活の情景』から二つの例を挙げておこう。

この嵐のような爆笑に比べれば、サックス氏の雷鳴も、乳飲み子の溜息のように思われただろう。

これらの挑発に対してロドルフは、雅な恋愛詩のバンスラード〔十七世紀の詩人（一六一二―一六九一）〕やヴォワチュール〔十七世紀の詩人

（一五九八―一六四八）〕や、すべてのルッジェーリたち〔十八世紀、イタリアに生まれフランスで活躍した花火師の一家〕を嫉妬させるようなマドリガルの花火によって答えたのだった。

皮肉（アイロニー）は疑惑のしるしである。「疑惑の天才がこの世に生まれた」とスタンダールは『エゴティスムの回想』に書いた。バルザックは『あら皮』の初版序文（一八三一）において次のように書いている。「我々は今日、自分たちをからかうことしかできない。嘲弄は死に瀕した社会の文学そのものである。」そして、『一八四六年のサロン』のボードレールによれば、疑念は折衷主義を生み出し、折衷主義は大絵画の解体を引き起こす。しかし皮肉は、この不信あるいは疑惑の一般的な徴候でしかない（これについては後述する）。この疑惑を作品化する形態はさまざまであり、そのすべては次のような疑問に答えようとするものである。すなわち、比喩をどうするのか？　それをどう扱うのか？　そこから自由になるべきか（その方法は）？　そしてとりわけ、産業生産された視覚イメージが侵略する時代に、それらをどうするのか？

第一の解決策は、すでに見たものだが、ラディカルな解決策、すなわちコラージュによるものである。つまり、ポスターや新聞や商業広告から借りてきたスローガンや固有名詞を並置したテクストを生産することで、産業生産されたイメージを前にして、作家が完全に自分を消し去ることであり、「パリ」のランボーや「都市パリの大いなる哀歌」のラフォルグが採用した解決策である（第四章参照）。紋切り型の純粋な並置でできた対話の場面（たとえば、恋愛の紋切り型と公開演説の公式的で空疎な雄弁の紋切り型が交錯する『ボヴァリー夫人』の農事共進会の場面）も、同じモデルに基づいて創り上げられている。というのも、紋切り型というのは、産業生産されたイメージの語りにおける同等物（「平板さ」plat）と考えることができるからである。

第二の解決策は、その企てにおいて同じくらいラディカルなものだが、テクストの脱文彩化の動きにある。そこで作家は、直喩や隠喩や類比といったあらゆる修辞学的比喩を取り去り、いかなる類比をも「染み抜き」したような「白い」テクスト、脱文彩化したテクストを生み出そうと努める。シャンフルーリは、非‐文体の文体へと向かい、[13]若きゾラの『テレーズ・ラカン』は、当時において（一八六七年）、テーヌやクロード・ベルナールの中性的で灰色の文体を模倣しようとする。あるいは『ブヴァールとペキュシェ』の描写は、『サランボー』や『ボヴァリー夫人』の描写を脱文彩化しつつ描き直すものであり、フローベールの『純な心』の書き出しは、作品の主題と女主人公の姿を反復する「単純な」文体で書かれている。クロ、ヌーヴォー、ヴェルレーヌ、コペの『写実的十行詩』、ユゴーの「見たもの」の記述、ラフォルグの「風景と印象」は、たとえ白いエクリチュールの夢がその定義からして完全なユートピアであるにしても（あらゆる言語は、根本的に比喩的転用（カタクレーズ）であり、「固有の」propre語〔原義〕というものはないのだから）、その夢を追い求める。コペはおそらく、この平板で、リズムもなく比喩もない、透明なエクリチュールの王者であり、比喩の過剰への嫌悪から、散文とのぎりぎりの境界まで突き進んだひとつの詩の伝統を代表する最良の詩人である。民衆歌謡の賛美者であるネルヴァルの詩と散文、ピエール・デュポンの歌謡、サント＝ブーヴの詩（『ジョゼフ・ドロルム』）、マルスリーヌ・デボルド＝ヴァルモールの詩、この流れは、二十世紀末のジャック・レダ〔フランスの詩人・散文作家・ジャズ評論家（一九二九―）。一時『新フランス評論』の編集長も務める〕のような作家にまで続く。コペの写実的十行詩、アジャルベールの「印象詩」といったものは、今日、我々にはきわめて非‐詩的、ないしは反‐詩的に見えるので、その独創性を評価するのに困難を覚えることもあるが、それらは同時代の人々を魅了したのであり、頻繁に模作されたのだった。とりわけ「ジュティストのアルバム」を構成するコレクションや一八七六年に出版社レクリードが出した『写実的十行詩』がそれである。[14]コペの例を二つあげよう。

郊外のクロッキー

その男は上着一枚で、黒い帽子をかぶり、

日が照っているため、ハンカチを巻いて、
小さな馬車を、元気よく引いている。
子供たちに外の空気を吸わせるために、
二人の赤ん坊の一人は眠り、もう一人は指を吸っている。
妻は当然のごとく後に続き、馬車を押す、
疲れ果て、フロックコートを腕に抱えて。
彼らは慎ましい安食堂へ夕食を食べに行くのだ、
その食堂の壁に描かれているのは――クラマール〔パリの南の郊外の地名〕でのことだ！
死んだウサギとビリヤードの玉三つ。

『赤いノート』一八七四年

縁日の原っぱは人気がないので、小屋は
開いていない。そして止まり木の上では猿が、
意地悪な目を瞬かせ、クルミをかじっている、
大太鼓と中国帽（編み笠）のあいだで。
二人の善良な農民がそこにいて、口をあんぐり開けている、
巨人女が描かれた絵の前で。
その姿は、かつて宮廷の人々の前に現れた姿だ、
彼女は裕福だとは思われないように、
やや短いスカートを慎ましく持ち上げて、
オーストリア皇帝にそのふくらはぎを見せていた。

これらのテクストは、言語のイメージ、定型や紋切り型（「その姿は、かつて宮廷の人々の前に現れた姿だ」）を前にして、また現実世界の描かれたイメージ（看板、大道芸人の看板絵）を前にして、その（修辞学的な）比喩を消してしまったように思える。『純な心』冒頭の、比喩を取り去って単純化されたテクストは、その指示対象を満たしている多かれ少なかれキッチュなイメージ群（「ヴェスタの神殿をかたどっている」置き時計、「ミュスカダンの衣装を着た旦那さまの肖像画」「ペン画」「グアッシュで描いた風景画」そして「よき時代の思い出であるオードランの版画」から、ブーレの「版画の地図」、剥製のオウム、聖体の祝日の色刷り版画にいたるまで）を前にして、消滅しているように見えるのに似ている。ここにあるのは、平板で取るに足りない（しかしイメージに充ち満ちた）現実、[15]平凡な郊外の風景を模倣しようとする文学であり、この平板さと登場人物たちの面白みのない運命の一般化された図表（ダイヤグラム）（あるいは形象詩（カリグラム））として形作られ、それによって言語の図像的機能をこっそりと巧妙なやり方で取り戻そうとする文学である。『叡智』のヴェルレーヌもまた、時として、その修辞学的遠近法を拭い去ったようなこのエクリチュールに接近するだろう。それはボードレールが『パリの憂鬱』の序文で夢見ていたものである（「リズムもなく脚韻も欠きながら、音楽的な詩的散文を夢見なかった者がいるだろうか」）。読むイメージから浄化された言語の夢を通して、我々はカスパー・ハウザーのファンタスムを見出す。それは浄化され、素朴で、修辞学への従属から解き放たれた子供のまなざしのモデルであり、色斑と、一種の楽園的な透明さの中で眺められた物体の並置のようなものとして、世界を把握するのである。イメージはテクストの指示対象の中にあまねく存在しており、意味するもの（シニフィアン）としてのテクストからは姿を消そうとする。それは、ガラス越しの純粋な転写である〈風景／テクスト〉の夢であり、マラルメの「ガラス」（「ガラスが芸術であらんことを」）や、ゾラの「ガラスの家」（『自然主義の小説家たち』）と、一八六四年八月十八日の友人ヴァラブレーグ宛ての有名な書簡における透明な「スクリーン」の夢である（もっともゾラは叙事詩的隠喩をあきらめることは決してできなかった）[16]。すでに引用したランボーの「ザールブルックの輝かしい勝利」は、政治宣伝のイメージ

図1 「写真家ピエロ」，ナダール（弟）［アドリアン・トゥルナション，1825-1903，ナダールの義弟］による写真。

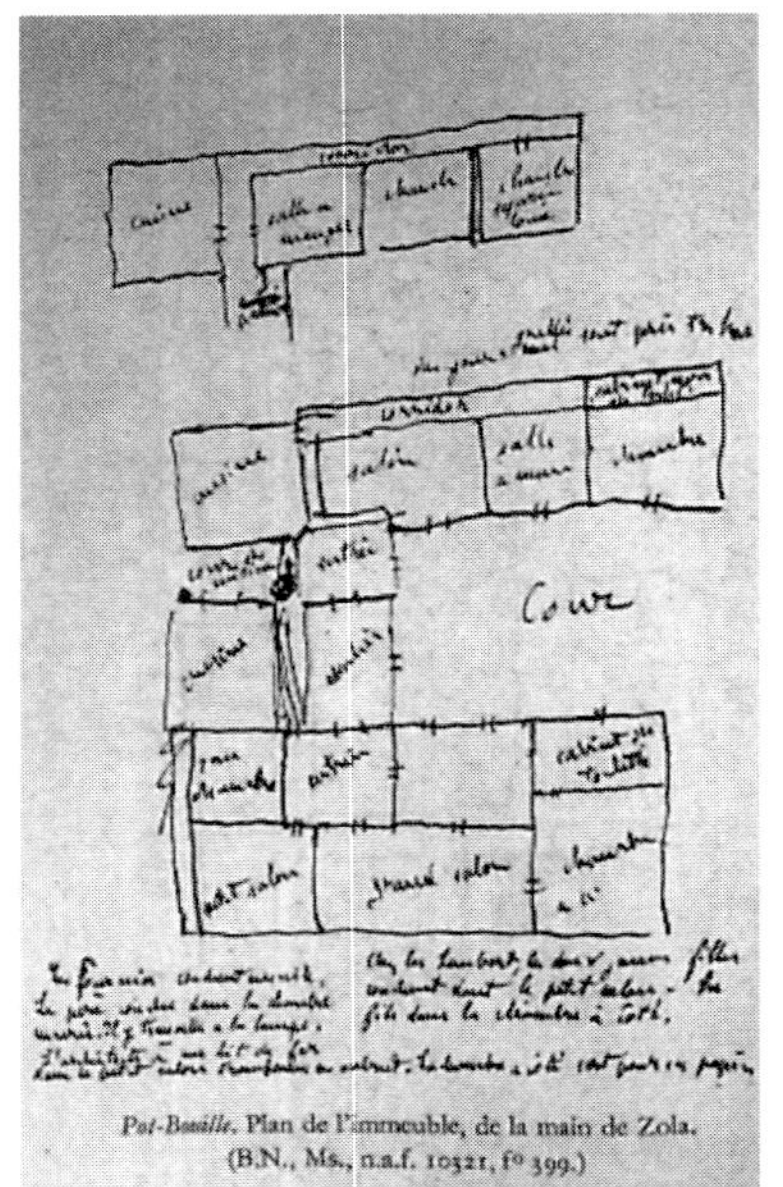
Pot-Bouille. Plan de l'immeuble, de la main de Zola.
(B.N., Ms., n.a.f. 10321, f° 399.)

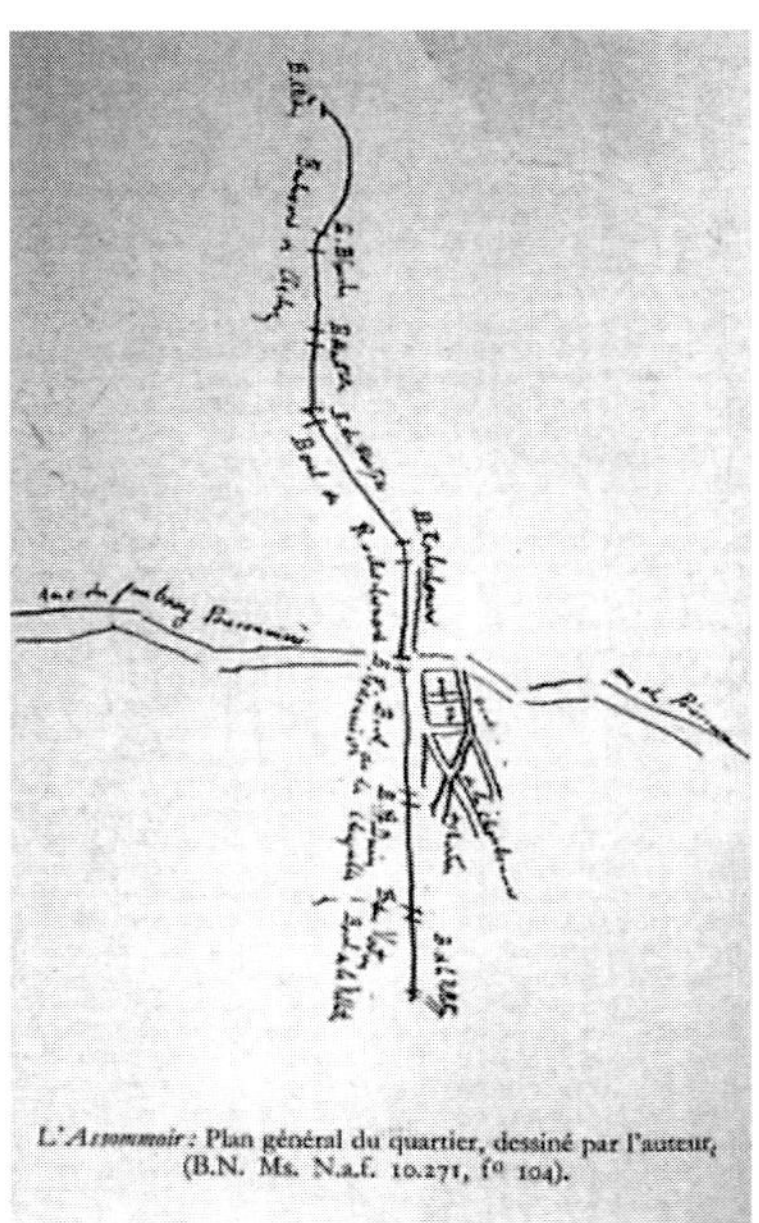
L'Assommoir: Plan général du quartier, dessiné par l'auteur.
(B.N. Ms. N.a.f. 10.271, f° 104).

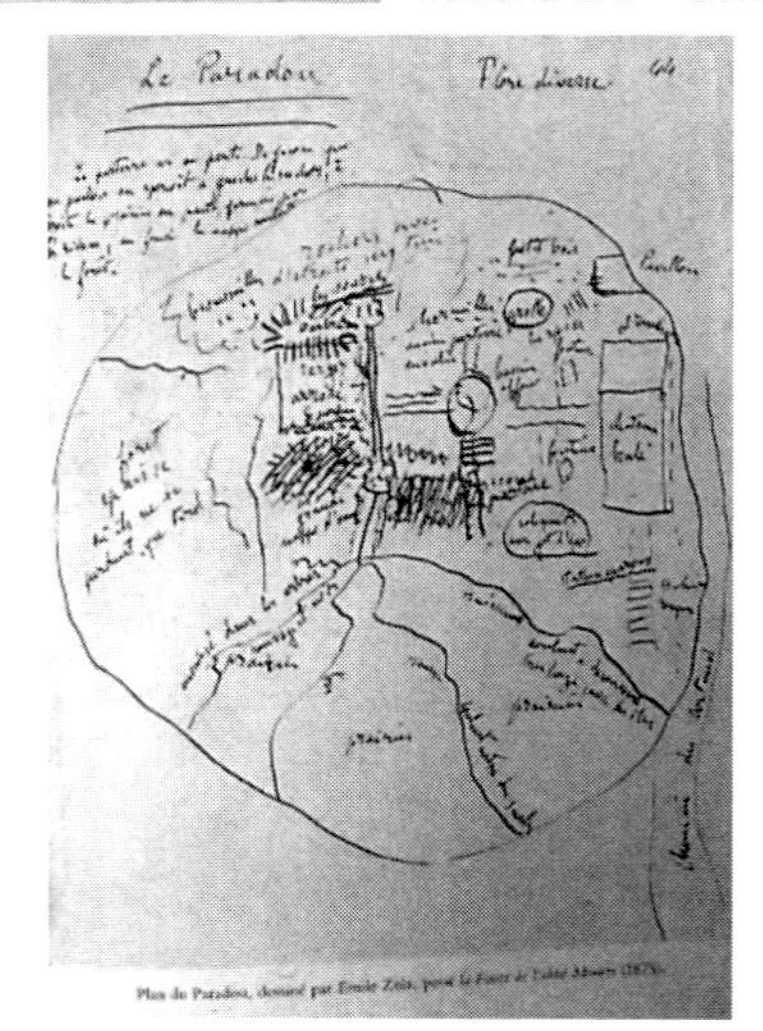
Plan du Paradou, dessiné par Émile Zola, pour la *Faute de l'abbé Mouret*

図2　ゾラによる手書きデッサン（左上から『ごった煮』『居酒屋』『ムーレ神父のあやまち』）。本書第六章参照。

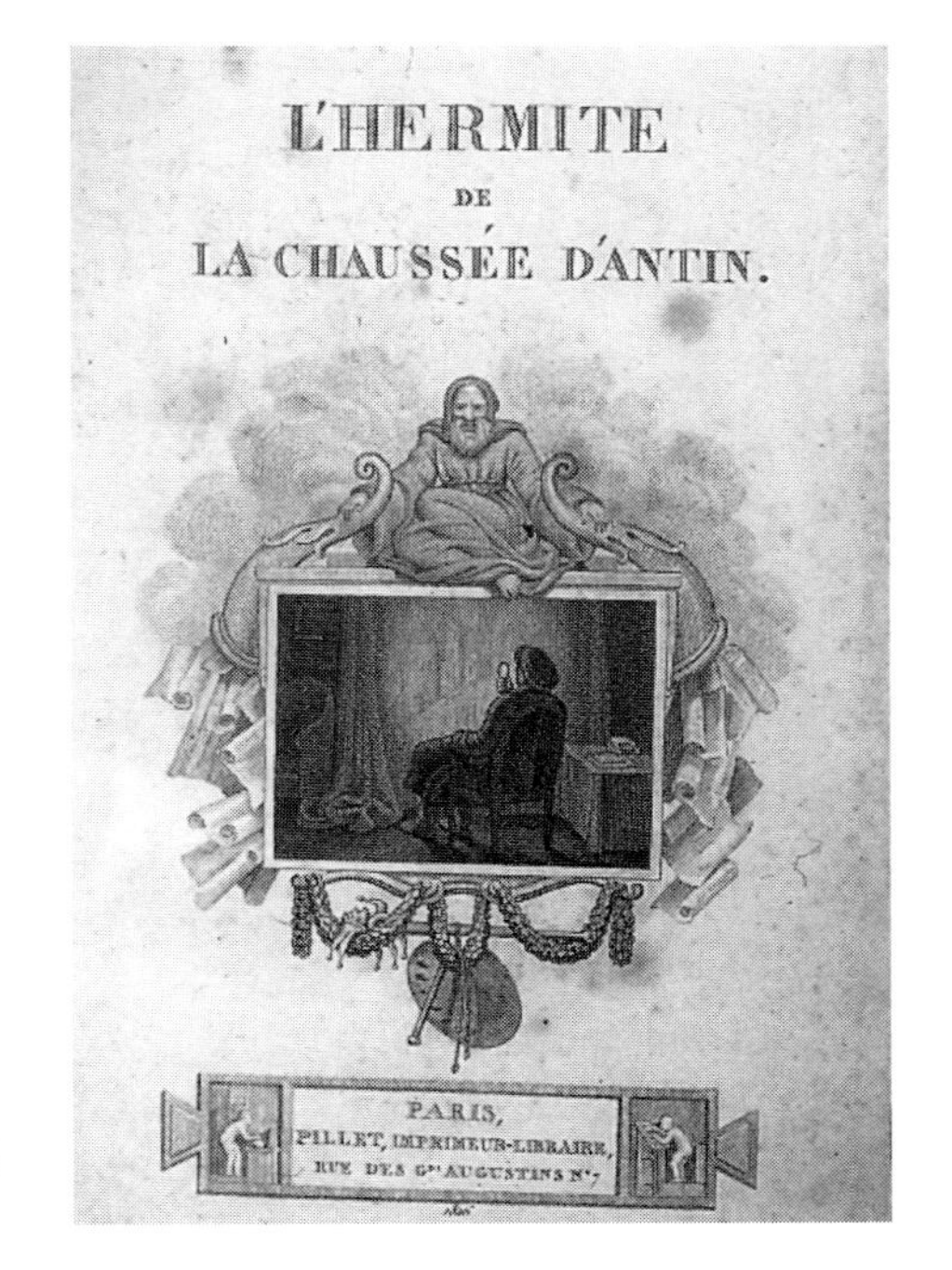
L'HERMITE

DE

LA CHAUSSÉE D'ANTIN.

PARIS,

PILLET, IMPRIMEUR-LIBRAIRE,

RUE DES G^ds AUGUSTINS N°7.

図3 ド・ジュイの『ショセ＝ダンタンの隠者』の扉絵（上）と巻頭の装飾模様（下）。

図4　シャンフルーリの『自然の友』の扉絵。

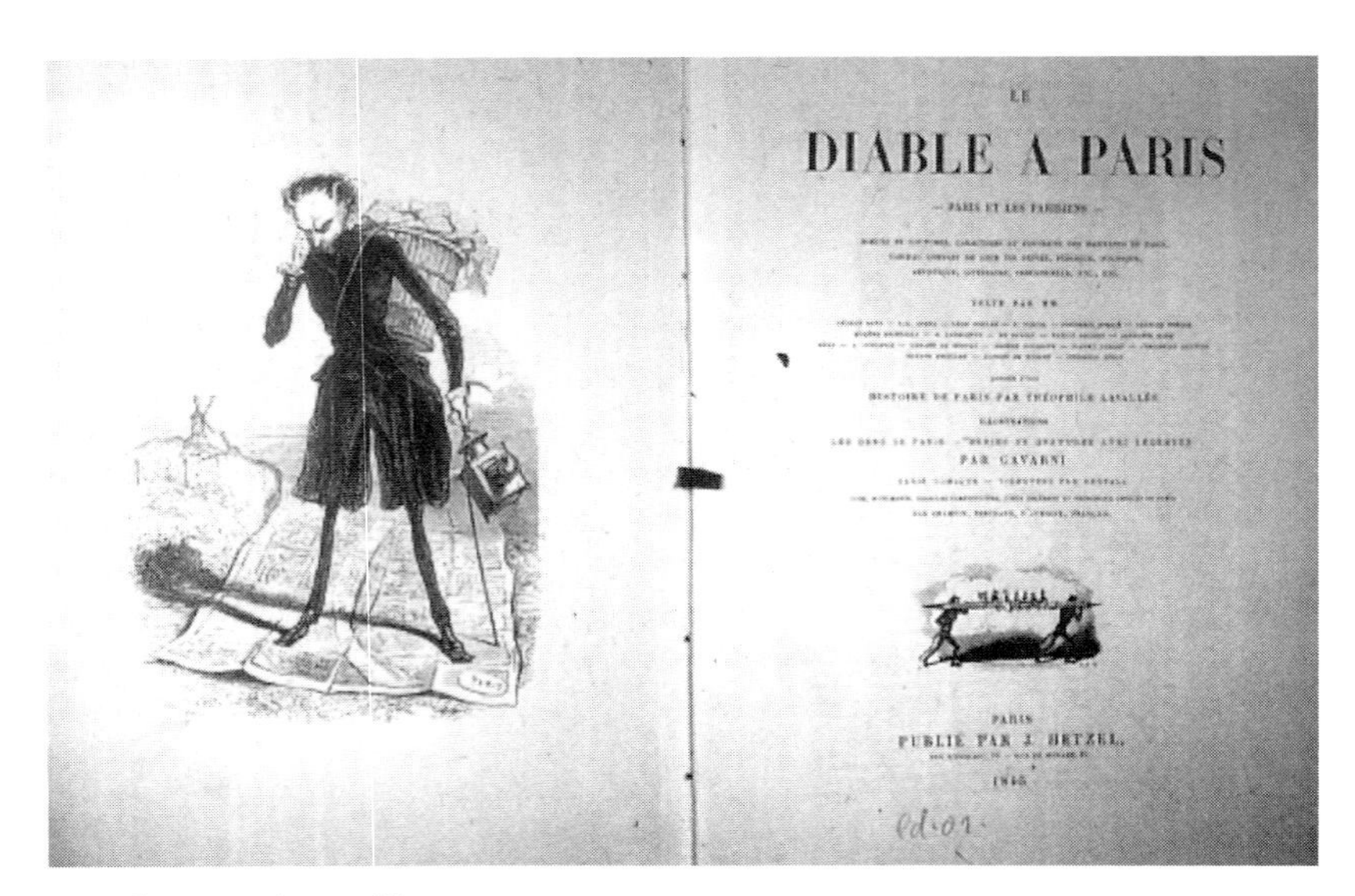

LE

DIABLE A PARIS

— PARIS ET LES PARISIENS —

HISTOIRE DE PARIS PAR THÉOPHILE LAVALLÉE

PAR GAVARNI

PARIS

PUBLIÉ PAR J. HETZEL

1845

図5　『パリの悪魔』の扉絵とタイトルページ。

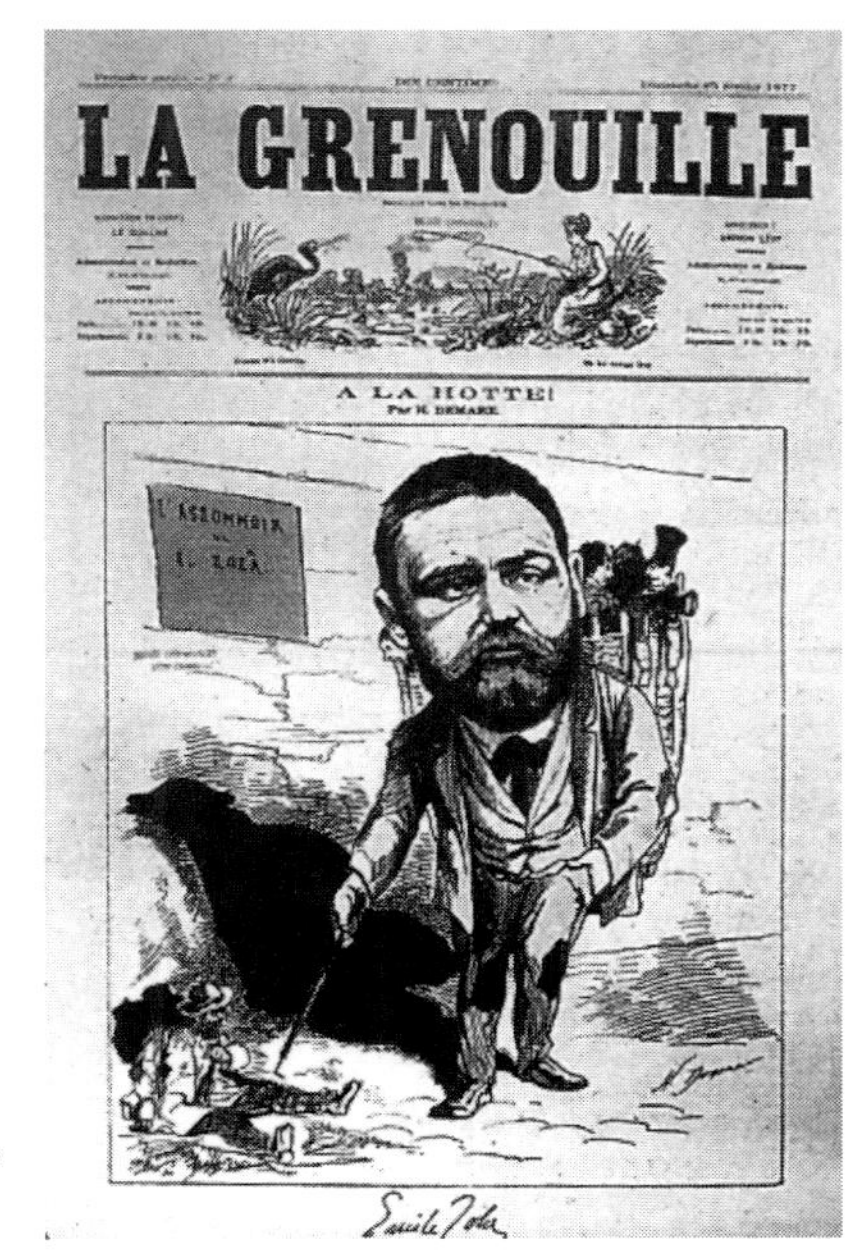

図6　ゾラのカリカチュア2点（ルーペを持ったゾラ（上）と屑屋のゾラ（下））。

図7　A・ロビダによる「コンパートメント式」カリカチュア。

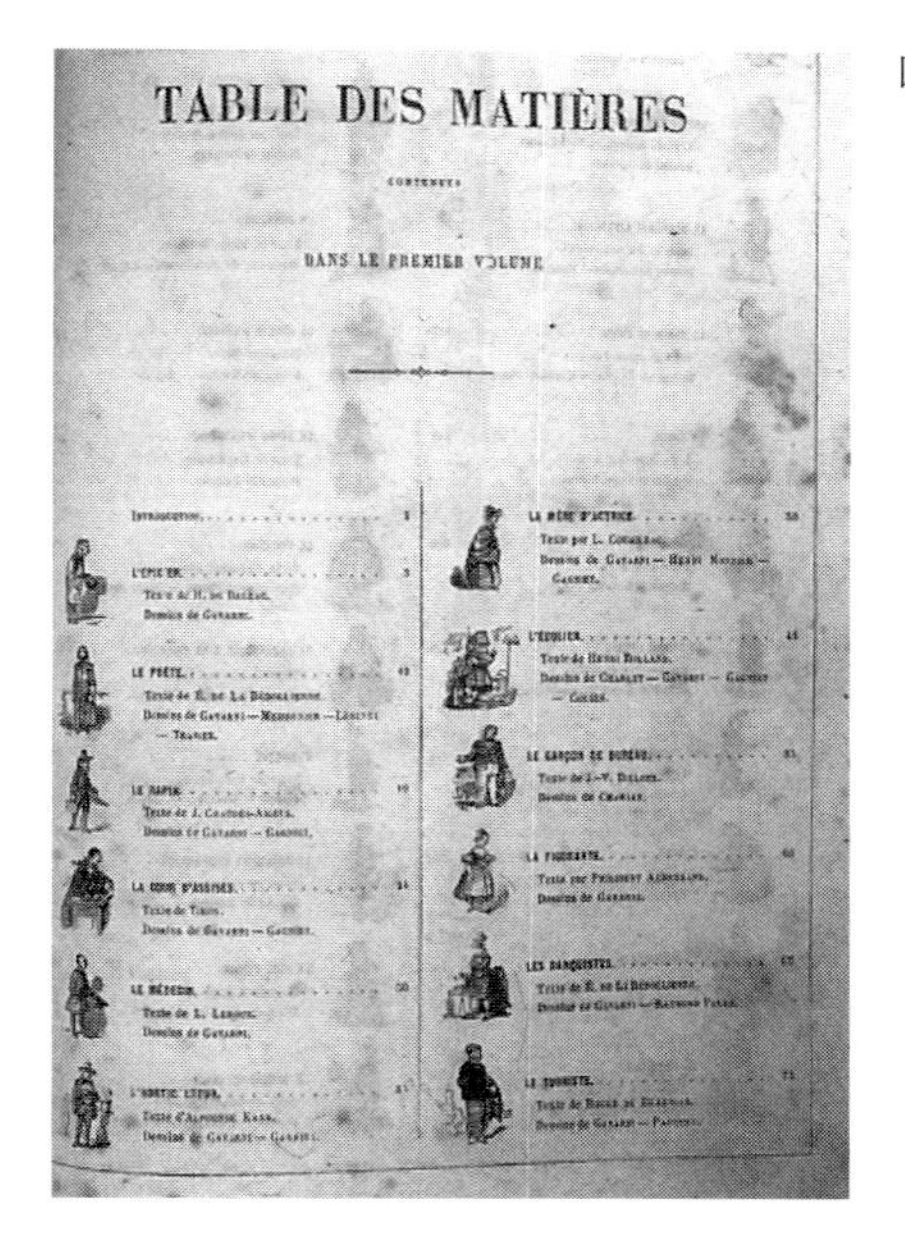

TABLE DES MATIÈRES

CONTENUES

DANS LE PREMIER VOLUME

Introduction 1
L'Épicier 5
Le Poëte . . . .
Le Rapin . . . .
La Cour d'assises . . . .
Le Médecin . . . .
L'Horticulteur . . . .
La Mère d'actrice . . . .
L'Écolier . . . .
Le Garçon de bureau . . . .
La Figurante . . . .
Les Banquistes . . . .
Le Touriste . . . .

図８　『フランス人の自画像』の目次ページ。

図９　クリストフ「フヌイヤール一家，汽車に乗る」。

図 10 『パリの悪魔』の中のベルタルによる「文学のパンテオン」。

の、このような素朴で子供っぽい描写の好例である。彼の皇帝は「青と黄に彩られた盛儀のうちに、きんきらきんのお馬に跨がって、しゃちこばって」おり、彼のボキヨン（『ボキヨンのランタン』*La lanterne de Boquillon* の中で不滅となった愚かな兵士のタイプ）は「赤と青の軍服を着て、いとも素朴」である。たとえ詩にいくつかの直喩が残っているにしても、それらもまた素朴で子供っぽいものである。たとえば「ゼウスのように残忍で、パパのようにお優しい」のように。あるいは「黒い太陽のように」という表現は、ロマン主義の崇高なイメージのパスティッシュであり、題名の「けばけばしく彩色された」に対するアンチテーゼであり、皮肉な「ネガ」である[17]。

しかしながら、コペとの類似が見られるのはとりわけ、「最後のランボー」の韻文もしくは散文による『イリュミナシオン』においてである（こう結びつけると歯ぎしりする人もいよう）。そのテクストにおいては、視覚的イメージや劇場の舞台背景といったあらゆるイメージへの言及が非常に密におこなわれているが[18]、同時にはっきりそれとわかるような修辞的比喩は一切用いられていない。たとえば、「ソネ」（「青春」）では、話者は「映像など持たない、世界中の友愛に満ちて慎ましやかな人々」を夢見ているようであり、また「おはなし」では、はっきりそれと識別できるただひとつの比喩（「美の花園のなんという蹂躙」）は、一種の切り離し可能な挿入句によって、やや大げさな非難とともに、語り手である話者の責任に帰される。あるいは「野蛮人」や「運動」といった、難解ではあるが、その語彙や統辞法はとても単純かつ抽象的で、故意に無色であるような詩においては、読者はいくつかの不確定な描写や陳述（隠喩なのか、隠喩でないのか？）の前でしばしばためらうことになる。たとえば、「大洪水の光」（「運動」）とは隠喩なのか、あるいは大洪水の時代の光の単なる喚起なのだろうか？「野蛮人」の有名な「血のしたたる肉の旗」とやはり有名な「海の絹」は字義通りに解釈されるべきか（それはランボーが自分の詩を読むときに与えていた特別な指示である）、あるいは隠喩として（「赤い旗」「静かな海」）として解釈されるべきだろうか？

修辞学的比喩を修正したり、回避したり、中和したりする第三の解決策は、それを類似によって多元決定すること、すなわち、ある視覚イメージの喚起に共感覚的に当てはめることによって、その比喩をテクスト内に保持するやり方である。たとえば、ボードレールが「憂鬱」の中で喚起する「嘆き声をあげるパステル画」pastels plaintifs がそうである。ここには三重のイメージがある。なぜなら、それは隠喩であり、共感覚であり、しかも絵に描かれたイメージについての共感覚的な隠喩だからである。我々はすでに、こうした「生のもの」cru あるいは「騒々しいもの」criard の共感覚的な隠喩にすでに出会っている。それらは文学において民衆的なイメージや広告のイメージ、つまりこの上なく高貴さを欠いた街路のイメージが喚起されるやいなや、体系的に現れるものであり、したがって自然の側(大絵画が「火を入れたもの」cuit であるのに対して「生のもの」cru)や下層民や子ども(彼らは話すのではなく叫ぶ crier)の側にしか属し得ないものである。[19]

第四の解決策は、図像的暗示と名付けることができるだろう。この方法は、何らかの視覚イメージへの言及、つまり、視覚イメージの物理的・構造的ないしは実際的な構成要素のひとつに言及することで、書かれたイメージを、ある程度秘密裏に、視覚イメージに感染させることにある。その視覚イメージが、二つの現実の類似的な「結びつけ」において、潜在的な仲介者、あるいは意味論的なつなぎの役を果たすのである。したがって、図像的暗示は、ある描写全体の中に存在するたった一つの語によって行われることができる。その語が全体をこっそりと支配し、一般的なつなぎの役を務めることになる。たとえば、『ボヴァリー夫人』の次のような描写を読もう。

平坦な野原は、続いて、単調な動きで登り坂となり、遠くで白っぽい空のぼんやりとした底辺に触れていた。こんなふうに上から見ると、風景全体は一枚の絵のようにじっと動かないように見えた。錨を降ろした船が片隅で積み重なっていた。

ここにおいては、明らかな直喩（「一枚の絵のように」）の他にも、二次元のイメージを思わせるいくつかの言葉（「底辺」「片隅」「触れる」）が見出される。「額縁」「斑点」「表面」といった類の名詞、「枠取られる」「分けられる」あるいは「広がる」といった類の動詞、「左に」や「右に」、あるいは「前景に」といった類の表現、いくつかの「どぎつい」cru 色彩の使用[20]といったものはしばしば、上記のような描写において、何かの「タブロー」や「イメージ」へのいかなる言及も欠如しているゆえに、決定不能なエクフラシスのようなものを提示するのである（作家は現実を描写しているのだろうか、それとも現実を描いた二次元の絵を描写しているのだろうか？）。

興味深いことに、フローベールという確信的な偶像破壊者が、平面的な点描主義の風景を絶えず増殖させているということを指摘しておきたい。そのキーワードは、ひとつのイメージを見るという特殊な行為（視線をジグザグに走査すること）に関わるものである。『三つの物語』から二つの例を挙げよう。

あちらこちらで、枯れた大木がその枝で、青い空の上にジグザグ模様を描いていた。 『純な心』

岩にジグザグの切り込みを入れている道によって、町は城塞へと繋がっていた。 『ヘロディア』[21]

葡萄畑と胡桃の木々（……）遠くに何本かの小道が見えた。それは空の端と接している白い岩の上でジグザグ模様を描いていた。 『感情教育』第一章

彼はまた、一種の写真アルバムの不連続性を思わせるような言葉を増殖させる（フローベールにおける描写の

特徴的表現は、よく知られているように、「あちらこちらに」とか「時おり」「時々」などである)。あるいは民衆版画の貼り付け、切り抜き、平べったさ、色斑、はっきりしたシルエットを思わせるものや、『聖ジュリアン伝』のようにステンドグラスの仕切りを思わせるものもある。

木々の影が苔の上に広がっていた。時おり月が、林間の空き地に白い斑点を落としていた。そして彼は、水たまりが見えたように思って、前へ進むのをためらっていた。あるいは静かな沼地の表面が、草の色と溶け合っていた。

しかも『聖ジュリアン伝』は全体が、段落や小タブローの一種のモザイクを形作っている。それぞれの間は、単に「時々」「しばしば」「ある日」「ある朝」「かつては」「霧の日には」といったゆるやかな表現で繋がっているだけである。『ブヴァールとペキュシェ』の風景描写にも同じ手法が見出されるだろう。たとえば「野原は単調で冷たい緑色をしたいくつかの大きな表面となって広がっていた」とか、「緑はあまりに生い茂っていたので、家々は隠れていた。木々が、草の真ん中で周囲よりも黒っぽい線を描いて、その緑を不均一な四角形に分けていた」といった描写である。

これらの描写は、局所的な比喩、すなわち直喩や隠喩を排除すると同時に、平面性や平坦さ、並置、仕切り(クロワゾヌマン)[22]といった意味場(イゾトピー)を持つ名詞や動詞や副詞の助けを借りて、一種の「全般的な比喩の効果」を構築する。それによって、文学テクストはステンドグラス芸術と類似することになる。ステンドグラスは、十八世紀に一旦衰退した後、十九世紀に再び脚光を浴び、大いなる熱狂の対象となった。最初は王政復古期〔一八一五―一八三〇〕の教会建築物や城館において、次いで十九世紀の最後の三分の一世紀になると、個人の家やアパルトマンに(メダンの別荘を整備するゾラを見よ)使われた[23]。フローベール以後の何人かの小説家たち、とりわけ「芸術的文体」の、もしくはいわゆる「デカダン派」の小説家たちにおける、あの有名な半過去の使用、時にはひとつの章全体において、読者が単純過去を期待するような箇所にまで使用される全般化された半過去の使用（「その夜、彼は外出したのだった（……）彼は夕食を食べたのだった（……）彼は戻ってきたのだった（……）」）にいたるまで、「長々と述べる」ことによって、また時間性を一種の曖昧な反復のなかに溶解させることによって、すべてはこの図像的暗示を作動させるのに貢献するのである。

同様に、ゴンクール兄弟という、確信的な図像愛好家でありながら、同時代の近代絵画を忌み嫌っていた作家が、まさにその同時代の印象派絵画の技法を思わせる語彙（「印象」、「表面」、「きらめき」、「震え」など）の助けをたえず借りて風景を描くのは、興味深いことである。

仲介となる比喩の存在は、先に引用したボードレールの詩句におけるように、まったく暗黙裏のものであってもよい。

煙突、鐘楼、これら都市の帆柱

しかし、ここにはすぐにそれとわかる視覚イメージが透けて見える。すなわちパリ市の紋章（都市を「代理／表象する」船）のイメージであり、都市の現実、その壁や記章に存在しているものである。あるいは、次のヴェルレーヌの詩句を見よう。

昨日の君は血を流す心臓、今日の君は燃え上がる心臓

『叡智』第一部六

ここでもまた、ヴェルレーヌが（当時）頻繁に訪れていたすべての教会に存在していた宗教的な視覚イメージが

現れる[24]。すなわち、イエスの聖心（燃える心臓と涙を流す心臓）である。あるいは、詩人にして写真家であるシャルル・クロによる次のような「写実的十行詩」（平板で、これ見よがしの修辞的比喩をほとんど持たない）がある。それは「試練の日々」（「試練／焼き付け」épreuve という語の両義性は読者に疑惑を引き起こす）という題名で、コペ風の十行詩を模作したものである。

試練の日々

かつて私は雨樋のすぐそばに接した屋根裏部屋に住んでいた。
突き上げ天窓のそばにしばしばうずくまっては、
自らの悲惨と蒙ってきた数知れない侮辱を思いつつ、
野菜売りや古着屋の呼び売りの声を聞いていた。
そして暖炉職人が屋根に見事に建てた煙突は、
私の悲しみに満ちた大きな目の底に、黒い線を引いていた。
時々、鈴の優しい音色が聞こえてくると、
身を乗り出して、あの木靴をはいた太った男を見るのが好きだった。
彼は肺病病みの若者たちに忙しげに売っていた、
雌ロバの生暖かい乳の慰めを。

ここですぐに気づくことは、「目の底に線を引く」というプロセスの描写を通して、暗室と写真のイメージが示唆されていることである。そうした示唆はすでにボードレールの詩「風景」にも存在していたもので、クロの詩は明らかにそれを書き換えているのである。

第五の解決策は、かなり広い意味における「ネガの」イメージに頼ることによってもたらされるだろう。ここでは、ネガ／ポジ・システムに基づくイメージ製造の技術（版画と写真）の影響は明らかである。「ネガ」と定義できるのは、対象物の方向を逆にする視覚イメージ（鏡は左右を逆にする）、もしくは色彩を色価に変化させるイメージ（ポジの写真プリントのネガ）、あるいはこれら二つの定義を組み合わせたもの（あるタブローに基づく版画は、左右を逆にし、色の付いたイメージを白黒のイメージにし、さらにデッサンでは保持されるものを面上で消去する）、もしくは三次元の具体的な物体のくぼんだ痕跡を提示するイメージ、すなわち不在のイメージ（鋳造、化石、刻印）[25]、もしくはただ単に、他のイメージによっては代替できない、思考不能なイメージである。これらの技術やモデルは、対立の規則と二元的な単彩画の彩色に強く支配された（読む）イメージを示唆する。たとえば、「亡霊」のタイトルのもとに集められた『悪の華』の三つの詩「暗闇」「香り」「額縁」は続く「肖像画」を準備しているのであるが、どの詩もある存在の「ネガの」痕跡として、スペクトル（亡霊）として、ポジのイメージ（「肖像画」）の反対物（暗闇）、余白（額縁）もしくは痕跡（香り）を表しているのである。あるいはヴェルレーヌの『サチュルニアン詩集』の一連の詩「腐蝕銅版画」は、単彩画のイメージに基づく夜の変奏である（「パリのクロッキー」、「悪夢」、「海景画」、「夜の効果」）[26]。また、「黒い太陽」という撞着語法はネルヴァル（「廃嫡者」）にも、ボードレール（「描きたい欲望」[27]）にも、ランボー（「ザールブルックの輝かしい勝利」）にも、あるいはロニー[28]にも、あるいはリュシアン・デカーヴがエピナル版画の絵師たちの愛国的な主題を描写するとき、飾り立てられた制服が並ぶ中で際立つナポレオンの灰色のフロックコートにふれる時にも認められる[29]。あるいは、ヴィクトル・ユゴーは、墨絵や単彩画、ステンシル、その他の「ネガの」視覚イメージの技法の大専門家であるが、それは彼のいくつかの（読む）イメージにも認められる。たとえば次の詩句のように。

恐るべき黒い太陽、そこから夜が輝いているこれについてはヴァレリーが「想像不能、この陰画はすばらしい[30]」と述べていた。

同様に、ゴーティエも『七宝とカメオ』の中の「盲人」と題された詩において、盲人の「暗い脳髄」を一種のカメラ・オブスクーラとして喚起しようと試みている。

神のみぞ知る、いかなる黒い妄想が
この暗い脳髄に取り憑いているのか
またいかなる違法の魔術書を
想念がこの洞窟に書いているのか、

またフラマリオンは『ルーメン』*Lumen* において、長々とした写真の隠喩を連ねている。そこで世界は「世界のイメージ」を「定着させる」「暗室」となり、人々は一種の逆回転させた映画フィルムのように、その歴史と起源を見ることができる[31]。

『悪魔のような女たち』の中の一篇におけるバルベー＝ドールヴィイの、次のような美しく真摯な公式はよく知られている。「地獄、それは凹んだ天である」(「ホイスト・ゲームのカードの裏側」——一八五〇年)。そしてこの作家の全作品は刻印や封印、鋳造や印刷のイメージによって貫かれている。ネガの想像力はしばしば無彩色(黒)の想像力と不在の想像力に結びついている。不在というのは、「凹み」(痕跡)のこともあれば、下部(抑圧されたもの、「印刷物」の変異体としての「圧迫されたもの」)のこともある。そこから不在—凹み—黒としての民衆の表象が生じる(サンドの『黒い町』、ゾラの『ジェルミナル』とブルジョワの薔薇色の世界のネガであるその炭鉱)。あるいはグウィンプレインが、その地獄の裏面であるジョジアーヌ公爵夫人に対するように、醜悪 **dé-figuré** として表象されることもある[32]。しかし、ジルの新聞のタイトル(最初〈ラ・リュヌ(月)〉という名前だったが、第二帝政の検閲を経て〈エクリプス（日蝕）〉という名前でふたたび現れた）にも、またユイスマンスの『さかしま』にも存在しているネガの想像力は、十九世紀においてはたいていの場合、そのエクリチュールの姿勢において、皮肉っぽいものである。実際、皮肉とはまさに、自分が意味したいと思っているのとは逆のことを言う発話行為の文彩ではないだろうか？　それは、ある人々によれば、十九世紀の「歴史」全体の横糸そのもの――出来事を逆転させる歴史の皮肉――であり、その世紀を必然的に支配する発話の姿勢ではないだろうか？[33]　『笑う男』は、対立と逆転の闘いであり、文彩と脱文彩化の対立であり、白黒の単彩画小説であるが、それはまた、「歴史」と笑いについてのブラック・ユーモア小説でもある。エミール・デシャネルは、すでに引用したそのエッセー『作家と芸術家の生理学、自然批評試論』の第二章「世紀」を次のように結んでいる。「文学はまさに風俗の裏面を表現する。しかし、陰画プリントから陽画プリントを作ることができるように、類似によってであれ、対照によってであれ、文学はこの世紀の風俗を描き出す。これは場合によっては、裏側からタペストリーを織り出すゴブラン織りの職人たちのような仕事になることもあろう。[34]」この想像物は、いくつかのイメージ製造の技法、すなわちステンシルや型紙（連続した小さな穴によって線を描く）、版画、鋳造、シルエット（「シャ・ノワール（黒猫）」の影絵芝居）、そしてもちろん写真[35]といった技法によって作られているように思える。それがわかるのは、この想像物のいくつかの具象的イメージのレベルにおいてである。たとえば、ナダールの写真を通して（第一章）すでに出会った「ピエロ」（大騒ぎ（シャリヴァリ）の世紀、フロックコートを着た黒い影の世紀の、物言わぬネガである白と黒のパントマイム）もそうだし、少なからぬ作家に見られる、風景を「穴」や「影」や「シルエット」に単純化して描写する傾向[36]もそうである。そもそも数多くの「近代」小説のテクスト（フローベール、ゴンクール、ユゴー、ゾラなど）は、昼の場面と夜の場面を交互のタブローとして連続させて筋を展開する。それは幻燈や初期のイメージ投影装置（ディオラマ、パノラマ）の基本的な手法であり、同じ風景の夜の眺めと昼間の眺めを交互に映し出すものであった。このネガの想像力は、テクストにおいて表象されている場面のレベルにおいてだけではなく、表象について語る批評的ないし理論的メタ言語のレベルにおいてもみられる。たとえば、我々はすでに、『ショセ＝ダンタンの隠者』の作者ド・ジュイが、自身の美学を定義するにあたって、ポジのイメージ（ランプ、デッサン、タブロー）を用いたり、あわせて痕跡のイメージ（すなわち凹み、活字）や鋳造にふれたりしているのを見たが、彼は次のように言っている。自分が読者に提供したかったのは、「一種の幻燈であり、それを用いて、多少とも厳しいモラリストが、毎週、我々の悪徳や性癖や滑稽さをありのままに描き出すタブローの一部を複製することである（……）。私は自分が見るものをデッサンし、目の前にある性格を描く。そしてより類似性を確かなものにするために、私の人物たちを生きた自然に即して鋳造する。[37]」同様に、スクリーン écran とガラスの理論家であるゾラは、『居酒屋』（一八七七）の序文において、絵画の隠喩（「私はある労働者の家族の宿命的な零落を描きたいと思った」）だけでなく、鋳造の隠喩も用いて、自分は「民衆の言語をよく加工された鋳型に流し込み」たいと思ったと述べている。同様に、鍵となる場面で、イメージのこの補完的で対立的な二つの制度が混在する小説もある。たとえば、『感情教育』（第二部第三章）で、フレデリックがクレイユにアルヌー夫人を訪ねてやって来て、愛する女性（もしくは愛していると思っている女性、というのも彼が愛しているのは豪華装飾本の「挿絵」であり、小説の冒頭、船の上で出会った「ロマンティックな小説の女性たちに似た」女性であるから）のイメージをふたたび見出そうとする場面がある。そこでは刻印への言及とイメージへの言及が混じり合っている。つまり、村を横切り（「重い足取りが泥の中に深く沈み込んだ」）、工場を間違えた後で（なぜならアルヌーは、有名な陶器製造工場の隣に設置することで自分の工場を「信用のある」陶器製造工場として通用させようとしていたのである――我々は模倣（ミメーシス）の領域を離れてはいない）、彼はアルヌー家の一種のミュージアム（「中国の官人が何人もびっしりと描き込まれた大きな壺」「二人の人物の描かれた大皿」）、壺を成型する作業場（「彼らの左手は内部を掻き削っていた」）、陶器の絵付けをする作業場を見学し、紋切り型の話しかできず（「彼は魂の親和力について滔々と語り出した。ある力が存在していた」等々）、アルヌー夫人の「思い出」（心の中のイメージはここでは凹んだイメージである）として、ひとつの換喩、不在の全体の凹んだ部分、すなわち陶土の塊の中に刻印された彼女の手形を持ち帰る。彼女は「コンソール・テーブルの上で丸めた陶土を取り（……）、それをガレットの形に平たくして、その上に手を押しつけた。――これをもらってもいいですか？　とフレデリックは言った」。

ネガ／ポジの関係は、このように膨らみ／凹みに置き換えられ、ごく自然に、またイデオロギー的に、エロティックなコノテーション（男性／女性）を帯びることもある。男性は、「ネガ」であり「凹み」である女性のいわば「ポジ」である。同様に褐色の髪の女性は、金髪の女性（こちらはつねに「ポジ」である）の「ネガ」と見なすことができる。[38] また、クレザンジェの『蛇にかまれた女』（一八四七）からロダンの『青銅時代』（一八七七）にいたる、生きたモデルを使って鋳造されたと（スキャンダラスにも）言われる彫刻についての、世紀を通じての熱心な議論はよく知られている。[39] 図像的な「ネガ性」と倫理的な「ネガ性」は相伴うかのようであり、その母胎で自らに似た姿を鋳造する女性は（すでに第五章で、まさしく感応遺伝の理論とともに、それらの生物学的／遺伝的ファンタスムのいくつかに出会った）、自身が鋳造されたイメージになることはできないかのようである。

「アメリカ的比喩」は、修辞学的比喩に対する不信を表明する第六の手法となっている。「アメリカ的比喩」という表現は、ジュール・ラフォルグがボードレールについて用いているものである。

ボードレールは、ロマン主義のあらゆる大胆な試みの後で、こうしたむき出しの直喩を発見した最初の人である。それは格調高く流麗な文章の調和のさなかで、突如として、平板さの中に足を踏み入れる。すなわち手で触れられる具体的な直喩、あまりに前景に出すぎた身近な直喩、要するにアメリカ的と思えるような直喩である。それはアメリカ産の紫檀材であり、人をはっと驚かせ、元気づける不意打ちである。「夜は仕切り壁のように厚くなっていった。」他にもたくさんの例がある。[40]

ここでは、アメリカ、「平板さ」、「前景」、「むき出し」、「めっき」[41]、「紫檀材」（アメリカの木材）への言及に注目しなければならない。ここに見出されるのは、十九世紀中葉の図像嫌いや、美術批評、文学批評が、「粗悪な」文学や「粗悪な絵画」、「劣ったもの」や当時の産業生産された「粗悪な絵」（エピナル版画、民衆版画、トランプの絵など）を示すのに用いるキーワードである。もちろん、ここでラフォルグはこれらの言及を賞賛の意味合いで使っている。それらは、不協和音、すなわちテクストの「神を称える交響楽の中の調子外れの和音」（ボードレール、「ワレトワガ身ヲ罰スル者」）を導入することで、また比較項の場所に、散文的で、技術的で、非 - 詩的な単語（ボードレールから例を取るなら、仕切り壁、歩哨小屋、引き出し付きの家具、蓋、鍋、マットレス、箪笥、商店など）、製造された日常になじみ深い品々、いわゆる「産業製品」を示す単語を導入することによって、ロマン主義的で、ピトレスクで、異国趣味的な大イメージ群を「打ち壊す」[42]イメージを提示するのである。ロートレアモンの有名な「解剖台の上のミシンとこうもり傘の出会いのように美しい」（一八六九）という表現は、作品全体に散りばめられ、ライトモチーフとして繰り返される一連の「のように美しい」の一部であり、文学自身に向けられた産業生産品の雑多な混交の美学による「アメリカ的」詩法であって、ブルジョワジーの紋章そのもの、つまり雨傘とミシンを自らの紋章として用いることで、その手法をますます誇張している。ゴーティエは『モーパン嬢』の序文において、すでに卑近で「有益な」品物（ナイトキャップ、雨傘、長靴、上履き、鉄道……）の思考を、芸術作品の思考に対比させていた[43]。

「アメリカ的比喩」という表現はもちろん、アメリカについての、つねに両義的なある種のイメージによって媒介されている。アメリカが、広告イメージの王様、バーナムによって象徴され具現されている一方で、アメリカはまた、幼年時代、素朴さ、処女性の側にあって、それらは美学的レベルにおいて肯定的な参照項である。興味深いことに、イメージと複製のテーマによってもっとも完全に構造化されている文学作品、ヴィリエ・ド・リラダンの『未来のイブ』（一八八六）の主人公は、アメリカ人の技師エディソンであり、舞台は合衆国のとある実験室で、小説全体を通して一人の人工の女性が製造されることになる（芸術家のアトリエに近い）場所である。そしてこれも興味深いことだが、イメージの製造業者であるエディソンの肖像は、最初の二つの章で、「永遠の子供」の顔つきをしている人間として、またとりわけ、多くのイメージへの言及（版画、写真、貨幣、印象、絵画）からなる一種の肖像画として提示されているのである。

エディソンは四十二歳の男性である。数年前には彼の顔つきは、有名なフランス人のギュスターヴ・ドレに著しく似通っていた。それはほとんど学者の顔に翻訳された芸術家の顔であった。同種の才能の異なる現れ、神秘的な双生児である。二人は何歳の時に完全に相似だったのか？　おそらく一度もそんなことはなかっただろう。彼らの昔の写真を二枚、ステレオスコープで合成してみると、次のような知的な印象がわき起こる。つまり高等な種族のいくつかの肖像画は、人類の中に散らばった種々の人物像からなる一枚の貨幣としてしか、十分には実現されないのだということである。エディソンの顔はと言えば、古い版画と付き合わせてみると、シラクサのアルキメデスのメダルの生きた複製そのものである。

アメリカは、そもそも功利主義と諸価値の民主的な平準化のシンボルであるが、ラフォルグにとっては、ある種の修辞学的「平準化」と非神聖化の反美学を（肯定的に）描くことに役立ち、またヴィリエにとっては、めくるめくような、ファンタスティックで皮肉に満ちた一連の複製と模造品を構築するのに役立っている。[44] ついでに次のことも指摘しておこう。このような「アメリカ的」効果は、すでに引用したボードレールの、どちらかと言えば高貴で古典的な隠喩（「煙突、鐘楼、これら都市の帆柱」）にも微妙に影響を与えている。つまり、並置して比較される事物（煙突と鐘楼）のグループの内部で、暗黙のうちに、やや冒瀆的な下位の類似、すなわち煙突＝鐘楼という等式が創り出されるのである。ヴェルレーヌもまたこのような「びっこの」比喩を創り出すことでその手法を一部取り入れるだろう。それはまさに「びっこ」のテーマにわざと言及することによって、またその

比喩の中に体系的に散文的な要素（統辞論的、韻律法的、あるいは意味論的に）を導入することによってである

（「おお、あなた、遠くでびっこを引く人のような（……）」『叡智』第一部六、および「びっこのソネ」も参照。

このソネの舞台はアメリカではなくロンドンである）。

比喩を回避する第七の、そして最後の解決策は、「換喩的」イメージである。換喩とは隣接性、近隣性の文彩、すなわち操作として視覚イメージともっとも精神的な類似性をもっている文彩である。周知のようにヤコブソンは、換喩を写実主義のエクリチュールの最重要イメージとしている。そして我々はすでに、シャンフルーリの筆になる、換喩的偏流に基づいた画家たちのタブローの皮肉っぽい描写に出会った[45]。そこで問題となっているのは、類似や隠喩や直喩を経由するある種の文学イメージの手法でありタイプであって、ジェラール・ジュネットがマルセル・プルーストのような作家の作品において見つけ出し描き出したものであるが、それ以前のある種の写実主義／自然主義のエクリチュールの潮流、特にフローベールにおいて、すでに体系的に使われているように思える。ただしその機能はプルーストにおける機能とは異なっている（とりわけ説話論的なレベルにおいて異なっており、プルーストにおいては物語を再起動させるのだが、フローベールにおいては物語を停止させてしまう[46]）。その手法は、比較の二項（比較するものと比較されるもの）を空間的に、直接また間接に隣接するところから取ってくることにある。たとえば、すでに引用した『ボヴァリー夫人』のルーアンの描写をふたたび取り上げるなら、そこでは川に浮かぶ島々は「捕まえられた大きな黒い魚」に喩えられている。同じ小説において、シャルルの帽子は、「愚か者の顔」に喩えられ、ノルマンディ地方の農民たちの顔は「シードルの色」をしている。エンマとロドルフが川の畔の月明かりの下で、ノルマンディのどこにでもあるような柳と梅花空木の木々に囲まれて夢を見ているとき、彼らは「流れる川のように豊かで静かな」愛情が心に立ち上ってくるのを感じ、それは彼らに「梅花空木の木々がもたらすのと同じくらいの」懶惰をもたらし、彼らの思い出に「草の上にのびてじっと動かぬ柳の影よりももっと大きな」影を投げかける。『感情教育』では、ある人物は「彼の葉巻と同じくらい熱く

燃える」瞳をもっており、パリの屋根の上で空は「スレート屋根の色を帯び」、ある俳優は「劇場の大道具のように作られた下品な顔」をしており、ある人物は「彼が肘をついているテーブルのように硬い心」を持っている、等々といった表現がある。[47] そこには一種の平準化、厚みの喪失、すなわち類似の持つさまざまな虚構のレベルの遠近法や高低差の喪失が生じる。つまり、隣り合っているものは似通っており、似通っているものは隣り合っている。人物と事物はあたかもその背景の中に溶けこむカメレオンのようになる。この手法は、類似に基づく想像力を、現実の中に「落とす」ことによって、その漂流や飛翔を破壊する。それはテクストの中で、もっと絵画的だったり異国情緒にあふれていたりする一連のイメージの後に来て、しばしば皮肉っぽい対照をなす。[48] そして、比較する諸要素の距離をごく近くにまで縮め、読者のいかなる予見的ないしは回顧的な活動も停止させ、それゆえ、いかなる説話論的ないし寓意的投資をも停止させて、フィクションの「立体感」の一種の「斬首」へといたるのである。細部は隣接する細部に、全体は部分に、中身は容器に似ている。そして現実は、共存し、並置され、似通った事物の目録(ひとつのコレクションのように)、隣接するものの目録に還元されるように思える。「転義」はもはやその意味を「転じる」ことはなく、虚構世界の前景と後景の戯れはもはや機能せず、テクストは「平板さ」を産出し、細部は、税関吏ルソーの「素朴な」タブローや民衆版画のように、すべてが同等で、同平面上にあり、同価値となる。すべては、アメリカ式の民主主義のように、同等になり、平準化される。

しかし模倣的な意味の効果は、おそらく別のレベルで、もっと意識下のレベルで、回収されうる。比較するものを比較されるものと同じ現実の中に「落下」させたり(換喩的イメージ)、比較するものを散文的な世界の中で選択することで比較されるものを逆にそれに感染させたり(アメリカ的イメージ)することによって、テクストは、その修辞学的比喩という局所的なレベルにおいて、挫折の縮小モデル、模型、ミクロ図表(あるいはカリグラム)、小シークエンスのようなものを構築し、それが小説の主人公や女主人公の挫折の全体的なマクロ構造のアナロジーとなり得るのである。[49] ボヴァリー夫人が彼女の生きている窒息するような世界から抜け出ることはできないのと同じように、テクストのレトリックは、異国趣味的なイメージを構築するにはいたらない。しかし、それによって読むイメージは、十分にその機能を果たしていないように見えながら、物語の筋という図表の形で、見るイメージの図像的機能を取り返している。テクストはついにイメージに打ち勝った。これがあれを殺したのである。

第九章　語るイメージ、イメージを生む言葉、語られるイメージ

「広告がロートレアモンとランボーにどんな影響を及ぼしたか研究すべし！」

——ヴァルター・ベンヤミン

バルザックは『砂漠の情熱』の初めのほうで、「広告ビラ風に語れば」という表現を用いている。シャンフルーリは「語る陶磁器」〔faience parlante：持ち主（注文主）の名前、守護聖人の名、詩歌、標語、諺や世の中の出来事などを文字や図柄で表した陶磁器（主として皿）で、十八世紀によく生産された〕を蒐集していた。十九世紀には語るイメージが増殖したのだ。(1) スローガン（語源的には「鬨の声」、本書第四章で取り上げたランボーの詩「パリ」中の「アンギャンの温泉水を、自宅でどうぞ！」を参照）の載っている広告ビラやチラシ、次々と交代した様々な政体の標語のついた都市のシンボル（彫像や諸々の紋章）の増加、速記と写真を組み合わせて一八八六年にナダール父子が行なった、歴史に残るシュヴルイユのインタビューのような「写真・音声ジャーナリズム」の初期の試み、これらのいずれにも、語るイメージが増殖している。民衆的な絵は、もの言う絵であることが多く、政治的意図のある語り、説得したり教訓を与えようとする語りと繋がっている。サン＝シュルピス界隈の印刷屋が作る宗教画は福音書の言葉と繋がり（リュシアン・デカーヴの『気むずかしい人』*La Teigne* 参照）、諷刺画にはキャプション légende がつきもので（ガヴァルニのキャプションは傑作だ）、エピナル版画はナポレオン伝説を称揚し（L・デカーヴの『エピナル版画商』*L'Imagier d'Épinal* 参照）、教科書の挿絵（ラヴィス、ブリュノ）は教育者が語るに際して助けとなる。「パリの物売りの声」——ボードレールが自らの散文詩の序文と

なるアルセーヌ・ウーセへの有名な書簡で触れているあの呼び声――を描いた版画は、一八二〇年から一八四〇年頃、大流行した。絵画に「ポップアート」運動が登場する一九六〇年代よりも一世紀前に、文学は、自らと効果を競う、口承と絵の組合わさったこの素材に出会い、そこから新たな力を得る。ここから出てくるのが、境界線上のテクストのいくつか、たとえば、ランボーの「パリ」、ラフォルグの「都市パリの大いなる哀歌、無韻の散文」(「公道で大きな声……また物売りの呼び声か!」本書第四章参照)、あるいは後ほど考察するランボーの詩である。これらは、新しく登場する「ポップアート文学」の最たるものだ。

語るイメージという観念を文学的視点から(再)考察、(再)構成するのは容易ではなく大変骨の折れることだ。文彩(フィギュール)、模倣、エヴィデンシア、エネルゲイア、動機づけ、クラテュロス主義[一]、ミメーシス、詩ハ絵ノ如クニ、イメージ、エクフラシス〔原注(11)参照〕、ピトレスク、芸術間の比較、「交感」、共感覚、等々の考察対象をとおして、詩学、哲学、芸術理論、レトリックが常に交錯しながら紡いできた二十世紀以上もの歴史に、語るイメージというこの観念、隠喩は執拗にまつわりつきつづけた。これまでもよく研究されてきた長きにわたるこの歴史には、鍵となるテクストがいくつもあって、これらのテクストは、語るイメージ(図像、視覚的イメージ)とイメージに富んだ(言語的な)言葉(たとえば一つだけ例を挙げるならコワペルの『能弁と絵画の対比』*Le Parallèle de l'éloquence et de la peinture*[2])の二重で可逆的な隠喩を繰り広げるか、その隠喩を解体しようとするかである(レッシングの『ラオコーン』、ここでレッシングは「ピトレスク」概念についてケリュスに論駁する[3])。この長い歴史には様々な時期があり(図像嫌悪の時期、図像愛好の時期、絵よりもむしろ音楽とのつながりが顕著な時期)、特別な固定点がいくつかあり、それはたとえば活写法である。これはレトリックにおける、ほとんど理想的な一種の頂点をなす比喩であり、「見せる」ことば、イメージに富んだというよりも「イメージを生む」といえそうな言葉(「語るイメージ」という表現と対をなす)、語るイメージやイメージに富む言葉という問題にまつわる隠喩的思考をまるごと引き寄せる文彩である[4]。

理論的に有益であると期待してこの問題を再び取り上げるにあたって、あらかじめはっきりさせておかねばならないことがある。「語るイメージ」という表現を用いる時にはどんな「言葉」、どんな「イメージ」を念頭においているのかということだ。イメージも言葉も多種多様であり、この二つの語彙に広い意味を与えるのか（「イメージ」という時、何かの似姿になっているものすべてを含めるのか、「言葉」というとき、記号的なものすべてを含めるのか）それとも狭く限定された意味のみを与えるのか（限定された何らかのタイプのイメージ、言葉の何らかの限定された用法）によって、問題のあり方は変化する。だから「読まれる」イメージ（語られる言葉あるいは書かれ印刷された文の中の隠喩や直喩）は「見られる」イメージ（絵画、地図、写真、映画）ではないし、「心的」イメージ（計画、妄想、夢、記憶）でもない。また、あるタイプのイメージ、例えば「見られる」イメージの内部では、平面的二次元のイメージ（デッサン）は三次元のイメージ（彫像）ではないし、三次元イメージという範疇の中では、部分的イメージ（胸像）は全体的イメージ（立像）ではなく、陰画イメージ（痕跡、写真の「ネガ」）は陽画イメージ（彫像、写真のポジ）ではないし「反転した」イメージ（鏡の結ぶ像、版画とそれが写した絵画との関係）でもない。「等身大の」イメージは縮小イメージ（地図、模型）ではなく、現実のイメージは仮想のイメージではない、等々。同様に、言葉のほうでも、口頭の言葉（消え去り、音があり、聞こえ、前後のつながりに規定される——芝居のように）と書かれた言葉（これは本質的に時間が後ろにずれ、前後のつながりを要さず、「音無し」である）、抒情的な「声」（感嘆、叫び、囁きといった、個々人の肉体と接しているもの）と引用された言葉（他者の書いたものたちが紡ぎ出す果てしない間テクスト性）、直接話法と間接話法、自由間接話法〔間接話法の主節の主語＋「言った」「答えた」などの動詞＋接続詞 que を省略して地の文と時制が一致した会話部分〕等々を区別せねばならない。これらのイメージ、これらの言葉のどれもが、自らの規則、意味の仕様書、図形記号（括弧、イタリック、感嘆符、疑問符）、転換・変形・協同・翻訳の能力、相手を解釈して表現し直す、歴史的に位置づけられた自らの流儀をそなえている。(5) どれもが、他のものとの間での論争交戦システム（記号のシステム間、規則間での「これがあれを殺すだろう」）を有している。(6)

見られるイメージは、人工的なもの（例えば絵画）であれ、自然物（例えば痕跡）であれ、当然ながら、字義的には「語る」ものではありえない。イメージはどれも、現実においては、意味を奪われて一種の「非‐意義素」（ジョルジョーネの『嵐』事件を参照[7]）となっているのみならず、沈黙している。ムンクの有名な『叫び』は叫ばない。パリの凱旋門にある、かの有名なリュード作『ラ・マルセイエーズ』の浮き彫りは「ラ・マルセイエーズ」を歌わない。だから、あるのは語られるイメージ、つまり（述語的、説明的、叙述的）注釈、描写、キャプション、タイトル、解説を伴ったイメージだけなのだ[8]。これら付属する言説は、たんなる副次的でお飾りの碑銘のような付け足しではなく、これこそがイメージをイメージたらしめ、イメージをイメージとして作り上げる（たとえば、何かの形に見えるようなもの、現実の中で偶々できた形、幻覚、自然界にあるものから、イメージを区別する）。同様に、イメージを始動させ、何かを読者に「ほんとうに見えるようにする」と見なされている活写法やその他の名だたる文彩についてあれこれ語られてはいるけれども、イメージを生む言葉も読まれるイメージも存在し得ないだろう。あるいは少なくとも、文を読む時に読者の頭の中に形成される心象は、分析不能であり、読者によって異なる。だから、以下のことをぜひとも考慮せねばならない。

(1) 図像的でもあり言語的でもある対象。この混在は、本質的に解消不能であるか（指示的なものと図像を「混合させる」[9]カリグラム、図表、範列、形態‐音素、印字、文のリズムにおいては、イメージは言語であり言語はイメージである）、あるいは補完と協同による。補完と協同は、包括的なあるいは制度化された編集の仕方によって決められている（地図にはキャプションや説明がつき、教科書に挿絵があり、美術館の図録に絵が載っている。ルネサンス風の紋章のジャンル、レビュス遊び〔le Rebus 語呂合わせの言葉遊びと組合わさった判じ絵〕、吹き出しや絵の下に台詞のある漫画、紋章学における「判じ絵紋章」〔家名を表現・暗示する図柄〕、アルバム）またあるいは、たんなる併存とコラージュによる（ダダイズムのコラージュ）。

(2) かなり限定された文学ジャンル、概して明らかに非‐写実主義的な文学にみられる対象の描写において、ほとんど避けがたいテーマとして見られるのは語るイメージ（これは同時にテクスト中で語られ表象される）である。神話の図像と音声の「混合」した対象や行為項（ドンジュアンの物語における修道騎士の彫像、オウィディウスにおけるナルシス――反射される像――とエコー――反復される言葉――のカップル、メムノンの神話の語り歌う彫像、これら三つの神話は、声と同じように千変万化する抒情詩というジャンルをとりわけ惹きつけるようだ[10]）。あるいは、幻想的なジャンル、不思議譚、ＳＦに登場する、ロボット、幽霊、語る彫像などの数多くの人物もそうだ。

(3)　具象的な芸術が生み出した絵やオブジェの描写は、こうした絵やオブジェを書き言葉（エクフラシス、そして全体としては、芸術全般について、あるいは何らかの芸術作品についての言説全体）に変換する[11]。

これら、テクスト中で語られるイメージこそが（イメージを生む言葉は、活写法のようなタイプの「見せる」言葉とみなされ、不確かな心象に、つまりは何らかの心理学か哲学に行き着くが、こういう言葉ではなく[12]）、記号的でも文学的でもある現実をつくりだす。文体による描写が到達できるのは、こうした現実のみである。ここから、おそらくは必然的に、あるいは単に方法論的に慎重であらんとして（逃げ腰で実証主義的な後退だという見解もあろうが）起こるのが、隠喩的で二重に（語る／イメージを生む）「能動的な」問題の立て方から厳密に言語学的に「受動的な」（語られる）問題の立て方への移行である。

（?）（見られる）語るイメージ（?）……
（?）（読まれる）イメージを生む言葉（?）……
}……語られるイメージ

詩学的（この語彙のほうが、「文学的」よりも、私には好ましい）研究方法の特性とは、研究対象であるテクストの成立過程を常に文脈の中で考える、すなわち語られるイメージを、ジャンルによって枠づけられたテクスト領域自体の内部で共存し協同する他の記号論的操作子と関連づけて考察するということである。テクストは、語られるイメージの様々な形が交錯し作用し合う場である。例として、ランボーの詩を一篇あげよう。

ザールブルックの輝かしい勝利(二)

皇帝万歳！　の叫びと共に克ち取られた勝利
まばゆく彩られたベルギーの版画
シャルルロワで三十五サンチームで売られている。

中央には皇帝陛下、青と黄に彩られた盛儀のうちに
しゃちほこばって退場する　きんきらきんの
お馬に跨がってご満悦――すべてが薔薇色に見えるからだ
ゼウスのように残忍で　パパのようにお優しい

下方にはうぶなひよっこ歩兵さんたち　金ピカの太鼓や
赤い大砲のそばで昼寝をしていたのが
ちゃんと身を起こす　ピトゥ歩兵は上着をつけて
陛下の方に向き直り　お偉方らの登場に茫然となる

右方にはデュマネ歩兵　シャスポの銃床に

寄りかかり　ブラシのように刈り上げた首筋を震わせて
「皇帝万歳」――隣の兵士は押し黙って身動ぎもせず……

シャコ帽がひとつ黒い太陽のように現れる……――真ん中で
赤と青の軍服を着たボキヨンが　いとも無邪気に
腹から先に身を起こし――お尻を突き出していう――「何事
だい？……」と

一八七〇年十月

この詩はソネット、すなわち白い余白に縁取られて印刷頁の中央にある短い詩で、ヴァレリーに言わせれば「静止した詩」[12]の典型である。「静止した」動かぬ形は、見られるイメージに近く、小さな「正方形」（十二音節の十四行）に印字されて一目瞭然、加えて〔原文では〕（左側は）大文字、（右側は）脚韻、（上には）タイトル、（右下には）日付が縁取りをなしている。

ランボーが一八七〇年十月（スダンの敗北の後、帝政廃止の九月四日の後）と日付を記しているこの詩は、語られる（書かれる／描かれる／文章化される）イメージ、戦闘を描いた実在する絵、エピナル版画風の「ベルギーの版画」、「まばゆく彩られた」版画を「描く」エクフラシス、テクスト（ソネット）である。[13]面白いことに、この表現は、「まばゆい」という描写や「輝かしい勝利」の「輝かしい」という語に見られる観念（輝き）を描く古典レトリックの「ポイキリア」poikilia をまさに例証している。[14]だから、絵の最良の解説はソネットにちがいないと言い切る（「一八四六年のサロン」）美術批評家ボードレールの理想のプログラムを実現してもいるのだ。[15]詩が解説しているイメージは、混合イメージである。つまり、一方では図像的なもの（まさに字義どおり絵で、二次元画面で戦闘を描いている）から、なおかつ他方で副題つきの題名（絵に印刷された「キャプション」は絵の一部をなし、絵を「語り」、ベルギー語で「語り」、ランボーはこれを詩の副題に擬して斜字体で文字どおりに転記している）から成る。[16] 図版を作るに当たっての「キャプション」は、絵と文のクラッチ役だということを思い出そう。文（ソネット）が、すでに現実において文となっているもの（絵の題名、印刷された言葉は印刷された言葉しか写せない）を写す、そして店の看板やチラシやポスター、版画、スローガンをそのまま字義どおり転記したものを作品のタイトルにするという方法、後に数多くの作家が模倣することになる方法（ゾラの『ボヌール・デ・ダム百貨店』、セアールの『海辺の売地』、ランボーの「みどり亭」、「売り出し」、ヴェルレーヌの「耕す兵士」）で書写するかぎりにおいて、ランボーの詩は完璧に写実的あるいは模倣的である。キャプション／タイトルで（あるいは売り子の巧みな口上で）自分自身を売り込む（「まばゆく彩られた」）この版画は、ナポレオン三世のプロパガンダの産物であり、したがって当初は言葉を喚起し、世論を作りだし、政権に有利な風評を広める役割を担った（一八七〇年八月二日の局地戦は、フランス軍のプロシア軍に対する決定的勝利に作りかえられた）イメージであり、ユゴー、ベランジェを初めとして多くの人々がすでに書き・語ったもうひとつの「伝説」〔légende には「キャプション」と「伝説」いずれの意味もある〕（ナポレオン伝説、叔父〔ナポレオン一世〕の「輝かしい勝利」）によって強められずにはいない。プロパガンダのイメージは、詩人ランボーによってここで喚起されパロディーとなって、行動を促すイメージとなっており、たんに美的な喜びを喚起するだけのイメージではないのだ。これは誰かに何かをさせる役目を担った説得的イメージのグループに属する。こうしたイメージ群が数年後、ブーランジェ将軍支持派の引き起こす危機的状況において生み出したものは周知のとおりである。このイメージ群は、黒い馬に乗って進む「反撃する将軍」の図像を増産することになる。十九世紀はイメージの力を発見したが、それは政治的図像にかぎらない。図像は人を殺すこともあり（ドーデの『アルラタンの宝』*Le Trésor d'Arlatan* におけるポルノ的な図像はヒロインを自殺に追いやり、ゾラの『制作』で女性の絵はクロード・ランティエを自殺に追い込む）、ほかにも宗教的権威の図像（巡礼、マリア崇拝、ルルドの大群衆を描いた安手の宗教画は十九世紀に増大し始める)、経済に関わる図像(ポスターやチラシ)、教育に関わる図像(青少年用の教科書の挿絵)が十九世紀に工業的に増産される。「皇帝万歳」の「叫び」は、語源的には広告のスローガンそして宗教画が解説する「みことば」のスローガン(福音書のことば)にある「叫び」と関係する。この戦闘の絵は、「彩色マニア」[17]のこの世紀に特有のイメージ戦争の中に置き直されるべきだ。そこから、当然ながら、文学の持つ諸々の力との勢力争いが生じる。なぜなら、イメージへの言及はいずれも文学への間接的な言及でもあるのだから。ランボーのテクストはその証明になっている。

これはまた、ある意味、「腹話術する」絵、文が(勝手に)語らせる絵でもある。それは以下の意味においてだ。(1) 文は、二次元で描かれた沈黙する絵の登場人物の、存在しない、発声不能な、ありえない、語りえない言葉を、括弧付きの直接話法(「皇帝万歳!」「何事だい?」)で、あるいは間接話法で(「お偉方らの登場に茫然となる」)再現し、ひねり出す。これは、語られている版画そのもののあり方をモデルにしている。つまりこの版画は、タイトルに使われたキャプションに台詞を引用し、戦闘は「皇帝万歳! の叫びと共に」克ち取られたとしている。(2) ランボーの文は絵を「語らせ」、絵だけでは持ちえないような正確な意味を絵に与える。それというのも、いかなる絵も、その本質からして、沈黙しているのみならずいろいろな解釈が可能なのだ。つまり、騎馬の人物は、一枚の版画中、版画上に、版画によって描かれており、不動の版画を視る者にとっては、「来る」、「立ち去る」いずれもありうる。上着を手に持って描かれている兵士は、その上着を「着る」のかもしれないし、「脱いだ」あるいは「もう一度着る」のかもしれない。描かれた人物には「人生が薔薇色に見える」ことはなく「ブラシのように刈り上げた首筋が震える」のを感じることもない。絵には感情はなく、能動的なものも受動的なものもなく、時間の連続性もない。(3) ランボーの文は登場人物に(固有の)名前を付けている(ボキヨン、ピトゥ、デュマネ)。これは、絵だけでは見る者に「与え」られない(各人物が額かどこかに自分の名前を記されてでもいるのでないかぎり)。絵の中の具象的なモチーフの名称を挙げる(これは「大砲」、「兵士」、「太鼓」)ことはできるけれども、「名を呼ぶ」ことはできない。(4) ランボーの文は、「細部」(「ブラシのように刈り上げた首筋」）を選択し、分離し、浮き彫りにする。これは、どんな絵にもできないことだ（すべてが平等に隣接する絵においては、文章で書く時のような細部は存在しない）。ここでテクストは、絵を「客観的に」「愚直に」描いているふりをしながら、皮肉にこれ見よがしに、絵は何も語らないとわかっていながら補足するのだ。文は、いわば「余計なことを言う」のであり、絵が自分では生み出せない言葉や意味で、絵をいっぱいにするのだ。

　しかし、描写は逆に、語彙を記して人工的に作り上げられたものとして、文に表された形として、イメージに従属する。描写は、語彙を配分するにあたって、空間を表すいくつかのオーガナイザーを用い、これらオーガナイザーは、イメージに固有の枠付けや「遠近法」を真似た基本構造を形成している。「真ん中」「下に」「右に」「中心に」などである。（文の）この動きは、あらゆるエクフラシスに特有で、この詩においては、欠落があり無・秩序な走査の形をとり（「右に」の後には「左に」が、「下に」の後には「上に」、場合によっては「もっと向こうに」「もっと手前に」が期待されるが、こうはならない）、だから現実的実際的な、ジグザグの、目がイメージを見る際に行なう走査を真似る。[18] 線状に読まれる文はここで、平面画のやり方を真似る。こうした描写は、（偽）叙述的タイプの線的構造、つまりは物語を内部に寄生させる。この構造は、順を追った因果的な連鎖を語る（「退場する……というのは……昼寝をしていた……身を起こす……上着をつけて……そして……そして…… シャコ帽が現れ……立ち上がり……そして……」）。イメージは、厳密に記号論的観点からは、このような連鎖を作り出すことはできない。しかし韻律法（節と行の区切り）、物語（細分化した時間ごとの区切り）、描写（空間的な区切り）、構文（文の区切り）を駆使して、また内部の区切り（句点、ハイフン、セミコロン、中断符）を用いて、省略的で積み重ねてゆく構文（そして……そして……そして……）によって、ある行から次の行に必ず句跨ぎすることによって（一、二、五、九、十三行）、欠落のある、シンコペーションを用いた、断片化した、無秩序でもあるリズムを創り出す。句跨ぎは、客観的に見て、一行の末尾（右端）から次行の初め（左端）に移行して読むという行為にジグザグのリズムをつける。忘れてはならないのが、リズムは、時間構造の様式であるよりもまず、形と視覚の仕掛けなのだ（現に、建築家は、リズムという語で、たとえば建物のファサードの様式を指す[19]）。

テクストそのものが、イメージを読む作業を、韻律や描写のジグザグ操作によって模倣するだけではない。彩色絵に見られる断片化・並列・色の区切りを文内部の仕掛けによって真似るだけでもなく、絵の登場人物が直接話法で「くだけた調子で」語るだけでもない。テクストの語り手の言葉は、日常的なやりとりを短縮しながら模倣し、とりわけ、それ自体「素朴な」幼児語あるいは庶民的な話者の言葉（「うぶなひよっこ歩兵さん」「お尻」「パパ」「お馬さん」「ちゃんと」〔「歩兵さん」の原語はpioupiouで幼児語の「ひよこ」、「お馬さん」は幼児語のdadaで、いずれも擬音語〕）を借用（模倣）するのである。これら子供向けの語彙は、文のレトリックとしての比喩（ここでは直喩）（第四行の「パパのようにお優しい」）そのものにも影響を与える。子供（彩色画を好む、まだ口のきけない者 in-fans）、素朴な存在、「自らの静かな眼差ししかない」、処女の目をした記憶喪失者（カスパー・ハウザー／ヴェルレーヌ）、（文盲の）庶民、野蛮人（ランボー「野蛮人」« Barbare »）、愚か者（紋切り型の言葉、「凡庸な」語を好んで用いる。歩兵さん、ピトゥ、デュマネ、ボキヨン。ボキヨン、これはアルベール・オンベールの「ボキヨンのランタン」という当時の絵入り広告に登場する、正しい綴りのできない歩兵だ[20]）、これらの人物は皆、「平板な」言葉やイメージを大量に消費するのみならず、非‐言語（第十一行の「押し黙って身じろぎせず」）あるいは感嘆・問いかけの手っ取り早い言葉（「何事だい」「皇帝万歳!![21]」）を発するのが特徴である。この詩においては、組版がとても凝っていて（ハイフン、括弧、中断符、大文字、二重の感嘆符、コンマ、疑問符、斜字体）、文中に話し言葉を再現している。

この絵は「まばゆく彩られ」ている（と書かれている）。「塗り絵」は平べったい（平らな）面にあらかじめなされた線描を埋めるものであり、自然にある色のついた立体ではない。この絵は、どんな塗り絵にも用いられる色彩、いくつも並列した原色、「けばけばしい」〔criardsには（色が）けばけばしいという意味と（声が）甲高いという意味がある〕色の名称（「青」、「赤」、「黄」[22]）を用いて描かれて（語られて）いる。こうした色彩は、文中にある「素朴な」（第十三行）絵に、「叫び」cris（「皇帝万歳！　の叫びと共に」）に特有だ。けばけばしい原色は「素朴な」絵や「叫び」をあらわしていると見なされている。これらの色彩とその配置（平らに、単彩で、縁取られ、色斑が並ぶ）は、民衆的イメージ群に典型的で、十九世紀後半において（シャンフルーリからランボーの「カラープレート」を経てユイスマンスに至るまで）あらゆる前衛の詩芸術の規範となる。[23]「安ピカもの」の世界なのだ。あらゆる物（「赤い大砲」、「金ぴかの太鼓」）、あらゆる登場人物と生き物（「青と黄色の盛儀の中の皇帝」、「きんきらきんのお馬」、「赤と青のボキヨン」）は、たんなる色斑となり、世界はさながら一枚の彩色絵になる（「すべてが薔薇色に見える」第三行）[24]。それに、薔薇色は素朴な人と子供の色だ。色彩名を増殖させること、それは、見るという行為への言及であり、イメージを示す。

テクスト中の（読まれる）イメージについていえば、隠喩や直喩は、「語り」はしないし、「見える」ものを何も与えない。レトリックにおいてあらゆる比喩がそうであるように、隠喩と直喩は書かれた文に、見られるイメージの表しえない何かを「付け加える」。というのは、この二つの文彩の基本となっている原則は、あらゆる読まれるイメージに特有で、比喩表現 comparant とその表現が対象とするもの comparé とは、フィクションの同一平面上にはないからだ。つまり、「太鼓」、「馬」、「大砲」は絵の中に描かれてたしかに存在するけれども、「黒い太陽」も「ゼウス」も「パパ」も、絵の中に描かれてはいない。さらに、相殺的役割をする矛盾形容法である第四行「ゼウスのように残忍で　パパのようにお優しい」そして「偉大な」詩のライトモチーフをパロディー的に連想させる（ユゴー、ネルヴァル、ボードレールらが用いた）[25]「黒い太陽」というよく知られた美しい「ネガ」イメージ（第十二行）は、視覚と意味を解き放つというよりは押しとどめ、読者の目を開くというよりは「盲目に」する。ランボーのこの詩は、アンディ・ウォーホールの絵にきわめて近いテーマ、形式、手法の詩として「ポップアート文学」の最初の典型例である。この詩については、（レトリックの）比喩の破壊活動、あるいは今し方みたように「カスパー・ハウザーのイメージ」（ラフォルグ）[26]を語ることができよう。こう考えると、この詩は同時代の他の文体上の試み、十九世紀半ばにあって比喩の危機を指し示す試み——例えば、ボードレールの例の「アメリカ的比喩」（ラフォルグ）[四]は、この危機を示している——に接近することになる。[27]最後の直喩における「黒い太陽」（レトリックに依る、読まれるイメージ）は、比喩表現の役割を果たしているが、これ自体、「シャコ帽」という、いわば専門用語でありハンガリー語から借用された（だから読者の大多数にとっては二重に意味を奪われている）比喩表現の対象と衝突する。比較表現の対象である「シャコ帽」自体が、別の比喩、つまり部分を示す換喩（部分で全体を、つまりシャコ帽は、この帽子を被る兵士を指す）であり、意味の上で直喩をまるごと無効にしてしまう（ふつうの読者は、第十二行を読んでも、とりわけこの行だけ読むと、まったく何も「見え」ない）[28]。「黒い太陽」は、それが指している理解可能な「まばゆく彩られたもの」の理解不能な「ネガ」である（写真におけるのとほぼ同じ意味で、つまり、黒い画像が色つきのポジ画像を「あらわしている」）。加えて、ジャンルの区別が、特別な「ブランドイメージ」を備えた期待可能性を読者に示し（叙事詩、ソネット、大衆小説、ボキヨン流の兵隊もの、それぞれに特有の「イメージ」は異なり）自らの役割を果たす。ランボーのこの詩は、定型詩のなかでも最も「エリート的な」ソネット形式で書かれていながら、話し言葉の言回しや大衆的な「色合い」を含み込み、全体としては叙事詩の間テクスト的で皮肉なパロディー、滑稽物に近いパロディーとなっている。叙事詩は、プロパガンダ（王党派にせよ民族主義にせよ）と結びつくことの多いジャンルである。ここから、方々に局所的にあるイメージの反転が決定される。実際、アイロニーとは反転した語りであり、そこにおいては、言外の意味は明言されたこととは反対であり、愛国的なご大層な価値が「下品」で卑俗な反 - 価値に反転される（「お尻」を見よ）のだが、こうしたことは偉大な詩（ユゴー風の、ナポレオン伝説の叙事詩）[29]を模倣して行なわれる。「輝かしい勝利」は、スダンの敗北後に書かれた詩の中では「陰惨な敗北」の前触れとなり、詩を皮肉に締めくくる日付は詩の初めにあるタイトルと対称を成す。その日付もまた、詩の「キャプション」のようである（「どのように」この詩を読むべきかを皮肉なやり方で定めている）。それは書かれた文を話し言葉（パロール）へと、その日付と発話の源へと、話し言葉の源へとつなぎ、最終的には、一つの日付によって、そこで語られたイメージに、論争的で批判的な意味を与える。一枚の版画を描写する詩の全体は、語られ／書かれ／転記されたイメージの相互「言い換え」（イン・フィーネ）のパロディー的システムから成る。詩人が対象とするのは、この種の

「システム」であり、相互作用と相互言い換えである。　**語るイメージ**については、幽霊や亡霊あるいはただ映画だけがそのいくらかを持っているように思える。

第十章　アルバム、あるいは新しい読書

『感情教育』（一八六九）の本を開く、それは一冊の閉じられた本について書かれた作品を開くことである。この小説の第一ページ目で、フレデリックが「小脇に」しっかり抱えていたのはいったい何だったのだろうかと、私はずっと思っていた。どうにもわからないのは、四段目にある以下のような文章だ。「十八歳になる長髪の若者がひとり、アルバムを小脇に、じっと、舵の近くに立っていた。[1]」この「アルバム」album というのはいったい何なのか。なぜ「本」ではなくて「アルバム」なのか。しかもそれがあったのはフレデリックの「小脇に」であって、手のなかにではない、つまりアルバムは閉じられているのだ。彼はその後小説のなかでアルバムを開くことはないし、以後その姿が現れることもない。さらに、落ちそうになったアルヌー夫人のショールにフレデリックが飛びついたとき（七頁）、また、彼が一等席のサロンで新聞を読むとき（八頁）、荷物を持って下船し、旅籠へ食事に行くとき（一〇頁）、あるいは自ら二輪荷馬車の手綱を取って母の家に帰るとき（一一頁）、あの腕に挟まれていたアルバムはどうなったのかと問うこともできる。

私が（同じように）これまで常々関心を持っていたのは、――同じ問題とはいえ別のレベルにある――テクストを読んでわかるとはどういうことかということであった。これはきわめて複雑な問題で、意味、意味作用、指

示対象という三つの記号論的な機能に注目する哲学者、言語学者、論理学者、意味論研究者の関心を惹いてやまない。彼らの言うところによれば、これらの機能は言語実践のなかで、程度の差こそあれ、結合されたり切断されたりする。[2] 読むとはどういうことだろうか。とりわけ、文学的なテクスト、つまり時間がずれてやってくるコミュニケーション、したがって脱文脈化されたコミュニケーションに属するテクストを読むということはどういうことか。少し前にロラン・バルトが提案した「読みうるテクスト」と「書きうるテクスト」の区別は、どのようにしたら操作可能になるのだろうか。とりわけ、テクスト全体を理解するために、ひとつの文章を構成するすべての単語（あるいは、あるテクストすべての単語）の意味を理解する必要があるのだろうか。ランボーの詩篇「野蛮人」**Barbare**（『イリュミナシオン』）に出てくるすべての単語のすべての意味を私が理解しているのに、テクスト全体がまったく理解できない、などということがどうして起こるのだろうか。ひとつの（文脈のなかの）単語を理解することは、その単語を知っている（すでにそれを読んだことがある）とか、単語が持つ意味の総体や（辞書や、文脈外の）用法の可能性の総体を自由に扱えるとかと同じことなのだろうか。またそれは、単語の指示対象（現実のものであれ、想像上のものであれ）を自由に扱えると同じことであろうか。読むということは、読者をたえずこうした問題に直面させ、個々の読者が持つ非常に異なった能力を要請してくる行為である。読書のなかで出会うおそらく単語のふたつにひとつは曖昧なままか、まったく理解できないものだが、それでも一般的に言えば読者はテクストを読みつづけることができる。というのも、ひとつのテクストが持つ全体の意味は、幸いなことに、そこにあるさまざまな単語の意味の総和ではないからだ。したがって、先に挙げた『感情教育』の冒頭に出てくる「若い」「男」「髪の毛」「舵」（私がこれまで一度も船に乗ったことがなくても）という単語を「理解」できる。もし、「若い」の代わりに「年老いた」、「男」の代わりに「娘」と書かれていたら、きっと私は別のなにかを「理解する」だろう。しかし「十八歳」ではなく「十九歳」としてあったら、この「別のなにか」、すなわちオリジナルとはかなり違ったなにものかを私はほんとうに「理解」できるのだろうか。あるいは、オリジナルにあるように「一八四〇年九月十五日、朝六時ころ」ではなく、「一八四〇年九月十日、朝七時ころ」とか「九月一日」（準備段階の粗筋のヴァリアント）となっているとしたら、どうだろうか。この場合、違いが生まれるかどうか確信が持てない。同じように、とりわけ私がフランス人でない読者だったら、『感情教育』のテクストは理解できても、「ノートル＝ダム大聖堂」「ノジャン＝シュル＝セーヌ」「ヴィル＝ド＝モントロー号」「サン＝ベルナール河岸」や「ル・アーヴル」が理解できない可能性は大いにある。[3]「フレデリック・モロー」はなにを意味するのか。そして二頁あとに出てくる「アルヌー」、さらに、固有名詞（言語学者ギヨームの言う「アゼマンテーム」asémantèmes〔ギヨームの用語で、意味論的内容を持たない固有名詞一般を指す〕）一般の意味はなんだろうか。「倉庫や造船所の船台や工場の立ち並ぶ両岸が、人が二筋の太いリボンを繰り出すように、流れた」〔『感情教育』山田爵訳、上巻五頁〕という文章に出てくる「人」とはいったい何か。「両舷の外輪覆いのあいだを荷物が吊り上げられていく」の「外輪覆い」とは？「イタリア風の屋根」や「ゼラニウム」とはなにか（「イタリア風の屋根の低い家々（……）築山に等間隔に並んでいたゼラニウムの鉢」）。船の「ふたつの外輪」とは？「鉄製の望楼」とはなにか。読むということは、おそらく、次々に現れるこの種の小さな謎にたえず直面することであり、自前（ボール）＝自船の方策と教養によって解決することである（言葉遊びをご容赦願いたい）。ふつうは、文学テクストのすぐれた版ならほとんど単語ごとに脚注がついているはずである。逆説的ではあるが、それは特にランボーの作品のようなテクストに限ったことではなく、フローベールの作品のような一見して「読んでわかる」テクストについてもあてはまる。とりわけそれは「事物」に関して言えることだろう。「事物」は流行の儚さや、どんな事物を指示しているかわからない専門用語の単義性に従っているからである。[4] そしてこうした「事物」たちのなかで、経験が我々読者に教えてくれることは、本が決してほかのものと同じような「事物」ではなく、意味論的にきわめて複雑な「事物」である、ということだ。幸いなことに、テクストの読みやすさは（説話論的、論証的、描写的）マクロ構造のレベルで確保されているのであって、単語のレベルではない、ということも読者としての経験は教えてくれる。また間テクストのレベル（その文脈のレベルではなく）、ジャンルの（事前的）フレーミング、イデオロギー的なテクスト外（テクストが操作し、呼びこむ紋切型の総体）のレベルで確保されていて、テクストの用語リストのなかだけにある単語のみのレベルではない。たとえば、ジャンルの「フレーミング」のおかげで、これから読もうとしている作品が（フローベールの）リアリズム小説だということを予想させるのだが、そのフレーミングによって、私は意味の欠如を受け入れてしまうようになる。つまり、いくつかの単語や「細部」は、私のなかで、それらがどんな意味を持つのかまったく期待しなくなってしまう。また、いくつかの「細部」が（私は「現実化効果」effet de réel に関するロラン・バルトの分析を読んだ）、「これは現実のものだ」とか「これはあまりにも無意味で、あまりにもはっきりとしたものだから、つくりものではありえない」とか「これはフィクションではない」ということを表したり指し示したりするためだけに書かれている、と思うようになってしまう。『感情教育』冒頭の日時、「布を積み上げた籠」、「舷側の鉄板」「真鍮器具の上に滴々としたたっている露」、乗客の「人造金のピン」や「革の飾り紐をぶらさげた竹のステッキ」、デッキに散らばった「胡桃の殻」（六頁）についても同じことが言える。そしてまた「小脇に抱えたアルバム」も同じだ。これは導入部の描写体系のなかの純粋な「細部」であって、この場合、象徴（それがなんであれ）でもなければ、理解すべき記号でもなく、解読すべき手がかりでも、見分けなくてはいけないサインでもない。それは、「望楼」と同じく、現実を指呼するだけの空虚な言葉のひとつにすぎない。ここにとどまってもいいのだが、もう一度、問題にしているアルバムに戻ってみよう。

「アルバム」については、ウェザリルがつくった『感情教育』のすばらしい校訂版にも、ほかの多くの版にも注は載っていない。ピエール＝ルイ・レーは最近発表した『感情教育』に関する試論のなかでは「デッサン帳」と言っている。(5) ピエール＝マルク・ド・ビアジの校訂版は注がついているめずらしい版だが、そのアルバムは「キープセイク」keepsake だと我々に教えてくれる。つまり、短めの小説や、散文詩、韻文詩の断章を集め、多くはそこに鋼版画の挿絵をつけたものだ。これは、『感情教育』の時代背景となっている時期に大いに流行した出版ジャンルなのである。しかし「キープセイク」だとは断言できない。(6)「アルバム」（私はここで、『会話辞典』からベルトロの『大百科事典』にいたる十九世紀に出版された十二近くの辞書の「アルバム」の項を利用している）には、実際、かなり異なった複数の意味（指示対象）がありうるので、先に挙げたランボーの『イリュミナシオン』の場合とまさに同じく、意味を決定することがほとんどできない[7]。これらの辞書の定義を要約してみると、アルバムとは、(1) 語源的な意味で、文字を書き入れるための白い表面で、そこから白紙のみの白い本を意味する。(2) 旅行者が個人的な印象と同時に、出会った有名人の考えやその人の言葉を綴ったアルバム。(3)「アルブム・アミコルム」*album amicorum*（友だちのアルバム）、これは二番目の意味の屋内版で、友人や知り合いが手書きした署名やさまざまな断章を集めたグループ作品。(4) 芸術家が素描や下絵を描いたりするデッサン帳。(5) 石版画、あるいは一八五五年以降は写真を集めた画集で、長さのまちまちな説明文がついたもの（諷刺画集のこともある）。小説冒頭のアルバムが置かれた場所や状況を考慮に入れるならば、そして（とりあえず）アルバムには「白い本」という（単純な）語源的意味があることを考えると、おそらく一番目の解釈に落ち着くのではないか。

『感情教育』の冒頭[8]は、『ボヴァリー夫人』の冒頭ほどフローベール研究家に分析されているわけではないが、ここでは、小説の書き始めについての一般的な詩学に寄り道してみたら役に立つかもしれない。この詩学は以前から、アラゴン、クロード・デュシエ、ジャック・デュボワ、ジェラール・ジュネットなど多くの人々の考察や研究、そして近年ではアンドレア・デル・ルンゴの論考によって築き上げられてきた。当然のことながら、これらの人々は口をそろえて、小説の冒頭を待機の場として、小説の「新しいもの」（「小説（ノヴェル）」）の到来を待つ場として、意味の空白の場（情報の「ノイズ」）として描いている。つまり読書行為の始まりの場として描いている。それは読書行為という実際の作業をしばしば比喩的に「テーマ化」しようとする場なのである。したがって『感情教育』のこの場所においては、乗客が続々と乗りこんでくる船、「出発」、「新入生」（大学入学資格者）、「若い」登場人物、「朝」、騒音と「うるさい」機械（「喧騒」、「騒々しさ」、「ざわめき」、鳴っている「鐘」、「振動」）、未知のもの（彼はその名前を知らない）、「水上旅行のものめずらしい喜び」が出てくるのも当然だ。ついでに言えば、うるさい機械（『赤と黒』、『ジェルミナール』、ジュール・ヴェルヌの多くの小説の冒頭にも出てくる）とは文体の機械装置（しかけ）のみごとなアレゴリーなのである。それはテクストの「歯車装置（メカニズム）」、修辞学的で実用的な「たくらみ」（そこで「舵」というサイバネティックの美しい隠喩が出てくる）であって、それらはどんなフィクションのテクストのなかでも冒頭の文章から展開していく。こうしたもののなかに、意味のわからない言葉で示された閉じられた本がある。それは外国語であるラテン語（「アルブス・ア・ウム」*albus-a-um* つまりラテン語で白）から借用された、多くの読者にとっては意味のない言葉として示されている。この事実は、意味論的な「白」、冒頭の情報的空白（騒音、喧騒）の自己言及的なテーマを裏づけており、なりたての若い「受験生」（*candidus* カンディドゥス、つまりラテン語で白）を登場人物としている。小説の続きで、主人公になるに（おそらく）ふさわしい人物である彼は「野面にはまったく何もなかった」（五頁）と示される風景のなかに置かれた、いわば小説が書き込まれていく白いページなのである。この「アルバム」はかなり初期の段階から準備段階の筋書きや草稿のなかで、「ため息」や「長い髪」と結びつけられて予告されていた。(9) ここでは、文脈上、冒頭部分に関する私の読解を説明しうる（？）ものを記しておくに止めよう。『ボヴァリー夫人』の冒頭でも、若い男の子、「新入生」、学校という場、別のところに移る可能性のある出発（「彼は上級にあげよう」〔フローベール『ボヴァリー夫人』山田𣝣訳、河出文庫、二〇〇九年、九頁〕）、喧騒（大騒ぎ）、鳴る「鐘」、わけのわからない単語（「聞き取りにくい言葉」）、「まっすぐに切った」髪の頭、本、ラテン語（「宿題の雨あられ」「クオス・エゴ」〔ワレハ汝ヲ〕「リディクルス・スム」〔ワレハ道化ナリ〕）が出てくる。これと同じように、初稿『感情教育』（一八四五）の冒頭も同じく自己言及的で隠喩的な空白、新しさ、入口、騒音、旅、始まりのテーマを持っている。「十月の朝」、新たな場所への到着、入口の通過（「サン＝ドニ門」「乗合馬車の扉」）、なにかを読んでいる（「看板を読んでいた」）「この本の主人公」で最近「文学の大学入学資格を有した」十八歳の若者、喧騒（「それは大きな物音をたてていた」）、「がらんとした見知らぬ部屋」、白いものを思い起こさせるもの（「牛乳売りの女たち」）である。小説の始まりの同じ空白のテーマは、『ブヴァールとペキュシェ』冒頭の「白い建物正面」が並ぶまるで人気（ひとけ）のない「ブルドン大通り」にも、『エロディアス』の最初に出てくる砂漠（そして朝と死海）、あるいは『サラムボー』冒頭の「不在の指導者」にも見られる。このように同じ作家の別の作品や「クレジット・タイトル」（映画にあるように作品の内容を述べる冒頭の短いシークエンスと、バルザックからゾラにいたるリアリズムの約束事においてきわめてコード化された書き始めの文学ジャンル、というふたつの意味において）に寄り道してあれこれ調べてみると、それが我々に語り、はっきり示してくれているのは、書き始めの部分が持つ自己言及的傾向の強さである。また「アルバム」という単語の自己言及的な機能において、この白い本がフィクションのなかで人生をまだ生きていない主人公の「白さ」と、新しい本を読み始める読者の期待の地平の「白さ」のふたつを同時に意味し象徴していること、そして、全体を覆う皮肉な調子（ロマン主義的な作法と形式の持つアイロニー）の「キー」と、小説的な人物の差異システム（アルバムを手に、恋して夢見る芸術家に対して、包みを手に大声で話すブルジョワ）を配置するのに役だっていることも示している。別の作家たちの冒頭部分に寄り道してみると、『感情教育』の書き出し部分（十八歳のなにもすることがない若者がどんな本か分からないが閉じた書物を小脇に抱え、河のうえを動いている騒々しい機械の大音響のなかで、旅行をし、母に会いに帰る）は、たとえばバルザックの書き出し（『現代史の裏面』では「法律を勉強した」ひとりの「夢見る」若者が、『感情教育』の冒頭と同じような場所の手すりに肘をついて瞑想にふける）、『赤と黒』の書き出し（十八か十九歳の若者がどんな内容か確認できる本――ラス・カーズの『セント・ヘレナ覚書』――を手に広げて、河から動力をとる騒々しい機械の轟音のなかでそれを読みふけっているが、父親に読書を妨げられ、その後、パリへと向けて旅に出る）と、どのように似ていたり、違ったりする点があるかを考えることもできる。

しかし、アルバムがひとつのサイン、冒頭部分というジャンルを示すもの（また一般的なしるし）、さらには、作品の入口にある看板（一八四五年の『感情教育』の書き出しには確かに看板が出てくる）のようなものと考えられ、そのように読まれうる。しかしそれと同じく一八六九年の『感情教育』の文脈のなかで、はっきりした意味と指示対象を持った記号としての明確な意味はいったいなにか、と考えることもできる。「アルブム・アミコルム」（友だちのアルバム）の意味でもひょっとしたら受け入れることはできるだろう。その場合のアルバムは、少人数の友だち仲間に自由に書いてもらうアルバムの白いページに、手書きのもの（韻文詩、デッサン、省察、機知に富んだ言葉、楽曲の断片、ちょっとした諷刺画、お礼の言葉や友情の言葉など）を集めたものだ。このアルバムは、友だち仲間がよく足を運ぶ決まった場所（サロン、カフェ、アトリエ、中学校）と結びついていて、訪れる客に順々に書いてもらうのである。フローベールは、アルヌーの家でフレデリックがアルバムをめくっている様子を事細かに描いている（四七頁）。作家や時評欄担当者は、ロマン主義時代にそれが流行したことを指摘し、それを糾弾している。アルバムはドイツからやってきた流行であるらしいが、時代を超えて流行は続いていく[10]。

なかでも有名なのは、一八七一年にエトランジェ館でジュティストたち〔十九世紀末にシャルル・クロ、ランボー、ヴェルレーヌなど「ちぇっ」zut を口癖にした反順応主義的詩人たち〕がつくった名高い「ジュティストのアルバム」である。そのアルバムには、自筆の断章、諷刺デッサンのほか、ランボーやヴェルレーヌその他多くの人の署名があった[11]。その特徴として、脈絡のない並列、「言葉」の寄せ集め、文体や筆跡の混合、ちぐはぐな調子があって、バルザックも『田舎のミューズ』（一八四三）のなかでそのことに皮肉っぽく言及している。「アルバムよ、消え失せろ」と題された第十六章で、女主人公ボードレ夫人のアルバムに触れているが、そのアルバムは「紙片の二／三が空白なだけにますますその名にふさわしい横長の一冊」だった。ルストーは、友人のビアンションが書いた民主主義についての警句のかたわらに、悲歌を一つ書いた。

　ロッシーニの一行、マイアーベーアの六小節、ヴィクトル・ユゴーがすべてのアルバムに書きつける四行詩、ラマルティーヌの一詩節、ベランジェの一言、ジョルジュ・サンドが書いた「カリプソはユリシーズの出発の悲しみを忘れられなかった」の一文、スクリーブの雨傘についての有名な詩句、シャルル・ノディエの一文、ジュール・デプレの描いた水平線、ダヴィッド・ダンジェのサイン、エクトール・ベルリオーズの三個の音符（……）ラスネールが肉筆で書いた珍しい歌謡、フィエスキの書いた二行、ナポレオンの極端に短い書簡一通を集めたが、これらは三つともアルバムの犢皮紙に貼ってあった。グラヴィエ氏は、旅行に出たときに、このアルバムにマルス、ジョルジュ、タリオーニ、グリジなどの舞台嬢たちに、フレデリック・ルメートル、モンローズ、ブフェ、ルボーニ、ラブラシュ、ヌーリ、アルナルといった第一級の舞台人たちに一言書いてもらっていた。というのも彼は、（彼らの表現によれば）後宮にて育ちし独身老人たちの会と付き合いがあり、彼らのおかげでこの恩恵に与ったのである。このように始めた蒐集はアルバムを持っている人間が十里四方に彼女ただ一人であっただけに、ディナにとっていっそう貴重なものだった。(12)

フレデリックは短期間パリに立ち寄った際に、二カ月後「法律を勉強しに」向かった首都で送ることになる将来の学生生活に備えて、（白い、まっさらな）アルバムを一冊買い求めたとも想像できる。あるいは、サンスのコレージュの友だちか大学入学資格者の友だちグループ、あるいは彼ら全員（第二章以降に言及される）との思い出（「書き込まれた」アルバム）として持ち歩いていたのかもしれない。変わらぬ友情を持ち、絶えず仲違いしたり和解したりしながら、常に友だちがそばにいる。それは『感情教育』という小説の結末（デローリエと一緒だった高校時代の思い出を呼び起こす）まで、ずっと変わることのない導きの糸なのである。(13) したがって、冒頭（大学入学資格者とその友だち）と結末（バカ＝ロレア（ローリエ）の栄誉は、友人デローリエの名前のなかに見出される）はこのように結びつけられるとも言えようし（最終章は「ふたりが結局いつも元通りに親友として付き合うことになる、どう変えるべくもない性格」に言及している）、またそれは、小説の締めくくり方とフレーミングを保証しているのである。小説冒頭で閉じられていた「アルブム・アミコルム」（それがひとつしかないと想定して）はまだ「白く」、なにも書かれていないのか、あるいは部分的もしくは全面的に文字やデッサンで溢れていたのかどうかはわからない。しかし、小さなグループの友だちが現在どうなったかをひとりひとり調べあげている最終章では、断片的でとりとめもない書き方であれ、結局その最終章において、そしてその最終章をつうじて、アルバムには書き込みがされ、空白が埋められたとも言えるのだ。そして、このアルバムは小説のなかほど、アルヌー夫人のサロンのなかに、入れ子として姿を現しているのである。[14]

アルバムは、さまざまな様式の散文、デッサン、韻文を並置させる形式において、またアルバムの意味（流行の本のタイプ、社会性の証拠となる対象）において、フレデリックの心理の雛形になっている。彼が想像する活動はイメージの寄せ集めでしかなく、彼は「船の甲板で、書きたい劇作のプラン、絵のテーマ、未来の恋のこと」を夢見て、「憂わしい詩句の数行を自分にむけて誦した」（四頁）のである。またフレデリック自身が、雑多なテクストのなかに組み込まれた雑多なテクストの雛形なのである。『感情教育』は副題を「アルブム・アミコルム」とすることもできるだろう。

このアルバムはメモ書き、旅や記念建造物の印象、「箴言」、出会った有名人や「旅行家」のサインを集めたものかもしれない（これは十九世紀のすべての辞書が多く取り上げる一番目の最も重要な意味、ときには唯一の意味である）。[15] ロマン主義時代にはそうしたものを持っているのがおしゃれだった。ボードレールは写真に対する酷評（一八五九年のサロン）のなかで、写真を受け入れることができる唯一の「本」のタイプとして、「旅行家の画帖（アルバム）」を挙げている。アフリカへライオン狩りに出かけるタルタランのタラスコンは、「日記や印象をつけるため、豪華な旅行家のアルバムをタスタヴァンに注文した。というのも結局のところ、ライオン狩りをしているとはいえ、道々ものごとを考えているから」（第一挿話第十二章）。そこから、フレデリックが相続問題で公証人に会いに行くル・アーヴルへの旅についていうなら、「アルバム」という言葉（上で述べた意味を持っているとすれば）に、皮肉な揶揄が込められることになる。なぜなら、それは散文的極まりない旅であり、ほとんど異国情緒のない旅（ノジャンからパリを通ってル・アーヴルへ行く往復の旅）で、数多の有名人や「名士（イリュストラシオン）」（この言葉が十九世紀に持っていた意味の）との出会いがうまく運ぶべくもない旅だからだ。例として、いくつかの辞書では「アルバム」の項目に、ベランジェ（彼は、長髪の「ベランジェ風の頭」を十九世紀に流行させた人でもあった。ブヴァールは「芸術家」を気取っていた一時期、その髪型をしていた）は「私のアルバムは自分の見たものを書いて真っ黒になった」という韻文詩を引用している。十九世紀は、アルバムと蒸気機関の石炭からなる、つまりアルバムとヴィル＝ド＝モントロー号からなる、黒と白の世紀（ゴンクールの言葉）とも言えよう。[16]

このアルバムはまた、芸術家（ここでは旅する芸術家）が下絵やデッサンを描く手帖であったかもしれない。フローベールのテクストにある記述（彼が夢見た「絵のテーマ」）や準備段階の草稿のひとつにある前－テクスト（しかし決定稿では使われなかった記述）を見ると、言葉のこの意味が裏付けられるかもしれない。[17]これはクリストファー・プレンダーガストの仮説である。[18]とりわけ物語を過去へとさかのぼる第二章で示されているように、この若い旅行者が自分に絵画の素質があると思い込んでいるとすれば、この仮説はきわめて説得的だ。[19]フレデリックは、船が動き始めるとすぐに（四頁）「絵のテーマ」を考えるばかりでなく、アルヌーに出会う前に、彼の店「工芸美術」の存在も知っている。第四章の終わりで「絵画」をすることに決め（四九—五〇頁）、第五章の初めには「絵具箱と絵筆と画架」を買い揃え、画家ペルランのレッスンを受け（五一頁）、自分のアパルトマンの壁いっぱいに絵画や版画を飾り（五四頁）、「美学史」を書こうと考える（一四七頁）。となれば、芸術家気取りで、芸術家の友だちを持っていて、ルーヴル美術館に好んで通う（六八頁）この若者が画帖（アルバム）を小脇に抱えていたとしてもなんの不思議もないであろう。この場合も「下絵」というのは、アルバムの白いページと同じように、また「アルブム・アミコルム」に手書きで書かれたあれやこれやと同じように、フレデリックのごとき優柔不断で「一貫性のない」人物にとってかなり的を射たエンブレムとなるかもしれない。『感情教育』の冒頭の一節は、「広大な」自然のなかにいる芸術家のロマン主義的なトポスを皮肉ったアンチテーゼとして、「陰画（ネガ）」として、そして、その定型をひとつひとつひっくり返したものとして読むことができる。オラース・ヴェルネが、祖父にして高名な海と嵐の画家ジョゼフ・ヴェルネを描いた有名な絵画（一八二二、アヴィニョン美術館蔵）を参照されたい。そこでは沖合の船の舳先で、嵐の荒れ狂う風雨をアルバムに描きとめながら（強調は引用者）（絵のタイトルによれば）「マストに身体を縛り、嵐の効果を研究している」姿が描かれている。[20] いっぽうフレデリックのほうは、穏やかな河を遡る船の舵近くにいるし、アルバムも閉じられている。

ではキープセイクの可能性はどうだろうか。一八四〇年ならこれもまったく可能だと思われる。この点については、ピエール＝マルク・ド・ビアジの解釈に従うことができる。ビアジは長い髪とキープセイクを、ロマン主義的な、さらには抒情的なステレオタイプとして[21]正しく関係づけている（このふたつを舵のそばで「不動の」フレデリックがつく「ため息」や彼がとる休息＝気取り（ポーズ）や、彼が自分に向かって口にする「メランコリックな詩句」とも結びつける必要があるだろう）。しかしキープセイクは本だが、アルバムは本ではない。挿絵つきのアルバムは（十枚から六十枚くらいの）石版画集で、当時オーベール社から出されて評判となったものを例として、しばしばシリーズ化された。パリを経由したフレデリックはそれを買ってノジャンに持って帰ったのかもしれない。キープセイクが大いに流行ったのは一八二〇年から一八五五年にかけてのことである。[22] 十九世紀の辞書のなかで、「アルバム」と「キープセイク」を結びつけているものはひとつもない。おそらく結局のところ、十九世紀最末期に出版されたベルトロの『大百科事典』が「年末年始のプレゼント」という括りのなかでおぼろげに言及しているのが唯一の例外であろう。もしフレデリックがキープセイクを小脇に挟んでいるのなら、その場合、どうしてフローベールは「アルバム」ではなく、「本」、さらにいえば「キープセイク」とはっきり書かなかったのか。複数の作家の韻文、散文、短編小説を集めた撰集にわずかな版画をつけたキープセイクは、文章と絵の混じった本ではあるが、文章のほうが優っている。キープセイクは、若いころのエンマお気に入りの読書（それについては『ボヴァリー夫人』第一部第六章に詳しい言及があるので、それを参照のこと）のひとつで、たいていは八折の大きさだったが、[23] アルバムはデッサン帖に似ていて、一般的に「横長の」（「横長」という言葉はすでに見たように、バルザックが使っている）薄いフォリオ版か多くは四折である。それは、たいていひとりの芸術家（グランヴィル、ドーミエ、モニエ、カム、トラヴィエス、ガヴァルニ……）の、主に石版画からなる作品で（例として、ラフェ『石版画アルバム』（一八二七―一八三七）、ガヴァルニ『アルバム――社交界の人々』（一八四三）、ドーミエ『百のロベール・マケール』（一八三六―一八三八）参照）、当時の社会風俗と社会的典型を描いた一連の版画集となっている。それは、書店の一大ブームだった「パノラマ文学」（ヴァルター・ベンヤミン）の流行、すなわち、分類、シリーズ化、ヴァリエーション、社会のカタログ化によって特徴づけられる。一八四〇年―一八五〇年代のパノラマ文学の傑作『フランス人の自画像』を出版したキュルメールは、「フランス人のアルバム、十九世紀の精神的百科事典」という副題を持つ『プリズム』をその予約購読者にプレゼントした。したがって、『感情教育』のアルバムはたんなるひとつのアルバム、ひとつのイメージ選集にほかならない、とする理由はないだろう。フレデリックの「脇の下」にあったというのだからなおさらである。八折のキープセイクがふつう手で持たれる（持ってもおかしくない）のに対して、アルバムが脇に挟まれるのは、通常の判型からしてごく当たり前のことだ。もっとも、こうした持ち方についての言及には心理的な機能がある。「手」（ページを繰るという活動的なもの）は「腕」（閉じられた本を挟み込むだけの不活発なもの）と対立している。ここで興味深いのは、フレデリックが初めて法律学の授業に出かけた時、「新品の吸い取り紙を小脇に抱えていた」（二一頁）ことである。誰も知るとおり、最後まで新しい吸い取り紙は使われることなく、なにも吸い取ることはない。それでアルバムは脇に挟まれるものすべてと関連づけることができる。特に傘（第十二章参照）がそうである（ピエール・ラルースの『十九世紀万有大事典』の「傘」の項を参照）。傘は十九世紀のブルジョワの散文的な象徴である（そして傘と同じく、アルバムは持ち歩いて開閉できる）。したがってこのアルバムは、パリのどの書店でも売られているテクストの添えられていない単なる石版画集か、キャプションがつけられただけの版画集（もちろんガヴァルニの版画が有名である）なのかもしれない。

このアルバムに集められているのは自らを芸術家と思いこむ者が描いたデッサンである、ということをフローベールの準備草稿に詳しい文学的生成論の専門家や学者は知っている。しかしそれでも小説の冒頭では「アルバム」という言葉の意味（友だち仲間のアルバム、旅行者のアルバム、デッサン家のアルバム、印刷された版画集）のすべてを、そのまま受け入れることができる。そこには、「冒頭」incipit ということばの比喩的な語源（白い紙）さえ（「さえ」というよりも、「それであるからこそ」かもしれない）含まれているし、同時代の流行（旅行すること、デッサンすること、選ばれた友人からなる内輪のグループのなかで生きること、石版画を眺めること）に夢中になった若者を間接的に性格づける機能も含まれている。しかし、アルバムという言葉が指示対象として持ちうるもののなかに、種々様々なタイプのアルバムがどれも構造的また実際的に共通して持っている二つの意味論的な構成要素を明確に区別することができる。まず、断片的で断続的なテクストの構成要素である。印刷されたイメージにせよ、印刷されたあるいは手書きの短いテクストにせよ、手描きのデッサンや下書きにせよ、またそれぞれが比較的独自性を持ったテクストとイメージであるにせよ、それらを多少なりとも雑多に集めて並置した寄せ集めという構成要素である。続いて、以上のことから生まれる結果であるが、人が持続して読むことをせず、ぱらぱらめくる feuilleter 本という構成要素である。注意したいのは、アルバムが「紙片(フォイユ)」feuilles で構成されていて、ときには紙片は取り外すこともできるし、「綴じ目が解ける」こともある（そのときは本というより「紙挟み(ポルトフォイユ)」と言われる）。その場合はページで構成されていない。したがって、関係の遠い近いはあるにせよ、まさしくひとつのジャンルとなったアルバムは、この「綴じ目が解けたもの」に属するテクストのタイプやタイトルにその名前を与えうる。(24) 図像と断片的なテクストの両方がついた選集、あるいは図像か断片的なテクストのどちらかがついた選集であるアルバムは、継続的で直線的な古典的読書を「殺す」きわめつきの「現代的」な本である。それは新聞雑誌と結びついている。新聞雑誌が強く必要としているのは、断片化したり分割したりできる長大な作品形式（「以下次号」のテクスト、新聞小説）であり、短い形式、独立した版画、カリカチュア、小景、寸劇、短編、逸話、一ページに散りばめられた版画、「続き物」の漫画などである。つまり、あとで簡単に一巻、選集、個人のアルバム、グループのアルバムにまとめられるのものならなんでもよい。(25) アルバムは最後に、産業社会が生み出す、新聞雑誌のプレゼント広告（一八九三年から出てきた有名な「アルバム・マリアーニ」を参照。[26] 写真、郵便切手、商品につけられるレッテルとも結びつくことになろう。「高級」文学が永遠を目指すのに対して、アルバムは意図的に今日的意義の側にいる。たとえば図像学的にいうと、毎年公的なサロンに出品されるさまざまな絵画をレポートするカムの滑稽な「真四角」のアルバムがある。またそのアルバムは社会の気晴らし、社交界の娯楽の側にある。さらに短い形式、すなわち風俗とか「流行」のなかの儚く一時的なものを具現化するものの側にある。[27] だからそれは性別を持つ本、もちろん、女性という性を持つ本である（そしてフレデリックは長い髪だけでなく、なにか女性的なものを持っている）。

アルバムは事物の形を描いた図像、あるいは音楽の音符のように、別の記号システムに属する図像例を集めている。それでまったく当然のことながら、一八六九年二月二十七日号の〈パリ生活〉は見開き二ページで、「音楽、写真、署名サインの入った二巻本」からなる「音楽上の事件」『〈ゴーロワ〉紙のアルバム』（一七三―一七四頁）を紹介している。その紹介の最後で、新聞は女性読者に語りかけて、このアルバムを「ぱらぱらめくる」よう勧めている。「詳しく語る余裕はありませんが、女性読者のみなさんに、この興味をそそられるアルバムをご自分でぱらぱらめくっていただくのが一番よいのです。みなさんにとって、ピアノのことを何日も何日も夢見させてくれるものがあるでしょう。」『〈ゴーロワ〉紙のアルバム』には次のように描かれている。「『〈ゴーロワ〉紙のアルバム』にあるのは、交響曲やオペラの場面ではなく、ロマンス、バラード、シャンソン、リート、ピアノのための狂想曲、ワルツ、コーラス、夜想曲、マドリガル、即興曲、セレナーデ、子守唄、前奏曲などなど、ありとあらゆる形の音楽的なクロッキーである。」

ここで注意したいのは、〈パリ生活〉が『〈ゴーロワ〉紙のアルバム』を説明するさいに使った「狂想曲（カプリチヨス）」という音楽専門用語である。なるほど、アルバムというのは「気まぐれな（カプリシユー）」本である。山羊（カプラ）に捧げられたもので、綴じ目が解けていて、並置することを前提につくられている。全体を調整する物語もそれをまとめる物語もなく、はっきりした編集方針（ライン）もない。そしてその本に割かれる時間はごくわずかで、まず冒頭から読むとか、最後に終わりを読むなどということはしない（ときとしてその逆のこともある。ゴンクールは、日本のアルバム〔錦絵などの版画集〕を語るついでにそれを述べている）。速度に支配され、さまざまな読み方の入口を持つ現代の本、頭もなければ尻尾もなく、ぱらぱらめくりながらジグザクに、というか、ひとつのイメージを眼でスキャンしながらジグザクに読む本なのである。これもまた異質なものの並置でできている日刊紙とか雑誌とかもその一例である（しかしこれらのものには、軸となる編集方針（ライン）がある）。フレデリックはこの点で、家から出ることなく籠もりっきりで読書に熱中し、本を端から端までむさぼるように読むエンマ・ボヴァリーやブヴァールとペキュシェとは違うのである。彼は現代的な読者、気もそぞろな旅行家・散歩者で、あまり本を根気よく熱心に読んだりはしない。「彼はオデオン座のアーケードの下で小冊子をめくり」「カフェで〈両世界評論〉を読み、「一時間のあいだ」コレージュ・ド・フランスの講義を聞きに行く。それは「時おり」マルティノンと夕食をとったり、「ときどき」ド・シジーに会ったりする（二五頁）のと同じ調子である。彼は〈工芸芸術〉（ここは雑種的とされる店である）の版画や新聞を、ペルランのアトリエにある彼の下絵を、ルーヴル美術館の絵画を、通りがかりにある店の看板（一〇四頁）を眺めるともなく眺めて、アルヌー夫人のサロンに置かれたアルブム・アミコルムを「平静を装って」閲覧し（四七頁）、そこでもまた「平静を装って」〈イリュストラシオン〉やカムの諷刺画（三五九頁）をぱらぱらめくり、アルヌーの陶器工場で「美術館」のように並べた絵皿をぼんやりと眺める（一九六頁）。フレデリックは完全に「綴じ目がほつれたもの」、不注意、下心、心や欲望の間歇、ちぐはぐ、ためらい、そして一時的な気取りや平静、そして、夢や心的イメージのなか（「タブローが終わることなく続いて現れた」（三一八頁）のような描写を参照）にあるのと同じく、彼は感情のなかにあるイメージ、月並さ、右往左往、「直線のなさ」（四二六頁）に支配されている。彼が初めて船上でアルヌー夫人と出会うのもすでに書物の旗印のもとにおいてである。というのも彼は「グレーの表紙の薄い本」（八頁）——アルバムについてと同様に、彼も読者もそれについてなにも知ることはないのだが——を読んでいるアルヌー夫人を見るからだし、またアルヌー夫人は「ロマンティックな本に出てくる女性に似ていた」（一〇頁）からである。彼の読書方法はそんな思考方法と大差ない。フローベールの世界（テクスト的な構造、風景、感情）は、アルバムと同じく非連続性によって支配されている。フローベールの文体をもっともあからさまに示している言葉や表現は、「ときどき」「ところどころ」「あちこち」「ときとして」「穴を開ける」「染みをつける」「点々」「～のあいだ」「時々」なのである。

もちろん、このアルバムの機能は、ジグザグや心の間歇や不連続に運命づけられた優柔不断な登場人物を間接的、計画的に描く「性格付け（エトポエイア）」だけではないし、アルバムが隠喩、エンブレム、看板、バッジあるいは象徴となるような人物を意味するだけでもない。それだけでなく、次のようなことも述べることができる。このアルバムは、思想的、文学的、美学的なレベルにおける重要な、もっと一般的な問題点を同時に表しており、こっそりと密やかに、モデルとしてのテクスト、引き立て役としてのテクストを冒頭部分に置いている。さらに、文学の美学的な体系のなかに、新しい概念、新しい「価値」が侵入してきたことを仄めかしている。その新しい概念、新しい「価値」とは、古典的な美学価値、つまり全体と部分の調和、テーマの合致と統一、構造の一貫性と一致と適合、語調と文体の統一、効果や技法の階層性を持つ価値、こうしたものとの断絶を形成している。実際、十九世紀の半ばころ、あちらこちらで問題となっていたのは新しい概念の美学的な地位であった。この概念はそれまで、ちぐはぐで、てんでばらばらで、断片的で、そっけなく、記号としてごちゃごちゃで、突飛なものとして、貶められていたものである。(28)

ここで問題となっているのは、生み出すべき「新しい作品」の地位であり、ばらばらの紙からできた、比喩として綴りのほつれた、文字通り「ほつれた」世界に文学を導入することなのであって、アルバムはその変種のひとつにすぎない。典型的な例として短編小説集がある。これは短いテクストを欲しがる新聞雑誌の要求によって増大した編集上のジャンルなのだ。この短さは寄せ集めをもたらし、寄せ集めは書き直しと並置と組み合わせをもたらすのだが、この短編小説とはとりわけ、さまざまに場所を変えるジャンルである。ジャンル（それ自体が時評になることもあるし、時評、三面記事、日記に書き留められたエピソードから生まれて書き直されることもある）を変えることもあるし、タイトル、出版媒体、その周辺の媒体、選集、その組み合わせ方を変えることもある。共著の本（タイプとして『メダンの夕べ』『デカメロン物語』）から単著に、あるいはその逆になる。そのとき本は、もはや必ずしも最初から最後まで通読するものとしてではなく、急いで目を通したり「ぱらぱらめくったり」する本（年鑑や新聞の例に従って）となる。それはまた、一八六二年にボードレールが自身の散文詩集[29]でもって推し進めようとした「細切れで」「頭も尻尾もない」、「断片」と「部分」からなる書物＝選集である。あるいは、バンヴィルが「速度」の概念を組み込みながら生み出そうとした、すぐれて女性的な「幻燈」としての本である。この本は「本を読まないし、読む時間もないような人たち」のための本である。[30] さらにはジュール・ルナール（一八八七年九月十三日の『日記』）の夢想する本、それはぴょんぴょん飛び跳ねるように書かれ、粉々になった「芸術家の」本なのだ。それは、「千切られた、細かく千切られた、とても細かく千切られた」（一八九二年七月十一日）本である。それを彼は、日記という俳諧集を通して、あるいは断片的に（もっとも有名なものはもちろん『にんじん』である）お互いがお互いを書き直していく彼の全作品を通して、実現しようとした本である。またあるいは、フェドー（『ファニー』）やゴンクール（『シェリ』百五の短い章）が実験した、物語も筋もないさまざまな短い章、並置された「光景」や「情景」を持った本がある。あるいは、一八六〇年以降近代芸術に革命を起こすことになる日本の版画の名高いアルバム（ラフォルグによれば、「マネは日本の版画によって生まれた」）がある。[31] また短い形式の文を集めた、どの方向からでも読める選集がある。それは文や節や句の並置（ヴェルレーヌの「カレイドスコープ」や「一スーの版画」、ランボーの「イリュミナシオン」）、「ぼくの地獄堕ちの手帖からのこの何枚かのおぞましい紙葉」（ランボー『地獄の一季節』〔『ランボー全集』所収、中地義和訳、青土社、二〇〇六年、一九八頁〕）であり、また時評、コント、旅行の印象記である。十九世紀には、あらゆる形式の選集が増えていく。種々雑多なものを集成した選集がある。それは、さまざまな「雑誌」、あれやこれやの年鑑（『ルシュールの歴史年鑑』『両世界評論年鑑』など）、分冊形式で出されることが多く、象徴的なタイトルを持つ雑誌（〈モザイク〉〈泥棒〉〈連載小説の谺[32]〉）の旗印のもとに出版されたものだ。フローベールは、筋もなく「主人公」もいない『感情教育』において、併置された「光景」や「情景」（サロンでの一夜、舞踏会、競馬、フォンテーヌブロー見学、公的な集会など）から、「他と区別する目印」も、「ピラミッド」状の構造もなく、形式的に「直線の欠如」（自身の小説についてフローベールが書簡のなかで語ったこれらの言葉はよく知られている。バルベー・ドールヴィイの批評も参照）したテクストをつくりあげた。このようなテクストは、『ブヴァールとペキュシェ』『聖アントワーヌ（アントニウス）の誘惑』『紋切型辞典』『公爵夫人のアルバム』など、彼が書いた他のカタログ的テクストとも形式的な類似がある。これらは、フローベールの書いた本のなかでもとりわけアルバムというモデルに魅せられたものだ。マラルメには「記念帖（アルバム）の紙葉」その他の時事的な詩集があり、ルナールには、最後に「にんじんのアルバム」で終わる『にんじん』がある。[33]それは数行で書かれた小景を並置したもので、始まり（第一章）はアルバムのなかのアルバムで、ルピック一家の写真アルバムのことに触れている。アルバムというのは混沌（カオス）である。『感情教育』の冒頭には一八四〇年という日付が書かれていたけれども、フローベールがフレデリックの小脇にオーベール社の『アルバム・カオス』（一八四一）を抱えさせてくれていたらよかったのに、と私は思う。この『アルバム』は、四折でドーミエやグランヴィルによる石版画が三十二枚入っており、それぞれ挿絵は八から十の版画からなっているものだ。

印画紙を使った写真の歴史から見るといささか時代錯誤（一八四〇年には銀版写真しかなかった）なのだが、私はまた、フレデリックが小脇に、十九世紀の象徴となる大量生産的映像である写真アルバムを持っていればよかったと思うのだ。あるいは絵葉書のアルバムでもよいかもしれない。絵葉書は汽車や船で旅する者や旅を愛する者にとっての新しい媒体で、葉書に図像がつく近代的なかたちになってから、とりわけ一八九〇年代以降に数を増し、それを集めたアルバムはブルジョワの家のサロンを席巻するようになる。[34]写真アルバムは本に似ている（ページや表紙があって、開閉ができる）。しかし、なかにあるのは図像だけで、ぱらぱらめくるかもしれないが、読みはしない。目や記憶や夢想の行き当たりばったりなジグザグ運動を推し進め、突拍子もない並置、類似、重ね合わせや組み合わせに道を開く。テーマ的な統一はない。というのも風景、肖像、静物、家族の情景、記念建築物、通りや街の情景などが同居しているからである。写真アルバムというものは十九世紀の典型的なアルバムと考えることができるだろう。そのことは、私がすでに本書の冒頭で言及し注解したゾラの『獲物の分け前』にも明らかである。[35] 思い出してみれば、この小説は第二帝政中葉の話で、ひとりの「くたばった」若者、女主人公ルネの近親相姦的な恋人マクシムを登場させている。この流行りの服を着たきざな若者のまわりには、ぱらぱらめくる本のたぐいが比喩的・現実的に付きまとっている。スキャンダルが載る雑誌、社交界の陰口、カタログ、写真アルバム、コレクション、つまり並置された記号からなる宇宙の体現である。

> 今やマクシムのほうがルネを教育していた。二人でブーローニュの森へ行くと、マクシムはルネに、娼婦たちについてあれこれの話を聞かせ、二人で大笑いした。(……)女たちの家の室内装飾の様子や、立ち入った細々としたことに精通しており、パリ中の娼婦が完璧な注釈付きで整理されている生きたカタログといってよかった。(……)ルネはこのけしからぬゴシップ屋が面白くて仕方なかった。(……)毎日ゴシップの種は尽きなかった。(……)マクシムはこうした女たちの写真も持ち歩いていて、あらゆるポケットに、煙草入れの中にまでも、女優の肖像写真が入っていた。(……)この女たちは、ルネの親しい人びとの写真を収めたアルバムに片付けられた。男たちの写真もあって、(……)それから俳優、作家、代議士などが、どこからともなく集まって、コレクションを増やしていった。ルネとマクシムの生活を通り過ぎていく、奇妙に入り混じった世界、様々な考えやら人間やらがごちゃ混ぜになった世界の縮図である。雨降りの日、退屈な時、このアルバムは大いに話の種となった。いつのまにか、このアルバムを手に取ってしまうのだ。(……)相も変わらず女の品定めである。(……)ページがめくられた。(……)彼女は(……)いつまでもアルバムを離さず、にこやかな、あるいは気難しそうな仄白い顔に見入った。女の写真にはいっそう暇をかけて、小皺や細かい毛など、写真の正確で微視的な細部を興味津々で観察した。ある日など、度の強い虫眼鏡を持ってこさせた。(……)虫眼鏡はこの時以来、女たちの顔のあら捜しに使われた。(……)そこで二人は、新しい

遊びを考え出した。「誰と一夜を過ごすのが楽しいかな？」と問いかけ、答えを満載したアルバムを開くのだ。滑稽きわまりないカップルがいくつもできあがった。（……）だが、男どうし、女どうしの組み合わせになったときほど笑ったことはなかった。[36]

「サロンの家具の上に何気なく置いてあるアルバム」は、きわめつきの家具・日用品（ムーブル）であり、住いにある家具・日用品がそうであるように、登場人物の社会的な「地位（スタンディング）」を思い起こさせたり、それを主張したりする。それは本のように読もうとして選んだ本ではなく、日用品（ムーブル）のように「偶然手にとってしまった」本なのである。しかし本としてのアルバム、図像を再編集したものとしてのアルバムは、別の機能を持つことが可能だ。引用文に見られるように、それは明らかに小説の人物を入れ子構造にしたものとして、また、ルネとマクシム、そしてある種の「パリ生活」全般が送る「可動的（モビール）」な、無構造化され、ほつれていて、国際性豊かな、混淆された生活（そして小説の中心にある近親相姦は、性の「混淆」の形態としては価値の低いものである）の隠喩として示される。しかしアルバムは、自然主義の本そのものの隠喩、「実験小説」の隠喩としても読むことができるだろう。それは断片からつくられた小説である。不揃いでしかも肉体関係のある男女の組み合わせや並列的な図像の結合とともに、「鼻眼鏡をかけて取られたメモ」や「人間の記録の集成」（ゴンクール『ザンガノ兄弟』の序文）からつくられた小説である。そのとき、虫眼鏡（あるいは鼻眼鏡。『獲物の分け前』のルネは鼻眼鏡をかけている）と細部は、だれもが知るように、自然主義美学（と、パロディや諷刺）のキーワードなのである。[37]

アルバムのなかに具体的に現れる、このぱらぱらめくるカオスとしての本、つまり寄せ集めのもの、「下手に縫い合わされてしまったもの」（『レ・ミゼラブル』の章のタイトル）（ユゴー）、「雑多なもの」の新しい美学的価値が広まることは、現実自体が一貫性を欠いたカオスであるという感情から生まれたものである。まさに現実そのものが一種のアルバムであり、どんなものであれ、なにがしかの指導原理を持って直線的には「読むことのできない」アルバムなのである。その現実とは単に、雨の日みたいなひとつの時代が持つ漠然とした退屈を紛らわすために、「ぱらぱらめくることのできる」現実なのである。列（公式の儀式や祭典に出席する人びとの列、そして速度に左右された十九世紀全般の「行列（デフィレ）」――バルザックにおけるこの言葉の使い方については第九章の注（４）を参照）は言うにおよばず、通行人やブーローニュの森へ向かう散歩者、ブールヴァールやデパートをぶらつく人たちの行列（デフィレ）は、十九世紀後半の風俗小説文学のキーワードのひとつである。ここにおいて（悲観主義的な）思想と（文学的）美学は切り離すことができない。ドーデの『ナバブ』にはひとりの女性が公的な葬儀を見る一節があるが、そこに示されているように、思想と美学はお互いから生まれ出てくるのである。

フェリシアは考えないでいられるよう、うんざりするほど延々続く退屈な行列にじっと目を凝らしていた。少しずつ、けだるい気持ちになってきた。それはまるで、雨の降る日、小さい丸テーブルに置かれた色刷りのアルバム、はるか遠い昔から現代にいたるまでの礼服の歴史をぱらぱらめくっているかのようだった。横から見ると、こうした人々はガラスの羽目板の後ろで、背筋を伸ばし、じっと動かないままで、彩色挿絵の人物の顔をしていた。彼らは自分たちの金の刺繍飾り、棕櫚の葉のかたちの勲章、袖章、飾り紐をひとつたりともなくされないように、座椅子の縁まで身を乗り出していた。そこにいる彼らは群衆たちの好奇心の餌食にされたマネキン人形であり、無関心で屈託ない様子で、己の姿を人目に晒していた。

もし彩色アルバムと同一視できるような現実に関するリアルなモデルが公的な儀式にあるとするならば、ぱらぱらめくる本のモデルのなかのモデルとなるものはもちろん、どこにでもある新聞、とりわけ当時の風俗を伝える「上流社会の」新聞である。その目指すところと文体とレイアウトは、一般的に十九世紀をつうじて、文学者たちからあまねく嫌われていた反‐模範ではあったが、その一方で、常に彼らを魅惑してもいた。フレデリック・モローは（あいかわらず年代の問題があるが）ある号の〈パリ生活〉か、それを一年分を製本したものを小脇に抱えていたかもしれない。この新聞は少し前に見たように、アルバムの持つ混淆的性格や不連続性と形式的な親近性を共有している。[38]

この週刊新聞は非常に有名だったプラナ＝マルスランによって一八六三年に創刊されたもので、その最初の見本紙には『サラムボー』の書評と諷刺画が入っていた。フローベールはこの新聞に魅せられ、『日記』（一八七七年二月四日）に記されたゴンクールの証言によれば、「ルシュールの年鑑とマルスランの〈パリ生活〉を使って」第二帝政についての小説を書くことを夢見ていた。[39]この新聞の副題は、「エレガントな風俗、今日のものごと、気まぐれ、旅行、演劇、音楽、美術、スポーツ、モード」となっていた。テーヌがこの新聞の第一号から掲載し始めたのは、エッセーや物語や「連続」小説ではなく、断片的な「メモ」（「パリについてのメモ」）。これはのちに漠然とした物語の筋がつけられて、『トマ・グランドルジュ』という作品になる）だった。短い形式、「小さなもの」「ささいなこと」、下絵、とりとめもないものを旗印とするその項目は、「陽気で小柄な女」「警句」「考え」「短い時評」「ものごと、その他」「今日の流行」「お金の話を少し」「ある訪問」「心理学を少々」「メモ」「ジョッキーの印象」「プロフィール」「クラブについて」と名付けられており、イラストの版画は「女性＝ボンボン」「このあいだ未婚女性たちの家で開かれたささやかなパーティ」「あるスポーツマンの一週間」「傑作の花咲く国における記念帖（アルバム）の紙葉」、あるいはすでに見たように「ある旅行者のアルバム」とある。シャンソールの小説『ミス・アメリカ』（一九〇七）のなかで、社交界の人間にしてダンディ、ポール・ド・ヴェラ侯爵が、ジャーナリズムに打って出るとき、彼が〈パリ生活〉に発表するのは、ちょっとした「煌めくファンタジー」なのだが、彼はのちにそれらを『コンフェッティ〔紙吹雪〕』というタイトルのもとに一巻にまとめる。「パリ生活」は統制呼称であると同時に、言葉づかい、[40]スタイル、神話、リズム、エスプリ、テーマ体系、そしてさまざまな作品の目録（新聞以外については、オッフェンバンクを参照）なのである。ここでもう一度『獲物の分け前』のイメージを使うと、それはテクストの「ごちゃまぜ」である。改行がたくさんあり、はっきりした編集方針（ライン）もない、とても風通しのいい外観をしている。そのうえ〈パリ生活〉の版画は、十二分割された十二の版画がタイトルを取り囲む表紙の図版を初めとして、同じひとつのページ、同じ見開きページ、あるいはひとつの絵のうえに、区分を設けるというテクニックをさらに使っている。図版は連続漫画のような外観をしているが、全体を構成する物語はない。また社会的典型、社交界の儀式についての「生理学」、あるいはその時代、あるいは季節の風俗（絵画サロン、狩猟解禁、一年の総括、海水浴の季節、雨の日の狩猟、オペラ座のボックス席など）をテーマとする「生理学」に関する図版がある。そこでのテーマは自律した典型的な小寸劇に分割されるわけだが、寸劇はテーマのさまざまな側面を多様に変化させるのである。〈カリカチュール〉に発表されたロビダの二面を使った版画、折り畳まれた大型図版もこの手法を活用している。[41] 十九世紀中葉の多くの新聞は、ページのレイアウトそのものが形作るテクストとイメージのカオスをどこか反映しており、〈谺〉〈シャリヴァリ〔どんちゃん騒ぎ〕〉〈鈴〉〈ラッパ〉〈鐘〉〈警笛〉〈騒音〉と、そのタイトルからして、騒音や音のカオスを想起させる。

　この新聞のカオス、新聞の各ページにあるカオスは、同時代の人々が頭に思い描くひとつの世界やひとつの時代のすがたを模倣している。それは存在や事物が、「奥行きのない」イメージ群としてその展示価値のみに還元されてしまう世界であり、速度、短さ、新しさ、混淆、商品の急速な消費とその移動、寿命の短さに支配されている世界である。[42] こうして〈パリ生活〉は第一号が始まる一八六九年の序文のなかで、過ぎ去った一年を次のように表現する。

　なんという奇妙な無秩序であろうか、なんという寄せ集め、なんという瓦礫の山、なんというごちゃまぜだろうか。私の記憶のなかには、絵画、新しい小説、建築、演劇、議会、雄弁、新しい戯曲と長い演説がみごとに混じり合っている。私たちはこうしたものを本当に全部見たのだろうか。この瓦礫の山からいま何が残っているのやら。私たちが好んだ戯曲、私たちが捨てた本、読んだ本はどんな色をしていたのだろうか。私たちは何を素晴らしいと思い、何に野次を飛ばしたのだろうか。みなさんは当節流行りのジャンルはなんだったか覚えておいでだろうか。この奇妙なカオス、今年の残骸のなかから見つけられるのは、どの時代、どの流派にもあるようなばらばらな寄せ集めにすぎない。私たちだけに属するものなど何もないのである。昨日、あるジャンルが拍手喝采を浴びたとすれば、翌日には野次を飛ばされて、どこから来たやもしれない新しいなにかに場所を譲って、消えてしまう。私たちの趣味がこれほどまでに方向を見失い、自分たちがなにを好んでいるのかほとんどわからない、などということがあっていいのだろうか！（……）ああ、なんとけっこうなカオスだろうか！（……）いたるところカオスだらけだ。

そしてこのごちゃまぜは十二月二十五日号の見開き大型図版の挿絵のなか、「一八六九年」という総括的なタイトルのもとでまとめられる。それは、双六の連続するマス目とあの「パンテオン・ナダール」をふたつながらモデルとしたジグザグ状の行列の形態をしている。そしてまた、あらゆるイメージ、すなわち一年のさまざまな出来事を目で見てスキャンするという形態でもある。

このジャンルの新聞雑誌をぱらぱらめくることについては、フローベールやゾラの弟子であるアンリ・セアールの短い小説『ある素晴らしき一日』（一八八一）に典型的な場面がある。小説はあるデートでの失敗の話を語る。ひとりの独身男と、不幸な結婚を送っていて一時的に不倫の快楽を夢見る若い女性が、雨のせいでみすぼらしいレストランに足止めされる物語だ。不倫は起こらないし、「物語」（語るべきこと）も起こりはしないのだ。若い女性は、いつ果てるともしれない気の滅入るような午後のあいだずっと、嵐の過ぎ去るのを待ってレストランで新聞をめくり、時間を潰している。したがってアルバムは、その大きさも含めて、傘の代用品なのである。[43]『獲物の分け前』のなかで、退屈な雨の日にはとりわけ写真アルバムがめくられるが、それと同じようにセアールの小説の第四部には、女主人公とその連れの男がぼんやりと新聞を眺めるくだりがある。[44]「ぱらぱらめくる」という動詞は、簡単に記述された新聞（〈十九世紀〉、〈フィガロ〉、三面記事を扱う小新聞、〈絵入り新聞〉〈ル・アーヴル新聞〉〈タンタマール〉など）が長々と列挙されるあいだに、定期的に現れる。小説のテクストは、その新聞の持っている雑多で寄せ集め的な性質を徹底して強調している。

> すべてが、どれも変わらぬ愚かさのなかで混じりあっていた。ヴィクトル・ユゴーの最新作への賛辞、同じ一人の女性オペレッタ女性歌手への熱狂、同じ治療薬の広告、五幕ものの戯曲を仕上げたばかりの感じのいい同じ同僚に対する賞賛（……）。挿絵新聞は、最後の王の戴冠式、極悪犯罪の内輪揉め、パリや社交界やブーローニュの森の出来事、汽車に衝突して転がった路面電車、洪水で悲嘆にくれる家族、記録文書をもとに版画化された海難事故、写真をもとにしてつくられた有名人の肖像。大評判だった絵画、（……）ソネット、（……）将軍、結婚したての君主（……）、野蛮人に襲撃された宣教師（……）、近代化した軍隊に殺戮された野蛮人。彼女はときに丁寧に書かれた文章に挟まれた図版のところで手を止めつつも、ページをめくり続けた。真面目くさったエスコート役の男の腕の中で科をつくる小柄な女性のシルエット（……）巨大なスカートを履いた馬上の女性。新聞のなかほどには、二ページ続きの見開き両面に広がる大きな図版があって、そこでは、マネキンのようにすらりとして、人形のように髪をカールしたありえないほど大きな女性たちが、身を捩り、横になり、丸まっていた。（……）。思わせぶりな仄めかしに満ちた言葉が書かれている。きわどい状況、みだらな細部を強調しながらもぼかした物語（……）。ウエストを持ち上げてすらりと引き立たせるコルセットの広告、デザイナーのアドレス、肉を引き締める特効水を発明した人の宣伝に彼女はふと目を止めた。（……）なかほどでは、あるモラリストが人生についての警句を発していた。彼女はページをめくっていった。荒っぽい筆致で描かれた農民が、彼女が田舎で一度も耳にしたことのないような会話をしている。（……）デュアマン夫人はイラストを再びめくり始めたものの、たいした興味を惹かれるわけでもなかった。彼女は一度に二、三ページめくった。[45]

デュアマン夫人は最後に「鉄道時刻表」（二六一頁）まで調べてみる。[46] かつての「サロン」は、育ちのよい男女のあいだで交わされる品のいい会話の場であり、フランス風の「エスプリ」の鍛錬場であったが、いまや、おしゃべりや滑稽な話、洒落やなぞなぞ、法螺話、支離滅裂な話を載せている小新聞やらアルバムやらをぺらぺらめくる場となってしまった。[47] モーパッサンの『我らの心』の第一章、くだらない大社交人のド・ビュルヌ夫人のサロンに初めて入ったときにマリオルが最初に目にしたものといえば、「ラマルトが持ってきたばかりのアルバムを覗きこむひとりの女性と三人の男の頭であった。四人に囲まれた小説家が立ったままページをめくっては解説を加えていた」。もはや小説家は、社交界の女性にとって、図像の解説者にすぎなくなってしまった。

したがって、アルバムはどんな形態のものであれ、多くの人にとって「退廃」した書物を否定的に具体化したものとなりうる。「退廃」した書物とは、ブールジェが『現代心理論集』のなかで書いたように、部分や構成要素が自立化する傾向にある本なのだ。

> 言語というもうひとつの有機体の発展と退廃をひとつの同じ法が支配している。退廃の文体というのは、書物の統一性が解体して、ページの独立にその場を譲るものである。つぎに、そのページは解体して字句の独立に場を譲り、最後に字句は単語の独立にその場を譲ることになる。[48]

それは「女性的」な本、社交界の本で、パリのエスプリの真髄を具現化する最小単位、すなわち「単語」を引き立たせるためにつくられている。そしてその本は眺めるためにつくられており、中傷する者たちから見れば、社交生活のために、そして社交生活によってつくられている。[49] 本をぱらぱらめくること（フォイユタージュ）は、ゆっくりじっくりと本当の読書を行う人からすれば堕落であり、いい加減に二ページずつ、三ページずつ（セアール）をいっぺんにめくる集中力を欠いた読書法で、それはテクストという「薄層のつらなり（フォイユテ）」を解読する、つまり複雑な意味の厚みの奥へと苦心して解読する作業にとって代わるのである。それは、表面のうえをすばやくあらゆる方向に駆けめぐる快楽が、作品と意味の深みのなかに、解釈学的にゆっくりと降りていくのに代わったり、現代的な観光客の「ジグザクの旅」や「感傷旅行」がロマン主義的旅行者が行う起源探求の巡礼に取って代わろうとしたり、女の尻を追いかける老人やブールヴァールの洒落者（ライオン）の「誘惑（ナンパ）」が、偉大な恋の結晶化に代わりつつあるのと同じなのである。新聞の世界と文学の世界を対比させるモーパッサンの言葉によれば、ジャーナリスト・時評作家は、「深みを持っているというよりもうまい表現を持っている」という。[50]

アルバムのほかにも「ぱらぱらめくることができ」「調べることのできる」（読むのではなく）非連続的なテクストはある。その点でこれらはアルバムに似ているが（たとえば辞書や年鑑（アルマナ）。しかし辞書や年鑑は厳密な「割り付け」、すなわちアルファベット順や時系列を持ったジャンルである）、アルバムは、終わりも順序もなく、あらゆる方向に目を走らすテクストである。アルバムは、人を魅了するか嫌われるかの違いはあれ、ある破壊の美学、活動中の「新しい」文学、新しい読書方法のモデルとなっている。それが予見しているのは、二十世紀末のCD産業が生んだ音楽のコンピレーション・アルバムであり、方法はそれぞれ違っても、ボードレール、マラルメ、ゴンクール、ジュール・ルナールあるいはランボーなどが夢見た書物、「頭も尻尾もなく」「あらゆる方向に」読むべき、破砕されてしまった書物なのである。[51]

第十一章　線のかたち――汽車

「鉄路を曳かれゆく車の窓越しに、現れては消えるイメージのあの連鎖。」
――プロスペル・メリメ『アルセーヌ・ギュイヨ』*Arsène Guillot* 一八四四年

絵画（その大小を問わず）と比べると、文学にかかわる人々がこれまであまり注釈や分析をしてこなかった二次元イメージのカテゴリーがある。それは、絵画よりも抽象的な、地図、市街図、グラフといった記号的オブジェ、幾何学的な図であり、網の目の形を取ることもある。網の目といえば、どうしても典型的に十九世紀的な具現化である鉄道や汽車が出てくる。鉄道と汽車のネットワークは、理想的・象徴的「六角形」〔その形からしてフランス本土の意味あり〕の中枢であるパリから発して、平均的フランス人の頭の中にある。

マルク・バロリやジャック・ノワレーが網羅的な仕事を成し遂げ、ゾラとジュール・ヴェルヌについてミシェル・セールが、またモーパッサンについてアラン・ビュイジーヌがすばらしい論考をものしたあと、また、文学に汽車が登場した初めの頃（とりわけゴーティエ、ユゴー、ヴィニーにおいて）について文学史に関わる数多くの研究がなされてきた今日、文学的表象としての列車について（いまさら）語るのは容易ではない(1)。要するに、命名でき描写でき語りの中に入ることができ、言語化できる指示対象 référent は無数にあるが、そんな指示対象の一つである汽車からいかにして問題提起するか、いかにして何かを築くか、なのだ。しかも、多様な時代（汽車の登場した十九世紀は本稿にとっておそらくは特別な時代である）、多様なジャンル、冒険小説（ジュール・

ヴェルヌ『クラウディウス・ボンバルナック』）から心理小説（シムノン『列車が通るのを見ていた男』、ビュトール『心変わり』）、兵隊もの喜劇（クルトリーヌ『八時四十七分の列車』）、韻文のコント（コペ『緩衝器の一撃』*Le coup de tampon*）、公の場でのカンタータ〔「鉄道讃歌」« Chant des chemins de fer »〕（ベルリオーズ、一八四六年パリ・リール間の鉄道開通式で）、短編小説（モーパッサン『決闘』）、シュルレアリストの意見表明（ダリの『ペルピニャン駅』）あるいは詩（ブレーズ・サンドラール『シベリア横断鉄道』）の中でのことだ。ゾラの『獣人』（一八九〇）はいうまでもない。

鉄道について語るに際して方法論上まずせねばならない用心は、おそらく、些末なテーマ研究に陥らぬようにし、十九世紀半ばに文学に入ってくる「新しい機械」全体を関連づけ、テクスト中でのそれら機械のシステムと相関性、どう配分されとりわけ文学的にはどういう機能を果たしているか、「イメージ」という語のあらゆる意味におけるそれら機械の「イメージ化」、なかんずく並外れた三つの機械について研究するということであろう。この三つの機械というのは、近年になって発明され、あるいは工業によって実用化され、同時代の人々の想像力に衝撃を与えた。一つ目はエネルギーを産出する機械、蒸気機関であり、二つ目は複製する機械、写真機（本書第一章を参照されたい）であり、三つ目は情報を伝達する機械、電信機で、これは当初は視覚的なものであった。[2]次には、一つの作品中で、あるいは同時代にせよ時代をまたぐにせよ数多くの作家たちの作品群の中で、これら新しい機械と昔からある機械を関連づけるのが良かろう。つまり、たとえば、一人で（ヴィニーの『羊飼いの家』*La maison du berger*）ないしは大人数で（旧式な乗合い馬車、川船、ティルビュリー〔二人乗り二輪馬車〕、辻馬車、鉄道、駅馬車、都会の大型乗合い馬車、船、これらすべてが一つの小説に共存する――『感情教育』のように）移動する様々な方法が、重複したり対立したり異なった機能を果たしながら、どのようにして共存、衝突、あるいは次々と現れるかである。これら三種の機械は登場人物を互いに関連づけ、フィクションの運びに「一触即発」や「悶着」など様々なテンポを生み出す。また同時に、列車は写真機を携えた旅行客を観光地に運び、旅行客は電信のおかげで自分の近況を伝えられるというように、三つの機械は協力することも多い。これらの機械が物語を紡ぎだすのだ。ゾラの『パスカル博士』、世紀末の小説そして連作を締めくくる小説（一八九三年、『ルーゴン＝マッカール叢書』の最終巻）の結末は、ヒッチコック流ドラマの「サスペンス」となっている。パスカルはクロチルドを待っている。彼女の乗った列車はパスカルの臨終に間に合うのか？

類似と相違が絡み合う。汽車と電信は、いずれも人間、物、資本を交流させ回転させる。[3] 汽車と写真機はいずれも、対物レンズあるいは窓ガラス越しに光景・風景を選んで切り取る。写真機と電信は記号を生み出す（電信の記号は抽象的で意味不明、写真のは親しみやすく図象的）。これらの新しい機械は、おそらく文学の本質をなすもの（台詞、伝言、会話、意思伝達）と関わる。数多くの点で、詩人の屋根裏部屋はいわば夢の箱ないしは暗室に他ならないし（ボードレールの『悪の華』所収の「風景」« Paysage »）、鉄道の車両は――リズムの問題はさておき――バルザック（『人生の始まり』*Un début dans la vie*）やモーパッサン（『脂肪の塊』）における乗合い馬車、（『感情教育』冒頭の）乗合い蒸気船、あるいは全く別の動く機械（ユゴーの『笑う男』のグリーン・ボックス）と本質的にはおそらく変わらないのが、わかるだろう。こうした動く箱は全て、ある種の談話室であり、夢を見たり、お喋りしたり、フィクションを生み出したり（グリーン・ボックス）、とりとめもなく話したり、「ナンパ」したり、見知らぬ男女と出会ったり、文学の営みにつきものの、物語を生み出すあらゆる活動がなされる。しかし、もちろん、これら三つの機械をとおして文学に導入されたのは、とりわけ速度である。これは日常生活のみならず（鉄道と電信による時間と空間への挑戦、写真撮影の際じっとしている時間の短縮[4]）、文学においても、新しいタイプの書物（たとえば、本書第十章〔原文に九章とあるのは誤り〕で扱ったアルバムのような、注記、スケッチ、短い形のさまざまな集成）、新しいタイプの書き方（急ぎ書き、現地でのメモ取り、ある社会階層に特有の話し方の速記、ゾラのような作家が強く望む「全力疾走する文体」、スタンダール『パルムの僧院』〔この作品は口述筆記で書かれたといわれる〕のアレグレットでの口述）、読書の新しいタイプのテンポ（気もそぞろな素早い「ページめくり」）、新しいリズム（リズムは、文にも身体にも機械にもある[5]）、読まれるイメージの新しいスタイルと新しい規格、詩のイメージ、ヴァレリーの美しい定義によれば「動かないこの動き」（たとえば、本書第八章で見たが、意味の世界どうしの「距離を縮める」文彩、換喩（メトニミー）に吸収された隠喩（メタフォール））、こういう全てを促進する。さらには、同時代の新しい文学的エクリチュールのために生まれた、隠喩を重視した新しい描写システムについても同様である。これはとりわけ、十九世紀という時代が生み出し、そして先述した三つの機械の比喩を用いて名づけられた三つの文体、「速記」文体ないしは「電信」文体（ゴンクールと点描画的書き方）、「蒸気」文学（デュマと新聞連載小説）、「写真」文体（ゾラと印象派的「瞬間をとらえる小説家」）のことである(6)。

これら三つの機械の中で、まざまざと速さを体現している列車こそが、風景の在り方を深層から変えるのにもっとも貢献している。風景を成り立たせているもの（土木工事、線路、駅）についても、風景の色彩についても、風景の構造や物語化の仕掛けにおいても、風景が繰り広げる想像世界つまりその「イメージ化」においても同様である。駅や蒸気機関車があろうとなかろうと、十九世紀に特有の「石炭の風景」（ボードレールの「風景」にある「石炭の流れ」）が現れ、『ジェルミナル』（炭坑の蒸気機関と貨車を参照）においても『獣人』（汽車）においても石炭が主要登場人物である。石炭は素描画家の用いる「木炭」として（ゴーティエの『木炭画とエッチング』を参照）、エッチングと版木の黒色として再登場し、以後、文学と離れがたいものとなる。

汽車は、現実を人目に曝す機会を幾層倍にも増やしながら、目覚ましいもの全体、したがって眼差しの、バルザック曰く十九世紀の「器官」に大きな変化をもたらす。これからは、万国博覧会を見物しにパリへ汽車で「上る」（これは『フヌイヤール一家』*La Famille Fenouillard*〔十九世紀末、〈プチ・フランセ・イリュストレ〉に連載された漫画〕の最初の挿絵頁のテーマである(7)（図版9）。また、汽車でパリを出て、風情ある田舎の景色を見にゆく。この景色はただちに絵はがきになる。絵はがき、この新しいイメージ群は、鉄道路線網に沿ってここかしこをありありと描く。通過する汽車を見る、汽車から見る、汽車の中で見る。こういう見方は、新しいフレーミング、「新しい視覚の行為」となり、いくつかのジャンルの在り方、文学における描写的なるものの在り方をまるっきり変えてしまう。自分の前を通り過ぎる汽車を見るのは、汽車から見るということと対をなしはするが、等価ではおそらくない。史上初の映画は、シオタ駅に入ってくる汽車の映像で、一つの固定点から撮られている。そして、鉄道小説である『獣人』では、汽車からの眺め（主人公は蒸気機関車の運転手だ）と見る者の前を通過する汽車の眺めが入れ替わり立ち替わりし、第二章には「映画前夜」の、さながら探偵映画上映のようなすばらしい場面がある。主人公ジャックは非番の夜、暗闇の中で線路脇に座る。すると突然、眼前に、灯の放つ光線の束が闇を突っ切り、光る小さな枠が長いリボンのように連なる。この連なりの中で兇行がなされるのが見える、あるいは見えたように思う。次の瞬間、もとの闇が戻り、夢でも見たのか、それともほんとうだったのかと自問しながら帰宅する。この場面は、映画の上演さながらである（見る者は不動で、イメージが連なって動く）。

当代の汽車の乗客のする描写は、小説中の見晴し台からの「定位置」描写、固定点から熟視する人物が世界を整序する自らの基本システムによってなす描写（「左には……右には……もっと遠くには……前には……上の方には」）あるいは大通りをそぞろ歩く人のゆっくりとした「遊歩描写」とは異なる。不明瞭、混然、消失、ぼかし、行列が描写カテゴリーとなる。鉄道旅行をよくしたヴェルレーヌは、『良き歌』（Ⅶ）でこう記す――「窓枠の中の風景は、／無我夢中で走りゆく」。やはり鉄道旅行を頻繁にしたゴーティエ曰く、「景色は（……）線路の両側で、まるで見本帳のように広がっては折り畳まれる」（ゴーティエ、『旅をする時には』（一八六五）*Quand on voyage* 中の「シェルブール」）。

速度ゆえに、新しくも逆説的に結びつくもの、それは徹底した不動、コンパートメント内で固定した窓枠前にじっと座っている旅行者‐観客の不動と、旅行者‐観客が自分では眼差しを固定することができぬままに否が応でも目にする景色、一方向に繰り広げられ後戻りしない景色の極度の動性である。正確な旅程と正確な時刻表がもたらすのは、細部のわからない景色と惑乱した夢想、そして「絵」の断片化（ゴーティエの言う「見本帳」は、ぱらぱらめくるアルバムに近い――本書第十章〔原文に第九章とあるのは誤り〕を参照）は、執拗に継続して型にはまってゆくリズムと共にある。[8]『失われた時を求めて』でバルベックへの汽車の長旅を延々と述べながら、語り手は「断片を貼りなおす」ことに、実際に見たイメージ、夢見たイメージ、あるいはそのいずれもを継ぎなおすことに時間を費やしているようだ。出発時の閉ざされた部屋とホテルのまだ見ぬ部屋の間、西部鉄道の地名についてあらかじめ抱いていた夢想とこれらの地との出会いの間、往路の旅と、若い牛乳配達女と再会したいと夢見る同じ路線の復路の旅との間、窓ガラス・窓「枠」に見える景色と、列車が方向転換した時に同じ窓から見える景色、あるいはコンパートメントの反対側の窓から見える景色との間、ホームで目にした牛乳売り女と「別の人生」で夢見られたエロティックなアヴァンチュールとの間、昼と夜との間を継ぎなおすのだ。「方向を変える」列車は「文彩」の代わりを務め、イメージを多様化する。

窓枠の硝子(ガラス)の中、こぢんまりした黒い林の上に、えぐられたようにくぼんだ雲が見えた。その薔薇色の柔らかい生毛(うぶげ)のようなところは、動かず、生命を失っており、まるでそれを吸収した鳥の薔薇色の翼か、画家が気まぐれに薔薇色をのせたパステル画のように、もう変わることはなさそうだ。(……)線路の向きが変わり、汽車は弧を描いた。窓硝子の中には、朝の風景にとって代わって夜の村が現れた。家々の屋根は月光に照らされて青く、共同洗濯場には夜の乳白色の輝きが澱(おり)のようにたまり、まだ満天の星々がきらめいている。空の薔薇色の帯が消えたのにがっかりしていると、再び、今度は紅(くれない)に、反対側の窓に現れた。だが、これも、二つ目の曲がり角で消えてしまった。こうして私は、輝かしくも移り気なわが美しき朝の途切れ途切れで真逆な断片を寄せあつめ、まとまった眺めに、連続した絵画に仕上げようと、こちらの窓からあちらの窓へと右往左往して時を過ごすのであった。(9)

速度、不連続、間歇、移ろい易さによって律せられることとなった文学にみられるこの変容、静と動、閉ざされたコンパートメントと開けた景色、フレーミングとピンぼけ、散漫な眼差しと断片化した風景、連続と不連続、こういった新たな組み合わせは、よくあるように、たちまちに捉えられ、ニュースの迅速さに左右される出版物においてパロディーや諷刺画としてイメージ化される。一八四〇年以降、諷刺画、ある種の滑稽な「パノラマ文学」、漫画において、物語性の「枠内取り込み」「コマ内取り込み」が見られる。諷刺画は、列車のコンパートメントのように仕切られた大判の頁全体を占めることがある。たとえば、〈パリ・コミック〉、〈パリ生活〉、〈カリカチュール〉といった定期刊行物によくあるように、真ん中の見開き二頁に、何らかのテーマの様々な「場面」、「パノラマ」が展開し、場合によっては車両を連ねた汽車の絵が載る。ここで様々な「滑稽パンテオン」(ナダール、ベルタル、[10]等々(図版10))のジグザグ構造が一新される。たとえば、〈カリカチュール〉の一八八一年一月一日第五十三号付録の折りたたみ式大判、ロビダの「一八八〇年の汽車」がそうだ。これは一つの汽車を描き、「レビュー」〔時事を扱った諷刺喜劇〕というジャンルに属し、前年のレビューで、車輛のそれぞれが当該年の(文学、政治等々における)特筆すべき事件を表している[11](図版7)。既に触れた最初の漫画『フヌイヤール家』初版冒頭の一連のコマでは、汽車からの眺め、汽車の有様、汽車中の情景が描かれている[12](図版9)。「マンション」的〔場面ごとに仕切られた並列舞台の〕構造、挿絵入り社交界報の図版の仕切り(列車の様々なコンパートメント、家のいくつもの階、パリの諸々の界隈、オペラ座の桟敷席あれこれ、等々)は、(本書第十章で)「アルバム・スタイル」と呼べるとしたもので、写実主義・自然主義文学における場面・情景の並列構成にもうかがえる。鉄道の時刻表は、「連絡・接続」の新しい詩学、あるいは新しい「愛情の国の地図」[一]すら導き出す。つまり、語りの可能性を引き出しつつ、時刻表は、モーパッサンの鉄道短編小説(『ロンドリ姉妹』のような)からビュトールの『心変わり』まで、出会い、別れ、色恋の絡む「引っかけ」、欲望に駆られた策略や空想が引き起こす、あるいは恋愛のなりゆきで起こってくる事どもを整序し、通りすがりの男と女、そぞろ歩く男女が都市で出会うバルザック的、バルベー・ドルヴィイー的、ボードレール的トポスを変更し、短編小説(モーパッサン)においてもあれこれの旅行記においても有効なのは同様である。旅行記は、いくつもの場面、メモ、行きずりの名もなき人々のてんでばらばらな描写を連ねたものにすぎぬこともある。旅先で出会った女性の人物描写であるブールジェの『旅する女たち』(一八九六)*Les Voyageuses* がそうだ。この本は「序文」で、「情熱的に彷徨った青春の記」として、「押し花・標本」として、「束の間の印象が放つ閃光のなかでものした通りすがりの女たちの一連の描写」、「道中、瞬く間にたまたま起こった何かしらの出来事」のうちに「通り過ぎる、その短さ」によって特徴づけられる女たちの一連の描写として、紹介されている。[13]『ある旅人の記録』（一八八四）と題されたモーパッサンの短編は、鉄道旅行中に起こりうる逸話や些細な出来事の脈絡のなさを真似た脈絡ない形ゆえに、当代（鉄道）文学の典型である。[14]

世のいかなる指示対象もそうであるように、だがもしかすると、あらゆる新しい物や新しい指示対象がなお一層そうであるように、鉄道を表現するためには、外国語からの借用（レイルウェイ、ワゴン、テンダー……）が、技術的な語の借用（プラットフォーム、牽引車……）、迂言法（ユゴーの「煙を吐き、うめく機械」）が不可欠である。また、鉄道が何かに喩えられたり（汽車はXに似ている）何かが鉄道に喩えられたり（Xは汽車に似ている）しがちなのだが、それは、文彩というかレトリックの想像界、読まれる「イメージ」と呼ばれるシステム、意味の「移し替え」と「対応」の特別なシステムにおいてのことだ。だからこそ、鉄道は、とりわけアナロジー（A対B＝C対D）、直喩（AはCのようだ）あるいは隠喩（AはCだ）の一部をなさずにはいない（ゴーティエ『木炭画とエッチング』における「火が魂の、蒸気が息の役割をする鋼鉄製の動物」）。鉄道の語彙は、一種の「雑居車輌的隠喩」として使えるものになり、この隠喩は、発展の歩みあるいは歩みとしての発展（ピエール・デュポンの「蒸気機関車の運転手」« Le chauffeur de la locomotive » を参照）を描くのにも、個人の生態や心理の遠回しの表現（ときに「煙幕」）にも役立つ。『レ・ミゼラブル』でユゴーが、小説末尾に「脱線する」ジャヴェール（「まっすぐな良心からはずれるファンプー事故〔北部鉄道開通直後、一八四六年七月に起きたファンプー駅での脱線事故〕」、魂の道の踏み外し」等々、第五部第四の書「脱線するジャヴェール」）の魂の状態を「鉄道」の比喩で描いている。[15] しかしとりわけ、ある想像領域、ある語彙群、ある特別な意味領域、文学それ自体の意味領域、文学が文学自身について語る批評の意味領域こそが、鉄道の隠喩をとおして機能し考察可能となるように思われる。そしてこれは、近代「蒸気」文学が汎用しているすぐ目につく隠喩を超えて、三つの柱あるいは三つの図形的「イメージ」を具えたもっと抽象的な一種の地形システム、カンディンスキーの著名な絵画理論の著作（一九二六）〔『点と線から面へ』*Punkt und Linie zu Fläche — Beitrag zur Analyse des malerischen Elemente*〕のタイトルを借りるなら、面・点・線のシステムを通してなのだ[16]（図版2）。このことは、なかでも、十九世紀中期に特有の、韻文の危機と散文の危機についての批評的理論的分野にあてはまる。

「線」ligne——当然ながらこの語は、線描のみならず執筆計画（「構想の基本線」grandes lignes）、文章（手書きあるいは印刷された線から成る）を綴るのに、また鉄道路線、さらにはその管理と路線網の全体（西部線、オルレアン線、ＰＬＭ〔La Compagnie des Chemins de fer de Paris à Lyon et à la Méditerranée パリ・リヨン・地中海鉄道〕）の記述に頻用される。『獣人』の手書草稿には、小説を構想し始めたゾラが手探りしながら、数行（線）おきに、線という語の様々な意味を知らず知らずのうちに操っているのがみられる。曰く「ある遠距離路線の詩をつくりたい（……）おそらく私の探し求めている小説の大筋が（……）彼〔主要登場人物であるジャック・ランチエ〕の前を通る路線全体がわかってくるだろう」（F° 351-354〔フランス国立図書館所蔵の手書草稿 Bibliothèque nationale, Nouvelles Acquisitions françaises, Manuscrits 10274, F° 351-354 原文で 351-14 とあるのは誤り〕）。『獣人』は、のっけから、サン＝ラザール駅とその「遠距離路線」grandes lignes、「扇形」に「枝分かれする」線路、転轍手に汽笛を鳴らして「どの線路を行くのか尋ねる」発車間際の灼熱した蒸気機関車の描写で始まる。これからの物語展開のありうる道筋、枝分かれは、小説冒頭ですばらしい隠喩として紡がれ、これはもちろん『ルーゴン＝マッカール叢書』全体を構築する型、系統樹の大小の枝分かれ、結節点の隠喩でもある。

新しい機械には、それ自身の記号体系や図像的想像領域、独特のイメージ化や特有のイメージ群が必ず伴う。汽車の繰り広げる想像領域は、独特の具体的イメージ、つまり首都パリへと収斂する路線網の張りめぐらされたフランス地図、いくつもの公式ガイドブックや時刻表に載っている図から始まる。放射線状の路線網、意味と図形のシステムには、絵にせよ写真にせよ、新世代の画像がつきものだ。つまり、初期の鉄道路線の土木工事や沿線風景は、写真アルバムの形で、また丹念な図版入りの折りたたみ式観光パンフレットの形で、余すところなく「カバーされる」〔報道される〕。パンフレットを発行するのは、路線網からの利益に与(あずか)り、その宣伝をせねばならない様々な私企業である。(17) 海辺、温泉町、名所など、鉄道の行き先の景色を宣伝する広告で、駅はびっしりと彩られる。一八八〇年以降に絵はがきが一般化すると、汽車と駅は、駅からの路線が通じて行けるようになった場所と並んで絵はがきに載る。ジュール・ヴェルヌの『ある変人の遺言』(一八九九)は、地図(アメリカ合衆国の地図で、小説付録として発行された)、鉄道路線網(小説の全登場人物が乗り、フランスのように中央に集まるのとは大いに異なる路線網である)、細かい仕切りのあるゲーム板(西洋双六遊び、昔ながらの絵と升目あり)、(物語の筋を説明する)挿絵、架空の物語中で遺産獲得競争の波瀾万丈(ここでも、『ルーゴン=マッカール叢書』におけるのと同じく、生物学的・法的な樹形図に基づいた循環の物語が見られる)を辿る読者大衆に情報を与える諸々の画像の「投影」システムにおいて、もっとも洗練された傑作である。

「一行モ書カヌ日ハ一日モナシ」、これは(ゾラも含めて)数多くの小説家の座右の銘であるが、少なからぬ批評家(サント=ブーヴ、レボー〔原注(3)参照〕、その他多数)が、旅日誌や連載小説が元になった「蒸気」文学、「行数を増やして原稿を水増し」していると非難している。本はどれも行(線)から成る。加えて、汽車を運転するとは、線路沿いに並ぶ信号に従うことであり、文を読むのは連なる記号を辿ることだ。ジュール・ルナール曰く「車輛に乗り込むように書物の中に入る。背後をちらちら見ながら、とまどいながら、居場所と考えを変えるのを不安に思いながら。どんな旅行だろう? どんな本だろう?(18)」。『獣人』でジャックが運転する機関車の名は「リゾン」というし〔「読む」という意味の動詞lireの活用形と似る〕汽車の検査官の一人はオジル〔Ozil〕といい、著者〔ゾラ Zola〕の名の(ほとんど)完全なアナグラムである。線の(絵画的、美学的、哲学的)歴史に多様な意味の含みがあるのはよく知られている。つまり、線は芸術と倫理の側にある。自然界には直線は存在しない、と画家と絵画についての試論や小説は、くどくどと繰り返している。(19) 線は、一連の純粋主義の画家たち(アングル対ドラクロワ(二)、等々)

にとって、芸術の「誠実さ」、厳密と正確の権化であり、知性と理性である。だから線は、語りの上では、手相見の用語（「生命線、感情線、等々といった」「手相の線」）が示すように、人を否応なくある目的、終着点へ、破滅か予期せぬ出会いか単なる終着駅か、何かへと導く運命のしるしなのだ。逆に、装飾的な線、アラベスク曲線、破線、気まぐれな線を好む人々にとっては、直線とりわけ水平線は、「冷たく」、退屈と単調の同義語だ(20)。

この相反する価値は、果てしなく繰り返される議論（十九世紀半ば、詩の散文化と散文の詩化の様々な試みにおいて激化する）(21)、詩と散文それぞれの価値についての議論の中に、ともすれば呑み込まれる。これは、蒸気機関車が反（あるいは非）詩なら、蒸気機関車は散文の側にある、という暗黙の推論に由来する。詩は、回帰であり、迂回、思いつき、夢想、気まぐれである（かもしれない）が、散文は、まっすぐに進む語り、単純明快な語り oratio prorsa であり、一種の蒸気機関車である（かもしれない）(22)。ゾラにとって世界でもっとも美しいものは「ダイヤモンド製の機関車」であったという（トゥールーズ博士の『聴取』(三)）。だからゾラは、汽車のように「日々の真実、まっすぐ」「こみいったことは何一つない（……）端から端までほんとうのこと」（『居酒屋』の手書き草案）で出来た散文を夢見るのももっともだ。そして、これから書く「鉄道」小説、『獣人』について考え始めながら、彼は友人ポール・アレクシに「この作品が、始発駅から出て、各駅つまり各章で速度を落としたり停車したりしながら、最終プラットフォームに着くまで、いっぱしの列車の通る経路のようであってほしい」(23)と打ち明けている。かたや物質、物質主義、「散文的なもの」、産業（散文）、世界の「アメリカ化」、「数学的正確さ」（『獣人』中の汽車についてのゾラの言）、かたや夢想、夢への「傾斜」（ユゴー）、あてどないそぞろ歩き、イメージの短絡、生き生きとした顫え、色鮮やかなイメージとジグザグ（詩）がある(24)。かたや現実的隣接や換喩の散文性、かたや遠く離れた意味の世界を接触させる隠喩がある。まっすぐに延びゆく鉄路と比べれば、バルザックやボードレールの描く遊歩者が紆余曲折する道や「広大な大都会の曲がりくねった襞」〔ボードレール『悪の華』中「小さな老婆たち」の冒頭の一行〕に入り込んでゆくのはもはや時代遅れだ。（絵画や新しい鉄道における）「線」に賛成したり反対したりする攻撃的言辞は、「杓子定規」に直線道路の組合わさったオスマンの新しいパリへの賛否両論にもそのまま見られる。

ジグザグの歩みはこれ以降、昔ながらの輸送方法のためにとっておかれることとなる。揺らぎつつ進み、進路と風向きにあわせてタッキングを繰り返して航行する帆船のように。ジュール・ヴェルヌの、よくも名付けたり〔フランス語の動詞 chanceler は「揺れる」「よろめく」の意〕『チャンセラー号の筏』*Le Chancellor*（一八七五）は、ジグザグを具現化したものとしてミシェル・セールがすばらしい研究をしているし、モーパッサンの船旅日記『水の上で』（一八八八）もジグザグ航行の好例だ。散文は、人々が共同で乗る鉄道として、また鉄道はそもそも集団的な（雑居の）ものであるからして、民主主義の側にあり、新聞や三面記事の「オムニバス言語」の側（エドモン・ド・ゴンクールの『シェリー』序文を参照）、「お決まりの日常」の側にあり、ある種の現代小説が我が物と主張するようになる人生の凡庸さの側にあり、くだけた表現をすれば、まさに日常の「平々凡々」**train-train** の側にある。散文は常に、通俗的なもの、ブルジョワ的なもの、愚かなもの、単調なものの側にある[25]。直線は工業的で、遊びがなく、制御の構造、規則の体現であり、**droit** という語のあらゆる意味にあてはまり、小説の構成（フローベールが『感情教育』の「直線の欠如」を嘆いている）、「政党の路線」の正統性、仕事の反復[26]、賢者の平静（ボードレール曰く「私は列を乱す動きが嫌いだ」〔『悪の華』中の詩「美の女神」にある一句〕）を象徴し、途切れ、乱し、散らかし、斜めに進む（たとえば、斜めの語りであるアイロニーの逆‐説（パラドクス））、あらゆる脱線（先述したジャヴェールを参照）、狂気のもたらすあらゆる変調（『獣人』は、血統に生じる変調が線の直進を阻害する物語だ）に対立する、したがって（文体の、絵の、詩的文彩の）色彩に対立するものなのである（再度アングルを参照）。さらに、（散文あるいは鉄道の）線は、「反‐詩的」と形容されることの多い国々（ベルギー、イギリス、アメリカ）から到来し、画趣に乏しく[27]、自然界にはなく（自然は塊（かたまり）、顫（ふる）え、色彩だ）色彩という観念に反する灰色か黒でしかありえない。石炭（木炭、蒸気機関車）の、十九世紀の、そして工業の「色」である。『ジェルミナル』と『獣人』、これら二つの石炭小説（石炭は、前者では採掘物、後者では燃料）は、黒と白の小説である。「筆で描くと、線はどうしても消えてしまう」とボードレールは批評「色彩について」（一八四六年のサロン[28]）で語っている。ゾラは『獣人』の手書草案で「一本の長大な線を詩にする」ことを自身に課しているが、この隠喩は、論理的には言葉の矛盾であるし、少なくとも賭けのごとき無謀な試みであろう。ボードレールは、直線と曲線を結ぶ「チュルソス」« Thyrse »〔散文詩集『パリの憂愁』（一八六九）中の一篇〕で、すでに「まっすぐな意志」と「直線」と「香りと色彩の炸裂」の間の矛盾を考えていた。鉄道の線路、それは「不規則な植生」（ボードレール）〔『悪の華』中の「パリの夢」にある詩句〕、レトリックの花々が咲き乱れる森を突っ切ってゆく。[29] 鉄道敷設の大工事の時代（ほぼ第二帝政期）は、散文と詩の葛藤する関係を巡って、詩的散文（ボードレール、ゴンクール、散文詩）と散文的な詩（コペは『韻文コント』（一八八〇）*Contes en vers et poésies diverses* をリズムのない韻律法で書き、『獣人』のリライトである『緩衝器の動き』*Le coup de tampon*〔フランソワ・コペ『嘘いつわりのない言葉』François Coppée, *Les Paroles sincères*（一八九一）中の詩編〕、ヴェルレーヌ、ランボーもいくらか）という問題を巡って激しい議論がなされた時代でもある。プルーストは、バルベックへ向かう汽車旅の語り手による描写によって、土地の起伏を同一平面上につなぐ曲線と、迷走する夢想と、一つの同じ風景の詩的統一性をなす日の出を、いわば理想的な「チュルソス」として合体させようと努めることになる。

「面」plan――鉄道線路はできるかぎり真っ直ぐであらねばならぬのみならず、できるかぎり同一平面上で水平に伸びなくてはならない。掘削／盛り土の技術（削った部分の土で窪みを埋める）、架橋／トンネル掘削の技術（掘削／盛り土の不可能な場所）は、鉄道技師という職業の土台をなす。[30]「高い坂や低い坂がうねうね続く」（ヴィニー）のはもう終わり。「ほら、もう山はない！／いくつでも河を渡っていける！」と、ベルリオーズの一八四六年のカンタータにジュール・ジャナンがつけた歌詞は詠う。線路はできるかぎり水平な面に敷設される。だから当然ながら、蛇行も起伏も消去してゆく。線路は元々あった混沌と混乱の中を突っ切ってゆく。平らにする、高低差を消す、ならす、真っ直ぐにする、「段差超え」、これらは技師のキーワードだ。[31] ジョルジュ・サンドは『魔の沼』（一八四六）の末尾で「鉄道は私たちの深い谷を跨いで突っ切ってしまうでしょう」と嘆く。「平坦」とは、技師の場合とは対照的に、スタンダール、フローベール、セアール、モーパッサン、ヴィリエら、産業発展のもたらした新世界の発明品をあまり称揚しない人々、「速度と平準化の時代」を生きようとは思わぬ人々（サント＝ブーヴ、『八月の思い』*Pensées d'août* 中「ジャン先生」、第一巻）つまりは民主主義があまり好きではない人々にとって、否定的な意味合いをいっぱい含んだキーワードなのだ。「平坦」という語は政治、生活様式、言語運用にも用いられる。シャルル・ボヴァリーの会話は、周知のように、「舗道のように平板で、世間の凡人どもの考えが普段着姿でぞろぞろ歩いている」し、セアールの小説『ある素晴らしき一日』の登場人物でエンマ・ボヴァリーの「妹」ともいえるデュアマン夫人は、結婚にも姦通にも失敗し、夫と愛人を比べてみて（「二人とも凡庸そのものに見えた」）「どうにも変えようのない平々凡々の中に横たわる」しかなくなる。[32] 風景自体もフローベール、モーパッサン、セアールにおいてはややもすれば「平べったく」、「水溜り」・「染み」・「プレート」・「平野」から成り、汽車旅で隣に乗り合わせた人たちと交わす会話が平板なのと同じだ。平べったく整った風景も、雨や晴天についてのお喋り（「ありきたりの要素を連ねた」「オムニバス言語」）も、いずれも盛り上がりに欠ける。

　ここでも隠喩の作用が、褒めるにせよ批判するにせよ、散文（あるいはある種の散文）を以下の諸観念に結びつけがちだ。つまり散文は、産業や民主主義やあらゆる集合的なものと同様に、個別性を平均化し、平板化し、消去する。しかも、写実的散文、いわば「灰色」の写実的散文（場合によって手本であったり引き立て役であったり）のみならず、リズムの強弱も隠喩もない（コペの「写実的十行詩」や「郊外列車の中で」といった詩を参照）わざと「平板」にしたある種の詩も同様である。こういった散文や詩は、イメージや文体の立体感を「消し去り」、（フローベール曰く）隠喩を「迫害し」（ラフォルグのいうボードレールの「アメリカ的隠喩」参照）、癲癇（てんかん）性のジグザグや、芸術家的あるいは人を煙に巻くような「迂回」を避ける。民主主義や散文や産業発展のもたらすこうした消去は、文の立体感や突出をなくすのみならず、[33] 掘削と盛り土で現実の景色もなくしてしまう。理想とするのは平野であり、旅行者の眼差しの捉える風景もまた、煙と速度でぼやけて消えんばかり、線路の傍らに咲く花も、線、縞、染みになっている。[34] 鉄道の横切る「牧歌的風景」は、ユゴーにとっては（『ライン河紀行』第八の書）地ならし作業によって破壊された詩－風景である。平野／散文／民主主義／フランスの中心／近代性（中心とはニュートラルで平板な場であり、ここでは「凹凸」や地理的・思想的相違が歴史とともに徐々に解消してきた）の連結が作用している。ミシュレは『フランス総覧、その自然・政治・精神の地理』（一八三三）において、この作用を肯定的に受け止め、ヴィコを回顧している。ヴィコにとっては、（古代の）詩は（近代の言語である）散文に先行するものであった。だから小説美学においては、『ピエールとジャン』（一八八八）の著名な序文中のモーパッサンの言葉を引き合いに出すならば、「何もかもを前面に出し、物事を急き立てどこまでも引きずってゆく」「生活」と、いくらかの「奥行き」（強調はアモン）に従って物事を配置する芸術の間には、相容れぬものがあるのだ[35]。だが、こうした理論的・美的想像領域全体が「平準化」の含む思想的・政治的な意味をどのように担いうるかは明らかだ。「鉄道は、通過する国々を、同じ標高に揃え、似たり寄ったりの有様にしてしまうだろう。これは、平等、ないしは友愛かもしれない」と、ジュール・ヴェルヌは鉄道小説の大作『クラウディウス・ボンバルナック』（第十四章）の語り手に呟かせている。『獣人』もまた、コスモポリタニズムについての、当代の輸送手段によって撹拌された人種・人民の寄せ集めについての小説であり、このことは、作品のライトモチーフとして繰り返し出てくる。

「点」point――ここでも、数多くの隠喩、語義、意味が作用している。鉄道といえば、機械の絶えざる整備 mises au point であり、機械および使い手、鉄道員、乗客の几帳面さ ponctualité である。「几帳面」という語は、『獣人』第一章でルーボーを形容するのに登場する。ルーボーは、駅の管理職の一人、小説の主要登場人物の一人であり、この章は汽車の動きの時間によってリズムを刻んでもいる。その上、鉄道の線（真っ直ぐで水平）といえば、この線が（事故によってか妨害工作によってか自然災害によってか）途切れたり、他の線と交叉したり分岐したり編み目を成したり、交わっては分離したりする可能性があり[36]、この線上のいくつかの「点」が地形的に、つまり語りの上で、特別な役割を担うと思われる。出発点、到着点、中間点、他の線との交叉点、トンネル、鉄橋、転轍所、駅、事故地点がそうだ。ゾラは『獣人』執筆の準備として、パリ―ル・アーヴル間の鉄道路線を草稿の紙に書くのみならず、ルーゴン＝マッカール両家の系統樹を見直してもう一本の「枝」を加えるのみならず、更には線路を「区切り」、戦略上の要点、つまり語りにとって物語の感興にとっての要所を記入する。バルトは、よく知られているように、写真についての書物『明るい部屋』（一九八〇）の中で、点を「プンクトゥム」**punctum** と名付けて理論化し、読者が心的エネルギーを充て自己投影する場として、「点——取るに足らぬ——細部」に情動的な力を与えている。

だがゾラは更にもう一つの隠喩の場を活用する。あたかも、面、線、点といった生成力ある隠喩の場が、人体や動物の体のような、より具象的な指示対象を求めているかのように。こうすることによって、ゾラは線 **ligne**（鉄道、地形の）と系統 **lignée**（遺伝、生命体）を相関関係に置くことができる。[37]「先頭の駅はパリ、そして、この生き物、鉄製の爬虫類の脊椎が鉄道の幹線、四肢は支線で、さらに小枝のような細分線は神経だ。到着点の都市は、身体の先端、手や足のようなものだ」（『獣人』手書草稿〔フランス国立図書館所蔵の手書草稿：B. N. N. A. F. Ms 10274,〕F° 360-361；〔原文で60-361とあるのは誤り〕）。これらの点は小説の「プンクトゥム」となろう。「視点」「照準点」は、観察者の観察「地点」から、描写の材料とそのパノラマ的展開を形成する。ジャックが蒸気機関車を手入れし、整備し、運転する技術的な「調整」**mises au point** の場面、そして「語りのポイント」、たとえば、小説の基本構造をつくる劇的な二つの犯罪と二つの事故はクロワ＝ド＝モーフラ **Croix-de-Maufras**（交点 **croisement** と悪しき亀裂 **mauvaise fracture** が結合した名称）で起こるが、ここはパリとルアーヴルを結ぶ路線の真ん中であり、鉄道と道路の交差点（踏切）であり、物語全体を通じて重要な「地点」が設置される。「踏切り番の家は、線路を横切る道路の隅にある（……）踏切は、マローネーとバランタンの二つの駅のちょうど真ん中にある」（第二章の冒頭）。ゾラは草稿に「初めの殺人の目撃地点、雪で立ち往生する汽車の目撃地点、そして最後の事故の目撃地点がある。（……）こういう地点は重宝だ」と記している〔B. N. A. F. Ms 10274, F° 362〕。点は、一つの文が切れるしるしであり、危機のしるしだが、非－線、非－具象性のしるしでもある。線引きされ（語のあらゆる意味において）計画され〔plan（面）によって形成され、という意味も加わる〕、不明瞭化したこの世界においては、風景も物も人々も、速度と蒸気によって「かき乱され」「消去されて」単なる「点」になってしまうことがままある。塵埃の立ちのぼり、切る、切り通し、穿つ、染みになる、赤信号、あちこちに血のような赤が点々と、後方の三つの信号、赤い三角形、小説の第一章だけでこうした語が挙げられる。この章は、「駅の広い敷地」（平面）の描写であり、「枝分かれする」「遠距離路線」の「分岐」「扇状の広がり」を配置する。心理描写は地形の隠喩を真似し、地形の隠喩自体も（小説自体を）描写する次元を有している（小説の始まりの、書き出しの線と点、小説の原点）[38]。駅に広がる線路を見ている駅長ルーボーを描くときに繰り返し出てくるのは彼の額を横切るいかつい「線」〔両眉がつながって一本になっている〕だが、この人物は「几帳面」で「一本気」で（道を踏み外すまでは）「異例の速さで昇進」してきた。同様に、ジャック（「非凡な」hors-ligne 機関手〔原注(30)も参照〕）を描くのにいつも現れるのは、「赤茶色のかすみ」がかかり「金色の点が散らばった」目と「壊れた」「ひび割れた」「自己が漏れ出してくる穴の開いた」（第二章）人格である。あちこちに現れるこの「点描」は、線（これらはまた、当時の後期印象派絵画を語るのに用いられる語だ）と対をなし、この作品が鉄道小説であるということによって強調される。そして、鉄道小説であるがゆえに、線路沿いに並ぶ「信号」が増え、時は一時間ごとに一分ごとに一秒ごとに区分される（鉄道の時刻表）。また推理小説であるがゆえに、物は「証拠品」に細分化され（捜査官の読みの良し悪しは別として）、自然主義・写実主義小説であるがゆえに、ストーリー性よりも描写を奨励する。そして描写の中では、「現実化効果」**effet de réel** の証拠物件として「細部」を表現することを尊重する（細部とは、ひとつひとつばらばらに現れ純然たる反‐機能であることによって、物語の「糸」や「線」を断ち切る）。美学的には、点（粉末状態）は脱構築し、線（組織し、囲み、構築する）と対立する。ただし、点が遠近法の消失点をなす線の交点となっている場合（「視点」「照準点」）は除く。当時、「新しい詩」が登場し（ボードレールはウーセへの一八六二年の手紙で散文詩を紹介しているし、マラルメは『骰子一擲』（一八九七）の序文で新しい詩を語る）、一八七〇年当時の「ヌーヴォー・ロマン」〔新しい小説〕全体（フローベール、ゴンクール、ゾラ）が、物語の筋に、「物語化」に、昔ながらの「戦略上の要点」（始め、終わり、最後に主人公を殺さぬほうがいいのか、「結末」とは何か？　等々）の強調にどの程度の重要性を与えるかを論じている[39]。すでに見た散文についてのフローベールの考察（「つながった立派な線」〔原注(22)参照〕）も『感情教育』の失敗後のコメントも、線・面・点の隠喩を繰り広げる。曰く「〔ユイスマンスの〕『ヴァタール姉妹』には、『感情教育』同様、錯覚を起こさせる遠近法の仕掛けが欠けている。読者は、小説の終わり頃になっても、冒頭から抱いてきた印象を持ったままだ。（……）プランをいじり過ぎてプランがなくなっているのだ。芸術作品はどれも点、頂点を持ち、ピラミッドを形成せねばならない。あるいは、光が球の一点を照射せねばならない(40)」。

最後に一言。汽車、汽車旅行、それはまずは地図、そしてある特別な書物としてあらわれる。十九世紀に蔓延した「ぱらぱらめくる本」、気もそぞろに目を通せる本（絵本、豪華装飾本、詩や短編の集成、挿絵入り「面白」雑誌、日刊紙、各地のパノラマ眺望本、絵入りマガジン、「覚え書き（キープセイク）」）、あれこれ雑多な断片を寄せ集めて並べた様々な本、一流の文学とそれにふさわしい読書のしかたに逆行する本の中で、すでに触れたことではあるが、汽車の実情と生（なま）の書物を散文的かつ実用的に合体させたひとつの書物がある。列車の時刻表だ(41)。時刻表は物語に間接的に関わり、ゾラの『獣人』の最初の頁から全体にわたって、何時何分と明記した列車時刻として現れる。時刻表はジュール・ヴェルヌの『ある変人の遺言』の全登場人物の枕頭の書であり、この人物たちはアメリカ合衆国の地を、紆余曲折しながらもできるだけ速く、巨大な双六ゲームと遺産獲得競争をしながら進まねばならない。時刻表は、アンリ・セアールの小説『ある素晴らしき一日』で最も具体的な形で現れる。これはテーマも文体もフローベール的小説である。デュアマン夫人は、夫の退屈な会話から逃れたくて、あるレストランに暇つぶしに入ったら雨に降り籠められ（本書第九章でも見たが）新聞を読み耽る。全ページ読んでしまうと、仕方なく時刻表を手にする。味気なくはあるが、写真集、コラム、〈プチ・ジュルナル〉や〈パリ生活〉なみに、楽しんで見たり読んだりできなくもなさそうだ。

彼女は、前には見向きもしなかった鉄道の時刻表を手に取った。様々な案内の中に、家具付きホテル、カジノ、海水浴場、郊外のペンションの広告があって、値段や商標が混ざって長々と列をなしている。遠方や近郊の土地の名と数字とが延々と連なっているのを目で追ってゆくと、長いのと言葉が無粋なのに驚く。数ある中で、たまたま、いくつかに見覚えがあった。耳目を引いた出来事の舞台、巡礼地、殺人事件の現場だった。爆発の惨事が起こったり、労働者がストライキをしたりしている。面白い。他のあれこれの地方を描いた石版画や文章にたよって、そして自分の育った村、砂埃の舞い上がる道の両側に広がる村、役場が村はずれにあり、警察が真ん中にあり、もう一方の端には小さな礼拝堂のあった村の記憶の糸を辿って、家々の並び、幹線道路の様子、周りも含めた土地の全体像を思い描こうとした。どの汽車に乗って行くのだろう？乗り換えはどこ？　まるで彼女自身がそこへゆかねばならぬように、細々と料金表を調べた。一等から三等に分かれており、出発時刻と到着時刻から距離がわかる。会社ごとに紙の色が違う。どの社のも、ピンクでも黄色でも緑でも白でも、最初の頁には葉脈を描き込んだようなフランス地図があり、北から南、東から西へ、幹線と支線の絡み合った複雑な網目が広がっている。これはどこまでも細かく枝分かれして果てしなく微細な網となり、解剖した体、巨大な産業循環の器官のようだ。その中枢をなすのが上の方にあるパリで、ここから出る全ての動脈に血が流れ出し、また全ての血が流れ込み、充血で真っ赤になった心臓だ。動脈瘤がどんどん大きくなって破裂せんばかりである。[42]

「混ざる」という動詞、「列」という語、色彩や意味の混合（数字、文、商標）は、こういう混成「本」が異種混淆をなすことをよく表しており、この「本」は、鉄道のコンパートメントの連なりやそこに顕著な雑居性と似ている。というのも、列車とは、（一等、二等といくつも「等級」があるとはいえ）階級が、国籍、民族、年齢、（長らく女性専用車輌があったとはいえ）性が混在する場であり、混合、コスモポリタニズム、雑居性のテーマを、ゾラは『獣人』全体にわたって延々と紡いでいる。「編目」状の「葉脈」にまで広がる「分枝」は、時刻表の指示するものであると同時に、時刻表を『獣人』さらには『ルーゴン＝マッカール叢書』全体と似たものにする。『ルーゴン＝マッカール叢書』は遺伝構造に支配された書物群であり、遺伝子はこの構造に従って両家の系統樹（叢書の最終巻にあわせて描かれ、最終巻と共に出版された）の枝を巡り、混ざり合って新しい組み合わせをつくる。『ルーゴン＝マッカール叢書』と対をなして、当時の「ヌーヴォー・ロマン」の理論家たち、「無についての小説」（何ごとも起こらない日常生活の場面、情景が並ぶ）の理論家たちが夢見た書物、またこれとは逆に「万国博覧会本」、「パノラマ本」、「全てについての本」（きれいに並んだ仕切りの中にあらゆる類型、階級、物が並ぶ）、これらの書物も同様に、時刻表と通ずるものがある。

鉄道の時刻表はまた、プルーストの『失われた時を求めて』序盤のまっただなかで、本の中の本である。そしてセアールの小説『ある素晴らしき一日』は、写実的、散文的で皮肉な方法で、西部鉄道の「場所の名」「土地の名」についての語り手の詩的な夢想を先取りしている。今しがた見たように、デュアマン夫人は、子供時代の思い出や見たことのある版画の記憶を、読書に「混ぜる」。プルーストは、プルースト研究者、クラテュロス主義の専門家誰もが認める華麗な名文において、以下のように、セアールの文をいわば美しく化粧直しして補い引き延ばすのだ。「私の昂奮の動機には、美しいものを享受したいという欲望があったが、美術書以上にガイドブックが、ガイドブック以上に鉄道の時刻表が、その欲望を維持してくれていた。」この名文は「一時二十二分の、あのおっとりとした立派な汽車、鉄道会社の広告や周遊旅行の案内に出ているこの汽車の発車時刻、（……）数々の土地の名を満載した時刻を、胸踊らせずには読むことのできない、あの汽車」から、「長らく、時刻表の中で矯（た）めつ眇（すが）めつした一時二十二分のこの汽車」から始まる。この汽車の道程は、イメージの樹、テーヌの言葉を借りれば「イメージのポリプ母体」のごときものであり、語り手は名前や、名前についての夢想をそこに吊り下げ、「この汽車は、それが走り抜く午後の時間の光の中に、私が包み込んでいた同じ街々の姿を私の中に呼び覚ましながら、他の汽車のどれとも全く異なっていると私には思えるのであった[43]」。語り手はついに、この汽車に乗ってバルベックへと赴くことになり、「窓枠」や「広告」や「青一色か赤一色で描かれているポスター」を介して見たもの、そして土地の名からできあがった溢れんばかりの心象と現実とを突き合わせてみることになる。[44]
ジュール・ルナールもまた「私をいちばん熱くするのは、時刻表をぱらぱら見ることだ」と『日記』（一八九四年一月三十日）に綴っている。

セアールの小説は駅の中、汽車の中で終わらねばならなかった。『ある素晴らしき一日』の最終第五部は、二人「デュアマン夫人とトゥリュドン」の辻馬車での帰還（『ボヴァリー夫人』の有名な辻馬車シーンの焼き直し、ただし肉体関係無し）、雨のなかシャラントン駅への帰還を語る。この駅から、デュアマン夫人は夫のいる家へ帰るべく汽車に乗る。トゥリュドンは、デュアマン夫人が映画の画面でのように（上述したように、『獣人』にも同じように「映画前夜」的な場面がある）、もっとも、ここでは芝居のようにとされているが、消えてゆくのを見る。「汽車は、ゆっくりと揺らぎ、レールの上を、闇の中、緩やかに滑り出した。ひとつ、またひとつと、車輌の灯が連なり、速度が上がるにつれて、舞台のフットライトが引き伸ばされ際限なく続いてゆくような錯覚をおぼえた。（……）と、突然、光の帯は折れた。[45]」

分析を続けて、より精緻なものにしてゆくべきであろう。私が提示しようとしたのは、まずは、テーマ分析の「テーマ」（「汽車」）を、それを構成する図式（シェーマ）（ここで扱ったのは地形的な構造）に分解し、さらに図式の数々を、それを用いた隠喩に分解せねばならないということだ。そして、隠喩の作用する場は独自の結合論理を持ちうるということである。これは、ある「目ざましい」spectaculaire 機械の年代特定可能な登場が、「目ざましい」という言葉のあらゆる意味（汽車を見る・汽車の中で見る・汽車から見る、これが美に関わる眼差しを、ゆえに、様々な文学的生産を根底から変える）においてこの隠喩の作用する場を出現させたにしても、この場は、「目ざましい」という言葉の変容、変動、限りない結びつきの力を超えてゆくから、なおのことだ。私が提示しようとしたのはさらに、隠喩の作用する場は、ジャーナリストや作家が筆を運ぶうちに、ひとつの批評の次元を自ずと獲得しうるということである。この批評の次元とは、文学的なことに関わる広大なメタ言語に組み込まれうる。言語の表象作用において、鉄道は、何かに喩えられたり何かが鉄道に喩えられたりしながら、十九世紀中葉には、隠喩として、新しい想像空間（点・線・面・網）をとおして、以下のものに明確な形を与えた。それは、散文と詩についてのいくつかの論議、産業発展時代の文学の問題、新しい描写方法の促進、断片と「仕切り」から成る新しいタイプの書物の促進、速度の問題、「平準化」された世界における凡俗の、ゆえに民主主義の時代における文学の問題、新しい眼差しの、そして「車窓」（ヴェルレーヌ）によって決定的に変容した新たな目ざましさの問題である。

第十二章　傘、十九世紀的なアイコン

「シャトーブリアン夫人は（……）雷鳴をもっとよく聴こうとして、自分の傘を投げ捨てた。」

――シャトーブリアン『墓の彼方からの回想』第二部第一七節

「傘、それは人間である。そして（……）傘と人間のあいだにはきわめて強い絆があるので、そのどちらかが与えられれば、もう一つを見つけることは簡単である。」

――『傘の生理学』

イメージのなかには、特権的な運命を背負っているものがあるように思われる。それらは、ある時代、ある世紀全体の「アイコン」〔記号学者パースの用語で、対象と似ていることに基づいて働く類似的記号〕という、正確には捉えがたい記号論的な地位に達することがある。これらのアイコンは、自発的な想像力の産物であり、具体的な事物を表すことの多いイメージであると同時に、歴史家たちがのちに復元したものでもある。歴史家たちは、アイコンのなかに象徴、エンブレム、合図、サイン、目印、想像の投影の場を認めることで、その重要性を証明する。これらのアイコンは、エンブレムや象徴（共和国の象徴、紋章学の象徴、「マリアンヌ」〔フランス共和国を象徴する女性像〕、パリ市の「船」〔パリ市のモットーは「タユタエドモ沈マズ」で、エンブレムに船が描かれている〕、ナポレオンの「蜜蜂」、裁判所の「天秤」など王朝や貴族や市町村の象徴を参照）、あるいは国家の「記憶の場」（ピエール・ノラその他による著作のタイトル）などの厳密に専門化されたアイコンよりも、ずっと広く曖昧な想像的現実をカバーしている。この特権的なアイコンは、諸制度の公的象徴や公的なイメージ群（天秤、船、蜜蜂など）ほど、恣意的、公式的なものでなく、もっと大衆的なものである。そして、より集団的、多義的で、融通の効くものであり、より無意識的、ときとして、より「素朴」で、「高貴」さや真面目さには欠け、また、ときにより周縁的、「現代的」であり、散文的なものである。二次元、三次元のイメージに変換したり、数を増やしたりすることもできるこれらのアイコンは、身元確かで、制度化された権力が生んだものというよりも、世論とか「公衆」public（これらの概念についてはガブリエル・タルドを参照）といった十九世紀に現れた集団的な行為項の成果である。それらは、神話や紋切型と共通するもの、つまり、定まったかたちを持っていていくつにも数を増やし、複数の形態に変換可能な、だれもが同意できる混淆的な形象を持ってはいるが、必ずしも、あきらかに身元が確かでその位置を局限できるような権力に帰属してはいない。文学とは、紋切型を生成しそれを再利用する大規模な企てであるがゆえに、そうしたアイコンの生成と普及に荷担している。思いつくままに「シャ・ノワール」（シャンフルーリからマネを経由してアルフォンス・アレにいたる現代性（モデルニテ）の署名）、「エッフェル塔」、「パリジェンヌ」（ある「パリ生活」の神話的イメージ）、「農民兵士」（フランスの愛国主義のアイコン）〔十九世紀の典型的なフランス人を示す象徴で、兵士である農民はフランスの大地を守るためにいつでも銃をとる準備があったことを表す〕「グレーのフロックコート」（これについては第四章を参照）、傘などを十九世紀のアイコンのなかに含めることができるだろう。ここでは傘を取り上げるが、それについて述べるためにはまずノアの大洪水に遡らなくてはならない。

　崇高なるものとは、古典主義・ロマン主義時代の理論家たちをかくも魅了した存在「様式」であり、ものの書き方であり、嵐に代表されるような自然の大がかりな混乱を思い起こさせる。嵐は、文字や絵で表現できないものである。すなわち、言語と具象的な図像を、それらに挑みかかりそれらを越えようとするものに、つまり、混沌、竜巻、渦巻き、雷雨、雲、水と大気の天変地異的な運動、消え行く雲や恐ろしいかたちの流動的な波として現れるものに、対立させるのである。嵐は、あらゆるイメージ化、あらゆるイメージ群に挑戦状を叩きつける。表象を危険に晒さないでおきながら、非物質的な運動である風をどうやって描いたらよいのだろうか。「物語化」し、聖書（大洪水）にすることによって、抽象化（ターナー）によって、「すばらしい雲」（ボードレール）〔「異邦人」（『パリの憂鬱』所収）のなかの詩句〕を抒情的な窓のなかにフレーミングすることによって、使わなくてはならない付加形容詞の紋切型やその連続によって、(1) 瞬間を捉える小説家の印象主義的描写によってなど、その答えはさまざまだ。ところで十九世紀は、それ以降、蒸気という名で呼ばれることになる新しい非物質的なものの世紀である。蒸気という言葉は隠喩的に拡大していく。それは、蒸気機関車や鉄道といった新しい機械の理論のなかに、印象派の絵画の新しいテーマのなかに、「主体」の新しい概念、つまり気ふさぎやのぼせ（ヴァプール）と香水スプレー（ヴァポリザトゥール）でぼっとなって（エヴァポレ）しまう女性たち（ゴンクールの『シェリ』を参照）や抒情的な私（ボードレールの「自我の蒸発と集中について。すべてがそこにある」『赤裸の心』〔『ボードレール批評4』阿部良雄訳、ちくま学芸文庫、一九九九年、八〇頁〕）のなかに見出すことができる。

ロマン主義時代のさなかにも反ロマン主義があったのだから、十九世紀のポスト・ロマン主義が必ずしも反‐崇高や反‐ロマン主義的であったわけではない。ポスト・ロマン主義の始まりは好みに応じて、ゴーティエの『若きフランス』（一八三三）のときにも、ラマルティーヌが死んだとき（一八六九）にも、あるいはユゴーが死んだとき（一八八五）にもその始まりを置くことができる。しかし、七月王政期以降、頭蓋骨のなかの嵐〔ユゴー『レ・ミゼラブル』中の言葉〕と待ち望まれた雷雨〔シャトーブリアン『ルネ』中の言葉〕、気象学的災害と情熱的破局、天候不順と不摂生、魂の奥底と戸外の温度、気質と気温、崇高な環境と閾下の感情の関係は、それまでのものとはもはやまったく同じものではなくなってしまう。かつてはあれほどの融合、共謀、交わり、共生、相互浸透、さまざまなアナロジーによって文学的に結びつけられていたふたつのグループはこれ以後、さほどうまく「疎通」ができなくなってしまったと思われる。一八三〇年に「みごとに裁断された」〔ユゴー『レ・ミゼラブル』の章のタイトル〕ものが「下手に縫い合わされてしまった」〔同上〕ポスト・ロマン主義的でルイ・フィリップ的な十九世紀は、そのとき「勝利をうやむやにし」「正義を包み隠し」〔『レ・ミゼラブル』Ⅲ—四—一—二「下手な縫い合わせ」にある表現〕「巨人たる民衆にフランネルを着せ、早々と床につかせて」きたのだが（ユゴー『レ・ミゼラブル』の表現とふたつの章題による）、まさにその世紀は、写実主義的（リアリズム）、科学万能的、公衆衛生学的、安楽的、産業的、ブルジョワ的で散文的な時代だったのだ。

自然なものであれ、社会的なものであれ（『ルーゴン＝マッカール叢書』の副題は「自然的社会的歴史」とある）、小説の登場人物をあらゆる物質的な環境とともに取り上げることにこだわるさまざまなリアリズム美学（バルザック、モニエ、クールベ、フローベール、ゴンクール兄弟、ゾラ……）は、以後、小説の人物をその「環境」と体系的に結びつけながら表現する。風土、地理、自然の力や現象はこの環境の一部となっている。したがって、嵐や雷雨は一八三〇年以降、文学から追放されはしなかった。たとえば『海で働く人々』と『笑う男』のユゴーは、この偉大なロマン主義的伝統を追求し、文学のなかでもっとも美しいものを描いた。またそれに匹敵する美しいものは、抒情詩（魂と嵐のなかの船との比較は、ボードレールからランボーやヴェルレーヌにいたるまで貫かれている）にも、リアリズム文学、さらには「風俗小説」の支持者の作品（ゾラの『生きる歓び』、『大地』、『愛の一ページ』の雷雨と嵐を参照）にも見うけられる。しかし文学に嵐や雷雨が現れるときは、明確なジャンル（シューやコルビエール＝ペール流の海洋小説、ヴェルヌ風の冒険小説である。それらは嵐をよく利用するジャンルであり続ける。渦巻き、難破、大渦潮、噴火やさまざまな自然の大災害は基本的に主人公の行動の障害になるように使われる）から逸脱しないか、三面記事のかたちをとった文学の周縁に置かれ、感動的で物語的なエッセンスに還元されたものとして現れる傾向が強くなる。自然の大災害が持つその暴力性や、読者を恐怖に陥れる力をそっくり保っている三面記事（〈プチ・ジュルナル〉の最初の数頁を参照）は新聞に載ったあと、必要があれば文学によってある程度リライトされる（ドーデの『風車小屋だより』のなかの短編で扱われた一八五五年のセミヤント号の難破を参照）。とりわけ嵐や雷雨は、新たな知的理論、新しい表象体系をとおして、「衛生」、「快適さ comfort」（英語綴り）や「影響」（自然主義者の美学的教養である環境の影響）といった概念を着想するなかで、そしてその着想によって、考えられるようになる。それらは、諸「科学」のなかでさまざまな機械を使って、（地図、グラフ、専門用語、統計によって）記述されたり、統御されたり（気圧計、温度計）、美化される（写真機）ようになる。そして、ますます洗練されていく方法（服、綿入れ、防水性の生地、家具・日用品（ムーブル）、予測したり記述したり移動したり住んだりする道具や機械）によって区別され、自立したものとされ、命名され、馴致され、選別されたものとして現れるようになる。

ピエール・ラルースはその事典のなかで、一七九七年に創刊された〈黄経局年報〉〔黄経局はフランス革命時代に創設された暦作成局で、暦表・航海暦・航空暦などを作った〕を賞賛している。とりわけ、アラゴ[2]の気象に関する記事や、一八七二年に創刊された雑誌〈自然〉（科学の普及に努めたガストン・ティサンディエ〔フランスの気象学者（一八四三―一八九九）〕が編集長であったが、この雑誌の副題は「科学と、芸術や産業への科学の応用に関する雑誌」とある）は「自然」を扱っているが、プレ・ロマン主義者の自然やビエンヌ湖でのルソーの自然とは、もはやたいした共通点を持ってはいない。ドーデが書いた三部作の第二作目のタイトルにもなっているアルプスのタルタランも、アルプスの峠を越えるロマン主義者たちとはもはやあまり関係がない。十九世紀が信じているのは（自然を数字に変える）統計であり、（現象をばらばらにし、詳しく調べて説明する）「分析」であり、（自然の運命と戦う）「進歩」であり、（身体を治療する）医学であり、（「自然」を利用して、収益化する）スポーツである。そして、大気のどんな捉えどころのない運動ですら「体系」や「法則」にもしてしまう科学とその「驚異」（科学の普及に資するティサンディエ〔フランスの気象学者（一八四三―一八九九）〕やルイ・フィギエ〔フランスの科学者（一八一九―一八九四）〕流の数多くの著作のタイトル）である。ミシュレはロマン主義と実証主義の橋渡し（あるいは総合）をしたような人だが、『海』（一八六一）のなかで、嵐に三つの章を割いて、ゼウスとその雷に対抗して人間のために戦うプロメテウスの世紀、「タイタンの世紀」を褒め称えている。とりわけ、ウィリアム・リード〔海軍士官で気象学者（一七九一―一八六八）〕やヘンリー・ピディントン〔イギリスのアマチュア科学者（一七九七―一八五八）〕やマチュー・モーリー〔イギリスの海洋気象学者（一八〇六―一八七三）〕らの新たな気象学を賞賛している。ミシュレに言わせれば、彼らは初めて「嵐の法則」、「嵐の百科事典」を仕上げて、「雷雨を正面から見つめた」。

海の嵐、旋風、水と大気とのこの二つの広がり相互の嘆かわしい対話、北極光とも呼ばれる磁気嵐、こうしたすべての異様な光景が彼らの目には、混乱していきりたった自然の猛威のように、あるいは悪魔たちの戦いのように見えていたのだった。（……）偉大なる世紀、巨人タイタンにも比すべき十九世紀は、対象を冷静に観察するようになった。この世紀は初めて、あえて嵐を正面からながめ、その激しさを記録し、いわばそれを口述筆記したのである。嵐の前兆、その特性、その結果など、すべてが記録され、そのあげくに、説明され、一般化されてきた。こうして、一つの体系があらわになり、かつてならば冒瀆的とも思われもしたであろう「嵐の法則」という大胆な名で呼ばれるようになった。かくして、気まぐれと思われてきたものも一つの法則へと還元されることになり、また、こうした恐ろしい出来事も、いくつかの一定した形式に帰せられると、その幻惑力の大半を失うことになるだろう。冷静かつ強靭な人間は、危機のただなかにありながら、たとえそうした出来事をはばむことはできぬとしても、かなり整備された防御法を思いつくことであろう。つまり、嵐が一つの科学を生みだすに至れば、救命技術や、暴風雨を避ける技術や、それを利用しさえする技術なども、いやおうなく編みだされることになるだろう。嵐を風の気まぐれとするような古い考えにしたがう限り、こうした科学は始まりえなかった。[3]

そしてミシュレは「嵐の法則」の章をつぎのように結論づけている。「それは単に崇高なのだ。嵐が取り除かれたのではない。取り除かれたのは無知であり、この危機を謎に変えてしまう不安であり眩暈である。そしてあらゆる危機のなかで最悪なのは、なにか空想的なものを持っていた点である。」そして彼自身、人間の未来のための科学を提案している（第四章Ⅱ）。「大地はその医者である。風土はみなひとつの治療薬である。ますます医学は移住していくだろう。（……）若返りの泉は、移住の科学と順応の技術のふたつのなかに生じるだろう。人間が（……）自由になり、人間になるのは、この特殊技術によって、真に人間がこの惑星の住民になってからのことである。[4]」記述不可能なもの、表象不可能なものの同義語である荒れ狂った自然の力の混沌（カオス）は、征服されるし、そうされなくてはならない。こうした立場は、すでにミシュレやユゴーのような「進歩的」なロマン主義者のものであった（「征服された混沌」はユゴーの『笑う男』の中心的な章のタイトルだ）。その混沌は、物語化され、科学言説化され、統計化されていく。また大胆にも、隠喩的意味での騒乱という新たな領域に移されていく。

街路に降りて、民衆の「雷雨＝爆発」の嵐、[5] 十九世紀に固有な街路の革命が引き起こす「暴風＝騒乱」の残骸でつくられたバリケードとして具体化されていく。[6] さらに、行政的には、オスマン知事の「道路清掃の車＝旋風」〔ボードレール『悪の華』所収の詩篇「白鳥」の「道路清掃の車が／沈黙した空気の中に、陰鬱な旋風を起こす時刻」から〕のなかにそれは具体化している。「道路清掃の車＝旋風」は、新しいパリを大混乱に陥れ、都市を廃墟の山、そして巨大な「がらくた」（ボードレール「白鳥」）に変えてしまうのだ。

これら気象や地理の諸科学だけが、自然の力を統御する言説として問題になっているのではない。こうした自然の力は、今やますますコード化される新たな社会性が整えられていくなかで、この社会性の整備と新たな「都会らしい礼節」によって飼い慣らされていく。この「都会らしい礼節」は、礼儀作法の手引の増加や、社交界の新しい新聞雑誌（〈パリ生活〉のような「最新」のゴシップや記事を載せる新聞雑誌）のかたちをとって現れることになる。四季、昼夜の時間、天候は、新しい社会的束縛や新しい社会的慣習のための枠組みとなる。たとえば、モードはますます「一日」の時間や四つの「季節」の分割、そして新しい季節ごとの大移動に合わせるようになる。山（「湯治」をする）、浜辺（海水浴や日光浴をする）は治癒の場となるのであって（モーパッサンの『モントリオール』、セアールの『海辺の売地』、ミルボーの『ノイローゼ患者の二十一日』を参照）[7]、もはやそこに恍惚、熱狂、夢想はない。これ以降、自然は社交界のカレンダーや医者の処方箋に従って消費されていく。険しい風景をつぎつぎ踏破し、自然の美や大異変を現地で鑑賞するロマン主義時代の大旅行家、荒れ狂う波にもまれる船の甲板で嵐をデッサンする芸術家（ヴェルネ）は、極端な場合、万国博覧会を訪れてパノラマを消費し、鑑賞する客、あるいはスリッパを履いて暖炉の隅で石版画のアルバムや〈マガザン・ピトレスク〉をぱらぱらめくる消費者になってしまうのである。

要するに、ユイスマンスの『さかしま』（第二章）のデゼッサントが使う断固たる表現によれば、大文字の「自然」は「時代遅れになる」のだ。それと同じく、「自然の友」（森林の愛好家を皮肉ったシャンフルーリの諷刺的な小説のタイトル）は滑稽な存在になる。また、天体やマクロコスモスに接合された「体液に支配される」人間（たとえば、憂鬱質のタイプを参照）は時代遅れになり、感受性の強い「神経症の」人間にその場を譲る。神経症の人間は、単一の情念に支配された人間よりもより循環気質で、「心情の間歇」や、さらには平均的人間の気力のない無意志状態にさらされやすく、より「特性のない」人間である。この神経症の人間については、「イメージ」をめぐってフローベールと議論を交わしたテーヌの『知性について』や、ゾラが『ルーゴン＝マッカール叢書』の準備のために一八六八年にメモをとったシャルル・ルトゥルノー〔フランスの人類学者（一八三一―一九〇二）〕の『情念の生理学』（一八六八）のような新たな心理学に記述されている。文学は「都会的な」ものになり、小説は（地方、パリ、軍隊、芸術家などを描く）「風俗小説」、あるいは（晩年のゴンクール、晩年のモーパッサン、ブールジェとともに）「心理小説」となる。『悪の華』において、「パリ情景」の章の冒頭を飾る詩篇「風景」は、屋根裏部屋から、暖炉の煙突が林立し、石炭の煤煙で汚れた都会の風景を描いているが、四季、雷雨、天候不順、あるいは単に今どんな天候かということへの文学的な言及は、一八五〇年以降、つぎのようなタイプの文章でなされていく。「三十三度の暑さだったので、ブルボン大通りにはまったく人気（ひとけ）がなかった」（『ブヴァールとペキュシェ』の冒頭）とか、「大きな雲の渦が正面の楡の並木の梢に近く垂れていた。ロザネットは雨になりはしないかと心配した。『傘の用意はちゃんとしてあるし』とフレデリックは言った」（『感情教育』）第二部第四章[8]〔山田𣝣訳、河出文庫、上巻、二〇〇九年、三五〇頁〕）。雲は工場や暖房の煤煙に、雷雨は驟雨に近づいていき、驟雨は傘を、防水外套を、ブーツを、レインコートを呼び寄せる。自然の働きかけが呼び寄せるものは、これ以降、単に登場人物が事態に順応するために行う実利的な反応となる。自然を前にしての、あるいは自然のなかでの「強い感動」は、これ以降、同じ人物の印象（絵画的近代性のキーワードである。ゴンクールも参照のこと）に、さらには疾患（風邪）に、その場を譲ることになる。

以後、自然の力や現象は世俗化され、脱アレゴリー化され、計測され、道具化され、飼いならされる。嵐（ジヨルジョーネを参照）、にわか雨はそれが「大洪水的な」（モーパッサンの『女の一生』の冒頭を参照）ものであっても、もはや神罰ではない。「疑念」は今や、（工場生産されたものや道具によって制御可能な）自然現象への言及と同じく、情念の心理学的な現実に関係しているようである（情念は「人工のもの」であり、書物によってつくられる。モデスト・ミニョンとエンマ・ボヴァリーを参照）。オメー氏は、ヨンヴィルに到着したばかりのシャルルに、数字や温度計の測定結果を元にして、地域の「風土」に関する自らの考察（『ボヴァリー夫人』第二部第二章）を披露した。これ以降、家や集合住宅の居室において、晴雨計〔気圧計〕は、ものの形をかたどるありふれた置き時計と対をなすことになる。家庭にあるこのふたつの「機械」は、フローベールの『純な心』の冒頭に「晴雨計」と「ウェスタの神殿をかたどった」置き時計、とあるように、隣り合って一緒に現れている。[9]

水と熱とガスは建物の各階に敷かれるようになる。[10] パラ para-〔「〜から守る」の意〕という接頭語は、防護することに取り憑かれた快適な世紀の象徴的な接頭語である。ロマン主義的なアイオロス琴を使う自然の奏者だった風は、換気システムやついたて（パラヴァン）〔もともと「風から守るもの」の意がある〕（「隙間風」はブヴァールとペキュシェの強迫観念である）によってコントロールされる。火は、竈の防火壁（パール・フー）〔「火から守るもの」の意〕や集中暖房装置によって、嵐の描写には決まって出てくる要素である雷鳴と雷光は、避雷針（パラトネール）〔「雷から守るもの」の意〕（常識人フランクリンは十九世紀になっても人気があった）によって、雨は　傘（パラプリュイ）〔「雨から守るもの」の意〕（すでに十七世紀末からふだんに使われていた）によってコントロールされる。世界と古きヨーロッパは胸壁（パラペ）〔「胸を守る」の意〕で守られている（ランボーは「酔いどれ船」のなかで、「昔ながらの胸壁をめぐらしたヨーロッパ」〔「酔いどれ船」中地義和訳、『ランボー全集』所収、二〇〇六年、一四六頁〕）に触れている）。寒さからはフランネルで体を守り、空気は飼いならされて、ピストンを動かす（いわゆる「空気を使った」機械、蒸気機関を参照）。大都会は「衛生的」になり、家は「住むための機械」に、自然の力をフィルターにかける機械（「緞帳と鎧戸」——ボードレール「風景」）になる。文学の登場人物は、（湿気から守られるべき）足を、（フランネルで守られるべき）胴を、（船酔いから守られるべき）胃を、（さまざまな被り物や傘で守られるべき）頭を持つようになる。雷雨の状況を真似たかのように「突風に乱された」髪は、ロマン主義時代の登場人物に[11]特有なものだが、ナイトキャップ、縁なし帽、帽子、ギリシア帽、ハンチング帽、槍騎兵帽をかぶることで消えていった。これ以降「防護する」ということが問題となるのだから、こうしたことのすべては、大災害（難破）の責任問題、自然災害のせいで起きてしまった損害賠償の問題など、裁判の場で、専門家の戦いのなかで、「保険」で決着がつくことになろう。モーパッサンの短編『傘』の結末は、保険詐欺の話で終わるのだ。

もちろん、こうした変化に対して抵抗がなかったわけではないし、「ロマン主義の批評家」とでも呼びうる人たち（ゴーティエのような類の人たち。彼の有名な『モーパン嬢』の序文を参照）や、ロマン主義の「生き残り」（ユゴーや、文学における「情熱」の優位を説く偉大な理論家バルベー）や、もっとも反‐ロマン主義的でありながら時代の産業化と散文化を嫌ったフローベールのような写実主義のポスト・ロマン主義者たちの激しい批判や抗議があった。フローベールは、文学史上をつうじてもっとも美しい被り物の描写（『ボヴァリー夫人』の冒頭、若きシャルルがかぶっていた軍帽）を行った作家だが、彼は手紙のなかで、芸術や「真理」における「進歩」という考えにたえず毒づいていた（「ラシーヌの嵐は、ミシュレの嵐と同じくらい真実なのです[12]」）ばかりか、洋服、事物、家具、「快適さ（コンフォート）」を生む機械や産業的方法をこき下ろしていた。「屑生糸の手袋に対して、仕事部屋のひじかけ椅子に対して、雨外套に対して、簡易煮沸器に対して、見かけ倒しの詰め物に対して、大声で反論を加えようではありませんか」（一八五四年の手紙）〔一八五四年一月二十九日、ルイーズ・コレ宛ての手紙、蓮實重彥訳、『フローベール全集』第九巻、筑摩書房、一九六八年、二五三頁〕そして、もちろん、ヴィニーからユゴーにいたるまで、その内部に雷雨と雷を持ち、大気を、空間を、水を、石炭を、火を、蒸気を、つまり自然界の力すべてを手なずけた機械は、鉄道機関車であった。それが憎悪[13]を集めたのは、フランネルと同じ理由だ。柔らかい素材であるフランネルはその出現以来、ユゴーによれば、社会の激動や民衆の雷雨〔動乱〕を心地よく封じ込めてしまい、いろいろなかたちの胴着（ベスト）になって、「隙間風」から身を守ってくれる。たとえば、フローベールは『ブヴァールとペキュシェ』第三章で、フランネルのベストを皮肉な言い方で定義している。「フランネルのベスト、身体の保護者、健康の後見人、ブヴァールが愛し、ペキュシェ固有の守護神。」登場人物はふたりとも「寒さを、暑さを、風を、雨を、虫を、そして主に隙間風を恐れ」（同上）、初めて出会ってすぐ、フランネルのベストのことを話題にする。そしてペキュシェが新しい人生の始まりを祝って行う初めての思い切った行為は、早くも第一章冒頭でベストを投げ捨てることだった。

もちろん十分に予想できたことではあるが、フローベールは、主人公のブヴァールとペキュシェに、次のように描かれた「気象学的な」段階を通過させていく。この段階は、ミシュレのような人たちが熱狂した言及ぶりからはかなり遠いものだ。

天候の前兆を知りたいと思って、ルーク＝ハワードの分類法に従って、雲の研究もやってみた。雨雲と巻雲を、層雲と積雲を見分けようとしながら、鬣（たてがみ）のように長くのびた雲、群島のように集まった雲、まるで雪の山と見まごう雲などをじっと眺めていた。だが雲の形は、その名前が見つからないうちに変わってしまった。晴雨計には騙されるし、寒暖計はあてにならなかった。そこでルイ十五世時代にトゥーレーヌのさる司教が考案したという方法に頼った。ガラス瓶に入れられた水蛭は、雨の時には上にあがり、晴れの時には底にじっとしていて、嵐の気配がある時には盛んに動きまわるはずだった。ところが天候はほとんど常にこの水蛭の予報を裏切った。そこでもう三匹入れてみた。すると、四匹はてんでんばらばらな行動をした。[14]

では、ふたつの小説のテクストを例に取り、細部まで詳しく検討してみよう。ひとつはフローベールの『感情教育』（一八六九年。サント＝ブーヴとラマルティーヌが死んだ年である）、もうひとつはバルザックの『トゥールの司祭』の初稿となる『独身者たち』（一八三二）である。まずフローベール。

一八四〇年の九月十五日、早朝六時ころ、出帆時刻のせまったヴィル＝ド＝モントロー号は、サン＝ベルナール河岸の船着場で大きな煙の渦を吐いていた。

あたふた駆けつける人びと。樽や、錨索や、布を積み上げた籠が道をふさいでいる。船員たちにものをきいても返事もしてくれない。押し合いへし合いの雑踏だった。両舷の外輪覆いのあいだを荷物が吊り上げられてゆく。その騒音をかき消すように、蒸気が舷側の鉄板からしゅうしゅう吹き出して、白っぽい湯気であたり一面を覆いかくす。合図の鐘がさっきから船首で鳴りっぱなしに鳴っている。

とうとう、船が動き出した。倉庫や造船所の船台や工場の立ち並ぶ両岸が、二すじの太いリボンを繰り出すように流れた。

十八歳になる長髪の青年がひとり、アルバムを小脇に、じっと舵の近くに立っていた。朝靄ごしに、彼は鐘楼や、名の知れぬ建物を眺めていたが、(……)パリがかなたに姿を没すると、深い溜息をついた。この青年、フレデリック・モロー君は、ノジャン＝シュル＝セーヌへ帰る途中だった。(……)

船内のざわめきも静まって、乗客はそれぞれの席に落ち着いた。何人かは機関のまわりに立ったまま暖を取るものもあった。煙突からはゆっくりとしたリズムの喘ぐような音をきざんで黒煙が濛々と立ちのぼった。(……)

フレデリックは(……)書きたい劇作のプラン、絵のテーマ、未来の恋のことなどを考えてみた。(……)憂わしい詩句の数行を自分に向けて誦した。(……)野面には見渡すかぎり人影ひとつない。空には小さな綿雲がぽつりぽつりぽつり浮かんで動かない。『感情教育』〔山田𣝣訳、河出文庫、上巻、二〇〇九年、五―九頁〕

ここには、「現実化効果」(場所の名前、日にち、時間、数、専門用語)を保証する写実主義的な「細部」とともに、十九世紀を象徴する機械、蒸気機関の描写がある。船に乗った若者は、長い髪、大きな吐息、腕に抱えたアルバム、自然の光景を目の前にしてじっと立っていること、瞑想、メランコリックな詩句、「未来の恋」にたいする夢といったロマン主義的な若者の特徴をすべて兼ね備えている。彼の周りにあるものは、混沌とした自然の力(「煙の渦」「湯気」「騒音」「ざわめき」)のように、これもロマン主義的な嵐の規則に従って描かれている。

しかしこの描写的な「情景」は、オラース・ヴェルネの有名な絵画（アヴィニョン、カルヴェ美術館蔵）のモチーフを正確にひとつひとつ逆に用いた皮肉なものとして読むことが可能だ（この点については本書第十章で書いておいた）。ヴェルネの絵に描かれているのは、海港や海の嵐を描いたことで有名な画家、祖父のジョゼフ・ヴェルネが、嵐のさなか外洋で船の甲板に立ってデッサンしているところである。逆にというのも、ジョゼフは舳先にいるところを描かれているのに対して、フレデリックは「舵のそばに」（用心深く？）じっとしているからだ。そして荒々しい外洋ではなくて、「倉庫」「造船所の船台」「工場」が並ぶ「両岸」に挟まれた河がある。ジョゼフがアルバムに、荒れ狂った大海原の嵐をデッサンしているのに対して、芸術家気取りで「絵のテーマを夢想する」だけで満足しているフレデリックは、アルバムを「小脇に」抱えている。ジョゼフが帆船で外洋に乗り出しているのに対して、フレデリックは、散文的な乗合汽船でセーヌ河をさかのぼり、大樽や荷物や下着の入った籠に囲まれながら、母のもとに帰るのである。オラース・ヴェルネの絵に描かれた巨大な波と雷雨の雲は、ここでは「牧草地の端まで届くふたつの波のうねり」にすぎず、雲といえば、空に「じっと動かないでいる小さな白い雲」や、石炭の煤煙の渦ばかりだ。そして大気の動きとしては、青年の吐息があるだけだ。つまりロマン主義絵画の壮大な構図を、あらゆる意味で「陰画的＝否定的」（皮肉であると同時に、「価値（ヴァルール）＝色価」がポジとはまったく反対のモノクロ）に描いた情景である。

次にバルザックのテクストを取り上げよう。

> 十月末の夜九時ころ、夜の集まりを過ごした家から帰る途中ににわか雨に会ったビロトー神父は肥っている身体でできるかぎり急ぎ、ル・クロワートルという名の人気ない小さな広場を横切っていた。そこはトゥールのサン＝ガティアン大聖堂の後陣の裏手にあった。ビロトー神父は背の低い小柄な男だが、卒中体質で、およそ六十歳にして、すでに痛風（グット）の発作を数度起こしている。人生には細々とした悩みがあれこれあるが、

なかでも神父がもっとも嫌だったのは、銀の大きな留金がついた靴が突然水に濡れることと、靴底が水に漬かってしまうことだった。靴底はとても強いし、聖職者たちがいつも行っているような身体への気配りで足をフランネルの上履きでくるんでいるのだが、いつも少しは湿り気が入ってくる。そして翌日、通風が間違いなく現れて、病が治っていないことが明らかになるのだった。（……）／教会参事会員に任命される／（……）見果てぬ夢を抱いてばかりいる彼は、教会参事会員の着るアルムチア〔裏が毛皮のフード付き肩衣〕にあまりに心地よくくるまっていたものだから、大気の不順を感じとることができなかった。（……）したがって歴史的真実から言えば、彼はにわか雨のことも痛風のことも頭になかったのだ。（……）ビロトー神父が向かっていたのは、彼が二年前から住んでいる家だった。（……）ガマール嬢の家の下宿人になることと教会参事会員になることは、彼の人生における二つの大きな問題であった。しかし、今や自分が住んでいる居室を渇望することは、世間の人の目からすればあまりにとるにたらぬ感情だが、彼にとってはひとつの大きな情熱だった。この情熱には多くの障害が立ちふさがり、そして情熱というものにありがちな後悔に満ちていた。教会参事会員に任命されるかもしれないという可能性と、ド・リストメール嬢の家で彼に寄せられた希望によってぼっとなった彼は（……）自分の家の玄関に着いたときになってはじめて、傘を忘れてきたことを思い出した。（……）屋根から落ちてきた水がちょうど靴先に流れ、風がときおりシャワーのような雨を彼のうえに吹きかけた。

〔バルザック『独身者たち』（一八三二）〕

バルザックのビロトー神父は、ロマン主義時代の主人公がそうであるように、「大気の変調」を素直に受け入れている。また彼らと同じく、神父は情念に支配されている。彼は天候（内側の「雫（グット）〔痛風〕」と外の雫（グット））に影響されている。しかしここに見られるのは、大きなロマン主義的気候学（南部の風土と文明にたいする北部の風土と文明）、崇高で大がかりな自然の変動が、どのように個別化されて、局地化した（ある時間の、ある都市のある教会の後にある広場）にわか雨になるのか、そして自然の力がどのように細分化され（金の大きな留金がついた靴、「とりわけ」その尖端が濡れること）、医学化され（痛風、卒中体質、肥満）[15]、そしてミニチュア化されるのか、である。バルザックが繰り返し述べていることだが、十九世紀の小説は「細部」の小説である。「面白イコトダ、大海デ」〔ルクレティウス『物の本質について』二巻冒頭部「面白いことだ、大海で風が波を掻き立てている時、陸の上から他人の苦労をながめているのは」から。樋口勝彦訳、岩波文庫、一九六一年、六二頁〕というよりむしろ「私ハ小サナコトヲ歌オウ」〔ユゴー『街と森の歌』所収の詩篇タイトル〕だが、この時期以来、問題となるのは人生の「小さな災い」であり、小さな地方都市の「人気のない小さな広場」で、「背の低い小柄な男」に起こる「わずかな濡れ」である。また「取るに足らない」感情や情熱（快適な居室に住み、教会参事員になること）であって、荒れ狂う自然の力とまともに対決したり、それとともに生きたりするなかで、大きな情熱や大きな熱狂を持つのとは違うのである。諺にあるように、「小さな雨が大きな風を静める」[16]〔ちょっとしたことで怒りは治まる、の意〕。雨はある意味、地方の隠喩にさえなるし、さらには地方の誇張法の同義語にもなるとしてもよい[17]。明らかに聖書の記憶を持ったロマン主義的な大洪水は「にわか雨（ドゥーシュ）」になってしまう。ルネ〔シャトーブリアンの短編小説『ルネ』（一八〇二）の主人公〕、アタラ〔シャトーブリアンの短編小説『アタラ』（一八〇一）の主人公〕、オランピオ〔ユゴーの詩篇「オランピオ」（一八四〇）に出てくる男性〕、ローラ〔ミュッセの詩篇「ローラ」（一八三三）に出てくる女性〕、ハロルド〔バイロンの小説『チャイルド・ハロルドの巡礼』（一八一二）の主人公〕、レリア〔ジョルジュ・サンドの小説『レリア』（一八三三）の主人公〕、コリンヌ〔スタール夫人の小説『コリンヌ』（一八〇五）の主人公〕がレインコートを身につけ、フランネルの上履きを履いて、「痛風（グット）」（美食をしすぎた人の病気）や、（水の）「滴り（グット）」から身を守ったり、にわか雨（アヴェルス）を毛嫌い（アヴェルシオン）しつつ広場を横切ったり（トラヴェルス）（バルザックは決して駄洒落を拒否しなかった）、夕食に出かけるまえに晴雨計を見たりすることはもちろんなかったし[18]、地方のサロンで行われる夜会に行って自分の昇進のことを考えるあまり傘を忘れてきてしまう、などということも想像しがたい。傘を忘れてくるということは、事物とこのうえなく密接に結びついたトポスであり、これ以降、バルザック的な「風俗小説」や自然主義小説の「生の断片」[19]の材料や筋立てを形づくる日常生活の「小さな災い」の一部となる。偉大な情熱さえもが、こざかしい戦略や、さもしくもくだらない固定観念（教会参事会員になること）になってしまう。たとえこうした戦略や固定観念がさまざまな悲劇や破局を生む契機になろうとも、フランネルの上履きはアルムチア（アルムチアは教会参事会員のかぶり物）を夢見るのである。

どんな形にでもなる風はさまざまに動き、嵐、突風、雷雨、乱舞する雲となって、頂点を迎える。しかし風はその後、にわか雨にその場を譲ることになる。にわか雨は足を濡らして湿り気を与え、水を染みこませ、リウマチに罹らせる。十八世紀文学に、にわか雨や小雨は登場しないか、出てきたとしてもほんのわずかである。好天と雷雨のあいだにはいろいろな度合いがあるにしても、雨だけが出てくる場合、それは好天と嵐の「中間状態」なのである。十九世紀にかぎったことではないが（雨がどこにでも出てくるシムノンの小説を参照）、雨は一般的に雰囲気、さらにはジャンルを的確に示す伝統的な「コノテーター」〔語が喚起する個人的・文化的・状況的な意味がコノテーションで、コノテーターはそのシニフィエ〕となる。その「コノテーター」は、心理的、感情的な灰色の色調を定着させたり、文学のなかでさまざまな機能を与える記述記号となったりする（「湿ったもの」「靄がかったもの」「雨がちなもの」が同じくいたるところに現れるボードレールやヴェルレーヌの抒情詩を参照）。しかし雨は多くの場合、ぼんやりした集合的な「行為項」（「雨のなかの風景」）を導入し、読者に、否定的な期待の地平を密やかに示すのである。[20] 雨は、いまだ輪郭の定まらない叙述体系の価値を示すコノテーターであり、またその「混乱」を示すしるしでもある。雨は言葉のあらゆる意味において、十九世紀リアリズムの散文のなかで、非常に多くの場合「落下」のしるしとなりがちだ。発話行為の「体制」の落下であると同時に説話体系の破局である。つまり、それは平凡さ、狭量さ、嗤うべきものへと「落下」する。それは反‐英雄化や、大いなる幻影の「失望（ドゥーシュ）」douche〔通常の意味では「にわか雨」「シャワー」〕（この語はバルザックのテクストにあるが、「失望」という言葉の俗語的な意味で使われている）のしるしである。またそれは、日常生活の隷属と束縛へと落下するしるしであり、告げられたしくじりの兆候である。「告げられた」とは、なにか（服装、人生、計画、なんらかの行動）が台なしになりそうだとか、すでにそうなってしまっているという知らせのことであり、価値体系全体のなかでなにかが不調を来していたり、うまく機能していなかったりすることを指している。

　そういうわけで、三つだけ例を挙げよう。まずリアリズム小説のなかでもっとも雨の降る作品は、モーパッサンの『女の一生』（一八八三）である。雨の旗印のもとに現れるこの小説は、第一行目から雨が降り、その雨は文字どおり第一章全体を水浸しにする。そればかりか雨は小説が終わるまで（コルシカ島の光溢れる滞在を除いて）降り止むことはなく、夫の不倫、愛しき人々の死、両親の無責任によって台なしになるジャンヌの人生のリズムを刻んでいる。象徴的なタイトルを持つゾラの『壊滅』（一八九二）はスダンにおけるフランス軍の敗北を語っているが、それは彼の小説のなかでももっとも雨のよく降る作品のひとつである。いっぽう、ゾラの友人のアンリ・セアールの短い小説『ある素晴らしき一日』（一八八一）はフローベール的なものを文体的、テーマ的に凝縮したような作品で、雨によってなにもかもが台無しになってしまうある一日、ある「デート」を物語っている。デュアマン夫人は夫がいないときに、隣の建物に住むトリュドンに誘われて「お出かけ」とレストランでの昼食を承諾する。しかし二人は激しい雷雨によって、退屈でいつ果てるともしれぬ午後のあいだ、レストランに足止めを食らってしまう。デュアマン夫人がそこから逃げることができなかったのは、彼女もトリュドンも傘を持ってこなかったからだ。[21] 会話はだれてきて、ふたりは雑誌をめくったり、ついつい晴雨計を見たりしてしまう。「彼はコツコツと晴雨計を叩いた。しかし人造金で組紐模様の線彫を施してあり、青みがかった鋼の細い針がついている大きな文字盤は動きもしなかった。彼はまた同じことを繰り返した。針はあいかわらず『嵐』を指して、動こうとはしなかった。おやおや、もうあきらめなくちゃいけないな、今日は天気がよくはならないんだ。[22]」ふたりは結局、降り止まぬ雨のなかで辻馬車を見つけ、自分たちの家に帰った。不倫も、そこから来るはずの喜びも生まれなかった。晴雨計の文字盤の上に書かれた「嵐」は「デート」に「冷や水（ドゥーシュ）を浴びせかけた」のである。

　そこから、このテーマと、コミカルで皮肉なディスクールの図式（シェーマ）と構造（これについてはのちに言及する）との関係が生まれる。そのディスクールは、「陰画的（ネガ）」ディスクール（写真の陰画（ネガ）がポジの反転であるように、あるいは雨のなかの灰色の風景のように）であり、範列的には、対句、矛盾、置換、逆転（もっとも規範的な例は「水をかけられた水撒き人」である）に基づいており、連辞的には、計画の「落下＝失敗」やしくじり（規範となる例は、「山がネズミを出産する」〔ラ・フォンテーヌの寓話詩のタイトル。「大山鳴動して鼠一匹の意」〕）に基づいている。

ミシュレを読んでみればわかるとおり、気象学は新しい学問に属している。その学問は自然の力を「予測」し、「説明」し、「記述」し、「命名」し、「計測」し、それらを「有益な」ものとすることで、自然の力を散文的なものに変えてしまう。気象学のおかげで、リアリズム文学のなかに「日用品（ムーブル）」がふたつ大量に入ってきた。[23] そのふたつはお互いに結びついており、一方が他方を使うことを指示する。一方は固定されたもので室内にあり、もう一方は持ち運びできるもので室外にある。また一方は記号学的な（類似的な）道具であり、他方は技術的な道具である。そのふたつとは、（予報する）晴雨計と（人を保護する）傘である。[24] このふたつは、（日用品や建物などとは関係のない）大自然や、（予測不可能で、先の見通しがきかず、破滅を招く）大いなる情熱とは相容れない。『傘の生理学』は、生理学ものとパノラマ文学の最盛期（一八四〇年代の初頭）に、傘（また、「ペパン」pépin、「リフラール」riflard、「モーヴ」mauve と呼ばれた）がブルジョワの象徴に近いものにまでのし上がったことを認めている。[25] 傘は、フランクリンとアラゴの避雷針（すでに見たように、家庭の守護者として、パラ para- という同じ接頭語を持っている）とならんで、家庭のよき父であると同じくよき政治家の基本的美点、すなわち「先見の明」の象徴なのである。よく知られたことだが、諷刺画家たちは傘をブルジョワ王ルイ＝フィリップの必須アイテムとした。ユゴーは『レ・ミゼラブル』（第四部第一篇三）のなかで、ルイ＝フィリップ王の忘れがたい肖像を描いている。（「彼は傘を小脇にかかえて、外出した。この傘は長きにわたって、王の栄光の一部となっていた」）。[26] したがって一般化すれば、この傘は遊歩する小口金利生活者、さらにはブルジョワ自身の必須アイテムとなる。[27] その点で、おそらくもっとも典型的なブルジョワの権化であり続けているのは、フランス初めての「連載」「漫画」の主人公、クリストフ描くフヌイヤール氏である。彼は一八八九年八月三十一日の〈プチ・フランセ・イリュストレ〉に現れて、万国博覧会を見学する。フヌイヤール氏は傘にしがみついて博覧会を回るのだが（「祖先たちの傘」）、傘によって何回か命を救われる（「祖先たちの傘の、初めての／新しい／三番目の武勲」と題された章を参照）。[28] 傘は、書物になって刊行されたときの巻頭紹介から、すでに現れている（「フヌイヤール一家の真実でありながらまたもっともらしい物語。かくして、いくつかの政府の危機と国内危機の結果、フヌイヤール氏は数多くの帽子を次々となくすが、傘だけは持っているということがわかる」話)。『フェラギュス』のバルザックによれば、「ほんとうのパリのブルジョワ」は「傘を持ったにわか雨のエキスパート」だ。傘は自動的に小ブルジョワの姿と強く結びついているので、ポール・ド・コックの小説『シューブラン氏』につけられた挿絵(ジュール・ルフ書店)などは、ポール・ド・コックのテクストが、主人公は傘を忘れた(第一章)とはっきり言っているのにもかかわらず、自分の傘を手にした主人公を描いているほどだ。独身の旅行家ならば、すでに前で見たように『感情教育』の冒頭で[29]、フローベールが皮肉にも若き主人公フレデリックにとらせたポーズをして、帽子もかぶらず、デッサンのアルバムを手にしたり、それを「小脇に」抱えたりして、大自然のなかを喜々として散歩しているだろう。それに対して、今後は、一家の父の「小脇」には、「ペパン」や「リフラール」しか見つけられまい[30]。この問題についてピエール・ラルースは例のごとく、すべてを簡潔に述べている。

誰もが大昔からあって役に立つ傘というこの日用品を知っているが、そこには「晴れがましい」という形容詞を加えてもいいかもしれない。というのも傘は、我々の同時代の一時期を特徴づけるのに役立っているし、諷刺画が傘をひとつの王朝の象徴にしているからだ。(……)傘は穏やかで落ち着いた人生の象徴である。それはきちんとした生活をして気配りのきく男の、ブルジョワの、つまりプリュドム氏の道具だ。もし、穏やかで、凡庸で、人の良い典型的人物を表現したいと思ったら、小脇に、しっかりして晴れがましい傘、きちんと折りたたまれた傘を抱える男を描いてやれば十分なのだ。イギリス人が自分の傘を持たずに旅行することはありえない[31]。

言葉では表しがたい暴風雨を具体的なかたちで示す換喩となり、またどんなものの暗喩にでも使える傘は、ひとつの王朝、ひとつの治世の象徴となるだけでなく、生真面目で功利的な時代の旗印ともなればアレゴリーともなる（「天気も雨模様、説教くさくてうんざりする」〔ゴーティエ『モーパン嬢』井村実名子訳、岩波文庫、上巻、二〇〇六年、一〇頁〕と『モーパン嬢』の序文は言っている）。住民が都会の住環境に拡大するようなものとして、傘は、十九世紀の革新的な鉄とガラスの建築のモデルとなりうる。それは、パリのパサージュの建築、オロー〔パリ中央市場計画案を策定したが採用されなかった建築家（一八〇一―一八七二）〕の建築、一八五三年につくられたバルタールによるパリ中央市場第二案の建築（オスマンの『回顧録』によれば、皇帝は「私に必要なのは巨大な傘だ！」と彼に言明したらしい[32]）、ゾラの『獲物の分け前』で金融家のサッカールがパリ全体のために推進していこうとする建築、あるいはまた、フーリエ主義者たちの建築である[33]。フーリエ主義者たちは、悪天候をさけて通行できる回廊を出発点として計画したかのようなファランステールと理想の都市を考えようとしていた。湿気というのは、ビロトーの例でもすでに見たように、大きな強迫観念だった。傘は文学のなかに、ほかのどの事物とも変わらず、強い内的な相関関係を持つ一群のなかに、すなわち事物の構造的な系列のなかに、階層性、連結や置換の体系、社会的な差異を打ち立てる描写的・比喩的な一連の下位体系のなかに入っていく。都会に住む小ブルジョワジーの雨傘は、社交界の女性の持つ日傘や扇子と対立するし、ダンディのステッキ（バルザックの有名なステッキはよく知られている）だけでなく、農民や牧人の杖（「職業的な」傘）、さらにブルジョワと対立する職業的な雨傘兼日傘、芸術家の雨傘兼日傘、現場に行ってモチーフを描こうとする印象派の画家の雨傘兼日傘、そしてエキゾティックな雨傘兼日傘（ロティの『お菊さん』を参照）とも対立する[34]。また別の連結関係、差異を生む寓意の下位体系がある。それは諷刺画家や諷刺文の作者たちにとって重要な政治的下位体系、つまり、剣（軍隊）／灌水器（教会）／傘の下位体系である。「施政者が剣であろうと、灌水器であろうと、傘であろうとどうでもいい――いずれにせよ一本の棒なのだ」〔『モーパン嬢』井村実名子訳、上巻、六一頁〕とゴーティエは同じ『モーパン嬢』の序文で述べている。そして、「傘と化した人間」、小ブルジョワのモンタージュ写真ともなる体系は、今度の場合、傘／ナイトキャップ／スリッパという、差異を生まない反復的なものである。この点についてはレボーの『ジェローム・パチュロ、社会的地位を求めて』を参照されたい。この作品は十九世紀のあらゆる熱狂を総括したもので、序文はナイトキャップのテーマのもとに書かれており、[35] ヴェルレーヌの「プリュドム氏」（『サチュルニアン詩集』）のルフラン（「そして花盛りの春が彼のスリッパの上で光り輝いていた」）が現れる。[36] そういうわけで、ゴーティエは『モーパン嬢』の序文のなかで、十九世紀の功利主義を批判するときに、無意識的にこの三つの事物を結びつけている。「換喩（メトニミー）はナイトキャップにならない。スリッパのかわりに直喩を履くこともできない。対照法は傘の役に立たない」〔『モーパン嬢』同右、四七頁〕。もちろん、エンマ・ボヴァリーは日傘を持っているし、シャルル・ボヴァリーはナイトキャップ（それをエンマはスカーフに替えようとする）や「タピスリー刺繍のスリッパ」の信奉者だ。

「用心深さを示す日用品」（シャンフルーリ）である傘は、どんな事物や技術的な道具とも同じく「有用」である。それは登場人物の行為に寄り添い、それを拡張する。したがって、語りの「可能態」の多岐多様にわたる複雑な計画のなかにやすやすと入っていけるし、目的、用心、保護、親切な援助、計算づくの援助、さらにはエロティックな提案（誰かに傘を差し出す）に応じて、方法をあらかじめ考える行為のなかに入っていけるのである。したがって、それは拘束力のある（利用上の、制作上の、礼儀上の）規則に従っている。そして、この規則に従ったり違反したりすることは、それがどんなものであれ、物語をつくり出し、肯定的・否定的な評価を生む。傘は買われ、売られ、忘れられ、調子が悪くなり、貸され、盗まれ、失され、傷み、へんな使い方をされ、役に立たなくなる。傘は、雨から人を守り、清らかな恋を人目から隠し、虎を狩る（ピエール・ラルース）。また、史上初の「連載」漫画クリストフの『フヌイヤール一家』（その第一号は一八八九年八月三十一日に〈プチ・フランセ・イリュストレ〉に発表された）は、傘を語る可能態のまさにアンソロジーというべきもので、傘は、野獣を追い払い、国旗の代わりに北極点に立てられ、橇の帆の代わりとなり、不実なアルビオン〔イギリス人を揶揄する表現〕の代表に対して使う武器の代わりとなり、また列車を停める。[37] したがって、傘はひとつの作品の主要登場人物になりうる。それが現れるのは、モーパッサンの短編『傘』（一八八四）のなかにおいて、[38] ある種のヴォードヴィルのなかにおいて、[39] シャンフルーリの短い笑劇集『絶対にあなたの傘を忘れないで』（ある事務所の次長の家で起きた、傘をめぐる夫婦喧嘩）のなかにおいてである。[40] ロマン主義的な大いなる情熱のドラマを散文化したともいえる、小ブルジョワの「夫婦喧嘩」のなかには「雷雨」や「雷」〔「激怒」の意〕、家庭内の「稲妻」〔「眼のぎらつき」の意〕や「暴風雨」〔「大荒れ」の意〕を発する眼差し（これらの気象学的な隠喩はほとんどおきまりのものだが）がいつも一緒に出てきて、「夫婦喧嘩」はしばしば傘と結びつけられる。

シャンフルーリの『モランシャールのブルジョワたち』（一八五五）は文学史のなかで、文学運動や文学の美学としてのリアリズムを「創造」し、『ボヴァリー夫人』のフローベールに影響を与えたとされる作家の小説であるが、この作品は気象学と傘を使うことに対して手厳しい諷刺をしている。地方の小都市を舞台とするこの小説の主要登場人物のひとりは、代訴人のクルトン・デュ・コッシュ氏である。うぬぼれが強いくせにお人好しで人を信じやすい彼は、晴雨計のセールスマン、ラロシェルと出会う（第二章「気象クラブ」）。このラロシェル氏は、名高い「気象クラブ」（会員は二人しかいない）を引き合いに出して、自分は「大気の変化」に関する統計と観測を行うこの団体の通信会員網をつくるため、この地方に「使命」を受けてやってきたと称している。こうしたものをつくれば、農業や産業によって荒廃したフランスの「健康状態」は回復し、住民の平均寿命を延ばすことが可能になる。ラロシェルはことば巧みにクルトン・デュ・コッシュを酔わせ、彼に（温度計をかたどった）勲章を与え、資格証を五百フランで売りつける。シャルル・ボヴァリーとブヴァールとペキュシェをひとりで体現するクルトン・デュ・コッシュは、若くて美人の妻をほったらかして、のちに彼女に裏切られる。気象学研究に一心不乱に打ち込み、自ら彫った風見鶏を持っており、それを使って天候を予測している年老いた仕立屋と彼は張り合うのである（第七章）。第十章「考古学的振戦譫妄症」（Delirium archeologium tremens）では気象学者クルトン・デュ・コッシュと金利生活者ボノー氏なる登場人物との驚くべき出会いが描かれている。このボノー氏は、地元の碩学、アマチュア気象学者、傘と化した人間で、その「際だった特徴」は、「快晴であろうと大雨であろうと、雪やみぞれが降ろうと、冬も春も夏も秋も手放すことのない傘」である。そして地元の歴史的建造物を測るとき、まるで物差でも扱うように例の「用心さを示す日用品」である傘を利用する。

快晴であろうと大雨であろうと、雪やみぞれが降ろうと、傘を持たないボノー氏と出会った記憶はまるでないのだ。傘は、彼の身振り、身のこなしにあまりになじんでいるために、この人は傘を持って生まれてきたのではないか、この人から傘を取り上げるくらいなら、足の悪い人間から松葉杖を取り上げたほうがいいくらいではないか、と思われるほどだった。[41]

ボノー氏はあるとき、自分の傘をなくしてしまい、ひどくがっかりするが、結局、傘は見つかる（第八章）。彼はクルトン・デュ・コッシュ氏と再会し、一緒に地元の文学クラブ、ラシーヌ・クラブの研究に参加する。クルトン・デュ・コッシュ氏はラロシェルと気象学クラブを探しにパリにやってきたものの、もちろんそんなクラブを見つけることはできず、パリ天文台を訪れたがそこで笑い者になるばかりだ（第十七章）。アナトール・フランスは、短い小説『やせた猫』（一八七九）のなかで、記念建造物を計測するのに自分の傘を使う偏執狂的な骨董商の登場人物を使った。

もちろん、傘は多くの場合、フィクションのなかに登場するあれこれの登場人物の身体的な肖像をしっかり描写するためのリアリズム的細部にすぎない。それは、靴や帽子、フロックコートや片眼鏡のような服装の一部、肘掛け椅子やカーペット、暖炉の上の置き時計のような室内の家具・日用品（ムーブル）が言及されるのと同じである。しかし、とりわけ傘への言及は（すでに見た数々の例や、ビロトー神父やシャンフルーリのボノーに触れる短い例でもわかるとおり）物語の可能態、つまり予測と先の見えなさの体系を開くだけでなく、ある語りの様式を提示し、読者の注意を喚起し、全体的にコミカルであったり皮肉的であったりするような期待の地平を示そうとする。歩行者の日用品（ムーブル）、中流フランス人（金利生活者、事務職員、聖職者、公証人、用事で出かける商人、旅行者、これらは十九世紀文学のなかでもっとも頻繁に傘を持つ人たちである）の日用品である傘は、「特性のない」新しい近代人の新しいステータス（つまらない情熱、とるに足らぬ性格、日々の些細な心配事）、「ほどほどの悲壮感」、あらゆる英雄精神をお払い箱にするものを意味するにふさわしい。もし（雨が降っていないのに）傘を持っていることが行き過ぎた（しばしば滑稽な）用心を示しているとすれば、（傘を持たずに）雨に降られるのは行き過ぎた（こちらも滑稽な）不用心を示しているし、暴風のなかで傘を振り回すのは、それと比べて同じような、現実への（滑稽な）適応能力の低さを示している。

　いずれの場合も、ある状況、ある登場人物に対する、あるいはその人物の現実への対応力の有無に対する、そして、予見したり記憶したり（傘を忘れること）する能力の有無に対する、前もって決めた目的に応じて正しく方法を使う能力の有無に対する語り手の評価が現れる。したがって、傘は大いなる英雄的情熱や崇高な大自然の光景と比べたら取るに足りないほどのものであり、有益で小ブルジョワ的な事物だが、傘がそこにあってもなくても[42]、雨が降っていてもいなくても、それに言及するということは、語り手が行うなんらかの異化効果を意味する。その点についてなら、けっして見当違いというわけでない。傘は、価値論的な距離（シャンフルーリの作品にあるように、傘を使って教会や城を計測する）を、対位法を、語りの体制とジャンルの特性との不調和を、なにかの機能不全を、「事物のアイロニー」（『パルムの僧院』では傘で突かれて大臣が死ぬ[43]）を、崇高なるものが散文的な日常のなかへ、夫婦喧嘩（モーパッサン、シャンフルーリ）のなかへ「転落」することを、「卑小なもの」のなかへ墜落することを知らせたり、それに寄り添ったり、またそれと切断したりすることを示すのである。喜劇の規範的な図式のひとつに「無駄な用心」というのがあるが、それはただ舞台で使われることを求めている。それは多くの場合、文学的ジャンルの厳密な意味でいうところのバーレスクや英雄喜劇の効果を生みだす道具である。偉大なるライオン・ハンター、タルタランがまちがってロバを殺したとき、彼はロバの所有者に傘で殴りつけられる。[44]ブヴァールとペキュシェが動物磁気の実験に失敗したのは、「磁気の放射をさまたげる銅の金具が飾りについていたジュフロワ神父の傘」のせいである（第八章）。若きマリー・ドルヴァルが地方の吹きさらしの舞台で演じていたとき、オペラの合唱隊は傘の下に避難しなければならなかった。そのとき、傘がひとりの合唱隊員の目に入ってしまい、彼は抗議をした。もちろんそこでコミカルな効果が生まれてしまったのである。（この情景はジョルジュ・サンドが『わが生涯の歴史』第五部第四章で語っている）。またシャトーブリアンは『墓の彼方からの回想』（第二部十七篇第五章五）で、グランド＝シャルトルーズのほうへ向かうアルプス山中での散歩を、山々、雷雨、大洪水、雷鳴、廃墟、修道士、豪雨、村を焼く雷、とどろく濁流などとともに語っている。しかし、そこにシャトーブリアン夫人の傘がちょっと顔を出すだけで、崇高な風景の紋切型としか言いようのない描写のなかに、軽い不協和音が導入される。[45] そしてサント＝ブーヴがヴィルマンと喧嘩して、彼に傘を振り上げたときのことを、ゴンクール兄弟は『日記』（一八六五年十一月一日）にこう記している。「サント＝ブーヴの偉大なる行為のなかにはいつも傘がある。」

したがって、嵐や自然の大異変（聖書の大洪水の記憶を出しても出さなくても）を壮大に語ったり、「物語化」したりすることは、華々しさと大げさな侵犯と過剰ととてつもなさを伴った大いなる情熱と同じように、雨にけぶる灰色の風景（誰も知るように、雨は大嵐を静める）、傘の使用に結びついた対策（ムジュール）（雨に濡れないように講じる策）、温度計や晴雨計の尺度（ムジュール）（度合い）とは相容れないものなのだ。超 hyper- という接頭語は、防護 para- という接頭語とは相容れない。スタール夫人によれば、度合いというのは崇高さと両立しない。ゾラの『愛の一ページ』（一八七八）は、小説の最初から最後まで、ヒロインをパリの変わりゆく壮大なパノラマ（雨のなか、雪のなか、陽光のもと、夜、昼）の前に立たせているが、その結末では、エレーヌの愛のない結婚がまとめられ、彼女は田舎に身を埋めにいく。エレーヌは大いなる愛の物語に失敗し、娘の死（雨のなかの）に出会ったあと、釣り竿や傘など旅行の荷物をまとめなくてはならなかった。前に述べたように、バルザックの中編小説『独身者たち』の冒頭には、開幕早々にわか雨が降るのに傘を忘れてしまうシーンがある。それはビロトー神父の不幸、「衰退」の最初の兆候、不幸の出発点となっている。彼はその晩から、自分が借りている立派で快適な家から追放され始めるわけだし、しかもその後彼が教会参事会員になることは決してない。ゾラの『生きる歓び』（一八八四）ではおそらく自然主義小説のなかでもっとも長々と、嵐や雨や彼岸の満潮が描写される。その物語はノルマンディの沿岸の家で展開する。ラザールは技師として漁師の村を守るための堤防を造るのに失敗し、その結果、堤防は決壊し、村は壊滅してしまう（第四章七）のだが、ラザールとヴェロニクの傘は、この失敗の取るに足らない対比的モチーフにほかならない。『ボヌール・デ・ダム百貨店』（一八八三）では、ブーラの古い家族的な店がオクターヴ・ムーレの近代的な巨大店によって引導を渡され、食い尽くされる。ブーラの店は傘専門店で、富を約束するはずの「フレア傘」の発明にもかかわらず、倒産してしまうのだ。「自身で考案した傘」（第七章）を売り出すことを夢見てはいたものの、ブーラはムーレの売り出したエレガントな日本風の日傘に対抗するすべを知らなかった。ゾラの『居酒屋』では、実社会に打って出ようとする怠け者で居候のランティエの野望は、彼の計画する商品そのものによって否認されてしまう。その商品とは「帽子傘という素晴らしい発明品、にわか雨がぽつりと来ただけで頭のうえで傘に変身する帽子」なのである（第十一章）。

もちろん、こうしたことによって、まさしく修辞や文体に付随して失うものがなかったわけではない。有用な事物や一般的な功利主義に浸食された世界の散文化のなかで、つまり世界の「アメリカ化」と呼ばれ始めるような事態のなかで、同じように無効になってしまうのは、壮大なテーマ、大きなジャンル、鷹揚な態度、書き方の大規則（エクフラシス、活写法）、崇高なるもの、叙事詩的なもの、抒情詩的なものといった大きな美学モデルである。もしこれ以降、「傘の王」（ルイ＝フィリップ）「傘を持った男」（バルザック）、さらに「傘と化した人間」（『傘の生理学』）というものが存在するのであれば、「傘としての話し言葉」「傘としての書き言葉」があってもよかろう。天候は、小説のテーマ、さらにはその行為項のひとつではなく、小説の登場人物にとって永遠の「会話の主題」になる。フローベールの『紋切型辞典』はつぎのように定義している。「永遠の話題。年がら年じゆう不平を言われる。」〔フローベール『紋切型辞典』山田𣝣訳、『フローベール全集』第五巻、一九六六年、三三一頁〕事実、「雨や好天について語ること」は現実的で確実なコミュニケーションのタイプであり、「よき」「交話的」コミュニケーション〔ロマン・ヤコブソンの用語で、「もしもし」のようにコミュニケーションが成立しているかどうか確認する機能〕の、いわば理想的な方法となる。その交話的コミュニケーションは、それを悪しざまにいう人がいるにもかかわらず、紋切型と同じく、社会のなかに、紐帯と結合剤を注入する。またそれは共同体的な重要性、世俗生活の美徳、会話の有効性を持っている。言語は言語を写実することしかできないことを知っているリアリズムの作家たちは、そして辞書編集者も同じく、「駄弁を弄する者たち」（これはアンリ・モニエの寸劇のタイトルである）によって続けられる「コミュニケーション外のコミュニケーション」に魅せられてきた。また十九世紀の作家たちは、平板なことを次々並べ立てる話し言葉の能力（それでフローベールは、ありきたりな考えが普段着を着てぞろぞろ行進する歩道のように平板なシャルルの会話を描いている）に魅せられている。そして、リアリズム作家や辞書編集者たちは、それが風俗文学の包括的なプロジェクトのなかの民族学的なものにすぎないとしても、今の、過去の、これからの天気、そのうちそうなるかもしれない天気という、汲めどもつきぬテーマに関する、紋切型、常套句、社会的通念、決まり切った言い回しを再現しようとするだろう。それは、ブルジョワジーという唾棄すべき階級の、判で押したような典型的な言葉ですらあると考える人もいる。フローベールの『紋切型辞典』（「空気」の項を見よ）は、ブルジョワという魅惑と嫌悪の対象の遺物として最もよく知られている。すでに述べたように、オメー氏は、ヨンヴィルでボヴァリー夫妻をこれからのよき隣人として歓迎するとき、この地域の「風土」についての「考察」を行う。レオン・ブロワは『常套句注解』のなかで、その一章（L）を「雨と好天」に割いている。それは「食料品屋（エピシエ）〔「俗物」の意〕」や「ブルジョワ」の会話が好むテーマなのである。ブロワによれば「気象学は食料品屋の店のなかで生まれたにちがいない。この尊敬すべき卸売商人は日々、大気の確実な状態、あるいは単にそうなるかもしれない状態について誰にもわけへだてなく、自らの経験のすべてを教えてやるのだが、そのときの綿密な正確さは誰もが知っている。雲であれ、日射しであれ、北風であれ、西風であれ、彼らはなにも見逃しはしない。まさにそのとき、彼らのだれもがこのときとばかりに話をし始める。

(……) 雨や好天は、食料品屋ばかりでなくどのブルジョワにとっても、(……) 決して尽きることのない万人向けの会話の種なのだ。上空で起こっていること以外の話題に一度たりとも触れずに、非常な高齢に達した人さえある。[46]」こうしたドクサ〔社会の硬直化した価値観〕的な、無尽蔵な、「永遠の」、指向的な、つまり信頼できる、とりわけ有効で、だれとでも共有できて理解可能な言葉は、偉大なる文学と激しく競合する。結局のところ、たとえば抒情詩人も、現実のあるいは比喩的な「空」「雲」「嵐」「西風(ゼフィロス)」「微風」を語り続けるが、「永遠に」理解されるかどうかは必ずしも確証が持てない。またヨットマンの言葉とも競合する。この「専門的な」言葉は、スノッブな言葉でありまたスポーツの言葉でもある。したがって、ブルジョワや、家にばかりいる人間や、暇をもてあます人間の言葉とは正反対なのだ。それは、ただ気圧計〔晴雨計〕、雲や波のかたち、風の方向やこれからの天候の予測に集中した言葉で、門外漢にとっては理解不能な専門的用語である。モーパッサンは、自分のヨット「ベラミ」号に乗って行った地中海周航の物語『水の上』(一八八八)で、気候や船に乗せている気圧計に関する言葉、命に不可欠な言葉、的確な言葉を、陸上の別荘やホテルの利用客が使う言葉とたえず対比している。「彼らはおしゃべりをしている。何についてかって? 王侯たちの話! 天候の話! そしてそのあとは、天候の話! 王侯たちの話! そのあとは、くだらない話さ! みんなが集まる定食用のテーブルの会話ほど気の滅入るものがあろうか。私はホテル暮らしをしてきて、まったくもって平板な姿しか見せない人間の魂に耐えてきたのだ。[47]」

雨や好天について話すことは、さまざまな社会階級の話し方をなんとかして転写しようとする風俗小説にとっては、たんなるテーマとか主題とか素材とかいったものではない。それはほとんどひとつのモデルに近いものとなる。もし雨や好天について話すことが意味論的に「なにも言わない(リアン)」に等しいならば、「くだらない(リアン)ことを言う」は対照的に、一八五〇年代の新しい小説が投げかけた挑戦となる。この点についてよく知られるように、フローベールの有名な言葉があり、[48]「物語の波乱もなければ筋立てもない (……) 単なる分析からなる」本を書こうとする試みがあり(ゴンクール『シェリ』の序文)、「筋立て」「つくり話」にたいするゾラの厳しい批判があり、『瓶詰めのワイン』という自然主義文学における神話的といっていい事例がある。『瓶詰めのワイン』はティエボーなる謎の作家の作品で、筋立ても主題も主人公も文体もない小説の極地である[49]。モーパッサン自身、船乗りというものがそうであるように（ピエール・ロティの作品も参照）、現在の天気のことを話す人間、駄弁を弄する人間に対して非常に辛辣であったが、しかし『水の上』という旅行日記で、とりとめもないテクストを出版している。それは、彼がジャーナリスティックなコラムを書き換えたテクスト、現在の天気、これからの天気のことやタッキングや気圧計の揺れ、風の変化ばかりを書いているテクスト、したがって完全に模倣的なテクスト、現実のことや現実についてのことばを書いたテクストである。それは、「鳥が飛ぶように私たちの頭のなかを横切っていく空想や、（……）とりとめもない考えを記した日記、（……）一貫性も、構成も、テクニックもなく、理由もなく話が続き、一陣の風が私の旅を終わらせたというだけで、理由もなく突然終わりを迎える頁[50]」。

実際、シャンフルーリのエッセイ、フローベールの書簡、ゴンクールの序文、あるいはゾラの理論的なエッセイに見られるようなアンチ・ロマン主義者たちの反発は、文体的な「大形式」と意味論的な一貫性や均質性の要因に関して一般化される三つの「疑念」を通して現れる。まず、「詩的な」「大がかりな形象化」と、その派手なイメージ、すなわち、隠喩、紡がれた隠喩、対位法、誇張法、寓意、直喩に対する疑念である。次に、「小説の大きなテーマ体系」にたいする疑念である。小説の大きなテーマ体系は、人間の情熱、とりわけ例外的なふたりの主人公の情熱的恋愛ばかりを独占的に語ることに向けられている。最後に、複雑なプロットやどんでん返し、サスペンス、つぎつぎ起こる事件や不意打ち、新たな展開、「全体の筋立て」（ゴンクール『ルネ・モープラン』の序文）を伴った、大きな物語性への疑念である。

こうして書き方に対して疑念を持った立場が新しく生まれる。これによって、リアリズム的な**描写しうること**が助長される。この**描写しうること**は、ロマン主義的な**描写しえないこと**にとって代わりつつあり、「素朴なもの」「単純なもの」さらには「凡庸なもの」（ゴンクール『シェリ』の序文。「だから凡庸な書き方に努めようではないか」）、「平板なもの」（シャルル・ボヴァリーの会話のように）に挑戦しようとするのである。こうした文体的な立場はひとつの規範として提示されるわけだが、周囲を挑発しないではいなかった。それは、「そっけない」文体、「法典」の文体（スタンダール）、「精彩のない」文体（シャンフルーリ、フローベール[51]）のほうへと向かっていく。この「精彩のない」文体は、雨の下で灰色にけぶる風景にむすびつき、比喩を避け（フローベール）、隠喩よりも換喩を優先し、ボードレールに関してラフォルグが呼ぶところの「アメリカ的イメージ」images américaines を推進するために、エキゾティックすぎるイメージを壊したり、それをぞんざいに片づけたりするのだ。この「アメリカ的イメージ」とは、小説的なものを拒む小説、演劇的なものを拒む演劇、詩的なものを拒む詩であって、体系的に散文化を利用する（コペ、ある種のヴェルレーヌ[52]）。したがって、当然であり必然でもあるのは、悪天候が、すでに第九章で見たように、雨の日の退屈を紛らわすためにぱらぱらめくるアルバムのような暇つぶし的なテクストを生み出すことである。一八六〇年代に前衛となった新しい美学は、街中での出会い（「この本は街路から生まれた。」ゴンクール『ジェルミニー・ラセルトー』の序文）や大都会での「すれ違い」（ボードレールがウーセーに宛てた『散文詩集』の序文）、つまり人が傘を使う場所、したがって雨や好天についてとりとめなく会話をする場所にふさわしい混淆的なもの、不調和なもの、突飛な並列を推進しようとする美学である。そうした美学は、「手術台のうえでミシンと傘が偶然に出会うように美しい」というロートレアモンの有名な文句のなかでと同じく、自らの詩法のなかで傘を見つける。このロートレアモンの言葉は、「シュルレアリスト」的、あるいは、ただ単に理解不能なものとされているが、論理を素晴らしく凝縮したもの、まさしく十九世紀のアイコンを蒐めた「美術館」にほかならない。なぜなら、手術のメスとともにリアリズム・自然主義の象徴となる手術台と[53]、科学の世紀の象徴であるミシンやブルジョワの世紀の象徴である傘が隣り合って、物語性（偶然の出会い）と美学（美しい）と修辞学（「〜のように」）を形づくっているからだ。またロートレアモンのことばはひとつの図像ライブラリである。もっとも、この図像ライブラリは『フヌイヤール一家』のいくつかのエピソードのなかでほとんど文字どおり実現されることになるだろう。アルバムとして刊行される（もっとも十九世紀にはすべてが最後はアルバムに至りつくことになるからだが）『フヌイヤール一家』のエピソードにおいて、描かれた版画のうえでの蒸気機関車と傘との偶然的な出会いを語るようになるからだ（汽車を停める傘、船の連結棒にしがみつくフヌイヤールがしっかりと腕に抱えていた傘）。

結論

「表面が頭から離れない、まるで三次元の感覚が自分にはなくなってしまったかのように。」

——ロニー兄『白蟻』*Le Termite*

彩色画マニアの世紀（リュシアン・デカーヴ）である十九世紀、本稿は、この時代の想像領域（イマジネール）への導きの書たらんとするものである。想像領域という語は、一九五〇年から二〇〇〇年にかけての半世紀間、曖昧でいい加減な、危なっかしい使い方をされたあげくに、完全に意味を奪われ台無しにされた。価値の下落しきったこの語を定義し直し、その歴史と文脈の中にできるかぎり正しく位置づけ、きわめて具体的で物質的で記号論的に定義された意味[1]におけるイメージという概念に文字どおり戻して、きちんと復元することを目指したい。（ある作家の、ある作品の、ある時代の）想像領域とは、したがって、伝記をもとに心理偏重傾向であやふやに推測されるものではなく、言語記号が指示する総体であり文学テクストの一つの読解モデルである。このモデルは、見られるイメージと読まれるイメージと心的イメージが、相互に（つまりこれらイメージ間で）、表象において（つまり文学テクスト内で）、また媒介において（つまり他の非文学的表象をとおして）紡ぐ関係からなる。あるいはより正確には、次の三種類が考えられよう。

(1) 図像的なもの。これは引用の面（いかにしてテクストはイメージを引用するか）と誘発的な面（作家にとってイメージの持つ生成機能）のあらゆるかたちにおいて考察される。見られるイメージは、だから、テクスト中におけるあらゆる状態とあらゆる表象形態において考察されねばならない。つまり、テーマ的形態（絵画、刻印、版画、彫刻、小物、模型など、テクストによってテクスト中に引用されるもの）あるいはテクスト的形態（テクストの構造に組み込まれたカリグラムや図表）である。見られるイメージはまた、あらゆる序列方法（良い趣味と悪趣味、上質な絵画と量産されたキッチュなもの、等々）と媒介方法（テクストに基づくイメージ、イメージに基づくテクスト、等々）において考察されねばならない。

(2) 言語的なもの（読まれるイメージ、そのあらゆる文彩・文体のあり方において）、同時代の理論をとおして姿を現わす言語的なもの。同時代の理論は、言語的なものの用法を序列づけ、これこれのタイプの「比喩（イメージ）」（たとえば、ボードレールの「アメリカ的比喩」あるいはフローベールの「換喩」）が良いとか悪いとかなど決定し、文中での用法自体が、様々な文学ジャンル（これも序列化されている）の様々な制約によって縛られている。

(3) 心的イメージ。それ自体においてそれ自体のために考察されるのではなく（これは心理学者、精神分析学者、哲学者にふさわしい仕事である。たとえばテーヌ、あるいはサルトルの『想像力の問題』）、虚構のテクストがその時代の「科学的」言説をもとに取り入れる表象（登場人物の固定観念、回想、幻覚等々）において、また、虚構の構造物（ゾラにみられる「感応した」身体〔本書第五章参照〕についての自然主義的夢想、あるいは「常套句」や「イメージ」や抒情的な文を詰め込んだり複製したりする「暗室」としての脳の捉え方）において考察される。文学テクストに登場する心的イメージは、学術的、科学的あるいは偽・科学的な典拠から作られる「コピペ」に他ならぬことが多いのだ。

取るに足らぬものでも過剰なまでに意味を持つものでも、実在しようと引用であろうと、三次元であれ二次元であれ、陽画であれ陰画であれ、様々な形象や具体的な事物を満載した十九世紀のテクストを読んでとりわけ衝撃的なのは、これらのイメージが文学の自己再定義を強いたり助けたりする、あるいは自己刷新方法を文学に示唆する、そのやりかたである。イメージ、とりわけ商工業的に量生される形象の、形式や技術上の、あるいは実用面での特徴（平面性、類似性、フレーミング、印刷、複製され分断され置き換えられる傾向、サイズの多様性、陰画への変換可能性、素早く行き当たりばったりのジグザグ読み、ぱらぱら読み）自体が、文学上の大きな議論の鍵となる美学的概念を示唆している。たとえば断片の美学がそうだ。不協和音を奏でる隣接、枠からの意表をつくはみ出し、無脈絡 disparate（これは『未来のイヴ』でミス・アリシア・クラリーが最初に紹介される時に彼女を形容する言葉である）[2]、イメージの雑種性・雑居性の美学であり、これには「猫も杓子もに開かれた作品鑑賞」（ユイスマンス〔『さかしま』第九章。本書第二章の原注（38）参照〕）が伴う。これらは、程度の差こそあれ皮肉で苦肉の様々な詩法によって実践された「ポップアート」美学である。というのも、十九世紀においては、かつては希少なものであった画像が（技術的に）複製可能となり、（実際に）複製され、ありふれたものとなることによって自らの美的「オーラ」を失い、他のものと重なったり並んだりして現れる（ミュージアムや個人コレクションの陳列壁、街路や住居の壁、店内、書物や新聞や雑誌の中）。イメージはこうした場所でこういう具体的なものに支えられて、どうしようもなくちぐはぐで雑多な集合体をなすのだ。ロートレアモン風に言えば、ゾラが解剖台で腑分けするパリの労働者の部屋における、ルーゴンとマッカール両家の人々の写真とフランスの元帥を描いたエピナル版画と鳩時計と、パスカルやベランジェの胸像（『居酒屋』）の偶然の出会いである[3]。イメージは、確たる一箇所にありつつ「居場所を変え」られる。雑居性とデペイズマン〔シュルレアリスムの手法の一つで、予想外の組み合わせから、読み手の意表をつく世界を生む〕、重ね書き（パランプセスト）と脱文脈化は、十九世紀においてはイメージのごく普通のあり方なのだ。

平面・シルエット・切り抜き・枠で仕切られた風景（フローベール[一]）・「自然の一角」（ゾラ）の美学についても同様で、これは、写実主義の風景描写や「世紀末」のテクストのいくつかに生かされた。たとえばポワトゥヴァンにおいては、風景や人物の構成は同時代に流行した影絵芝居に似ている。この美学は、ある種の近代世界、厚みの喪失・純然たる表面・どこにあっても目に入ってくる着色石版画と分かちがたい近代世界への激しい拒絶を生むことがある（冒頭に掲げたロニー兄の引用をご覧いただきたい）。

また、分身、模倣、類似の美学についても同様で、様々な幻想の美学や自然主義の遺伝理論に応用されている。

ここではある特殊な登場人物群が増殖する（女優、マヌカン、妊婦、画家とそのモデル、人真似をするブルジョワ等々）。

反転と「ネガ」の美学（黒い太陽、刻印、鋳型、エッチング）もそうだ。この美学は、いくつかの画像技術（複製、写真、ステンシル版、型紙）に見られる。キッチュの美学も同様で、イメージは大きさと機能を替え、工業的に量産され、場から場へ支え（支持体）から支えへと瞬く間に移動する傾向がある。なかでも重要なのは、主として一八五〇年から一八八〇年の間に生じた「素朴」naïf の美学である。これは、広告の発達と様々な大衆芸能の発達、加えて新しい大衆の登場によって顕在化する。「素朴」の美学は、小説の特別な登場人物をとおして現れる。たとえば子供がそうだ。イメージが問題となるや、子供はあちこちで執拗に言及される。カスパー・ハウザーのような無垢の眼差し（すでに見たように、ラフォルグは「カスパー・ハウザー的エクリチュール」を夢見た）あるいは若い処女の幻視者（『ルルド』でゾラを魅了したベルナデット）の眼差しは、数多くの詩で幻想の規範となっている。閉ざされたマンサード屋根の下の暗室のような空間でボードレール「風景」の語り手が生み出そうと夢想するものは、まさに「牧歌」idylle（語源的には小さな絵）であり、「子供の」牧歌である。あるいは、大衆は子供の一種、社会に適応した子供であるから、大衆固有のイメージ群と想像領域もまた「素朴」と考えられ、絵画も文学も刷新することになる（「芸術を引きずり降ろせ[4]」）。あるいは女性は大いなる「イメージプリンター」（母胎）、造形芸術のモデル（アトリエ）、「偶像」（理想を夢見る人にとって）である。だから、文学におけるイメージに過度に性的性質が与えられているか、あるいはまったく欠落しているか、どちらかなのである。文学はそうしたイメージを、怖れおののき、あるいは欣喜雀躍して描きだす。イメージ生産者たとえば画家は、かならず独身者であったり、女性を忌避したり、禁欲的に生きなければならなかったりする。イメージの消費者、たとえば挿絵本やアルバムの読者は、必ずといっていいほど「想像力に富む」女性であったり、第二次性徴期以前の子供であったり（カスパー・ハウザー）、処女（フローベールの『純な心』の」フェリシテや、ゾラ『夢』のアンジェリック）であったりする。またあるいは、イメージを生む身体は、「感応性のある」子宮や脳として、したがって女性的なものとして描かれる。イメージ、イメージの性、イメージの場どうしの敵対関係、イメージのコピーあるいは生成における障害、イメージの序列、イメージの増殖、イメージの混在、十九世紀に取り憑くこうしたものを、ほとんどあらゆる作家は、図像偏愛であれ、図像忌避であれ、様々に変奏するのである。

図像を忌避する人々はイメージを嫌ってあまり用いず、図像を偏愛する人々は好きなふりをしているだけのことが多いのだが、今や両者とも、イメージを警戒しているようだ。おそらくは、イメージが、十九世紀後半以降は、新たな力のある産業的活性剤を用いて、本来の文学的な想像領域と張り合うようになるからであろう。また、おそらく、この時代以降は、いかなる美的意味づけもないイメージの力が、とりわけ説得とプロパガンダの力が白日の下に現れるからだろう。政治的プロパガンダ（エピナル版画）、宗教的プロパガンダ（聖像）、商業的プロパガンダ（広告）、教育的プロパガンダ（挿絵入り教科書）がそうである。これ以降イメージは、表象する機能ではなく、良かれ悪しかれ趣味を刺激する美的な機能ですらなく、もっぱら「思い込ませる」機能によって支配されるように思われる。この「思い込ませる」機能は、昔から文学、とりわけ写実的傾向の文学に割り当てられてきたのだが。ここから、一時的なアルバムと恒久的な作品との、時に痛ましい敵対関係が生ずる。ここから、すでに見たように、ピエロであるドビュローが震える指でカメラを指し、カメラこそが、生の瞬間を固定し、昔から舞台上でなされてきた俳優の職人芸的ミメーシスを無効にする、という事態が生じる。

見られるイメージは、概して昔から、具体的な支え（支持体）に「縛り付けられて」いるようだ。このことが、見られるイメージの「物質性」を強調する。壁に埋め込まれたステンドグラス、書物冒頭の口絵、公共の広場で台座に乗った彫像、ミュージアムの陳列壁や住居の壁で額縁に入った絵、棚の小物など。美術史家はすすんでイメージの「生態環境」に言及しさえする（エルンスト・ゴンブリッチ）。しかし「近代の」イメージは、ますます可動的になってもいて、あるジャンル、ある支え（支持体）から他のジャンル、他の支えへと置き換え可能で、大きさも変えられ、複製できる。これは、ラフォルグの「ピエロ卿」が自身に用いている表現を借りるなら「どこにいるのかますますわからなくなる」［「ピエロ公の哀歌」《Complainte de Lord Pierrot》中］。急行列車の窓はイメージのあり方を変え、ジュール・ヴェルヌやロビダの考え出した電気器具はイメージを光速で世界中に運ぶ。イメージは支え（支持体）から支えへと素早く跳躍・移動し、一つの場所に繋ぎ留めにくくなる。「イメージの連鎖（リコシエ）」は、バルベー・ドールヴィイの大事にした古い社会の「会話の連鎖（リコシエ）」に取って代わる。「デペイズマン」が、イメージの普通のあり方となる。「クリシェ」とは、写真の用語（ネガ）であろうと言語学の用語（紋切り型）であろうと、この言葉のあらゆる意味において、手から手へ、アルバムからアルバムへ、口から口へと速やかに流通するものであるが、また使い古されるものでもある。表象の真実性は怪しくなる。写真は修正できるし絵画は模写されてキャンディーの箱に使われるし彫像は置時計用の小像になったりする。フローベールをはじめとする少なからぬ作家たちの主要登場人物にとって、考える、計画を立てる、回想する、現実のイメージを見る、これらの間の違いはなくなっている。イメージはすばやく発信されるが次々と姿を変え滅びやすく、かつてないスピードで――広告ポスターがそうだが――流布し始める。イメージはもはや制御不能であるかのごとくだ。このことを十九世紀の文学は自分なりの仕方で記述し、イメージのこうした拡散力をなんとかして払いのけようと、イメージを枠、具体的な場、固定した支えで捕まえ、図像ライブラリー（イコノテーク）の中にじっとさせようと努める。文学がイメージを表象しようとすると、どうしても空間的になる。実際、すでに見たように、文学の中には、何かの支え（支持体）や場に「据えられ」「置かれて」、ある場に「枠付けられて」しか、イメージは存在しない。文学が常に空間に留意しているのは、おそらくは、文学が根本的に、レトリックにおいて空間的（トピック）だからである。文学がイメージを馴化できる唯一の方法がここにある。回想、心象、幻覚あるいは固定観念といった（バルザックの偏執狂から世紀末の幻覚まで、十九世紀文学において想念は「固定」していることが多い）、文学において表象された心的イメージですら、ほとんどいつも、具体的な支えに固定され、きっちりと整えられた記憶の場によって明示される。イメージはまだ完全には建築を「殺して」[二]いない。イメージは、具象的で何かに似ていて連続的で模倣的で写実的であり、建築は、非連続で具象的でなく模倣的でもない安定した空間構成物であって、イメージとは真逆である。だが、文学的表象の中に入るためには、イメージはつねに程度の差こそあれ建築を必要としている。イメージが登場して眼差しに曝されるにあたっては、必ず具体的な装置があり、提示する機械、物質的な機械装置・仕掛けがあり、開閉の度合は様々だが「箱」「部屋」「制作現場」への言及が必ずある。アトリエ、ミュージアム、街路、身体、部屋（暗くても明るくても、アパルトマンでも写真の暗室でも）、文彩及びそれを用いる描写的発話、「列車の窓」は、すでに見たように、イメージ操作の主たる建築である。これらは描写を安定させる持続的な中核であり、十九世紀の「図像表（イコノグラム）、空想図像界（イコノトープ）」とでも呼べそうな場のシステムを形成している。だが、文学は同時に、この図像界がだんだんと不安定になって脅かされていると語ってやまない。イメージ自体も、見る者とイメージとの昔ながらの対面も、イメージと何らかの現実（イメージは、何らかの現実の似姿・等価物を生み出すべきものとされてきた）との対面も、脅かされているかもしれない。平べったいイメージと陰画のイメージ、媒介されたイメージと複製されて増殖したイメージ、位置を移動したイメージとちぐはぐに隣接するイメージ、場違いなイメージと雑居の中のイメージ、「感応した」母胎の中で「遠隔操作される」父のイメージと大小さまざまなキッチュなイメージ、万華鏡と型紙、これらは、十九世紀のただなかにあって、方法は時によってパロディー的であったり真面目であったりするが、二十世紀を先取りしているのかもしれない。二十世紀は、いかなる支え（支持体）からも離れいかなる写実的表象的機能も免除されて非物質化した仮想（ヴァーチャル）イメージの時代に入る。だが、これはまた別の話だ。[5]

訳者あとがき

本書は、フィリップ・アモンの評論 Philippe Hamon, *Imageries – littérature et image au XIXe siècle* (José Corti, Paris, 2007) 改訂増補版の全訳である。

フィリップ・アモンは、一九四〇年生まれ、レンヌ第二大学を経て二〇〇四年までパリ第三大学教授、現在は同大学名誉教授である。長年にわたって、「フランス国立科学研究所」内の「近代草稿研究所」(ITEM)・「ゾラ及び自然主義研究センター」を牽引してきた。また、十九世紀文学研究においてきわめて重要な学術雑誌（*Poétique*, *Les Cahiers naturalistes*, *Romantisme*）の編集主幹、二〇〇四年から二〇一二年まで「ロマン主義・十九世紀研究学会」（SERD）会長を務めた。文学理論、エミール・ゾラを中心とした自然主義文学・写実主義文学、十九世紀における文学とイメージの関係を中心に数多くの著作がある。主要なものを以下に挙げる。（特に記載のないかぎり出版地はパリ。）

『描写的なるもの』*Du Descriptif* (Hachette, 1981 ; réédition revue, 1993)、『小説における人物群』*Le Personnel du roman* (Genève, Droz, 1983; réédition,1998)、『文学における描写』*La Description littéraire* (Macula, 1991)、『テクストとイデオロギー』*Texte et idéologie* (PUF, 1984; réédition 1996)、『エクスポジション——十九世紀における文学と建築』

Expositions — Littérature et Architecture au XIXe siècle (José Corti, 1989),『文学におけるアイロニー』*L'Ironie littéraire — essai sur les formes de l'écriture oblique* (Hachette, 1996),『イマジュリー』*Imageries — littérature et image au XIXe siècle* (José Corti, 2001; édition revue et augmentée de quatre chapitres, 2007)〔本書〕,『フランス風俗小説一八一四—一九一四　テーマ事典』*Dictionnaire thématique du roman de mœurs en France 1814-1914*, 2 vols. (Presses Sorbonne Nouvelle, 2008),『自然主義文学　生成研究論集』*Le signe et la consigne, essai sur la genèse de l'œuvre en régime naturaliste, Zola* (en collaboration avec Olivier Lumbroso, Henri Mitterand, Alain Pagès, Chantal Pierre-Gnassounou, Genève, Droz, 2009),『リアリズムあるがゆえに』*Puisque réalisme il y a* (Neuchatel, La Baconnière, 2015) (recueil d'articles)

『イマジュリー――十九世紀における文学とイメージ』は、一九九五年から二〇〇〇年までにフィリップ・アモンが学術雑誌や学会会報に執筆した論文の集成で、当初、二〇〇一年に全八章で出版された。その後に各処に掲載された論文を第九章から第十二章として新たに追加し、前書きと結論を少し加筆修正した上で二〇〇七年に増補版が出た。

一九八〇年代半ばまでは専ら文（テクスト）を対象として記号論的分析に重きを置いた研究をしてきたフィリップ・アモンは、一九八九年の『エクスポジション――十九世紀における文学と建築』以来、絵画、建築、写真等々の造形芸術と文字列から成る芸術である文学、つまり種々のかたちあるもの（イメージ）と文（テクスト）との相関関係に研究範囲を広げた。『エクスポジション』以来顕著になるのは、様々なレベルでの「エクスポジション」、脱文脈化して蒐集されたものたちが新たな場で併存・隣接し、しかも広く公開され流布することから生まれる新たな意味世界に向けられたアモンの関心である。該博な知識をもとに文学、美術、言語学、社会文化論などの領域を自在に往還するフィリップ・アモンの著作は、現在盛んな学際的研究の先駆とも見なせよう。

人類が太古から行なってきたコレクション、つまり様々な対象の脱文脈化と蒐集に加えて、十九世紀にはヨーロッパを中心にコレクションの一般公開「エクスポジション」が公的規模で実現されるに至る。ルーヴル美術館はその典型である。また、産業革命、大量消費社会の到来、複製技術の発達により、版画や写真のように大量生産・複製の可能なイメージが巷に汪溢する。そして、ほぼ時を同じくして文学のなかにも、文（テクスト）に書かれたものとして多様なイメージが氾濫する。

「文学とイメージ」は、当然ながら、単なる並列ではない。「イメージ」は文学作品中に言葉で描き込まれた事物・オブジェとして、また背景として、とりわけ写実主義・自然主義小説の場合に求められる「現実化効果」ををもたらす。だがイメージの機能は、これに尽きるものでは決してないし、何らかの象徴的意味を担って繰り返し現れるテーマにもとどまらない。様々なかたちが文学とりわけ小説の文（テクスト）の中にどのように存在せしめられるのか、「テクスト」の原義は「織物」であるから、この比喩でいうなら、織り目の一つ一つ、織る方法、文の織りなす総体、いわば文から成る自律的宇宙の様態と方法にどう関与するか。言い換えれば、氾濫するイメージを、文学においていかにして統御するのか、またこうしたイメージ群を媒介としてどのような新しいまなざしが文学に生まれるのか。本書『イマジュリー』では、文学へのこうした問いかけへの回答、産業社会における言語とイメージの複雑で豊かな関係が、十二の章にわたって十九世紀のフランス文学を中心とした豊富な例に基づいて、あたかも一連の変奏のごとく、あるいは十二面体にカットした宝石のごとく、読者の前に展開する。

以下、各章の要点を述べておきたい。

第一章　生産されるイメージ――暗室

写真術の発明がもたらした現実表象のイメージ体系が、影絵や暗室、ピエロなどを具体例として論じられる。十九世紀後半の文学においては、「断片」の寄せ集めからなる新たなタイプのエクリチュールが生まれる。作家たちは写真術の比喩を多用し、あたかも暗室で写真を現像するように、世界を断片的なイメージとして切り取り、その痕跡をテクストに焼きつけようと試みた。

第二章　展示されるイメージ――ミュージアム

脱文脈化・蒐集・再整序・公開の場としての「エクスポジション」の一つである「ミュージアム」を中心に据えた論考である。アモンは、文学とミュージアムの関係を四つに整理し、四番目の、文（テクスト）そのものがミュージアムを構成する場合に最も力点を置いて分析している。

第三章　イメージの工房――アトリエ

第二章「ミュージアム」と対をなす章である。元来は共同作業空間を指すが、「孤高の芸術家の私的空間」というロマン主義的な意味が加わったアトリエは、現実が表象されたイメージへと変換されるじつに十九世紀的な「場」であるとアモンは指摘する。身体の断片化やコラージュ、描き直しや失敗作の破壊などを描写するテクストの中で、複数のディスクールが交錯し、競合するさまが分析されるが、その対象はいわゆる芸術家小説だけでなく、職人の工房を描いた作品にまで及ぶ。

第四章　都市の中のイメージ――街路

十九世紀半ばに都市の壁を埋め尽くすようになった広告と同時代の文学とがどのように通底しているかを巡る論考である。第二帝政時代、消費資本主義の急発展に伴って宣伝の方法は刷新され、広告が大量生産されて都市のここかしこに張り巡らされた。広告の数々は、文脈を欠いた異質なものの集積としての一種のエクスポジションを形成している。アモンは、他の章と同様、考察対象（今回は広告）が文学作品中でどう表象されているか、ストーリーにどう関与するかといったテーマ的役割に加えて、文学の書き方そのものにどう関わっているかを考察している。

第五章　身体のイメージ――頭と腹

「身体のイメージ」は、十九世紀に大きな文学テーマとなった。身体は外界と内面の類似や、これら二つの相互影響関係の現れる境界面として注目されるようになる。顔、脳、腹の三つの重要な部位が取りあげられる。顔は、外部からの影響が刻まれる場であると同時に内部の意識が現れる場所である。脳は、内面のイメージを生み出す場所でありつつ、写真の比喩で語られるような外界のイメージを蓄積する場と考えられる。腹は、生殖という自己の複製をつくる場として重要である。とりわけ胎児に対する外界の影響として、「感応遺伝」という疑似科学に基づく興味深い十九世紀的概念が取り上げられる。

第六章　創作現場におけるイメージ――前 - テクスト

生成研究が切り開いた、前 - テクストを作品の一部として読み解くアプローチを、アモンはゾラの『ルーゴン＝マッカール叢書』の準備資料、とりわけ小説空間を設計する自筆の「デッサン」の分析に応用している。ゾラの線描は、人物を特定の環境に囲い込む「場を閉じ、確定する線」と、人物の出会いや物語の動きを生む「場を開き、分岐させていく線」に大別されるが、作家のためらいを示す「削除線」にもアモンは注意を払う。いずれの線も、ゾラ特有のレトリックや叢書の構造全体の理解、作品生成の秘密を解き明かす鍵となる。

第七章　入り口のイメージ――扉絵

扉絵とは、本や新聞・雑誌の冒頭を飾り、導入の役割を果たすイメージである。十九世紀には「風俗のタブロー」に発する大きな潮流があるが、アモンは、このジャンルにおける二つの代表的な扉絵として、蟄居する隠者と歩き回る放浪者（または遊歩者）という二つのタイプを提示する。これらは、さまざまな変形や組み合わせを伴いつつ、十九世紀の写実主義・自然主義文学の理論的図式を形作る。こうした扉絵が示すのは、文学作品もまた、現実のイリュージョンを与える視覚体験として提示されているということである。

第八章　テクストの中のイメージ――文彩と脱文彩化

文学作品のテクスト中に刻み込まれた図像には二つの形態がある。ひとつは「文彩（比喩）」であるが、もうひとつは「文体」である。「文彩」は局所的なものだが、「文体」は全体に拡散している。文体とは、作者という不在の人物の陰刻であるが、比喩もまた書き込まれた不在である。ロマン主義はこのような比喩の世界を豊穣なものにした。しかし、写実主義・自然主義の時代になると、文学者たちの中には、いわゆる文学的な比喩に対する疑惑が現れる。比喩をどうするかについて作家たちがとった方策を、アモンは七つのタイプに分けて提示している。

第九章　語るイメージ、イメージを生む言葉、語られるイメージ

ランボーの一篇の詩を素材に、文が絵を語ることの繰り広げる問題を論じている。安手な版画を言葉で描くという趣向で書かれた詩の分析をとおして、長年取り組んできた言語とイメージの関係に、アモンは理論的に一歩踏み込もうとしているようだ。

第十章　アルバム、あるいは新しい読書

十九世紀に流行する「アルバム」が、どのように文学の生産と消費のされ方と深く関わっているかが示される。「アルバム」に共通する特徴は、部分と全体が調和し、主題の一貫性を持つ古典的な書物とは違い、非連続的な断片や部分の寄せ集めとからできていることだ。読者は第一ページ目からじっくり読み、作品の深みへと降りていくのではなく、ぱらぱらとページをめくり、雑多な断片を拾い読みする。同時代に発展した新聞や雑誌と同じく、「アルバム」の流行が示しているのは、十九世紀になって生まれた書物のつくられ方と新しい読書の仕方なのである。

第十一章　線のイメージ——汽車

十九世紀半ばに急速に路線網を拡大した鉄道を中心に据えた論考である。鉄道の敷設工事は沿線の風景を変え、こうして変貌した空間を、汽車、主として金属製の車輪と車輛の連結した新空間が未曾有のスピードで疾走する。そしてこのような現実界の変容は当然ながら文学に登場することとなる。十九世紀は鉄道の世紀であると同時に、散文による文学である小説、とりわけいわゆる写実主義・自然主義小説が興隆した世紀でもある。散文と詩とを比較しての考察が、鉄道線路の直進と鉄道普及以前の曲線的逍遥との比較と重ね合わせてなされる。

第十二章　傘、十九世紀的なアイコン

十八世紀まで自然の力（嵐や雷雨）は人間が統御できないもの、崇高なるものを表していたが、科学の発達によって、自然は飼い慣らされ、散文化された卑小なものとして現れてくる。だから十九世紀の文学に現れるのは嵐ではなく、にわか雨である。にわか雨は、破滅をもたらす一大事ではなく、取るに足らない不調を導入する要素となる。傘はそれを回避する道具となり、功利的な用心深さを表すアイテムとして現れ、所有者の小ブルジョワ的心性を浮き彫りにする。また飼い慣らされた自然としての天候は、小ブルジョワたちの単なる会話の種になり下がってしまう。こうした平凡なるもの・凡庸なるものは、写実主義文学の描写対象であると同時に、この時代を描く文体的な規範ともなる。

翻訳の分担は次のとおりである。第一、三、六章を福田、第五、十、十二章を野村、第七、八章を吉田、第二、四、九、十一章、序論、結論、日本語版への序文を中井が担当した。内容の関連性が強い章どうしを交換して点検するなどし、その際、表記や訳語の統一にできるだけつとめた。訳者あとがきは中井がまとめたが、各章の内容紹介をはじめとして、訳者全員の協力によるものである。人名索引は、各自の分担箇所に関わるものを持ち寄って整理した。

翻訳にあたっては、著者であるフィリップ・アモン氏にいろいろと質問させていただき、ご教示・ご指導をいただいた。また、特にお名前は挙げないが、様々な方々にお世話になった。この場を借りて厚くお礼申し上げたい。遅れがちの訳業を寛容に見守っていただき適切な助言を惜しまれなかった水声社編集部の神社美江氏にも心より感謝の念を表したい。

さらに、この翻訳に獨協大学の学術図書出版助成をいただいたことを深謝申し上げる。

最後に、中井の個人的な思い出であるが、一九九三年二月にパリ第三大学サンシエキャンパスでフィリップ・アモン先生に初めてお会いしてから、四半世紀あまりの歳月が流れた。『イマジュリー』の日本語訳を世に出すことができて、学恩にわずかながらも報いることができたかという幾ばくかの安堵、そしてこれからも学びに精進してゆこうという張りつめた思いが、今、綯い交ぜになっている。

二〇一八年十一月

中井敦子

原注

序論

(1)　　この語は，1870年以降の絵画史においては，周知の運命をたどることになるが，「イメージ」という語を伴ってロマン派的旅人の語りに頻出する。ラマルティーヌの付けたタイトル然り。『東方旅行中の思い出，印象，思い，景色』*Souvenirs, impressions, pensées et paysages pendant un voyage en Orient*（1832-1833）。この旅の「前書き」は，分別・整頓せねばならない「幾多の印象とイメージ」に言及する。文学に登場する最初の「印象派画家」の一人は，おそらく，ゴンクール兄弟の『マネット・サロモン』*Manette Salomon*（1867）に出てくる画家クレサンであろう。第83章に「彼が求めていたもの，何よりもまず表現したかったもの，それは印象であった」とある。1835年から1839年頃の〈芸術家〉誌 *L'Artiste* は，石版画の挿絵入りの旅行記を数多く紹介している。

(2)　　ここでメリメが果たした役割は有名だ。以下を参照（Collectif, *Prosper Mérimée écrivain, archéologue, historien*, sous la direction d'Antonia Fonyi, Genève, Droz, 1999 et F. Bercé, *La Naissance des monuments historiques, la correspondance de P. Mérimée avec Ludovic Vitet*, 1840-1848, Paris, C.T.H.S., 1998）。

(3)　　「聖遺物」，聖人の「代理をする」聖人の肉体や衣服の換喩的断片は，図像的であると同時に指標的である複雑な表象システムの一部をなす。この点，偶像・聖遺物・イメージの弁証法については，以下を参照されたい（Louis Marin, « Reliques, représentations, images », dans *Les collections, fables et programmes*, Jaques Guillerme dir., Champ Vallon 1993）。

(4)　　イメージとのこの新しい関わりについては，以下を参照されたい (Collectif, St. Michaud, J. Y. Mollier, N. Savy dir., *Usages de l'image au XIXe siècle*, Paris, Musée d'Orsay-Créaphis, 1992 et D. Gamboni, *La plume et le pinceau, Odilon Redon et la peinture*, Paris, éditions de Minuit, 1989)。滑稽なものであれ真面目なものであれ，19世紀の雑誌の数多くが image という語をタイトルに用いている。たとえば，1867年創刊のカルロ・グリップの *L'image*, シャンフルーリの1870年以降の *L'imagerie nouvelle*, あるいはジャリとレミ・ド・グルモンの *L'Ymagier* (1894-1896)。

(5)　　バルザック，ジラルダン夫人，フローベールにおいて，この語は「有名人」という意味で用いられている。19世紀の2大作家と結びついたイメージの増殖については，以下を参照されたい（*La Gloire de Victor Hugo*, Paris, Réunion des Musées nationaux, 1985 et John Grand-Carteret, *Zola en images*, Paris, Juven, 1908）。

(6)　　たとえば，『海の労働者』については，1866年5月5日付けの〈ジュルナル・アミュザン〉，1863年の〈パリ生活〉創刊準備第2号を参照。フローベールは自分の作品に挿絵を入れるのを徹底して拒み万国博覧会のガラクタの山に「怒りをぶつけて」〔原文は

tonner contre ~ これはフローベールの『紋切り型辞典』の見出し語にもなっている表現〕いたが，サラムボーが1900年パリ万博の中央入り口に立像となって置かれていたのを見たらどうしただろうか。

(7)　彫像の形があまりに美しいので，「実物を象(かたど)ったかと思うほどだ」。

(8)　「彫刻家は，石膏で型を取り／この前わたしは一つの手を見た／アスパシア〔ギリシャの高級遊女（b. c. 470頃-b. c. 400頃)〕のかクレオパトラのか／人間の作り出した傑作の断片」カメオへの言及は1833年の「パリのカメオ」でバンヴィルに受け継がれる。

(9)　この最後の点，痕跡という別の表象領域，「光学的」イメージに関わる領域と類似しつつ異なる領域については，ジョルジュ・ディディ＝ユベルマンの優れた考察がある（Georges Didi-Huberman. *L'empreinte*, Paris, Centre Georges Pompidou, 1997）。「印象」という語は，そのすべての意味において，ロマン派的旅人について前述したように19世紀の文学全体に頻出し，イメージという観念の「陰画的」領域に属する。痕跡がまさにそうであり，これからも陰画的なものは繰り返し登場することになる。

(10)　ヴィリエ（『残酷物語』*Contes cruels*）の「世界一すてきな夕食」では，「前年同様，小都市D＊＊＊そのものを描いた」夕食のヌガーがある。

(11)　本書第六章参照。

(12)　本書第七章及び**図版5**を参照。

(13)　Edmond et Jules de Goncourt, *Sœur Philomène* (1861), chapitre 2.

(14)　エミール・ゾラ『マドレーヌ・フェラ』(1868), 第9章。この小説については，本書第四章にてより詳細に考察する。本書第一章で論じている，同じジャンルのゴンクールの『ラ・フォースタン』*La Faustin* 第2章にある金魚鉢に入った糸ガラス製のドビュローの像を参照されたい。

(15)　Joris-Karl Huysmans, *Les sœurs Vatard*, Paris, U.G.E. , 10/18, 1975, p. 341.

(16)　カルロ・ギンズブルグの『神話，紋章，痕跡』の「痕跡，指数範列の解」の章を参照（Carlo Ginsburg, « Traces, racines d'un paradigme indiciaire », *Mythes, emblèmes, traces* trad. fr., Paris Flammarion, 1989）。詩人であり写真家であり音の記録者であるシャルル・クロの，『爪の首飾り』*Le collier de griffes*（死後出版）に収録された詩「碑銘」« Inscription » (1885)は，痕跡の歴史研究の面白い文学資料となろう。

(17)　宗教的イメージの世界については，デカーヴの『気むずかしい人』*La Teigne* (1886)を参照されたい。やはりデカーヴの『エピナル版画師』はエピナルの大衆的版画の印刷業者を取り巻く田舎の人々の年代記小説であり，王政復古期にナポレオンの紋章が破壊されたこと，19世紀を通して版画の様々な主題や技法が継承されたことを語っている(*L'Imagier d'Epinal*, Paris, Ollendorff, 1918)。「おまえの版画の一つひとつが投票用紙だ」と，ある彫版師が友人の1人に言う。この人自身も彫版師で，ナポレオンの偉業を褒め称えナポレオン三世の到来に貢献したかもしれない版画を作成している (pp. 280-281)。19世紀前半の2つの典型的イメージについては，『梨から雨傘まで，政治の生理学』を参照（Nathalie Preiss, *De la poire au parapluie, Physiologies politiques,* Paris, H. Champion, 1999）。雨傘については，本書第十二章を参照。

(18)　1866年6月2日の〈ジュルナル・アミュザン〉は，読者に対し，住居の内装用に新聞柄の壁紙を提案している。

(19)　都市の祭や行列については，「イメージの力」という題名で，ジラルダン夫人が証言している（『パリ便り』1844年4月6日付）。フローベールの『紋切り型辞典』が「19世紀の熱狂の種」と呼ぶ博覧会（エクスポジション）については，フィリップ・アモンの『エクスポジション――19世紀における文学と建築』を参照されたい (*Expositions, littérature et architecture au XIX*^e^ *siècle*, Paris, Corti, 1989)。

(20)　群衆の人である遊歩者は，イメージを吸引したり押し返したりする器械のようなものだ。ボードレールによれば，遊歩者は「群衆と同じくらい広大な鏡であり（……），意識を付与された万華鏡で，一挙一動ごとに多様な世界を描き出す（……）否我を求めて止まぬ自我が，否我を，絶えず，生それ自体よりも生き生きとしたかたちに描くのだ」（「現代生活の画家」« Le peintre de la vie moderne »）。

(21)　「古代ローマ社会以来，人間において発達してきた最も貪欲でありながら無感動な器官，きわめて洗練された文明のおかげで要求が果てしなく広がってしまった器官，それは，パリ人の目だ！」（「リシュリュー街のゴディッサール」『パリの悪魔』(*Un Gaudissart de la rue de Richelieu* dans *Le Diable à Paris*, 1845)）。ジラルダン夫人は，『柄付き眼鏡』において，パリを「眼差しが審判者となる高級な都市」と呼んでいる（*Le Lorgnon*, 1831, nouvelle édition, Paris, Calmann-Lévy, 1885, p. 8）。

(22)　『タラスコン港』*Port-Tarascon* の第3の書，第6章参照。タルタランの三部作を締めくくる小説末尾で，幻滅したタラスコンの人々は，タルタラン自身の言葉によれば，「白内障の手術を受けた」ようになる。

(23)　ボードレールにとっては，ベルギーとは，フランス人のあらゆる欠点を戯画的に抽出したようなものだ。

(24)　「なぜ目をいたわろうとするんだ？（……）怖がるな！　目を眩ませろ！（……）さあ，赤，緑，黄（……）店から出る時にはお客たちはきっと目が痛くなっているぞ，と彼〔オクターヴ・ムーレ〕は言っていた。」（『ルーゴン＝マッカール叢書』*Les Rougon-Macquart*, Bibliothèque de la Pléiade, tome III, pp. 433-434）

(25)　*Les chevaliers du macadam*, Paris, Calmann-Lévy, 1877, p. 47 et suiv.

(26)　*L'Education sentimentale*, éd, P. M. Wetherill, Paris, Garnier, 1984, p. 14, p. 16, p. 86. 小説冒頭でフレデリックの抱えているアルバムについては，本書の第十章を参照。

(27)　*Ibid*., p. 68.

(28)　たとえば，自然主義作家についてのブリュヌティエールの批評「小説における印象主義」（『自然主義小説』所収）を参照（« L'impressionnisme dans le roman » 1879, repris dans *Le roman naturaliste*, 1883）。「こうしてどの場面も絵になり，読者の目の前にぶら下がった画布の中に並ぶ。この画布は自己完結していて他から独立している。まるで陳列室の空っぽの大きな壁面で縁や枠に入っているかのように。」並置の美学については，本書第十章を，また「平らな表面」の美学については，序論の注（44）のモーリス・ドニの言葉を参照されたい。

(29)　ボードレールは，「1859年のサロン」で，こう述べている。「幼少の頃，絵画や版画をいくら目にしても，私の目は飽くことがなかった。たとえ諸々の世界が終末を迎えることになろうとも，動ゼザルベシ，私が美術品破壊者となることはなかろう。」（「想像力の統治」« Le gouvernement de l'imagination »）

(30)　「アメリカ的」比喩については，本書の第八章を参照されたい。

(31)　ランボーのように特殊な画像愛好家の皮肉な宣言と比較されたい。「人間喜劇に挿絵を描いた。」（*Illuminctions*, Vies III）

(32)　「1824年のサロン」*Salon de 1824*, *Œuvres complètes*, t. 47 (*Mélanges* III, *Peinture*), Cercle du Bibliophile, 1972, p. 15.「住居の狭小化によって存在を脅かされる大画面の絵画」の問題は，エティエンヌ・ボードリが『ブルジョワの陣営』中でクールベに言わせている（*Le Camp des bourgeois*, Paris, Dentu, 1868, p. 281）。『アンリ・ブリュラールの生涯』には，周知のように素描が添えられているが，この素描は，文章を施工図の描写に，幾何学的な図の説明文にしてしまっている。同じくスタンダールの『ある旅行者の手記』から一節を引用しよう。ここではニームを訪れた際に，様々なイメージが働きかけてきて，語り手はあれこれ様々なものに言及する。「パリにローマのパンテオン，ギリシャの神殿がいくつか，メゾン・カレ〔前16年にニームに建てられたローマ神殿〕までもあったらと考えること，これはクレリッソーの見事な描写 (1778) のおかげでごく自然なことなのだが，1880年，学校に今通っている子どもたちが大臣になる頃には，いとも簡単になるだろう。(……) すてきなメゾン・カレのちょっとした描写を以下に挙げる（拙い版画でよいので，何か版画を片手にお読みいただきたい）。メゾン・カレは，マドレーヌ寺院を小さく，ごく小さくしたようだ。(……) こうした正確な数はどれも，想像力を惹きつける。版画を探していただきたい。」

(33)　*L'Education sentimentale*, éd. cit. p. 110.

(34)　Paul Verlaine, *Sagesse* III, 4. ヴェルレーヌの「ベルギーの風景」« Paysages belges »（『言葉なき恋歌』*Romances sans paroles*）は，「ハウザー的」視覚の好例だ。アロイジウス・ベルトランの夜のガスパール〔カスパーのフランス語読み〕からヴェルレーヌのガスパールまで，カスパー・ハウザーは，文学において頻繁に引き合いに出される「素朴」naïveté のモデルである（ボードレールが玩具と，あるいはアヴェロンの野生児，ヴィクトールと結びつけているイメージの小児的使用，小児的で純真なイメージ，芸術の小児期としてのイメージ，小児期のイメージとの再会としての文学等々への言及は，19世紀におけるイメージについてのあらゆる文学的考察に透けて見えている。この序論冒頭においた感嘆調の文は，屋根裏部屋で挿絵入りの古い聖書を見つけたヴィクトールと2人の小さな弟の口（あるいは思い）に託して，ユゴーが書いたものだ)。〔同じくユゴーの〕『93年』*Quatre-vingt-treize* の末尾で，子供たちが「ジマージュ」« gimage » を，図書館の絵本をどうするかは知られている（「聖バルテレミーの虐殺」)。『19世紀における子供とイメージ』を参照（*L'Enfant et l'image au XIX*e *siècle*, Les dossiers du Musée d'Orsay, n° 24, Paris, R.M.N., 1988）。

(35)　つまり，過去や美術館の絵を見るのではなく現在を見る。この言葉は，エティエン

ヌ・ボードリが小説『ブルジョワの陣営』中でクールベに言わせている (ouvr. cit. p. 283)。

(36)　『知性について』*De L'Intelligence*, treizième édition, Paris, Hachette, 1914, tome 1, p. 124. テーヌはフローベールを引用している（tome 1, p. 90)。Collectif, *Les arts de l'hallucination, Littérature, arts visuels et pré-cinéma au XIXe siècle*, acte du colloque de Turin, sous la direction de D. Pesenti-Compagnoni et P. Tortonese, Paris, Klincksieck, 2000.　イメージの問題は，テーヌのこの書の冒頭（第 1 部，第 1 章）から登場し，第 2 部「イメージ」はもっぱら概念を論じている。足繁く通っていたゴンクール兄弟のサロンで作家たちと交わした議論が満載されたテーヌの書と反自然主義者・反唯物論者レオン・ドーデの書，父であるアルフォンス・ドーデの文学サロンの思い出に満ちた『遺伝』*L'Hérédo* (1917) や『イメージの世界』*Le monde des images* (1919) を比較するのは面白かろう。

(37)　新しい「イメージ群」に頼ろうとするこの動きは，テプフェール（「あるプログラムを巡る考察」Töpffer, « Réflexions à propos d'un programme »,1836)，クールベ，シャンフルーリ（『民衆版画の歴史』*Histoire de l'imagerie populaire*, 1861)，ビュションを巻き込んでいる。『ダルテーズ風の友情，シャンフルーリ，クールベ，マックス・ビュション』でのサント＝ブーヴの秘書ジュール・トゥルバの証言を参照されたい（Jules Tourbat, *Une amitié à la D'Arthez, Champfleury, Courbet, Max Buchon*, Paris, Lucien Luc, 1900)。また本書第七章で触れるシャンフルーリの扉絵も。トゥルバは，シャンフルーリが「ものを言わんばかりに表現力に富んだ陶磁器」を流行させ，「第一人者の一人として新しい潮流を創り出し，そこで近代芸術のいくつかが目に見えて独創性を獲得した」と語る (p. 16)。この問題については，メイヤー・シャピロの「クールベと大衆的イメージ群，写実主義と素朴さについての考察」(『様式，芸術家，社会』)，エルンスト＝ハンス・ゴンブリッチ「ロマン主義時代の芸術とイメージ群」(『棒馬考及び美術理論についての試論』)，アニー・ルノンシア「テプフェールとシャンフルーリ —『版画文学』から『民衆版画』へ」(『テプフェール研究』) も参照されたい（Meyer Shapiro, « Courbet et l'imagerie populaire, Etude sur le réalisme et la naïveté » dans *Style, artiste, société*, trad. fr., Paris, Gallimard, 1982/Ernst Hans Gombrich, « L'art et l'imagerie à la période romantique » dans *Méditations sur un cheval de bois et autres essais sur la théorie de l'art*, trad. fr., Mâcon, Editions W, 1986/Annie Renonciat, « Töpffer et Champfleury, de la littérature en estampe à l' « imagerie populaire » dans *Etudes töpferriennes*, coll., D. Buyssens et alii dir., Georg, Genève, 1998)。

(38)　デカーヴは，『エピナル版画師』でエピナル版画業者の技についてこう語る。「ジョルジャンは国民的シャンソニエの好敵手だ。彼らは補い合い，合奏する。ベランジェのマーチのリフレインは宿営地へと行き着き，そこでは，ジョルジャンの版画が壁を埋め尽くしている。これらの絵は，枝にとまったリフレインであり，ベランジェのリフレインは飛び交う絵だ。」(*L'Imagier d'Epinal*, ouvr. cit. p. 235)

(39)　数ある中でも，ブリュヌティエールの『自然主義小説』でのゾラ批判を参照。「彼の絵では，色の厚塗りの下に線描は隠れてしまっている。この作家は書く芸術について，自分のかつての小説の登場人物であるヘボ絵描きが描く芸術について抱いていたのと同じ考えを抱いている。「青い色斑の隣に赤い色斑」を塗り付けているだけだ。あらゆる細部

をぞんざいに同じレベルに置いて，それらをどぎつく彩色しているだけだ。これはエピナル絵師のやり口である。」（*Le roman naturaliste*, (1883), nouvelle édition, Paris, Calmann-Lévy, 1892, p. 16.）テーヌは，1891 年 8 月の娘への手紙で，当時の文学について語り，作家たちが「解剖や奥行きや肉付きを軽視する印象派画家」であると嘆いている。

（40）　この表現の解説としては，本書の第八章を参照。

（41）　ヴェルレーヌは，ランボーの『イリュミナシオン』*Illuminations* 初版に 1886 年に書いた序文で，こう語っている。「Illuminations という言葉は英語であり，色つきの版画 coloured plates という意味だ。これは，ランボー氏が草稿につけていた副題でもある。」

（42）　『神話，紋章，痕跡』参照（*Mythes, emblèmes, traces*, ouvr. cit.）。

（43）　ポール・ブールジェは，テーヌの未完の小説『エティエンヌ・メラン』につけた序文で，絵画に倣って，「動きまわる」登場人物と「画像（イメージ）」的な登場人物を対置する (*Etienne Mayran* (1861), Paris, Hachette, 1910, pp. 42-43)。この区別は，登場人物の概念に関する理論的批評的言説において役立つことになる。

（44）　「絵は，軍馬や裸女や何かの逸話である前に，ある秩序のもとに集められた色彩に覆われた**平らな面**である」（強調はアモン）。*Théories*, Paris, Rouart et Watelin, 4ème édition, 1920, p. 1.

（45）　本書第八章参照。

（46）　フローベールにはこれが多い。本書第八章参照。

（47）　「イディル」（小さな絵）という語は，19 世紀には他に例を見ないほど頻出する。ボードレール「風景」« Le Paysage » の（皮肉な）語り手は，この語を自らの詩的「夢想」の目標としている。この語は，ゾラ，コペ，そしてブールジェにおいても，小説の展開するなかでの一種の「余談」を指す。短詩形を指すものとして「イディル」をタイトルにしている詩人もまた数多い。

（48）　「ありふれた生活の中，外界の事物が日々姿を変える中に，素早い動きがあって，芸術家もまた，それを描き留めるにあたっては敏捷でなければならない。」（『現代生活の画家』*Le peintre de la vie moderne*）。水彩画は速く描く絵画技法である。コペは短編小説集のいくつかを『長い物語・短い物語』とか『束の間の物語』と題している。

（49）　『現代生活の画家』の注（20）を参照。万華鏡（kaléidoscope ギリシャ語で「美しいイメージを見る」の意）への言及はゴンクール兄弟にも多く，小説中に短い章をいくつもおいている。ヴェルレーヌにも多い。詩と物語の関係については，ドミニック・コンブの『詩と物語』を参照（Dominique Combe, *Poésie et récit*, Paris, Corti, 1989）。19 世紀の，平板，平坦，鍍金へのこだわり（および反発）については，フィリップ・アモンの『エクスポジション』（*Expositions*, ouvr. cit. p. 123-）そしてシルヴィー・トレル＝カイユトーの「平面の美学に向けて」（『無についての書物の誘惑，自然主義とデカダンス』所収（Sylvie Thorel-Cailleteau, « Vers une esthétique de la platitide », *La tentation du livre sur rien, Naturalisme et décadence*, Editions Interuniversitaires, Mont-de Marsan, 1994）。「万華鏡」という玩具の名前（kaléidoscope）は，イメージを意味する語基（エイドス eïdos）を含んでいる。ヴェルレーヌは「万華鏡」を自分の最も美しい詩の題名にしている。

(50)　様々な作家たちによる，時々刻々のパリ生活の情景描写の（挿絵入り）集成のタイトル。オレンドルフ社から出版された（« La minuite parisienne », 1899-1903）。デルヴォーの『パリの時間』も，同様の方法をとっている（Delvau, *Les heures parisiennes*, Paris, Marpon et Flammarion, 1882）。

(51)　このテーマについての文献は多い。代表的なのは，ルイ・オートクールの『17 世紀から 20 世紀フランスの文学と絵画』（Louis Hautecœur, *Littérature et peintues en France du XVIIe au XXe siècle*, Paris, A. Colin, 1942)。より新しいものとしては，『イメージの抵抗』がある（*Résistances de l'image*, coll., Florence Dupont et alii, Presses de l'Ecole normale Supérieure, Paris, 1992）。

第一章

(1)　以下を参照されたい（Collectif (colloque de Turin), *Les Arts de l'hallucination*, ouvr. cit. et M. Milner, *La Fantasmagorie*, ouvr. cit.)。また写真術については，以下の 3 つの著作を参照されたい。Jean-Marie Schaeffer, *L'Image précaire, du dispositif photographique*, Paris, Seuil, 1987；Philippe Ortel, *La Littérature à l'ère de la photographie*, éd. J. Chambon, Nîmes, 2002, André Rouillé, *La Photographie en France*, Macula, 1989.

(2)　「影を手なずける」過程については，以下の博士論文を参照されたい（Simone Delattre, *Les Douze heures noires, la nuit à Paris, 1815-1870*, Paris I Panthéon-Sorbonne, sous la direction d'Alain Corbin, 1999）。

(3)　『獲物の分け前』第 3 章〔エミール・ゾラ『獲物の分け前』，中井敦子訳，ちくま文庫，2004 年，163-164 頁〕。この場面は第二帝政期中期のものである。探偵やリアリズム小説家の必需品である虫眼鏡は，第 7 章にも再び出てくる。『獲物の分け前』で，ルネは男物の鼻眼鏡をいつも持ち歩いている。『ルーゴン＝マッカール叢書』に先立つ小説『マドレーヌ・フェラ』（1868）でも，マドレーヌがめくる写真アルバムが，物語上で決定的な役割をはたす。ナダールは，回顧録『私の写真家時代』（1900）で，肖像写真に映る毛の話を書いている（Nadar, *Quand j'étais photographe*, Paris, La Bartavelle, 1993, p. 103）。「来たるべき」書物のモデルとしてのアルバムについては，本書第十章で例を挙げて述べる。

(4)　編集者のキュルメールによる有名なコレクション，『フランス人の自画像』（1840-1842）の目次は，まるで一種の写真アルバムのようで，各章のタイトルにはその章で描かれる人物類型のカットが添えられていた。**図版 8** を参照のこと。

(5)　ネルヴァルの『東方紀行』には，スイス横断中に次のような記述がある。「ダゲレオタイプが到来し，彼（記述家である旅人）から風景を横取りしてしまった。」（*Voyage en Orient*, *Œuvres complètes*, Bibliothèque de la Pléiade, tome II, Paris, Gallimard, 1984, p. 1277.）ネルヴァルは撮影機器を持っていたが，ほぼ一度も使わなかった。文学と写真の関係については，本章の初稿が収められた以下の雑誌を参照されたい（*Romantisme*, n° 105, 1999）。

(6)　この詩はクロの死後，詩集『爪の首飾り』*Le collier de griffes* に収録された。以下の詩行は蓄音機の発明に言及した箇所である。「カメオに肖像が刻まれるように／私は愛

する者の声が／永遠に残る財産になることを願った。」第八章で引用する「試験の日々」*Jours d'épreuves* などは，俳諧やスナップショットを思わせる，クロによる（フランソワ・コペ流の）写実的な詩作品も参照されたい。

（7）　『私の写真家時代』における「人を殺す写真」（ouvr. cit. p. 41）で語られるフェネルー事件を指す。妻の愛人を殺した夫が，愛人の惨殺死体の写真が発表されたため死刑になった。後にゾラはこの事件から『獣人』を着想した。見る者に何事かを「明らかにする」一枚の写真の発見，というエピソードは数多くのフィクションが取り上げている。たとえば，前述のモーパッサンの作品や，遺伝のイメージや刷り込みを描いたゾラの『マドレーヌ・フェラ』（1868）である。「人殺しの写真」のもう一例は，シャンフルーリの『良きコントは良き友を作る』*Les bons contes font les bons amis* 所収の短編『ダゲレオタイプをめぐる伝説』« La légende du daguerreotype » である。ここでは写真機が，ポーズをとるお人好しのブルジョワを呑みこんでしまう。

（8）　アンリ・ミッテランによる引用（Emile Zola, *Les Rougon-Macquart*, Bibliothèque de la Pléiade, tome V, Paris, Gallimard, 1967, p. 1780）。

（9）　フランソワ・エミール・ゾラとマサンによる引用（*Zola photographe*, Paris, Denoël, 1979, p. 11）。

（10）　『模倣の法則』第 2 版への序文によれば，模倣とは「ある精神が他者に働きかける遠隔操作であり，ある脳のネガが別の脳の乾板に転写される，写真さながらの複製なのだ。意図的かそうでないか，能動的か受動的かにかかわらず，模倣にはすべて異なる精神をつなぐ複写の痕跡が認められる。」タルドにとって話すという行為は，「太古のネガから新しい言葉をプリントすること」に他ならない。Préface aux *Lois de l'imitation* (1890), deuxième édition, 1895.〔「序文」『模倣の法則』，池田祥英・村澤真保呂訳，河出書房新社，2007 年。〕

（11）　ヴィリエ・ド・リラダンは，『未来のイヴ』（1887）第 10 章「世界史の写真」において，このフラマリオンの想像力を想起しているに違いない。

（12）　Michel Serres, *Feux et signaux de brume, Zola*, Paris, Grasset, 1975.〔ミシェル・セール『火と霧の信号――ゾラ』，寺田光徳訳，法政大学出版局，1988 年。〕

（13）　最も有名で写実的 19 世紀の「イメージの箱」はおそらく，エドモン・ド・ゴンクールが『芸術家の家』（1881）によってテクストに取り込んだ，ゴンクール兄弟の一軒家であろう。本書では「箱」という言葉が一貫して用いられる。イメージを張り巡らした部屋の「箱」，イメージを閉じ込めた家具や図書室の「箱」，そしてコレクションを入れる「箱」である。

（14）　『アルラタンの宝』（1897）で描かれる，気味の悪いカマルグの狩猟監視人アルラタンのトランクには，若い娘ジアを堕落させ，自殺に追いやる数々の猥画とともに，主人公ダンジューの恋人が贈った 1 枚の半裸体写真が入っている。この写真によってダンジューは，恋人の女優がかつてアルラタンと，彼を裏切ったことを知る。ドーデはこの作品を「想像力」についての一考察で締めくくる。「このアルラタンの宝は，複雑で多様で，奥の奥まで明らかにするにはあまりにも危険な，我々の想像力に似ていないだろうか？　我々はそれによって死ぬことも生きることもできるのだ。」

(15)　ゴンクールの『芸術家の家』は，ユイスマンスの『さかしま』を始め，世紀末のデカダンス小説のすべての部屋のモデルとなった。しばしば諷刺的に描かれる，「複写」と「プリント」と「イメージ」が交わる場である，「美術館としての部屋」については，続く第二章も参照されたい。

(16)　ロビダの描いた，『ごった煮』のアパルトマンの断面図と，その屋根に座り小窓を開けて内部を調べようとするゾラのカリカチュアは，明らかにベルタルによる『パリの悪魔』のイラストから着想されたものである。

(17)　第2章の最後を飾るこの場面は，文字通り映画のシーンさながらに構成されている。闇の中，線路の斜面に腰を下ろしていたジャックは，列車のヘッドライトの「丸い大きな目玉」が光り，ついで明るい客室が続けざまに通過するのを見る。「しかしそれは雷のように一瞬のことで，その後すぐに車両が次々と続いた。こうこうと輝く昇降口の小さなガラス窓が，旅客でいっぱいの車室を見せながら，列をなして走り抜けていった。めまいのするようなスピードだったので，いま見たイメージが本物か後で疑うほどだった。」〔寺田光徳訳，藤原書店，2004年，83頁。〕

(18)　19世紀において，子どもとイメージの関係，子供の眼差しへの言及，子供の眼の「純真さ」は，イメージの持つ力や夾雑物を取り去った眼への憧れを語る上で，よく理論的概念に援用された。たとえばクールベの『画家のアトリエ』に描かれた子供や，ユゴーの『93年』*Quatre-vingt-treize* における偶像破壊者としての子供，そしてボードレールのいくつかの考察（『現代生活の画家』における「世界人，群衆の人，そして子供である芸術家」の章）のほか，オルセー美術館の冊子35号『子どもの本，イメージの本』*Livres d 'enfants, livres d 'images*（1988）も参照されたい。幼少期の最初の想い出は，しばしばひとつのイメージである。ジュール・ヴァレスの『子ども』第1章に出てくる，雄鶏の絵皿の描写を参照すること。

(19)　こうした場面は『クロードの告白』，『パリの胃袋』，『ナナ』，『壊滅』などで描かれる。

(20)　ユゴーは『光と影』所収の詩「屋根裏部屋への眼差し」« Regard jeté dans une mansarde » において，窓に外界が達する「暗い屋根裏」を描いている。ミュルジェール以降，ゴーティエやボードレールの詩の通り，屋根裏自体がステレオタイプなイメージとなる。

(21)　ひとつだけ例を挙げるなら，ゾラの『獣人』冒頭で駅員ルーボーが入る部屋がある。この図式に関しては，フィリップ・アモンの以下の論考を参照されたい（« Note sur un dispositif naturaliste », *Le Naturalisme*, Colloque de Cerisy, U.G.E., 10/18, 1978. *Du Descriptif*, Hachette, 1993, p. 205 et suiv.）。

(22)　ゾラの『愛の一ページ』（1878）冒頭で，ウォルター・スコットの小説を読む主人公エレーヌの部屋，ゴンクール兄弟の『フィロメーヌ姉』（1861）*Sœur Filomène* 冒頭で読書するヒロイン，またエドモン・ド・ゴンクールの『ラ・フォースタン』*La Faustin* 第18章でド・クインシーの「阿片常用者の告白」を読む女優を想起されたい。

(23)　抒情的な部屋については，フィリップ・アモンの著作『エクスポジション――19

世紀における文学と建築』を参照されたい（*Expositions, littérature et architecture*, ouvr. cit, p. 185 et suiv.）。イメージの貯蔵室としての脳のイメージについては，本書第五章で述べる。

（24） W. Benjamin, *Paris capitale du XIXe siècle, Le livre des passages*, trad. fr., Paris, Cerf, 1989, p. 230 et suiv. ベンヤミンの『19世紀の首都パリ——パサージュ論』を参照すること。「室内，痕跡」の章にはこうある。「およそ住むということの根源的形式は，家の中にいるということではなく，容れ物のなかにあるということである。容れ物はそこに住む者の刻印を帯びている。（……）フラシ天はとりわけ痕跡が残されやすい生地である。」〔『パサージュ論』第2巻，今村仁司・三島憲一ほか訳，岩波書店，2003年，53頁。〕

（25） この「黄褐色の革張りの壁」は，部屋を1冊の本へと同化させる。『さかしま』のデ・ゼッサントもこのことを想起するだろう。ロマン主義のイメージと象徴に関する偉大な理論書，クロイツァーの『古代民族の象徴と神話』が，ギ・ド・マリヴェールの書棚にあることも興味深い。

（26） 「最後の夕陽の光が，古い木製の額縁の中の亡き女の大きな肖像を照らしていた。伯爵は周囲を眺めた。肘掛け椅子に脱ぎ捨てられた前夜着ていたドレス。炉棚には，宝石類や真珠の首飾り，半ば開いた扇，彼女が2度とかぐことのない重い香水瓶が並んでいた。螺旋状の柱のついた黒檀のベッドの上には，気高く愛しい彼女が頭を乗せたくぼみが枕の真ん中にくっきりと残り，その傍らに赤く血に染まったハンカチがあった。」〔ヴィリエ・ド・リラダン「ヴェラ」，『残酷物語』，齋藤磯雄訳，筑摩書房，1965年。〕ゾラの『パリの胃袋』における，共和主義を示す赤い布に覆われたフロランの部屋も参照すること。ギュスターヴ・ジュフロワの興味深い短編集『心と精神』（1894）*Le cœur et l'esprit* は，この痕跡の貯蔵室，美術舘としての部屋のモチーフを，複数のテクストで扱っている。19世紀において，すべての部屋は，ときとして何かに憑かれた部屋であるかのようだ。

（27） この写真は，1982年11月25日から翌年1月23日までパリのカルナヴァレ美術館で開催された，「第二帝政下のパリとパリジャン」展のカタログの表紙を飾った。写真と演劇の関係については，以下を参照のこと（*L'Ecart constant*, Patrick Rogiers (éd.), Didascalies, Bruxelles, 1986. Jean Sagne, « Théâtre et photographie au XIXe siècle, de l'illusionnisme à la pétrification », *ibid.*）。

（28） 以下を参照のこと（Maria Morris Hambourg, *Nadar, les années créatrices, 1854-1860*, Réunion des Musées nationaux, 1994, p. 290 et suiv. André Jammes, « Duchenne de Boulogne, la grimace provoquée et Nadar », *Gazette des Beaux-arts*, 1977, p. 215 et suiv. Larry L. Ligo, « Manet's Le vieux musicien. An artistic Manifesto acknowledging the influence of Baudelaire and Photography upon his work », *Gazette des Beaux-arts*, décembre 1987）。

（29） 「嘆くピエロ」，「封筒を開くピエロ」，「泥棒ピエロ」，「驚くピエロ」，「笑うピエロ」，「苦しむピエロ」等である。数年後の1861年から1865年，エティエンヌ・カルジャも2人のピエロ，ドビュローを写した『七つの大罪』（catalogue *Etienne Carjat photographe*, Musée Carnavalet, Musées de la ville de Paris, 1982, Paris, p. 39.）と，ポール・ルグラン（1816-1887）の写真（*Ibid.*, p. 34.）を撮った。カルジャはルグランへの写真の献辞にこう書いた。「エティエンヌ・カルジャの親しき友であり，魅力的な「写真を撮るピエロ」のポール・

ルグランへ（強調は筆者）。」この連作は，アンドレ・ディスデリの「名刺判写真」の先駆けとなる。ディスデリは，特殊な装置を用いて，一枚のネガに同一人物の写真を複数撮ったり，劇団の一座全員の写真を合成したりすることを可能にした。

(30)　詳細については写真史家に譲ろう。ナダールは回想録『私の写真家時代』において，1855 年 5 月 1 日から開催された産業館における写真展に言及している。写真史家たちは，この連作が「万博で展示された」と口をそろえる。しかし，パリ万博の公式カタログは，トゥルナションの展覧会に関していかなる言及もしていない（*Catalogue officiel de l'Exposition des produits de toutes les nations, 1855, publié par ordre de la Commission Impériale*, Panis éditeur, pp. 492-493, 26ème classe, 4ème section）。

(31)　マラルメは短いテクスト「黙劇」« Mimique » で，ポール・マルグリットのパントマイム劇について書いている。ゴンクールは『日記』の中で，再三マルグリットの「ピエロぶり」pierrotade に言及している。

(32)　ドビュロー父子，フュナンビュール座，そしてピエロについては，バンヴィル，ゴーティエ，シャンフルーリ，ジュール・ジャナン，ルイ・ペリコーが小説や証言，詩，エッセイ，回想などで触れている。その他の参考書として以下のものがある（Emile Bouvier, *La bataille réaliste* (1913), Genève, Slatkine, 1973, p. 144 et suiv., J. De Palacio, *Pierrot fin-de-siècle,* Séguier, 1990, la thèse d'Isabelle Baugé, *Pantomime, littérature et arts visuels, une crise de la représentation*, Paris III, 1995, et sa petite anthologie, *Champfleury, Gautier, Nodier et anonymes, Pantomimes*, Chahors, Cicero, 1995）。ピエロについてはとくに，以下を参照のこと（R. Storey, *Pierrot on the stage of Desire, Nineteenth-century French literary artiste and the comic Pantomime*, Princeton University Press, 1985）。当時ドビュロー父子が放った圧倒的な存在感については，無数の証言があるが，ひとつだけ例を挙げておこう。バルザックの『セザール・ビロトー』では，香水商セザール・ビロトーが，毛髪用のセラフィック油とポピノ商会，そして自身の宣伝のために，有名なパントマイム役者に舞台で即興ギャグを演じさせるくだりがある。

(33)　「顔の表情」については以下を参照すること（*La sculpture française au XIXe siècle*, Réunion des musées nationaux, 1986, p. 42-）。ピエロに扮するドビュローの連作について言及されている（p. 44）。

(34)　デュシェンヌ・ド・ブーローニュ，ナダール，テプフェールについては，前出の論文で引用されている（A. Jammes, article cité）。サルペトリエール病院でシャルコーが使用した写真については，以下を参照されたい（G. Didi-Huberman, *L'Invention de l'Hystérie, Charcot et l'iconographie photographique de La Salpétrière*, Paris, Macula, 1982.〔ディディ＝ユベルマン『ヒステリーの発明 — シャルコーとサルペトリエール写真図像集』谷川多佳子，和田ゆりえ訳，みすず書房，全 2 巻，2014 年〕）。

(35)　カトルメール・ド・カンシーによれば，模倣芸術とは「最も完璧なかたちで外部の感覚に働きかけ，精神にほとんど語ることのない芸術で，現実においてその模倣はもっとも限定的なものである。（……）モデルやイメージ，そして模倣者がひとつに溶け合う黙劇ほど，現実との類似性のみならず親密性を備えた模倣芸術はない。パントマイムバレエ

を例にとれば，真似する者と真似される者との違いはとても少ない。演者と芸術はほとんど区別されず，演者が芸術そのものとなる。黙劇で身体を表現するとき，身体のみならず，生きている者によって生きている者が表現されるのだ。(……) この芸術ジャンルは，群衆が特に好むもので，芸術においては錯覚という快楽を第一義に置く」(Quatremère de Quincy, *De l'imitation*, Bruxelles, A.A.M., 1980, p. 147 et suiv.)。

(36)　興味深いことに，19 世紀の半ばからすでに，この高名なパントマイム役者の名前は「無音の e」を加えて *Debureau* と綴られてきた。

(37)　19 世紀のパントマイム（12 音節の韻文による！）で最も興味深いのは，ポール・ルグランの演じたデノワイエの作品『黒い腕』（クールベによる扉絵，1856 年）である。片腕を失ったピエロにスカパンの黒い腕を移植するのだが，腕はその自律性を保っており，ピエロには制御不可能になる，という筋である。周知のとおり，キャバレー「シャ・ノワール」で影絵劇が上演されていた時代の「世紀末のピエロ」は，真っ黒いぴったりした服を身に着けており，まるでドビュロー扮するピエロのネガのイメージである。

(38)　ボードレールが『赤裸の心』で語ったところによれば，「ナダールこそ，生命力の最も驚くべき現れだ。兄フェリックスはあらゆる内臓を 2 揃いもっていると，アドリアンは私に語ったものだ。彼が抽象芸術でないものなら何をしてもかくも見事に成功するのを見て私は嫉ましかった。」以下を参照のこと（Eric Darragon, « Nadar en double », dans un numéro spécial de *Critique* « Photo/Peintre », n° 459-460, août-septembre 1985)。

(39)　「現代の公衆と写真」と題した，写真術への酷評において，ボードレールがとりわけ罵倒するのは，歴史画のためにポーズを撮る有名な俳優たちに「しかめっ面」を作らせ，「二重の冒瀆を犯し，神々しい絵画と，俳優の崇高な芸術とを同時に侮辱する」ことであった。

(40)　アルベール・ジローの『月に憑かれたピエロ』(1884) *Pierrot lunaire* 所収の「ピエロの出発」より。

(41)　『笑いの本質について』の中で，ボードレールはイギリスのピエロとフランスのピエロを対置させている。ゾラも，イギリスのハンロン＝リー一座に関して同様に比較し論じている（1879 年 9 月 9 日の〈ヴォルテール〉紙に掲載，のち『演劇における自然主義』に再録)。

(42)　「白粉の使用というものは，狼藉者の自然が顔色の上にまき散らしたありとあらゆる汚点を消し去り，皮膚のきめと色の中に一つの抽象的な統一を作り出すことを，目的ともし結果ともしており (……) この統一こそは人間をたちまち彫像に近づける，すなわち神々しくて一段上の存在に近づけるのである。」（ボードレール『現代生活の画家』）喜劇作家ウジェーヌ・ラビッシュは，1859 年の一幕物の戯曲（『3 フラン 50 サンチームのお得な愛』，本書第五章参照）において，第 8 場に登場するおしろいで顔を塗りたくる女を形容するのに，「ドビュロー化する」という動詞を編み出した。写真と細部の関係については，ジュール・ジャナン（フュナンビュール座についての本を出版した）が 1839 年の〈芸術家〉誌に載せた記事，「ダゲレオタイプ」を参照されたい。

(43)　19 世紀の数多くの文学者にとって，「容赦ない」黒いフロックコートへの憎悪はあ

りふれた表現であった。バルザックは『三十女』*La femme de trente ans* で「死んだフランスの喪に服すために我々はみな黒服に身を包んだ」と表現し，ピエール・ルイスは「黒服に身を包んだ民族が不潔な通りを練り歩き，文明は霧と寒さと泥の中を北方へと遡っている」(『アフロディット』*Aphrodyte* 序文，1896）と書いた。また，ボードレールは，この「現代の英雄のコート」，「葬儀人の巨大な遮蔽」の「画一的なお仕着せ」を救済しようとしている（「現代生活のヒロイズムについて」，「1846 年のサロン」所収)。ミュッセは『ある世紀児の告白』において，社交界のサロンが黒と白の対面に陥っていることを嘆いた。「一方を男たちが，他方を女たちが通る。婚約者のように白ずくめの女たちと，孤児のように黒ずくめの男たちが，じろじろと見つめ合いはじめた。」

(44)　ゴンクール兄弟は 1857 年 6 月 4 日の『日記』においてこう書いている。「ドルオ邸において，初の写真のオークション。この世紀のすべてが黒くなる。写真術とは，事物の黒い制服のようだ。」写真という媒介物は（前述の注（9）におけるゾラの宣言の通り）絵画という媒介物にも付加される。「片眼鏡を通して近視の私が視る木々は（……）葉叢の様子といい，写真に映った木々のようだ」(1891 年 8 月 27 日)。19 世紀における現実とは，絵画の色価が合っているかを判断するために審査員が使用する「老眼鏡」という装置を使ったかのごとく見えたのだろう。通行人の視覚に色を回復させたのは，ボードレールが「吐き気」をもよおした，街路における産業的なイメージ，すなわちポスターだったのだろう。このことについては本書第四章で述べる。

(45)　表現形式の点では，この「写真を撮るピエロ」および他の 1，2 枚（たとえば「聴くピエロ」など）は，より平凡で直観的なレイアウトであるシリーズの他作品（「驚くピエロ」，「苦しむピエロ」，「窓をまたぐピエロ」など）に比べて際立っている。回想録『私の写真家時代』においてフェリックスは，1855 年の万国博覧会で，「アドリアン・トゥルナション撮影による小ドビュローの表情の連作より優れた作品はなかった」と書いている（*La Bartavelle*, 1993, p. 163)。

(46)　どうすれば俳優の肖像が撮れるだろう？　ロベール・マケールに扮するフュナンビュール座のもう一人のスター，フレデリック・ルメートルを撮ることもできる〔投機師ロベール・マケールはルメートルの当たり役の一つ〕。また，サラ・ベルナールをサラ・ベルナールその人として撮ることもできる。つけ加えて言えば，ナダールのアトリエは 1883 年頃，ジャン・リシュパンのパントマイム作品「殺し屋ピエロ」でピエロを演じるサラ・ベルナールを撮影している。

(47)　白いピエロの「ネガ」（山高帽に黒いフロックコート）として比較するには，「写真を撮るゾラ」の肖像写真を参照されたい（*Zola photographe*, ouvr. cit. p. 11 et p. 13)。

(48)　画家のアトリエについては本書第三章を参照すること。

(49)　ピエロ／ドビュローの連作が展示された年である 1855 年 10 月 29 日の〈シャリヴァリ〉紙に，クレマン・カラギュエルは「普遍的なパントマイムの計画」と題してこう書いている。「自分自身はピエロに扮することなく，ピエロからそのジェスチャーを拝借することは可能だろうか？」エティエンヌ・カルジャ（注（24）参照）は，彼自身「写真を撮るピエロ」に扮したことがある。

(50)　ガストン・ティサンディエは『写真術の驚異』(1874) でこう記す。「撮り枠が溝に滑りこむと，写真家は可動板を引き上げ，感光板をむき出しにする。それからレンズをふさぐ銅のふたを外し，おごそかに叫ぶ。『もう動かないで！』」(*Les merveilles de la photographie*, Paris, Hachette, « Bibliothèque des merveilles », 1874, p. 105.)

(51)　舞台役者と写真やフィルムに撮られる俳優の間にある対立については，ベンヤミンの『複製技術時代における芸術作品』を参照されたい。

(52)　Charles Aubert, *L'art mimique suivi d'un traité de la pantomime et du ballet*, Meuriot, 1901, p. 11.

(53)　興味深いことに，非常に多くのパントマイム劇は，3次元のイメージ，すなわち彫像のモチーフを題材にしている。ロバート・ストーリーの目録を引用しよう (R. Storey, ouvr. cit.)。「彫像」，「生ける彫像」，「ピグマリオン，または生ける彫像」，「騎士団長の彫像」，「マネキン」等々。ドビュローの像を鋳造した彫刻家のジャン＝ピエール・ダンタンは，パントマイム作家でもあった。像の鋳造とパントマイム，そして写真術は，芸術の中でも最も「模倣的」であり，19世紀のイメージと表象の分野において一種の「体系」を構築しているのだろう。

(54)　Eric Darragon, art. cit.

(55)　『ノートル＝ダム・ド・パリ』における，この有名な言葉は，フェリックス自身が回想録 (ouvr. cit. p. 146.) で用いている。それは写真史における，ポジとネガを用いた複製可能な紙焼き写真の，ダゲレオタイプ（銀板写真）に対する勝利を指してのことだ。ピエロのパントマイムは，きわめて頻繁に，「死」の主題と結びつくことも指摘しておこう（「妻を殺すピエロ」，「首吊りピエロ」，「死神の召使ピエロ」，「死してなお生きるピエロ」，「死後のピエロ」，「死体のピエロ」等々)。ジャン・スタロバンスキーは，フュナンビュール座の演目についてこう記す。「凋落しつつある大衆文学に，新たな生命を注ぐべく創作されたこれらの作品は，死という特徴がかえって生にアクセントを添えるテクストなのだ。」(*Portrait de l'artiste en saltimbanque*, Genève, Skira, 1970 ; rééd. Flammarion, p. 22.)

(56)　ジュール・ジャナンは〈芸術家〉誌に掲載した1839年の論考で，写真機の感光板に捕らわれた月に対する，太陽〔写真術〕の勝利を明言している。「太陽の青白い反映である，うつろいやすく不確かな月の光は (……)，霊感を得たかのように太陽の色に重なる。我々はこのうつろう天体の肖像が，すべての痕跡を留めるダゲールの鏡の中に映るのを見た。」また，ジャナンはこうも書く。「我々はもはや，自分自身で何かを創作しようとは考えない。反対に，比類ない執念で，我々のために，我々の代わりに，複製させる手段を考える。」1839年の〈マガザン・ピトレスク〉47号では，ダゲレオタイプについてこう書いている。「銀板写真は得てして冬の黄昏のように冷たく陰鬱な効果を出し，まるで太陽が不在であるかのようだ。空には月がかかり，暗室の中に不可思議な絵が浮かび上がると信じてしまうところだ。」

(57)　画家ペルランの名は，19世紀初頭の有名なエピナル版画商のシャルル・ペルランから借用されている。「ペルランは，フーリエ主義，ホメオパシー，心霊術，ゴシック芸術，ルネサンス絵画に没頭したのち，写真家になった。人々はパリじゅうの壁に，小さな

身体に黒服を身に着けた大きな頭のペルランの広告を見出した。」（第3部第7章）かくしてペルランは，1855年の万博でトゥルナションのアトリエに飾られたピエロ／ドビュローの写真や，『マネット・サロモン』のアナトールが描いたピエロの絵と同じく，自分自身が広告イメージとなる。

(58)　ヴェルレーヌの『昔と近ごろ』*Jadis et Naguère* 所収の「ピエロ」を参照のこと。「彼のやせて明るい亡霊は，今日僕たちにつきまとう。（……）風になびく彼の青白い上っ張りは，経帷子のようだ。」

(59)　我々に親しみ深いこうした言い回しは，ロラン・バルトがエッセイ『明るい部屋』で用いたものだ。（*La chambre Claire*, Paris, Seuil-Gallimard, 1980, pp. 145-150.）既出のジャン・サーニュの論文も参照すること。経帷子に身を包み，自らの死を演じるサラ・ベルナールの素晴らしい肖像写真（1865）も有名である。

(60)　身振りと彫刻に対する2つの指摘は，スタンダールの全ての作品のライトモチーフでもある。とくに『ある旅行者の手記』(1838）を参照すること。「我々が身振りを使わなくなって久しく，よき仲間付き合いにはもはや気取らなさがなくなってしまった。（……）身振りによって生命を得る哀れな彫刻芸術はどうなるだろう？　もはや生き延びられないだろう。」（「リヨン，6月7日」）

(61)　アントワーヌ・アルバラは，ゴンクール兄弟とその模倣者たちの「無機質な」散文，「ばらばらになった」エクリチュール，文体の「解体」について述べている（Antoine Albalat, *Comment il ne faut pas écrire, les ravages du style contemporain*, Paris, Plon, 1921）。このエクリチュールは，偏愛の対象として，女優（ラ・フォースタン）や曲芸師（ザンガノ兄弟）といった登場人物と出会うべくして出会った。

(62)　バルザック『捨てられた女』。間接的に文学（本），イメージとパロール（「描きようもない」などの逆言法というレトリック）への言及がなされている。また，自動人形とも対比される，パントマイムのために産み出されたこの身体は，『メルツェルの将棋指し』を書いたポーや，『未来のイヴ』を書いたヴィリエ・ド・リラダンを魅了した。

(63)　Balzac, *La Maison du chat-qui-pelote*.〔『鞠打つ猫の店』，芳川泰久訳，岩波文庫，2009年，266-267頁。〕

第二章

(1)　ペラダン，『薔薇十字サロン』カタログへの序文（Préface au catalogue du Salon de la Rose-Croix, 1892）。

(2)　エミール・ゾラ『制作』中，主人公が出品するサロンについての記述（Emile Zola, *L'Œuvre*, *Les Rougon-Macquart*, Bibliothèque de la Pléiade, Paris, Gallimard, tome IV, p. 282）。

(3)「19世紀の熱狂のテーマ」（フローベール）という，より広い現象の中に置き換えるべき関係である。以下を参照のこと（Ph. Hamon, *Expositions — littérature et architecture au XIXe siècle*, José Corti, 1989）。とはいえ，ミュージアムの世紀たる19世紀の初めに，カトルメール・ド・カンシーは「蒐集熱」・ミュージアム熱を激しく攻撃した。カンシーは，こうした熱狂が「趣味」や「感情」をないがしろにして「批判精神」を芸術に広めたと非

難する。曰く「傑作を生み出すために美術館を作ってからというもの，傑作はもう，美術館をいっぱいにするほどには創られなくなった。」(Quatremère de Quincy, *Considérations morales sur la destination des ouvrages de l'art* (1815), Paris, Fayard, *Corpus des œuvres de philosophie en langue française*, 1989, p. 36 et suiv.)

(4)　ここかしこに頻繁に出てくるイメージの「移動」の問題は，ここでも肝要である。カトルメール・ド・カンシーからミランダ〔ベネズエラの革命家（1750-1816)〕やエルギン卿〔イギリスの外交官（1766-1841)〕への有名な書簡あるいはカジミール・ドラヴィーニュの『メセニアの詩』第2巻（第1の書）の「美術館と遺跡の惨状」参照のこと（Casimir Delavigne, « La dévastation du Musée et des monuments », *Messéniennes*(Livre I))。ミュージアム現象の歴史については以下を参照（*Les musées en Europe à la veille de l'ouverture du Louvre* (F. Pommier, dir.), Paris, Klincksieck, 1995. *Revue d'Histoire littéraire de la France*, n° 1, 1995, Paris, A. Colin ; *Les collections, fables et programmes* (J. Guillerme, dir.), Champ Vallon, 1993 ; N. Pevsner, le chapitre 8 « Museums », *An History of Building types*, Princeton University Press, 1976)。

(5)　たとえば，エティエンヌ・ボードリが自分の小説（クールベの挿絵入り）で伝えているクールベの見解参照のこと（Etienne Baudry, *Le camp des bourgeois*, Paris, Dentu, 1868) 。クールベによれば，美術館を「駅にすべきではなかろうか。駅はすでに『進歩』の教会であり，『芸術』の神殿となろう。待合室に入ってみよ。広く天井高く，空気が流れ光が溢れている。ここに絵を架けるだけで，費用を一切かけずにまたとない美術館，つまり『芸術』がほんとうに生きられる，他に類を見ない美術館ができあがるということを，このすばらしい空間を見て納得いただきたい。というのも，群衆の向かうところ生命ありなのであるから。」(p. 280 et suiv.)

(6)　とりわけ「美術ギャラリー」« Galerie des beaux-arts » と「美術館回顧」« Musée rétrospectif » の挿絵を参照。

(7)　例えば文学史（何らかの世紀のフランス文学総覧，マリー＝ジョゼフ・シェニエ，サン＝マルク，ジラルダン，バラント，ヴィルマン，シャール等々)，コラム・ルポルタージュ（テオフィル・ゴーティエの『パリ攻囲下の様相』*Tableaux de siège*, 1871 のような）あるいは『フランス人の自画像』のごとく（ベンヤミン曰く）「パノラマ的テクスト」。

(8)　L'abbé Migne, *Troisième et dernière Encyclopédie théologique*, Tome quatrième, Paris, Montrouge, 1855. ミーニュ師は「異教の古代遺跡の描写や，研究してもキリスト教に関する考古学や碑銘学の役に立たない遺跡の描写」(p. 126) をおおむね省いている。

(9)　これらの文言は，1937年開催の「芸術と技術の国際博覧会」（第1グループの「思考の表現」« Expression de la pensée » のセクション）の際に執筆されたヴァレリーの2つの文「文学博物館の紹介」と「展覧会の問題」からの抜粋である（Valéry, « Présentation du Musée de la littérature » et « Un problème d'exposition » dans *Œuvres*, Paris, Bibliothèque de la Pléiade, Gallimard, 1966, tome II, p. 1145 et suiv.)。

(10)　「文豪訪問」（モーパッサンの『パリのブルジョワの日曜日』の「2人の有名人」を参照）は，美術館訪問と同様，文学的ジャーナリスティックなジャンルのひとつと言っ

てよい（Guy de Maupassant, « Deux hommes célèbres » dans *Les dimanches d'un bourgeois de Paris*）。

(11)　万国博覧会の年に出版されたこの有名な書物の中で，「芸術」の章（「美術館」の項以下）は，テオフィル・ゴーティエの「ルーヴル美術館」で始まるが，ここでゴーティエは「傑作のなす迷宮を歩き回る」ことを提案し，「その迷宮の描写が導きの糸となるであろう」と述べる（Paris, Lacroix, 1867, 2vol. p. 305 et suiv.）。本章冒頭の引用も参照。

(12)　以下を参照のこと（Gautier, « Contralto » (*Emaux et camées*) ; Coppée, « Au Musée du Louvre » (*Troisième Parnasse Contemporain*, 1876) ; L. Tailharde, « Le musée de marine » (*Les humbles*, 1875), « Musée du Louvre » (*Poèmes aristophanesques*) ; J. Lahor, « Au Musée du Louvre » (*Chants de l'amour et de la mort*) ; A. Mérat, « Les marbres du Parthénon, au British Museum » (*Impressions et souvenirs*, *Vers le soir*); I. Tiercelin, « Une promenade au Musée d'objets d'arts et de souvenirs, Exposition Leperdit, Rennes, 1891 » (*Le livre blanc*), etc.）。

(13)　ヒッチコックの（偽）怪奇映画『めまい』（1958）に出てくる途方もない「ミュージアム段階」を参照のこと。少なからぬ幻想的テクストにおいて，ミュージアム訪問は，致死的で現実感を消失させる時間となっている。ヴァレリーはこう記す――「美術館とは，芸術家にとってはおぞましきものだ。ここに足を踏み入れるのは，苦しむためか探るためか軍事機密を盗むためだけだ。楽しむことがあるとすれば，それは美術館への軽蔑の凄まじさゆえだ」（*Rhumbs* in *Œuvres*, p. 607）。美術館及び美術館訪問という2つの例については，ポール・ブールジェの『段階』*L'Etape*（1902）中の「トルストイ連合」（社会主義的傾向の民衆大学のようなもの）の，傑作を集めた写真美術館，あるいはアレクサンドル・デュマの『オリフュス親爺の結婚』（*Les Mariages du père Olifus*, Paris, Michel Lévy, 1873）の語り手が訪問するオランダの風変わりな私設博物館（鳥，鳥の目，人魚）を参照。こうした私設博物館の調査としては，リュース・アブレスの論考を参照（Luce Abelès, « Du cousin Pons à L'Aiguille creuse, les musées privés romanesques au XIXe siècle » dans le numéro spécial de la *Revue d'Histoire littéraire de la France*, n° 1, 1995, Paris, A. Colin）。

(14)　*Rome*, Paris Gallimard, Folio, 1999, p. 367.

(15)　*Ibid*, p. 326.

(16)　たとえば，〈イリュストラシオン〉紙でベルタル美術館を訪ねるバロ氏や，アンリ・モニエの『サロンでのプリュドム氏』(Henri Monnier, *Le Monsieur Prudhomme au salon*, 1848)，そしてゾラの『制作』中，「落選展」の絵画の前で大笑いするブルジョワたちの絵画への言及を参照。

(17)　「情感を猿真似する人は，とりわけ展覧会カタログに頼る。」

(18)　『居酒屋』のこのくだりについては，アンリ・ミットランの『テクスト中の美術館』参照 (Henri Mitterand, « Le musée dans le texte », *Cahiers Naturalistes*, n°66, 1992)。

(19)　『感情教育』第I部第5章。ジェラール・ジュネットが指摘しているように，「フレデリックが絵を観ていようと幻のような場面を思い描いていようと，対象の在り方も実在性の度合も同じである」(Gérard Genette, *Figures*, Paris, Seuil, 1966, pp. 226-227)。たしかに，ここでフレデリックにとっては，現実（星々）を見ること，ミュージアムの陳列めいた現

実（植物園の棕櫚）を見ること，絵画を観ること，夢みること，これらの間に違いはない。それに，フローベールの描写は，いずれの場合にも「克明」である。

(20)　19 世紀，クレイユの製品の特徴は，とりわけ，昔ながらの具象的な図柄（謎文字，愛国的場面，偉人の肖像，笑い話，諺など）を描いた白黒の皿であった。

(21)　ジュール・ヴェルヌの『地底旅行』(1864) では，主人公たちが地球の内奥で探検する大きな「洞窟」や「洞穴」が長々と（第 30 章以降）描写される。そこには植物が生え「生きた化石」ともいうべき魚もいる。ここは写真を生み出すブラックボックスのようなものであり，「温室」や「動物園」でもあり，地球の「巨大な型紙をもとに作られた」標本や絶滅種が入っている。もっと先で，主人公たちは骨が一面に覆った平原を踏破する。ここを埋め尽くす化石は，大都市の博物館がかけらを奪い合うような稀少で面白いものだ。模造，ブラックボックスとしての地球，埋蔵といったものの繰り広げる想像域については，大いなるヴェルヌ通であるミシェル・セールの『彫像――定礎の書』〔米山親能訳，法政大学出版局，1997 年〕を参照されたい（Michel Serres, *Statues*, Paris, F. Bourin, 1987）。

(22)　以下を参照 (Wiseman, *Fabiola* (1854) ou Bulwer, *Les derniers jours de Pompéi* (1834))。さらに，同時代の都市を扱ったものとしては，以下を参照（Les Goncourt, *Madame Gervaisais*; Bourget, *Cosmopolis* ; Zola, *Rome*）。

(23)　ジークムント・フロイト，『W・イェンセンの小説『グラディーヴァ』にみられる妄想と夢』（*Délire et rêves dans la « Gradiva » de Jensen*, trad. fr. Paris, Gallimard, 1949, p. 197）。前出のゾラの小説『ローマ』では，ピエール・フロマン師は，キリスト教徒が初期の純粋な在り方に戻るのをみたいと切望してあちらこちらを逍遥する。この動きは，「復活」の試みという動機に導かれてなされる。以下をはじめとして随所を参照のこと（*Rome*, Gallimard, Folio, 1999, pp. 248-249)。

(24)　ポール・ユデルの『1882 年におけるドルオ邸とその珍品』へのアルマン・シルヴェストルの序文で用いられている表現（*L'Hôtel Drouot et la curiosité en 1882*, 2ème année, Paris, Charpentier, 1883, p.II)。モーパッサンは，大体において図像嫌いで，「骨董」« Bibelots » という記事（〈ゴーロワ〉紙，1883 年 3 月 22 日）にこう書いている。「骨董とは，一つの情熱であるにとどまらず，偏執であり，癒しがたい病である。(……) 今日では誰も彼もが蒐集する。(……) 個人の邸宅はどこもかしこも年を経たガラクタの蒐集館と化している。」蒐集という問題については，以下を参照（*Les collections, fables et programmes*, J. Guillerme, dir. Champ Vallon, 1993）。19 世紀の室内については，W・ベンヤミンの『パリ――19 世紀の首都』を参照（*Paris, capitale du XIXe siècle*, *Le livre des passages*, trad. fr. Paris, Cerf, 1989, p. 230-)。

(25)　たとえば ヴィクトル・ユゴーの『光と影』中の「屋根裏部屋一瞥」に出てくる女工の，絵や物でいっぱいの部屋を参照（« Regard jeté dans une mansarde » dans *Les rayons et les ombres*)。「テーブルの上には，神さまが御姿を顕わされるあの本がある／聖人伝，唯一ほんとうの聖廟／そして暖炉の傍らの昏(くら)い隅には／マリアさまと今年の枝の主日に貰った黄楊(つげ)の間に／壁にナポレオンの絵が四隅を留めて貼ってある／ (……) 誰もがお辞儀する皇帝陛下のそばには／ (……) 勲章が光っている，慎ましくも勝ち誇るしるし／兵隊さ

んの勲章。」勲章は，もちろん，英雄として死んだ父親の形見だ。19世紀においては，文学にあらわれる部屋はどれも，形あるものでいっぱいだ（読むかたち，見るかたち，心に描くかたち）。

(26)　ジュール・トゥルバは，『ダルテーズ風の友情，シャンフルーリ，クールベ，マックス・ビュション』で，こう述べている（*Une amitié à la D'Arthez, Champfleury, Courbet, Max Buchon*, Paris, Luicien Luc, 1900）。「かの蒐集癖が入り込んだ屋内のごとく，店には物が雑然と寄せ集められて並んでいる。マニラの原住民が，聖体の祝日に，〈挿絵世界〉から切り抜いたジュール・ジャナンのポートレートを聖人像として入り口扉に貼付けるのと，分別のなさでは似たり寄ったりだ。我々をこの道，溜め込み好きへと引き入れたのはオランダ人だが，今では，我々が，このオランダ人みたいだ。何もかも壊したあとで，我々は蒐集に取りかかる。」もので溢れた「オランダ的」室内描写の一つとしては，バルザック『絶対の探求』，クラース邸の「応接室」の描写を参照。

(27)　ユイスマンスはこの小説に後から付けた序文で，「この小さな博物館内の配置については，私としては変えるところは何一つない」と述べている（*A Rebours*, Folio, Gallimard, 1978, p. 64）。

(28)　アトリエは，19世紀に書かれた少なからぬ文章中で特有の位置を占めている。これについては，本書第三章を参照されたい。

(29)　「我々の世代にとっては，**ガラクタ蒐集**とは，男の想像力をもはや虜にしなくなった女の代わりでしかない。私自身について言うなら，心が満たされている折には美術品などどうでもよくなる。」（強調はゴンクールによる。*La maison d'un artiste*, Paris, Charpentier, 1881, tome 1, p. 3.）

(30)　このあと以下の会話がなされる。
「ここはどこだ？　ここはどこなんだ？　ケベックの博物館か？」カナダ人が叫んだ。
「いえ，ソムラール邸と申し上げてもよろしいかと」とコンセーユが答えた。（第14章）
　貝殻の陳列ケースはキッチュなインテリアの一部をなしている。（このあとの原注（34）を参照。）

(31)　« Un cas de rupture » dans *Docteur Servans et Un cas de rupture*, Paris, Librairie Nouvelle, 1856, pp. 198-199. 今日では取り壊されてしまったこの特別な場所については，以下を参照（Albert de Lasalle, *L'hôtel des haricots*, Paris, Dentu, s.d. 1864）。

(32)　以下を参照（Fr. Schuereweugen, « Museum ou crouteum ? Pons, Bouvard et Pécuchet et la collection », *Romantisme* n° 55, 1987）。「移動」の問題については，以下を参照（Quatremère de Quincy, *Lettres à Miranda sur (…) le déplacement des monuments de l'art de l'Italie*, 1796）。

(33)　上記（原注（25）〔原文で（22）とあるのは誤り〕）で触れたユゴーの描いた女子労働者の部屋（面白いことに，このクーポーの部屋ととてもよく似ている）や『ブヴァールとペキュシェ』(Paris, Gallimard, Folio, éd. de C. Gothot-Mersch, 1979, p. 164) の「図書室」の描写あれこれ，あるいはユイスマンスの『世帯』*En ménage*（第4章冒頭）のつましい室内の描写と比較されたい。

(34)　デュサルディエの部屋（『感情教育』第2部第6章）には，ゾラはきっとこれを記

憶していたのであろうが，ゾラの作品に見られるような，例えば以下のような異種混合の隣接がみられる。「丸い灯の下には，雪花石膏の掛け時計が鍾乳石と椰子の実の間にあって（……）マホガニーの小さな書棚には『ラシャンボディーの寓話』，『パリの秘密』，ノルヴァンの『ナポレオン』があって，――そして寝台を置いた壁の窪みの中央には，紫檀の額縁に入ってベランジェの顔が微笑んでいる。」フェリシテの部屋，アルヌー家の住居に加えてフレデリックの住居も参照のこと。1867年7月25日の記事で，アンリ・ロシュフォールは，ベランジェが「至るところの屋根裏部屋でステアリン製の浮き彫りになっていた」，そして国民的図像であるからには，「ナイフの柄についた真鍮の彫り物になる」のが彼の定めであり，「こうなるのが，当代のフランスにおいては大衆的人気の極みなのだ」と念押しする（Henri Rochefort, repris dans la troisième série de *Les Français de la décadence*, *Les signes du temps*, Paris, Librairie Centrale, 1868, p. 93）。

(35)　イメージは，それゆえ，写実的文（テクスト）に広汎にみとめられる「虚構的なもの」の一部をなす。写実的文はこの「虚構的なもの」に，順応の複雑な戦略を常に求めている。この点については以下を参照（Chantal Pierre-Gnassounou, *Zola, les fortunes de la fiction*, Paris, Nathan, 1999）。

(36)　*La femme pauvre. épisode contemporain*, 21ème édition, Paris Mercure de France, 1930, pp. 17-18.

(37)　「貝殻細工の箱」は，『獣人』冒頭，ルーボーの部屋にある特別な品の一つで，『純な心』のフェリシテの部屋と同様だ。こうした物や絵はどれも，無宗教の近代においては，宗教における聖遺物のいわば代用品になっている。以下を参照（Louis Marin, « Reliques, représentation, images », dans *Les collections fables et programmes* (J.Guillaume, dir.), Champ Vallon, 1993）。

(38)　ユイスマンスの主人公デゼッサントは，「猫も杓子もに開かれた作品鑑賞」を嘆く。これのせいで，何千部も複製され「万人の感嘆」に供せられている芸術作品については，それを見る喜びが損なわれるから。（『さかしま』第9章）

(39)　1840年のこの一文において，ポーはアメリカ的居室の「調和の欠如」を嘆いている。本書第八章でボードレールの詩の（読まれる）イメージを指すものとして「アメリカの」という形容語を扱う。19世紀の室内装飾については，以下を参照のこと（Mario Praz, *Histoire de la décoration d'intérieur, la philosophie de l'ameublement*, trad. fr., Paris, Thames and Hudson, 1994 ; Charlotte Gere, *L'époque et son style, la décoration intérieure au XIXe siècle*, trad. fr., Paris, Flammarion, 1989 ; Didier Maleuvre, « Philosopher dans le boudoir, l'intérieur dans la prose du XIXe siècle », *The French Review*, Vol. 68, Number 3, février 1995）。

(40)　たとえば，ゾラの『マドレーヌ・フェラ』（第9章）の大鹿館 (l'auberge du Grand-cerf) における様々なイメージと思い出の部屋，あるいは前出メリメの青い部屋がそうだ。

(41)　『純な心』冒頭のオーバン夫人の住居における「今より良かった時代，かつての贅沢の名残であるオードランの版画」についても同様。

(42)　本書第五章を参照されたい。私はすでに序論において置時計に言及した。ここで問題になっているのは，彼女の最初の愛人の写真と，この愛人と肉体関係を持った寝室にあ

った置時計である。ピュラモスとティスベの版画もまたこの部屋にある。本書第一章で見たように，文学にあらわれる寝室はどれも，イメージの部屋，従って「事実の露見する」部屋となる傾向がある。

(43)　バルザック『老嬢』，『骨董陳列室』(*Le cabinet des antiques*, Paris, G. F. Flammarion, éd. Ph. Berthier, 1987, pp. 216-217)。邸宅は「現実と幻想の境界線上」にあり，ここの客間の男たちの様子は「優柔不断の印象が強く」，「そのせいで彼ら皆，女といくらか似ていて，この類似ゆえに，彼らの纏う男ものスーツが現実離れして見える」。だからこそ，この「ミュージアム」は（性的，生物学的，年代的）相違を無化する場となるのだ。そして語り手のブロンデはこう付け加える，「以来，私はパリでもウィーンでもミュンヘンでも，名の通った調度品庫に入れてもらって，老管理人から過ぎし時代のすばらしい品々を見せてもらうと，あの骨董陳列室を思い出さずにはいられない。」(p. 218)

(44)　*Ibid*. p. 66.

(45)　以下を参照（le chapitre « Scriptural et pictural » de B. Vannier, *L'inscription du corps, pour une sémiotique du portrait balzacien*, Paris, Klincksieck, 1972, p. 49 et suiv.）の章を参照。

(46)　M. Proust, *Sésame et les Lys*, précédé de *Sur la lecture*, introduction d'Antoine Compagnon, Paris, éditions Complexe, 1987, p. 90 et suiv. プルーストは，古(いにしえ)の文学作品には（ふつう静粛に観覧されるミュージアムにおけるのと同様に）読んだ書物の文と文の「間隙を埋める」「積年の沈黙」があり，これもまた文の価値を高めているのだ，と付け加えている。

(47)　*Œuvres* II, (1941) Gallimard, Bibliothèque de la Pléiade, 1960, p. 607.

第三章

(1)　A. Chastel, « Le secret de l'atelier », revue *48-14* N° 1, Musée d'Orsay, 1989. 19世紀における絵画ジャンルとしてのアトリエについては，ジョン・ミルナーの著作にまとめられたイコノグラフィーを参照されたい（J. Milner, *Ateliers d'artistes, Paris capitale des arts à la fin du XIXe siècle* (1990), trad. fr. Du May, 1990, et le petit guide du Musée d'Orsay « Ateliers d'artistes » publié par G. Lacambre, Hachette, Réunion des Musées nationaux, 1991）。そもそも美術史家たちは，一般的に「アトリエ」という語には，単なる場所を示す表現以上に幅広い意味を持たせてきた。以下を参照（A. Chastel, *Le grand atelier d'Italie*, Gallimard, 1965, et S. Alpers, *L'Atelier de Rembrandt,* 1988. trad. fr. Paris, Gallimard, 1991）。

(2)　以下を参照（le catalogue de l'exposition « La nouvelle Athènes », Musée Renan-Scheffer, Musées de la ville de Paris, 1984）。

(3)　「手持ち無沙汰という観念と，研究という観念の間にあるひそかなつながりが，書斎という概念の中に具体化している。書斎，とりわけ独身者のそれは，女性の閨房といわば対を成す。」（W. Benjamin, *Paris capitale du XIXe siècle*, *Le livre des passages*, trad. fr. Cerf, 1989, p. 799.）もちろん，その描写に『芸術家の家』（1881）という 1 冊の本を要するほどの，19 世紀の象徴的な 2 人の独身者，ゴンクール兄弟の「屋根裏」と，もう一人のダンディである『さかしま』のデ・ゼッサントの隠遁所も参照されたい。

(4)　複雑な操作を要する萌芽期の写真は，きわめて特殊なタイプのアトリエを必要とし

た。写真家のアトリエの詳細な描写については，ティサンディエの前掲書『写真術』（p. 91-）を参照されたい。むろんもっとも目立つアトリエは，縞模様のファサードに巨大なNの字を配した，キャプシーヌ大通りのナダールの写真スタジオである。

（5）　アトリエの絵画的表象については，以下のカタログを参照されたい（*La vie de bohème* (*Dossiers du Musée d'Orsay*, n° 6, 1986.)。ベルタルが『パリの悪魔』（1845）に描いた有名なアパルトマンの断面図は，数多くの同様の「断面図」の先駆けであり，腹ペコの詩人が暮らす屋根裏部屋（ドイツの画家シュピッツヴェークの絵画による）や靴底をかじる画家のアトリエと結びつけられた。

（6）　複数の弟子が一人の教授に師事する芸術家の共同アトリエも，文学は見過ごしていない。ディケンズは，『マーティン・チャズルウィット』で建築家の共同アトリエを描いている。同様に，ゴンクール兄弟の『マネット・サロモン』におけるランジブーのアトリエ（当初のタイトルは『ランジブーのアトリエ』だった），夭折したロシアの画家マリー・バシュキルツェフの『日記』で想起されるアトリエ，画家および建築家でゾラの友人でもあったフランツ・ジュルダンの自伝的作品『シャントレルのアトリエ』（1893）*L'atelier Chantorel*，そして，ポール・フェヴァルの『黒衣団』*Habits noirs* シリーズの『鋼の心臓』（1866）で描かれる，バリュックとゴンドルカンのピトレスクなアトリエなどが挙げられる。もちろん，シャルル・クロがマネに捧げた14行詩「アトリエの情景」（『白檀の小箱』所収）も参照されたい（Ch. Cros, « Scènes d'atelier » dans *Le coffret de Santal*）。

（7）　たとえばイメージや落書き，オブジェの堆積や無秩序のことである。ユゴーの『ノートル＝ダム・ド・パリ』第7章におけるフロロ司祭の小部屋の描写を見よ。

（8）　Jules Laforgue, *Mélanges posthumes*, Paris, Mercure de France, 1919, p. 133. 印象派の運動の中心には，「アトリエ」という重要な問題があったといわれる。ゾラの『制作』第1章にはその影響が見て取れる。クロードは，「燃えるような陽光が照りつけるためにアカデミーの画家たちが嫌うアトリエ」を借りている。アトリエの向きや間取りへの言及だけでも，それ自体がひとつの美学的な意見表明なのである。

（9）　こうした関係の「つながり」，とくに画家と女性（モデルあるいはそれ以外）が結ぶ多様な関係のバリエーションは，短編小説集という特定の文学ジャンルに現れる。アンリ・ミュルジェールの『水を呑む者たち』（1855）やドーデの『芸術家の妻たち』（1874）を参照されたい。

（10）　1987年のオルセー美術館の『アーティストの家，美術館の家』12号を参照されたい（ Dossier n° 12, « Maison d'artiste, maison musée »)。1895年にギュスターヴ・モローが建てさせた邸宅美術館がその一例である。

（11）　ユベール・ダミッシュは『遠近法の起源』において，ベラスケスの『ラス・メニーナス』について，大いに「謎めいた」作品だと述べている（*L'origine de la perspective*, Paris, Flammarion, p. 387)。またバルザックの『知られざる傑作』には以下のような対話がある。「『そこには秘密があるのか？』『そうだ』とポルビュスは答えた。」

（12）　ゾラの『制作』第8章では，彫刻家マウドーのアトリエで布をかぶせた像が倒れかかり別の像を粉々にしてしまう。『ラス・メニーナス』でも鑑賞者には絵を描く画家のカ

ンヴァスの裏しか見えない。バルザックの『知られざる傑作』の結末では，一瞬だけ現れた絵画をフレンホーフェルが緑の布で覆ってしまう。ふたたびゾラの『制作』では，クリスティーヌが最初にクロードのアトリエに入ったとき，裏返しにされたカンヴァスの前で，「わざと隠しているのだろうか？　どうして見えないようにしているのかしら？」と戸惑う。

(13)　修辞学者フォンタニエの教科書は，活写法のことを，あらゆる古典の修辞学的作文における「極端な修辞」ないし「盛り上げる修辞」と定義している。「活写法は，事物をいきいきと力強い手法で描き出すので，それらはまるで眼前に置かれたようであり，物語や描写は形をとり，絵となり，さらには生きた情景と化す。」（*Les Figures du discours*, Paris, Flammarion, 1968, p. 390.）

(14)　それはゴンクール兄弟自身がこれ見よがしに主張したことでもある。1882年3月22日のエドモン・ド・ゴンクールの『日記』にはこうある。「私は，画家が素描に残すタッチに比すべき文章の筆遣いを会得したい。正確無比な文法家の愚かしくも重苦しい構文を免れさせ，文章に艶出しをほどこす，かすめる愛撫のような筆遣いを。」

(15)　ブリュヌティエールの『自然主義小説』（1883）によれば，同時代の小説には「アトリエで通用する専門用語があふれており，ボヘミアンや職人が使うたぐいのあらゆる俗語の不純な混ぜ物と化している。アトリエや工場，カフェやクラブ，中央市場や道端のどぶで聞こえる，じつにみだらな言い回しがまかり通っている」。サント＝ブーヴからヴァレリーに至るまで，「絵画的」な文体による文学の侵食は，つねに糾弾の対象であった。

(16)　フローベールの『紋切型辞典』における「芸術家の定義」はこうである。「彼らがしていることは『労働』とは呼べない。」

(17)　現代では，出版された本の制作事情を述べるにあたって，創作の「下ごしらえ」とあらゆる制作段階を見せる「アトリエ」として « fabrique » という言葉がすすんで用いられている 。フランシス・ポンジュ『牧場の制作』を参照されたい（*La fabrique du Pré*, Genève, Skira, 1971）。

(18)　ミュルジェールの筆によって，特定の場でまかり通る雑多な言葉を形容する「ポリフォニーの場」が描かれているが，ブリュヌティエールはこの表現で文学ジャンル全体での雑多な言葉遣いを表した（注（15）も参照すること）。

(19)　E. et J. De Goncourt, *Manette Salomon*, Paris, U.G.E., 10/18, 1979, pp. 42-43. 本作におけるこの2頁は，「冗談」blague についての長い定義が書かれた読ませどころであり，画家アナトールのあだ名「ラ・ブラーグ」の注釈でもある独立した章となっている。

(20)　19世紀半ばにこの語が用いられたという統計学的検証については，以下を参照されたい（J. R. Klein, *Le Vocabulaire de la vie parisienne sous le Second Empire*, Louvain, Nauwelaerts, 1976, p. 373 et passim.）。また，誇張された人物としての「おどけ者」については以下を参照されたい（Ph. Hamon, *Expositions*, ouvr. cit. p. 174 et suiv.）。

(21)　1859年1月16日付のゴンクール兄弟の『日記』にはこうある。「19世紀のアトリエは，いわばごろつきのアカデミーか悪ふざけのコンセルヴァトワールといったもので，芸術家に気取り屋の下卑た風俗や社会主義への憎悪を植え付けていた。」フローベールが

「高尚な冗談」の視点から書きたいという夢を持っていたことはよく知られている。

(22) 「人間の魂が苦闘した後におとずれる平和と眠りが，芸術家の住居に特有なあの平和が，いま，ここに閉じ込められているのでもあろうか。(……) 生命の激動が過ぎ去ると，いっさいが死に絶えたかのようになるのだ。家具も，布地も，描きかけのまま打ち捨ててしまった著名人の肖像画も (……) いまや，すべてが深い憩いのなかに沈んでいる。(……) 重苦しい沈黙をかき乱す物音とては，なにもない。(……) 彼は新しい絵の題材をさがしているのだ。(……) とりとめのない夢想にふけりながら，ふっと現れてはたちまち消え去る人物像を次から次と青空の上に描いてみる (……)。気まぐれな像が一つまた一つと大空に描き出され，色まで見える彼の幻覚のなかで，それがつかみようもなく揺れ動く。(……) かいまみた影像は，すべてどこかで描いたことのあるなにものかに似ていた。」〔『死のごとく強し』，宮原信訳，中央公論社，『世界の文学』第 24 巻，1963 年，221-223 頁〕

(23) アルフォンス・カールが『ジュヌヴィエーヴ』(1838) の第 2 部第 4 章で描いたアトリエとその「諷刺」を参照されたい。ある画家の人生や画家の登場する小説を映像化したとき，主要人物がアトリエで声高に警句をべらべらとしゃべるアトリエのシーンがよく出てくるが，芸術家の語る「言葉」は得てして耐えがたいものとなる。古代よりアトリエは，「エクフラシス（はっきりした叙述)」の題材であるのみならず，絵画と同様に「言葉」の展示空間でもあった (Cf. Adolphe Reinach, « Recueil Milliet », *La Peinture ancienne*, Paris, Macula, p. 40 note 1 et passim.)。

(24) *Manette Salomon*, ouvr. cit. p. 82 et suiv.

(25) 「膨大な読書を通して，彼は古代の芸術品を復元するように，象徴的なしるしやエンブレムを記憶に留めていた。アテネのミネルヴァ女神のフクロウやエジプトのホルス神のハイタカなど，宗教美術を示す動物も覚えていた。(……) 彼はまた豊饒の象徴であるモディウスという頭飾りや，神々や競技の勝者が頭に戴くストロピウムも知っていた。」

(26) ユゴーの詩集『光と影』には「彫刻家ダヴィッドに捧ぐ」一篇があり，『秋の木の葉』にも同じく「彫刻家のダヴィッドに」と題した詩がある。

(27) *Les Habits noirs*, Paris, Laffont, tome I, 1987, p. 536.

(28) この描写は 3 ページ以上にわたって続く。Ouvr. cit. p. 136.

(29) Paul Valéry, *Degas, danse, dessin*, *Œuvres*, Bibliothèque de la Pléiade, tome II, Paris, Gallimard, 1960, p. 1174.〔『ドガ ダンス デッサン』，清水徹訳，筑摩書房，2006 年，34 頁。〕

(30) G. Flaubert, *L'Éducation sentimentale*, ouvr. cit. pp. 36-37.〔ギュスターヴ・フローベール『感情教育』，生島遼一訳，筑摩書房，35-36 頁。〕作中の画家は，19 世紀初頭にもっとも有名となったエピナル版画製作所を設立したシャルル・ペルランと同じ苗字である。「下書き」や「習作」のライトモチーフは，ゾラの『制作』のクロード・ランティエの名前にも現れるが，こちらはどうしても作品を仕上げられない彼の不能を表した，「全体」l'entier の反語と解釈できる。ド・ジュイは 1814 年 2 月 16 日付の時評で，「すべてが乱雑さとみじめさをまとい，うわべが豪華であればこそいっそう耐え難く映る」平凡な画家のアトリエと，「無秩序が整然と支配し，芸術の真の聖域たる」天才的な画家のアトリエを

比較している（*L'Hermite de la Chaussée d'Antin*, Paris, Pillet, 1814, tome V, p. 116 et suiv.）。

（31）　「アトリエ」と題したブレーズ・サンドラールの詩の冒頭を参照されたい。「喧噪の場／階段，扉，階段／その扉は新聞のように開き／名刺で覆われている／そして扉は閉まる／無秩序，私たちは無秩序の中にいる。」同じく，ゾラの『制作』冒頭で，嵐の夜にクリスティーヌとクロードがアトリエに向かい，階段を上って中に入るまでの歩みも想起したい。「彼女の息は大きくはずんでいた。闇の中をのぼりつづけてきたためで，心臓がどきどきし，耳鳴りがしていた。何時間ものぼりつづけたような気がした。まるで迷路のように階段や曲がり角があんなに入り組んでいては，ふたたび降りて行けるのだろうかと思うのだった。部屋の内部で，彼の歩き廻っている大きな足音，手探りしているらしい音が聞こえてきた。」（筆者はミノタウロス神話の暗示を特に強調したい。）〔『制作』（上），清水正和訳，岩波文庫，1999年，17頁。〕アポリネールは『虐殺された詩人』（1916）の第10章において，友人の画家「ベナンの鳥」（モデルはピカソ）のアトリエを以下のように描く。「彼は廊下をたどっていった。そこは真っ暗で，冷え冷えしていたので，死んでしまうのではないかと思うほどだった。しかし彼はありったけの気力をふり絞って，歯を噛みしめ，こぶしを握りしめて，永遠をこなごなに砕いた。（……）ドアのうしろで，疲れた男か，とても重い荷物でも持っているような男の，どっしりとした足取りが近づいてきた（……）。家畜小屋に見まがうアトリエの中には，数えきれない羊が床に散らばっていた。ここで羊というのは眠っている絵である。その番をしている羊飼いが友人に向って微笑を送った。」（*Le Poète assassiné*, Paris, Poésie/Gallimard, 1979, p. 63.）〔『虐殺された詩人』，鈴木豊訳，海苑社，1993年，54頁。〕

（32）　イザベル・モノ＝フォンテーヌは，アンドレ・ブルトンの書斎についてこう述べている。「書斎に向かうことで，壁から壁へ，オブジェからオブジェへと，想像上のそぞろ歩きをある程度再構築できる。こうして錯綜した道筋，さまざまな対照，類似，（ロートレアモン的な）「～のように美しい」というゲームが織りなされる。」（ « Le tour des objets », dans le chapitre « L'atelier » du catalogue de l'exposition André Breton, Centre Georges Pompidou, Paris, 1991, p. 64.）

（33）　『マネット・サロモン』第69章における，パリ中のモデルの身体の異なるパーツのリストや，『制作』第2章のクロードのアトリエにおける，身体のスケッチの散乱を想起したい。「彼は，熱に浮かされたように，隠しておいたクリスティーヌの頭部のデッサンを画板の間から引っ張り出した。（……）かたわらには何枚かの裸体の習作（……），娘のきれいな脚線，とくに女の惚れぼれするような腹部があった。」〔『制作』（上），清水正和訳，前掲書，83頁。〕

（34）　『貧しき女』第8章でガクニョルは次のように描写される。「画家，彫刻家，詩人，音楽家，そして批評家を兼ね，すべてに精通したガクニョルは，あらゆるもったいぶった警句や格言の挿絵を一括して請け負っているかのようだった。彼は『笑イガ風俗ヲ矯正スル』*castigat ridendo mores* といった類の金言に熱中し，鋭い諷刺精神の持ち主だという自負をひけらかしていた。ラ・フォンテーヌの教訓からだけでも15枚の絵画を着想し，名句を刻んだレリーフも半ダースほど作った。」

(35)　『制作』の準備段階でゾラが着想し，草稿に書き残したタイトルの候補には，「子供を産む」，「世紀の分娩」，「子孫を作る」，「出産」，「分娩」，「創造」などがある。ゴンクール兄弟は『マネット・ナロモン』でこう書いている。「芸術家とは社会における一種の野蛮人，怪物である。（……）コリオリスにとって結婚とは，芸術家に禁じられた幸福に見えた。（……）芸術家にとって独身とは，その自由，力，頭脳，良心を守れる唯一の身分であった。」（ouvr. cit. p. 145.）ゾラは1868年に『ルーゴン＝マッカール叢書』に着手する前，登場予定の人物像をさまざまに分類したが，聖職者，人殺し，娼婦とともに芸術家を人間社会の「例外的な階級」に数え，生活を営む上で何らかの困難を抱える人物類型とみなした。アトリエの世界と女性（この場合は女流画家）の関係については，マリー・バシュキルツェフが1873年から翌年にかけて綴った日記も参考になる。

(36)　『テレーズ・ラカン』第25章でローランの変容が起こるが，彼は「画業に専念するための小さいアトリエを借りること」をもくろみ，そこで「きわめて高度な芸術的センスを示している」数々の習作を描く。生理学的な突然変異が「彼の性格を変えてしまい，このショックがローランの内部に，女性的な神経や，鋭い繊細な感覚を発達させた」のである。〔『テレーズ・ラカン』（下），小林正訳，岩波文庫，1989年，63-64頁。〕

(37)　エドモン・ド・ゴンクールの日記における，ホイッスラーのためにポーズをとるロベール・ド・モンテスキュー伯爵の記述（*Journal*, Paris, Laffont, coll. « Bouquins », 1989, tome III, pp. 604-605.），またマネのためにポーズをとるゾラの証言を参照されたい。モーパッサンの『死のごとく強し』第1章では，女性モデルを前に「海綿」のように（吸血鬼の変奏）相手を吸収する画家が描かれる。「女の体の上に身をかがめ，顔のあらゆる動き，皮膚のあらゆる色調をうかがいつづけた結果，海綿が水を吸ってふくらむように，ベルタンのなかにもギュロワ夫人という女が浸透してしまっていた。彼の視線はこの怪しい魅力の発散を摘みとり，それが河水のように頭のなかから筆先へと流れてカンヴァスに移される。するとベルタンは，ほのかな痺れと女体の美を飲み干したかのような酔い心地を覚えるのだった。」〔『死のごとく強し』，宮原信訳，前掲書，241頁。〕

(38)　模倣と再生産としての人真似というテーマは，アトリエで絵を描く猿の画家という形でシャルダン等によって非常によく描かれた。『マネット・サロモン』の画家コリオリスは，アトリエで猿のヴェルミヨンと暮らしているが，この猿の特徴は神経質な画家そっくりであることを想い起こそう（「気まぐれな感情，変わりやすい機嫌，突然身体をかきむしる仕草，深刻さから有頂天への心移り，とっぴな考えなど」）。19世紀の独身作家のアンソロジーから，「猿」le singeのアナグラムでもある「合図」*Le Signe*と題したモーパッサンの短編を引用しよう。「私は妊婦の示す不意の食欲にとりつかれた。（……）私たち女は，猿族の魂をもっているに違いない。（これは医者に言われたことだけれど）少なくとも，猿の脳みそは女たちのそれによく似ていると証明されたそうだ。」妊娠した女優というテーマは，「繁殖」という概念の記号的な「極み」であり，当時書かれた無数のテクストに現れる（このテーマ体系については本書第五章を参照されたい。）

(39)　筆者はこの言葉をクロード・レヴィ＝ストロースの「動物素（ゾエーム）」を真似て作った。以下を参照（P. Hamon, *Expositions*, ouvr. cit. p. 40 et suiv.）。

(40)　レイモン・クノーは『はまむぎ』の中で，「謎めいた扉が，まるで一幅の絵画のように扉にかかっていた」と書いている。アルベルティからゾラに至るまで，芸術はつねに「創造に向かって開かれた窓」と定義され，あらゆる窓や扉は多少なりとも，「スペクタクルを縁取る」機能を持つとされてきた。

(41)　ジャン・ロランの『フォカス氏』*Monsieur de Phocas*（1901）における，画家イーサルの空っぽのアトリエには，「鏡のようにきらめく」寄せ木張りの床と，「びっしりと仮面を飾った」大きな鏡がある。モーパッサンの『死のごとく強し』におけるベルタンのアトリエにも鏡があり，その前でインスピレーションの枯渇した画家は筋力トレーニングにいそしむ。そこに突如，ヴェールをかぶった女性の顔が映り込むが，訪れたこの女性こそ，画家の愛人兼モデルなのだ。「この大きな姿見は，日ごろモデルのポーズを正し，遠近感覚を確かめたり，ほんとうにこれで良いのか確かめたいとき，いつも役立つ恰好な道具である。」〔『死のごとく強し』，宮原信訳，前掲書，223 頁。〕

(42)　以下を参照（J. Palau, I. Fabre, *El Secreto de las Meninas de Picasso*, Barcelone, Ediciones Poligrafa S.A., 1982）。ピカソの連作と，それに関するフーコーの分析については，ユベール・ダミッシュの『遠近法の起源』（前掲書，387 頁以降）も参照されたい。興味深いことに，ピカソは一時期『ラス・メニーナス』の連作を中断し，外に向かって窓が開かれた自身のアトリエ風景のシリーズ（『鳩』の連作）を描いている。

(43)　Ouvr. cit. pp. 63-64〔アポリネール，前掲書，54-55 頁。〕

(44)　『さかしま』の愛書家デ・ゼッサントが，装丁をいかに重要視したかは，我々も知るところである。

(45)　『居酒屋』のこのくだりのより詳細な分析は，以下を参照されたい（Ph. Hamon, « De l'allusion en régime naturaliste » dans l'ouvrage collectif, *L'allusion en littérature* (M. Murat dir.), Paris, Presses de l'Université Paris-Sorbonne, 2001）。

第四章

(1)　Paul Adam, *Le Mystère des foules*, Paris, Ollendorff, 2 vol., 3ème édition, 1895, tome 2, pp. 65-66. この小説には，バックス・ビールの広告がライトモチーフとして執拗に出てくる。この会社のオーナーは，ある候補者の選挙運動の資金援助をしている。

(2)　スタンダールの『ある旅行者の手記』*Mémoires d'un touriste* の語り手は，田舎を旅しながら，出会う彫像に批判的な眼差しを投げかける。アルベール・メラの詩集『印象と思い出，夕べに』には，「広告」« Les affiches » という詩に加えて「彫像」« Les statues » と「リュクサンブール公園の胸像」« Les bustes du Luxembourg » という 2 編の詩が入っている（*Impressions et souvenirs, Vers le soir,* Paris, Lemerre, 1900)）。

(3)　数々の問題を提起せずにはおかない。ロダン作のバルザック像がそうで，ゾラはここで一役買っている。〈現代建築〉誌の 1887 年 12 月 17 日号で，ブロカとフィリップ・ルボンの像の設置についてこう述べる。「彫像マニアの昨今にあっては，彫刻家の仕事はますます難しくなっている。一体どのようにして独創的な作品を生み出せようか？　制服のごとくフロックコートとズボンをまとって同じ姿勢で思索に耽る人を相も変わらず造らね

ばならないのに……」

(4)　Albert de Lasalle, *Hôtel des Haricots*, ouvr. cit. chapitre II, note 31.

(5)　フローベールは，ゴンクールが『日記』(1877年2月4日）で証言しているところでは，〈パリ生活〉をもとに第二帝政の年代記を書きたかったようだ。この雑誌の第1号がテーヌの「パリ雑記」« Notes sur Paris »（後の『トマ・グランドルジュ』*Thomas Graindorge*）で始まることを思い出そう。

(6)　『感情教育』で，アルヌー家を初めて訪問した際にフレデリックが強い印象を受ける看板を参照（フレデリックは，すでに「チラシ」で名前を見たことがあったと，あらかじめ思い出している)。「店の上に掲げた大理石の板の上にあるアルヌーという大きな文字は，彼には特別なもの，聖なる文字のごとく意味をいっぱい含んでいるように思われた。」(ouvr. cit. p. 38.)『ゴリオ爺さん』冒頭のヴォケール館の看板には「アムールの像」がついており，『居酒屋』冒頭には「親切館という黄色い大きな文字が漆喰に生えた黴のためにところどころ欠けている」看板があり，『パリの胃袋』冒頭のクニュ・グラデル肉加工品店の看板は「淡い地色に描いた枝葉で縁取られ」,「豚の頭，豚の背肉，ソーセージの連なった花輪のあいだで戯れる丸顔のアムール」が描かれている。

(7)　例えばアジャルベールの『もぎたての，印象派的詩編』の抜粋「産婆」を参照されたい（« Sage-femme » *Sur le vif, vers impressionnistes*, Paris, Tresse et Stock, 1886)。「赤ん坊はキャベツの中から出てくる／つやつやした金属板の上／この板は数多くの壁にねじ止めされている／しっかりと，—— 夫婦はハラハラ！／（……）そして色を塗った看板には／「産院」と書いてある／孕んだ小娘たちの目に，この言葉が躍る。」あるいは，「冬のスケッチ」« Croquis d'hiver » には，「冬の霧がまどろむ中／仮借なき寒さのもと，凍りついたダンスホールの／荒(さ)びれた看板が風にはためく／これは鉄線の端についた亜鉛の魚だ」。ヴェルレーヌは，都市を（「破調のソネット」« Sonnet boîteux »）あるいは放浪生活を詠んだ詩において，看板に頻繁に言及することになる。

(8)　19世紀の「振戦陳列譫妄」« delirum-exposo-tremens »（Taxile Delord, *Charivari* du 17 novembre 1855),「展示狂い」(フローベールからジョルジュ・サンドへの書簡，1867年6月12日),「19世紀の熱狂の種」(フローベール,『紋切り型辞典』*Dictionnaire des Idées reçues*）についてはフィリップ・アモン『エクスポジション——19世紀の文学と建築』(*Expositions, littérature et architecture au XIXe siècle*, José Corti, 1989) を参照。

(9)　たとえば，ゾラの小説のポスターはどうか。書店のポスターとして最も有名なもの一つは，シャンフルーリの小説『猫』*Les chats* (1868) のためにマネが描いたポスターである。書店のポスターについては，オクターヴ・ユザンヌの「絵入りポスター蒐集家」を参照（« Les collectionneurs d'affiches illustrées » dans *Le livre moderne, revue du monde littéraire et des bibliophiles contemporains* n° 16, 1891)。ポスターについては,〈両世界評論〉誌，1896年9月137号のモーリス・タルミールの「ポスターの時代」« L'âge de l'affiche » を参照。

(10)　ワーズワスの『序曲』*Les Préludes*（第7の書）は，文学では初めて（？）都市の「広告」を描くのにいささかの場を割いている。

(11)　モデスト・ミニョン〔バルザックの小説 (1844)〕の私的「小説」は，女主人公が詩

人カナリスの「石版肖像画」を見たあとから始まる。この肖像画は，「本屋のショーウインドーにあって」「バイロンのようだといえなくもないポーズでスケッチされている」（第13章）。

（12）　注（9）でふれたユザンヌの小論を参照されたい。バルザックの描いた「ポスター蒐集家の金利生活者」というタイプについては，あとの注（30）とロビダ『19世紀』*Le XIXe siècle*（1888）を参照。バルザックは『役人』*Les employés* の中で「本屋のチラシ，挿絵入りポスターを集めている」役人シャゼルの肖像を丹念に描いている。2度の革命（1848年と1871年）の後に発行された様々な「革命的な壁のアンソロジー」« anthologies de murailles révolutionnaires » や「赤い壁」« murailles rouges » を参照。シャンフルーリは『パリ生活仮装舞踏会』*La mascarade de la vie parisienne* で，屑屋トピノの風変わりな人物像を描いているが，この人物は，街の壁から日々剥がしてきた幾重にもなったポスターで自宅の間仕切りをしている。同様に，エルネスト・マンドロンの『絵入りポスター』*Les affiches illustrées* (1886, 1896)，ジョン・グラン＝カルトレの著書『古紙，古い絵，蒐集家の紙挟み』*Vieux papiers, vieilles images, Cartons d'un collectionneur* (Paris, Le Vasseur, 1896)は，「紙の歴史」への一つの貢献といえる。とりわけ第21章の「壁のポスター」に注目されたい。「大衆を糧に生きるもの全て，群衆を必要とするもの全て，物見高い人やそぞろ歩く人の目を惹くことができそうなもの全てが絵入りポスターに入り込み，それによって，この屋外展覧会，まさに万華鏡のごとく絶えず更新される展覧会の絵が増大する。」（p. 428）ポスター芸術専門の定期刊行物は19世紀末に現れる。たとえば月刊誌〈ポスターの巨匠たち〉*Les maîtres de l'affiche*（月刊，1895年-）。

（13）　*L'Education sentimentale*, ouvr. cit. p. 42.

（14）　1896年4月の〈現代世界〉誌 *Le Monde Moderne* 中のジュール・アヴリーヌによる国ごとのまとめ，「外国の絵入りポスター」を参照（Jules Aveline, « Les affiches illustrées étrangères »）。ポスターに関わる厖大な文献の中では，例えば，ジョン・バーニコートの『ポスター小史』，アブラハム・モールの『都市社会におけるポスター』。1980年，パリでのポスター・ミュージアム展のアラン・ヴェイルによる図録『ポスターマニア』も参照のこと（John Barnicoat, *Histoire concise de l'affiche*, Hachette, 1972 ; Abraham Moles, *L'affiche dans la société urbaine*, Dunod, 1969 ; Alain Weill, *L'affichomanie*）。

（15）　ルーション展の図録を参照（Collection de la Bibliothèque nationale, U.C.A.D., Paris, Musée de l'affiche et de la publicité, 1983）。

（16）　Baudry, *Le camp des Bourgeois*, Paris, Dentu, 1868, pp. 285-286.　ここには「グレーの外套（……），仰々しいフロックコート」，「怪物じみた目」「気前の良いサタン」，タバコの巻き紙の「コンドル」が見られる。注（12）でふれたシャンフルーリの屑屋トピノの集めたポスターも参照。

（17）　「共同洗濯場を青い背景とした大画面のポスター」を描写するこのエクフラーシスを参照――「凶暴そうでいながらの抜けた巨体の近衛騎兵が右手でヴィカの殺虫剤の瓶を，左手には目にも鮮やかに噴出するふいごを持って，顕微鏡で見るように巨大に描かれた虱，蚤，南京虫を退治している。」（*Mélanges posthumes*, Paris, Mercure de France, 1919, pp. 34-

35.）

（18）　とりわけ第23章全体を参照。

（19）　『リュシアン・ルーヴェン』*Lucien Leuwen*（第3章）を参照。フィリポンの例の「梨」の挑発的イメージが喚起されている。

（20）　以下を参照（Gustave Kahn, *L'esthétique de la rue*, Paris, Fasquelle, 1901 ou Emile Magne, *L'esthétique des villes*, Paris, Mercure de France, 1908（1900年までの小論をまとめたもの））。いずれも現代のポスターを激賞している。Frantz Jourdain, « L'art dans la rue »〔in *Revue des Arts Décoratifs*, vol.XII〕, 1891 et l'essai de Chantal〔原文にFr.とあるのは誤り〕Georgel, *La rue*, Paris, Hazan, 1986.

（21）　カベは『イカリア島旅行』で，彼にとっての模範的都市には「ほとんどいつも建物を汚す商業ポスター」がないこと，「有益で，様々な色の紙に美しく印刷され，あたり一帯を美化すべく共和国のポスター業者によって専用の枠に納められた告示」があることを指摘している（chapitre VI, « Description d'Icara » dans *Voyage en Icarie* 1845）。

（22）　たとえば，『パリの匂い』の第2巻『小新聞』第7章「ポリドールの広告」あるいは第3巻『娯楽』で，「大げさな看板，広告，グロテスクで図々しいペテン，芝居，こういったもの全てが互いに支えあっている（……）民主主義の人民とは，ハッタリ屋の人民である。」（dans *Les odeurs de Paris,* le chapitre VII, « Les annonces de Polydore » dans le Livre II « La petite presse », ou le livre III, « Les divertissements ».）

（23）　アメリカの著名な興行師バーナムの名には，「ハッタリ広告」や「宣伝」について述べる全ての人々が頻繁に言及する。ピエール・ラルースの『19世紀万有大事典』のBarnumの項を参照されたい。テーヌの『トマ・グランドルジュ』*Thomas Graindorge*では，バーナムとグランドルジュの出版協力がなされる（第22章）。マリー・コロンビエ〔COLOMBIER, Marie (1844-1910) フランスの女優・作家〕のモデル小説『サラ・バーナム回顧録』（1883）*Les mémoires de Sarah Barnum*〔原文にLes aventures... とあるのは誤り〕のタイトルにもやはりこの名があって，この小説は，「広告」から成り，つねに「貼り出されている」大女優サラ・ベルナールの人生を辿っている。レオ・クラルティは，「壁に貼った道徳的ポスター」« L'affiche murale et morale » (*Le Monde illustré*, 26 septembre 1896) という記事で，高遠な理念を市井に降りてこさせたピュヴィス＝ド＝シャヴァンヌ作のポスターについて，「こよなくアメリカ的だ」と述べている。面白いことに，純粋に文体的レベルでは，ラフォルグは，ボードレールが詩において「アメリカ的比喩」を創出したと賞賛することになる（*Mélanges posthumes* ）。本書第八章を参照。

（24）　本書第八章を参照。

（25）　マリー・コロンビエのモデル小説『サラ・バーナム回顧録』(1883) は，すでに原注（23）で指摘したように，宣伝というものと女優（サラ・ベルナール）の人物そしてバーナムの名とを結びつけている。ドーデの『ニューマ・リュメスタン』も，外見と「見せびらかし」のプロたちのこのような結びつきの一変種であろう（後述）。広告に支配された世紀に蔓延する気取りについては，モーパッサンの記事「熱狂と気取り」参照（« Enthousiasme et cabotinage », *Le Gaulois*, 19 mai, 1881）。

(26)　「紙の時代」は，公の紙幣が行き渡ることについての匿名の凡庸な財政記事のタイトルでもある (« L'âge de papier », Paris, Librairie des assurances, 1866)。

(27)　*Numa Roumestan*, ouvr. cit p. 21.

(28)　オメーはもちろん，19 世紀小説に登場する薬剤師の代表だ。画家シプリアンは現代の街路の情景を熱っぽく支持しており，薬剤のために寓意的な絵を描く（ユイスマンス『世帯』*En ménage*，第 7 章）。その著書『古紙』*Vieux papiers* で，グラン・カルトレは，薬剤師たちについて，「とても特徴ある装飾を常に取り入れてきた同業者の集まり」(p. 349) と語る。

(29)　ウジェーヌ・ペルタン（本書第七章参照）に言わせれば，あらゆる形をとった「絵になること」がありとあらゆるところにおぞましく侵入し，「頭よりも目に訴えかけ」，とりわけ挿絵入り文学は頽廃の徴（しるし）である（*La nouvelle Babylone*, 1862, chapitre 8 ）。「頽廃」という語は，冒頭に引用したゴンクール兄弟の『日記』抜粋にも見られる。フローベールが，自分の著作に挿絵を入れることに猛反発したのはよく知られている（「私が生きているかぎり，挿絵など入れさせるものか」）。

(30)　バルザックの描く金利生活者（『フランス人の自画像』1845）は，「紙の上に産み落とされ」（年金登録台帳），紙そのものであり，「新聞，チラシ，ポスターを読み，ポスターは彼がいてこそ意味があり」，彼は「もっぱら目によって生きている」。また「文学については，その動きを，ポスターを見ながら観察する」。金利生活者の第 6 のタイプ「蒐集家の金利生活者」の例として，バルザックは，ポスターを蒐集し「（パリの）壁からやってきた独創的作品の素晴らしい標本集」をつくる人を挙げている。

(31)　サッカールが『獲物の分け前』で考えつく「モロッコ港湾銀行」のポスター参照。この人物は『金』では，何人かの娼婦に，女の肉体で「もっとも秘めやかでもっともデリケートな」ところに自社のスローガンを刺青させて「生きた女／広告」にする。

(32)　注（1）参照。

(33)　*Quant j'étais photographe*, éd. cit. 1900, p. 103.

(34)　Paris, Charpentier, 1881, p. 26, 130-131. 前出のコラム「熱狂と気取り」« Enthousiasme et cabotinage » においてモーパッサンは，ガンベッタとサラ・ベルナールが結婚するのをひととき思い描いている。

(35)　Ouvr. cit p. 248 et p. 257.

(36)　住人の外皮（衣服）対 住居の（紙製）外皮。フロックコートについては，注（3）でふれた影像マニアについての〈現代建築〉誌の指摘を参照。

(37)　マク＝ナブの詩／広告を参照。アポリネールも同様の詩を書く。

(38)　敵対者からは，まさにポスターに似ていると非難された絵画（とりわけマネに対してなされた攻撃を参照）。

(39)　「高らかに謳うチラシ，カタログ，ポスターを君は読んでいる／これが今朝の詩で，散文としては新聞がある／（……）看板や外壁に居並ぶ文言／標示版やビラはオウムのように繰り返して叫ぶ／私は産業のもたらすこの街の美が好きだ」（「地帯」« Zone »）。

(40)　たとえばラウル・デュフィの「トルーヴィルのポスター」あるいはロベール・ドロ

ーネーの「カーディフ・チーム」（いくつものバージョンがある）を参照（« Les affiches à Trouville » (1906), Musée National d'art moderne, Paris ou « L'équipe de Cardiff »（1912-1913））。その後，20 世紀末にヴィルグレのような画家の「絵画」（重ねたり引き裂いたりしたポスターからなる「絵」）が現れる。

（41）　Meyer Shapiro, « Courbet et l'imagerie populaire » dans *Style, artiste, société*, trad. fr., Paris, Gallimard, 1982.

（42）　本書の序論ですでに触れ，第九章で分析する文章であるが，こちらも参照されたい（「ザールブルックの輝かしい勝利，皇帝万歳！　の叫びとともに克ち取られた　まばゆく彩られたベルギーの版画　シャルルロワで 35 サンチームで売られている」）。

（43）　すでに触れたが，ユゴーの『ライン河紀行』中「看板が看せてくれること」の章（第 6 の書）。

（44）　前掲書。例えばバックス・ビールのポスター，「バックス・ビールの大瓶に金髪を流し込んでいる女性」（第 1 巻，p. 243）。このポスターが選挙ポスター（第 2 巻，pp. 65-66）や見本市情景のジオラマ（第 2 巻，pp. 89-90）と入り交じる。

（45）　ポスター，エピナル版画，シャンフルーリの陶器が大嫌いなゴンクール兄弟は，それでも，自らの歴史家という職業は，このような紙製品の「回収」にあるとしている（Préface, *Portraits intimes du XVIIIe siècle, Sophie Arnould, La femme au XVIIIe siècle, Madame Saint-Huberty*, etc.）。

（46）　Emile Magne, *L'Esthétique de la rue*, ouvr. cit p. 87.

（47）　こうした問題については，以下を参照（Collectif de l'Institut des arts visuels, *Portrait de la couleur*, I.A.V., Orléans, 1993）。

（48）　本書の第一章参照。

（49）　注（1）参照。〈芸術家〉誌の 1835 年度の論説には，「あの馬鹿げたおぞましい黒服」への激しい攻撃があり，このキャンペーンが「全ての芸術家，全ての女性によって」(p. 2) 支持されるよう求めている。同年の記事「衛生から弾劾される黒服」(p. 21 et suiv.)「舞踏会。オペラ座舞踏会。衣装。R……伯爵夫人の舞踏会」(p. 22 et suiv.) も参照。

（50）　化粧と子供っぽい眼差しへの彼の賞賛に注目されたい。現代生活を描く画家は，一種のカスパー・ハウザーであり，「落ち着いた自らの目によってのみ富み」（ヴェルレーヌ），世界に見開かれた素朴で汚れなき眼差しそのものであるべきだ。テーヌが『知性について』で引いている（II. p. 468）一つのケースはカスパー・ハウザーを連想させる。

（51）　*L'esthétique des villes*, ouvr. cit pp. 84-85.

（52）　Charles Blanc, *L'art dans la parure et dans le vêtement*, Paris, Renouard, 1875, pp. 374-375. さらに，見かけ倒しの男，ダンディー，多くの場合「ファッション版画」の状態，「四隅をピンで留められた」絵になっている〔隙のなさ過ぎ，決め過ぎの服装をしている〕男性にも同様のことが言える。この四つのピンは，質素な住居の壁に，かくも多くの絵を留めるのに使われるのだ（本書第二章の注（25）で引用したユゴーの詩を参照）。こうした平面的な身体にも，「シルエット」のテーマ，厚みの喪失のテーマが認められる。このテーマをフローベールは愚かしさと関連づけている。1840 年代のある新聞，「幻想芸

術」派と関わりのある新聞は〈シルエット〉という名である。

(53)　*La Lanterne magique*（1883）のバンヴィルの自序を再度参照されたい。

(54)　〈芸術家〉誌はこう書いている（p. 22〔原注（49）参照〕)。「黒服は，イギリスからの嘆かわしい輸入品である。かつては彼の島国に特有だった心の病を我々にうつし，目下あまりにも感染が広がってしまい，憂愁 spleen はフランス語そして全ヨーロッパ語に入っている。(……) 黒服のもたらした伝染病は，知性の活力に，想像力の飛翔に，致命的な打撃を与える。」

第五章

(1)　Dans *Sur le réalisme*, trad. fr. Paris, L'Arche, 1970, pp. 162-163.

(2)　『ノートル＝ダム・ド・パリ』第 5 章「カジモド」。「こうしたいろいろさまざまな顔がつぎからつぎへと現れ出てくるありさまを，想像していただきたい。人間のあらゆる表情（……）あらゆる年齢（……）あらゆる宗教的幻影（……）あらゆる動物の横顔（……）ポンヌフのすべての怪人づら（……）カーニヴァルのあらゆる仮面（……）ひとことでいえば，人間の顔の万華鏡だ。」〔ヴィクトル・ユゴー『ノートル＝ダム・ド・パリ』辻昶，松下和則訳，岩波文庫，2016 年，上巻，100 頁〕

(3)　本書第三章を参照。

(4)　この「ポルノグラフィックの年」に関する格好の資料としては, 以下を参照（Emile Mermet, *La presse française, Annuaire*, 1881, p. 91 et suiv)。

(5)　17 世紀における描かれた身体と書かれた身体との関係については，ルイ・マランの著作を参照。

(6)　Ph. Dubois et Y. Winkin, *Rhétoriques du corps*, Bruxelles, De Boeck, 1988, J. J. Courtine et Cl. Haroche, *Histoire du visage*, Paris, Rivages, 1988.

(7)　体液説が 19 世紀のなかばまで，いくつかの文学ジャンルのなかで（ボードレールの「スプリーン」や初期のヴェルレーヌ）に生きていたとしても，そしてそれが人類学論考（たとえば，せむしについての論考がある。*Anthropologie*, 1845, sixième édition, 1870）のほとんど公式見解となっていたとしても，さらに，それが数多くの小説（ゾラの『テレーズ・ラカン』1867 年は，ひとつの明らかな例）の基盤となっていたとしても，である。

(8)　本書第一章を参照。

(9)　「情念はイメージに溢れている。というのも，それを支配しているのは生理学的な要素であり，それゆえ情念は感覚と密接な結びつきを持っているからだ」と，ラムネは書いている (Félicité Robert de Lamennais, *De l'art et du beau, tiré du 3ème volume de l'Esquisse d'une philosophie* (1841), Paris, Garnier, 1865, p. 335)。

(10)　第 29 章。画家をめぐる小説に出てくる身体は，いつも四肢がばらばらである。そこには，いわば「オシリス・コンプレックス」〔ギリシア神話で，ばらばらにされたオリシスの身体を妹イシスが集め，新しいオシリスをつくったことによる〕がある。そのことは，これらの小説のなかで働いているアトリエというイメージの場を扱ったときに書いておいた。『マネット・サロモン』（第 5 章）に出てくるランジブーのアトリエの壁に書

かれたものを参照。あちこちに，描き散らされたカリカチュアをとおして，「サラ・レヴィ，頭，頭だけ，バール＝サン＝ポール通り。その向こうには，アルマン・ダヴィッド（……）トルソのモデル，と読める」。ゾラの『制作』に出てくるクロードは，描いている女性裸婦像の頭と上半身と腹をうまくつなぎ合わせることができなくて自殺してしまう。

(11)　サルペトリエール病院での写真については，以下を参照（Didi-Huberman, ouvr. cit.）。医学と文学との関係については以下を参照（J. L. Cabanès, *Le corps et la maladie dans les récits naturalistes (1856-1893)*, Paris, Klincksieck, 1991）。

(12)　もし女性が婦人服デザイナーのブランドを着てそれを広める存在であり，夫の富を誇示する存在であるとすれば（『獲物の分け前』のルネを参照），男は，サンドイッチマンの役割と受勲者のステイタスのあいだで迷うばかりだ。モーパッサンの短編小説『受勲した！』を参照。この小説では，固定観念，頭から離れない心的イメージが，受勲という晴れがましいイメージや，子供時代の思い出（図像に魅せられたとき）と対になっている。こうした結びつきは，非常によく見られる。「生まれて，口をきいたり，考えたりするようになると，支配的な本能や天性をあらわし，ないしは単なる願望をあらわす人間が往々にしてあるものだ。幼少の頃から，サクルマン氏の頭の中には，ただ勲章をつけたい，という考えしかなかった。」〔『受勲した！』（邦題『勲章』），『モーパッサン短編集』II，青柳瑞穂訳，新潮文庫，1971年，117頁〕

(13)　Ouvr. cit. p. 77.〔ガブリエル・タルド『模倣の法則』，池田祥英，村澤真保呂訳，河出書房，2007年，119頁。〕同一のものの反復や再生産として考えられた「振動」の概念は，「身震い」「痙攣」「動揺」のテーマのなかでさまざまに変化する。この概念はモーパッサンにおけるきわめて中心的なテーマで，ときとして（読んではいなかった）タルドを敷衍しているように思える。振動は，神経の側に，つまり体液説的な身体というよりもむしろ「ケーブルを張り巡らせた」身体の概念に属している。19世紀後半の文学的身体のイメージ，とりわけ美術をテーマとするさまざまな小説において，画家の登場人物への言及を支配するのはまさに神経である。

(14)　G. Bachelard, « L'Obstacle substantialiste » et « Psychanalyse du réaliste », dans *La formation de l'esprit scientifique*. 7ème édition, 1970.

(15)　すでに（本書第一章），服に「締めつけられた」身体（ピエロ），身体を欠いた外套，多くの作家を魅了したポスターが出てきた（ルーションの「グレーの外套」については，本書第四章を参照）。

(16)　「表面」surface というこの概念や地位については以下を参照（Dagognet, *Faces, surfaces, interfaces*, Paris, Vrin, 1982）。

(17)　ロニー兄の『骨組み』では奇妙なことにこの図式を拡大適用して，現実に晒され，社会的な身体の周辺部へと位置づけられた「肌」として民衆を表現し，またそのように理論化している（Rosny aîné, *La Charpente*, 1900）。

(18)　第2篇，第2部，第10章。この章で，グインプレンは「2つの世界の狭間に」あると言われる。

(19)　「徴候的な」〔一見重要とは思えない細部だが，その分析を通して背後にある全体

像を推論できるようなものを指す〕世紀としての19世紀については，以下を参照（C. Ginsbourg, *Mythes, emblèmes traces*, ouvr. cit.)。

(20)　彼女は，『パリ便り』(1839年8月10日の14）で，「化粧は告白である（……）ひとりの女性の帽子から靴にいたるまで，告白ではないような装身具はない」と書いている。

(21)　感情表現のための頭部像については，以下を参照（*La Sculpture française au XIXème siècle*, Editions de la Réunion des Musées nationaux, Paris, 1986, p. 42 et suiv.)。バルザックの肖像については，以下を参照（B. Vannier, *L'inscription du corps, pour une sémiotique du portrait balzacien*, Paris, Klincksieck, 1972)。

(22)　第二帝政期を舞台とするゾラ『獲物の分け前』(1872）の活人画の場面，アンドレ・アレの1894年10月28日のコラムの証言「活人画」を参照（« Tableaux vivants », reprise dans *En flânant*, Paris, Société d'Edition artistique, s. d. p. 114 et suiv.)。『獲物の分け前』第6章において，活人画の身体は，神話学（オウィディウスに借りたナルシスとエコーの物語を敷衍している），彫刻芸術（3人の女性が，「プラディエの彫刻群」のように絡み合っている。その集団は「彫刻のようにじっと動かなかった」），きわめてゾラ的な象徴性（マクシムとルネの運命のアレゴリーである）のために使われる。

(23)　たとえばフローベール『純な心』の女中フェリシテの身体を参照。彼女は背中をそらし，きちんきちんとしたその身振りが，まるで機械仕掛けで動く木の人形のようだった。(第1章の末尾)。写実主義・自然主義文学における身体は，あらゆる意味において（習慣的行動，紋切型，儀礼，モノマニー)「ぎこちない」。イメージがモデルを反復するのと同じく，機械は動きを反復する。ミメーシスの外に出ることはできないのである。

(24)　ジャン・マセの教育的ベストセラー『ひと口のパンの物語』を参照 (Jean Macé, *Histoire d'une bouchée de pain*, 1861) 。

(25)　たとえばボードレールの「二重の部屋」を参照。この詩のなかで詩人は，「調和」がとれて，「精神的で」「夢」にあふれた「夢遊病的な」部屋と，「壁の上に厭らしい美術品などひとつもなく」寝台のうえには「偶像」が鎮座する部屋，そして「妖怪」たちや，非連続の空間と事物に委ねられた外界を対立させている。〔ボードレール「二重の部屋」『パリの憂愁』所収，『ボードレール全詩集II』，阿部良雄訳，ちくま文庫，1998年，20-23頁〕

(26)　平面の身体，平面の紙のポスターに描かれたモデルを写し，「ピンで留めた」ポスターの身体については，本書第四章原注 (52) を参照。

(27)　フレンホーフェルが，ポルビュスと彼が描いた女性の肖像画に対して行った非難を参照。「ところであらためて見なおすと，気がつくね，聖女はカンヴァス地に糊づけになっている。これじゃ，聖女のまわりをぐるっとまわってみようったってできやしない。これじゃ，顔の片側しかない影絵だ。切り抜き細工，からだの向きを変えることも位置を変えることもできない絵姿だ。この画面の地とこの腕のあいだには，空気が感じられないね。拡がりと奥行きが欠けているのだ。」〔バルザック『知られざる傑作』水野亮訳，岩波文庫，1965年，147頁〕。その四半世紀後，マネを非難し，日本の版画を拒否した美術批評が使った用語が単語レベルでここに現れている。

(28)　『ヴェラ』中の痕跡のある部屋については，本書第一章を参照。バルベーは，1858年に書かれた『年老いた愛人』(1851) への序文で，「心に永遠の印を刻んだ青春時代の性行」を語っている。第17章では次のようなことばを使って手紙を書く男を描写している。「彼は魂からひとつの痕跡を取り除いた。彼は彼女と同じように，形の不規則な石膏に自分の苦しみを流し込んだ。」この小説全体は，愛する女性の身体を「染みこませた」男のなかに，女性の身体が残した「皺」「折り目」「刻み目」「まだ冷めやらぬ痕跡」の変奏からなっている。

(29)　J. de Palacio, *Pierrot fin-de-siècle ou les métamorphoses d'un masque*, ouvr. cit.

(30)　Ouvr. cit. p. VIII.〔『模倣の法則』，池田祥英・村澤真保呂訳，119頁〕タルドは，模倣の一般理論のなかに，動物磁気，夢遊病，催眠術の参照文献を組み入れている。「社会的人間はほんとうの夢遊病者である。(……) 社会状態とは催眠状態と同じく，夢の一形式にすぎない。すなわち強制された夢であり，行動している夢である。暗示された観念をもっているだけなのに，それを自発的な観念と信じることは催眠状態にある人の錯覚であるとともに，まさに社会的人間の錯覚でもある。(……) 社会とは模倣であり，模倣とは一種の催眠状態である。」(*ibid*., pp. 83-95)〔『模倣の法則』，126-138頁〕。タルドは，あらゆる心的イメージと知覚は幻覚症状に近いとしたテーヌの考えをある意味継承している。

(31)　この短篇小説をさらに細部まで分析したものとして，フィリップ・アモン『ミメーシスの不幸』を参照 (Ph. Hamon, « Misère de la mimésis », dans l'ouvrage collectif, *Maupassant et l'écriture*, dir. Louis Forestier, Paris, Nathan, 1993)。ここに書かれた「震え」(語り手は，友だちのことを，「活動的で，はつらつとしていて，感じやすい」男としている) はこの振動のモチーフを，同じものの (積極的な) 反復としてさまざまに変化させている。これはタルドが模倣の理論の中核に置いたものだ。

(32)　トゥールーズ博士は，ゾラを被験者とした『医学心理学調査』の巻頭に作家が書いた手紙形式の序文をつけたが，そのなかでゾラは「私の脳はガラスの頭蓋骨のなかにあるようなのです。誰にでも私の脳内を見せたし，誰が脳内を読みとりに来ても困りはしないのです」と書いている (Edouard Toulouse, Enquête medico-psychologique, Paris, Flammarion, 1896, p. VI)。

(33)　*De l'intelligence*, treizième édition, Paris, Hachette, 1914, tome I, p. 124 et 159. レオン・ドーデは，『イメージの世界』のなかで，「個的イメージ」personimage ということばをつくって，人格形成において遺伝するイメージの重要性を強調した (*Le monde des images*, Paris, Nouvelle librairie nationale, 1919, p. 35)。

(34)　抒情的なテクストは，共鳴箱とイメージの箱というふたつの隠喩的な体系のあいだをつねに揺れている。たとえばヴェルレーヌの作品全体のなかで無限に反響する声 (『ことばなき恋歌』など)。「頭のなかで歌うもの」(「葡萄の収穫」「昔と今」)，「哀れな不幸せ者の頭に響く」「女の足音」(「叡智」III-3) を参照。

(35)　たとえばエドモン・ド・ゴンクールは，『ザンガノ兄弟』(1879) の序文で，小説は「観察の膨大な蓄積」の結果であると述べている。

(36)　ボルヘスの小説『記憶の人フネス』は外界の印象をなにひとつ忘れることのできな

い人の症状を描いている。

(37)　しかしそれでも，スタンダールは（『ある旅行者の手記』のほかあちこちに），自分が書いた記念建造物の描写の理解を助けるために，版画に頼ることを勧めている。「ジグザク」については後述。

(38)　〈ゴーロワ〉1881年3月12日号のコラム「芸術家の家」。モーパッサンは，エドモン・ド・ゴンクールが『芸術家の家』でその閨房の記述にあてた一節を引用している。その閨房で「彼は『たっぷり見た後に』，脳のほのかな熱気が身体のなかにごくゆっくりとやってくるのを感じた。その熱気なしにはなにも価値あるものが書けないのだ」。そして「なにも飾りがなく，むき出しで石灰が塗られた壁」の部屋に戻って執筆する（ouvr. cit. tome 2, p. 349）。

(39)　画家のジュール・ブルトン Jules Breton は自伝『画家の生涯』（1890）の第30章で次のように書いている。「考えは子どもの頭のなかにイメージのかたちで生まれる」。彼は若いときイメージ化された長い夢想がどんなものか書いているのだが，夜に，眼を閉じると頭のなかに一連の「光景」が展開するのである。

(40)　小説の第12章全体が，イメージ／想像力／夢の範列をさまざまに展開している。モデストは，フランス文学，ドイツ文学，イギリス文学をむさぼるように読む。「3カ国の思想が，この冷ややかな素朴さのために崇高の域に達した頭脳を，混沌とした印象で満たした。」彼女は自分の愛にふさわしい男を想像し，「偶像」を夢見た。「彼女の夢に現れる人物を浮き立たせる金色の背景も，やはり彼女の女らしいこまやかさに満ちた心に比べれば，豊麗さが足りなかった。」〔『モデスト・ミニョン』桑原武夫ほか訳，東京創元社，1973年，39頁〕

(41)　彫刻における型どりについての議論は，ほとんど常に石膏で型どられた女性についての議論であった（1847年のクレザンジェ事件〔彫刻家のクレザンジェは，ボードレールの詩の女神であったアポロニー・サバティエの身体を型にとって制作した『蛇にかまれた女性』を1847年のサロンに出品して，スキャンダルを巻き起こした〕を参照）。フレンホーフェルは，『知られざる傑作』のなかで，この事件についてほのめかしている。型どりについては『芸術家の家』(ouvr. cit, vol. 2, p. 272) でゴンクールが行った考察を参照。「ここには大きな問題がある。日本人は表現しようとする自然の事物の型をとったりするだろうか。(……) 私は，ジョルジュ・プーシェにこのモダンな蟹を見せた。この蟹は私が蒐集しているブロンズ製の動物のなかで，型にはめてつくったのではないかといちばん疑われたものだ。そしてプーシェは初めこれが型を使ってつくったものと思っていたが，この甲殻類の内側に足が生まれていることと，蟹の細かく分かれた生殖器がないのに驚いた。そこから蟹は型にはめてつくったのではない，という結論を下した。日本人は型どりを使わずに，まるで型をとったかのように写し取るのだ。」型どりについては，ディディ＝ユベルマンの論考を参照（*L'Empreinte*, ouvr. cit.）。

(42)　Ouvr. cit. p. 12. すでに見たように，ここから「振動」の概念が出てくる（この点については，すでに引用したモーパッサンの小説『ある家族』のテクストと，本書の原注(13) を参照）。「振動」は身体や物理的な世界において働いている，同じものとミメーシ

スの反復である。すでに見たように，レオン・ドーデは『イメージの世界』(ouvr. cit.) で，遺伝するイメージ (「個的イメージ」personimage) の重要性をとくに強調している。遺伝するイメージは，先祖から伝えられ，その人の精神生活全体を操作するものである。

(43)　ゴンクール兄弟は，『シャルル・ドマイ』のなかで，女性の脳は，「紋切型」，「複製された」考え，「決まり文句」，「世の中に出回る言い方，考え方」の使い古された印刷物（第 63 章）で満ちあふれた場所だと言っている。『年老いた愛人』への 1858 年の序文のなかで，バルベー・ドールヴィイは，「心に永遠の刻印を押した青春時代の傾向」を語っている。また一般に，流行の女性服について「それは『刻印が押されている』〔おしゃれだ〕」という。これはおそらく，そこに独自のスタイルが印されているか（デザイナーの「爪痕」），表現されているからであろう。またその服には，個性やアイデンティティの香りが「浸透」しているかもしれない。

(44)　彼が 1839 年の〈芸術家〉に掲載した記事による。「写真家ピエロ」については本書第一章を参照。

(45)　『マドレーヌ・フェラ』についてマリオンはゾラにこう書いている。「あなたは私が卵巣への感光と呼ぶあの奇妙な生理現象を見事に使われました。(……) まさにそのとおりです。」(Cité par Colette Becker et alii. dans *Dictionnaire d'Emile Zola*, Paris, Laffont, Bouquins, 1993, p. 245)

(46)　Paris, Calman-Lévy, s. d. p. 17. et p. 449 et suiv. ミシュレは次のようにリュカを要約している。「未亡人は 2 度目の夫に，最初の夫に似た子どもたちを次々に与えた。」リュカによれば，ミシュレは，2 番目の雄や 3 番目以降の雄とのあいだの子どもに，最初の雄のイメージを与える動物の雌の例を挙げていた。ラビッシュは，1859 年に『愛，3 フラン 50 サンチームの分厚い本』のタイトルで，ミシュレの本を一幕もののパロディ的諷刺にして発表した。そこでは，とくに浸透の概念を強調して，浸透を単なる「影響」の問題に還元してしまった。当時，ゾラがリュカの論考からノートにとったものは，アンリ・ミットランが『ルーゴン＝マッカール叢書』に再録している（Bibliothèque de la Pléiade, tome V, éd. cit.)。この理論は，マルブランシュ Nicolas Malebranche やルーセル博士 Pierre Roussel (*Système physique et moral de la femme*, 1775) にも見られる。

(47)　*Madelaine Férat* dans Emile Zola, *Œuvres complètes*, Paris, Tchou, Cercle du Livre Précieux, Tome I, 1962, p. 736 et suiv.

(48)　*Ibid*., p. 767.

(49)　*Ibid*., p. 782.

(50)　*Ibid*., p. 800.

(51)　*Ibid*., p. 807. et pp. 812-813.

(52)　*Ibid*., pp. 819-820. こうした具象的な事物の描写はライトモチーフとしてのちに戻ってくる。

(53)　*Ibid*., p. 842. ピュラモスとティスベの物語（オウィディウス，シェイクスピア）で最もよく繰り返し出てくる場面は，壁によって隔てられたふたりの恋人を「目に見えないところにいる」という関係で結んでいる。この見えないところにいるというのは，修辞

学の文彩（パスカル。この点については本書第八章を参照），型どりの想像，ネガの想像，「浸透」の想像，あるいは，イメージの思考全般の想像を定義づけている。

(54)　別に好きな男がいる若い女性と結婚しようとして，夫となる男はその恋人を殺してしまった。その女性は最初の恋人の写真に感光する。「敵対する男の肖像が昔，印画紙のうえにあったときには，はっきりしない写真のネガからつくられたイメージにすぎなかったのに，いまや，そのイメージはジェルビヨン夫人の記憶に突然感光して，そのまま定着してしまった。」そして彼女は子どもをひとり産む。「その子の顔は30歳の男の顔で，殺された男に驚くほど似ていた」のである（強調は，レオン・ブロワによる）。

(55)　写真にまつわる現象ならなんでも好んで取り上げる雑誌〈自然〉は，1890年5月31日号に，「自動記述」のタイトルで，「ネガとしての女性」のいくつかの事例を説明している。その女性たちは，肌に書き込んだ痕跡が残っているという特性を持つ。ピエール・ラルースの『19世紀万有大事典』では，「欲求」envie は次のように説明されている。「妊婦はある種のものに対して突然激しい欲望を持つが，それはときとして病的な欲望にもなる。(……) 生まれた子どもにはときどき肌に刻印や染みがあり，人々はそれを母が心に抱いていたが満足させられなかった欲求のせいにする。」このあと事典は，妊婦の「感応しやすい」性質に帰せられる事実を長々と展開している。「この世に生まれた子どもは母親が欲しがったものの消しがたい痕跡を肌に持っている，という俗信がある。(……) もし母親が自分のほしいものにひどく心を奪われたりすると，母親は無意識のうちに自分の身体の一部に手を当てる。すると子どもの身体のまったく同じ部分に，母親が望んだもののかたちが写し取られるという。(……) これらの染みのかたちや色は，ワイン，サクランボ，クロイチゴ，スグリ，木イチゴ，イチゴ，洋梨，ザクロ，イチジク，リンゴなどの染みと比較できる。こうしたものは，正しいにせよ間違っているにせよ，母親が欲求したと推測されるものだ。母親がなにか不快なものや動物を見て恐怖に囚われた場合，肌についた染みとその動物や事物の類似を好んで見つけたがるのである。」

(56)　タルドによれば「栄養摂取は内的な生殖に他ならない」(ouvr. cit. p. 37, note 1)。記憶は習慣や肥満と同じく，自己が自己を真似る行為なのである (*ibid*. pp. 81-95)。

(57)　Dans *Contes d'une grand-mère*, 2ème édition, Paris, M. Lévy, 1873.

(58)　G・タルドは，「猿の羨望」について語り，猿 singe（「記号」signe のアナグラム）と猿的なものの隠喩を長々と展開している (ouvr. cit. p. 116 et passim)。ゴンクール兄弟『マネット・サロモン』で，図像の制作者である画家のアトリエに猿がいるのは不思議ではない。

(59)　「礼儀作法」の概念は，表現として身体を動かす社会的慣習の反復と考えられ，G・タルドの著作にしばしば現れる (ouvr. cit. p. 206, 207 et passim) 。たとえば，ブルジョワのサロンにおける礼儀作法の反復に関する好例については，ゾラの『ごった煮』の末尾を参照。文学的な側面では，タルドは反復の一般理論の論理のなかで「韻律法」を「詩の礼儀作法」と定義づけている。

(60)　*Les Rougon-Macquart*, Paris, Bibliothèque de la Pléiade, tome V, Gallimard, 1967, p. 1101 et suiv.〔ゾラ『パスカル博士』小田光雄訳，論創社，2005年，236-238頁〕文学では頻繁に見

られるものだが，この場面においては少年時代とイメージとの結合がある。「子どもとイメージ」のもっとも美しい場面はもちろん，ヴィクトル・ユゴー『93年』(第3部第3編5,6) の場面である。そこでは，包囲されたトゥルグ Tourgue の書斎で，三人の少年が一冊しかない聖バルテルミーの生涯の本をばらばらにして，挿絵（「聖バルテルミーの虐殺」）を分け合う。

第六章

(1)　精神病理学者エドゥアール・トゥールーズの用いた表現による。Docteur Edouard Toulouse, *Enquête médico-psychologique sur les rapports de la supériorité intellectuelle avec la névropathie, Introduction Générale, Emile Zola*, Paris, Société d'Editions scientifiques, 1896, p. 269. トゥールーズ博士は，彼の「患者」であるゾラの「創作プロセス」について，268 頁以降で分析を行っている。

(2)　トゥールーズ博士は，「必要に応じてアパルトマン等の場所の見取り図」を線描するというゾラの習慣に，特に注目している（*ibid.*, p. 272)。

(3)　もちろん，これらの記号的実体は，他の実体と相いれないものではない。言語学者たちは，（恣意的で目立たない）言語記号が，（類似的で動機付けのある）図像的機能を獲得できることを心得ている。以下を参照（R. Jakobson, « A la recherche de l'essence du langage », *Diogène, Problèmes du langage*, Gallimard, n° 51, 1966)。

(4)　ゾラが所持し，没後に散逸した絵画や版画，彫刻の目録を参照すること（Catalogue reproduit par C. Becker dans *Dictionnaire d'Emile Zola*, Paris, Laffont, « Bouquins », p. 643 et suiv.)。

(5)　ゾラは『パリの胃袋』の草案でこのように書いている。「私の画家は一言ですべてを描くだろう（……)。私はクロードに，イギリス式銅版画の連作について語らせるつもりだ。」

(6)　John Grand-Carteret, *Zola en images*, Paris, Félix Juven, 1905, et les actes d'un colloque, « Zola en images », réunis dans un numéro spécial des *Cahiers naturslistes*, n° 66, 1992. 奇妙なことに，後者の特集号に収められたどの論文も，ゾラ独特の「図像ライブラリ」iconothèque を概観しているものの，本章で論じている問題（イメージ，ゾラの手によるデッサン，前 - テクスト）については言及していない。*L'Image génératrice de textes de fiction* (sous la direction de P. Mourier-Casile et D. Maucond'huy), Potiers, La Licorne, s.d.

(7)　作者によるデッサンを伴うテクストとして，ここでは2つだけ例を挙げよう。ユゴーの『ライン河紀行』とスタンダールの『アンリ・ブリュラールの生涯』である。

(8)　ゾラの『獣人』における，間テクスト的な構成要素としての草案については，筆者による以下の論文を参照のこと（Philippe Hamon, « Echos et reflets » dans *Poétiques* n° 109, 1997)。

(9)　『オリフュス親父の結婚』執筆のためにオランダを訪れたアレクサンドル・デュマは，洒落たワッフル店の描写に店内の見取り図を添えている（*Les Mariages du père Olifus*, Paris, Michel Lévy, 1873)。

(10)　草稿の一部は，アンリ・ミットランとジャン・ヴィダルの『アルバム・ゾラ』（Paris, Gallimard, Bibliothèque de la Pléiade, 1963）や，アンリ・ミットランによる草稿集（*Emile Zola*, *Carnets d'enquête, une ethnographie inédite de la France*, Paris, Plon, 1986）に収録されている。オリヴィエ・ランブローゾが注解し，目録化した以下の草稿集も参考にすること（Olivier Lumbroso, *L'Invention des lieux*, vol 3, *Les Manuscrits et les dessins d'E. Zola*, Paris, Textuel, 2002, 3 vol.)。

(11)　『獣人』の準備段階では，『ジェルミナル』の主人公エティエンヌが再登場する予定だった。ゾラはこの作品が，『ジェルミナル』の「反響」échos であり「反映」reflets となることを自らに課していた。下書きの中では，しばしば視覚的な「反映」の隠喩が聴覚的な「反響」や「音」の隠喩と混じりあっている。まるでそれぞれの小説に基調となる「色」があるかのようだ。注（8）で引いた筆者の論文を参照すること。

(12)　*Les Rougon-Macquart*, éd. cit. tome V, (« Notes générales » et « Premier Plan remis à Lacroix ») p. 1734 et suiv.

(13)　*Les Rougon-Macquart*, éd. cit. tome I, p. 4.

(14)　『獲物の分け前』における狩猟の隠喩や，『パリの胃袋』冒頭における「腹」と「消化」にまつわる隠喩，また，『獣人』の下書きにおける「機関車はフランスのイメージである」（強調は筆者による）という指示 consigne についても同様である。これらのイメージは，しばしば文学的記憶によるものだが（『獲物の分け前』のイメージにはオーギュスト・バルビエ，『パリの胃袋』のイメージにはラブレーやラ・フォンテーヌが寄与している），作品創造を刺激するその機能についてはまだ研究の余地が残されている。

(15)　『大地』執筆中に書き留められた，ロミリー・シュル・エグルの教会の梁の小さな絵（H. Mitterand, *Carnets d'Enquêtes*, ouvr. cit. p. 576）や，『ジェルミナル』で炭鉱夫たちが酒場で興じる「ビヨン」billon というゲームのために描かれた 3 本の杭の図など，いくつかの例外はある。『ジェルミナル』の草稿における炭鉱の立坑の断面図（Colette Becker, *Emile Zola, la fabrique de Germinal*, Paris, SEDES, 1986, p. 478 et p. 335 et suiv.），『ナナ』の草稿におけるヴァリエテ座正面のデッサンなどを参照されたい。

(16)　ゾラのイマジネールにおける「入れ子構造」について論じるための注目すべき例外として，『夢』の草稿でデザインされたオートクール家の架空の紋章がある。この紋章については以下の論文を参照すること（Yvan Louskoutoff, « Médan, l'Héraldique d'Emile Zola », dans *Les Cahiers naturalistes*, n° 71, 1997）。

(17)　アンリ・ミットランが編集したプレイヤード版第 2 巻を参照すること（éd. cit. tome II, p. 1618）。エレーヌの長椅子は，夢想にふけるヒロインの象徴的な家具として注がつけられている。同じく『壊滅』の準備資料に描かれた，ナポレオン 3 世が戦場で使用した寝室のクロッキーも参照すること（*Carnets d'enquêtes*, ouvr. cit. p. 646）。

(18)　2 枚の見取り図はプレイヤード版第 4 巻に収録されている（éd. cit. tome IV, p. 1640 et p. 1641）。ゾラが発案し描いたオートクール家の紋章は，シナリオ上の逡巡をパラフレーズしたかのように，城と十字架を並べた四分割のデザインで，後述する「四面空間」templum にも似ている。

(19)　*Ibid*., p. 1515 et 1516.

(20)　*Album Zola*, ouvr. cit, p. 133.

(21)　ゾラの執筆計画において，描写的，資料的かつ社会学的性格をもつ「規定書」については，筆者の以下の著作を参照すること（Philippe Hamon, *Le Personnel du roman*, Genève, Droz, 1983 et *Du Descriptif*, Paris, Hachette, 1993)。すでに言及したように，1868年に編集者ラクロワと作者自身のために記した構想中の叢書に関する覚書きでも，「枠組み」cadre という言葉はライトモチーフとして現れる。アーヴィング・ゴッフマンなど，社会における日常生活の構造について分析する一部の研究者にとっても，「枠組み」は重要な意味を持つ用語である。

(22)　プラッサンやスレイヤード，パラドゥーを表す円形（ないし楕円形）の地図は，正方形と長方形から成るパリのアパルトマンの見取り図と対照的である。叢書第1巻『ルーゴン家の運命』の序文においてすでに，ゾラは「閉じた円」のイメージを想起していた。『獲物の分け前』の温室は，全体としては正方形だが，泉水や植え込みが織りなす円形を含んでいる（*Carnets d'enquêtes*, ouvr. cit. p. 33)。似たような配置は，『愛の一ページ』の草稿におけるドゥベルル医師の庭園にも見て取れる（Repris dans *Les Rougon-Macquart*, Bibliothèque de la Pléiade, éd. cit. tome II, pp. 1618-1619)。

(23)　とくにパリの変貌を論じた建築家ウジェーヌ・エナール（1849-1923）の著作を参照すること（Eugène Hénard, *Etudes sur les transformations de Paris et autres écrits sur l'urbanisme* (1903-1909), présentation par J. L. Cohen, Paris, L'Equerre, 1982)。

(24)　以下を参照（Françoise Paul-Lévy, *La Ville en croix*, Paris, Librairie des Méridiens, 1984)。『獲物の分け前』の物語全体を貫くのは，『パリの大十字路』の貫通工事の際に加熱した不動産投機事業である。「開いた手を伸ばし，彼（サッカール）はまるで肉切り包丁のように都市を四つに切る仕草をした。（……）いわゆる『パリの大十字路』である。」（*Les Rougon-Macquart*, éd. cit. t. I, p. 389.）〔『獲物の分け前』，中井敦子訳，ちくま文庫，2004年，107頁。〕

(25)　アンリ・ミットランによって再録された2枚のクロッキーを参照すること（*Carnets d'enquêtes*, ouvr. cit. p. 418)。『居酒屋』のコロンブ親父の酒場はまさに交差点に位置する。この主要な交差点には，シャルトル通りとシャルボニエール通りが作る聖アンドレ十字（X型）の交差点が隣接しているが，これがパリの街を見渡すゾラの眼を引いたに違いない。

(26)　ゾラの小説を構成する図式としての「四面空間」templum については，オリヴィエ・ランブローゾが先鞭をつけている（Olivier Lumbroso, « La figure du croisement dans l'œuvre d'Emile Zola », *Les Cahiers naturalistes*, n° 67, 1993)。筆者の考察は，「前 - テクスト」の概念の理論的検討とゾラの完成作品に焦点を当てた彼の研究を補足するものである。ピエール・ブードンは，「四面空間」templum を，より論理的かつ認識的に理論化している（Pierre Boudon, *Le Paradigme de l'architecture*, Balzac, Candiac, Canada, 1992)。たしかに文学者たちは，建築空間の知覚と表象の方法に関心のある建築理論家たちの視点に立つことで得るところがあるに違いない。（ピエールではなく）フィリッ

プ・ブードンその他の著作を参照されたい（Philippe Boudon, *Sur l'espace architectural* (Paris, Dunod, 1971)；C. Camus, *Lecture sociologique de L'architecture décrite, comment bâtir avec des mots ?*, Paris, L'Harmattan, 1996；F. Pousin, *L'Architecture mise en scène*, Paris, Arguments, 1995, Collectif, *Testo letterario e immaginario architettonico*, R. Casari, M. Lorandi, U. Persi (éd.), P. R. Amaya, Jaca Book, Milan, 1996)。

(27)　たとえば，『金』の草稿における証券取引所の見取り図，『パリの胃袋』の草稿における中央市場の棟の見取り図，『ジェルミナル』におけるそれぞれの立坑の詳細図などは，ゾラの手によるものではない。また，すでに言及した通り，『夢』の草稿には建築家フランツ・ジュルダンによるデッサンが使われている。

(28)　『アルバム・ゾラ』に再録されたデッサンには，ゾラ自身が「プラッサンからラ・パリュへと至る道は，レザルトー村から1マイルほどのところを通る」と余白に記している（*Album Zola*, ouvr. cit. p. 135）。我々は「切断」という想像領域（1本の道が村を「切断」し，横切り，連絡させる）を経由して，迂回や隣接という想像領域へと至るのである。後者は包囲と隔離というテーマ体系，そして解放というテーマ体系を問題化する。

(29)　*Carnets d'enquêtes*, ouvr. cit, p. XII du folio de planches central.

(30)　『アルバム・ゾラ』に再録された『大地』の草稿では，たとえば，登場人物の「地籍」を示す素描と，「樹によって」農地の分割線や土地区画を示した素描が組み合わせられている（Repris dans *Album Zola*, ouvr. cit. p. 227)。

第七章

(1)　『新バビロン』*La nouvelle Babylone*, 3ème édition, Pagnerre, 1863, p. 196 et suiv. 第8章全体が挿絵に対する激しい攻撃である。第8章の終わりでペルタンは，自分はこのような絵入り文学よりも，色とりどりのエピナル版画の方がまだましだと主張する。しかし彼は，自分の世紀を無条件に愛しており，第11章ではふたたび，この退廃の観念に立ち戻る。

(2)　L・オートクールの前掲書の他に次を参照（Mario Praz, *Mnemosyne, The Parallel Between Literature and the Visual Arts*, Princeton University Press, 1967〔マリオ・プラーツ『ムネモシュネ　文学と芸術との間の平行現象』，高山宏訳，ありな書房，1999年〕; R. Klein, *La forme et l'intelligible*, Paris, Gallimard, 1970 ; M. Fumaroli, *L'Ecole du silence, le sentiment des images au XVIIe siècle*, Paris, Flammarion, 1994)。ノディエは，『私自身』と題された若い頃の小文の中で，第9章（「本の最良の章」）を句読点だけを用いた1ページによって構成している（Nodier, *Moi-même*, édité par D. Sangsue, Paris, Corti, 1985)。

(3)　今日一般に「挿絵」を意味する « illustration » という単語の語義のひとつは，19世紀において，「有名な人 quelqu'un d'illustre，名士」でもあったことをふたたび想起しておきたい。P・ヴェロンは，『マカダム道路の騎士たち』に再録されたある時評「反射鏡」（すでに本書の序論で言及したもの）において，「純粋にパリ的な本性をもつ人物タイプ」，すなわち有名人に寄生してその真似をする人間を描き出している。「反射鏡が彼の名士（illustration）にいったん食らいついたら，決してそれを離すことはない。」(P. Véron, Les chevaliers du macadam , Paris, Calmann-Lévy, 1877) ブロンとバラルによって出版された『今

世紀の名士と著名人』のシリーズを参照（Blond et Barral, *Les illustrations et les célébrités du siècle*）。

(4)　多くの書籍があるが，たとえば次のものを挙げておこう（La revue du Musée d'Orsay, *Quarante-huit / Quatorze* , le collectif (dirigé par S. Michaud, J. Y. Mollier, N. Savy, *Usage de l'image au XIXe siècle*, ouvr. cit. : Ph. Hamon, *Expositions*, ouvr. cit. ; « Zola en images », numéro spécial de la revue *Les Cahiers Naturalistes*, n° 66, 1992 ; le colloque de Dijon, *Victor Hugo et les images*, textes réunis par M. Blondel et P. Georgel, Ville de Dijon, 1989）。一つの小説のさまざまの版の挿絵の詳細な研究については，たとえば以下を参照（Delphine Gleizes, *Le texte et ses images, histoires des « Travailleurs de la mer », 1859-1918*, thèse de doctorat, Paris VII, 1999）。

(5)　Ségolène Le Men, *La cathédrale illustrée de Hugo à Monet, regard romantique et modernité*, Paris, C.N.R.S. Editions, 1998. 挿絵入りの文学の本が「アート・ブック」になろうとする小革命は，ルメール社（『ソネットとエッチング』*Sonnets et Eaux-fortes*）と，雑誌〈エッチングのパリ〉*Paris à eau-forte* を 1868 年から 1874 年にかけて刊行したリシャール・レクリッド社を中心に起こっている。

(6)　ピエール・ラルースは，« Frontispice »（扉絵）という項目の最初に，「騒々しい扉絵の時代は終わった」と書いている。

(7)　この文学のもっとも代表的なものは，おそらく共同執筆本『フランス人の自画像』（*Les Français peints par eux-mêmes*, Curmer, 1840-1842）であろう。この書物，およびこの文学については，次の有益な総括を参照（*Les Français peints par eux-mêmes*, Les dossiers du Musée d'Orsay, n° 50, par S. Le Men et L. Abélès, R.M.N., Paris, 1993）。この有名な出版物のもっとも興味深い入り口のイメージは扉絵ではなく，挿絵入りの目次である（**図版 8** を参照）。

(8)　Etienne De Jouy, *L'Hermite de La Chaussée d'Antin, ou Observations sur les mœurs et les usages parisiens au commencement du XIXe siècle*, Paris, Pillet, 5 volumes, 1813-1814. 最初の「時評」である「作者の肖像」は，1811 年 8 月 17 日の日付である。『フランス人の自画像』に関するオルセー美術館の資料（前掲書）は，ジュイの本を「生理学文学」の始祖としている（p. 24）。ド・ジュイ（1764-1846，V・J・エティエンヌのペンネーム）は，軍人，検閲官，オペラ台本作者，アカデミー会員である。時として冗漫な多作家で，何冊かの「隠者もの」（「ギアナの」隠者，「田舎の」隠者，「牢獄の」隠者，など）を著し，ライヴァルも生まれた（Marval, *L'ermite de Chimboraço (...) voyage dans les deux Amériques*, etc）。ド・ジュイの本は大成功を収めたが，その証拠は『ブヴァールとペキュシェ』の一節にも認められる。文学の教養をつけようとするブヴァールは，「風俗の知識を身につけ，それを深めようと欲した。彼はポール・ド・コックを再読し，ショセ＝ダンタンの年老いた隠者の本をめくった」（第 5 章）。1890 年になってもなお，同年 2 月 2 日付けの〈エコー・ド・ラ・スメーヌ〉*L'Echo de la semaine* 紙において，「国立図書館」の「パリのタブロー」の記事に « L'Hermite » と H をつけて署名しているジャーナリストがいる。

(9)　アディソン Addison とメルシエ Mercier の名前は，『パリあるいは 101 の書』の扉絵に見出される（本章で後述する部分を参照）。

(10)　C. Ginsburg, *Mythes, emblèmes, traces*, ouvr. cit.〔カルロ・ギンズブルグ『神話・寓

意・徴候』竹山博英訳，せりか書房，1988。〕

(11)　ここには後ろ姿の写真家が描かれており，さまざまな年齢や階級の男女の群衆の写真を撮っている。この雑誌の第1号の巻頭を飾るのは，テーヌによるパリ社会の短いスケッチ・シリーズ『パリ・ノート』*Notes de Paris* で，これは後に『トマ・グランドルジュ』（*Thomas Graindorge*, 1867）となる。同じ『パリ生活』と題されたパリジ（エミール・ブラヴェ）の時評集の表紙には，写真機を操作する一人の女性が描かれている（Parisis (Emile Blavet), *La Vie Parisienne*, Ollendorf, 1886）。

(12)　Lourdoueix, *Les folies du siècle, roman philosophique*, Paris, Pillet, 1818.

(13)　ラクロワ社から出版された共同執筆本『パリ・ガイド』*Paris-Guide* (2 vols, Paris, 1867) のグザヴィエ・オーブリエ Xavier Aubryet による「ショセ＝ダンタン」の章を参照。メルシエは，この新しいショセ＝ダンタン地区の新建築を何度か喚起している。

(14)　このテーマについては，メルシエの『タブロー・ド・パリ』の中の章「真の哲学者の祖国」（第1巻第7章）を参照。隠者が観察する光景は，パリの新しい大通りのひとつで，あらゆるジャーナリズム文学（とりわけ「時評」）と「パリ風俗小説」の象徴的トポスである。〈ブールヴァール〉紙 *Le Boulevard*（写真家カルジャの編集による新聞，1862年-）の扉絵を参照。モニエは彼の「パリの出会い」シリーズ（1826-29）の中で，「ショセ＝ダンタンの男女住民たち」の素描を描いている。

(15)　「ここで，1815年6月16日の夜明け方，ロッソムの丘で，馬に跨り，手に望遠鏡を持ったナポレオンの姿を素描する必要はないだろう。私が示すより前に，すでに皆がその姿を見ているからである。（……）この最後の皇帝の姿はそのまま，人々の想像力の中で屹立している。」（ヴィクトル・ユゴー『レ・ミゼラブル』，第2巻第1章第1節）。本の挿絵のイメージによって植え付けられたもう一人の望遠鏡を携える英雄は，J・ヴェルヌの探検家である。

(16)　ランボーは，1870年8月25日付のイザンバール宛書簡のなかで次のように書いている。「ぼくは『パリの悪魔』を手に取りました。グランヴィルのデッサンほどばかばかしいものが一体あったかどうか，おっしゃっていただきたいものです。」1871年8月28日付のドメニー宛の書簡では，ランボーは自らをまさしく扉絵の悪魔の姿で描き出している。「ぼくは歩く人 piéton にすぎず，それ以上の何者でもありません。ぼくはあの巨大な都〔パリ〕にたどりつくでしょう。」「歩行者」piéton という語は，19世紀において，田舎の郵便配達夫という意味もあったことを想起したい。すなわち手紙／書いた物（エクリチュール）を持って歩く人のことである。

(17)　屑屋でありかつダンディである悪魔という，この2重の両義性は，おそらくガヴァルニが意図したものであって，決して消し去ることはできない。この扉絵は，ある大衆向けの小冊子によって「ふたたび拾い上げられて」いる。このテクストは悪魔に向かってこんなふうに呼びかける。「屑屋のナンバー・ワン（……），確かに柄付き眼鏡を持ってやがらあ!!!　なんて気取った奴だ！」（*Nouveau catéchisme poissard, ou l'art de s'engueuler dévoilé, par Monsieur Blague-en-main*, Paris, Chez tous les marchands de nouveautés, 1852.）

(18)　ゾラは，『ルーゴン＝マッカール叢書』の準備資料において，自分自身のために，

物語が展開する場所の地図をスケッチしている。本書第六章参照。

(19)　文学における悪魔については，M・ミルネールの著作『フランス文学における悪魔，カゾットからボードレールまで』を参照（Max Milner, *Le diable dans la littérature française de Cazotte à Baudelaire*, Paris, Corti, 1960）。ポール・ド・コックは『大都市，パリの新しいタブロー』の第1巻（第2巻は共同執筆である）の序文の最後で，当然のことながら『びっこの悪魔』に言及している（Paul de Kock, *La Grande Ville, nouveau tableau de Paris*, Paris, Marescq, 2ème édition 1844, p. 6）。ゾラの『ごった煮』を描いたロビダのカリカチュア（1882年）では，屋根の上にいて，天窓を開け，断面図で示された建物の内部を探索しているゾラ（アスモデの変種）と，入り口に座って，その家の生活を書いている門番の姿のゾラ（隠者の変種）がいる。ロマン主義時代の石版画アルバムは，この悪魔の人物をしばしば取り上げた。〈1832年のアルバム〉« l'Album 1832 » (l'éditeur Gihaut) のラフェ Raffet による扉絵では，ある画家のアトリエで，ポトフの鍋から何人かの悪魔とアルバムのページがあふれ出ているのが見える。以下の2著も参照（Julien Boilly, *Au diable l'album*, Paris, Ardit, 1832 et E. Le Poittevin, *Les diables de lithographies*, Paris, Aumont et Londres Ch. Tilt, s.d., 1832）。

(20)　この表現は，ゾラ（『自然主義の小説家たち』ほか随所）に見られるものだが，19世紀の多数の「風俗」小説家や時評作者にも見出される。たとえば，以下を参照（L. Reybaud, *Ce qu'on peut voir dans une rue, impressions d'un gardien de Paris*, Paris, Michel Lévy, 1858, p. 4 et 143）。

(21)　この変種として，ラ・ベドリエールの『実業家，フランスにおける職業の生理学』の書店ポスターとモニエによる扉絵がある（La Bédollière, *Les industriels, physiologie des métiers et professions en France*, 1841）。（この本にはもちろん，モニエの素描を付した屑屋の章が含まれている。）その扉絵は，小さな人形を売り歩く行商人を描いており，頭の上に盆を載せて，そこにさまざまな社会的典型を表す（ダンタン風の）一連の小さな人形を運んでいる。したがって，3次元のイメージと2次元のイメージが交互に現れる。

(22)　写実主義／自然主義の潮流において，数多くの小説の描写を「開く」ために窓の主題が頻繁に出現することについては，フィリップ・アモン『描写的なるもの』を参照 (*Du descriptif*, ouvr. cit. p. 172-)。A・ウーセーの『わが窓辺の旅』（A. Houssaye, *Voyage à ma fenêtre*, Paris, V. Lecou, 1851）のT・ジョアノによる扉絵は，バルコニーにいる作者が，男女の友人に囲まれているところを（「隠者」の正反対である），窓の外から正面向きに描いている。彼は外にいる読者／観者の方を見ている（したがって，ド・ジュイの扉絵とはまたしても逆の構造である）。第1章「いかにして私にこの旅の考えが生まれたか」は，作者の机の上に掛けられた，愛人のパステル画の肖像画に接吻するために部屋の中に入り込んできた太陽と作者との「幻想的」な会話である。第2章「窓から見えるもの」は，そこで夢を見たり町の光景を観察できたりする窓への頌歌（オード）である。

(23)　メルシエが『タブロー・ド・パリ』の中で屑屋の栄光に捧げている章（第2巻，184章）（「この賤しい紙屑も我々の書棚を飾ることになる書物の原料だ」）を参照。デルヴォーは『パリの時間』*Heures parisiennes*（1866）の冒頭で，「午前3時」における屑屋

たちの姿を喚起している。彼らは「ぼろ布と紐を身体に巻き付け，手に爪棹を持ち，背中に柳で編んだ箙(えびら)をかつぎ，種々雑多な要素でできた街路の堆肥の中から自分たちの生活の糧を探し，拾い集める。古い紙や古い品物，拒絶された恋文や支払われた為替手形といった，かつては貴重で今や見向きもされない物を。」屑屋は，遊歩者のプロレタリア版変種である。この収集家にして，「見たもの」choses vues をさらい尽くす人物は，近代の大都市に潜入して溝から「人間の資料」をかき集める作家の寓意として，遊歩者と肩をならべる。屑屋の道具は，背負い籠，角燈，そして爪棹である（屑屋とその道具および表象については，『オルセー美術館資料，フランス人の自画像』を参照（*Les dossiers du Musée d'Orsay, Les Français peints par eux-mêmes*, n° 50, R.M.N. 1993, pp. 107-109)。

(24)　歩く人の持物(アトリビュート)である杖は，周知のように，写実主義の父バルザックの「欠くことのできない」持物(アトリビュート)である。

(25)　角燈は，イメージを投影する「芸術的な」物体（幻燈）でもあり，またディオゲネスに結びつけられる「哲学的な」物体でもある。『パリあるいは 101 の書』の扉絵を参照。デルヴォーは『パリの時間』（前掲書）の中で，屑屋たちを「この紙屑のディオゲネス」と呼んでいる。ロシュフォールの有名な小新聞のタイトルをはじめとするいくつかのタイトル，また『ランタン』と題された他のさまざまな作品（たとえば素朴なデッサン入りのボキヨン Boquillon のもの）など，あるいはバンヴィルの散文詩集『幻燈』などを参照（*La lanterne magique*, 1883, recueil de « portraits »)。角燈はしたがって，現実の道徳的な調査探求という批評行為に結びつく。

(26)　ルーペを持ってボヴァリー夫人の身体を解剖し，メスの先で心臓を取り出しているフローベールの有名なカリカチュア（A・ロリオ作）を参照。

(27)　屑屋がいなければ，本もないし，作家もいない。『タブロー・ド・パリ』の第 183 章（第 1 巻）のメルシエによる屑屋への賛辞を参照。「この男はその鉤棹を使って，泥の中で見つけた物を拾い上げ，背負い籠の中に入れる。（……）この賤しい紙屑は，我々の書棚を飾ることになる書物の原料である。（……）彼の鉤棹なしでは，私の作品は，読者よ，あなたがたの前に存在しないだろう。」ゴンクール兄弟は，自分たちをがらくたの掘り出し人，絵画以外の装飾品やタペストリーや素描の収集家と見なしている。彼らは貴族的な屑屋であり，紙や屑物(シフオン)が大好きで，自分たちの本，たとえば『ジェルミニー・ラセルトゥー』の売り上げでそれらを買うのだが，その本は「街路からやってきた」もの（『ジェルミニー・ラセルトゥー』の序文）である。エドモンが彼らの「掘り出し物」や「探索」について語っている『芸術家の家』の記述を参照（*La maison d'un artiste*, Paris, 2 vol., Charpentier, 1881, I, p. 187)。彼らはまた，婦人服モードのあらゆる「お洒落用品(シフオン)」もまた賛美している（彼らの小説，とりわけ『シェリ』*Chérie* における婦人服の描写への嗜好と，この小説の第 75 章の終わりでエドモンが使っている「お洒落用品(シフオン)の精神性」という表現を参照)。

(28)　シャルル・モンスレによる辞書形式の『文学の柄付き双眼鏡』を参照（Charles Monselet, *La lorgnette littéraire*, 1857)。

(29)　本章冒頭のゴンクールによるエピグラフを参照。ジラルダン夫人 Mme de Girardin

の機知に富んだ2つの小説（『鼻眼鏡』*Le lorgnon* と『バルザック氏の杖』*La canne de Monsieur de Balzac*）ならびにスクリーブ Scribe の戯曲『鼻眼鏡』（ *Le lorgnon*, 1833）は，自分の姿を見えなくしたり（バルザックの魔法の杖は，どこにでも入り込むことを可能にするもので，悪魔ロベールの小枝に喩えられる），人々の過去や隠された感情を読み取ったり（魔法の鼻眼鏡）することができる魔法の品物を登場させているが，これらはアスモデのテーマの変奏である。「両眼鏡」は現実の作家の姿（ゾラ，ゴンクール，シャンフルーリなど）であると同時に，写実主義／自然主義の批評言説の隠喩でもある。メルシエはしばしば，パリを「柄付き眼鏡で見る人」のことを語る。「鼻眼鏡をかけ，鞭打つことはしない」というのが，サント＝ブーヴの批評のモットーである（『わが毒』*Mes Poisons*）。ジャーナリストのルイ・デプレは，1862年2月9日の〈ブールヴァール〉紙に掲載したシャンフルーリについての記事の中で，「ヌーヴ＝ピガール通りの隠者」の「探求好きの両眼鏡」について語っている。E・ド・ゴンクールは，『ザンガノ兄弟』*Frères Zemganno*（1879）の序文の中で，この小説は「膨大な観察の蓄積と鼻眼鏡をかけて取った無数のノートから作られている」と語り，また『日記』の中で，自分の「鼻眼鏡，12番」について述べ（1891年8月27日），自分の小説を「柄付き双眼鏡と見なしている（「大事なことは，新しい柄付き双眼鏡を発見することである。その眼鏡であなたは，まだ使われたことのないレンズを通して人や事物を見せるのである。」1874年4月末）。

(30)　ゾラが，1864年8月18日付のA・ヴァラブレーグ宛の手紙で，「スクリーン」の比喩を長々と展開しているのは有名である。「スクリーン」écran とは，写真機の箱の一番奥にある磨りガラスで，写真を撮る前にその上で焦点あわせをするものである。

(31)　『フランス人の自画像』*Français peints par eux–mêmes* の「遊歩者」の章において，オーギュスト・ド・ラクロワ Auguste de Lacroix は，大都市に潜入して動き回る遊歩者と，家に籠もった観察家をはっきりと区別しつつ，「ショセ＝ダンタンの自称隠者」を引き合いに出し，この人物は，実際は「若い頃の習慣をまだ諦めることのできない老練の遊歩者」であると述べている。「写字生（コピスト）」はもちろん，蟄居して座って物を書く隠者の極みである。〈ヴォルール（泥棒）〉紙 *Le Voleur*（1828年創刊）のモニエによる扉絵を参照。それは，一人の写字生を描いているが，〈ヴォルール〉紙はすでに出版された記事や小説を再録する新聞である。この扉絵には次のような短いテクストが付いている。「その男はあまり才知に恵まれなかったので／他人の才知でそれを補っていた。／彼は盗用し，盗用し，はたまた盗用した。」盗用者／編纂者（compilateur）とは，いわば，すでに公衆の場に投げ捨てられた他人のテクストの屑拾い（または収集家）である。

(32)　19世紀における放浪者の人物については，次の著作を参照（J. Cl. Beaune, *Le vagabond et la machine, essai sur l'automatisme ambulatoire, médecine, technique et société, 1880-1910*, Seyssel, Champ Vallon, 1983）。

(33)　例を2つ挙げよう。〈イリュストラシオン〉紙が何年にもわたって使用した（2番目の）扉絵は，パリのシテ島の川下の先端部からの眺望を描いている。これはまさしく，ゾラの『制作』の主人公で，未完成の自作の前で自殺することになる「頭がおかしくなった」画家クロード・ランティエの大きなタブローの主題である。また，『ブヴァールとペ

キュシェ』には，ペキュシェが扉絵になる場面がある。「ときどきペキュシェは，ポケットから彼の教科書を取り出した。彼はその本の扉絵に描かれた庭師のポーズで，鋤をそばに立ったまま，その本の一節を勉強していた。」（第 2 章）フローベールは『ブヴァールとペキュシェ』の創作において，〈ヴォルール〉紙のモニエによる扉絵を参照したのではないだろうか。

(34)　コルビエールは，「夜のパリ」（『黄色い恋』*Les amours jaunes*）の中で屑屋をディオゲネスと同一視している。「屑屋のディオゲネスは／角燈を手にして，ずうずうしくやってくる。」フェリックス・ピア Félix Pyat は『ディオゲネス』*Diogène* と『パリの屑屋』*Le chiffonnier de Paris*（1847）と題された 2 編の戯曲（彼の最後の作品）の作者である。ディオゲネスと屑屋という 2 人の人物は，すでに述べたように，角燈を持った人間である。

(35)　『生理学本の生理学』*La Physiologie des physiologies*（1841）は，「四つ辻の泥の中で出会ったものすべてで背負い籠をいっぱいにするように，本をいっぱいにする文学的屑屋」のことを書いている。エドモン・ド・ゴンクールは，『文学の序文と宣言』の序文において，彼ら兄弟は「自分たちより以前には使い道のないまま残っていた歴史的材料（自筆書簡，タブロー，版画，家具）」を使ったのだと述べている（*Préfaces et manifestes littéraires*, Paris, Charpentier, 1888）。彼らの著作『18 世紀の親密な肖像』*Portraits intimes du Dix-huitième siècle* の序文において，ゴンクール兄弟は，歴史家にとって特別な材料である自筆書簡について，「つまらないもの，屑，埃，風に飛ばされるもの」だと言っている。モーパッサンは，E・ド・ゴンクールの『芸術家の家』（文学の隠者の独房であると同時に，18 世紀の「屑屋」の倉庫でもある家）について，1881 年 3 月 12 日に〈ゴーロワ〉紙に掲載した時評の中で，ゴンクール兄弟は「扇や晩餐のメニュー表や靴下留めやレースや短靴のバックルやかぎ煙草入れ（……）で歴史を書いた。兄弟は探索者である。過去の，人生の，言語の探索者である」と書いている。

(36)　オートゥイユの自宅でジュール・オッシュによって「インタビューを受けた」E・ド・ゴンクールは次のように答えている。「外の世界との接触は私を傷つける。私は家に閉じこもる。仕事をするには砂漠が必要だ」（『自宅のパリジャンたち』*Les Parisiens chez eux*, Paris, Dentu, 1883, p. 239）。

(37)　上記注（29）を参照。シャンフルーリもまた，ゴンクール兄弟と同様，その陶器収集への情熱によって，屑屋と同一視される。〈ブールヴァール〉紙のカリカチュアでは，彼は両腕に小さな装飾用小物をいっぱい抱えている。あるいは，1868 年 3 月 29 日の〈エクリプス〉誌のジルによるカリカチュアでは，皿をいっぱい飾った室内で，下水清掃夫の長靴を脱ぎ，室内用便器の中で足湯をしている。また，1859 年 3 月 5 日の〈ジュルナル・アミュザン〉紙のナダールによるカリカチュアでは，屑屋の姿で，道でたくさんの割れた皿を爪棹で拾っている。以下を参照 (S. Le Men, « Le portrait du collectionneur en chiffonier, vu par Champfleury », in *Les collections*, ouvr. cit.)。

(38)　ルーペを持ったもう一人のゾラの姿については，ジョン・グラン＝カルトレ John Grand-Carteret の前掲書（p. 14）を参照。

(39)　屑屋の姿のゾラ（背負い籠，爪棹，角燈），あるいは屑屋のヴァリアントである下

水清掃夫の姿のゾラの表象については，ジョン・グラン＝カルトレの前掲書（p. 114, p. 99, p. 150）を参照。「文学の下水清掃夫」という表現は，ゾラ自身が，『テレーズ・ラカン』（1867）第2版の序文で使っているものである。ドレフュス事件の時のルブルジョワによるカリカチュアで，「ルーゴン親父の幸運」（ママ）の挿絵として屑屋の姿をしたゾラを描いたものも参照（*Zola, 32 carricatures par Le bourgeois*, Paris, Bernard, 1898）。

(40)　この50篇の十行詩の集成は，マイケル・パクナム Michael Pakenham によって再刊された（*Album Zutique* Editions des Cendres, 2000）。これらの十行詩について，より詳しくは次の第8章を参照。

(41)　ゾラは，1868年5月5日の〈エヴェヌマン・イリュストレ〉紙 *L'Evénement illustré* で，この書物に対するクールベの挿絵についてコメントしている。

(42)　『相続ル・カミュ，自然の友，シャンフルーリの絵入り作品集』*La succession Le Camus, Les amis de la Nature, Œuvres illustrées de Chamfleury*, Paris, Poulet-Malassis, 1861. ラヴェルチュジョンは，「静物の新しい組み合わせを試みるのにつねに忙しく」（p. 40），色彩の組み合わせのことしか考えていない。たとえば，ナイフを入れたブリ・チーズとそのナイフを描いたタブロー（審査委員会によれば「扇動的」で「無政府主義的」なタブロー）に，画家は，ブーゴンの反対にもかかわらず，聖水盤を加えようとする（p. 17-）。聖書と煙草用のハンカチと眼鏡を描いたタブロー（pp. 22-23）があり，果物と花を描いた静物画に関するラヴェルチュジョンとブーゴンの長い議論（p. 40以降）がある。あるいは弁護士のトック帽を描いた静物画に関する長い議論では，画家はその絵にインク壺，紙，羽根ペン，書類を付け加える（p. 112-）。シャンフルーリは『アカデミーの喜劇』（1867）*La comédie académique* においても，これらの「換喩的」絵画にふたたび言及する。次章で見るように，「換喩的」イメージは，19世紀の「読むイメージの危機」の中心に位置することになる。

第八章

(1)　たとえば，スカリジェ Scaliger の『詩学』*Poétique*（1561）がその例である。エッセー集のタイトル『彫刻と刻印，スカリジェの詩学』（*La statue et l'empreinte, la Poétique de Scaliger*, dir. C. Balavoine et P. Laurens, Paris, Vrin, 1986）がそれを示している。モンテーニュが彼の本について話すために使っているイメージも参照（『エセー』第2巻，第18章）。「わたしは，自分を型どった肖像を作りながらも，その自分を引き出してくるために，しばしば，髪の毛を整えるなど，見てくれを整えなくてはいけなかったのだけれど，そのせいで，モデルとなったオリジナルのわたしがぐっと固まって，ある程度は自分で形を作ることになった。」〔モンテーニュ『エセー』宮下志朗訳，白水社，第5巻，131頁〕

(2)　E. Deschanel, *Physiologie des écrivains et des artistes, Essai de critique naturelle*, Paris, Hachette, 1864, p. 6 et p. 9.

(3)　Ernest Hello, *Le style, théorie et histoire*, Paris, Palmé, 1861. この非順応主義のカトリック作家のじつに見事なエッセーは，修辞学的なアカデミズムとロマン主義の両方を批判し，未完成，沈黙，文体の真実，リズムについての興味深い省察を含んでおり，美と光と真実

の関係についての長い隠喩を繰り出している。「言葉と光は，その隠された類似性によって私の心を打つ（……）。光の作用を発見して，記憶する鏡を発明した日に，人間は写真術によって，言葉の法則を見出したのである。」（p. 155-，強調はエロー。）エローは，『さかしま』のデ・ゼッサントの好む作家のひとりであり，デ・ゼッサントは「写真術の作用と記憶の作用とのあいだに成立しうる興味深い比較を明らかにした」ことで彼を賞賛している（第 12 章）。エリー・フォールはその論文集『形態と力』のひとつの章に「刻印」というタイトルをつけることになる。彼はそこで芸術作品を次のように定義している。「芸術作品とは，精神的な刻印でなくて何であろうか，なぜ足型と脳の刻印を区別する必要があるのか？」（Elie Faure, *Formes et forces*, Paris, Floury, 1907, p. 41）彼はその有名なエッセー『形態の精神』*L'esprit des formes*（1927）において，芸術家に対する環境の影響の研究についての章で，同じタイトルを用いることになる。

(4)　たとえば次を参照（Albalat, *Comment il ne faut pas écrire, les ravages du style contemporain,* ouvr. cit.）。

(5)　フローベールはジョルジュ・サンドに宛てて次のように書いている（1868 年 3 月 19 日）。「あなたの友人は蠟でできた人間です。すべてはその上に刻印され，はめ込まれ，入り込みます。あなたの家から戻ってくれば，私はもはやあなたのことしか考えられず，あなたの家族やあなたの家やあなたの景色や私が出会った人々の顔のことしか考えられないでしょう」等々。

(6)　レオン・ドーデは『イメージの世界』において精神的なイメージを扱う際の，作家たちの文体について語っている（Léon Daudet, *Le monde des images*, ouvr. cit.p. 17 et passim）。「作家という名に値する作家はそれぞれ，他のすべての中でそれとわかる，あるタイプの，レースの編み目のような比喩を持っている。そしてそれが要するに文体と呼ばれるものを作っているのである。文体とは人間であり，とりわけ比喩でもある。」

(7)　Aristote, *La Poétique*, éd. Dupont-Roc et Lallot, Paris, Seuil, 1980, p. 109. 隠喩と（見る）イメージの関係については，E・H・ゴンブリッチの『棒馬考』の「芸術によって視覚的に翻訳された価値の隠喩」を参照（« Métaphores de valeurs traduites visuellement par l'art », *Méditations sur un cheval de bois*, ouvr. cit. p. 33-）。同じく，M・バルの次のエッセーも参照（*Images littéraires, ou comment lire visuellement Proust*, Montréal-Toulouse, P. U. M., 1997）。

(8)　テーヌによる肯定と否定の混交としての（心の中の）イメージの定義については，後の註（35）を参照。

(9)　ヴァレリーは隠喩について，テクストの「停滞する動き」として語っている（Pléiade, *Œuvres,* I, p. 1449）。読書の速度の問題――そして観者の視線による視覚イメージの解読を決定するものは，視線の走査の速度である――は，すでに見たように，バンヴィルの散文詩集『幻燈』(*La lanterne magique*, ouvr. cit.) への序文の中で言及されている。シュルレアリスムの美学におけるイメージへの賛辞はよく知られている（ブルトンの『上昇宮』*Signe ascendant,* 1947 を参照）。「イメージは私のために考えてくれる」とエリュアールは書いている（Pléiade I, p. 222）。

(10)　W. Benjamin, *Paris capitale du XIXe siècle, le livre des passages*, trad. fr. Paris, CERF,

1989, p. 68.〔ヴァルター・ベンヤミン『パサージュ論』，今村仁司他訳，岩波書店，1993-1995年。〕

(11)　その一方で，マクシム・デュ・カンの『文学的回想』*Souvenirs littéraires* における証言によれば，彼は「未知の喜劇」，演劇の新しいジャンル，新たな妖精劇を作り出そうとしていた。そこでは（言語の）「比喩」は舞台上での具体的な演出によって「字義通りに取られる」ことになるだろう（第28章）。

(12)　19世紀における皮肉については以下を参照（André Hallays, « L'Ironie », dans *En flânant*, Paris, Société d'édition artistique, s.d., p. 31 et suiv.)。また皮肉の信号の場所としての比喩については，フィリップ・アモンの以下を参照（*L'ironie littéraire, essai sur les formes de l'écriture oblique*, Paris, Hachette, 1996)。

(13)　次を参照（J. Troubat, *Une amitié à la D'Arthez*, ouvr. cit. p. 52)。

(14)　Ouvr. cit. この詩集は，巨匠たちによる挿絵入りの文学テクストの出版によって注目された編集者によって出版されたものであり，前章（第7章）で我々はその扉絵を見た。50篇の10行詩を収録しており，その作者は以下の通り。M・ロリナ，クロ兄弟，ニナ・ド・ヴィアール，G・ヌーボー，J・リシュパン，Ch・フレミンヌ，Aug・ド・シャティヨン，H・レストラーズ。そのうちの1点，シャルル・クロの「試練の日々」を後に引用するので参照のこと。

(15)　たとえば，ランボーとヴェルレーヌのいくつかの「ベルギーの風景」や北の平板な国々の（平板な文体による）描写がそうである。ヴェルレーヌの「宿屋」（『昔と近頃』*Jadis et naguère*）を参照。「梁の渡った黒い天井の部屋，壁にはけばけばしい版画，マレック・アデル〔19世紀初めに大流行したコタン夫人のロマン主義小説の主人公〕と東方三博士」「看板には『幸福』の文字」。

(16)　ゾラの数多くの準備資料の中には，「もっと単純な」文体で書くように努めることという，ゾラの自分自身に対する指令が頻繁に見られる。『居酒屋』の当初のタイトルは，『ジェルヴェーズ・マッカールの単純な生涯』であった。

(17)　1871年6月10日，ドメニーへの手紙で自分の詩「道化師の心臓（こころ）」を紹介するときに，ランボーは次のように述べている。「ここにあるのは，怒らないでほしいのだが，滑稽なデッサンのモチーフだ。つまりこれは，クピドたちが戯れ，炎や緑の花や水鳥やレフカダ島の岬〔ギリシアのイオニア海の島で，古代ギリシアの女流詩人サッフォーがこの断崖から身を投げたという伝承がある〕なんかで飾り立てられたハートが飛んでいる永遠の甘ったるい装飾模様の対極にあるものなんだ。」

(18)　たとえば次を参照。「喪服を着た子どもたちは見事な絵に見入った」（「大洪水のあとで」）あるいは「とても濃い緑色と青色が映像に侵入してくる」（「通俗的な夜景画」）など。どのような種類のイメージが問題になっているのか，またそれがエクフラシスなのかどうかは正確にはわからないが。ここで子どもとイメージとの対面は意味深い。クールベのマニフェスト作品『画家のアトリエ』（1855）には，絵を描く画家の足元で，紙の上に何かを描いている子どもがいる。ゾラの作品には，絵を描いたり，版画を切り抜いたりしている多くの子どもや，大きな子どものような成人の登場人物がいる。

(19)　本書第四章参照。

(20)　たとえばランボーは「キャベツの緑色をした空」(「僕の可愛い恋人たち」),「インディゴ・ブルーの海峡」「バラ色とオレンジ色の砂」「ワイン色の空」「緑色の唇」(「メトロポリタン」) に言及している。

(21)　トプフェールとゴーティエという2人の「絵画主義（ピクトリアリスム)」の作家たちの作品タイトルも参照（Töpffer, *Voyages en zigzags*, 1843; Gautier, *Caprices et zigzags*, 1845)。エミール・グドーは1888年から,〈パリとサンクトペテルブルク大評論〉に掲載した自身のパリ時評を「パリのジグザグ」と題しており (Emile Goudeau, « Zigzags parisiens », *La grande revue de Paris et de St. Pétersbourg*), また「ジグザグ, 芸術漫筆」とは, 1876年のあるユーモア雑誌のタイトルである。このジグザグは, ユゴーにおいても, ヴェルレーヌの「腐蝕銅版画」(« Marine », *Poèmes saturniens*) においても, また同じヴェルレーヌに頻繁に見出されるスズメバチの「狂気の飛翔」(*Sagesse* III, 3) のイメージにおいてもしばしば見出されるものである。イメージを読む動きを模倣したこのジグザグ（ナダールらによる「パンテオン」(**図版 10**) を参照) は, 世紀末文学においては, 舞台上の身体のヒステリックなジグザグ運動となる。この点については, 次の論考を参照（Rae Beth Gordon, « Le caf'conc' et l'hystérie », *Romantisme* n° 64, 1989)。アラベスク（ロマン主義）とジグザグ（世紀末）は19世紀文学における図形的想像力を二分している。また写真家ナダールの写真作品やスタジオの建物正面に縞模様をつけているジグザグの署名（「N」）にも注目すること。

(22)　次のことも指摘しておこう。美術批評では, 1880年以降のポスト印象派の画家たち（ゴーギャンとポンタヴェン派, ナビ派, イタリアの色斑主義者（タシスト）である「マッキアイオーリ」）の技法を表すのに,「クロワゾニスム」の語が好んで用いられる。色斑（タッシュ）についてはゾラの1896年5月2日の「サロン評」を参照。「ああ, 主よ, 私は色斑（タッシュ）の勝利のために戦ったではありませんか！」

(23)　そこから, フローベールの『聖ジュリアン伝』以外にも, タイラッドの詩集『ステンドグラス』(1894), エレディアの詩篇「ステンドグラス」, ゾラの『夢』など,「仕切られた（クロワゾネ)」構造やテーマを持つテクストが生まれた。七宝（ゴーティエの『七宝とカメオ』参照）もまた「クロワゾネ」の仲間である。

(24)　ヴェルレーヌは彼の詩の欄外に「ボストンのカトリック協会での聖体拝領から戻って」と書き入れている。

(25)　刻印については, G・ディディ＝ユベルマンの著作を参照（G. Didi-Huberman, *L'empreinte*, ouvr. cit.)。

(26)　「鮮明なジグザグ」「喪に服した月」「暗褐色の空」「灰色の遠景のぼんやりしたシルエット」「黒い大気」「スケッチの背景の煤けた堆積」「鉛色の」「輝く」「影と象牙色のトルソー」「輝きを増したり失ったりする目を翳らせた」「黒檀の黒」「月は亜鉛板のような色を貼り付けていた」。ボードレールは写真を嫌悪していたが, いくつかの点において彼には非常に近しいものである腐蝕銅版画を好んでおり (「腐蝕銅版画は流行中」「画家たちと腐蝕銅版画家たち」), 1862年には次のように書いている。「造型芸術の様々な表現のう

ちでも腐蝕銅版画は最も文学表現に近接するものであり，自発的な人間を露すのに最も適したものである。」

(27)　「彼女の中には黒い色が溢れている。そして彼女の喚びさます思いはすべて夜に似て奥深い。(……) それは暗闇の中の爆発だ。／私は彼女を，黒い太陽にも譬えよう，もしも光と幸せとを注ぐ黒い天体というものが考えられ得るのならば。」暗いものと明るいものの体系的な戯れについては，詩篇「取り返し得ぬもの」も参照。

(28)　Rosny, *La charpente, roman de mœurs*, Paris, Editions de la Revue Blanche, 1900, pp. 79-80.「それは対比的にやって来た，(……) まぶたを閉じると 2 分前に眺めた本物の太陽が，私たちの目の中で黒い太陽に変わるのと同じくらい自然に。」

(29)　L. Descaves, *L'imagier d'Epinal*, ouvr. cit. p. 292.「しかし『もう一人の男』は，小さな戦闘帽をかぶり，黒い太陽となって，光と影をずっとうまく対比させていた。」すぐ前で言及したランボーの詩と比較すること。

(30)　これらのユゴーのネガ・イメージについてはヴァレリーを参照。Paul Valéry, *Œuvres,* Paris, Bibliothèque de la Pléiade, II, Paris, Gallimard, 1966, p. 557, 635 et I, p. 583 et suiv. また以下も参照（*Victor Hugo et les images,* colloque de Dijon, textes réunis par M. Blondel et P. Georgel, Dijon, 1989 ou *Soleil d'encre*, Musée du Petit-Palais, Paris, 1985）。

(31)　Camille Flammarion, *Récits de l'infini, Lumen*, ouvr. cit. Paris, Marpon et Flammarion, onzième édition, p. 108, 114 et suiv., p. 134 et passim.

(32)　『笑う男』の「雪と夜」の章を参照。これは海上における夜の雪嵐の「反転した」単彩画で描かれた見事な風景画である。あるいは「女巨人」の章では，ジョジアーヌが自らを次のように紹介する。「おまえは外側が怪物だが，私は内側が怪物だ。(……) 私たちは 2 人とも夜の世界に属している。おまえはその顔によって，私は知性によって。(……) もし天と反対の方向に変容することが可能だとすれば，この女は輝かしく変容していた。」

(33)　バルベー＝ドールヴィイは嫉妬深い夫によって閉じ込められた女の物語である『無信心者の晩餐にて』*A un dîner d'athées* のなかで，この「大革命の裏側の社会」「逆方向の異端尋問者たち」や「ラヴァーターの体系を完全にひっくり返したであろう」女について語っている。マルクスの有名な言葉によれば，19 世紀において「歴史」は「笑劇の形で」絶えず繰り返されているように思える。たとえば，ジラルダン夫人のある時評（1848 年 5 月 13 日の「パリ便り」）において，彼女は「共和国」を「王党派のパロディ，王権の裏側」として提示している。バルザックの作品タイトル『現代史の裏側』も参照。ルナンは『知的道徳的改革』において次のように書いている。「恐怖政治自体がわが国においてはその伝説をもっており，コミューンはその醜悪なパロディだった。」（Renan, *La réforme intellectuelle et morale,* Paris, Calmann-Lévy, 1871, p. 4）

(34)　Ouvr. cit. p. 4.

(35)　以下の論考を参照（B. Frizot, « L'image inverse, Le mode négatif et les principes d'inversion en photographie », revue, *Etudes photographiques*, n° 5, Paris, nov. 1998）。また次の論考も参照（M. Bal, « Positif-négatif, rhétorique visuelle de la saisie », dans *Images littéraires*, ouvr. cit.）。奇妙なことにテーヌは『知性について』(ouvr. cit.) のなかで，（心の中の）イメージを扱い，それをポ

ジとネガの混交と定義している。「イメージの現前においては2つの段階がある。一方は肯定的（ポジ）で他方は否定的（ネガ）であって，後者は前者によって提示されたものを部分的に制限する。」

(36)　たとえば，すでに述べたフローベールの「不連続の」(「あちらこちらに」)，仕切られた，「穴のあいた」，「染み」や「水たまり」や「切り抜き」で構成された風景を参照のこと。その例は，エンマとロドルフが月明かりの下を散歩する場面に見られる。『ブヴァールとペキュシェ』のステンシルのような描写（déscriptions-pochoirs）は，その技法を強調するものであろう。

(37)　Ouvr. cit. Ⅳ, p. 248. ジラルダン夫人は〈プレス〉紙掲載の「パリ便り」において，ある意味，ド・ジュイの時評を継承しているのであるが，自身の時評を一冊に纏めたとき，それらを「現代の風俗や慣習，流行や滑稽さ，気取りや悪癖，さらにはエスプリなどの貴重な痕跡」であると紹介している（*Lettres parisiennes*, Paris, Librairie Nouvelle, 1856, 3 vol.)。

(38)　この褐色の髪と金髪の対比はロマン主義以来存在し，新聞小説や写実主義・自然主義小説にも根強く残るだろう。たとえば，モーパッサンの異色の短編『窓』は，全編が模倣（ミメーシス）の関係と2人のよく似た女性の「価値」の対比（結婚相手としての，エロティックな，そして色彩における）の上に構築されている。金髪の女は言う。「黒髪であることを除けば，奥様は私とそっくりでございます。」大失敗が起こるのは，話者がネガの女をポジの女と間違えた時である。

(39)　フェリシアン・ロップスのタブロー『ウェヌスの誕生』(1878) は，ある彫刻家のアトリエで，2人の彫刻家が一人の生きたモデルの型を取っているところを描いている。エドゥアール・ダンタンのタブロー『実物に基づく型どり』(1887，ヨーテボリ（スウェーデン）美術館）も参照。

(40)　J. Laforgue, *Mélanges posthumes*, Paris, Mercure de France, 1919, p. 113. ラフォルグはまた，「アメリカニスム」(p. 114) や「ヤンキー風直喩」(p. 118) という言葉を使っている。

(41)　この「めっき」のモチーフについては，前掲の拙著『エクスポジシオン』を参照（Ph. Hamon, *Expositions*, p. 123-)。

(42)　ラフォルグはまた，語尾が -té で終わる語の「打ち壊し／そっけなさ」cassant について語っている。

(43)　「ナイトキャップを換喩に使ったり，上履きを直喩にして履いたりしない」とゴーティエは書いている。ボードレールは，ナイトキャップや上履きを換喩や直喩にするだろう。雨傘については，本書の第十二章を参照。

(44)　ラフォルグはまた，「民主主義とフランクリン主義への嫌悪」についても語っている。「アメリカ的眼差し」（これは当時の表現で，プルーストにまで見出される）は，フランスのブルジョワ的眼差しに対立するもので，鋭い眼差し（草原の「未開人」の眼差し）や誘惑的な眼差し，テーヌの「シンシナティのオイルと塩漬け豚」の商人であるトマ・グランドルジュの眼差しのような，素朴で前向きの眼差しを表すのに使うことができる。ドガが彼のアメリカ滞在（1872-73）から持ち帰った画布は，印象主義における重要なひとつの断絶と連結点を印づけている。アメリカのイメージ（フランクリン，ジュール・ヴェ

ルヌの技師たち，ヴィリエのエディソン，バーナム，リポーターと反＝文学としてのルポルタージュ）は，非常に対立する要素を含んでおり，否定的（たとえばスタンダールのように）な時もあれば，肯定的な時もあり，19世紀のあらゆる美学において，手本とも反面教師とも，また唾棄すべき引き立て役ともなった。テーヌの『トマ・グランドルジュ』（*Thomas Graindorge*, un américain à Paris, 1867）の対照形であるE・ラブレーの『アメリカのパリ』（E. Laboulaye. *Paris en Amérique*, 1863）を参照。「ルポルタージュ」的側面については，P・ブールジェの『海外』（P. Bourget, *Outremer*, 1895）を参照。

(45)　『自然の友』の扉絵については本書第七章を参照。同じシャンフルーリの『アカデミックな喜劇』における「印象派」画家（ラガルデル，川辺の風景を描こうとしている）とジャーナリスト（ルーバンス）の議論の例も加えることができるだろう。「ルーバンスは言った。『君は自然の友であるような人間に出会いたいと望んでいる。十分に自然の友であれば，君にこんな頼み事はしないだろう。つまり，川の畔に釣り人を一人描き加えて，釣り人の隣には居酒屋があって，居酒屋には歌を歌っているボート乗りたちがいて，背景には雌牛の群れがおり，その後ろには羊飼いの犬がいて，犬は雄牛に向かって吠え，雄牛から数歩離れたところでは，一人の太った婦人が震えていて，その太った婦人の隣には……』／『もうたくさんだ！　私から夢想を取り上げないでくれたまえ』とラガルデルは叫んだ。」(*La comédie académique*, 1867; 3ème édition, Paris, Charpentier, 1875, p. 126)

(46)　G・ジュネットの論考「プルーストにおける換喩，あるいは物語の誕生」を参照（G. Genette, « Métonymie chez Proust, ou la naissance du récit », *Poétique*, n° 2, 1970, repris dans *Figures* III, Paris, Seuil, 1973）。この問題は多くの研究者の注目を引き，M・ミュレールの良質な議論と調整の対象となった（M. Muller, « From Chateaubriand to Proust or, are diegetic images metonymic? », *Essays in European Literature for Walter Strauss*, n[o] Spécial des *Studies in Twentieth Century Literature*, 1989）。

(47)　ヴェルレーヌの例（「小径」『雅な宴』）を挙げよう。「蝿よりももっと抜け目のなく／目のやや愚かな輝きを活気づける。」この比喩はしかも，ヴェルレーヌに親しい手法であるが，使い古された比喩，すなわち「抜け目のないやつ」fine mouche という言い回しを再利用している。「愚かな」目とは「素朴な」目の，ヴェルレーヌ特有の変奏である。

(48)　エンマとロドルフの川の畔の散歩を描いている文章で，散文的な「換喩的」イメージ（柳／梅花空木／川のような）のすぐ前に，「光輝く鱗でおおわれた無頭の蛇のように」「奇っ怪な燭台にも似て」「溶けたダイヤモンドのしずく」といった，きらきらとした「ロマン主義的な」イメージがあり，散文的なイメージは当然ながらそれらを打ち壊す役割を持っている。

(49)　いくつかの文法構造の図表的 diagrammatique および図像的 îconique 次元については，ヤコブソンの論考「言語の本質を求めて」を参照（R. Jacobson, « A la recherche de l'essence du langage », dans l'ouvrage collectif, *Diogène, Problèmes du langage*, ouvr. cit.）。

第九章

(1)　本章は，「語るイメージ」に関する学会の記録（Murielle Gagnebin dir., « L'or d'

Atalante », Champ Vallon, 2005）に発表された原稿の加筆修正版である。

(2)　王の第一画家シャルル・コワペルの最初の随想録が再版されたのが，レトリック学者であり教育学者であるジャン＝ベルナール・サンサリック〔原文にジャン＝バティスト Jean-Baptiste とあるのは誤り〕の，説教壇や演劇舞台の名台詞を集めた書物『心を打つ描写術』に引き続いてである（*L'art de peindre à l'esprit*, Paris, édition revue par M. de Wailly, 1783, 3 volumes)。この同時性は特筆に値する。ディドロの『百科全書』*L'Encyclopédie* にマルモンテルが執筆した「イメージ」の項目（マルモンテルの『文学の諸要素』*Eléments de Littérature* (1787) に再録）は，この分野におけるレトリックの伝統をよくまとめている。この伝統を語るものとして，ほぼ無作為に，ベルナール・ラミの『詩学についての新たな考察』*Nouvelles réflexions sur l'Art poétique* (1678) の第 1 章扉にあるこの一文を抜粋しよう。「詩は，被造物の中で最も美しいものを語る絵画であり，神を忘れさせる。これら被造物は神の似姿（イメージ）であるのに。」ここでわかるのは，イメージについての考察は，図像忌避にせよ図像偏愛にせよ，神学上の明確な立場と不可分な場合が多い，ということである。

(3)　知られているように，「ピトレスク」pittoresque は当時（1833 年の〈マガザン・ピトレスク〉*Le Magasin pittoresque* の時代まで）は，絵にできるような文（あるいは現実の一要素）の性質という意味であった。

(4)　フォンタニエによる活写法の定義を見ておこう。「活写法は，物事をとても生き生きと活力あるように描くので，いわばそういった物事が目の前にあるかのようにし，物語や描写を一つのイメージ，絵画，生きた情景にさえするのだ。」（*Les figures du discours*, 1827）

(5)　例えば，アロイジウス・ベルトランの「レンブラントとカロ風の（強調はアモン）幻想曲」« Fantaisies *à la manière* de Rembrandt et de Callot »〔『夜のガスパール』の副題〕(1842) を参照。文学作品の数多の題名（『七宝とカメオ』，『パリ情景』*Tableaux parisiens*,『幻燈』*La Lanterne magique*,『カリュアイの乙女たち』*Les cariatides*,『イリュミナシオン』*Illuminations*,『コダック』*Kodak* 等々）あるいは「イディル」idylle（もともとはギリシャ語で「小さな絵」）といったジャンルの名称は，イメージとテクストの競合的な共同作業の証しである。

(6)　挿絵の入った本はステンドグラスと教会の彫像を「殺し」（ユゴー，『ノートル＝ダム・ド・パリ』），写真は絵画と想像力を「殺し」（ボードレール），写真は描写に取て代わるはずであり（ローデンバック『死都ブリュージュ』），ソネットは批評家の言説を「殺し」て，ボードレールによれば絵画の最良の批評となり，挿絵の入った本や新聞は本格的な文学を「殺し」（ゴンクール），複製増刷可能な版画は本格的絵画を「殺す」（スタンダール）。

(7)　ジョルジョーネの『嵐』« La Tempête » の解釈史については，サルヴァトール・セティスの試論（« La Tempête de Giorgione » dans *L'Invention d'un tableau*, 1978, trad. fr., Editions de Minuit, 1987）を参照されたい。

(8)　アルシアの『紋章』*Emblèmes* を翻訳したバルテレミー・アノーは，その『詩的想像力』〔原文ではタイトルが途中で（……）と省略されている〕の序文で，読者に以下の

ように語る。「出版業者のところで『銘のない』だから『反故になった』一束の版画を見つけた。彼はこの業者にこう約束した。『沈黙して死んだも同然の版画を，私が生き返らせ語らせよう。生きた詩を版画の魂に吹き込み，不完全で言葉なき絵に吹き込み，埋もれて沈黙している版画が息を吹き返すように。』」（*Imagination poétique, Traduite en vers François, des Latins, & Grecs, par l'auteur mesme d'iceux, Horace en l'Art, La Poésie est comme la pincture*, Lyon, 1552）

（9）　言語のいくつかの文法的構成要素と言語使用に特有の図表や（似姿的）カリグラムについては，ロマン・ヤコブソンの「言語の本質を求めて」を参照されたい（« A la recherche de l'essence du langage », collectif, *Problèmes du langage*, Paris, Gallimard, 1966）。

（10）　ボードレールの〔『悪の華』所収の〕「憂愁」« Spleen »（「千の齢を重ねていても，これほどの思い出を私は持つまい」）は，一枚の地図にあるスフィンクス像（ここでスフィンクスは地図から，したがってその「伝説」légende から「忘れ去られ」ている），メムノンの神話（最後の節で，花崗岩のスフィンクスが砂漠で陽光に向かって歌う），「愁いを帯びたパステル画」（これらの絵は，「ブーシェの色褪せた絵の数々」や他の様々な文書と隣り合って，語り手の頭をいっぱいにしている）への言及を含む。

（11）　私は「エクフラシス」という言葉を最初の意味（見せ場になっているあらゆるすぐれた描写）ではなく限定された意味，すなわち，芸術作品の描写という意味で用いている。この描写は，文学作品の中に一体化していてもいいし（ボードレールの「燈台」における画家の列挙とか，ユイスマンスの『さかしま』第5章におけるルドンの絵やモローの絵），そうでなくてもよい（ボードレールやユイスマンスのサロン評）。

（12）　ジャン＝ポール・サルトルの『想像力の問題』(1940) あるいはテーヌの『知性について』(1870) を参照されたい（『知性について』では，フローベールとの対話のあとに書かれた章を含む最初の数章が心象に関するものである。この書物には，「イメージのポリプ母体」という，精神についての見事な表現がある。Livre II, chapitre 1）。

（13）　ジャン＝リュック・ステンメッツは，自分の編集したランボーの『詩集』において出典を指示している（*Les Poésies*, Paris, GF Flammarion, p. 241）。

（14）　古代からルネサンス期までのエクフラシスおよび文学における描写のレトリックの伝統については，以下を参照されたい（Perrine Galand-Hallyn, *La couleur des fleurs*, Genève, Droz, 1994, Murray Krieger, *Ekphrasis, The illusion of the Natural sign*, Baltimore, MD, The Johns Hopkins Unibversity Press, 1992）。

（15）　例えば，ランボーのこの詩とボードレールの「燈台」，「ローラ・ド・ヴァランス」，「オノレ・ドーミエ氏の肖像のための詩」，「ウジェーヌ・ドラクロワの獄中のタッソーに寄せて」を比較すべきであろう。

（16）　ユゴーは1838年にベルギーを訪れた折，1814年に連合軍がフランスに勝利したのを祝う「勝ち誇った版画」を描写し（『ライン河紀行』第7の書），いい加減なフランス語で書かれたキャプションをそのまま書き写している。フランス人と同じ言語を話しながらかくも異なった国ベルギー，「偽物作り」，「偽造者」，フランス人の「猿真似」する人々であるベルギー人（だからある種，フランス語の「語るイメージ」なのだ，ボードレールの

見たベルギーにもあるように），というのは，中立的ではおそらくあるまい。ここから以下の疑問が生じる。版画にはどんな言葉を話させるのか？　版画は「ベルギー語」を話すのか？　ランボーは「ベルギー語で」版画に語らせてはいないのか？

(17)　この言葉は，リュシアン・デカーヴのもので，サン＝シュルピス界隈の宗教画制作業者についての小説中にある。この小説は，信心深い絵と「無宗教の」絵との闘いを，刀で彫った版画と彩色石版画との闘いを描く（Lucien Descaves, *La Teigne*, Bruxelles, Kistemaeckers, 1886, p. 240）。この小説で言及される「学校の無宗教イメージ群」を参照（« Imagerie laïque des Ecoles », p. 334）。

(18)　目がイメージを走査することについては，本書の随所で言及している。また，マリー＝クロード・ヴェトレノ＝スラールの『イメージを読む』を参照されたい（Marie-Claude Vettraino-Soulard, *Lire une image*, Paris, Armand Colin, 1993）。著者は，経験に基づいて，「ジグザグであてどない行路」(p. 109) について語っている。

(19)　リズムという語の意味の広がりについては，『一般言語学の問題』に採録されたバンヴェニストの論文「言語表現における『リズム』の概念について」を参照されたい（« La notion de « rythme » dans son expression linguistique », *Problèmes de linguistique Générale*, Paris, Gallimard, 1966, pp. 165-167）。

(20)　1868 年から刊行されたこの〈ランタン〉« Lanterne » には，兵士ボキヨンから故郷で彼を待つ女性に宛てられた「素朴な」手紙が毎号載っていた。これは手書き文字を印刷したもので，綴りは間違いだらけである。

(21)　子供の眼差しという「モデル」，歴史上では無垢な目をした記憶喪失者カスパー・ハウザーが体現していたモデルについては，コンスタンタン・ギースについてのボードレールの文章やヴェルレーヌの「カスパー・ハウザーは歌う」« Gaspard Hauser chante » を参照。また，ジュール・ラフォルグは，「エクリチュールの夢」の中で，「簡潔明瞭な散文」を生み出すことを，「教育を受けていないカスパー・ハウザー的なイメージを作り出すことによって「素朴に」書くことを語っている（« Rêve d'écriture », *Mélanges posthumes*, p. 23）。ランボーは，上述の「ザールブルックの輝かしい勝利」でまさしくラフォルグのこの夢を実現したのだ。

(22)　「色彩」couleur（肌 peau と柱 poteau）と「けばけばしさ」criard（雄弁ではない色，話すというより「叫ぶ」色）の「類縁性」については，「酔いどれ船」の冒頭部分（第３，４行）を参照されたい，「甲高く叫ぶインディアン達 peaux-rouges criards が彼らを弓矢の標的にしてしまった／裸のまま色とりどりの柱 poteaux de couleurs に釘付けして」)。ここにある「叫ぶようにけばけばしい」色あるいは「どぎつい」色は，官展で認められる「本格的な」絵画の「暖」色，「表現力に富む」色とは対極にある。

(23)　『地獄の季節』(「錯乱 II，言葉の錬金術」) 参照。エピナルのペルラン商店については，リュシアン・デカーヴの『エピナル版画商』(1918) を参照（ナポレオン戦争を描いたエピナル版画が数多く描写されており，ベランジェの愛国詩とナポレオンの勝利を祝うエピナル版画が比較されている。p. 235）。ジョルジュ・サンドは，『ジャンヌ』序文で「プリミティブ派の巨匠たちのぶっきらぼうで，あざやかで，素朴で，平面的な絵画」を規

範としているが，この評言はランボーの詩とタイトルの見事な説明になってもいる。「大衆的イメージ群」，19 世紀前衛における「素朴」，「子供じみたもの」への美学的な新たな言及については，以下を参照（Meyer Schapiro, « Courbet et l'imagerie populaire » dans *Style, artiste et société*, trad. fr. Paris, Gallimard, 1982）。

（24） レトリックの伝統においてはクインティリアーヌス以来，「色彩」という語は文体に「色彩」を与える比喩を指しているということを，あわせて指摘しておこう。「色を塗られたもの」は（「色のついたもの」とは逆に），色彩というものの持つ別の面，つまり，貼付けられている，余分に付け加えられている，素朴な，子供っぽい，キッチュな面を強調する。

（25） 面白いことに，デカーヴは，エピナルの大衆的版画の兵士の絵を，この「黒い太陽」の「イメージ」を使って描写している（*L'Imagier d'Epinal* ouvr. cit. p. 292）。「黒い太陽」はまた，1868 年ナポレオン三世による検閲を受けたあと皮肉に〈日食〉« L'éclipse » と改題されたジルの諷刺新聞〈月〉« La lune » をも想起させる。単彩濃淡と黒については，本書第一章と第八章を参照されたい。

（26） 原注（20）参照。

（27） 本書第八章参照。

（28） ランボーの詩に題名がなかったらどうなるか想像してみよう。この題名は，この詩がエクフラシスであることを明確に示し，何を指しているか（ベルギーの版画）を示す。またこの詩がたとえば「ボキヨン」とか「黒い太陽」という題名であったらどうなるか考えてみよう。この詩はほとんど意味不明なものとなる。

（29） ランボーは，最も使い古され，あからさまで，本格的な叙事詩スタイルに特徴的な手法の一つ，形容詞の前置き（「赤い大砲」rouges canons ）を用いている。

第十章

（1） G・フローベール『感情教育，ある若者の物語』（*L'Education sentimentale, histoire d'un jeune homme*, Edition de P. M. Wetherill, Paris, Garnier, 1984, p. 3）〔『感情教育』山田𣝣，河出文庫，上巻，2009 年，3 頁。なお，本文に記された頁数は原書のもの〕。私がこの小説を参照する場合，この版による。

（2） 問題解明の試みは，以下を参照（Ph. Hamon, « Notes sur les notions de norme et de lisibilité en stylistique », *Littérature*, n° 14, 1974）。

（3） 「彼は，鐘楼や，名の知れぬ建物を眺めていた。」(ouvr. cit., p. 5)

（4） スタンダールの事物については，以下を参照（P. L. Rey, « Le talisman de Stendhal » dans l'ouvrage collectif, *De l'objet à l'œuvre*, dir. Gisèle Séginger, Presses Universitaires de Strasbourg, 1997）。フローベールにおける事物については，以下を参照（Claude Duchet, « Roman et objets, l'exemple de *Madame Bovary* » dans *Travail de Flaubert*, ouvr. coll., R.Debray-Genette et alii, Paris, Seuil, Points, 1983）。

（5） *Pierre-Louis Rey commente L'Education sentimentale de Gustave Flaubert* (Paris, Gallimard, Foliothèque, 2005, p. 95)

(6)　ピエール＝マルク・ド・ビアジは次のような注をつけている。「ミュッセ風の髪型とキープセイク——ロマン主義の流行のふたつの紋切型」(Livre de Poche « Classiques », LGE, 2002, p. 42)。

(7)　「パヴィヨン」pavillon（楽器の「朝顔口」？　東屋？　旗？）という単語が使われる有名な例をあげておくと，詩篇「野蛮人」においてはあらゆる意味が「可能」である。そして唯一の「現実的な」意味を（おそらく）展開したのが，ヴェルヌの『アトラス船長の冒険』*Les Aventures du capitaine Hattras* の最後（とりわけ 23 章，「イギリスのパヴィリオン」Le Pavillon d'Angleterre ）である。

(8)　しかし『感情教育』の冒頭については，その意味を余すところなく書いているフィリップ・ベルティエの注釈を引用しておこう。「錨を上げる。とは言っても，現実にあるかどうかわからないフロリダを発見するためではない。それは，河川の沿岸航海の無意味さのなか，家まで運んでくれる産業的安全性のなかにあるのだ。」(« La Seine, le Nil et le voyage du rien », dans *Histoire et langage dans l'Education sentimentale de Flaubert*, CDU-SEDES, 1981, p. 6）この冒頭については，クリストファー・プレンダーガストが，論文のなかに書いた考察を参照（*The Order of mimesis*, Cambridge University Press, 1986 et suiv.)。私が指摘しておきたいのは，その「短い」小説（ミュルジェール『水を呑む者たち』*Les Buveurs d'eau*, 1855 所収）のなかで，パリを出発してル・アーヴルに向かう船旅をする若い芸術家が，美しい少女を連れたブリドゥーというおしゃべりでホラ吹きの商人と出会う点である。若い芸術家はこの娘に恋をして，アルバムを失くし，その後見つける。海にショールが落ちてしまって，この清らかな恋も急に終わり，最後にふたりは別れる。

(9)　以下を参照（Les notes de l'édition Wetherill, ouvr. cit. p. 432 et p. 619)。

(10)　ロマン主義時代の挿絵の入った有名なアルバムのタイトル，ジュリアン・ボワイイの『アルバムよ，消え失せろ』*Au diable l'album*（1832）を参照。自筆のサインを集めたアルバムの流行については，『プリズム フランス人のアルバム』に，F・ギシャルデが書いた「アルバム」の章 (Paris, Curmer, 1841, p. 51 et suiv.) と，『パリのミュージアム』にルイ・ユアールが書いた「恋文」の章を参照。ユアールの文章では，多くの甘い「恋文」を運ぶアルバムをユーモラスに批判している（「夫婦の秩序を維持するためにアルバムを禁止することに私は賛成である」(Paris, Beauger, 1841, p. 221))。とりわけ，1811 年 10 月 30 日のジュイの時評を参照。これはのちに有名な『ショセ＝ダンタンの隠者』（ブヴァールとペキュシェも読んでいる）の「アルバム」に再録される（Paris, 1813, Vol.1, chapitre XIII, p. 143 et suiv.)。またこのテーマは『ショセ＝ダンタンの隠者』第 15 章でも再び取り上げられる。ショセ＝ダンタンの隠者は，「アルブム・アミコルム」を次のように記述している。「このアルバムという言葉（……）が意味するところは，混淆，雑多な寄せ集め，混乱，わけのわからない話，ごたまぜ以外のなにものでもない。」(ouvr. cit. pp. 145-146.) ジュイによれば，アルバムは本質的に女性的である。アンリ・メヤックの 1 幕劇『自筆のサイン』では，アルバムに書いた自筆のサインが筋立ての動機や口実となる。

(11)　Réédité en fac-similé par Pascal Pia, Slatkine, Paris-Genève, 1981. アルバムのテクストの例としてはヴェルレーヌの詩篇「N・ド・V 夫人のアルバムに書かれたもの」を参照

（« *Ecrit* » *sur l'album de Mme N. de V.* repris dans *Jadis et Naguère*）。

（12）　Balzac, « La Muse de departement », dans *la Comédie humaine*, tome IV, Paris, Gallimard, Bibliothèque de la Pléiade, 1976, pp. 673-674)〔バルザック『田舎のミューズ』，加藤尚宏訳，『バルザック芸術／狂気小説選集 3 田舎のミューズ他』所収，水声社，2010 年，84 頁〕

（13）　第 1 章の結句は，帰ってきたばかりのフレデリックと会うことを約束するデローリエについて，「友情はもっと強かった」(p. 12) と記している。また第 2 章の結句は「長い抱擁のあと，ふたりの友は別れた」(p. 18)。

（14）　客間に引き上げてから，手持ち無沙汰なままにテーブルの上にあったアルバムを一つ手に取った。当代の巨匠たちがスケッチを描いていたり，詩や散文を書き込んだり，なかにはただサインしただけのもあった。名士の名にまじって無名の名もたくさんあったし，警抜な着想が愚劣な文句の洪水のなかにときたま光っていた。そのすべては直接あるいは間接にアルヌー夫人を讃えることばをふくんでいたから，フレデリックは自分にもしなにか一行書けといわれたらどうしようと思った（p. 47）〔『感情教育』山田𣝣訳，上巻，82 頁〕。

（15）　唯一の例「旅行者が携えていて，有名人に名前と，ときには文章も一緒に書いてもらうノート」(*Dictionnaire de l'Académie*, 7ème édition, 1877)。

（16）　『ブヴァールとペキュシェ』の冒頭，「白い建物正面」「インク色の水」と同じ。石炭の黒については，本書第十一章（「列車」）を参照。

（17）　「口ずさむ——アルバムにデッサンをしようとする——低い声で詩句を詠う」トニー・ウィリアムズが再録した草稿のテクスト（Flaubert, *L'Education sentimentale, les scénarios*, Paris, Corti, 1992, p. 124)。しかし，旅行者は芸術家でなくても「旅行者のアルバム」にデッサンを描くこともあった。

（18）　Ouvr. cit. p. 189.

（19）　「彼はトロワ＝ロワ街で石柱にきざまれたキリストの系図を写し取ったり，大聖堂の正面玄関を写生したりした。」(p. 14)〔『感情教育』山田𣝣訳，上巻，24 頁〕(……)「事物の表面の美しさが心をとらえる」(p. 16)〔前訳書，上巻，27 頁〕

（20）　傘や外套の散文的な世界におけるロマン主義的な大嵐の「降雨」については，本書第十二章を参照。画学生の傘とデッサン用の紙挟みと自然の壮大な光景との皮肉な結合についてはシャンフルーリの短いコント「小柄な画家ビドワの持つ緑色の大きな紙挟み」に添えられたモランの挿絵を参照（dans *Les bons contes font les bons amis*, Paris, Truchy, s.d.)。

（21）　アポリネールの詩「マリー」(『アルコール』）を参照。「(……）ぼくはセーヌのほとりを歩いていた／古い 1 冊の本をかかえて（……)。」この詩句は，このモチーフが驚くべき不変性を持っていることを証明している（若い男／河／本／腕／移動／夢想)。モーリス・バレス『根こぎにされた人びと』の主人公，若いスチュレルはパリに出てきたばかりの田舎者だが，「小脇に」『新エロイーズ』を抱えて散歩する（第 3 章の結句)。

（22）　作品の説明に役立つ研究資料として，売立カタログを参照（C.R., « Albums romantiques » édité par la librairie Benoit Forgeot, Paris, 1998)。しかし，キャプション付きの石版画アルバムの流行はロマン主義時代が過ぎても続いていた。アルバムはしばしばユー

モア新聞と結びついている。〈ジュルナル・アミュザン〉は 1878 年 12 月の広告付録で 53 タイトルのアルバムのカタログを掲載していた。

(23)　たとえば，以下を参照（*le Paris-Londres, keepsake français*, Paris, Deloye, 1839, in-8, 236 pages, textes de Paul de Kock, Mme Tastu, E. Legouvé, E. Deschamps et autres, livre orné de 25 gravures sur acier）。キープセイクは贈り物にしたり，年末年始のプレゼントにしたりする本である。

(24)　違うジャンルのものとしては，マラルメの「記念帖の紙葉」Feuillets d'album や，1869 年 11 月 13 日の〈パリ生活〉に掲載された「スエズ地峡を旅する者のアルバム」を参照。これはキャプションがついた小型の滑稽な版画のシリーズで，運河の完成という 1869 年の大事件を報告している。(〈パリ生活〉はごく定期的に，挿絵付きの短いルポルタージュを掲載している。とくに，「アルバム・クロッキー」とか「記念帖の紙葉」というタイトルのロビダのデッサンによるルポルタージュ。そしてテオフィル・ゴーティエが『パリの悪魔』に書いた「若い画学生の画帖の紙葉」（Théophile Gautier, *Le Diable à Paris*, Paris, 1845, Curmer, vol. I, p. 303 et suiv)。これは若い画家の天職をさまざまな段階から述べたものである。フレデリック同様に，ゴーティエの若き画学生は家族から「法律を学ぶ」ように決められている。ぼんやりとめくるアルバムと，まじめに「ガリ勉するための」法律論が対立している。

(25)　クリストフの作品（1889）以前に，1878 年，〈ジュルナル・アミュザン〉にレオン・プティが描いた物語（たとえば「ミッシュ親爺」「愛すべき家庭教師」「馬肉宴会」，「25 歩離れて行う決闘のサーベル」）があるので，それを参照。この版画付き物語は，絵の下にテクストがあり，3 ～ 4 号のあいだ「次号に続く」が，クリストフのようにコマ割りはされていない。

(26)　このアルバムは，蒸留酒の製造者に賛辞を送るためのもので，そこには有名人の肖像版画，挿絵付きの伝記，自筆サインの複製が集められていた。新聞が読者に贈るプレゼント用の本については，ゾラの時評「今日と明日の本」を参照。ゾラは〈エヴェヌマン〉が読者に贈った「事件のアルバム」を読者に紹介している（〈エヴェヌマン〉1866 年 8 月 20 日号)。また，〈パリ生活〉の定期購読者におまけとして贈られた「アルバム・マルスラン，完全未発表の千枚の版画」を参照。パリの宗教版画の世界を描いた小説，デカーヴ作『気むずかしい人』の主人公は，「彩色図像ブーム」時代のベストセラー，「広告」用の「おまけアルバム」に風俗画の複製を挿絵としてつけて生計を立てていた。(Lucien Descaves, *La Teigne*, Bruxelles, Kistmaeckers, 1886, p. 240)

(27)　ジラルダン夫人は 1841 年 12 月 31 日の手紙のなかで，年末年始のプレゼントの時期に，ロマンスや小唄の作家ラバールの「今風のアルバム」について語っている。20 世紀末に「アルバム」という言葉が，複数の歌を収録したディスクという意味をとりうることはよく知られている。

(28)　ピエール・ジュルドは突飛なものについての素晴らしいエッセイのなかで，それを「場違いなものの潜在的なコノテーションとの切断，雑多で余計な出会い」と定義している (Pierre Jourde, *Empailler le toréador, l'incongru dans la littérature française de Charles Nodier*

à Eric Chevillard (Paris, Corti, 1999, p. 34)。部分的に重なり合うこれらの概念を区別するのは容易ではない。ここでの私の関心は，突飛なもの自体にあるのではなく，むしろ，ある種の寄せ集め的な19世紀という時代と，読書についての現実に則した結果にある。種々雑多なものは必ずしも突飛なものではないし，その逆も同様である。以下を参照（Le livre collectif dirigé par Pierre Jourde, *L'incongru dans la littérature et l'art*, Paris, KImé, 2004)。

(29)　これは彼が1862年にアルセーヌ・ウーセーに宛てた有名な手紙のなかで使ったことばである。ボードレールが，そのモデルつまりアロイジウス・ベルトランの「レンブラントとカロ風の」散文詩集に言及するとき，「ぱらぱらめくる」という動詞が出てくるのは当然だ。韻文であれ散文であれ，詩は，版画や短編小説とまったく同じく，短くて簡単に移動していくテクストである。したがって「寄せ集め」のさまざまな形式を受け入れやすい。

(30)　バンヴィルは彼の『幻燈』（アルバムの前映画的な変種）の序文のなかで，アロイジウス・ベルトランとボードレールを引用するまえに，自分のお手本を記している。「読書するための時間の基本単位はどのくらいだろうか。せいぜい2分だろう。（……）女性についていうなら，彼女らが文学のために使える唯一の時間は，小間使いにストッキングを履かせてもらうあいだの2分間である。」(*La Lanterne magique*, Paris, Charpentier, 1883.)

(31)　「死後出版の雑文集」(*Mélanges posthumes*, Paris, Mercure de France, 1919, p. 159)。また『芸術家の家』のなかでエドモンが日本のアルバムについて述べていること（「階段」の章）を参照。「開かれていて，目でざっと見るために」つくられている日本のアルバムをフランスで最初に買ったのは自分だとエドモンは主張している。また日本における「アルブム・アミコルム」の使われ方については『芸術家の家』236頁の注(1)を参照。『マネット・サロモン』のなかで，画家のコリオリスは自分のアトリエで，日本から来た「けばけばしい表紙のアルバムをひとつかみ」取って，ぱらぱらめくるのが好きだった（「彼はぱらぱらめくりながら見ていた（……）コリオリスは相変わらずページを繰っていた」(p. 47))。1855年以降，澄んだ色をした日本のアルバムがロマン主義的な白と黒のアルバムに代わりつつあった。たとえばブールジェは『現代心理論集』のなかでゴンクールの断片化された「方法」を説明している。「彼らは物語を短い章のつらなりに切り刻んでしまう。それらを並置することで，隣同士に置かれたモザイクの小さな石がひとつのデッサンの線を形作るように，ひとつの習慣を示す完全な輪郭線を示すことになる。ゴンクール兄弟のこの散文は（……）砕けて，何千もの細部の小さな効果や，構文と語彙のいくつもの特異性になり（……），ひとつのカタログ（……），一連の観念連合になる。（……）解剖概論に載せられたひとつづきの図版と同じく，短い章を隣り合わせに置くことでモザイクというかむしろ地図帳をかたちづくる。繊細でばらばらにされた描写の文体，それらはゴンクール兄弟のいつもの芸術方法である。この方法こそ，ジュール・ド・ゴンクールがこのラ・フォースタンの性格の解剖に適用したものなのである。」(Paul Bourget, *Essais de psychologie contemporaine*, Paris, Plon-Nourrit, 1916, tome second, pp. 160-190.)

(32)　1827年創刊の雑誌〈泥棒，万有読書室〉*Le voleur, cabinet de lecture universel* の扉絵では，モニエが次のようなモットーを添えて写字生を描いている。「この男の足りない頭

脳を補って／他人の頭脳が使われる／彼は剽窃する，剽窃する，剽窃する。」これは『ブヴァールとペキュシェ』の結末を見事に先取りしている。

(33)　そこにはもちろん，「ぱらぱらめくる」という動詞が見出される。この動詞は，文学がアルバムに言及するとき必ず現れる動詞である。

(34)　たとえばジュール・ルナールはその日記（1909 年 4 月 26-27 日）のなかで，バールフルールにある「ブルジョワ化した」家の内部をけなしている。「絵葉書のアルバム，法王の肖像画，ペン書きのデッサン，『神が私の婚約者をお守りくださいますように』」

(35)　写真については本書第一章を参照。このアルバムはおそらくバルザックの作品に出てくるカディニャン王妃が昔の恋人たちの肖像画を収めたアルバムの思い出であろう。

(36)　*Les Rougon-Macquart*, Bibliothèque de la Pléiade, vol. I, Paris, Gallimard, 1960, p. 426 et suiv.〔エミール・ゾラ『獲物の分け前』中井敦子訳，ちくま文庫，2004 年，164-165 頁〕

(37)　**図版** 6 を参照。すでに言及したルピック家の写真アルバムににんじんは映っていない。これは，家族のなかの子供の位置と，寸劇や見聞録や注を併記していくルナールの不連続な文体を同時にいわば入れ子状に示している。

(38)　19 世紀における一般的な新聞雑誌と文学の関係については，以下を参照（Marie-Eve Thérenty, *Mosaïque, être écrivain entre presse et roman*, 1829-1836, Paris, Chamipion, 2003）。年鑑については，ピエール・ラルースの『19 世紀万有大事典』の「年鑑」の項目を見よ。「1 年のことがらを集めたもので，前年に起きた事件のレジュメ，統計学的，科学的，産業的な情報，伝記的な略述などを含んでいる。例として，ルシュールの歴史年鑑，〈両世界評論〉の歴史年鑑。」なお「など」に注目したい。これは，まさに集積と無力を活字で表す象徴である。

(39)　以下を参照（J. R. Klein, *Le vocabulaire des mœurs de la « Vie parisienne » sous le Second Empire*, introduction au langage boulevardier, Louvain, 1976）。

(40)　**図版** 7 を参照。

(41)　これと同じテクニックは〈ジュルナル・アミュザン〉にもある。機知に富んだ言葉，エピソード，短い小説の欄は，「ジグザク」と名付けられていた。あるいは，いくつもの版画で構成されたユーモアあふれる図版は「万国博覧会，右から左へ」（特に 1878 年を見よ）と呼ばれていた。

(42)　この速度と，列車という 19 世紀の象徴的な機械による「目覚ましい新しさ」の問題については本書第十一章にも見られる。ついでに指摘しておきたいのは，ごく初期の無声映画で使われる滑稽で短い形式であるギャグは，〈パリ生活〉のような挿絵入り雑誌に描かれた，複数の図像からなる（また，1 枚の図版からなる）滑稽な短い寸劇のなかで生まれたのかもしれない。映画史における最初のコミック映画「水をかけられる撒水夫」は，クリストフの 6 コマ版画を直接の起源としている。クリストフは，1889 年 8 月 3 日号の〈プチ・フランセ・イリュストレ〉に発表された「言葉のない物語，公共の撒水夫」と題された『フヌイヤール一家』の作者である。

(43)　19 世紀におけるもうひとつのアイコンである傘については本書十二章を参照。

(44)　Paris, Charpentier, 1881, p. 217 et suiv.

(45)　*Ibid.*, p. 226-255. この引用文の最後は〈パリ生活〉をごく忠実になぞっているように思われる。たとえばデュアマン夫人は〈ル・アーヴル新聞〉をぱらぱらめくるが，そこに書かれているのは，「大惨事，衝突，人的物的損失やたんなる損害である。サント＝マリー＝メール＝ド＝ディユー号の遭難は彼女を深く悲しませた」(p. 251)。

(46)　鉄道の19世紀を象徴する別のタイプの書物については，本書第十一章を参照。

(47)　*Ibid.*,p. 264.

(48)　P. Bourget, ouvr. cit. tome premier, p. 20.

(49)　たとえば，『19世紀の信仰告白』の著者であるウジェーヌ・ペルタンは，書物のなかに図像が大挙して侵入してくることについて書いた時評のなかで，挿絵本の一般化を告発している。挿絵本とは「文学の雑種的なジャンル，ピクチャレスクな文学である。その文学がそう呼ばれるのも，精神よりも眼に，男性よりも女性に語りかけるからである。もちろん女性に語りかけるのは，女性がそれを指の先でぱらぱらとめくり，本をまるで雑巾のように扱うからだ。(……) イメージのためのイメージ，人間の，そぞろ歩きのもっとも愚かしい満足感のためのイメージ。ひと目で見るイメージ，親指でめくって次へと移るイメージ，アルバムのお絵かき文学，サロンの退屈を和らげるために発明された文学なのである。(……) ここにもまた，フランス精神の退廃のしるしがもうひとつ見られはしないだろうか。」*La Nouvelle Babylone, lettres d'un provincial en tournée à Paris*, Paris, Pagnerre, 1862, p. 196 et suiv.)「ぱらぱらめくること」「女性」「退廃」「イメージ」「そぞろ歩き」とすべてが揃っている。その一世紀後には「ザッピング」ということばが使われるようになる。

(50)　〈ジル・ブラス〉1884年11月11日号の彼の時評「時評をする方々」。

(51)　この表現（もっと狭い意味でだが）は，ゾラの筆になる「今日と明日の書物」に引用される時評のなかに現れる。ゾラは読者に，〈エヴェヌマン〉が読者に贈った「事件のアルバム」を紹介している。

第十一章

(1)　Collectif, *Feuilles de rail, les littératures du chemin de fer*, G. Chamarrat et C. Leroy éds., Paris, éditions Paris-Méditerranée, 2006。本章の初出はこの共著。

(2)　ジュール・ジャナンは1839年の〈芸術家〉誌掲載の有名な論文（« Le Daguerrérotype »）で，「ダゲレオタイプ」と「蒸気」を関連づけているし，ヴェルレーヌは『良き歌』*La Bonne chanson* 第7の詩で汽車，電信，書（6行目の「花押」）を結びつけている。汽車旅行を多く描いたゴーティエもまた，汽車と電信を回想の中でつないで「無類の早さのこの電信のおかげで，沸騰する湯と火を糧とする銅と鋼のとんでもない馬たちを奔走させておけたのだ」(『旅するとき』*Quand on voyage* 1865) と語る。ゾラは『獣人』の手書草案中で，この小説において「鉄道路線の大規模な運行」と「電信のチンチンいう音」を当代の移動の大いなる「詩」にまとめようと目論んでいる（手書草案 f° 360)。スタンダールは，よく知られているように，『リュシアン・ルーヴェン』を『電信』*Le Télégraphe* という題名にしようかと一時考えたことがあった。

(3)　観光目的の移動を助け活性化する以前に（ベルタルの『自宅外の生活』1875 *La Vie hors de chez soi* 参照），文学に鉄道が初めて登場した頃，鉄道は投機，資本の回転と結びついていた。「走りゆく蒸気機関車の石炭粉の下に金の雨が降る」と〔ヴィニーの〕『羊飼いの家』にある。ルイ・レボーの『セザール・ファランパン』（1845，物語は1841年の設定）においては，鉄道への投機が，遺産相続の物語（これも金銭の循環）と相俟って，スペインの鉄道網開発推進にジャーナリスティックな貢献をする連載小説の「蒸気文学」ときわめて緊密に結びついている。ここから予見できるように，1850年代以降，駅に「鉄道文庫」（取扱店とコレクションのタイトル，アシェット社次いでフラマリオン社が発行）が誕生し，世紀末には「交換文庫」（広告付きで発行される当世小説で，蒸気機関車の絵が印刷されたカバーが付き，駅売りされ，「82000部出ている」と豪語，旅行中に他の駅で別の本と取り替えられる）が出現する。

(4)　レボーの『セザール・ファランパン』（ouvr. cit.）中の「グラン・ヴァンサン」なる戯画的登場人物を参照されたい。この人物は妄想を抱いた実業家で「1分に1キロメートル以上進む」ことに取り憑かれている。バルザックによれば，19世紀を最もよく特徴づける踊りはミュザール〔MUSARD, Philippe (1792-1859) フランスの作曲家，指揮者で，19世紀のダンス音楽の旗手〕のギャロップ〔ハンガリー起源の非常に速い2拍子の舞曲，19世紀にフランスで大流行した〕で，「50年来，何もかもが夢のような速さで過ぎゆく」時代の「象徴」であろう（『偽りの愛人』）。

(5)　「どの汽車か, 音でわかる／ヨーロッパの汽車は4拍子, アジアのは5か7拍子」（ブレーズ･サンドラール，『シベリア横断鉄道』）。すでに引用したヴェルレーヌのすばらしい詩『良き歌』の終わりでは「荒々しい車輛のリズム」につれて夢想があらわれる。『失われた時を求めて』の語り手は土地の名と汽車旅行についての長い夢想の中で,「自動車のように色々と『スピード』を調節する, 私のように少し神経質な人々」（括弧はプルースト）にふれる。（*A la Recherche du temps perdu*, tome I, Paris, Gallimard, Bibliothèque de la Pléiade, pp. 390-391, 1955）そして「汽車の動揺が私と一緒にいて，おしゃべりしようと申し出てくれ（……）その響きで私を揺さぶるのだった（……）あるときは一つのリズム, またあるときは他のリズムで（私の幻想のままに，まずは等しい4つの16分音符を聴き，それから一つの4分音符に激しく打ち当たる一つの16分音符を聴きながら）」（同上，p. 654）。

(6)　この表現はジャック･デュボワに依る。彼の評論『瞬間を描いた19世紀フランスの小説家』を参照されたい（*Romanciers français de l'instantané au XIX*[ème] *siècle*, Bruxelles, 1963）。

(7)　この1889年の初版の挿絵は1896年にアルバムに入ったものとは若干異なる（**図版9**を参照）。

(8)　プルーストの語り手は，バルベックへと向かう汽車旅で，自らの不眠からくる夢想の「遠心力」が，汽車のリズムの「反対方向に引く力」によって「平衡」を保ち「無効」になると語る。（ouvr. cit., p. 654）ジュール・ヴェルヌは，その優れた鉄道小説中で，個室がなく乗客が移動できる通路のあるアメリカやロシアの鉄道車輛と，各々分離した小さな車室の中に乗客をとどめるフランスの鉄道車輛の違いを強調している。

(9)　Proust, ouvr. cit., pp. 654-655.

（10）　**図版** 10 を参照。

（11）　**図版** 7 を参照。雑誌の種類については，ロベール・ドレフュス〔フランスの作家，ジャーナリスト，マルセル・プルーストの幼友達 (1873-1939) 〕の『年末雑誌小史』を参照（DREYFUS, Robert, *Petite histoire de la revue de fin d'année,* Paris, Fasquelle, 1909）。

（12）　**図版** 9 参照。

（13）　『失われた時を求めて』中，バルベック行き汽車旅の停車駅での語り手と若い牛乳売り女との出会いを参照。（*A la Recherche du temps perdu*, tome I, ouvr. cit p. 655）プルーストと汽車については，ピエール＝ルイ・レイが『線路を綴る頁，鉄道文学』（原注（1）にある共著）に掲載した「プルーストにおける列車の魅力と冒瀆」を参照（« Magie et profanation du train chez M. Proust » dans *Feuilles de rail, les littératures du chemin de fer*）。また，1869 年 8 月 28 日の〈パリ生活〉の見開き頁 « L'amour en wagon » も参照。

（14）　モーパッサンの短編小説『イギリス人』も参照されたい。これは，語り手が車輛の座席で見出したことを記した旅日記，「覚え書き」の体裁をとる。「2 月 4 日，モナコへ出かける（ガイドブック参照）。夜，イギリス風のダンスパーティー。私は出席したものの疫病神扱い。2 月 5 日，サン・レモに出かける（ガイドブック参照）。夜はイギリス風ダンスパーティー。私は仲間はずれのまま。2 月 6 日，ニースへ出かける（ガイドブック参照）。夜はイギリス風ダンスパーティー。私は就寝。2 月 7 日，カンヌへ出かける（ガイドブック参照）。夜，イギリス風ダンスパーティー。隅でお茶を飲む。」

（15）　ジュリアン・グラックは，ロートレアモンに関する評論の中で，ロートレアモンを「近代文学の大いなる逸脱者」と紹介している（Julien Gracq, « Lautréamont toujours » dans *Préférences*, *Œuvres complètes*, 1989, tome I, Bibliothèque de La Pléiade, p. 882）。

（16）　他のタイプのイメージ群を生成する他のシステムもまた，もちろん働いている。ミシェル・セールが，熱力学の法則を「表現する」小説としてゾラの『獣人』を分析しているのを参照（*Feux et signaux de brume, Zola*, Paris, Grasset, 1975.〔寺田光徳 訳『火，そして霧の中の信号――ゾラ』法政大学出版局 , 1988〕）。ゾラの創作行為中，手書き地図の線がもつ想像世界と生成・促進力については，本書第六章及びオリヴィエ・ランブロゾの著書を参照（*Zola, la plume et le compas, la construction de l'espace dans Les Rougon-Macquart d'Emile Zola*, Paris, Champion, 2004）。**図版** 2 を参照。ゾラは駅と鉄道線路の位置を準備資料中の数多くの地図に記している（『ジェルミナル』，『パスカル博士』，『大地』，『獣人』，『金』）。

（17）　ここから生じるのが，書物の形をしたアルバム（本書第十章参照）とこれら「写真アルバム」中の汽車との新たな協力関係である。写真アルバムは鉄道会社が出版し，沿線の風景や芸術作品のまさに「見本帳」（テオフィル・ゴーティエ）である。たとえば，エドゥアール＝ドニ・バルデュス〔BALDUS, Edouard-Denis　フランスの写真家，風景，建築，鉄道を主たる被写体とした。〕（1813-1890）の『北部鉄道 パリ － ブーローニュ線アルバム』l'« Album du Chemin de fer du Nord, Ligne de Paris à Boulogne »（1855）を参照。写真と大工事現場との関わりについては，＜写真＞ *Photographies* 特別号（第 5 号，1984 年 7 月）を参照。

（18）　『日記』，1890 年 2 月 15 日。

(19)　バルザックの『知られざる傑作』からゴンクール『日記』の1863年1月17日の記述まで，あるいはペラダンの『理想主義・神秘主義芸術』*L'Art idéaliste et mystique*（1894, 2ème, édition Paris, Sansot, 1911）まで。ペラダンから引用しよう。「芸術は，線，この抽象的なるものから始まる！（……）線は芸術の哲学であり，芸術家個人の気質には依らない。線は有無をいわせぬもの，つまりは形態の不易の神学だ（……）線自体はアルファベットと同じように抽象的で，自然界には存在しない。人間が知性で感じとれるような形に世界を表してくれるのは，まさしく表意文字，象形文字である。」(pp. 165-167)

(20)　3種の線（直線，アラベスク曲線，破線――破線はラフォルグに寵愛されている）の類型論としては，ジュール・ラフォルグを参照。彼曰く「直線は退屈だ」（『遺稿集』*Mélanges posthumes*, Paris, Mercure de France, 1919, pp. 176-177）。

(21)　「鉄製の馬を見てはいけない。見たら，どんな詩もなくなってしまう」とユゴーは1837年のベルギー旅行で6通目の手紙に書いている。

(22)　フローベールによると（1853年7月2日，ルイーズ・コレ宛の手紙）「散文は端から端まですっくと伸びねばなりませんし（……）距離を置いて全体を見渡したときに，しっかりとつながった線を成していなければなりません」。

(23)　アンリ・ミットランの引用より（Emile Zola, *Les Rougon-Macquart*, tome IV, Paris, Gallimard, 1970, Bibliothèque de la Pléiade, p. 1712）。

(24)　ヴィニーの『羊飼いの家』*La Maison du berger* をぜひ参照されたい。詩のような形式の頌歌（「ゆっくりした旅」の，「思いがけない様々な起伏を避ける歩み」の，「歩き，止まり，首を傾げてまた歩く」「白い足」への夢想の称揚）の中に，新しい鉄道の描写（「そこでは誰もが線路上を滑りゆく」「もはや偶然のない」「寂しく冷たい道」を切り開く鉄路上を進む「魅力に乏しい」旅）がみられる。

(25)　モーパッサンは『われらの心』の第2部（第1章）で「訪問やお喋り，取るに足らぬことどもを日常的に繰り返しては train-train 楽しみ，『社交界』生活で持て余した暇をつぶす」ことについて語っている。「凡庸な生活のありきたりの進行 train」，これは自然主義小説を語るにあたってのゾラのお気に入りの表現だが，ゾラはこれを写し取ることを小説に望んだ。

(26)　「大勝利を謳う詩のあとは，仕事を記述する散文」と，ヴァレスは1871年3月30日，〈民衆の叫び〉の記事「祝祭」« La Fête » で述べている。

(27)　鉄道は「英米の発明品」であり，「生来かなり無粋で，趣とはおよそ無縁だ」とゴーティエは「鉄道」（1837年に執筆，出版は1880年『木炭画とエッチング』中）で述べている。彼はまた，『モーパン嬢』の序文で「ドラマは鉄道ではない」とも書いている。そしてバルザックは，誰か見知らぬすてきな男性がやって来て鉄道を敷いてくれないかと夢見る女主人公の一人に，「私たちの物語は蒸気機関車になります」と「悲しげに」言わせている（『アルシの代議士』）。

(28)　「筆で色をのせると線は消えるものだ（……）純然たる線描画家は哲学者であり，ものの精髄を抽出する人である。色彩画家は叙事詩人だ。」自然主義作家フェーヴルとデプレは，彼らの詩集『蒸気機関車』*La Locomotive*（1883）をいくつかに分け，そのうち2

つのタイトルは，「木炭のタッチ」である。ゴンクール兄弟もまた，19 世紀全体が白黒の世界であるとよく語っていたし，フローベール曰く，今は「幸せな」世紀である，というのは「鉄道が田園を縦横に走り，瀝青の雲が漂い，石炭の雨が降り，歩道はアスファルトで覆われるから」（エルネスト・シュヴァリエ宛，1842 年 3 月 15 日の書簡）。『木炭画とエッチング』に再録された汽車についてのゴーティエの文（1837）も参照されたい。線描画家の用いる木炭 fusain は，周知のように，同名の植物ニシキギ fusain から出来る炭である。『獣人』は，夜の小説，煙の，石炭の，トンネルの小説，原初の空洞の発する遥か彼方から続く遺伝形質の小説であり，「わかりにくい」obscur〔フランス語 obscur は「黒っぽい」の意味もあり〕筋の推理小説でもあって，ドニゼ判事は「解決する」éclaircir〔フランス語 éclaircir には「明るくする」の意味あり〕ことができない。19 世紀の美術には，線と輪郭（縁取り，エッチング，日本美術の影響を受けたビアズレー流の線描）が力強くカムバックする。

(29)　『感情教育』の諷刺画家ペルランは，「原始林を突っ切って蒸気機関車を運転するイエス＝キリスト」のいる絵を描くことを夢見る。

(30)　ル・コルビュジエは『直角の詩』*Poésie de l'angle droit*（1995）で，直線は，縺れに縺れた思考の紆余曲折を「切り」，「断つ」と述べている。ゾラの『獣人』のどの風景にも「切り通し」，「トンネル」，「陸橋」があり，風景はまさに線によってずたずたになっている（たとえば，『獣人』第 2 章冒頭の描写を参照されたい）。とはいえ主人公は「非凡な」hors-ligne〔フランス語 hors-ligne は字義どおりには「線を外れた」の意〕機関士となっているが，結局は，文字どおりの比喩を用いるなら，〔ユゴー『レ・ミゼラブル』の〕ジャヴェールのように「道を踏み外す」。

(31)　ピエール・ラルースはその『19 世紀万有大事典』（「鉄道」の項目）で，「高低差をなくす工事をフランス各地で見事に指揮した」技師ブルダルーに触れている（« Chemin de fer », *Grand Dictionnaire Universel*, tome 3, p. 1135, ）。ちなみに，詩が大嫌いなゾラは，堤防，埠頭，運河の設計をした技師の息子である。

(32)　*Une belle journée*, Paris, Charpentier, 1881, pp. 338-339.

(33)　ラフォルグがボードレールについて語った「アメリカ的比喩」は，工業的なものと散文的隣接とを詩の中へ導入する。レトリックの等閑視については，本書の第八章を参照されたい。散文化と平板の美学についてはフィリップ・アモン『エクスポジション —— 19 世紀における文学と建築』の第 3 章「貼り付けられたものと平らなもの」を参照されたい（« Le plaqué et le plat », *Expositions —— Littérature et Architecture au XIXe siècle*（José Corti, Paris 1989））。

(34)　ユゴーは，ベルギーへの旅（第 6 書簡，1837）でこう書いている。「未曾有の速さだ。線路脇の花々は花ではなくなり，色の染み，赤や白の縞のようだ。点はなくなり，何もかもが縞になる。麦は豊かな金髪，ウマゴヤシは長い緑の編み髪，町も鐘楼も木々も狂ったように，地平はるか彼方で乱舞する。」ゴーティエは汽車から見たベルギーの景色をこう描く（『木炭画とエッチング』）。「潰走する軍隊のように，右へ左へと木々が逃げ去る。鐘楼は見えなくなり地平の彼方へ飛んでゆく。地面は灰色で白い斑がちらばり，ホロホロ

鳥の巨大な尾のようだ。星のようなひな菊も金色の菜の花も形がわからなくなり，暗い背景に切れ切れのぼやけた縞になっている。」

(35)　「人生は，過ぎ去る汽車のごとく束の間，と私には思えた。」（モーパッサン，『さよなら』）

(36)　『ルーゴン家の運命』（1871）にゾラが付けた序文は，この作品に引き続く一連の小説群を導入するものでもあるのだが，面・点・線といった空間的観念を用いて『ルーゴン＝マッカール叢書』を紹介している。図式の想像力がここで十全に作用しており，面（社会の「一覧表」），開かれた線（「糸」〔ゾラの原文では，「人と人を必然的に結ぶ糸」とあり，家系・遺伝のつながりを指す〕），点（「大詰め」，「結末」），閉じた線（全ては第二帝政という「閉じた円」の中におさまる）が結びつこうとしている。これについては本書第六章を参照。

(37)　文学作品の生成研究が本領発揮できるのは，私見では，活動的で多産な隠喩とこういった図式との相互作用においてである。

(38)　〔上記注（36）にある〕『ルーゴン＝マッカール叢書』第1巻への1871年の序文で，ゾラは，この小説の題名が『始原』« Les Origines » となるはずだったと述べている。

(39)　モーパッサンが『ピエールとジャン』序文で喚起している「ピーク」,「結末の効果」,「魅力ある冒頭」,「感動的な破局」,「起伏の度合」といった問題を参照。理論家で「人生の断面」tranche de vie という語を考え出したジュリアン〔JULIEN, Jean (1854-1919) フランスの劇作家，批評家，理論家。アントワーヌの「自由劇場」のメンバー〕によれば，冒頭と結末は「2つとも不要」であり，結末はたんに「筋の流れが臨時に止まるところ」であるべきだ（Jean Julien, *Le théâtre vivant*, Charpentier, 1892, pp. 12 et 13）。

(40)　2月から3月にかけてのユイスマンス宛，10月のロジェ＝デ＝ジュネット夫人宛の書簡（1879年）。また「長々しい作品を書いていて真ん中にさしかかったときはいつだって酷いものです」（1853年1月29-30日，ルイーズ・コレ宛）とも。

(41)　独占的な出版元であるナポレオン・シェクスの名を取って『シェクス』ともいう。シェクス社は1853年に設立された。上述したように（原注（3））書物と鉄道はもう一つの出会いをしている。それは，「交換文庫」やアシェット社の「鉄道文庫」である。

(42)　*Une belle journée*, ouvr. cit p. 261 et suiv. 鉄道網を隠喩や直喩で生体（血管網，神経網）と結びつけるのは，すでに見たようにゾラも『獣人』でさかんに行なっている。

(43)　Marcel Proust, *A la Recherche du temps perdu*, ouvr. cit , p. 385 et suiv.〔プルーストの1時22分の汽車についての本書中の引用箇所は，たしかにp. 385から始まってはいるが，この注番号の直前の引用はp. 647。〕

(44)　*Ibid.*, p. 644 et suiv.〔著者の誤りか。「青一色か赤一色で描かれているポスター」に相当する箇所はp. 388にある。〕

(45)　*Une belle journée*, ouvr. cit pp. 320-321.『獣人』の「映画前夜」的場面については上述。

十二章

(1)　『ゴワイエ・ランゲのフランス語「韻律辞典」』は，2.5段分のスペースを「雲」の

項目に割いている。雲を描写する決まり文句をリストとして並べている。「(……) 悲しみの空を覆う八重雲。旋風がむら雲から巻き起こる。どんよりした雲，はぐれ雲，いつも妖精たちにお供する雲，雲のなかに頂を隠す切り立った岩壁，金色の雲，黒雲の中央で虹の神（イリス）が身を飾る7つの色」など（Le Gradus français de Goyet-Linguet, *le Génie de la langue française, ou Dictionnaire du langage choisi, contenant la science du bien dire, toutes les richesses poétiques, toutes les délicatesses de l'élocution la plus recherchée, etc*., Paris, 1846）。

(2)　ピエール・ラルースは「年報」の項目で，〈黄経局年報〉にわざわざ記事を割いて，1824年から1853年までにアラゴが発表した〈年報〉のリストをつくっている。惑星，〔月蝕時の〕赤い月，露，ストップウォッチ，雨，火山，地表の寒暖の状態，彗星，風，雷鳴，天気予報などについての年報。

(3)　p. 213.〔ジュール・ミシュレ『海』加賀野井秀一訳，藤原書店，1994年, 225-226頁〕「嵐の百科事典」という表現は，「嵐の法則」(第3篇第3章) にあるミシュレの言い方である。第1篇第6章「嵐」と第1篇第7章「1859年10月の嵐」も参照。セミヤント号の難破（700人の死亡者）がきっかけで，フランスに気象台網を設ける計画が生まれた。

(4)　強調はミシュレによる。

(5)　「『暴動』が，わが窓ガラスに吹き荒れようと無駄なこと／私の額をつき絵から挙げさせることはできない。」〔ボードレール「風景」，『悪の華』所収，安藤元雄訳，集英社文庫，1991年，221頁〕

(6)　ユゴー『レ・ミゼラブル』におけるバリケードの描写を参照。修辞学的な「大ジャンル」の一般名詞である「崇高さ」ということばが，労働者の世界についてのドニ・プロの著作のタイトル〔『社会問題，崇高なる者――1870年における労働者の現状とその可能性』〕に使われたのは，意味のずらしが現れた例である。この著作はゾラに『居酒屋』(1877) の着想を与えた。

(7)　21日間というのは，治療に必要な期間らしい。ヴィシーでの治療の物語については，シャンフルーリの『トゥーランジョーの娘たち』を参照（*Les Demoiselles Tourangeau*, Paris, Michel Lévy, 1864, chapitre V, p. 60）。

(8)　ムージルの『特性のない男』の有名な冒頭の文を参照。男は，いつ果てるともない気象通報にかかずらって，「天気のよい日」であるという単なる事実を専門用語（「等温線と等暑線がその義務を果たしている」など）で表現しようとしている。

(9)　それが持ちうる象徴機能（処女と家庭の女神であるウェスタ）のほかに，記号学的にいえば，ふたつの「類似的な」システムが問題となっている。ふたつとも，類似的に，寺院，時間，圧力（ひな形や縮小モデルがそうであるように）などの，現実を示している。そのシステムは，リアリズム的テクストにおいて「意味がない」ということはありえない。

(10)　ゾラの『ごった煮』(1882) の冒頭で，建築家のカンパルドンは，引っ越しをしてきた若い田舎者のオクターヴに建物を案内しながら，建物の共同部分に暖房があり，各階に水道とガスがあることを教える。

(11)　バルザックの『モデスト・ミニョン』は，ロマン主義的な詩にたいする辛辣な諷刺

であるが，そこで彼は，モデストと詩人カナリスとの最初の出会いを描いている（読者は，彼のなかに，ラマルティーヌ的なものをたやすく認めるだろう）。「モデストは書店の陳列棚に，自分の好きな詩人のひとりカナリスの肖像石版画を見た。(……) かなりバイロン風な姿勢をしたカナリスは，人々の賞賛を狙って，髪を**風にたなびかせ**，首にはなにもつけず，抒情詩人が持つべき大きな額（おでこ）を見せていた。ナポレオンの栄光は元帥の卵たちの多くを殺してしまったわけだが，それと同じくらいユゴーの大きな額は，詩人たちの頭を剃らせることになるだろう。」（第 13 章，強調は引用者）

(12)　1880 年 2 月 3 日のエニック宛ての書簡。ミシュレの嵐は，たぶん『海』(ouvr. cit.) で描かれた嵐であろう。

(13)　本書第十一章を参照。

(14)　第 2 章〔『ブヴァールとペキュシェ』新庄嘉章訳，『フローベール全集』第 5 巻，筑摩書房，1966 年，31 頁〕。雲を描く「詩的な」直喩と隠喩（「まるで馬のたてがみのように」，「島々」に似ている，「雪の山並み」）は，ここでは，科学的言語と用語体系のなかで分類の差異を生む要因にすぎない。

(15)　ここでは，にわか雨のもたらす外の「雫（グット）」が，ビロトーの身体の内的な病気として取り込まれ，医学化されるのと同じく，よく知られているように，女性の場合，雲の自然な「水蒸気（ヴァプール）」が「発散物（ヴァプール）」のかたちをとって体内に取り込まれる（「軽薄な（エヴァポレ）」女）。暑さや寒さが小説の人物に取り込まれることについては，ジャン・スタロバンスキーの「温度の目盛――『ボヴァリー夫人』の身体を読む」を参照（colletif, *Travail de Flaubert*, R. Debray-Genette et alii, Paris, Seuil, 1983）。ビロトーの強迫観念である湿り気はフローベールの『紋切型辞典』によれば，「あらゆる病気の原因」である。

(16)　すでに見た『感情教育』の冒頭では空に浮かぶ雲も「小さい」。

(17)　ゴンクール兄弟は『日記』(1860 年 6 月 2 日) のなかで，「地方では，雨はひとつの気晴らしだ」といやみを言っている。

(18)　ビロトー神父はたしかにそうしている。というのも，彼が住んでいるガマール嬢の食堂には，「装飾品といっては 2 つのコンソールテーブルとひとつの晴雨計しかなかった」からだ。

(19)　グランヴィルとオールド・ニックの『人間生活の小さな不幸』を参照（Grandville et Old Nick, *Petites misères de la vie humaine*, Paris, Garnier, s.d.)。この本は，数限りない日常生活の「小さな」不愉快を面白おかしく集めたものだが，雨の日に傘を忘れることは，もちろんそのなかに書かれている。(14 頁の対面にある頁にグランヴィルの挿絵が描かれている）このミニチュア化と平行して，新聞雑誌の発展によって生まれた短い文章形式（注釈，気の利いた言葉，記事，雑報，社交界のゴシップなど）の増加がある。

(20)　「否定的」というのは，価値のレベル，言表のレベル，美的レベルなど，複数の意味でとらえることができる。セアールの『ある素晴らしき一日』は，雨のなかの風景を「写真原版の陰画（ネガ）的なイメージ」として描いている（Céard, *Une belle journée*, Paris, Charpentier, 1881, p. 187)。すでに述べたように，ここの皮肉は，価値体系の逆転である。

(21)　*Ibid*., p. 213. いつ果てるともない退屈な昼食が語られることになる第 3 章の冒頭は，

次のように始まる。「『天気のいい日だね，親方』とトリドンは言った。(……) シャンブレ爺さんはこのお客の抒情を分かち持っていなかった。彼の考えでは，きっと天気は悪くなるのだった。晴雨計はひどく下がっていたからだ。しかもこの季節特有のにわか雨があった。彼は窓際に立って，空模様を伺い，悪くなりそうな様子にうなずくのだった。(……) 重苦しい熱気が，釘で壁にかけてある温度計の目盛を押し上げていた。」(『ある素晴らしき一日』pp. 117-123) そのあとに，近づく嵐の描写，豪雨のもとのパリの描写，そして，「大気の変動」(p. 123) を予想するのが好きなデュアマン夫人のことが語られる。

(22)　*Ibid*., p. 213.

(23)　「有益な植物」と有益さ一般に対する辛辣な諷刺については，ランボーの詩「花について詩人に語られたこと」を参照。

(24)　ピエール・ラルース『19 世紀万有大事典』の「気象認識学」「気象学」の項を参照。「専門的な」晴雨計は，あらゆる商人（樽屋でワイン商人であるバルザックのグランデ爺さんの晴雨計〔気圧計〕を参照。それを使ってグランデは，実入りのよしあしを予想する）や船乗りにとって，もちろん中心的な「日用品」である。そして雷雨や嵐が相変わらずたくさん出てくるジュール・ヴェルヌの作品にも気圧計〔晴雨計〕は頻出する（『神秘の島』の冒頭を参照）。またフローベールの作品にも晴雨計が多く現れる。しかしそれは自宅に引きこもった登場人物たちの家（『純な心』の冒頭，『ボヴァリー夫人』，第 2 章で晴雨計が食堂のただひとつの「飾り」になっている『ブヴァールとペキュシェ』を参照）にある。クロード・デュシェはフローベールにおける事物についての素晴らしい論文「小説と事物――『ボヴァリー夫人』を例として」(*Travail de Flaubert*, ouvr. cit.) のなかで，晴雨計に言及している。ロラン・バルトの著作に対して私がひとつだけ批判したい点は，その有名な「現実化効果」のなかで，バルトが『純な心』の冒頭に現れる晴雨計を，フローベール的テクストの無意味な細部に加えたことである。

(25)　『2 人の辻馬車の御者による傘の生理学』は，（ブルジョワ，代議士，お針子，艶福家，パリの悪童といった）社会的な典型を扱わない稀な生理学のひとつである。ほかの生理学ものと同じように，挿絵の版画，数多くの政治的暗示（第 4 章「立憲政府との関係における傘」)，分類（第 2 章「傘のさまざま」）思想家や科学者や歴史家のまじめな論述を真似た全体的にユーモラスなトーン（第 3 章「傘は人間そのものか」)，逸話や奇談（第 13 章「傘がないとき」）が見られる（Anonyme, *La physiologie du parapluie par deux cochers de fiacre*, Paris, Deslogues, 1841)。「パリの気候」の章は，薬局の前に集まる傘の群れを描く，メリー Joseph Mery の『パリの悪魔』に収められたベルタルの版画が表題口絵に掲げられているが，この章は『生理学』もののユーモラスな着想を持っている (*Physiologies*, Paris, Hetzel, 2 volumes, 1845, tome I, p. 238 et suiv.)。「リフラール」riflard という言葉の語源にいては，以下を参照 (Charles Rozan, *Les petites ignorances de la conversation*, Paris, Ducrocq, 1887, p. 240 et suiv)。

(26)　またも『レ・ミゼラブル』(第 4 部第 12 篇) だが，グランテール〔小説中の無政府主義者で，結社「ＡＢＣの友」に属する〕によれば，ルイ＝フィリップの政府は「端が傘になっている錫杖」である。ゴンクール兄弟にとってルイ＝フィリップは，「傘を持った

アンリ四世」（『日記』1855 年 11 月）になることもあれば，また「傘を持ったロベール・マケール」（同書，1862 年 4 月）にもなることもある。

（27）　『傘の生理学』によれば，「傘と化した人間」（第 7 章のタイトル。そこでは「傘と化した人間」の類型学が語られる）は，「サン＝マルソー大通りに住み，ロワイヤル広場やリュクサンブール公園をうろつく。『傘と化した人間』という言葉が使えるのは 50 歳か 60 歳の，衛生的な配慮をしてもしすぎることのない人生の時期の人である。もっと若ければ，人をむかむかと怒らせる。『傘と化した人間』は（……）国からもらえる 1000 から 1200 フランの年金で生活し（……）つつましい夕食をとり（……）レストランのボーイにはなにもやらず（……）新聞を読み（……）たびたび一人で散歩をする。」

（28）　**図版 9** を参照。1889 年に創刊された〈プチ・フランセ・イリュストレ〉*Le Petit Français illustré, journal des écoliers et des écolières* は，教育的な視点から雨に大きな関心を寄せている。雨の日や夏休みに家に閉じ込められた子供をどのように世話するか。1889 年の「雨の日」と「戸外の遊び」の項目，そして短編小説『私の傘』を参照。

（29）　小説冒頭のアルバムについては，本書第十章を参照。

（30）　傘は，女性専用の扇子や書物と同じように，開いたり閉じたり，折ったり広げたりするものである。ここには，傘をとおしてテクストそのものを語るテクストの自己言及性への策略が見られないだろうか。反構造主義者にして反記号学者ドミニク・ノゲスのユーモラスな諷刺的著作『傘の記号学』（1975）は私に注意を促している！（Dominique Noguez, *Sémiologie du parapluie, et autres textes*, Paris, La Différence, 1990)

（31）　強調はラルースによる。

（32）　建物を支えているある種の構造（V 字型のピロティ）を描く「傘」のイメージは，ヴィオレ＝ル＝デュックにも見られる（*Entretiens sur l'architecture*, Paris, Morel, 1872, tome 2, p. 67 et planche ⅩⅪ)。したがって傘はその建物の「下部」にあって，バルタールの建物のように，「上部」にあるのではない。

（33）　「パリを濡れずに歩くことができるようにガラス張りの回廊を張り巡らせて店舗の賃貸料もはねあがらせたい。（……）パリを巨大な吊鐘形のガラスの覆いに入れて温室に変えて（……）しまおうと，大真面目に言い出しかねなかった。」（ゾラ『獲物の分け前』〔中井敦子訳，ちくま文庫，2004 年，152 頁〕フーリエとヴィクトル・コンシデランは，理想的なファランステールの計画を考えて，地域を「パレ・ロワイヤルと同じく」ひとつの回廊で取り囲んだ。それは，ファランステール的な大きな本体に，生命を流通させる回路である。住民たちを「あらゆる天候不順，大気による被害，大気の変動」から守り，結果として住民たちが「しぶしぶ外套や木靴や傘や 2 重靴など不愉快なあれこれの用具」を身につけなくてもすむ回路なのである (Victor Considérant, *Considérations sociales sur l'architectonique*, Paris, 1848, p. 64, deuxième édition)。19 世紀の都市計画専門家たちの大きな議論は，パリの街路の地面を何でつくるかにあった。砕石，木の敷石，石の敷石，踏み固めた土？　雨は通りを「混沌」とした状態に変えた。

（34）　19 世紀文学における事物については，クロード・デュシェ「小説と事物」（ouvr. cit.）を参照。傘は，そのもともとのかたちから，そして光を和らげる傾向があることか

らして，それ自体が印象主義絵画における完璧な造形的モチーフとなる傾向にあった。そうしたモチーフは日本の版画に影響を受けて，にわか雨のなかの傘がでてくる場面を描いたとおぼしき印象主義絵画（モネ，ルノワール，カイユボット――カイユボットの『雨の日のパリ』参照），後期印象派（ポン・タヴェン派――ポール・セリュジエの『ボンボン売り』『にわか雨』を参照）のなかに見られる。19 世紀の絵画史でもっとも有名な傘のひとつは，画家のカール・シュピッツヴェーク〔ドイツのビーダーマイヤー時代の画家(1808-1885)〕の作品（1839，ベルリン美術館）で，屋根から雨漏りする屋根裏部屋で腹を空かしている「貧しい詩人」の絵である。その絵を真似て，ベルタルは『パリの悪魔』（1846）の有名な図版のなかで屋根裏部屋を描いた。その版画には，年末年始のプレゼントをあげる日の，ある家の断面模型が描かれている。

(35)　ルイ・レボー『ジェローム・パチュロ，社会的地位を求めて』，J・J・グランヴィルの挿絵 (Louis Reybaud, *Jérôme Partout à la recherche d'une positions social*, Paris, Dubochet, Le Chevalier et cie Editeurs, 1846) 。グランヴィルが描いた全体の表題口絵は巨大な綿帽子に追いかけられている芸術家を示している。そして 2 番目の表題口絵（p. 1）では，別のナイトキャップがルイ 14 世の太陽を隠しており，「偉大なるロマン主義者のナイトキャップに」というモットーが書かれている。これはメリヤス製品店に鞍替えした主人公からヴィクトル・ユゴーが買ったという（p. 2）ナイトキャップを暗示している。225 頁の紋章を参照されたい。もちろん，パチュロは自分の傘も手に持っている（350 頁の対面にある挿絵)。『感情教育』のなかのユソネは，ルイ＝フィリップを「ただのでくのぼう，国民衛兵タイプで（……），最低の俗物でナイトキャップをかぶったブルジョワ」(〔『感情教育』山田𣝣訳，下巻，45 頁〕と見ている。クリストフの「傘と化した人間」フヌイヤール氏の職業は当然ながらメリヤス製品屋である。すでに検討した『感情教育』冒頭にある船上のシーンで，乗客が身につけているのは，「古いトルコ帽」，「色あせたシルクハット」，縁地製の履き物を留める「糸でかがった革紐」である。ステッキ／スリッパ／傘の「システム」については，精緻な調査を行ったジャン・ピエール・サイダの「ステッキ，スリッパ，傘」（*Modernités*, n° 9, « Ecritures de l'objet » , R. Navarri, dir. Presses universitaires de Bordeaux, 1997）を参照。

(36)　『ボヴァリー夫人』のシャルルが身に着けるナイトキャップやタピスリー刺繍のスリッパは，数行の間隔をおいてふたたび言及されている（第 1 部第 7 章)。雨のよく降る小説，セアールの『ある素晴らしき一日』では，トリュドンのスリッパは次のように描かれる（ouvr. cit. pp. 198-199) 。「右足のアルザス地方，左足のロレーヌ地方が国の制服を着た姿で象徴され，三色徽章で飾ったブラウスを着て泣いている。いっぽうで，まだ青いホップ色の縁取りには，黄色いウールで記された言葉が帯状装飾のうえに『彼女は待っている」というモットーとともに書かれている。」

(37)　**図版 9** を参照。

(38)　この短編小説では，けちくさく吝嗇な下級の勤め人夫婦が，たばこの火で誤って自分たちの傘に穴を空けてしまい落胆する。夫に対して怒った妻は，結局，保険会社に傘の代金を払わせる。この短編小説については，以下を参照（Gianpiero Posani, « À

propos d'un « petit bout de ficelle » qui ficelle trop, d'une « Parure » qui n'est que du semblant, et d'un « parapluie » qui n abrite pas... Maupassant et l'ironie tragique des objets », dans l'ouvrage collectif, *Ironies et inventions naturalistes*, C. Becker et alii. dir. Université Paris X, n°7, RITM, 2002) 。またモーパッサンの短編小説「うまく行くさ」（貧しいときどのようにして立派な傘を無料で手に入れるか）や「集中暖房装置」（この小説のなかでは，集中暖房装置もたえざる夫婦喧嘩のたねになっている）を参照。バルザックは『田舎のミューズ』のなかで，ド・ラ・ボードレ夫人のアルバムを取り上げ，「スクリーブによる傘についての名高い詩句」と引用している。これはヴォードヴィルのなかの詩句だろうか。プレイヤッド版の注には，この隠喩を特定できなかったと書いてある。

(39)　ヴァラン，アルマン，レーマンによる『ダモクレスの傘，歌謡入りの 2 幕喜劇』(M. M. Varin, Gustave Harmant et Lehmann, *Le parapluie de Damoclès, comédie en deux actes mêlée de couplets*, Paris, D. Giraud et J. Dagneau, Librairie-éditeurs, 1852) を参照。この作品は，傘を貸し借りしたり，所有者が変わったりと，傘が勘違いのもととなる手の込んだ喜劇性を持つ凡庸な物語。

(40)　『上機嫌の物語』*Les contes de bonne humeur*, Paris, Dentu, 3ème édition, 1881.

(41)　『自然の友』*Les amis de la nature*（1859，表題挿絵 4 を参照）のなかで，シャンフルーリは，芸術家や小口金利生活者たちがフォンテーヌブローの森に熱狂するのをとりあげて，彼らの自然にたいする熱の入れ方も諷刺している。地質学に打ち込むブヴァールとペキュシェは「傘兼用ステッキ，折り込み式傘を携行していたが，その折り込み式傘は柄が引っ込み，絹布をホックでとめて，別の小袋のなかに入るようになっていた」（第 3 章）〔『ブヴァールとペキュシェ』，新庄嘉章訳，75-76 頁〕。

(42)　傘の「ないこと」「不足」（不在）は「あやまち」（違反）になりうる。『傘の生理学』（ouvr. cit. 第 13 章，「傘がないこと」）のなかで想像されたちょっとした寸劇を参照。ここでは傘がないと誘惑に失敗することが語られている。

(43)　ロラン・バルトは「傘を手放そうとしなかったことで，何人のひとが死んでしまったことか」というヴァレリーの言葉を，2 度（「雑報の構造」『彼自身によるロラン・バルト』）引用している。これを教えてくれたジョルジュ・クリーバンスタンに感謝する。

(44)　アルフォンス・ドーデ『タルタランのタラスコンのとてつもない冒険』（Alphonse Daudet, *Aventures prodigieuses de Tartarin de Tarascon*, II, 6 ）。

(45)　上述のエピグラフ参照。

(46)　ブロワは別の 1 章（第 25 章）を「好天と雨をつくる〔すべてを思いのままにする，の意〕こと」に割いている。これは財産を築いた者に与えられたものである。「世論の気圧計（バロメーター）という使い古された隠喩の使い方については，以下も参照（Lucien Rigaud, *Dictionnaire des lieux communs*, Paris, Ollendorff, 1887) 。

(47)　Maupassant, *Sur l'eau,* Préface et notes de Jacques Dupont, Paris, Gallimard, Folio , 1993, p. 59.

(48)　1852 年 1 月 16 日のルイーズ・コレ宛ての手紙。バルザックは「パリの新聞雑誌論」*Monographie de la presse parisienne* のなかで，ある種のジャーナリストを語るのに，

駄弁学 rienologie なる新語をつくった。

(49)　コリン・バーンズ「ガブリエル・ティエボー『瓶のなかのワイン』」を参照 (C. A. Burns, « *Le vin en bouteille* de Gabriel Thyébaut », *Cahiers naturalistes* n°4, 1955)。ピエール・ロティにおける「些事」，「いまの天気」についての会話――これは「研究する価値があるかもしれぬ」テーマだが，――については，ロラン・バルトが『アジアデ』への序文に書いた 2 頁の文章を参照（Préface à *Aziyadé*, *Le Degré zéro de l'écriture, suivi de Nouveaux essais critiques*, Paris, Seuil, Points, 1972, pp. 173-174)。

(50)　Ouvr. cit. pp. 163-164.『水の上』の冒頭に置かれた緒言には次のように明記されている。「この日記には，いかなる物語も，いかなる興味深い冒険も含まれていない。(……) 結局，私が見たのは，水であり，太陽であり，雲や岩であって，それ以外のことを語ることはできない。」

(51)　シャンフルーリは，シャール Robert Challes〔18 世紀フランスの作家 (1659-1721)〕についてのエッセイのなかで，「美辞麗句の自慢家，文体の信奉者」「精彩に富む文章を書く作家」「比喩表現流派を推進する信奉者」に対抗して，シャールのシンプルで，平板で「精彩に欠ける」文体を擁護している。(Champfleury, *Le réalisme*, Paris, Michel Lévy, 1857, p. 11 suivantes) フローベールも，「際だった色調が生まれないように，色に色を重ねて描く」ことを望んでいる（1853 年 1 月 15 日のルイーズ・コレ宛ての手紙)。

(52)　「派手」すぎて「目立ち」すぎる比喩を持つ散文の危機については，本書第八章を参照。

(53)　ひとつだけ例を出せば，ポール・ブールジェは，『現代心理論集』(*Essais de psychologie contemporaine*) のなかで『ラ・フォースタン』におけるゴンクールの文体について，「解剖図」と「切開図」という言葉を使っている。

結論

(1)　例えば歴史という枠組みにおいては（とはいえ 1850 年から 1900 年までの時代はほとんど扱われていないが)，ジャン・スタロバンスキーが『活きた目』の中 で概説してはいる (« Jalons pour une histoire du concept d'imagination », dans *L'Œil vivant II, La relation critique*, Paris, Gallimard, 1970)〔大浜甫 訳，理想社，東京，1971〕。

(2)　第 13 章。

(3)　本書中に引用したゾラの本文を参照〔第二章「展示されるイメージ――ミュージアム」の中〕。

(4)　クールベがフランシス・ヴェーとマリー・ヴェーに宛てた 1849 年 11 月 26 日付の手紙の中の言葉。

(5)　場の喪失とイメージの非物質化については，マルク・オージェ，ポール・ヴィリリオ，ジャン・ボードリヤールら，「ポスト・モダン」の評論を参照されたい。例えばヴィリリオは「地誌的記憶喪失」について語っている (*La machine de vision*, Paris, Galilée, 1988, p. 35)。さらには，「速度の非－場の戦略的価値は場の戦略的価値に完全に取って代わった。遠隔地が瞬時に遍在すること，光の屈折するあらゆる表面が無媒介に対峙すること，あら

ゆる場が視覚的に接触すること，これらをもって，眼差しの長きにわたる逍遥は終わる」(p. 72)。

訳注

序論

(一)　Les Feuillantines は，もとは 17 世紀に建てられた修道院であったが，フランス大革命後に建物と敷地が個人に売却され，購入者はこれをいくつかに区切って賃貸していた。幼い（10 歳前後）ユゴー兄弟と母親はこのひとつに住んでいた。広い屋敷や庭は子供たちの恰好の遊び場となり，屋根裏部屋にのぼって戸棚の上に『聖書』を見つけて読んだりもしていた。

(二)　フィロストラトスはいわゆる大フィロストラトス（Philostrate de Lemnos, 190? -?)。レムノス島出身のソフィスト。ここで「フィロストラトスの」とあるのは，彼の著書『イマギネス』*Imagines*（1881 年，オーギュスト・ブゴが一部のフランス語訳を出版した）おいて絵画の描写がなされていることによる。「エクフラシス」ekphrasis は，元々は聞く人・読む人の視覚的想像力が最大限に働いて，語られているもの・ことがあたかも目前にあるかのように表現する方法であった。だがフィロストラトスの時代（2 ～ 3 世紀）においては，語られる対象は造形芸術作品であることが多くなり，「エクフラシス」は，本書でこのあともアモンが繰り返し言及しているように，主として造形芸術作品の，言葉による詳細で鮮明な描写を指すことになる。なお,『イマギネス』において描写されている絵画が実在するものか空想なのかについては見解が分かれている。

(三)　ホラティウスの『詩論』の中の一句（« Ut pictura poesis »)。他にアリストテレスも，文学と絵画を対比して論じた（『詩学』)。彼らは 2 つの芸術間の類似を示唆したに過ぎないのだが，ルネサンス期には，絵画も文学的内容を持たねばならないと拡大解釈され，17 世紀にシャルル・デュ・フレノワはその『絵画論』(Charles du Fresnoy, De Arte Graphica）においてホラティウスの一句を逆転させて「絵ハ詩ノ如クニ」であることを要請した。「詩ハ絵ノ如ク，絵ハ詩ノ如ク」がアカデミズム理論の基本となる。今日では，絵画と文学は別の芸術であるが，18 世紀中葉においては，絵画がどれだけ文学的内容を語っているか，文学がどれだけ情景を描けているかが評価基準であった。レッシング (Gotthold Ephraim Lessing) は『ラオコーン』でこれに反対する見解を述べ，いわゆる「ラオコーン論争」が起こった。しかし，とりわけレッシングの影響の弱かったフランスにおいてはアカデミズムの支配が強く，文学的内容からも対象の再現からも離れて，線や色彩そのものが生命を持つ絵画が生まれるのは，19 世紀半ば以降である。

(四)　ここに引用されているランボーの詩の翻訳には，宇佐美斉訳『ランボー全詩集』（ちくま文庫，1996 年）を用いた。ただし，フィリップ・アモンの原文に合わせて一部分省略と変更を行なっている。

第一章

（一）　活写法（hypotypose）は，事物をまるで読者の眼前にあるかのように，生彩豊かに描写するという，古典的なレトリックの手法である。「活写法」のもっとも古い手本としては，ウェルギリウスの叙事詩『アエネーイス』において，愛する英雄アエネーイスがカルタゴを去った時，積みあげた薪の上に火を放った女王ディードーの自死の描写が引用される。同じ箇所は，フェヌロンの『雄弁術についての対話』（1718）*Dialogues sur l'éloquence* において，「描くこと」peindre の手本として言及されており，「詩ハ絵ノ如クニ」という詩法と深くかかわるレトリックである。フランス文学における活写法の有名な例としては，ラシーヌの『フェードル』第 5 幕における，イポリットが海の怪物に呑まれて命を落としたことを伝える侍女エノーヌの語りが挙げられる。修辞学者ピエール・フォンタニエは，『言説の文彩』（1827）において，活写法の一例として同じくラシーヌの『アンドロマック』より，アンドロマックが侍女セフィーズに，陥落したトロイの掠奪の恐怖を物語るくだりを引用している。

（二）　バルザックの『毬打つ猫の店』は，『知られざる傑作』と同じく芸術家小説として読むことができる中編である。才能あふれる画家のテオドールは，ラシャ商の次女オーギュスティーヌに一目ぼれし，窓辺に現れた彼女の絵姿を官展（サロン）に出品する。アモンが引用するのは，展覧会を訪れたオーギュスティーヌが，パリじゅうの評判をとった注目の絵画のなかに，自らの姿を認める場面である。

第二章

（一）　« musée » という語が統括的概念であると同時に個別の機能をも指すのに対し（英語の « museum »，ドイツ語の « Museum » も同様），日本語の「美術館」や「博物館」は，« musée » の個別的機能を指すのみである。本稿では，文脈によって明らかに個別的存在を指している場合は，「美術館」，「博物館」，「コレクション」等々といった訳語を当て，統括的概念として用いられている場合は「ミュージアム」とした。

（二）　原題は *Paris-Guide* 。原注（11）でも言及されているが，第二回パリ万国博覧会（1867 年）の際に出版された大部のパリ案内。全 2 巻，本文だけでも 2139 頁に及ぶ。付録も，パリの地図や劇場案内など多岐にわたる。序文をヴィクトル・ユゴーが書き，ここに引用されているテオフィル・ゴーティエ以外にも，アレクサンドル・デュマ・フィス，エドガー・キネ，ジュール・ミシュレ，アルセーヌ・ウーセ，ユジェーヌ＝エマニュエル・ヴィオレ＝ル＝デュック，エルネスト・ルナン，イポリット・テーヌをはじめとして錚々たる顔ぶれが執筆陣として居並ぶ。

（三）　『居酒屋』(1877) の成功により，ゾラは，長年の夢であった別荘をパリ近郊のメダンに取得，その後も『ルーゴン＝マッカール叢書』の小説が販売部数を伸ばすにつれて土地を買い足し，増改築を重ねた。照明や水回りには最新技術を活用するとともに，1878 年のパリ万国博覧会の建物を移築したり，イタリアの石棺を庭に配したり，晩年に写真に熱中してからは 1895 年に現像室も作られ，ゾラが凝りに凝ってあつめた新旧の珍品で満杯，彼の夢を実現した小宇宙であった。さらに，多数の家畜が慈しんで飼われ，たとえ

ば乳牛たちは大理石の飼い葉桶で餌を貰い，牛の名前が壁に刻まれ，訪問客には絞りたての牛乳がふるまわれたという。「悪趣味」と断ずるかどうかは措くとして，ゴンクールのように真贋にこだわり一貫した美の基準に叶った第一級の品々を蒐集するのではなく，ゾラはその時々で心惹かれたものをあつめ，本物かどうか怪しい中世の甲冑と日本の家具とフランス 18 世紀の小物が並ぶという有様だった。(Cf. Collette Becker, Gina Gourdin-Servenière et Véronique Lavielle, *Le Dictionnaire d'Emile Zola — sa vie, son œuvre, son époque suivi du Dictionnaire des « Rougon-Macquart »*, Coll. « Bouquins », Robert Laffont, 1993.)

(四)　オウィディウス『変身物語』にあるバビロニアの悲恋物語。ピュラモスとティスベは親の反対を押して愛し合う。二人の家を隔てる壁の隙間をとおして語り合ううち，一緒に逃げることになり，大きな桑の木のあるニノス王の墓で待ち合わせる約束をする。先に着いたティスベは，牛を食い殺したばかりの雌ライオンが現れたのに怯えてヴェールを落として逃げ去り，ライオンがそれを口で引き裂く。すると，遅れて着いたティスベは，血に染まったヴェールを見てティスベがライオンに殺されたと思い込み，剣で自殺する。戻ってきたティスベは彼の後を追う。撓（たわ）わに成っていた真っ白な桑の実は，以後，彼らの血潮の記憶に赤黒い実をつけるようになった。およそ 2000 年前に編まれたこの物語が，以後，シェークスピアの『ロミオとジュリエット』をはじめとして，数ある悲恋物語の原型のひとつとなった。19 世紀フランス文学についていえば，障壁越しの逢瀬，桑の木の植わった墓（遺体の埋まった場）での待ち合わせ，恋人たちの同じ場所での相次ぐ死はゾラの『ルーゴン家の運命』*La Fortune des Rougon* (1871) のシルヴェールとミエットを想起させる。

(五)　ロートレアモンは 1868 年，『マルドロールの歌』*Les Chants de Maldoror* の第 1 の歌を匿名で出版，翌 69 年には第 6 の歌まで収めた完全版を「ロートレアモン伯爵」の筆名で出版の運びであったが，内容の過激さゆえに出版社から拒否された。20 世紀になってからブルトンらシュルレアリストに再評価され，広く知られることとなった。なかでも「解剖台の上のミシンとこうもり傘の偶然の出会いのように美しい」(beau [...] comme la rencontre fortuite sur une table de dissection d'une machine à coudre et d'un parapluie !) はもっとも人口に膾炙した一句である。

第三章

(一)　古代エジプト神話において，太陽神ラーの息子として王位を継いだオシリスは，弟のセトに謀殺され，遺体をナイルに流される。妻のイシスはオシリスの亡骸を探し出して埋葬するが，セトによって遺体は 14 の断片にされ，エジプト各地に散逸する。イシスは再び亡骸を拾い集め，オシリスはミイラとして復活する。著者はオシリス神に言及することで，19 世紀のアトリエが「バラバラの身体の寄せ集め」として描かれることを強調するとともに，アトリエにひしめく旅の土産や骨董品は，エジプトのミイラをめぐる神話への連想を容易にすることも示している。

(二)　ロートレアモン流の「～のように美しい」とは，もちろん『マルドロールの歌』の一節を指す。20 世紀前半，無関係なもの同士の出会いから生まれる偶然の美を探究した

シュルレアリスムの芸術運動の中で注目された。シュルレアリスムの芸術家の多くが，コラージュやモンタージュを多用し，また非西欧圏の民芸品，原始彫刻などの蒐集家であったことも，本章の議論と関連してくるだろう。

（三）　フリュネは紀元前4世紀ごろに実在した娼婦で，その裸体が多くの彫刻家に霊感を与え，アフロディーテ像などのモデルになったとされる。祭儀への不敬罪で裁判にかけられるが，恋人の弁護人によって裁判所で胸をはだけられ，その神秘的な美しさが居並ぶ裁判官の胸を打ち，フリュネは無罪になったという。満場の男性の前で，自らの意志ではなく露わにされた「フリュネの裸体」は，後世の芸術家も好んだ主題で，ジェロームも『アレオパゴス会議の前でのフリュネ』（1861年，オルセー美術館蔵）で描いているほか，ボードレールの「レスボス」や「美の女神」の着想源ともなった。

第四章

（一）　ジェルマンとランボーの詩に登場する固有名詞の多くは，当時のパリの人々が日常的に見聞きしていたものである。大人気の商品や流行作家，殺人事件の加害者と被害者の名前がリストになっている。まず商業関係では，レリセは帽子店，ガロポーはフロックコート店，ゴディヨは製靴，ムニエはチョコレート製造，ボルニビュスは芥子製造，ジャコブとガンビエはパイプ製造，ルペルドリエルは薬効のある靴下製造の業者である。「アンギャン水をご自宅でどうぞ」は，パリ北部の温泉地から出る鉱水であるアンギャン水入りキャンディーの広告コピー。ボンボネルは狩猟家である。芸術・文学系では，ヴォルフ＝プレイエルは，オーギュスト・ヴォルフとカミーユ・プレイエルが共同で経営したピアノ製造会社。ギド・ゴナンは画家，アンドレ・ジルは諷刺画家，カチュール・マンデスとウジェーヌ・マニュエルは詩人。ルイ・ヴイヨはカトリック系の作家・ジャーナリスト，エミール・オジエは劇作家で，ともに当時有名な一家8人殺害事件を作品で扱ったことがある。この殺人事件の加害者がトロップマン，被害者がカンクである。

（二）　JOURDAIN, Frantz (1847-1935) フランスの作家，建築家，サロン・ドートンヌの創設者。建築家としての代表的な作品は，パリに現存するラ・サマリテーヌ百貨店である。自伝的小説作品を執筆するなど，作家活動もしていた。ゾラの『ボヌール・デ・ダム百貨店』の百貨店建築，『夢』のユベール一家の居宅について，建築家としての知見を発揮して構想し見取り図も描いている。彼自身の文学的野心やゾラへの協力の詳細については，以下を参照されたい（Atsuko Nakai, « Frantz Jourdain, médiateur entre architecture et littérature » in *Les Cahiers naturalistes*, N° 74, Société littéraire des Amis d'Emile Zola et Editions Grasset, 2000, pp. 271-281 ou Atsuko Nakai, *Du Point au Réseau — L'espace architecturé dans* Les Rougon-Macquart *d'Emile Zola*, Editions universitaire européennes, Sarrebruck, Allemagne, 2011（surtout pp. 46-72））。

（三）　ゾラの『獲物の分け前』に登場するウォルムズは，シャルル＝フレデリック・ヴォルトがモデル。ヴォルトはイギリス出身で，1846年にパリに出て婦人用絹製品店の店員としてスタートした。もともとはデザイナーではないが，1858年には自分の注文服店をラ・ペ街（本章にも登場するシャルル・ガルニエが設計したオペラ座とヴァンドーム広場

を結ぶ通り。1861年に着工し1875年に完成したこのオペラ座界隈には，着工当時から一流店が軒を連ねるようになった）に開き，ウジェニー皇后やメテルニック大公夫人ら上流貴族の女性から贔屓にされて名声を得た。加えてアメリカ人，ロシア人を初めとする外国人富裕層や裏社交界の女性たちも顧客となり，彼女らによってモードが主導された。ヴォルトのデザインする作品はその魅力もさることながら法外な価格であり，個性と高価格によって威信を保った。しかし同時に，作品をパターン化して複製可能な基本モデルにまとめ型紙をモード誌に公表することにより，本来の顧客層以外にも流行を広げて，シーズン毎のモードに大きな影響力を持った。ヴォルトはまた，生きた人間をモデルとして（妻のマリー，娘のアンドレも）現代のファッションショーにつながる形での作品発表をした。本文中にあるように，まさに生身の女が広告となった例の一つである。

第六章

（一）　本書出版後，コレット・ベッケルはオノレ・シャンピオン社から，『ルーゴン＝マッカール叢書の創作現場』*La Fabrique des* Rougon-Macquart と題した「準備資料」シリーズの刊行を開始した。1869年にゾラが出版者アルベール・ラクロワに提出した『ルーゴン＝マッカール叢書』の初期プランや設定資料に始まり，アモンが本章で説明している叢書全20巻の「準備資料」ほとんどすべてを網羅する予定である。各巻ではベッケルの編集により，フランス国立図書館に保存されているゾラの手書き資料と，そのテクストを活字に転記したものが見開きに並べられ，修正や加筆の跡もたやすく確認できる。2018年現在，叢書第16巻『夢』と第17巻『獣人』を収めた第7巻までが刊行されている。以下を参照（Emile Zola, *La Fabrique des Rougon-Macquart. Edition des dossiers préparatoires*, éditée par Colette Becker, Paris, Honoré Champion, t. I~, 2003~）。

（二）　本書で「準備資料」と訳出した Dossiers préparatoires は，ゾラが『ルーゴン＝マッカール叢書』各巻を執筆する際に必ず作成したものである。アモンが述べたとおりいくつかの基本要素から構成され，新しい作品に取りかかる際もルーチンは守られた。「草案」Ebauche は，基本的なコンセプト，扱う社会的環境や主要人物を記した，作品の土台となるものである。「登場人物の資料カード」Fichier des personnages には，主人公から脇役，動物に至るまで全員の職業，年齢，性格などの設定が書かれている。「プラン plans」には premier plan détaillé ， deuxième plan détaillé の二種類があるが，物語の章立てに沿った下書きで，ほとんど決定稿に近い。本章で注目されるのは，作品の舞台となる街や家などの自筆デッサンである。

（三）　ラテン語の「四面空間」templum とは，古代ローマにおいて神官が定めた聖域のことを指す。彼らは見晴らしの良い場所に立ち，杖で地面を四角く区切り，空飛ぶ鳥の軌跡などから神意や吉凶を占ったという。「神殿」，「寺院」の語源となった。

（四）　「岐路に立つヘラクレス」とは，前5世紀頃，ソクラテスと同時代にギリシャで活動したソフィストのプロディコスが広めた道徳的説話が元で，ヨーロッパの芸術家たちに好まれた主題である。女神ヘラの謀りごとによってわが子を手にかけてしまったギリシャ神話の英雄ヘラクレスは，自らの罪を贖うためにミュケーナイ王の課す12の難業に挑む。

「ヘラクレスの選択」という言い回しは，あえて困難な道を選択することを指す。プロディコスの説話では，二人の婦人の姿を借りて現れた，美徳と悪徳という相反する価値の狭間でヘラクレスが逡巡する様が描かれる。この主題に関する芸術作品としては，たとえばカラッチの『岐路に立つヘラクレス』（1592，ナポリ，カポディモンテ国立美術館蔵）が名高い。

第九章

（一）　ここで「クラテュロス主義」とあるのは，言語（記号表現）と現実（レフェラン：指示対象）の間の調和，言語が現実を完璧に表象しうるという理想を掲げる考え方の意。もともとはプラトンの『クラテュロス』に由来する。この書は，プラトンの多くの著作同様に対話体で，クラテュロスとヘルモゲネスの「名前」についての議論にソクラテスが加わる。クラテュロスは，ものの名前は，そのものの本性によって普遍的に決まっているのであって，言語的・社会的に規定されているものではないと主張，逆にヘルモゲネスは，ものの名は言語的・社会的に，つまり恣意的・慣習的に規定されていると主張する。

（二）　ここに引用されているランボーの詩（および原注（22）の詩）の翻訳には，宇佐美斉 訳『ランボー全詩集』（ちくま文庫，1996 年）を用いた。ただし，フィリップ・アモンの原文に合わせて，また他の章の担当者との調整のため，一部分変更している。

（三）　原文では poème stationnaire。ポール・ヴァレリーは，1917 年，『若きパルク』執筆時に，アルベール・モッケル宛の書簡に次のように書いている。「ソネットとは同時性の詩です。14 行は，同時に存在します。韻が連なってしっかり存在することによって，同時的なものとなっているのです。これは，静止した詩の典型的構造です。」(Paul Valéry, *Lettres à quelques-uns*, Gallimard, 1952, p. 123.)

（四）　本書第八章でも触れられているように，ジュール・ラフォルグは以下のように述べている。「ロマン主義がありとあらゆる思い切った試みをおこなったあと，ボードレールは，最初に，あの生々しい直喩の数々を見出した。こうした直喩は，一つの時代の平穏の中に突如として入り込み，あわせて，平板なことの中に足を踏み入れた。つまり，手で触れられる，あまりに身近な，いわばアメリカ的と言えそうな直喩である。（……）『夜は帳のように更けていった。』他にも同様の例に事欠かない。」（Jules Laforgue, *Mélanges posthumes*, Paris, Mercure de France, 1919, p. 115.）

第十一章

（一）　友情から恋愛への道を寓意的な地図に表したもので，人間の心理を川，海，村の形（「尊敬の川」「誠実村」「敵意の海」等々）で表している。スキュデリー嬢が『クレリー』*Clérie*（1654-1660）に挿入したものが有名。

（二）　アングルとドラクロワは，かたやアカデミーの指導的存在であった「伝統的な」新古典派の巨匠，かたや印象派や後期印象派にも影響を与えた「前衛的な」ロマン派の領袖，「デッサン派」と「色彩派」として，19 世紀初め以来，対比され対立的に捉えられてきた。ベルタルが 1849 年に描いた諷刺画では，フランス学士院の前で，ペンを手にしたアング

ルと筆を携えたドラクロワが騎馬試合をしているし，1855年の第一回パリ万国博覧会では，フランスの絵画界を代表する対照的な二人として，作品陳列のために各人に特別室が用意された。本書で触れられている「線」に関していえば，たしかに，アングルのデッサンは，明確な輪郭線から成るのに対し，ドラクロワのデッサンは輪郭線で対象を区切らず，自然界では全てが連続しているという前提に立って，破線が縺れ重なり合う。しかし，二人の実際の画業は，ステレオタイプ的単純化に基づく対立でとらえられるものでは決してない。

（三）　トゥールーズ博士〔人名注参照〕は，サンタンヌ精神病院医師・パリ大学医学部精神科主任。1895年から「知的優越性と神経症との関連性」についての大規模な調査を，当時の著名人多数（ゴンクール兄弟，ドーデ，マラルメ，ロティ，ピュヴィス＝ド＝シャヴァンヌ，ロダン，サン＝サーンス，ゾラなど）を対象として行なった。ゾラについては，身体測定をはじめとして，諸々の知覚，呼吸，消化・吸収機能，神経機能など多岐にわたる検査，そして一年間にわたってほぼ毎週インタビューを行い，父方・母方からの遺伝的性質，エミール・ゾラ個人のこれまでの肉体的精神的発達過程，夢，子供時代の記憶，言語運用，色彩感覚，想像力の働き，作品の発想源と構成の仕方，仕事の方法等々について調査した。この調査は『知的優越性と神経症との関連性についての精神医学的調査I　序論　エミール・ゾラ』*Enquête médico-psychologique sur les rapports de la supériorité intellectuelle avec la névropathie I. Introduction générale Emile Zola* (Paris, Société d'éditions scientifiques, 1896) として出版され，アモンが触れている箇所はこの書物（本文は目次も含めて289頁）のp. 259（「第4章：心理的調査」の「11. 被感動性」中）にある。以下，前後も含めて訳出する。

> 以下，彼（ゾラ）の好むものいくつかである。
> 彼が最も美しいと思う三つのもの，それは若さ，健康，善良さである。彼はまた宝飾品と蒸気機関も大好きだ。つまり完璧に堅牢に作り上げられたものを好む。<u>ダイヤモンド製の蒸気機関が彼にとっては最も美しいものであろうか</u>。彼が触れたいと思うのはしなやかで繊細な生地，絹である。目に見えるものの中では，彼は都市の景観を特に好む。色彩としては，ドラクロワのような赤・黄・緑，そして淡い色がお気に入りだが，補色では黄と青の組み合わせを好む。匂いは，自然にある匂い，花の香を好み，人工的につくられた香は全く受けつけない。味としては，かつて彼がワインを飲んでいた頃は，強い味わいが好みであったが，今では甘党である。（下線は訳者による。）

結論

（一）　『ボヴァリー夫人』の決定稿からは（惜しくも）削除されたが，第1部第8章のヴォビエサール邸での舞踏会の翌日に，エンマ・ボヴァリーが邸を取り囲む庭にあるあずまやの中に入り，窓のステンドグラスをとおして外の風景を見る印象深い場面が，フローベールの草稿中にはあった。アモンの指摘しているように仕切りの中の視覚対象であるのみ

ならず，19 世紀後半に顕著になるレンズ越しの視覚が文学テクスト中に言語化された例としても興味深い。フローベールの草稿を載せた貴重な版である「ポミエ＝ルルー版」から，以下に訳出する。

二つの窓の片方は均一な菱形に区切られている。彼女〔エンマ・ボヴァリー〕はステンドグラス越しに田園風景を見た。

青を透すと，何もかもが悲しい。蒼い湿り気がじっと動かず空間を満たし，草原はどこまでも彼方へと続き，丘の連なりは遠くに退いて見える。葉叢の天辺は不規則な形をした薄茶色の炎のようなものでふんわりと覆われて，まるで雪が降り積もったようだ。遠くにある畑では，酒精の燃えるように，枯れ葉を焼く炎が立ち昇る。

黄色のガラス越しには，木々の葉はより小さく，芝生はより明るく，風景全体が金属に刻まれたようだ。くっきり浮き上がった雲は，金粉の羽根蒲団さながら，今にもはじけそう。一帯が灯に照らされたように陽気だ。蒼い線の入ったトパーズ色が広がってあたたかい。

エンマは緑色のガラスをのぞいた。何もかも緑，砂も，水も，花も，地面そのものも芝生と見分けがつかない，影は真っ黒で，鉛色の波は緑が固まっている。

彼女は赤いガラスの前にはもっと長くいた。真紅の輝きが辺り一面を呑み込み，草木はほとんど灰色で，赤い色そのものは見えなくなっている。川の幅が広がって薔薇色の大河のよう，腐植土の花壇は血の塊のよう，広い空一面に火事が広がっている。エンマは怖くなった。

目を離してふつうのガラス窓から見ると，突然，いつもの白っぽい光が戻ってきた。空の色をしたとらえどころのない形の小さな雲も一緒に。

(*Madame Bovary*〔1857〕, Nouvelle version précédée des scénarios inédits, textes établis sur les manuscrits de Rouan avec une introduction et des notes par Jean Pommier et Gabrielle Leleu, José Corti, 1949, pp. 216-217.)

(二)　本書中にすでに何度か出てきているが，ヴィクトル・ユゴー『ノートル＝ダム・ド・パリ』冒頭での「これがあれを殺すだろう」「書物が大伽藍を殺すだろう」「印刷術が建築を殺すだろう」のパロディー。

人名注

＊　19 世紀フランスの作家，芸術家を中心とし，本書で言及される頻度の高い人物を取り上げた。

あ行

アジャルベール，ジャン　Ajalbert, Jean（1863-1947）フランスの作家，美術評論家，弁護士
アダン，ポール Adam, Paul（1862-1920）フランスの作家，美術評論家
アブー，エドモン　About, Edmond（1828-1885）フランスの作家，ジャーナリスト，美術評論家
アポリネール，ギヨーム　Apollinaire, Guillaume（1880-1918）イタリア生まれ，ポーランド出身の詩人。パリで活躍した
アラゴ，フランソワ Arago, François（1786-1853）フランスの物理学者，政治家
アラゴン，ルイ Aragon, Louis（1897-1982）フランスの作家，詩人
アルナル，エティエンヌ Arnal, Etienne（1794-1872）フランスの俳優
アルバラ，アントワーヌ Albalat, Antoine（1856-1935）フランスの作家，批評家
アレ，アルフォンス Allais, Alphonse（1854-1905）フランスの作家
アレ，アンドレ Hallays, André（1859-1930）フランスのジャーナリスト，作家
アレクシ，ポール Alexis, Paul（1847-1901）フランスの自然主義作家。1882 年，ゾラの最初の伝記を出版。「メダンの夕べ」の一員
アングル，ジャン＝オーギュスト＝ドミニク Ingres, Jean-Auguste-Dominique（1780-1867）フランスの新古典主義の画家
ヴァレス，ジュール Vallès, Jules（1832-1885）フランスの作家。〈民衆の叫び〉紙を創刊
ヴァレリー，ポール Valéry, Paul（1871-1945）フランスの詩人，批評家
ヴァロットン，フェリックス＝エドゥアール Vallotton, Félix-Edouard（1865-1925）スイスの画家，木版画家
ヴィオレ＝ル＝デュック Viollet-le-Duc（1814-1879）フランスの建築家，建築理論家
ヴィニー，アルフレッド・ド Vigny, Alfred de（1797-1863）フランスの詩人，小説家
ヴィリエ・ド・リラダン Villiers de L'Isle-Adam（1838-1889）フランスの作家，戯曲家。代表作に『未来のイヴ』（1887）
ウーセー，アルセーヌ Houssaye, Arsène（1815-1896）フランスの作家。ネルヴァル，ゴーチエ，ボードレールらと親しかった
ヴェルヌ，ジュール Verne, Jules（1828-1905）フランスの作家。多数の空想科学小説を執筆
ヴェルネ，オラース Vernet, Horace（1789-1863）フランスの画家。戦争画で知られる
ヴェルレーヌ，ポール Verlaine, Paul（1844-1896）フランスの象徴派の詩人
ヴェロン，ピエール Véron, Pierre（1831-1900）フランスのジャーナリスト，作家
ヴォルト，シャルル＝フレデリック Worth, Charles-Frédéric（1825-1895）イギリス出身のデ

ザイナー。高級注文服の先駆者
オーネ，ジョルジュ Ohnet, Georges（1848-1918） フランスの作家，ジャーナリスト
オールド・ニック（本名フォルグ，エミール） Old Nick（Forgues, Emile） （1813-1883） フランスの作家，ジャーナリスト
オスマン，ジョルジュ＝ウジェーヌ Haussmann, Georges-Eugène（1809-1891） 第二帝政期のセーヌ県知事。皇帝の命でパリ大改造を遂行
オッフェンバック，ジャック Offenbach, Jacques（1819-1880） フランスで活躍したドイツ生まれの作曲家

か行

カール，アルフォンス Karr, Alphonse（1808-1900） フランスの詩人，小説家
カーン，ギュスターヴ Kahn, Gustave（1859-1936） フランスの詩人，美術評論家
カイユボット，ギュスターヴ Caillebotte, Gustave（1838-1894） フランスの画家
カベ，エティエンヌ Cabet, Etienne（1788-1856） フランスの政治思想家
カム（本名アメデ・ド・ノエ） Cham（Amédée de Noé）（1818-1879） フランスの諷刺画家
カランダッシュ（本名ポアレ，エマニュエル） Caran d'Ache（Poiré, Emmanuel）（1858-1909） フランスの諷刺画家。「シャ・ノワール」の影絵劇場でも活動
カルジャ，エティエンヌ Carjat, Etienne（1828-1906） フランスの写真家，ジャーナリスト
カンシー，カトルメール・ド Quincy, Quatremètre de（1755-1849） フランスの考古学者，建築理論家
ガヴァルニ，ポール Gavarni, Paul（1804-1866） フランスの諷刺画家，挿絵画家
ガル，フランツ・ヨーゼフ Gall, Franz Joseph（1758-1828） ドイツの骨相学創始者
ガルニエ，シャルル Garnier, Charles（1825-1898） フランスの建築家。パリのオペラ座を設計
ガンベッタ，レオン Gambetta, Léon（1838-1882） フランスの政治家。1881 〜 1882 年に首相を務めた
キュルメール，レオン Curmer, Léon（1801-1870） フランスの出版社代表，編集者
ギース，コンスタンタン Guys, Constantin（1802-1892） フランスの画家，素描家，挿絵画家
ギヨーム，ギュスターヴ Guillaurme, Gustave（1883-1960） フランスの言語学者
クールベ，ギュスターヴ Courbet, Gustave（1819-1877） フランスの写実主義画家
クラルティ，ジュール Clartie, Jules（1840-1913） フランスの作家，劇作家
クラルティ，レオ Clartie, Léo（1862-1924） フランスのジャーナリスト，大衆小説家
クリストフ（本名コロン，ジョルジュ） Christophe（Colomb, Georges）（1856-1945） フランスの漫画家，植物学者
クルトリーヌ，ジョルジュ Courteline, Georges（1858-1929） フランスの作家，劇作家
クロ，アントワーヌ＝イポリット Cros, Antoine-Hippolyte（1833-1903） フランスの医者，文学者。シャルル・クコの兄
クロ，シャルル Cros, Charles（1842-1888） フランスの詩人，写真家
グールモン，レミ・ド Gourmont, Rémi de（1858-1915） フランスの詩人，作家

グラッセ，ウジェーヌ・ド Grasset, Eugène de（1845-1917） スイス出身の建築家，アール・ヌーヴォーの室内装飾家
グラティオレ，ルイ・ピエール Gratiolet, Louis Pierre（1815-1865） フランスの解剖学者
グランヴィル Grandville, J.-J.（1803-1847） フランスの諷刺画家，挿絵画家
グラン＝カルトレ，ジョン Grand-Carteret, John（1850-1927） フランスのジャーナリスト，美術史家
コック，ポール・ド Kock, Paul de（1793-1871） フランスの作家。小市民が登場する「パリもの」で人気を博した
コペ，フランソワ Coppée, François（1842-1908） フランスの詩人，劇作家
コルビエール，エドゥアール Corbière, Edouard（1793-1875） フランスの海洋小説家
コレ，ルイーズ Colet, Louise（1810-1876） フランスの女流詩人，作家
コンシデラン，ヴィクトル Considerant, Victor（1808-1893） フランスの社会主義者，経済学者
ゴーティエ，テオフィル Gautier, Théophile（1811-1872） フランスの詩人，作家，批評家
ゴンクール，エドモン・ド Goncourt, Edmond de（1822-1896） フランスの作家，批評家，美術愛好家。弟と共作した
ゴンクール，ジュール・ド Goncourt, Jules de（1830-1870） フランスの作家，批評家，美術愛好家。兄と共作した

さ行

サント＝ブーヴ Sainte-Beuve（1804-1869） フランスの作家，批評家
サンド，ジョルジュ Sand, George（1804-1876） フランスの女流作家
サンドラール，ブレーズ Cendrars, Blaise（1887-1961） スイス出身の詩人，作家
シムノン，ジョルジュ Simenon, Georges（1903-1989） ベルギー出身の推理小説家
シャトーブリアン Chateaubriand（1768-1848） フランスの詩人，作家，外交官
シャルコー，ジャン＝マルタン Chacot, Jean-Martin（1825-1893） フランスの解剖病理学の神経科医
シャンソール，フェリシアン Champsaur, Félicien（1858-1934） フランスの作家，ジャーナリスト
シャンフルーリ Champfleury（1821-1869） フランスの写実主義作家，批評家
シュー，ウジェーヌ Sue, Eugène（1804-1857） フランスの小説家。新聞連載小説を多く手がけた
シュヴァーベ，カルロス Schwabe, Carlos（1866-1926） スイスの象徴主義画家。『悪の華』などの挿絵を手がけた
シュヴルイユ，ミシェル＝ウジェーヌ Chevreuil, Michel-Eugène（1786-1889） フランスの化学者
シュオッブ，マルセル Shwob, Marcel（1867-1905） フランスの作家
シュピッツヴェーク，カール Spitzweg, Carl（1808-1885） ドイツ，ビーダーマイヤー時代の

画家
シュプルツハイム，ヨハン・ガスパー Spurzheim, Johann Gaspar（1776-1832） ドイツの骨相学者
ショーペンハウアー，アルトゥル Schopenhauer, Arthur（1788-1860） ドイツの哲学者。『意思と表象としての世界』（1819）で知られる
ジェリコー，テオドール Géricault, Théodore（1791-1824） フランスの画家。ロマン派の先駆とされる
ジャナン，ジュール Janin, Jules（1804-1874） フランスのジャーナリスト，作家，劇評家
ジュイ，エティエンヌ・ド Jouy, Etienne de（1764-1846） フランスの戯曲家，台本作者，ジャーナリスト，批評家
ジュリアン，ジャン Julien, Jean（1854-1919） フランスの劇作家，批評家。アントワーヌの「自由劇場」のメンバー。
ジュルダン，フランツ Jourdain, Frantz（1847-1935） フランスの建築家，美術評論家
ジョアノ，トニー Johannot, Tony（1803-1852） フランスの挿絵画家。バルザックの『人間喜劇』などを手がけた
ジラルダン，デルフィーヌ・ド Girardin, Delphine de（1804-1855） フランスの女流作家。「新聞王」ジラルダンと結婚
ジル，アンドレ Gill, André（1840-1885） フランスの諷刺漫画家
スクリーブ，ウジェーヌ Scribe, Eugène（1791-1861） フランスの劇作家，小説家，オペラ台本作家
スタール，ジェルメーヌ・ド Staël, Germaine de（1766-1817） フランスの女流作家，批評家
スタンダール Stendhal（1783-1842） フランスの作家。代表作は『赤と黒』（1830）
セアール，アンリ Céard, Henry（1851-1924） フランスの自然主義作家，批評家。「メダンの夕べ」の一員
セリュジエ，ポール Sérusier, Paul（1864-1927） フランス後期印象派の画家
ゾラ，エミール Zola, Emile（1840-1902） フランスの自然主義作家。『ルーゴン＝マッカール叢書』で知られる

た行

タルド，ガブリエル Tarde, Gabriel（1843-1904） フランスの社会学者，犯罪学者
タルミール，モーリス Talmeyr, Maurice（1850-1931） フランスの小説家，ジャーナリスト
ダグロン，ルネ Dagron, René（1819-1900） フランスの化学者，写真家。マイクロフィルムを考案した
ダゲール，ルイ Daguerre, Louis（1789-1851） フランスの物理学者。銀板写真法（ダゲレオタイプ）を開発した
ダンジェ・ダヴィッド，ピエール＝ジャン David d'Anger, Pierre-Jean（1788-1856） フランスの彫刻家，メダル意匠家
ダンタン，ジャン＝ピエール Dantan, Jean-Pierre（1800-1869） フランスの諷刺彫刻家

ティエール，アドルフ Thiers, Adolphe（1797-1877） フランスの政治家。首相を二度務めた
ティサンディエ，ガストン Tissandier, Gaston（1843-1899） フランスの化学者，著述家
テーヌ，イポリット Taine, Hippolyte（1828-1893） フランスの哲学者，批評家，文学史家
テプフェール，ロドルフ Töppfer, Rodolphe（1799-1846） スイスの諷刺漫画家。コマ割り漫画の創始者とされる
デカーヴ，リュシアン Descaves, Lucien（1861-1949） フランスの自然主義作家，ジャーナリスト
デノワイエ，フェルナン Desnoyers, Fernand（1826-1869） フランスの作家，批評家
デプレ，ルイ Desprez, Louis（1861-1885） フランスの自然主義作家
デボルド＝ヴァルモール，マルスリーヌ Desbordes-Valmore, Marceline（1786-1859） フランスの女流詩人
デュ・カン，マクシム Du Camp, Maxime（1822-1894） フランスの小説家，ジャーナリスト
デュシェーヌ，ジャン（デュシェーヌ兄） Duchesne, Jean（1779-1855） フランスの国立図書館版画室の学芸員
デュプレ，ジュール Dupré, Jules（1811-1889） フランスの風景画家
デュポン，ピエール Dupont, Pierre（1821-1870） フランスの詩人，歌謡作家
デュマ，アレクサンドル Dumas, Alexandre（1802-1870） フランスの作家，戯曲家
デュマ・フィス，アレクサンドル Dumas fils, Alexandre（1824-1895） アレクサンドル・デュマの息子で作家，戯曲家
トゥールーズ，エドゥアール Toulouse, Edouard（1865-1947） フランスの精神科医，ジャーナリスト
トゥルバ，ジュール Troubat, Jules（1836-1914） フランスの作家。サント＝ブーヴの最後の秘書として，回想録を出版
トラヴィエス，シャルル＝ジョゼフ Traviès, Charles-Joseph（1804-1859） フランスの諷刺画家
ドーデ，アルフォンス Daudet, Arphonse（1840-1897） フランスの作家。代表作に『サッフォー』（1884）
ドーデ，レオン Daudet, Léon（1867-1942） フランスの作家，政治家
ドーミエ，オノレ Daumier, Honoré（1808-1879） フランスの諷刺画家，芸術家
ドビュロー，ジャン＝ガスパール Deburau, Jean-Gaspard（1796-1846） ボヘミア出身で，パリで活躍したパントマイム役者
ドラヴィーニュ，カジミール Delavigne, Casimir（1793-1843） フランスの詩人，戯曲家
ドラクロワ，ウジェーヌ Delacroix, Eugène（1798-1863） フランスのロマン派画家。印象派や後期印象派にも影響を与えた
ドレフュス，ロベール Dreyfus, Robert（1873-1939） フランスの作家，ジャーナリスト

な行

ナダール（本名トゥルナション，フェリックス） Nadar（Tournachon, Félix）（1820-1910） フ

ランスの写真家，気球乗り，作家
ナポレオン三世 Napoléon III（1808-1873） フランスの政治家，第二帝政期の皇帝
ニエプス，ジョゼフ・ニセフォール Niépce, Joseph Nicéphore（1765-1833） 写真術の先駆者。1825 年に世界初の写真画像を作成した
ヌーヴォー，ジェルマン Nouveau, Germain（1851-1920） フランスの詩人
ノディエ，シャルル Nodier, Charles（1780-1844） フランスのロマン派の作家

は行

バシュキルツェフ，マリー Bashkirtseff, Marie（1858-1884） パリで夭折したウクライナ出身の女流画家，文筆家
バルザック，オノレ・ド Balzac, Honoré de（1799-1850） フランスの作家。『人間喜劇』シリーズで知られる
バルデュス，エドゥアール＝ドニ Baldus, Edouard-Denis（1813-1890） フランスの風景写真家
バルビエ，オーギュスト Barbier, Auguste（1805-1882） フランスの詩人，劇作家
バルベー・ドールヴィイ Barbey d'Aurevilly（1809-1888） フランスの作家，文芸評論家
バレス，モーリス Barrès, Maurice（1862-1923） フランスの作家，ジャーナリスト
バンヴィル，テオドール・ド Banville, Théodore de（1823-1891） フランスの高踏派詩人，戯曲家
フィギエ，ルイ Figuier, Louis（1819-1894） フランスの科学者
フィリポン，シャルル Philipon, Charles（1800-1862） フランスの諷刺画家，ジャーナリスト。〈シャリヴァリ〉や〈カリカチュール〉を創刊
フーリエ，シャルル Fourrier, Charles（1772-1832） フランスの哲学者，社会思想家
フェヴァル，ポール Féval, Paul（1816-1887） フランスの作家。新聞に数多くの大衆小説を連載した
フェーヴル，アンリ Fèvre, Henri（1864-1937） フランスの自然主義作家
フェドー，エルネスト Feydeau, Ernest（1821-1873） フランスの作家，編集者，考古学者
フェドー，ジョルジュ Feydeau, Georges（1862-1921） フランスの劇作家
フォンタニエ，ピエール Fontanier, Pierre（1765-1844） フランスの古典レトリック学者
フラマリオン，カミーユ Flammarion, Camille（1842-1925） フランスの天文学者。天文学普及のために多数の著作を発表した
フランス，アナトール France, Anatole（1844-1924） フランスの作家，批評家
フルネル，ヴィクトル・ド Fournel, Victor de（1829-1894） フランスの作家，ジャーナリスト，歴史学者
フロイト，ジークムント Freud, Sigmund（1856-1939） オーストリアの精神医学者，のち精神分析を創始
フローベール，ギュスターヴ Flaubert, Gustave（1821-1880） フランスの作家。代表作は『ボヴァリー夫人』（1857）
プーシェ，ジョルジュ Pouchet, Georges（1833-1894） フランスの博物学者

プラナ＝マルスラン Planat-Marcelin（1829-1887） フランスの諷刺画家。〈パリ生活〉の創始者
プロ，ドゥニ Poulot, Denis（1832-1905） フランスの企業家，博愛家
ブールジェ，ポール Bourget, Paul（1852-1935） フランスの作家。実証主義，心理分析を重視した
ブフェ，ユーグ Bouffé, Hugues（1800-1888） フランスの俳優，劇作家
ブランキ，ルイ・オーギュスト Blanqui, Louis-Auguste（1805-1881） フランスの社会主義者，革命家
ブリュヌティエール，フェルディナン Brunetière, Ferdinand（1849-1906） フランスの作家，批評家
ブルトン，ジュール Breton, Jules（1827-1996） フランスの画家
ブロワ，レオン Bloy, Léon（1846-1927） フランスの作家，ジャーナリスト
ペラダン，ジョゼフ Péladan, Joseph（1859-1918） フランスの神秘主義的思想家。1892 年「薔薇十字サロン」を創設
ペルタン，ウジェーヌ Pelletan, Eugène（1813-1884） フランスの作家，ジャーナリスト，政治家
ペルラン，ジャン＝シャルル Pellerin, Jean-Charles（1756-1836） フランスのエピナル版画商
ベランジェ，ピエール＝ジャン・ド Béranger, Pierre-Jean de（1780-1857） フランスの抒情詩人，シャンソン作者
ベルタル（本名アルヌー，シャルル・ド） Bertall（Arnoux, Charles de）（1820-1882） フランスの挿絵画家，諷刺画家
ベルテロ，マルスラン Berthelot, Marcelin（1827-1907） フランスの化学者，政治家
ベルトラン，アロイジウス Bertrand, Aloysius（1807-1841） フランスの詩人，劇作家，ジャーナリスト
ベルナール，サラ Bernhardt, Sarah（1844-1922） フランスの舞台女優。ベル・エポック期の象徴的存在だった
ベルリオーズ，エクトル Berlioz, Hector（1803-1869） フランスの作曲家
ベンヤミン，ヴァルター Benjamin, Walter（1892-1940） ドイツの思想家，批評家。『パリ――19 世紀の首都』の著者
ポール・ド・コック，シャルル Paul de Kock, Charles（1793-1871） フランスの大衆小説作家
ポワトヴァン，フランシス Poictevin, Francis（1854-1904） フランスの作家
ボードリ，エティエンヌ Baudry, Etienne（1830-1908） フランスの作家
ボードレール，シャルル Baudelaire, Charles（1821-1867） フランスの象徴派詩人，美術評論家
ボワイイ，ジュリアン＝レオポルド Boilly, Juien-Léopold（1796-1874） フランスの画家

ま行

マーニュ，エミール Magne, Emile（1877-1953） フランスの作家，美術史家
マイアベーア，ジャコモ Meyerbeer, Giacomo（1791-1864） ユダヤ系ドイツ人の歌劇作曲家

マク＝ナブ，モーリス Mac-Nab, Maurice（1856-1889） フランスの詩人，作詞家，歌手
マセ，ジャン Macé, Jean（1815-1894） フランスの教育家，政治家，ジャーナリスト
マネ，エドゥアール Manet, Edouard（1832-1883） フランスの画家。印象派から師と仰がれた
マラルメ，ステファヌ Mallarmé, Stéphane（1842-1898） フランスの象徴派の詩人
マリオン，アントワーヌ＝フォルチュネ Marion, Antoine-Fortuné（1846-1900） フランスの博物学者
マレー，エティエンヌ＝ジュール Marey, Etienne-Jules（1830-1904） フランスの医師，物理学者，写真家，映画の先駆者
マロ，エクトール Malot, Hector（1830-1907） フランスの作家。代表作は『家なき子』（1878）
マンデス，カチュール Mendès, Catulle（1841-1909） フランスの詩人，作家
マンドロン，エルネスト Mandron, Ernest（1838-1907） フランスの歴史家
ミシュレ，ジュール Michelet, Jules（1798-1874） フランスの歴史家，作家
ミュザール，フィリップ Musard, Philippe（1792-1859） フランスの作曲家，指揮者。ダンス音楽の旗手
ミュルジェール，アンリ Murger, Henry（1822-1861） フランスの作家。代表作は『ボヘミアン生活の情景』（1848）
ミルクール，ウジェーヌ・ド Mirecourt, Eugène de（1812-1880） フランスのジャーナリスト，作家
ミルボー，オクターヴ Mirbaud, Octave（1850-1917） フランスの作家，ジャーナリスト
メソニエ，エルネスト Meissonier, Ernest（1815-1891） フランスの写実主義画家
メラ，アルベール Mérat, Albert（1840-1909） フランスの高踏派詩人
メリー，ジョゼフ Méry, Joseph（1797-1866） フランスのジャーナリスト，作家
メリメ，プロスペル Mérimée, Prosper（1803-1870） フランスの作家，歴史家。歴史的建造物の保護に尽力
メルシエ，ルイ＝セバスチャン Mercier, Louis-Sébastien（1740-1814） フランスの作家。代表作は『タブロー・ド・パリ』（1782-1788）
モークレール，カミーユ Mauclair, Camille（1872-1945） フランスの美術史家，詩人，文芸評論家
モーパッサン，ギ・ド Maupassant, Guy de（1850-1893） フランスの作家，ジャーナリスト。「メダンの夕べ」の一員
モニエ，アンリ Monnier, Henry（1799-1877） フランスの諷刺漫画家，戯曲家

や行

ユイスマンス，ジョリス＝カルル Huysmans, Joris-Karl（1848-1907） フランスの作家。代表作は『さかしま』（1884）
ユゴー，ヴィクトル Hugo, Victor（1802-1885） フランスのロマン主義詩人，作家，政治家，戯曲家

ユザンヌ，オクターヴ Uzanne, Octave（1851-1931） フランスの出版業者，ジャーナリスト，愛書家

ら行

ラヴィス，エルネスト Lavisse, Ernest（1842-1922） フランスの歴史家，歴史教育家
ラクロワ，オーギュスト・ド Lacroix, Auguste de（1805-1891） フランスの作家
ラスネール，ピエール・フランソワ Lacenaire, Pierre-François（1803-1836） フランスの詩人。社会に反逆を企て犯罪を繰り返し処刑された
ラバール，テオドール Labarre, Théodore（1805-1870） フランスの作曲家，ハープ奏者
ラビッシュ，ウジェーヌ Labiche, Eugène（1815-1888） フランスの劇作家
ラファーター，ヨハン・カスパー Lavater, Johann Caspar（1741-1801） スイスの牧師，観相学の提唱者
ラフェ，オーギュスト Raffet, Auguste（1804-1860） フランスの版画家，諷刺画家
ラフォルグ，ジュール Laforgue, Jules（1860-1887） フランスの象徴派の詩人
ラマルティーヌ，アルフォンス・ド Lamartine, Alphonse de（1790-1869） フランスの詩人，政治家
ラムネー，フェリシテ・ド Lamennais, Félicité de（1782-1854） フランスの司祭，作家
ラルース，ピエール Larousse, Pierre（1817-1875） フランスの百科事典編纂者，教育家
ランボー，アルチュール Rimbaud, Arthur（1854-1891） フランスの詩人。代表作に『地獄の一季節』（1873）
リヴィエール，アンリ Rivière, Henri（1864-1951） フランスの挿絵画家。「シャ・ノワール」で影絵劇場を創始
リュカ，プロスペル Lucas, Prosper（1808-1885） フランスの精神科医
ルイ＝フィリップ一世 Louis-Philippe Ier（1773-1850） フランス七月王政期の王
ルイス，ピエール Louÿs, Pierre（1870-1925） ベルギー出身の象徴派詩人。代表作は『アフロディット』（1896）
ルーション，ジャン＝アレクシス Rouchon, Jean-Alexis（1794–1878） フランスの挿絵画家。彩色広告の先駆者の一人
ルーセル，アンリ＝フランソワ＝アンヌ・ド Roussel, Henri-François-Anne de（1748-1812） フランスの医師，博物学者
ルトゥルノー，シャルル Letourneau, Charles（1831-1902） フランスの人類学者
ルナール，ジュール Renard, Jules（1864-1910） フランスの作家，詩人。『にんじん』の作者
ルノワール，ピエール＝オーギュスト Renoir, Pierre-Auguste（1841-1919） フランス印象主義の画家
ルメートル，フレデリック Lemaître, Frédéric（1800-1876） フランスの俳優
ルモニエ，カミーユ Lemonnier, Camille（1844-1913） ベルギーの自然主義作家
レボー，マリー＝ロシュ＝ルイ Reybaud, Marie-Roch-Louis（1799-1879） フランスの経済学者，政治家，作家

ローデンバック，ジョルジュ Rodenbach, Georges（1855-1898） ベルギーの詩人。代表作に『死都ブリュージュ』（1892）

ロートレアモン（本名イジドール・デュカス） Lautréamont（Isidor Ducasse)（1846-1870） フランスの詩人。『マルドロールの歌』（1869）で知られる

ロシュフォール，アンリ Rochefort, Henri（1831-1913） フランスの政治家。1873年に流刑となるが，脱出して政界に復帰

ロッシュグロッス，ジョルジュ＝アントワーヌ Rochegrosse, Georges-Antoine（1859-1938） フランスの画家，挿絵作家，版画家

ロティ，ピエール Loti, Pierre（1850-1923） フランスの小説家，海軍士官

ロニー兄（ロニー＝エネ） Rosny-aîné, J.-H.（1856-1940） ベルギー出身で，弟と共作後に独立した作家。SF小説の先駆者

ロビダ，アルベール Robida, Albert（1848-1926） フランスの挿絵画家，諷刺画家，ジャーナリスト

ロラン，ジャン Lorrain, Jean（1855-1906） フランスの作家。代表作に『フォカス氏』（1901）

ロリナ，モーリス Rollinat, Maurice（1846-1903） フランスの詩人，音楽家

原注／訳注／人名注

著者・訳者について――

フィリップ・アモン（Philippe Hamon）　一九四〇年生まれ。パリ第三大学名誉教授。専攻、文学理論、文学史。『ポエティック』、『カイエ・ナチュラリスト』、『ロマンティスム』などの文学雑誌の編集委員も務めながら、フランス国立科学研究所内にある近代草稿研究所とゾラ及び自然主義研究センターを牽引する。主な著書に、*Du Descriptif* (Hachette, 1981), *Texte et idéologie* (PUF, 1984), *Expositions, Littérature et architecture au XIXe siècle* (Corti, 1995), *Puisque réalisme il y a* (La Baconnière, 2015) などがある。

＊

中井敦子（なかいあつこ）　京都大学大学院文学研究科博士課程満期退学、パリ第七大学博士。現在、同志社大学グローバル地域文化学部教授。専攻、十九世紀フランス文学。主な著書に、*Du Point au Réseau – L'espace architecturé dans* Les Rougon-Macquart *d'Émile Zola*, Éditions Universitaires Européennes, Sarrebruck, 2011、訳書に、エミール・ゾラ『獲物の分け前』（筑摩書房、二〇〇四年）などがある。

福田美雪（ふくだみゆき）　東京大学大学院人文社会系研究科博士課程単位取得退学、パリ第三大学博士。現在、獨協大学外国語学部フランス語学科准教授。専攻、十九世紀フランス文学。主な著書に、『教養のフランス近現代史』（共著、ミネルヴァ書房、二〇一五年）、『フランス文学を旅する六十章』（共著、明石書店、二〇一八年）などがある。

野村正人（のむらまさと）　東京大学大学院人文科学研究科博士課程満期退学、パリ第四大学博士。現在、学習院大学文学部フランス語圏文化学科教授。専攻、十九世紀フランス文学・視覚メディア論。主な著書に、『諷刺画家グランヴィル――テクストとイメージの十九世紀』（水声社、二〇一四年）、主な訳書に、ベルナール・コマン『パノラマの世紀』（筑摩書房、一九九六年）、エミール・ゾラ『金』（藤原書店、二〇〇三年）などがある。

吉田典子（よしだのりこ）　京都大学大学院文学研究科博士課程修了、京都大学博士。現在、神戸大学国際文化学部教授。専攻、十九世紀フランス文学・社会文化史・視覚文化論。主な著書に、『テクストとイメージ』（共著、水声社、二〇一八年）、主な訳書に、エミール・ゾラ『ボヌール・デ・ダム百貨店――デパートの誕生』（藤原書店、二〇〇三年）などがある。

イマジュリー――十九世紀における文学とイメージ

二〇一九年一月二〇日第一版第一刷印刷　二〇一九年一月三〇日第一版第一刷発行

著者――フィリップ・アモン
訳者――中井敦子・福田美雪・野村正人・吉田典子
装幀者――滝澤和子
発行者――鈴木宏
発行所――株式会社水声社
東京都文京区小石川二―七―五　郵便番号一一二―〇〇〇二
電話〇三―三八一八―六〇四〇　FAX〇三―三八一八―二四三七
［**編集部**］横浜市港北区新吉田東一―七七―一七　郵便番号二二三―〇〇五八
電話〇四五―七一七―五三五六　FAX〇四五―七一七―五三五七
郵便振替〇〇一八〇―四―六五四一〇〇
URL : http://www.suiseisha.net

印刷・製本――モリモト印刷

ISBN978-4-8010-0370-5
乱丁・落丁本はお取り替えいたします。

Philippe HAMON: "IMAGERIES: littérature et image au XIXe siècle"© Librairie José Corti, 2001.
This book is published in Japan by arrangement with ÉDITION CORTI, through le Bureau des Copyrights Français, Tokyo.